panini BOOKS

AUSSERDEM BEI PANINI ERHÄLTLICH

Spannende Abenteuer-Romane für *MINECRAFTER*

Karl Olsberg: DAS DORF Band 1: Der Fremde
ISBN 978-3-8332-3251-0

Karl Olsberg: WÜRFELWELT
ISBN 978-3-8332-3248-0

Winter Morgan: DIE SUCHE NACH DEM DIAMANTSCHWERT
ISBN 978-3-8332-3007-3

Winter Morgan: DAS GEHEIMNIS DES GRIEFERS
ISBN 978-3-8332-3008-0

Winter Morgan: DIE ENDERMEN-INVASION
ISBN 978-3-8332-3243-5

Winter Morgan: SCHATZSUCHER IN SCHWIERIGKEITEN
ISBN 978-3-8332-3244-2

Nacy Osa: DIE SCHLACHT VON ZOMBIE-HILL
ISBN 978-3-8332-3246-6

Nähere Infos und weitere Bände unter
www.paninicomics.de

Dieses Buch ist kein offizielles *Minecraft*-Lizenzprodukt und steht in keiner Verbindung mit Mojang AB, Notch Development AB oder einem anderen *Minecraft*-Rechteinhaber.

BAND: 1
DIE SUCHE NACH GERECHTIGKEIT

SEAN FAY WOLFE

Aus dem Englischen
von Katharina Reiche

Bibliografische Information der Deutschen Nationalbibliothek
Die Deutsche Nationalbibliothek verzeichnet diese Publikation in der
Deutschen Nationalbibliografie; detaillierte bibliografische Daten sind
im Internet über http://dnb.d-nb.de abrufbar.

*Dieses Buch wurde auf chlorfreiem,
umweltfreundlich hergestelltem Papier gedruckt.*

Englische Originalausgabe:
„The Elementia Chronicles Book 1: Quest for Justice" by Sean Fay Wolfe,
published in the US by HarperCollins Children Books, a division of HarperCollins
Publishers, New York, USA, 2015.

Copyright © 2016 by Sean Fay Wolfe. All Rights Reserved.
Minecraft is a registeded trademark of Notch Development AB.
The Minecraft Game is copyright © Mojang AB.

Deutsche Ausgabe: Panini Verlags GmbH, Rotebühlstr. 87,
70178 Stuttgart. Alle Rechte vorbehalten.

Geschäftsführer: Hermann Paul
Head of Editorial: Jo Löffler
Marketing & Kooperationen: Holger Wiest (email: marketing@panini.de)
Übersetzung: Katharina Reiche
Lektorat: Robert Mountainbeau
Produktion: Gunther Heeb, Sanja Ancic
Umschlaggestaltung: tab indivisuell, Stuttgart
Satz: Greiner & Reichel, Köln
Druck: GGP Media GmbH, Pößneck
Gedruckt in Deutschland

YDMCEC001

ISBN 978-3-8332-3254-1
1. Auflage, Januar 2016

Auch als E-Book erhältlich:
ISBN 978-3-8332-3289-3

Findet uns im Netz:
www.paninicomics.de

PaniniComicsDE

Der Gerechtigkeit kann keine Genüge getan werden,
bis nicht die Unbetroffenen genauso große Empörung
empfinden wie die Betroffenen selbst.

– Benjamin Franklin

INHALT

Epigraph	5
Prolog	9
Teil I: Willkommen bei Minecraft	15
Kapitel 1: Willkommen bei Minecraft	17
Kapitel 2: Die erste Nacht	24
Kapitel 3: Minen und Creeper	32
Kapitel 4: Adorias Dorf	50
Kapitel 5: Das Programm	63
Kapitel 6: Stan und Steve	81
Kapitel 7: Das Gewitter	95
Kapitel 8: Tag der Verkündung	106
Teil II: Geburt der Rebellion	119
Kapitel 9: Der Schuss, der auf der ganzen Welt gehört wurde	121
Kapitel 10: Flucht in den Dschungel	129
Kapitel 11: Der Apotheker	139
Kapitel 12: Die Wüste	160
Kapitel 13: Der verlassene Minenschacht	168
Kapitel 14: Averys Geschichte	176
Kapitel 15: Das Portal	184
Kapitel 16: Der Nether	198
Kapitel 17: Die Festung und die Lohe	209
Kapitel 18: Eine wagemutige Flucht	219
Kapitel 19: Die Stadt Blackstone	229

Kapitel 20: Der Monstertöter	250
Kapitel 21: Oobs helfende Hand	263
Kapitel 22: Die Belagerung	277
Kapitel 23: Die zwölf Enderaugen	293
Kapitel 24: In der Festung	309
Kapitel 25: Das Ende	326
Erleuchtung	347
Teil III: Die Schlacht um Elementia	351
Kapitel 26: Die Rede	353
Kapitel 27: Die Schlacht um Elementia	383
Kapitel 28: Das größte Opfer	400
Kapitel 29: Der letzte Verlust	418
Kapitel 30: Die neue Ordnung	432
Anmerkung des Autors	437
Danksagungen	439
Über den Autor	441

PROLOG

Eine Gestalt eilte durch die aus Quadern erbaute Burg, und ihre Schritte hallten Unheil verheißend in den Gängen wider. Ihre Kleidung ähnelte der eines englischen mittelalterlichen Königs: rotes Hemd, elegante Hose und ein wallender Umhang, dessen Saum mit weißem Pelz besetzt war. Dieser Mann war ein Spieler auf dem Minecraft-Server Elementia. Sein Spielername lautete Charlemagne77, informell war er auch als Charlemagne bekannt. Die Wände des Korridors, den er gerade entlanglief, schmückten Gemälde aus Pixel-Art. Fackeln an den Mauern spendeten Licht, um die Mobs fernzuhalten, schreckliche Kreaturen, die in der Dunkelheit lauerten. Hinter bogenförmigen Fenstern war eine Metropole zu sehen, die sich, soweit das Auge reichte, bis hinter die äußeren Schutzmauern der Burg erstreckte. All dies bestand vollständig aus Würfeln, deren Kanten einen Meter lang waren. Ihre Texturen ähnelten Ziegelsteinen, Holz, Glas und allen möglichen anderen Materialien.

In diesem Spiel, Minecraft, bestand die gesamte Welt aus diesen würfelförmigen „Blöcken", die in ihrer Anordnung und mit ihren Texturen die Bäume des Waldes darstellten, das Wasser der Meere, die grünen grasbewachsenen Hügel und die Steine und Mineralien der unterirdischen Minen. Aus diesen Blöcken, mit Texturen von Stein und Glas, bestanden auch die Burg und die Stadt. Lebewesen bestanden ebenfalls aus Blöcken, darunter auch Charlemagne und alle anderen Menschen, Tiere und Monster, die diese weitläufige Welt bewohnten.

Charlemagne rannte, weil er sich für die Sitzung des *Rates der Operatoren* verspätet hatte (im Rat gab es allerdings trotz seines Namens keine Operatoren). Der Rat bestand aus den Spielern mit den höchsten Erfahrungsleveln des Servers. Den Vorsitz hatte König Kev, der meistens einfach nur „der König" genannt wurde. Die Sitzung war einberufen worden, um eine höchst wichtige Entscheidung zu treffen. Eine Entscheidung, die, ohne dass der Rat es ahnte, zum Sturz des Königs, von Charlemagne und vielen anderen führen sollte. Diese eine Entscheidung würde dem Luxusleben, das jene Bürger von Element City mit den höchsten Leveln genossen, ein Ende setzen.

Endlich erreichte der Mann die eisernen Türen und drückte einen Knopf an der Wand. Fünf Notenblöcke über seinem Kopf wurden aktiviert und spielten eine Melodie, die als Türglocke diente. Augenblicke später öffneten sich die Türen, und Charlemagne betrat die Ratskammer.

In der Mitte der Kammer stand ein runder Tisch, eine Anspielung des Königs an den mächtigen König Artus. Um ihn herum saßen sechs der acht Ratsmitglieder. Die anderen beiden Sitze befanden sich zur Linken und zur Rechten von König Kev. Der saß auf einem Thron acht Blöcke über dem Boden. Auf dem Sitz rechts vom Thron hatte Caesar894 Platz genommen, ebenfalls ein Berater des Königs wie Charlemagne, der sich nun auf dem für ihn reservierten Sitz auf der linken Seite niederließ. Der König sah zu Charlemagne hinunter. *Er hat einen anderen Skin*, stellte Charlemagne fest. In der Tat hatte der König sein Aussehen geändert. König Kev trug nun ein hellblaues Hemd mit dunkelblauer Hose und schwarzen Stiefeln. Er hatte sogar einen blutroten Umhang hinzugefügt. Nur sein Kopf war unverändert geblieben: Eine goldene Krone saß auf seinem ordentlich frisierten blonden Haar. *Aber genug davon*, dachte Charlemagne. *Ich muss mich um andere Dinge kümmern.*

„Verzeiht mein spätes Eintreffen, Eure Hoheit", sagte Charlemagne und verbeugte sich, indem er zu Boden sah und sich gleichzeitig mit gezogenem Goldschwert hinhockte. Das Schwert diente nur zeremoniellen Zwecken. Alle Ratsmitglieder und der König trugen eines, aber als Waffe war es eher unpraktisch.

„Entschuldigung akzeptiert", donnerte der König und zeigte mit seinem eigenen Goldschwert auf Charlemagne. Die Geste konnte sowohl bedeuten, dass er willkommen war, als auch die Absicht, ihn zu töten. „Ich gehe davon aus, dass deine Verspätung einen guten Grund hat."

„Oh ja, Herr." Charlemagne grinste. „Mein Aufenthalt unter den Bauern von niederem Level, für den ich mich mit einer Lederrüstung verkleidet hatte, hat länger gedauert als erwartet. Ich wurde in ein Gespräch über die örtliche Einstellung zu gewissen Aspekten des letzten größeren Gesetzes verwickelt, das Ihr erlassen habt." Bei diesen Worten wanden sich einige Ratsmitglieder sichtlich. Wie die meisten Spieler der Oberschicht war es ihnen zuwider, mit dem einfachen Volk in Berührung zu kommen.

„Das Gesetz des Einen Todes?", fragte der König.

„Genau das, Herr", antwortete Charlemagne. „Die Einstellung des einfachen Volkes ist gemischt. Manche, hauptsächlich diejenigen unter Level zehn, sagen, dass es ein gutes Gesetz ist, weil das Spiel dadurch riskanter wird. Die meisten sagen jedoch, dass es die Überlegenheit der Bürger mit hohem Level unterwandert. Um ganz offen zu sein, stimme ich beiden Argumenten zu."

„Du wagst es, den Sinn meines Gesetzes infrage zu stellen?", brüllte der König. „Hast du denn keinen Respekt vor meiner Amtsgewalt? Ich sollte dich auf der Stelle hinrichten lassen."

„Oh nein, Hoheit, das wollte ich damit überhaupt nicht sagen!", rief Charlemagne, obwohl er genau wusste, dass der König ihm nichts dergleichen antun würde. Charlemagne war geschickt genug, um jedem Versuch des Königs, ihn zu töten, entkommen zu können. Außerdem wusste Charlemagne manches über den König, finstere Dinge, und der König wäre ein Narr gewesen, Charlemagne dazu herauszufordern, sie der Öffentlichkeit preiszugeben.

„Ich stimme beiden Argumenten zu, jedoch nur teilweise. Das Spiel ist viel … äh … aufregender, jetzt, da man jede Minute sterben und für immer vom Server verbannt werden kann, statt einfach zum letzten Ort zurückzukehren, an dem man in einem Bett geschlafen hat, wie in Minecraft üblich. Allerdings", fuhr er fort, „bedeutet das auch, dass das Spiel für diejenigen, die sich bis an die Spitze hochgearbeitet haben, weitaus schwieriger wird – für die Mitglieder dieses Rates zum Beispiel. Wir Spieler mit den höchsten Erfahrungsleveln besitzen die besten Grundstücke auf dem bekannten Server und einen Schatz an wohlverdienten Vorräten. Wenn ich zum Beispiel sterben würde, würde ich ein Grundstück mit fruchtbarem Land und ein Haus voller Diamanten, Smaragde und Gold hinterlassen … ihr versteht, was ich meine. Ich würde niemals zurückkehren können, um sie zurückzuholen. Dafür könnte ein frisch gespawnter Spieler in mein Zuhause wandern und alles stehlen, was ich besitze, und so reich werden, praktisch, ohne einen Finger zu rühren! Ihr könnt euch ja vorstellen, wie das bei den Bewohnern der Stadt, die sich an die Spitze gearbeitet haben, ankommt."

Am Tisch wurde zustimmend gemurmelt.

„Hmmm", sagte der König. „Du könntest recht haben. Dieses neue Gesetz untergräbt tatsächlich das Levelsystem, das unserer Oberschicht rechtmäßig zugutekommt – paradox, wenn man die Umstände bedenkt, die zu seinem

Erlass geführt haben –, aber was schlägst du vor, um dieses Problem zu beseitigen?"

In diesem Moment erhob sich Caesar894, der wie sein römischer Namensvetter gekleidet war. „Ich habe eine Idee", erklärte der Mann zur Rechten des Königs.

„Sprich", befahl der König.

„Nun, mir ist aufgefallen, dass es innerhalb unserer Stadtmauern kaum noch fruchtbares Land gibt. Der Wald, der die Stadt von allen Seiten umgibt, ist nicht als Ackerland geeignet. Wenn in dieser Stadt der Lebensstandard aufrechterhalten werden soll, den wir gewohnt sind, müssen wir mehrere Dinge tun. Erstens dürfen wir nichts von diesem fruchtbaren Land mehr verschenken. Zweitens müssen wir die Bürger der Stadt mit niedrigeren Leveln zwingen, sie zu verlassen. Wie Sir Charlemagne bereits erklärt hat, würden sie uns vermutlich bestehlen, wenn wir sterben oder – was noch wahrscheinlicher ist – sie würden sich gegen uns erheben und uns im Schlaf ermorden, nur, um unsere Vorräte an sich zu bringen!

Die Bürger der Stadt mit niedrigem Level sind doppelt so viele wie wir", fuhr Caesar894 fort, „und wenn ihnen das je bewusst werden sollte, stehen wir vor einem ernsten Problem. Wir müssen sie zwingen, die Stadt zu verlassen. Wenn sie das tun, verfügt die Stadt über mehr Land, das von all denen übernommen werden kann, die es auch verdienen.

Adorias Dorf kann die meisten der Vertriebenen aufnehmen, und irgendwo da draußen, hinter der Enderwüste, muss es einen fruchtbaren Landstrich geben, auch wenn unsere Kartografen ihn noch nicht erfasst haben. Dort können sich einige der Flüchtlinge niederlassen. Aber eins steht fest: Die niedrigen Level müssen *weg*."

Als Caesar894 seine Rede beendet hatte, klatschten die Ratsmitglieder zustimmend in ihre würfelförmigen Hände. Der König stand auf.

13

„Nun gut", sagte er. „Das vorgeschlagene Gesetz wird wie folgt lauten: *Alle Bürger von Element City mit einem Level unter fünfzehn sind verpflichtet, die Stadt innerhalb einer Woche vom Tag der Verkündung an zu verlassen. Nach diesem Datum werden alle Spieler unter Level fünfzehn, die in der Stadt angetroffen werden, getötet und ihre Häuser zerstört.* Wer stimmt diesem Gesetz zu?"

Zehn geometrisch geformte Hände wurden in die Luft gehoben.

Diese zehn Spieler auf dem Minecraft-Server Elementia hatten nicht die geringste Ahnung, was sie gerade angerichtet hatten. Sie hatten nicht die geringste Ahnung, wie das Volk auf dieses Gesetz reagieren würde. Sie hatten auch keine Ahnung, wie diese Entscheidung ihre Lebensweise, das Leben ihrer Bürger und das Spiel Minecraft selbst verändern würde.

Der König fuhr fort: „Antrag angenommen", verkündete er. „Das Gesetz wird am nächsten Verkündungstag in Kraft treten. Es ist an der Zeit, dass die Elite dieser Stadt das Königreich zurückerobert!"

In genau diesem Moment, als der Rat dem König zujubelte, erschien ein neuer Spieler namens Stan2012 auf dem Spawnpunkt-Hügel.

TEIL I:

WILLKOMMEN BEI MINECRAFT

KAPITEL 1

WILLKOMMEN BEI MINECRAFT

Im Großen Wald war es dunkel. Zwischen den hohen Bäumen, die den blumenbewachsenen Hügel umgaben, war nur wenig zu erkennen. Wer wusste schon, was dort im Schatten lauerte? Die Sterne waren noch sichtbar, doch das weiße Quadrat, das die Sonne darstellte, lugte bereits über den Horizont und ließ den Sternenhimmel in blassem Rosa und Orange schimmern. Das gespenstische Heulen eines Enderman zerriss das friedliche Morgengrauen. Auf diese beeindruckende Szene auf dem Minecraft-Server Elementia traf der neue Spieler, als er auf dem Spawnpunkt-Hügel erschien.

Dieser Spieler war offensichtlich ein Neuling. Er hielt nichts in seiner rechteckigen Hand und starrte voller Staunen auf die unendlichen Würfel aus Erde, Gras und Eichenholz, die den Wiesenhügel und den Wald, der ihn umgab, bildeten. Er hatte dunkelbraune Haare, trug ein türkisfarbenes Hemd und eine blaue Hose – das typische Äußere eines Minecraft-Spielers, der seinen Skin oder sein Aussehen noch nicht verändert hatte. Dieser Spieler hatte Minecraft noch nie zuvor gespielt. Er wusste es zwar nicht, doch er hätte keinen schlechteren Zeitpunkt wählen können, um diesem Server beizutreten. Sein Name war Stan2012.

Wow, dachte Stan, während er sich im schwachen Morgenlicht umsah. *Das ist ja irre! Alles besteht aus Würfeln! Die Erde am Boden, die Bäume, sogar die Blätter! Und*

17

erst der Fluss da drüben. Sogar das Wasser besteht aus perfekten Würfeln! Man kann diese … Blöcke einsammeln und daraus Sachen bauen? Aber hier sind überall Blöcke! Wahnsinn! Oh, wow!

Stan blickte sich weiter um. Dort, wo er stand, hatten sich offensichtlich schon andere Spieler aufgehalten, auch wenn er im Moment keine sah. Er war von pixeligen Fackeln umgeben, die aus dem Boden ragten, und es gab mehrere Hinweisschilder und etwas, das nach einer Truhe aussah. Auf einem der Schilder wurde verboten, die Fackeln zu stehlen. Ein anderes teilte ihm mit, dass er auf dem Spawnpunkt-Hügel stand, wo alle neuen Spieler den Server betraten. Aber eines der Schilder, das neben einer Truhe stand, erregte seine Aufmerksamkeit. Darauf war zu lesen: „Wenn du noch nie gespielt hast, nimm ein Buch aus der Truhe."

Stan lief zu der Truhe hinüber und öffnete sie. Sie war in Fächer unterteilt. Eines davon war mit Brotlaiben gefüllt, in einem anderen steckten hölzerne Schwerter, und ein weiteres enthielt Bücher. Stan nahm sich eines der Bücher und ging damit den Hügel hinab. Er setzte sich an das Ufer des nahen Flusses, ließ seine Füße ins Wasser baumeln und wollte gerade anfangen zu lesen, als er hinter sich jemanden rufen hörte.

„Hey, warte mal!"

Gegen den immer heller werdenden blauen Himmel zeichnete sich eine Gestalt ab, die anscheinend ein anderer Spieler war. Als er den blockigen Hügel hinabging, erkannte Stan, dass dieser Spieler eine einfache weiße Tunika und eine weiße Hose mit dunkelbraunen Stiefeln trug. Er sah aus wie jemand, der in der Wüste zu Hause sein könnte. Der Spieler erreichte den Fuß des Hanges aus Grasblöcken und stellte sich hinter Stan.

„Hi", sagte er. „Ich heiße KingCharles_XIV, aber du kannst mich Charlie nennen. Ich habe dieses Spiel noch nie gespielt und habe keine Ahnung, was ich machen soll. Könntest du mir helfen?"

„Vielleicht. Ich heiße Stan2012, aber du kannst mich Stan nennen", antwortete Stan. „Ich habe auch noch nie gespielt. Ich habe nur gehört, dass es ein spaßiges Spiel ist, und dass dieser Server bestens dazu geeignet ist zu lernen, wie man es spielt. Auf dem Schild da oben war zu lesen, dass in diesem Buch steht, wie es geht." Er hielt das Buch hoch.

„Na, dann lass es uns ansehen", sagte Charlie. Er setzte sich neben Stan und hörte zu, während Stan laut vorlas.

EINLEITUNG

Willkommen bei Minecraft, neuer Spieler. Dieses Spiel macht unglaublich viel Spaß, hat aber kein bestimmtes Ziel. Wie du siehst, besteht die Welt um dich herum aus Blöcken. Du kannst diese Blöcke mit bestimmten Werkzeugen zerstören und sie dann anderswo wieder aufbauen. Nachdem du dir eine Zuflucht vor den Monstern der Nacht gebaut hast, kannst du tagsüber daran arbeiten, diese Blöcke zu fantastischen Gebäuden zusammenzubauen. Du stehst gerade auf dem Spawnpunkt-Hügel, wo neue Spieler wie du das Spiel betreten. Bevor du anfängst, verrückte Erfindungen zu bauen, solltest du dich einer Gemeinschaft anschließen.

Es ist empfehlenswert, dem Pfad zu folgen, den du von hier aus sehen kannst. Er führt zu Adorias Dorf, einer Gemeinschaft, die sich der Ausbildung neuer Spieler widmet. Das Dorf ist eine Tagesreise entfernt, nimm dir also ein Holzschwert und zwei Brote aus der Truhe. Das Brot wird dich sättigen, bis du das Dorf erreichst, und mit dem Schwert kannst du die Monster der Nacht bekämpfen. Wenn du das Dorf bei Einbruch der Dunkelheit noch nicht erreicht hast, nimm dir einige Blöcke aus deiner Umgebung und baue eine Mauer um dich herum, um die Mons-

ter fernzuhalten. *Wenn du irgendetwas sofort wissen musst, ist dieses Buch voller Informationen über Blöcke, Crafting und Monster. Viel Glück – wir sehen uns im Dorf!* Stan blätterte um. Die Einleitung war zu Ende. Auf den folgenden Seiten ging es um Informationen über die verschiedenen Blöcke und ihre Eigenschaften, um Anleitungen für die Herstellung diverser Werkzeuge und Beschreibungen vieler verschiedener Monster.

Stan sah Charlie an. „Wusstest du, dass es in diesem Spiel Monster gibt?", fragte er.

„Ich habe Gerüchte über dieses Ding namens Creepy oder so ähnlich gehört, aber ich dachte, in Wirklichkeit gäbe es das gar nicht."

„Na, hoffen wir einfach, dass wir keinem begegnen", meinte Stan. „Siehst du irgendwo die Straße? Adorias Dorf hört sich nämlich ganz gut an."

„Ja, wir sollten versuchen, es zu finden. Aber wo ist die Straße? Ich kann sie nirgends entdecken."

Sie sahen sich um. Da war keine Straße, aber Stan bemerkte etwas anderes. Im Schatten der Bäume entdeckte er etwas, das aussah wie ein anderer Spieler. Die Gestalt hatte die richtige Größe und die richtige Gestalt, aber Stan konnte sein Gesicht nicht erkennen.

„Hey Charlie, sieh mal, da unten! Glaubst du, der könnte wissen, wo die Straße ist?"

„Vielleicht. Finden wir es heraus."

Die beiden gingen den Hügel hinab auf die Gestalt zu. Das grüne Laub über ihnen schützte sie vor der Sonne. Als sie sich der Gestalt näherten, drehte die sich plötzlich um.

„Prima, er hat uns gesehen! Vielleicht kann er uns eine Wegbeschreibung geben!", meinte Charlie.

„Ja …" Doch Stan hatte den Eindruck, dass etwas nicht stimmte. Der Spieler ignorierte sie völlig, bis sie näher kamen, dann ging er mit ausgestreckten Armen geradewegs auf sie zu.

„Charlie, pass auf!"

„Stan? Was ist denn lo… Oh mein Gott!"

Die Gestalt, die auf sie zukam, war gerade durch einen Sonnenstrahl gelaufen. Sie war gekleidet wie Stan, hatte aber verrottete grüne Haut und leere Augenhöhlen. Sie roch nach Tod und stöhnte leise. Die Gestalt lief noch immer auf Charlie zu, der starr vor Schreck war und die Augen weit aufgerissen hatte. Stan rannte auf das Monster zu und tat das Einzige, was ihm einfiel.

Er schlug ihm mit dem Buch auf den Kopf.

Das Monster taumelte ein paar Schritte rückwärts, blieb aber stehen und setzte sich wieder in Bewegung, diesmal direkt auf Stan zu. Stan wollte weglaufen, aber das Monster war direkt hinter ihm. Er lief aus dem Wald hinaus über das Feld und blieb plötzlich stehen. Er befand sich am Rand einer Schlucht, die ihm vorher nicht aufgefallen war und die das Feld in der Mitte teilte. Sie war tief. Er konnte den Boden nicht sehen. Er war gefangen. Vor ihm lag ein tödlicher Abgrund, hinter ihm das Monster. In der Angst, sterben zu müssen, bevor er auch nur angefangen hatte, das Spiel zu spielen, ballte Stan die Fäuste und wandte sich dem Monster zu, bereit zu kämpfen. Dann hielt er inne.

Das Monster hatte aufgehört, ihn zu verfolgen. Es lief wieder zum Wald. Das Seltsamste war jedoch der Rauch, der von seiner Haut aufstieg. Stan roch den widerlichen Gestank verbrennenden Fleisches. Das Monster stöhnte laut, und Stan war sicher, dass es schreien würde, wenn es gekonnt hätte. Plötzlich fiel das Monster um und ging in Flammen auf. Es zuckte auf dem Boden, bis es ganz und gar verbrannt war und nichts als ein kleines Stück verrottetes Fleisch zurückblieb.

Charlie kam aus dem Wald heraus und starrte entsetzt auf den kleinen Haufen Fleisch am Boden. Stan wirkte ebenso bestürzt. Charlie wandte sich Stan zu.

„Was war das für ein Ding?"

„Ich weiß nicht, aber ein Spieler war es auf keinen Fall."
„Vielleicht eins von den Monstern, die im Buch erwähnt werden. Vielleicht war es ein Creepy oder wie die Dinger heißen."

„Lass mich nachsehen."

Stan schlug den Teil des Buches auf, in dem Monster beschrieben wurden, und auf der ersten Seite fand er, wonach er gesucht hatte. Er las die Beschreibung, die neben einem Bild des Monsters stand, dem sie gerade begegnet waren.

ZOMBIES
Zombies sind feindliche „Mobs" oder Kreaturen, die bei Nacht oder in dunkler Umgebung erscheinen. Von allen Mobs sind sie am leichtesten zu besiegen, da ihr Angriffsmuster hauptsächlich darin besteht, auf den Spieler zuzugehen und zu versuchen, ihn anzugreifen. Wenn sie direktem Sonnenlicht ausgesetzt werden, verbrennen sie. Sie können auch Türen einschlagen und sind die Hauptangreifer, wenn ein NPC-Dorf belagert wird. Werden sie getötet, hinterlassen sie verrottetes Fleisch.

Nachdem Stan den Abschnitt zu Ende gelesen hatte, sagte Charlie: „Das war also ein Zombie? Und die Dinger sollen *leicht* zu töten sein?"

„Angeblich", antwortete Stan. Er hob das Fleisch vom Boden auf. „Glaubst du, das Zeug ist genießbar?"

„Das bezweifle ich." Charlie verzog das Gesicht, während er den fauligen Klumpen aus grünem und braunem Fleisch anstarrte. „Sieh mal im Buch nach."

Nachdem er das Kapitel über Gegenstände eine Weile durchsucht hatte, fand Stan die Seite, auf der das Fleisch beschrieben wurde.

VERROTTETES FLEISCH

Verrottetes Fleisch ist ein Gegenstand, der von Zombies und Zombie Pigmen fallen gelassen wird und der in Tempeln gefunden werden kann. Man kann es zwar essen, es ist aber nicht ratsam, das zu tun, da eine hohe Chance besteht, sich eine Lebensmittelvergiftung zuzuziehen. Für Hunde ist es jedoch nicht giftig.

„Also sollten wir es wohl besser nicht essen, solange wir nicht sehr, *sehr* verzweifelt sind", meinte Charlie.

„Ja, du hast recht", stimmte Stan zu. „Außerdem bekommt jeder von uns zwei Brote aus der Truhe da oben und ein Schwert. Das Schwert sollte nützlich sein, weitere Monster abzuwehren, die noch auftauchen."

„Stimmt. Also holen wir uns das Zeug und gehen los! Es ist noch Morgen. Wir haben also einen ganzen Tag, um zu Adorias Dorf zu gelangen, bevor heute Nacht die Monster kommen."

Die beiden Spieler gingen den Hügel wieder hinauf bis zu der Truhe, wo sich jeder von ihnen zwei Brote und ein Holzschwert nahm. Dann kletterten sie auf die Hügelkuppe und sahen sich um, bis Charlie den Pfad entdeckte. Mit Brot im Inventar und den Schwertern in der Hand machten sich Charlie und Stan auf den Weg zu Adorias Dorf.

KAPITEL 2

DIE ERSTE NACHT

Um den Weg herum waren die Bäume entfernt worden, sodass Sonnenlicht die beiden Spieler beschien, während sie die Straße zum Dorf entlanggingen. Auf dem Weg selbst waren keine Monster, aber sie bemerkten einige im Wald. Zombies schienen am häufigsten zu sein, da man sie überall sehen konnte, aber den Spielern fielen auch einige andere auf. Charlie zeigte auf etwas tief im Wald, das einem Zombie ähnelte, aber dünner und weniger kräftig war. Stan hätte schwören können, dass es, soweit das in dem schummrigen Licht zu erkennen war, einen Bogen hielt und einen Köcher mit Pfeilen auf dem Rücken trug. Einmal, als Stan in die Kronen der Bäume am Wegesrand schaute, sah er blutrote Augen aufblitzen, die ihn von einem der höheren Äste aus betrachteten. Glücklicherweise folgte keine dieser rätselhaften Kreaturen den Spielern.

„Wir sollten uns beeilen, damit wir das Dorf schnell erreichen", sagte Charlie, der nervös wirkte. „Ich will nicht hier draußen sein, wenn es dunkel wird und diese Dinger herauskommen und auf die Jagd gehen."

Stan nickte zustimmend, aber von diesem Moment an verlief ihre Reise weniger gut. Der Weg wurde weniger übersichtlich, als sie tiefer in den Wald vordrangen, und einige Male gerieten sie versehentlich auf Seitenpfade, die in Sackgassen führten. Am Ende eines dieser Pfade stellte sich heraus, dass dort ein Zombie auf sie wartete. Stan und

Charlie schafften es mit Müh und Not, vor ihm zu fliehen, bis er das Interesse an ihnen verlor.

Der Himmel nahm eine wunderschöne rosa Farbe an, aber die beiden Spieler waren nicht in der Lage, sie zu genießen, während sie nach ihrem fünften Umweg zurück auf die Hauptstraße fanden und nirgendwo vor sich ein Dorf erkennen konnten.

„Ich glaube, wir sollten uns lieber einen Unterschlupf für die Nacht bauen", meinte Stan. „Wir sollten eine zwei Blöcke hohe Mauer bauen, damit wir wenigstens irgendeine Barriere haben, über die die Monster nicht so leicht hinwegklettern können."

„Du hast recht", erwiderte Charlie. „Ich hole ein paar Erdblöcke. Versuch du, etwas Holz von den Bäumen zu holen. Wir treffen uns hier wieder."

Stan nickte, und die beiden gingen in entgegengesetzte Richtungen davon.

Das Einsammeln der Erde ging schneller, als Charlie erwartet hatte. Nachdem er ein paarmal auf sie eingeschlagen hatte, lösten sich die Erdblöcke und warteten nur noch darauf, von Charlie eingesammelt und in sein Inventar gelegt zu werden. Mit einem ganzen Stapel Erdblöcke ging er zurück, um sich wieder mit Stan zu treffen.

Stan hatte es nicht annähernd so leicht. Er musste immer und immer wieder auf die einzelnen Abschnitte der Baumstämme einschlagen, um sie abbrechen zu können. Es tat auch noch weh. „Was ... würde ... ich ... für ... eine ... Kettensäge ... geben ...", knurrte Stan durch seine zusammengebissenen Zähne, während er gegen die Baumstämme schlug, bis nur noch Blätter in der Luft schwebten. Stan wurde schnell klar, dass Minecraft den physikalischen Gesetzen nicht immer Folge leistete.

Nach etwa einer Stunde trafen sich die Spieler wieder auf der Straße, und bei Einbruch der Nacht hatten sie einen kleinen, rechteckigen Kasten aus Erde und Holz errichtet, der zwei Blöcke hoch war und kein Dach hatte. Sie aßen ihre ersten Brote, dann verbarrikadierten sie sich in ihrem Fort.

„Mach dich bereit", sagte Stan. „Die Angriffe müssten jeden Moment losgehen." Charlie schluckte und zog sein Schwert.

Doch zu ihrer Überraschung geschah eine ganze Weile lang nichts. Sie saßen nur in ihrer Zuflucht und hofften, dass keine Monster auftauchen würden. Ab und zu spähten sie über die Mauer, um sicherzugehen, dass auf der anderen Seite niemand lauerte, und tatsächlich sahen sie jedes Mal nichts. Als der Halbmond den höchsten Punkt am Himmel erreicht hatte, wollte Stan gerade sagen, dass keine Monster in der Nähe waren und dass sie einfach einpacken und weitergehen sollten, als ein Pfeil an ihm vorbeisirrte und seinen Ärmel streifte.

„Deckung!", brüllte er, während ein Hagel aus Pfeilen über ihre Köpfe hinwegzischte. Charlie duckte sich. Er spähte durch eine kleine Lücke in der Mauer und sah etwa vier lebendige Skelette, die alle ein Stück entfernt standen und sie mit Pfeilen eindeckten. Er starrte die Gestalten an, doch eine Sekunde später sprang er entsetzt von seinem Guckloch zurück, als ihm der Blick durch den plötzlich auftauchenden Kopf eines Zombies versperrt wurde.

„Zombies!", rief Charlie Stan zu. „Und Skelette! Jede Menge! Und …", er blickte durch einige andere Lücken in den Wänden ihrer Zuflucht, „… sie stürmen die Mauer!"

Er hatte recht. Von allen Seiten feuerten die Skelette Pfeile auf die Spieler ab, und etwa sechs Zombies versuchten, einfach durch die Wand zu gehen. Aber damit hatte der Horror noch kein Ende.

„Tssssskiiiih!"

Etwas Großes war von den Bäumen gefallen und direkt hinter dem zusammengekauerten Stan gelandet. Ohne nachzudenken, fuhr Stan herum und schlug, so fest er nur

26

konnte, mit seinem Schwert zu. Und er traf. Das Monster wurde zurückgestoßen, aber er musste ihm noch viele tiefe Schnitte zufügen, bis es starb. Dann konnte er es sich endlich genau ansehen, und sein Herz machte einen entsetzten Satz.

Stan starrte auf den leblosen Körper der größten Spinne, die er je gesehen hatte. Sie hatte eine ganze Menge glühender roter Augen am Kopf. Der Rest ihres haarigen Körpers war dunkelgrau. In diesem Moment wurde Stan klar, dass es diese Spinne war, die er tagsüber in den Bäumen gesehen hatte. Der Leichnam der Spinne verschwand und hinterließ einen Strang feinen Fadens.

Noch mehr Spinnen fielen von den Bäumen. „Charlie! Hilf mir!", rief Stan, während er versuchte, die Spinnenmeute mit seinem hölzernen Schwert zurückzuschlagen. Charlie schrie vor Entsetzen, als er sah, wie die Spinnen auf seinen Freund zuströmten, und er benutzte sein Schwert, um einige der Monster von Stan abzulenken. Inmitten des Angriffs schaffte es Stan, den Ast über ihnen abzuhacken, über den die Spinnen kletterten, um in ihre Zuflucht zu gelangen, sodass der Spinnenstrom von oben versiegte.

„Um die müssen wir uns keine Gedanken mehr machen", seufzte Stan.

Wie sich jedoch herausstellte, lag er damit falsch. Die Spinnen konnten über ihre Mauer klettern. Die Spieler fanden sich damit ab, dass sie die Spinnen die ganze Nacht lang würden bekämpfen müssen. Also stellten sie sich Rücken an Rücken und hoben die Schwerter.

Es wurde eine anstrengende Nacht. Der Strom der Spinnen schien nicht abzureißen, und die Spieler durften die Köpfe wegen der immer noch in unermesslicher Zahl über sie hinwegfliegenden Pfeile nicht zu hoch nehmen. Wie durch ein Wunder trug keiner der Spieler in der ersten Nacht eine Verletzung davon. Die Spinnen griffen sie zwar an, aber Stan und Charlie schafften es, die riesigen Arach-

27

niden zurückzuschlagen, und töteten sie mit wilden, panischen Schwerthieben.

Nach einigen Stunden färbte sich der Himmel erst rosa, dann blau. Der Pfeilhagel hörte auf. Die Spinnen kletterten nicht mehr auf die Mauern. Das Grauen war vorbei.

„Das", murmelte Charlie erschöpft, „war eine sehr lange Nacht." Er ließ sich an der Mauer zu Boden gleiten.

„Ja, ich will auch schlafen, aber wir müssen gehen", sagte Stan, während er unterdrückt gähnte. „Wir müssen es vor Einbruch der Dunkelheit zu Adorias Dorf schaffen, sonst haben wir noch so eine Nacht vor uns."

„Du hast recht. Wir sollten wohl gehen." Charlie erhob sich, doch dann schrie er auf und ging schnell wieder in die Hocke.

„Was ist denn?", fragte Stan.

„Schau nicht über die Mauer. Lass es einfach", keuchte Charlie. Er klang panisch.

Stan blickte über die Mauer. Der Anblick drehte ihm den Magen um.

Die Straße vor ihnen war voller Spinnen. Sie waren überall. Sie krochen herum und kämpften miteinander. Es waren keine Zombies oder Skelette übrig, aber so viele Spinnen, dass Stans Knie versagten und er neben Charlie zu Boden sank.

„Warum sind sie nicht tot?", fragte Stan. „Ich dachte, Monster verbrennen im Sonnenlicht."

„Na ja, die Spinnen anscheinend nicht. Was sollen wir jetzt tun? Sie alle bekämpfen?" Charlie warf einen Blick auf ihre Holzschwerter. Sie waren nach der letzten Nacht von den Innereien der Spinnen bedeckt. Aber durch das Blut konnte Charlie sehen, dass sie nicht mehr lange halten würden. Noch ein paar Schläge, dann würden die Schwerter brechen.

„Nein, das ist eine schlechte Idee", erklärte Stan. Dann kam ihm ein Gedanke. „Hey Charlie, wenn die Spinnen noch da sind, warum klettern sie dann nicht über die Mauer, um uns anzugreifen, wie letzte Nacht?"

Charlie dachte darüber nach. „Das ist ein guter Einwand. Glaubst du, Spinnen greifen nur nachts an?"

Stan wusste, was er zu tun hatte. „Ich schätze, es gibt nur eine Möglichkeit, das herauszufinden." Er ging auf die Mauer zu.

„Hey, wo willst du hin?", rief Charlie.

„Ich finde heraus, ob die Spinnen mich angreifen, wenn ich außerhalb der Mauer bin."

„Und wenn sie es tun?"

„Dann bin ich tot."

„Nein, Mann, du kannst nicht einfach …"

„Hast du einen besseren Vorschlag?"

„Tja … äh …"

„Das dachte ich mir." Stan begann, über die Mauer zu klettern.

„Warte", sagte Charlie. Er reichte Stan sein Schwert. „Nimm das. Deins ist kurz davor zu zerbrechen, und wenn du gegen all die Spinnen kämpfen musst, wirst du ein Schwert brauchen."

„Danke. Wünsch mir Glück", erwiderte Stan mit nervös zitternder Stimme. Dann sprang er über die Mauer und schloss die Augen.

Nichts geschah. Stan öffnete die Augen wieder. Die Spinnen kümmerten sich nicht um ihn, als wäre Stan gar nicht über die Mauer geklettert. Als er vorsichtig und auf Zehenspitzen zwischen den Spinnen hindurchging, beachtete ihn keine einzige von ihnen. Er tat dies so schnell, wie er nur konnte, weil er kein Risiko eingehen wollte, und hielt nicht inne, bis er einen Abschnitt der Straße erreichte, der nicht voller Spinnen war.

„Alles in Ordnung, Charlie, sie sind nicht aggressiv. Du kannst jetzt herkommen."

Charlie war starr vor Schreck, und seine würfelförmi-

29

gen Hände zitterten, als er die Fäden der toten Spinnen in ihrem Fort einsammelte (vielleicht würden sie später noch mal von Nutzen sein), über die Mauer kletterte und durch die Spinnenmeute hindurchsprintete, um zu seinem Freund zu gelangen.

„Mann", sagte Charlie mit einem Seufzer, „ich bin froh, dass das vorbei ist."

Stan nickte. „Ganz deiner Meinung … hey, sieh mal!" Er ging zu einem Haufen aus Knochen und Pfeilen. Er nahm einen der Knochen in die Hand.

„Eins der Skelette muss das verloren haben, als es im Sonnenlicht verbrannt ist." Er reichte Charlie den Knochen. „Glaubst du, der könnte nützlich sein?"

„Sieh im Buch nach", antwortete Charlie, der nun die Pfeile untersuchte. „Schlag ‚Knochen' und ‚Pfeile' nach."

Stan schlug das Buch im Kapitel über Gegenstände auf und las laut vor:

KNOCHEN
Knochen sind Gegenstände, die von Skeletten bei ihrem Tod fallen gelassen werden. Knochen haben zwei Hauptfunktionen. Man kann aus einem Knochen Knochenmehl herstellen oder ihn benutzen, um einen wilden Wolf zu zähmen und zu einem Hund zu machen. Dazu sind möglicherweise mehrere Knochen nötig.

PFEILE
Pfeile sind Gegenstände, die entweder nach dem Tod eines Skeletts fallen gelassen werden oder aus Feuerstein, Stöcken und Federn hergestellt werden können. Pfeile können von Bögen oder einem Redstone-Werfer verschossen werden. Auch Skelette schießen damit.

Stan klappte das Buch zu. „Sieht aus, als könnten die Knochen nützlich werden, falls wir auf einen Wolf stoßen. Und wir sollten uns besser einen Bogen beschaffen, damit wir die Pfeile benutzen können."

Charlie stimmte zu, und die beiden bauten ihr Fort auseinander, falls sie das Material später noch einmal brauchen würden. Dann gingen sie weiter den Pfad entlang in Richtung Adorias Dorf. Es herrschte helles Tageslicht, und sie schienen eine unbeschwerte Reise vor sich zu haben.

Später machten sie gerade Rast, um ihre letzten Brote zu essen, als etwas aus den Wäldern sprang.

Es war ein Spieler mit einem Schwert, das offenbar aus Stein war, und er hielt es geradewegs auf Stans Herz gerichtet.

KAPITEL 3

MINEN UND CREEPER

Der Spieler besaß den gleichen Körper wie Stan und Charlie, aber Stan erkannte, dass es ein Mädchen war. Sie hatte blondes Haar, das hinter ihrem würfelförmigen Kopf zu einem Pferdeschwanz gebunden war. Sie trug eine Lederjacke, Shorts in Neonpink und blaue Schuhe. Stan dachte: *Was interessiert mich das? Sie richtet ein Schwert auf meine Brust!*

„Gebt mir all eure Materialien", sagte das Mädchen mit monotoner Stimme, „sonst bekommt dein Freund eine Klinge in die Brust."

Charlie, der bis jetzt starr vor Schreck gewesen war, machte sich hastig daran, ihre sämtlichen Materialien hervorzuholen. Er legte sie auf den Boden: sein eigenes, beschädigtes Holzschwert, ein Stück Brot, ein Stapel Erde, ein Stück verrottetes Fleisch, ein Knochen, fünf Pfeile, etwas Holz und ein ganzer Haufen Spinnenfäden. Das Mädchen sah sich alles mit angewidertem Blick an.

„Hätte ich mir denken sollen. Ihr zwei habt nichts Vernünftiges dabei." Es war eine Feststellung, keine Frage.

„Ich weiß nicht. Ich habe ... das hier!" Und Stan, der bis zu diesem Augenblick völlig reglos geblieben war, zog plötzlich sein Holzschwert. Er nutzte aus, dass das Mädchen abgelenkt war, und landete einen Hieb gegen ihre Brust, sodass sie zurückgestoßen wurde. Sie fiel zu Boden und wand sich. Der Hieb hatte nicht tatsächlich wehgetan, aber die Lederrüstung an ihrem Oberkörper war abgefallen und hatte ein orangefarbenes T-Shirt freigelegt, in dessen Mitte ein Herz prangte, das so neonrosa war wie ihre Shorts.

Stan stand über ihr und richtete sein Holzschwert auf sie, und Charlie gesellte sich schnell zu ihm. Auch er richtete mit zitternder Hand sein Schwert auf sie. Stan klang viel mutiger als er sich fühlte, während er sagte: „Ich an deiner Stelle würde nichts Dummes versuchen. Wir sind zu zweit, und du bist ganz allein."

Sie richtete sich auf, und zu Stans Überraschung sah sie fast gelangweilt aus, als sie erwiderte: „Keine Sorge, ich werde nichts versuchen. Das wäre sinnlos. Euch beide zu töten, was ich mit Leichtigkeit könnte, würde zu nichts führen. Ihr seid nur zwei Noobs. Sagt mir Bescheid, ob ihr mich angreifen oder freilassen wollt oder was auch immer. Ich bleibe einfach hier sitzen." Mit diesen Worten setzte sie sich auf einen Baumstumpf in der Nähe, legte die Hände hinter ihren Kopf, schlug die Beine übereinander und schloss die Augen, als würde sie sich auf einem Liegestuhl am Strand entspannen, anstatt mit einem Schwert bedroht zu werden. Stan spürte, dass er rot wurde.

„Woher willst du wissen, dass wir neu sind?", fragte Charlie trotzig. Seine Hand zitterte noch immer, während er mit der Schwertspitze auf ihr Herz zielte.

„Wenn wir nun die totalen Meisterspieler sind und nur unnützes Zeug mit uns herumtragen, um Leute wie dich zu täuschen?", fuhr Stan sie an.

Sie öffnete die Augen.

„Also, erstens seid ihr auf dem Weg zu Adorias Dorf, das für Spieler unter Level fünf gedacht ist. Und zweitens würde jeder kluge Spieler alle Waffen, die er hat, zur Selbstverteidigung bei sich tragen, jetzt, da der König das neue Gesetz erlassen hat." Sie schloss die Augen wieder.

„Was für ein neues Gesetz?", fragte Charlie.

33

Sie öffnete erneut die Augen. „Und drittens wissen nur Noobs nichts von dem Gesetz, das einen nach einem einzigen Tod vom Server verbannt, anstatt dass man bloß all sein Zeug verliert und zum Spawnpunkt zurückkehrt, wie es sonst in Minecraft üblich ist." Sie schloss die Augen wieder.

„Moment mal", sagte Stan. „Wenn du nicht neu bist, warum läufst du dann mit einem Steinschwert herum? Wenn ich raten müsste, würde ich sagen, dass Stein hier reichlich vorhanden ist."

Sie öffnete die Augen, und ihr Gesicht nahm einen verbitterten Ausdruck an. „Ach, das. Das ist … also das war die blödeste Geschichte *aller Zeiten*. Ich war mal auf diesem Server namens Johnstantinopel – der wurde von einem Typen namens John betrieben, wer hätte das gedacht –, und alles lief richtig gut. Ich habe ein verlassenes NPC-Dorf mit einem Eisenschwert und einem Haufen Äpfel in der Schmiedetruhe gefunden, und ich bin rumgelaufen und habe Monster getötet, als ein Griefer von hinten kam und mich getötet hat! Ich bin zum Spawnpunkt zurückgegangen, habe eine Menge Creeper getötet, mir Sand besorgt und einen Haufen TNT hergestellt. Dann habe ich einen goldenen Apfel gegen ein paar Feuerkugeln getauscht, die ein Typ aus dem Nether geholt hat, und ich hab das Haus des Typen, der mich getötet hat, zurückgegrieft, indem ich sein Haus in die Luft gejagt habe! Leider hat sich rausgestellt, dass dieser Typ John war, der Serverbetreiber, und er hat mich gebannt. Total unfair!

Also bin ich auf *diesen* blöden Server gekommen, und nirgendwo gibt es NPC-Dörfer. Ich musste einen Kerl im Schlaf töten, mir dieses ätzende Steinschwert nehmen und … ihr versteht keine Silbe von dem, was ich gerade erzähle, oder?"

Auch das war eine Feststellung, keine Frage, und wieder war es die Wahrheit. Die Jungen standen mit verwirrten

Gesichtern vor ihr. Sie hatten nichts von ihrer Tirade verstanden, nachdem sie PCD-Städte, oder was immer sie auch gesagt hatte, erwähnt hatte. Sie waren völlig verwirrt, also stand das Mädchen einfach auf und ging davon. „Hey! Was glaubst du, wo du hingehst?", rief Charlie. „Ich gehe Leute suchen, die Sachen haben, die ich auch wirklich gebrauchen kann", antwortete sie, während sie auf den Wald zuging. „Warte mal!", rief Stan und lief ihr nach. „Wieso kommst du nicht mit uns?"

Sie fuhr herum und sah ihn an. „Was?", riefen sie und Charlie gleichzeitig.

„Das kannst du nicht ernst meinen, Stan. Sie hat gerade versucht, uns umzubringen!"

„Du erwartest, dass ich mit euch Noobs mitgehe?"

„Sie wird über uns herfallen, sobald wir eingeschlafen sind!"

„Wenn ihr glaubt, dass ich euch beschütze, liegt ihr jedenfalls falsch!"

„RUHE!", brüllte Stan so laut, dass Charlie und das Mädchen tatsächlich verstummten.

Stan wandte sich an das Mädchen und sagte: „Pass auf. Wenn du Leute angreifst, die bessere Waffen haben als du, wirst du massakriert. Komm mit uns zu Adorias Dorf. Dort wird man dir helfen, ein neues Eisenschwert zu bekommen, und dann können wir uns trennen."

Das Mädchen dachte darüber nach, während Charlie schwach protestierte, doch Stan beachtete ihn gar nicht.

„Na schön", sagte das Mädchen. „Ich komme mit, aber nur, bis wir in Adorias Dorf sind. Danach verlasse ich euch, und ihr müsst allein zurechtkommen."

„Gut", meinte Stan. Charlie sah ihn ungläubig an, aber er konnte sehen, dass Stan seine Entscheidung getroffen hatte, und er bezweifelte, dass er noch davon abzubringen war.

„Kommt", sagte Stan. „Der Weg führt hier entlang." Er setzte sich in Bewegung, und die anderen folgten ihm.

„Übrigens, ich bin KitKat783", sagte das Mädchen. „Aber ihr könnt mich Kat nennen."

„Ich heiße Stan und das ist Charlie", sagte Stan und zeigte auf Charlie, der lustlos eine blockige Hand hob. Ohne ein weiteres Wort ging Stan davon, gefolgt von Kat, die grinste, und Charlie, der finster dreinblickte.

Schweigend marschierten sie den Weg entlang. Kat folgte Stan, Charlie bildete das Schlusslicht.

„Ich traue ihr nicht genug, um sie hinter mir laufen zu lassen", hatte er Stan zugeflüstert.

Sie gingen weiter, bis es etwa Mittag war, dann bemerkte Stan etwas am Wegesrand. Er zeigte es den anderen. Es schien ein großes Loch im Boden zu sein, von Steinen umsäumt und mit einer Dunkelheit erfüllt, die sich bis tief in den Untergrund zog. In einigen der Steine, die er erkennen konnte, bemerkte er schwarze Flecken.

„Das ist eine Mine!", rief Kat aufgeregt. „Da drin sind Mineralien, die man abbauen kann! Gehen wir rein!"

„Spinnst du?", fuhr Charlie sie an, noch immer verärgert darüber, dass Kat sich ihnen angeschlossen hatte. „Da drin ist es total dunkel. Da gibt es sicher Monster."

„Ach, sei kein Baby", grinste Kat. „Siehst du das schwarze Zeug?" Sie zeigte auf einen der schwarz gefleckten Steine. „Das ist Steinkohle. Wir können Fackeln aus der Kohle machen, um im Dunkeln sehen zu können und nachts die Monster fernzuhalten. Und außerdem: Selbst wenn da drin Monster sind, können wir sie bekämpfen. Wir haben alle Schwerter. Wir sind alle große Jungs, bis auf mich, und ironischerweise habe ich offenbar am wenigsten Angst, da reinzugehen."

Niemand sagte etwas dagegen. Die Aussicht, nach dem Zwischenfall mit den Spinnen in eine dunkle Mine zu gehen, machte Stan etwas nervös. Er würde aber bald eine neue Waffe herstellen müssen, und es würde gut sein, ein Schwert aus Stein statt aus Holz zu haben, auch wenn er keine Ahnung hatte, wie er eines herstellen könnte. Er fragte sich auch, was für andere Mineralien darin waren. Seine Wünsche und seine Neugier bezwangen seine Angst, und er sagte: „Na schön, Kat. Ich gehe in die Mine."

„Mir egal, was ihr beide sagt, ich setze da keinen Fuß rein", erwiderte Charlie. „Ich erinnere mich an die Spinnen. Ich werde mich nicht vom Fleck rühren, danke der Nachfrage." Und damit ging er zur Wegesmitte, legte ein Stück Holz aus seinem Inventar ab, verschränkte die Arme vor seiner Brust und starrte Stan und Kat trotzig an.

„Schön", sagte Stan. „Dann bleibst du eben hier draußen. Versuch, noch etwas zu essen zu finden. Wir haben fast nichts mehr. Kat und ich besorgen Kohle und Stein." Damit wandte sich Stan um und ging auf die Mine zu.

„Warte", sagte Kat. Sie warf ihm etwas zu, das er auffing und untersuchte: Eine Spitzhacke aus Stein. Sie hielt eine zweite hoch.

„Wenn man das mit bloßen Händen macht, tut es nur weh und man braucht ewig, ohne wirklich was zu erreichen. Am besten nimmt man dafür eine Spitzhacke."

Stan kam sich wegen seiner Unwissenheit ziemlich dumm vor. Mit der Spitzhacke in der Hand betrat er die Mine. Kat blieb direkt hinter ihm.

Als Erstes machte er bei der Steinkohle halt, die er gesehen hatte. Dann nahm er die Spitzhacke und baute in wenigen Minuten einen beachtlichen Brocken Kohle ab. Er sah, dass die Kohle in einer Ader verlief. Es dauerte nicht lange, bis er etwa zehn Brocken davon gesammelt hatte. Er brachte sie zu Kat, die auf eine Steinwand einhackte.

„Gut", sagte sie. „Zeig mal her." Er gab ihr die Brocken. Sie holte ein paar Stöcke aus ihrem Inventar und brachte sie an der Kohle an, um Fackeln herzustellen. Aus jedem

Brocken Kohle wurden vier Fackeln, also hatten sie insgesamt vierzig.

„Jetzt können wir tiefer in die Mine geben, dahin, wo es keine natürliche Lichtquelle gibt", erklärte sie. Sie wagten sich weiter vor und befestigten dabei Fackeln an den Wänden. Stan bemerkte, dass sich die Fackeln von selbst entzündeten, sobald Kat sie an der Wand anbrachte, ohne Streichhölzer oder Feuerzeug. *Komisch …*

„Hey, sieh mal, hier drüben!" Stan lief zu einer Stelle, an der der Boden schwarze Flecken hatte. „Noch mehr Kohle! Die werde ich abbauen", sagte er. „Könntest du mir etwas Stein für ein neues Schwert besorgen? Und hol auch etwas für Charlie."

„Von mir aus", entgegnete sie. Sie fing an einer anderen Stelle an, auf die Wand einzuhacken, und sammelte riesige Mengen an Steinbrocken ein. Stan grub sich in die Kohleader. Er wollte gerade das achte Stück Steinkohle in Angriff nehmen, als Kat sagte: „Hey Stan! Komm mal her und schau dir das an!"

Stan ging zu ihr hinüber. Sie hatte ein beachtliches Stück der Wand abgetragen und starrte einen Block an, der anders aussah als der Stein, von dem sie umgeben waren. Dieser Block hatte kleine Flecken, die denen der Steinkohle ähnelten. Sie waren allerdings hellbraun, nicht schwarz. Kat wich einen Schritt zurück.

„Das habe ich noch nie gesehen. Glaubst du, es könnte Gold sein?"

„Vielleicht. Bring eine Fackel an", sagte Stan. Kat tat ihm den Gefallen. Stan holte sein Buch hervor und schlug das Kapitel über Blöcke auf. Er fand eine Seite, auf der Golderz beschrieben wurde, und zeigte sie Kat.

„Nein", meinte sie. „Golderz hat gelbe Flecken. Die hier sind bräunlich. Schau mal auf den anderen Seiten nach."

Stan blätterte zur vorherigen Seite zurück. Er hielt Kat das Bild entgegen.

„Das ist es!", rief sie. „Was ist das?"
Stan las es vor.

EISENERZ
Eisenerz ist ein Erzblock, der gewöhnlich in Minen oder im Gebirge vorkommt. Wird er eingeschmolzen, entsteht ein Eisenbarren.

Stan blickte von dem Buch auf.
„Weißt du, was ein Eisenbarren ist?", fragte er. Kat zuckte mit den Schultern. „Schlag es nach", sagte sie.
Er tat es.

EISENBARREN
Ein Eisenbarren ist ein Crafting-Gegenstand. Man erhält ihn hauptsächlich, indem man Eisenerz einschmilzt. Er kommt jedoch auch in Truhen in Verliesen, Festungen, verlassenen Minen, Tempeln und NPC-Dörfern vor, und man kann ihn durch das Töten von Eisengolems oder (eher selten) Zombies erhalten. Der Eisenbarren ist für die Herstellung vieler verschiedener Gegenstände eine Grundzutat, darunter Eisenschwerter, Eisenrüstungen, Eisenwerkzeuge, Eimer, Scheren, Eisengitter, Haken und vieles mehr. Werkzeuge und Rüstungen aus Eisen sind von höherer Qualität als solche aus Stein oder Leder, aber von geringerer Qualität als solche aus Diamant.

In dem ganzen Absatz erregte ein kleiner Abschnitt Kats Aufmerksamkeit.
„Eisenschwert?", rief sie aus. „Wenn ich das Zeug also einschmelze, was auch immer das heißt, kann ich ein Eisenschwert bekommen?"
„Anscheinend", erwiderte Stan.
„Super!", rief Kat erfreut. Die beiden Spieler begannen,

39

mit ihren Spitzhacken auf die Wand einzuschlagen, und schafften es, vier Eisenerz-Blöcke herauszuhauen, bis sie wieder auf Stein trafen.

„Sehen wir uns um. Vielleicht ist hier noch mehr!" Sie wollten ihre Spitzhacken gerade am nächsten Abschnitt der Wand ansetzen, als sie vom Eingang der Höhle einen markerschütternden Schrei hörten.

„Aaaaauuuuu! Stan! Hiiillllllfffeeee!"

„Komm mit!", rief Stan Kat zu, und die beiden rannten durch die Mine hinaus ins Licht.

Nachdem Kat und Stan in der Mine verschwunden waren, hatte Charlie sich erhoben und war mit mürrischem Gesicht herumgelaufen.

Blödes Mädchen, dachte er, während er sich umsah und ein kleines Weizenfeld neben einem Schild entdeckte, auf dem stand: „Nimm dir, was du brauchst, aber pflanze neu an." *Warum durfte sie sich uns anschließen? Sie hätte uns fast getötet! Was findet Stan nur an ihr?* Es stimmte allerdings, stellte er fest, während er den Weizen erntete, dass das Mädchen anscheinend mit Schwertern umgehen konnte. *Ach, was rede ich da? Das* weiß *ich doch gar nicht. Ich habe sie nicht tatsächlich kämpfen sehen! Nach allem, was ich weiß, hat sie noch nie im Leben etwas getötet. Bei der ersten Gelegenheit werde ich sie los, dieses arrogante Gör.*

Und was hat sie jetzt wieder angestellt, dachte er, während er die Laubblöcke der Bäume zerstörte. Er hatte in Stans Buch gelesen, dass ab und zu ein Apfel aus einem Laubblock fallen konnte, wenn man ihn zerstörte. *Sie ist mit ihm in eine Mine gegangen und hält uns davon ab, Adorias Dorf zu errei... Moment mal,* dachte er und übersah den Apfel, der aus dem Block fiel, den er gerade zerstört hatte.

Was, wenn das eine Falle ist? Was, wenn sie Stan nur

dort hinuntergelockt hat, um ihn zu töten? Und wenn sie dann zurückkommt, um mich zu erledigen? Ich muss sie finden!

Schnell nahm er sein Schwert und wollte gerade in die Mine stürzen, um seinen Freund zu retten, als er abrupt stehen blieb.

Ein Stückchen weiter in der Dunkelheit der Mine machte er eine Gestalt aus. Sie wirkte wie eine Art Monster. Er wollte schon weglaufen, aber seine Neugier gewann die Oberhand, denn es war das Seltsamste, was er je gesehen hatte. Er trat etwas vor, um besser sehen zu können. Das Ding war etwa so groß wie er, zwei Blöcke hoch, aber es hatte keine Arme und stand aufrecht auf vier stummeligen Beinen. Er konnte es nicht wirklich gut erkennen, aber er hätte schwören können, dass sein Körper mit verschiedenen Grüntönen gesprenkelt war, und dass auch etwas Weiß dabei war. Er trat noch etwas näher heran. Wie sich herausstellte, war das ein schwerer Fehler.

Die Kreatur drehte sich plötzlich zu ihm um. Er war zu nahe an sie herangekommen. Sie starrte ihn an, und er hatte noch nie in seinem Leben ein so schreckliches Gesicht gesehen. Es sah aus wie eine zerfallene, grün gefleckte Kürbisfratze. Die Augenhöhlen waren schwarz und leer, der Mund ein klaffendes Loch, das sich in einem entsetzlichen umgekehrten Grinsen öffnete.

Er schwang sein Schwert und stieß das Monster zurück, doch seine Holzwaffe hatte das Ende seiner Haltbarkeit erreicht. Die abgenutzte Klinge zersplitterte in tausend Stücke, und Charlie warf den nutzlosen Griff weg, während er in das Dunkel der Mine schrie, um seine Freunde zu Hilfe zu rufen.

Die Kreatur war schnell, aber auch leise. Die Zombies machten stöhnende Geräusche, die Spinnen klickende, und man konnte das Klappern von Knochen hören, wenn Skelette sich bewegten. Aber dieses Ding bewegte sich völlig geräuschlos. Während es Charlie verfolgte, konnte er kaum dessen Schritte hören. Außerdem verbrannten die Zombies und Skelette im Sonnenlicht, und die Spinnen hatten weder ihn noch Stan beachtet. Aber Charlie lief in der prallen Sonne herum, und das Ding verfolgte ihn weiter, ohne langsamer zu werden oder Schaden zu nehmen. Charlie wollte nicht wissen, was passieren würde, wenn das Ding ihn erreichte.

Kat und Stan kamen in dem Moment aus der Mine gestürzt, als Charlie wieder auf sie zulief, das Monster noch immer auf seinen Fersen.

„Leute, dem Himmel sei Dank! Ich bin ja so froh, dass ihr ...“

„Deckung!“, rief Kat.

Das Monster hatte sie erreicht und begann, zu zischen und anzuschwellen wie ein zu stark aufgeblasener Ballon. Kat versetzte Stan einen Stoß, der rücklings in der Mine verschwand, und rempelte Charlie gerade noch rechtzeitig aus dem Weg. Es gab eine ohrenbetäubende Explosion, und eine Staubwolke erhob sich über der Straße. Dann war alles ruhig.

Als sich der Staub legte, stand Stan auf und kam aus der Mine. Das Monster war verschwunden, und an seiner Stelle befand sich ein riesiger Krater, der genau in die Mitte des Pfades gesprengt worden war. Stan starrte ihn an, und Charlie und Kat standen auf. Kat wandte sich Charlie zu.

„Wie hast du es geschafft, einen Creeper anzulocken? Ich dachte, du wolltest außerhalb der Mine bleiben!“, schrie sie ihn an.

„Moment mal ... *das* war ein Creeper?“, fragte Stan.

„Ja, das war ein Creeper! Warum hat er dich verfolgt?“

„Das ist also das Ding, von dem alle reden?“, fragte Charlie, dessen Augen vor lauter Entsetzen geweitet waren. „Ich habe die Poster im Internet gesehen ... aber ich dachte immer, dass sie ... na ja, dass sie in Häuser einbre-

42

chen und einem die Sachen stehlen! Aber sie *explodieren*?"

„Ja. Zum letzten Mal, Charlie, wieso hat er dich verfolgt?"

„Ich bin in die Mine runtergegangen."

„Warum?", fragte Kat.

„Ich … äh …" Charlie dachte, es wäre ein bisschen unhöflich, Kat zu sagen, dass er in die Mine gegangen war, um sie davon abzuhalten, ihn und Stan zu verraten, nachdem sie sie gerade beide vor dem Creeper gerettet hatte.

„Ich … äh … wollte euch helfen. Ich habe kein Essen gefunden, und ich wollte nicht unnütz sein, also bin ich … äh … euch gefolgt. Den Fackeln. Und dann habe ich das Ding gesehen und wollte es bekämpfen, aber mein Schwert ist zerbrochen, also habe ich euch um Hilfe gerufen, weil ich wusste, dass ihr Schwerter habt, die noch ganz sind", schloss er.

Kat starrte ihn mit einem Ausdruck an, der eine Mischung aus Frust und Belustigung war.

„Mhm", meinte sie. „Dann sollten wir dir wohl mal ein Schwert besorgen, das auch noch ganz ist. Ich weiß nämlich nicht, wie man eins herstellt. Hast du denn überhaupt nichts zu essen gefunden?"

„Nur etwas Weizen und ein paar Äpfel", antwortete Charlie. „Ich weiß nicht, ob wir mit dem Weizen etwas anfangen können, aber die Äpfel sind essbar."

„Das wird reichen müssen", erwiderte Kat. „Gehen wir."

Während die drei Spieler weiter die Straße zu Adorias Dorf entlanggingen, seufzte Charlie und fand sich mit der Tatsache ab, dass er dieses Mädchen, das sein Leben gerettet hatte, nun nie mehr loswerden würde.

Ihnen blieb noch jede Menge Tageslicht. Der Weg verlief schnurgerade, und am Straßenrand tauchten nun schwebende Laubblöcke ohne Stämme darunter auf. Das bedeutete, dass sie sich mit Sicherheit in der Nähe der Zivilisation befanden.

„Ausgezeichnet", meinte Stan, als sie an einem Melonenacker mit einem Schild vorbeikamen, das mit dem an dem Weizenfeld identisch war. „Wir können uns von dem Feld etwas zu essen nehmen. Aber zerstört keine der Ranken."

Jeder Spieler suchte sich eine Melone aus und zerstörte sie. Jede der zerstörten Melonen zerfiel in mehrere Melonenscheiben, und die Spieler aßen die saftigen Früchte, bis sie völlig gesättigt waren. Kat, die besonders hungrig war, aß sogar noch die zwei Stücke rohes Schweinefleisch, die sie im Inventar hatte.

„Hey", sagte sie, den Mund voll Wassermelone und rohem Schweinefleisch, als die beiden Jungen sie angewidert ansahen. „Daf ifleicht nichön, abers afüllt ein hweck." Als ihre Gesichter stattdessen einen verwirrten Ausdruck annahmen, schluckte sie alles hinunter und sagte: „Das ist vielleicht nicht schön, aber es erfüllt seinen Zweck."

Charlie verdrehte die Augen. Stan wollte gerade einen Witz reißen, als zum zweiten Mal an diesem Tag ein Spieler mit Schwert in der Hand aus dem Wald gestürmt kam.

Diesmal zögerten sie nicht. Innerhalb von Sekunden waren alle drei Spieler auf den Beinen. Kat hatte ihr Steinschwert in Verteidigungshaltung erhoben. Hinter ihr stand Stan, der sein schwer beschädigtes Holzschwert mit zitternden Händen umklammert hielt. Und Charlie, der die Fäuste geballt hatte und sich auf einen Kampf vorbereitete, indem er auf den Fußballen tänzelte.

Der Spieler war gekleidet wie ein Leibwächter des Präsidenten. Er trug einen schwarzen Smoking, und eine schwarze Sonnenbrille bedeckte die Augen in seinem bräunlichen Gesicht. Er hielt ein Goldschwert in Angriffshaltung, bereit, den Ersten, der sich rührte, zu töten.

Kat ergriff als Erste das Wort. „Was willst du?", fragte sie.

Die Augenbrauen des Spielers zogen sich zusammen, als er mit der Schwertspitze auf sie zeigte. „Was ich will? Ich will eine ganze Menge. Erstens will ich mein altes Leben zurück. Alles war perfekt …"

„Deine Jammer-Geschichte interessiert uns nicht. Lass uns in Frieden, bevor du noch etwas tust, das du später bereust. Wir sind zu dritt, und du bist allein, und zwei von uns haben Schwerter. Ich schlage vor, dass du einfach zurück in den Wald verschwindest, aus dem du gekommen bist."

Der Spieler sah tödlich beleidigt aus. Er richtete sein Schwert auf Kat.

„Du sagst mir nicht, was ich zu tun habe! Ihr seid alle Noobs, mit primitiven Waffen aus Holz und Stein. Ich dagegen bin der höchst ehrwürdige Mr. A, der mächtigste Krieger, den dieser Server je erlebt hat! Wenn ihr nur die Hälfte der Gründe kennen würdet, aus denen ich neue Spieler wie euch tot sehen will …"

„Ach, halt einfach die Klappe!", unterbrach ihn Stan. „Du wirst uns auf keinen Fall besiegen, *ehrwürdiger* Mr. A! Und wenn du wirklich so ehrwürdig wärst, würdest du Spieler mit *primitiven Waffen* nicht überfallmäßig angreifen. Das ist einfach armselig. Mir ist egal, was du warst – ganz offensichtlich bist du jetzt nichts Besonderes. Lass uns einfach in Ruhe! Wir haben nichts Falsches getan. Du bist nur ein … ein … ein Griefer, das bist du!" Er wusste nicht genau, was dieses Wort bedeutete, aber es zeigte die beabsichtigte Wirkung.

Mr. A stürmte auf das Trio zu. Stan freute sich, einen Grund zum Kämpfen zu haben. Ihn regte das alles langsam auf. Als Mr. As Schwert kurz davor war, Stans Kopf zu treffen, hob Stan sein eigenes, um zu parieren. Beide Schwerter zerbrachen sofort. Die Holzklinge zersplitterte genauso, wie es bei Charlie passiert war, und die goldene Klinge bog sich zurück und fiel vom Griff. Zornig darüber, dass sein

Schwert zerbrochen war, ging Mr. A mit den Fäusten auf Stan los. Stan hob die Arme, um sich gegen den Schlag zu wehren, als Kat im selben Moment Mr. As Bein auf einer Seite traf und Charlie auf der anderen gegen seinen Kopf schlug. Der Griefer stürzte und prallte hart auf den Boden. Er stand sofort wieder auf, aber er hielt sich die Hand auf den Oberkörper, das Gesicht zu einer Grimasse verzerrt.

„Na gut! Ihr gewinnt. Aber glaubt ja nicht, dass es damit vorbei ist. Ich werde euch wiederfinden, und wenn das passiert, wird es für euch schlimmer als der Tod! Und jetzt viel Glück *hiermit*!" Mr. A riss einen Bogen hoch und schoss einen Pfeil ab. Er zielte nicht auf die Spieler, sondern auf etwas im Wald. Stan, Charlie und Kat sahen dem fliegenden Pfeil nach, während Mr. A in den Wald auf der anderen Seite des Weges rannte.

Sie hörten ein schmerzerfülltes Jaulen, als der Pfeil sein Ziel traf. Einen Moment später sprang ein weißes Tier mit glühend roten Augen aus dem Wald. Es war ein Wolf, bis aufs Blut gereizt von Mr. As Pfeil. Und er fasste das nächstgelegene Ziel ins Auge: Stan!

Stan war unbewaffnet. Ihm blieb nur der Versuch, vor dem Wolf wegzulaufen, aber der war flink, schneller als der Creeper. Schneller als Stan sprinten konnte. Der Wolf sprang ihn an und hielt ihn am Boden. Das Tier knurrte. Seine bösartigen roten Augen leuchteten, und es war kurz davor, Stan in die Kehle zu beißen, als hinter ihm ein Pfiff ertönte. Das Tier riss den Kopf herum.

Dort stand Kat und bot dem Wolf den Knochen an, den sie sich gerade aus Charlies Inventar geschnappt hatte. Die Jungen sahen beeindruckt zu, während die Augen des Wolfs aufhörten, rot zu leuchten, und stattdessen eine traurige schwarze Farbe annahmen. Der Wolf legte den Kopf leicht schräg, hielt inne und ging dann langsam auf Kat zu. Er blieb vor ihr stehen, und sie gab ihm den Knochen.

Der Wolf hatte alle Aggressivität verloren. Er setzte sich vor Kat hin, ließ die Zunge heraushängen und wedelte mit dem Schwanz. Kat zog ein rotes Halsband aus ihrem Inventar und legte es dem Wolf um den Hals. Mithilfe des Knochens hatte sie das Tier gezähmt.

„Jetzt habe ich euch schon zweimal das Leben gerettet", sagte Kat selbstzufrieden zu Stan, während sie ihrem neuen Hund den Kopf tätschelte. „Ich glaube, ich werde ihn Rex nennen."

„Oh, wer hätte das gedacht, ein Hund namens Rex. Wie originell", murmelte Charlie leise, aber Kat hörte es nicht. „Stan, könntest du in deinem Buch mal ‚Hunde' nachschlagen? Ich will wissen, wie ich mich um den kleinen Kerl kümmern muss."

Stan kam ihrem Wunsch nach. Sein Mund stand noch immer vor Erstaunen darüber offen, wie es ihr gelungen war, den Wolf zu zähmen. Er öffnete sein Buch und blätterte durch die Seiten voller Tiere und Monster, konnte aber nichts über Hunde finden.

„Versuch es mit ‚Wolf' ", schlug sie vor.

Er sah unter dem Stichwort nach und fand eine Seite.

WOLF

Ein Wolf ist ein neutraler Mob, der in Waldgebieten zu finden ist. Gewöhnlich hält er sich in Rudeln auf. Ein Wolf ist keine Gefahr für Spieler, reizt man ihn jedoch, wird er aggressiv und greift mit ähnlicher Geschwindigkeit und Sprungkraft wie eine Spinne an, und alle anderen Wölfe seines Rudels unterstützen ihn. Man kann Wölfe zähmen, indem man sie mit Knochen füttert, die Skelette fallen lassen. Man kann einem gezähmten Wolf befehlen, still zu sitzen oder dem Spieler zu folgen. Wenn ein Spieler angreift oder von einem Mob angegriffen wird, schließen sich die Wölfe des Spielers ihm an. Die Gesundheit des Wolfs wird durch den Winkel seiner Rute angezeigt.

Je weiter sie nach unten hängt, desto schlechter steht es um seine Gesundheit. Der Wolf kann geheilt werden, indem man ihn mit einer beliebigen Sorte Fleisch füttert. Er erleidet im Gegensatz zu Spielern keine Lebensmittelvergiftung durch verrottetes Fleisch oder rohes Hühnchen.

Kat warf einen Blick auf Rex' Rute. Er wedelte zwar noch, sie hing aber fast am Boden.

„Sieht aus, als hätte ihn der Pfeil ziemlich erwischt, und außerdem muss er von seinem Rudel getrennt worden sein. Armer Kerl", sagte Kat mitleidig. Stan sah sie perplex an, während er über die Kratzer rieb, die Rex' Krallen an seinem Hals hinterlassen hatten.

„Charlie, zeig mir mal das verrottete Fleisch, das du dabeihast."

Charlie holte das Fleisch aus seinem Inventar. Er gab es Kat, und Rex begann, es aus ihrer Hand zu fressen. Sofort schoss seine Rute in die Höhe.

„Ich denke, wir haben jetzt wohl einen Hund!", sagte sie zu Stan und Charlie.

„Moment", entgegnete Stan. „Was soll das heißen, *wir*? Ich dachte, du wolltest uns verlassen, sobald du dein Schwert hast."

„Machst du Witze?", meinte sie grinsend. „Wenn ich nicht wäre, hätte Rex euch in Stücke gerissen, und ihr beide würdet dank des Creepers in kleinen Brocken vor der Mine liegen. Ohne mich würdet ihr beide sterben, und seien wir mal ehrlich: Das würde für die Betreiber des Servers nur jede Menge langwierigen Papierkram verursachen. Kommt jetzt", zwitscherte sie, wobei sie Stans und Charlies entrüstete Gesichter und gestammelte Proteste ignorierte. „Gehen wir zum Dorf. Ich brauche ein Schwert!"

Und so gingen sie weiter den Weg entlang und aßen Charlies Äpfel, während die Jungen vor Wut schäumten und das Mädchen noch immer lachte. Als die Sonne zu sinken begann, erschienen am Horizont zwei Türme, und die drei Spieler hörten jemanden rufen.

„Neue Spieler! Da kommen neue Spieler! Willkommen in Adorias Dorf, neue Spieler!"

KAPITEL 4

ADORIAS DORF

Adorias Dorf glich nichts von dem, was Stan bisher in Minecraft gesehen hatte. Die einzigen von Menschen geschaffenen Objekte, die er bis zu diesem Zeitpunkt erblickt hatte, waren Schilder, Truhen und Fackeln. In diesem Dorf dagegen schien alles aus extra hergestellten Blöcken zu bestehen. Die Gebäude waren größtenteils aus drei Materialien erbaut. Es gab aufeinandergestapelte Holzbretter, Glasscheiben in den Fenstern und Stein, der nicht so naturbelassen war wie der Stein in der Mine, sondern zusammengefügt worden war wie Kopfsteinpflaster. Überall brannten Fackeln, und die Straße war mit Kies befestigt.

Als die drei Spieler das Dorf durch ein hohes Holztor zwischen zwei Wachtürmen betraten, sahen sie, dass ihnen ein Spieler entgegenkam. Er hatte braunes Haar und trug eine rote Jacke über einem weißen Hemd und blauen Jeans. Als sie sich trafen, stellte er sich als Jayden10 vor und sagte den Spielern, sie sollten ihn begleiten, damit die Bürgermeisterin des Dorfes sie kennenlernen könnte. Dann ging er die Kiesstraße hinunter auf ein großes Ziegelsteingebäude zu. Stan, Charlie und Kat folgten ihm.

Auf dem Weg die Straße hinab sah Stan überall im Dorf Spieler. Einer schien gerade mit einem anderen zwei Äpfel gegen ein Stück Feuerstein und einen Metallring zu tauschen. Durch ein großes Fenster sah Stan, wie eine gan-

50

ze Gruppe Spieler um Tische herum saß, an deren Seiten Werkzeuge hingen. Einer der Spieler führte einen letzten Hammerschlag gegen das Objekt auf seinem Tisch, dann hielt er es hoch, um es zu betrachten. Es war eine glänzende Spitzhacke aus Metall. Rechts von dem Gebäude aus Ziegelsteinen stand ein großes Gebäude aus Holz, hinter dem sich ein weitläufiges Stück Land mit mehreren verschiedenen Tieren und Feldern voller Weizen, Kürbisse und Melonen befand. Stan hatte das, was diese Spieler taten, noch nie in Minecraft gesehen. Er war aufgeregt. Die Spieler schienen freundlich zu sein – sie winkten Stan zu, und einer von ihnen rief Kat sogar „Hübscher Hund!" zu.

„Da wären wir", sagte Jayden und deutete auf das riesige Gebäude aus Ziegelsteinen. „Das Rathaus. Hier wohnt Adoria, unsere Bürgermeisterin." Sie ist die Gründerin dieses Dorfes und gehört zu den Leuten mit den höchsten Leveln hier. Kommt rein. Sie möchte alle Neuankömmlinge kennenlernen." Mit diesen Worten ging er hinein.

Die drei Spieler tauschten einen schnellen Blick, dann folgten sie Jayden und ließen Rex draußen warten.

Stan war beeindruckt. Der Gang, in dem sie standen, war mit rotem Teppich ausgelegt und von elektrischen Lampenblöcken gesäumt, die sicher geleuchtet hätten, wenn die Sonne nicht durch ein prachtvolles Glasdach geschienen hätte. An den Abschnitten der Wand, die nicht von Lampen eingenommen wurden, hingen verschiedene Gemälde. Ein kleines von ihnen zeigte einen Sonnenaufgang, ein breites – Charlie fuhr zusammen, als er es sah – zeigte das Gesicht eines Creepers, und eines, auf dem eine „Donkey Kong"-Szene zu sehen war, nahm eine ganze Wand ein. Alle Gemälde waren stark verpixelt.

Am Ende des Ganges drückte Jayden auf einen Knopf, und eine Eisentür öffnete sich. Dahinter konnte Stan einen Spieler sehen, dem Zopf aus schwarzen Haaren nach zu urteilen ein Mädchen. Sie saß an einem Schreibtisch und schrieb in ein Buch. Als sie das Geräusch der sich öffnenden Tür hörte, hob sie den Blick.

„Hallo Jayden. Das sind die neuen Spieler, nehme ich an?" Ihre Stimme war freundlich – sie erinnerte Stan an seine Mutter.

„Ja, Adoria, Madam", antwortete Jayden voller Respekt. Adoria erhob sich. Stan sah, dass sie eine rosa Bluse und einen roten Rock trug.

„Na dann willkommen in Adorias Dorf, neue Spieler. Ich bin Adoria1, Gründerin und Bürgermeisterin dieser Gemeinschaft. Aber bitte, nennt mich Adoria. Wie heißt ihr?"

Stan antwortete: „Mein Name ist Stan2012, aber Sie können mich einfach Stan nennen. Das ist KingCharles_XIV oder Charlie." Charlie nickte höflich, und Stan fuhr fort: „Und das ist KitKat783 oder auch Kat."

Kat sagte: „Freut mich, Sie kennenzulernen, Madam."

„Ich freue mich auch, euch kennenzulernen, Spieler. Sagt, habt ihr Minecraft schon einmal gespielt?", fragte Adoria.

Stan und Charlie schüttelten die Köpfe, Kat dagegen sagte: „Das habe ich, aber auf einem anderen Server, und ich war nicht lange dort. Ich habe nicht viel mehr Erfahrung mit diesem Spiel als die beiden." Stan und Charlie sahen sie kurz ungläubig an, wandten sich aber wieder ab, als sich ihre Blicke trafen.

Adoria nickte. „Ich verstehe. In dem Fall helfen wir im Dorf euch gern zu lernen, wie man dieses Spiel spielt. Wir haben hier ein Programm, in dem ihr innerhalb von fünf Tagen alles erfahrt, was ihr über Minecraft wissen müsst. Glaubt ihr, das könnte euch interessieren? Verpflegung und eine zeitweilige Unterkunft gehören dazu."

Stan meinte: „Ich finde, das hört sich gut an."

„Ich bin dabei", erklärte Kat aufgeregt.

„Dann sind wir alle drei mit von der Partie", sagte Charlie. „Aber was für Dinge werdet ihr uns zeigen?"

„Wir haben in diesem Dorf eine Gruppe von Leuten, die sich ganz der Aufgabe widmen, neue Spieler auszubilden. Jeder von ihnen hat verschiedene Stärken, die sie an euch weitergeben. Sie zeigen euch, wie man kämpft, die Herstellung von Gegenständen, wie man baut und ähnliche Dinge."

„Es ist also eure Aufgabe, neue Spieler auszubilden, um sie auf den Server vorzubereiten?", fragte Kat.

„Richtig", antwortete Jayden. „Fast jeder neue Spieler auf diesem Server hat erst unser Programm durchlaufen, auch der Großteil der Bewohner von Element City."

„Was ist Element City?", fragte Stan.

„Die Hauptstadt des Servers", erklärte Adoria. „Die meisten Leute gehen nach Element City, nachdem sie unser Programm abgeschlossen haben. Die Stadt liegt auf einer weitläufigen Ebene, die auf allen Seiten von Wald umgeben ist, und sie hat die größte Einwohnerzahl von allen Siedlungen auf diesem Server. Dort bauen die Leute ihre Häuser und jede Menge verrückter Gerätschaften und Gebäude. In der Mitte der Stadt liegt eine Burg, Element Castle, in der der König des Servers einem Rat vorsitzt, der die Gesetze des Landes festlegt."

„Klingt, als wäre es dort interessant. Glauben Sie, wir sollten dort hingehen, nachdem wir Ihr Programm abgeschlossen haben?", fragte Charlie.

„Äh … ja, warum nicht", antwortete Adoria. Stan hatte ihr Zögern jedoch bemerkt, und sie sah Charlie nicht in die Augen, während sie das sagte. Stan fragte sich, was in Element City nicht stimmte.

„Gibt es hier vielleicht einen Schlafplatz für uns?", fragte Charlie gähnend. „Ich bin fix und fertig. Wir sind jetzt seit fast zwei Tagen auf dem Server, und wir haben noch kein Auge zugetan."

„Oh, aber natürlich!", erwiderte Adoria freundlich. „Ihr werdet in euren Zimmern im Motel ein paar Gegenstände

53

für euch vorfinden. Jayden, zeig diesen Spielern bitte ihre Zimmer."

„Jawohl, Madam", antwortete Jayden. „Folgt mir." Damit verließ er den Raum. Stan, Charlie und Kat folgten ihm aus dem Saal und sammelten Rex wieder vor der Tür ein, wo er gewartet hatte.

„Also", sagte Jayden, während sie das Gebäude verließen, „was für Material habt ihr denn bis jetzt gesammelt?"

„Nicht viel", antwortete Charlie und schaute beim Gehen in sein Inventar. „Nur … einen Stapel Erde, fünf Pfeile, ein Stück Faden und etwas Holz. Habt ihr sonst noch was?", fragte er und sah Kat und Stan an.

„Ich habe ein Steinschwert und eine Steinspitzhacke, etwas Bruchstein und ein paar Fackeln", antwortete Kat. „Stan?"

„Oh, ich habe nur etwas Kohle, die Spitzhacke, die du mir gegeben hast, und das Buch."

„Kommt schon, Leute! Um in diesem Spiel zu überleben, braucht ihr bessere Dinge als das Zeug!" Stan begriff, dass Jayden sie nur foppen wollte. Stan lachte mit Jayden.

„Ich schätze, Stan und ich schulden dir Dank", meinte Charlie. „Ohne die Schwerter und das Brot und ohne das Buch hätten wir es ganz sicher nicht bis ins Dorf geschafft. Wir hätten nicht mal die erste Nacht mit all den Spinnen überlebt!"

„Ja … tausend Dank", stimmte Stan zu und erschauerte, als er sich daran erinnerte, wie sie gegen die Spinnen gekämpft hatten.

„Ach, gern geschehen", antwortete Jayden mit einem Schulterzucken. „Außerdem war ich es nicht, der das alles hinterlegt hat – das war meine Freundin Sally. Sie ist diejenige, die immer rausgeht und jede Woche die Vorräte am Spawnpunkt auffrischt. Wo wir schon dabei sind, warum habt ihr überhaupt zwei Tage gebraucht, um herzukommen? Es ist nur eine Tagesreise."

Also erzählten Stan und Charlie Jayden davon, was sie auf dem Weg zum Dorf erlebt hatten, wie sie sich verlaufen hatten, wie sie Kat getroffen hatten, von der Mine und dem Creeper und von Mr. A.

Jayden schien die Geschichte von Mr. A zu überraschen. „Ihr seid einem Griefer begegnet?", fragte er skeptisch. „Aber keiner von euch hat auch nur Level vier erreicht! Die beste Waffe, die ihr habt, ist ein leicht abgenutztes Steinschwert! Warum sollte euch jemand angreifen?"

„Er wollte uns das gerade in einem melodramatischen Monolog mitteilen, aber ich glaube, da hat Kat ihm gesagt, ich zitiere: ‚Deine Jammer-Geschichte interessiert uns nicht'", antwortete Charlie und grinste.

„Ich bereue nichts", schmunzelte Kat. „Und, Jayden, was machst du hier? Es muss ja ziemlich langweilig werden."

Jayden schüttelte den Kopf. „Nein, eigentlich nicht. Es macht Spaß, Neulinge wie euch zu unterrichten. In der Schule lehre ich Axtkampf, und ich helfe meinen Bruder auf seinem Hof aus. Außerdem schickt mich Adoria mit Aufträgen los. Ich bin sogar erst vor Kurzem von einem zurückgekehrt, bevor ihr angekommen seid", fügte er hinzu, als die vier schließlich beim Motel angekommen waren, einer ausgedehnten, vierstöckigen Anlage, die hauptsächlich aus Holzbrettern bestand. Stan sah ein Loch in der Seite des Gebäudes, der sie am nächsten waren, gemeinsam mit einigen Truhen und einem Schild, auf dem ‚Laufende Bauarbeiten' stand.

„Da wären wir. Trautes Heim, Glück allein", verkündete Jayden und zeigte auf das Gebäude. „Ihr habt Glück. Heute übernachtet ihr bei mir und meinen Freunden. Normalerweise würdet ihr eigene Zimmer bekommen, aber wir sind seit einiger Zeit so von neuen Spielern überlaufen, dass im Hauptflügel kein Platz mehr für euch ist, und der Ausbau ist noch nicht abgeschlossen. Also folgt mir." Er begann, über eine Leiter auf das Dach zu steigen.

„Halt!", rief Kat. „Was ist mit Rex?"

Jayden hielt inne. „Was? Oh, dein Hund. Lass ihn einfach da. Er wird schon allein einen Weg nach oben finden."

Mit einem Schulterzucken kraulte Kat Rex schnell noch einmal, dann stieg sie hinter Jayden auf die Leiter, gefolgt von Charlie und Stan.

Jaydens Zimmer befand sich oben auf dem Dach des vierten Stocks. Es war ein großes Zimmer, groß genug, um acht Spieler komfortabel unterzubringen. Jayden öffnete die Holztür und wurde von zwei unterschiedlichen Stimmen begrüßt. Die anderen drei folgten ihm hinein.

Auf dem Boden standen vier Betten. Zwei davon waren besetzt. Wie auch der Rest des Dorfes wurde das Zimmer von Fackeln beleuchtet, und es gab einen Tisch, von dem Werkzeug hing. Er ähnelte dem, den Stan vorher in einem Gebäude im Dorf gesehen hatte. Neben dem Tisch stand ein Ofen aus Stein, in dem ein Feuer brannte. An den Wänden hingen Gemälde, und neben jedem Bett befand sich eine große Truhe. An der Tür stand eine Kiste mit einem Schlitz im Deckel.

Die beiden Spieler in den Betten glichen niemandem, dem Stan bis jetzt im Spiel begegnet war. Einer von ihnen war gekleidet wie die Skelette, die Stans erste Nacht in Minecraft so schwierig gestaltet hatten. Stan wäre in Panik ausgebrochen, wäre da nicht das rote Haar auf dem Kopf des Spielers gewesen, das ihn von einem Monster unterschied. Der andere Spieler sah genau wie Stan aus, aber er war goldfarben. Sein Haar, seine Haut, sein Körper und seine Beine waren vollständig golden. Das Einzige, was darauf hindeutete, dass es sich bei ihm nicht um eine Statue handelte, waren seine grünen Augen.

„Yo, Jay! Schön, dass du wieder da bist!", polterte das Skelett. Seine Stimme war unerwartet tief.

„Schön, wieder da zu sein, Archie! Ich sag dir, die Reise war eine absolute Tortur!"

„Nein", sagte der Goldfarbene mit gebrochener Stimme. „Eine Tortur ist, in einer Grube mit brennendem Netherstein gefangen zu sein, die in der Mitte der Enderwüste als Monsterfalle aufgebaut wurde, und nur herauszukommen, weil irgendein Typ zufällig ..."

„Das reicht, G! Du hast uns die Geschichte jetzt schon hundert Mal erzählt!", beschwerte sich das Skelett genervt.

„Trotzdem. Was hätte denn schlimmer sein können?", fragte der Goldene, jetzt in normalem Tonfall.

„Alter, hast du nicht gehört, wie Adoria mir den Auftrag gegeben hat? Ich musste zur nächsten Pilzinsel und Proben von den dortigen Pilzen mitbringen. Und auch noch von dem dort lebenden Stamm lernen, wie man sie anbaut. Außerdem hat sie mir aufgetragen, zwei Pilzkühe von der Insel mit Weizen über das Meer zu locken und sie hierher zu bringen.

„Autsch!", rief der Goldene aus. „Das ist ganz schön übel!"

„Wem sagst du das. Das Schlimmste waren die Verhandlungen mit dem Stamm dort. Sich zu sträuben, zwei Pilzkühe gegen vier Bäume und Knochenmehl zu tauschen, wenn man nicht mal Bäume auf der Insel hat! Aber nun ja. Man hat gar nicht richtig gelebt, bis man einen Spinnenreiter getötet hat, während man zwei Pilzkühe mit Weizen bei der Stange gehalten hat. Wo ist eigentlich Sally? Ist sie schon zurück?"

„Sie hat eine neue Abkürzung zum Hügel ausprobiert. Sie sagte, vielleicht schafft sie es in der Hälfte der Zeit, es könnte aber auch doppelt so lange dauern wie sonst. Sie war sich nicht sicher. Sie hat gesagt, wir sollten uns keine Sorgen machen, falls sie sich verspätet."

„Wer sind diese Leute überhaupt, Jay?", fragte das Skelett und zeigte auf Stan, Charlie und Kat, die das Zimmer betreten hatten und dem Gespräch mit einer Mischung aus Verwirrung und Bewunderung für die Spieler lauschten, die offensichtlich schon so viel von diesem Spiel gesehen hatten.

„Das sind neue Spieler. Das Motel ist heute voll, deswegen übernachten sie hier."

„Großartig. Ich liebe gute Pyjamapartys", meinte eine weibliche Stimme hinter ihnen. Alle drehten sich um. Ein Mädchen lehnte am Türrahmen. Ihr schwarzes Haar war zu einem Zopf geflochten, der ihr über den Rücken fiel. Sie trug ein grünes ärmelloses Hemd und einen schwarzen Rock. In der Hand hielt sie ein Eisenschwert, an dessen Klinge noch frische Spinnengedärme klebten.

„Schau an, wir haben Besuch! Sally ist zurück!"

„Gut, dass du nicht tot bist, Sal."

„Was hat dich so lange aufgehalten, Mädel?"

Sally grinste müde, als würde sie mit kleinen Geschwistern sprechen, die nach einem langen Tag viel zu begeistert waren, sie wiederzusehen. „Erinnert ihr euch noch an die Zeit, als wir uns mit einem netten Hallo begrüßt haben?", fragte sie.

„Tut mir leid", sagte das Skelett. „Wäre dir das lieber?"

„Natürlich nicht!" Sally lachte. „Ich schwelge nur in Erinnerungen. Und, wollt ihr mich nicht den Noobs vorstellen?"

„Wenn du drauf bestehst", erwiderte Jayden. „Das sind Kat, Stan und Charlie", stellte er sie vor und zeigte der Reihe nach auf sie. „Und das hier sind Archie ...", das Skelett nickte, „... Goldman, auch G genannt ...", der goldene Spieler grüßte, „... und Sally." Das Mädchen nickte ebenfalls.

„Alles klar, Leute", meinte G. „Cooler Hund, Kat."

„Wovon redest du ...?" Kats Augen weiteten sich, als sie hinter sich blickte. Rex war gerade zur Tür hereingekommen und ging zu Kat, die das Tier streichelte und noch immer erstaunt wirkte.

58

„Wie hat Rex es geschafft, die Leiter hochzuklettern?", fragte sie.

„Das weiß niemand …", antwortete Archie geheimnisvoll.

„Wieso übernachten diese Noobs hier überhaupt?", fragte Sally und verzog das Gesicht, während sie sich gegen den Türrahmen lehnte.

„Könntest du bitte aufhören, uns Noobs zu nennen?", bat Stan. „Nach einer Weile wird das wirklich nervig."

„Tut mir leid, Kumpel, ich habe mein Lehrgeld bezahlt. Ich war auch mal ein Noob wie du, aber dann hab ich einen Pfeil ins … War nur ein Scherz. Aber die Leute werden euch so nennen, bis ihr über, sagen wir mal, Level zehn hinaus seid. Und bis dahin müsst ihr einfach damit klarkommen. Das ist uns allen nicht anders ergangen."

„Na schön, ich kann damit leben, wenn andere Leute mich so nennen", entgegnete Stan, „aber könntet ihr es vielleicht lassen? Ich muss schließlich ein paar Tage mit euch verbringen."

„Hmmm …", meinte Sally und gab vor nachzudenken. „Nein, ich glaube, ich werde dich trotzdem so nennen. Allerdings würde ich es wahrscheinlich nicht tun, wenn es dir nicht so auf die Nerven gehen würde." Sie zuckte mit den Schultern.

Stan seufzte. „Ist sie immer so?", fragte er Archie.

Der lachte. „Natürlich nicht! Es ist eine Freude, mit Sally zusammenzuwohnen. Sie ist uns gegenüber überhaupt nicht kompliziert – wie kommt ihr nur auf solche Ideen?"

Sally verdrehte die Augen. „Bist du fertig?"

Archie antwortete: „Tja, wenn ich mir das Schwert in deiner Hand so ansehe, sollte ich wohl Ja sagen?"

Alle lachten.

„Ihr fangt also morgen mit dem Programm an?", fragte G, während Sally zu der Truhe neben einem der Betten ging und ein Schwert sowie einige Melonen hineinlegte.

59

„So sieht es aus. Jayden hat erwähnt, dass ihr vier den Unterricht übernehmt. Stimmt das?"

„Jepp", antwortete Sally, während sie sich im Schneidersitz auf ihr Bett hockte. „Ich bringe euch alles bei, was ihr über Schwertkampf und Crafting wissen müsst."

„Ja, und wenn sie *alles* sagt, dann meint sie damit auch eine Anleitung für das Ausweiden einer Spinne", fügte G hinzu, und wieder lachten alle. „Ich werde euch jedenfalls beibringen, wie man mit einer Spitzhacke kämpft, und auch alles, was ihr über den Bergbau wissen müsst."

„Ich dagegen", dröhnte Archie, „unterrichte euch in der Präzisionskunst und Fertigkeit des geschossenen Projektils, gefertigt aus kiesgeborenem Stein, einem Schaft aus dem Baum und dem Kleid des Vogels. Mit anderen Worten: Ich lehre Bogenschießen. Wer hätte das gedacht", sagte er und deutete auf sein Skelettkostüm.

„Ich unterrichte Axtkampf und Ackerbautechniken", erklärte Jayden. Er griff in die Truhe neben seinem Bett und holte eine Axt hervor. Aber es war nicht irgendeine Axt. Die Klinge bestand aus Diamant, und obwohl der hölzerne Schaft abgenutzt wirkte, glitzerte sie dennoch im Licht der Fackeln, scharf und tödlich. Stan starrte sie an. Das war der beeindruckendste Gegenstand, den er bis jetzt im Spiel gesehen hatte.

„Das ist mein wertvollster Besitz", sagte er. „Mein Bruder hat sie mir gegeben, als ich seinen Hof verlassen habe."

„Hör auf anzugeben", stöhnte G. „Wir können schließlich nicht alle Diamantwerkzeuge haben." Dann öffnete er seine Truhe, um etwas zu essen daraus hervorzuholen.

„Warte mal! Was ist das?", unterbrach ihn Charlie und zeigte auf etwas in Gs Truhe.

„Was, dieses Ding?", fragte er und holte etwas hervor, das genauso eindrucksvoll war wie die Diamantaxt – eine aus purem Gold gefertigte Spitzhacke.

„Wie kannst du sagen, dass du schlechtes Werkzeug hast, wenn du das Ding besitzt?", fragte Kat, und Charlie und Stan nickten zustimmend.

„Oh! Stimmt ja, das wisst ihr nicht, was?" G lachte. „Also, sie mag ja cool aussehen, aber goldenes Werkzeug ist ganz und gar nicht praktisch. Es zerbricht lächerlich schnell. Es zerbricht sogar schneller als Holz. Sein einziger Vorteil besteht darin, dass es Objekte schnell zerstört. Und trotzdem kann eine goldene Spitzhacke nur Bruchstein und Kohle zerstören. Ich trage meine hauptsächlich als Statussymbol, um das Gesamtbild zu vervollständigen." G deutete auf seinen goldenen Körper. Während G über seinen Scherz kicherte, bemerkte Stan, dass Kat eine Braue hob und amüsiert gluckste.

„Also ich bin erschöpft", sagte Jayden gähnend. „Der Auftrag war schrecklich, und ich bin sicher, dass ihr auch ganz ausgelaugt seid nach all dem, was ihr durchgemacht habt, um herzukommen."

Die drei neuen Spieler nickten dankbar. „G, Sal, holt die Zusatzbetten raus. Charlie, Kat, Stan, ihr solltet etwas essen, bevor ihr ins Bett geht. Probiert das."

Jayden griff in seine Truhe und holte zwei Steaks und ein Stück gebratenes Schweinefleisch hervor. Er gab Stan und Charlie ein Steak und Kat das Schweinefleisch.

„Mmm", meinte Kat und leckte sich die Lippen, nachdem sie aufgegessen hatte. „Das hat ja so viel besser geschmeckt als das rohe." Charlie verdrehte die Augen.

Als alle gegessen hatten, kletterten die sieben Spieler in ihre Betten, und fünf von ihnen schliefen fast sofort ein. Auch Stan war kurz davor, als er hinter sich eine Stimme hörte.

„Schläfst du schon, Noob?"

Stan drehte sich im Bett herum. Neben seinem Bett hockte Sally. „Das werte ich dann mal als ein Nein", sagte sie.

Stan richtete sich auf. „Kann ich helfen?", fragte er.

61

Sally setzte sich neben ihn. „Ja, kannst du", erwiderte sie. „Ist es das erste Mal, dass du Minecraft spielst?"

Stan nickte.

„Hast du jemals ein ähnliches Spiel gespielt?"

Stan sah sie an. „Wie viele Spiele wie Minecraft gibt es denn?", fragte er.

„Unwichtig." Sie zuckte mit den Schultern. „Ich schätze, meine eigentliche Frage ist ... hast du das Gefühl, etwas Besonderes zu sein?"

„Aber ja. Also, zumindest sagt mir das meine Mami jeden Abend", meinte Stan sarkastisch. „,Stan, was auch immer die bösen Jungs dir erzählen, vergiss nie, dass du für mich etwas Besonderes bist.' Meinst du das?"

Sally kicherte, was Stan seltsam untypisch für sie erschien. „Du bist lustig", sagte sie.

„Bin ich das?", fragte Stan und regte sich schon wieder auf. „Hast du mich deshalb geweckt? Damit ich dich zum Lachen bringe? Ich bin erschöpft. Bitte lass mich einfach schlafen."

Und damit ließ er sich wieder zurück in sein Bett fallen. Leider hatte er die genaue Position seines Kissens falsch eingeschätzt und landete mit dem Kopf auf dem Boden. Sein Schädel dröhnte durch den Aufprall schmerzhaft.

Als er sich aufrichtete, konnte er sehen, dass Sally gar nicht erst versuchte, ernst zu bleiben, sondern nur die Hand über den Mund hielt, um nicht allzu laut zu lachen und die anderen zu wecken. Stan konnte ihr das nicht verübeln. Es musste ganz schön albern ausgesehen haben.

„Kein Wort", sagte er, als er sich wieder aufrecht hinsetzte. „Also worüber wolltest du mit mir sprechen?"

Nach einer Weile beruhigte sich Sally, und schließlich rollte sie mit den Augen und sagte: „Das besprechen wir später. Du brauchst etwas Schlaf. Nacht, Noob." Damit stand sie auf und legte sich in ihr eigenes Bett.

Nettes Mädchen, dachte Stan beim Einschlafen. *Aber nervig.*

KAPITEL 5

DAS PROGRAMM

„Guuuuuuuuuuuuuuten Mooooooooooooorgen, Friiiiiiischfleeeeeeiiiiiiiiisch!"
Aufgeschreckt durch den ohrenbetäubenden Lärm sprang Stan aus dem Bett. Hektisch blickte er sich um und sah, dass Kat und Charlie noch im Bett waren. Kat schwang ihr Schwert – offenbar hatte sie es im Schlaf in der Hand behalten – und brüllte: „*Stirb, stirb, stirb, stirb, stirb!*" Charlie saß kerzengerade da und griff sich mit der Hand an die Brust. Archie stand auf dem Tisch mit den Werkzeugen, die Hände zu einem Trichter geformt. Ganz offensichtlich war er es, der gebrüllt hatte. G und Jayden standen hinter ihm und lachten laut über die Reaktion der neuen Spieler.

„Oh Gott, ihr drei … ihr hättet eure Gesichter … sehen sollen!", stieß Jayden atemlos vor Lachen hervor.

„Wir haben ja schon ein … ein paar gute Rea…reaktionen gesehen", keuchte G und hielt sich die Seiten, „aber ihr … das war ja so übertrieben! Besonders du, Kat! ,*Stirb, stirb, stirb, stirb, stirb!*', sagte er und löste damit eine weitere Runde Gelächter aus.

Kat stand auf, ging zu G, stemmte die Hände in die Hüften und starrte ihm in die Augen. „Das war nicht witzig! Was, wenn ich jemanden getroffen hätte? Es hätte jemand sterben können!"

„Tut mir leid, aber warum hattest du überhaupt ein Schwert im Bett, Kat?", fragte Archie.

63

„Ooooh, hatte das kleine Mädchen einen bösen, bösen Traum von den gemeinen Creepern, die hinter ihm her sind?", meinte G spöttisch, während die anderen sich wieder vor Lachen ausschütteten.

Kat steckte ihr Schwert ein, ging zu G hinüber, der von Lachkrämpfen geschüttelt wurde, und versetzte ihm einen harten Schlag gegen die Brust.

„Autsch!", brüllte G und knickte zusammen. „Mensch, Kat, das hat richtig wehgetan! Soll ich dich jetzt schlagen? Na?"

Kat grinste. „Ich bezweifle, dass du ein Mädchen hauen würdest, selbst in einem Spiel, solange es nicht bewaffnet ist und nicht versucht, dich zu töten."

„Was? Wie war das mit Mädchen, die versuchen, Leute zu töten?"

Sally hatte das Zimmer gerade betreten. Sie sagte: „Kat, wenn du die fünf töten willst, helfe ich dir nur zu gern dabei."

„Das Angebot würde ich bitte gern annehmen", antwortete Kat und rieb sich die Augen. „Sie haben mich nämlich gerade geweckt, indem sie mich angebrüllt haben."

„Es war zum Schießen!", lachte G. „Sie ist mit ihrem Schwert durchgedreht, das sie im Bett hatte …" Die drei älteren Jungen fielen, erneut von Lachkrämpfen geschüttelt, zu Boden.

„Ihr drei seid so kindisch", sagte Sally arrogant. „Wie auch immer – runter von der Werkbank, Archie. Ich mache uns etwas Frühstück." Er gehorchte, obwohl er immer noch kicherte.

„Wo bist du heute Morgen überhaupt hingegangen, Sal?", fragte Jayden neugierig.

„Ja, wir mussten unseren Streich ohne dich durchziehen", fügte G hinzu.

„Entschuldigt Jungs, aber ich glaube, ihr werdet euch freuen, wenn ihr seht, was ich geplant habe." Sally griff in ihr Inventar und holte drei Eimer Milch, ein Ei, etwas Zucker und etwas Weizen hervor.

„Oh Mann, Sal, machst du, wovon ich vermute, dass du es machst?"

„Also wenn ich schon damit dran bin, Frühstück zu machen, dann mache ich es lieber richtig", erwiderte sie, während sie einen komplizierten Crafting-Vorgang mit den Lebensmitteln anfing. „Besonders, wenn Gäste da sind." Stan hätte schwören können, dass sie ihm einen Blick zugeworfen hatte.

„Das war's", sagte sie, nachdem sie eine Minute gewartet hatten. Sie hielt einen quadratischen Kuchen empor. Soweit Stan erkennen konnte, war es ein Erdbeer-Teekuchen, was er nicht ganz verstand, da Sally weder Erdbeeren noch Zuckerguss hinzugefügt hatte. „Greift zu."

Es gab sechs genau gleich große Kuchenstücke. Jeder bekam eins, nur Sally nicht. Stan wollte sein Stück gerade essen, als sein Blick auf Sallys traf. Sie schaute ihn erwartungsvoll an. Stan glaubte zu wissen, warum.

„Äh … Sally? Möchtest du … äh … etwas von meinem Kuchen abhaben?"

„Oh, vielen Dank, Stan, das möchte ich sehr gern." Sie nahm sich ein Messer von dem Tisch mit den Werkzeugen und schnitt Stans Stück in der Mitte durch. Sie nahm sich die eine Hälfte, verschlang sie in einem einzigen Bissen und rülpste laut. G und Archie kicherten, aber Stan war nicht sicher, ob das an Sallys Rülpser lag oder daran, dass er seinen Kuchen geteilt hatte.

Als sie mit dem Essen fertig waren, stand Jayden auf. „Prima, vielen Dank für das ausgezeichnete Frühstück, Sally." Die anderen murmelten zustimmend. „Wenn noch jemand Hunger hat, holen wir uns auf dem Weg zur Schule Melonen vom Hof meines Bruders. Neue Rekruten, legt all eure Gegenstände in die Kiste da drüben in der Ecke und folgt mir."

Nachdem sie ihre Sachen verstaut hatten, verließen die Spieler das Gebäude und kletterten die Leiter hinab. Rex ließen sie im Zimmer zurück. Als sie die Hauptstraße des Dorfes entlanggingen, bogen sie kurz vorm Rathaus nach rechts zu dem Hof ab, der rechts davon lag.

„Hier lebt mein Bruder", erklärte Jayden, während sie unter dem Heckenbogen hindurchgingen, der den Eingang zum Hof bildete. „Er ist der produktivste Bauer im ganzen Dorf und der Einzige, der ein höheres Level hat als Adoria. Er ist Level fünfundvierzig, fünf höher als sie. Das Problem ist nur, dass er …"

„Hey Jay!"

Ein Spieler mit wirrem grauen Haar und der Kleidung eines Bauern lief auf sie zu. Er hielt etwas in der Hand, das eine Eisenhacke zu sein schien.

„Hey, hey, Leute! Hey, seid ihr neu?", fragte er Stan, Kat und Charlie auf seltsam rappelige Art. „Ihr seht neu aus, mit dem ganzen Steinkram im Gepäck, wisst ihr. Hey! Wollt ihr 'n bisschen Blitz? Ich kenn diesen prima Laden, der …"

„Steve, schon wieder? Ernsthaft?! Ich dachte, wir hätten uns geeinigt, dass du bei der Arbeit nicht auf QPO sein wirst!", rief Jayden ärgerlich.

„Ich binnich auf QPO, wie kommst auf die Ideeeeeeeeeeeeee-oooooooooooohhh …" Und mit diesen Worten sank der überdrehte Spieler, den Jayden „Steve" genannt hatte, zu Boden. Er war offensichtlich bewusstlos.

„Herrgott noch mal", stöhnte Jayden.

„Was zum … was … was ist gerade passiert?", fragte Kat, die den reglosen Spieler am Boden angewidert betrachtete.

„Wird der wieder?", fragte Charlie.

„Ja, wird er, aber es hängt mir langsam zum Hals raus, ihn zu heilen", seufzte Jayden und holte einen Apfel aus

66

der Tasche. Der Apfel glänzte golden in der Sonne. Jayden beugte sich vor und stopfte ihn dem Spieler in den Mund, dann richtete er sich wieder auf.

„Um deine Frage zu beantworten, Kat, er stand unter dem Einfluss eines Tranks namens ‚Trank der Schnelligkeit', auch QPO oder Blitz genannt. Das Zeug verschafft einem einen schnellen Energieschub, aber danach schwächelt man ziemlich. Steve hat eines Abends bei einem Spleef-Spiel zu viel QPO getrunken, und seitdem kann er ihn gar nicht mehr trinken, ohne danach bewusstlos zu werden. Es ist eine Schande. Der Trank hat ihm wirklich geholfen, seinen Hof ertragreicher zu führen."

„Augenblick", meinte Stan. „Er führt den Hof? Das ist dein Bruder?"

„Ja", sagte Jayden finster. „Man kann ihn nur heilen, indem man ihm einen goldenen Apfel gibt, der normalerweise jede Verletzung heilt. Das Problem an der Sache ist, dass Äpfel richtig selten sind, und Gold gibt es auch nicht im Überfluss. Man braucht aber beides, um die goldenen Äpfel herzustellen."

Steve regte sich langsam wieder. Während er allmählich zu sich kam, nutzte Stan die Gelegenheit, sich den Hof anzusehen.

Er war riesig – er machte bestimmt ein Viertel des gesamten Dorfes aus. Es gab Felder über Felder, die von Weizen, Kürbissen, Melonen und hohen Stängeln, die Stan nicht einordnen konnte, bedeckt waren. Zwischen den Pflanzen verliefen Bewässerungsgräben. Kakaofrüchte wuchsen an Holzblöcken, die aussahen, als kämen sie aus einem Dschungel. Außerdem gab es Weiden mit Kühen und Schweinen. Stan sah ein paar Schafe mit weißer, schwarzer und brauner Wolle und einige ganz ohne Wolle.

Stan sah sich um und entdeckte auch Hühner, einen Teich voller Tintenfische, einige Wölfe und ein paar Tiere, die wie Wildkatzen aussahen. Aber das Seltsamste war ein

Wesen, das einer Kuh ähnelte, bis auf die Tatsache, dass es rot und weiß war und von Pilzen bedeckt, die auf seinem Rücken wuchsen. Von den anderen Tieren gab es ganze Herden, aber es gab nur drei rot-weiße Kühe – zwei große und eine kleine. Stan vermutete, dass das die Tiere waren, die Jayden kürzlich von der Pilzinsel aus ins Dorf gebracht hatte. Wie hatte er sie noch gleich genannt? Ach ja, Pilzkühe. Komisch …

Steve war wieder zu sich gekommen und arbeitete daran, sich aufzurappeln. Er legte seine blockige Hand an den Kopf und stöhnte.

„Oh … uh … oh, was ist passiert?"

„Tu nicht so!", schäumte Jayden. „Du weißt ganz genau, was passiert ist. Du weißt, dass du bei der Arbeit nicht auf QPO sein sollst! Mir gehen die goldenen Äpfel aus, um dich zu heilen. Äpfel wachsen nicht auf Bäumen! Na ja, wenigstens nicht in diesem Spiel … Was ich damit sagen will: Du musst verantwortungsvoller werden, Steve!"

„Wer sind denn diese Leute?", fragte Steve, der Jayden nicht zugehört hatte und Stan und seine Freunde anstierte.

Jayden schäumte vor Wut und wollte Steve gerade wieder anbrüllen, als G sagte: „Lass es, Jay, es ist zwecklos. Steve, das sind Stan, Charlie und Kat. Leute, das ist CrazySteve1026, auch Steve genannt."

„Hey Noobs", meinte Steve und ignorierte Stans genervten Seufzer und Sallys Grinsen. „Fangt grade mit dem Programm an, vermute ich? Ja? Alles klar, womit kann ich helfen, kleiner Bruder?", fragte Steve wieder an Jayden gewandt.

„Wir brauchen nur ein paar Melonen", erwiderte Jayden. „Sal hat zum Frühstück Kuchen gebacken, aber ein paar von uns haben noch …"

„Brauchst nichts zu sagen, Jay", entgegnete Steve. Dann ging er zum Melonenfeld in der Nähe und schlug mit seiner Hacke auf zwei Melonen ein. Sie zerplatzten in jede

Menge Stücke. Er sammelte sie ein, ging zu der kleinen Gruppe Spieler und gab jedem von ihnen zwei davon.

„Mann, *dash Sheug ish gut*", murmelte G.

„Ja, beim nächsten Mal solltest du einen Melonenkuchen backen, Sal", dröhnte Archie.

„Gern geschehen", keifte Sally verärgert.

Nachdem sie ihre Melonen gegessen hatten, sagte Steve: „Alle satt? Gut, dann mal los, Leute. Viel Spaß bei eurem Programm. Passt auf euch auf. Wenn wieder welche sterben, muss der König das Programm schließen."

Charlie spuckte seine Melone aus. „Was?", stotterte er. „Was hat du gerade gesagt?" Aber Steve lachte nur irre und ging zu seinem Hof zurück, um die Pilzkühe mit Weizen zu füttern. Die sieben Spieler verließen den Hof aufgeregt und, zumindest was Charlie anging, voller Panik.

Stan, Kat und Charlie waren nicht die Einzigen, die mit dem Programm anfingen. Außer ihnen waren fünf weitere Leute da. Alles Jungen unter Level fünf, die darauf brannten zu lernen, wie man Minecraft spielte. Nachdem sie sich den anderen fünf vorgestellt hatten, wurden sie in zwei Gruppen aufgeteilt. Vier der anderen Spieler begleiteten G, um mehr über den Bergbau und den Kampf mit der Spitzhacke zu lernen, während Stan, Kat, Charlie und ein anderer Junge, der wie Stan mit dunklerer Kleidung ausgestattet war, mit Archie gingen, um das Bogenschießen zu lernen.

Archie brachte sie zum Schießstand. Es handelte sich um eine längliche Lichtung tief im Wald. Archie erklärte, wie man richtig mit dem Bogen umging. Stan und seine Freunde hörten aufmerksam zu, aber der vierte Spieler konnte sich nicht konzentrieren. Er starrte nur Kat mit offenem Mund an. Ganz offensichtlich hatte er in Minecraft keine Mädchen erwartet.

Nachdem man ihnen die Theorie erklärt hatte, fingen sie mit den Schießübungen an. Auf dem Schießplatz befanden sich in verschiedenen Abständen und Höhen Lampen. Archie stand an der Seite und legte Schalter um, um die Lampen an- und auszuschalten. Das Ziel war, die jeweils leuchtende Lampe zu treffen. Nur Kat gelang es, sich gut zu schlagen. Sie schaffte es, eine Lampe zweimal zu treffen, bevor sie erlosch. Stan traf mit jedem Schuss eine der Lampen, aber er brauchte etwas Zeit, um die Flugbahn des Pfeils zu berechnen. Und er schaffte es fast nie, eine leuchtende Lampe zu treffen, weil sie erlosch, bevor er seinen Schuss überhaupt abgefeuert hatte.

Charlie war ganz besonders miserabel. Er traf nur einmal eine Lampe, obwohl er die meisten Pfeile verschoss. Seine Pfeile landeten gewöhnlich weit vom Ziel entfernt. Einmal wäre ein Pfeil Archie beinah durch die Brust geschlagen, aber Archie riss gerade noch rechtzeitig sein Schwert hoch und wehrte ihn ab. Der andere Junge auf dem Platz war ja möglicherweise ein guter Schütze, aber er brachte nichts zustande, weil er noch immer nicht aufhören konnte, Kat anzustarren.

Nach den Zielübungen war es auf Archies Uhr etwa drei Uhr nachmittags, und er sagte, dass es nun Zeit für die letzte Übung des Tages sei: das Sparring. Den Kämpfern wurden Diamantrüstungen gegeben, und Archie erklärte ihnen, dass man sie verzaubert hatte, sodass sie sämtlichen Schaden, den die Pfeile verursachten, abfingen, ohne dass die Spieler selbst verletzt wurden. Archie nannte die Rüstungen „Übungsrüstung". Außerdem erhielten die Spieler einen Bogen und einen Stapel Pfeile. Man sagte ihnen, dass der Erste von ihnen, der drei Treffer mit den Pfeilen erzielte, der Sieger sein würde.

In der ersten Runde kämpfte Kat gegen Stan. Stan wusste, wer gewinnen würde, und obwohl er versuchte, so schnell wie möglich zu schießen, hatte Kat gewonnen, bevor er ihre Rüstung mit auch nur einem einzigen Pfeil treffen konnte. Die Runde dauerte fünf Minuten, und obwohl

Archie sich Mühe gab, es nicht zu zeigen, war ihm anzusehen, wie ungeduldig er geworden war.

Die Runde zwischen Charlie und dem anderen Jungen war in zehn Sekunden vorbei, was aber hauptsächlich daran lag, dass der Junge immer noch Kat angaffte und Charlie deswegen bis auf einen Block an ihn herangehen und die drei Pfeile aus nächster Nähe in seinem Brustpanzer versenken konnte. Bei diesem Anblick schlug Archie seine blockige Hand vors Gesicht.

Die Runde zwischen Kat und Charlie dauerte länger als die zwischen ihr und Stan, was aber hauptsächlich daran lag, dass Charlies Strategie daraus bestand, in einem unvorhersehbaren Zickzack herumzulaufen und gar nicht erst zu versuchen zu schießen. Die Runde endete, als Kat die Pfeile ausgegangen waren. Archie verdrehte daraufhin die Augen, stand auf, zog seinen Bogen und feuerte innerhalb weniger Sekunden drei Pfeile auf Charlie ab, der weiterhin in Bewegung blieb. Alle drei Pfeile bohrten sich in Charlies Kopfschutz.

Schließlich stand Archie auf, seufzte und sagte: „Gehen wir." Am Ton seiner Stimme war klar zu erkennen, dass er nicht glaubte, dass einer von ihnen eine Begabung fürs Bogenschießen besaß. Sie gingen zum Motel zurück, um sich, leicht enttäuscht, schlafen zu legen.

Während alle ihre Rüstungen ablegten, fragte Sally Stan: „Und, wie hat dir dein erster Ausbildungstag gefallen?"

„Nun ja", meinte Stan, „sagen wir einfach, ich hoffe, dass es morgen besser wird. *Viel* besser." Beide lachten.

Der nächste Tag machte in jeder Hinsicht mehr Spaß. Nachdem sie Brot zum Frühstück gegessen hatten, folgten die vier neuen Spieler G zum Rand des Dorfes und fuhren mit mehreren Loren bis zum Eingang einer großen Mine.

Der obere Teil der Mine war von Fackeln erleuchtet, aber dennoch konnte Stan die Wände nicht erkennen.

Die Mine war gigantisch. Als sie weiter in die Tiefe fuhren, wurden die Fackeln seltener, doch jetzt konnte Stan Dutzende Spieler erkennen, die mit Spitzhacken auf die Wände eindroschen. Stan vermutete, dass hier alle guten Materialien zu finden waren.

In den Loren fuhren sie an mehreren Haltestellen auf verschiedenen Ebenen vorbei, bis zum Grund der Mine. Dort unten sah Stan einen Raum aus Bruchstein, der von Fackeln erleuchtet war. Die vier neuen Spieler und G betraten den Raum, und G erklärte ihnen die Grundlagen des Bergbaus. Er zeigte ihnen, wie man die sieben Arten von Erz auseinanderhalten konnte: Steinkohle, Eisen, Redstone, Gold, Lapislazuli, Smaragd und Diamant. Dann zeigte er ihnen, welche der Materialien mit Spitzhacken abgebaut werden konnten, und gab ihnen einige grundlegende Sicherheitshinweise für den Bergbau: Nicht in gerader Linie nach unten graben, bei Kies und Sand vorsichtig vorgehen, und so weiter.

Sobald sie fertig waren, brachte G sie aus dem Bruchsteinraum hinaus, verteilte Steinspitzhacken und brachte ihnen bei, wie man damit kämpfte. Wieder legten sie die Übungsrüstungen an, und ein weiteres Turnier begann. Zur Überraschung aller war Charlie derjenige, der am schnellsten hervorragend mit der Spitzhacke kämpfen konnte. Sie sollten ihren Gegner dreimal treffen, und Charlie schlug in der ersten Runde Stan und dann Kat in der zweiten. Der andere Junge wurde selbstverständlich vernichtend von Kat geschlagen. Den besten Moment hatte Charlie in seinem Kampf gegen Kat. Er hatte zwei Punkte Vorsprung, als Kat sich auf ihn stürzte. Er zog sich zurück und schleuderte seine Spitzhacke durch die Luft, sodass sie ihr den Helm vom Kopf stieß.

Dann fingen sie mit dem Bergbau an. Stan machte sich gut. Ihm fiel nur einmal Kies auf den Kopf, und er befreite sich recht schnell davon. Außerdem fand er etwas

Steinkohle, Eisenerz und sogar zwei Blöcke Lapislazulierz, von dem G sagte, es sei ein seltener Block, mit dem man blauen Farbstoff herstellen könnte. Kat schlug sich etwa genauso gut. Einerseits fiel kein Kies auf sie, andererseits fand sie kein Lapislazulierz. Charlie dagegen tat sich erneut hervor. Er schien einen sechsten Sinn zu haben, der ihm sagte, in welche Richtung er graben musste, um die besten Materialien zu finden. Er förderte viel mehr Eisen zutage als alle anderen und fand außerdem fünf Blöcke Lapislazulierz und sogar etwas Golderz, das laut G sehr selten war. Es war zu schade, sagte G, dass alle Materialien, die während des Programms gefunden wurden, im Lagerhaus des Dorfes verschwinden würden.

„Aber keine Sorge, ich bin sicher, dass du richtig gute Sachen finden wirst, wenn du allein abbaust", meinte G lächelnd. „Du hast den besten Bergbauinstinkt von allen, die ich je unterrichtet habe."

Die drei gingen mit dem zufriedenstellenden Gefühl nach Hause, dass sie sich im Bergbau besser geschlagen hatten als im Bogenschießen, und Charlie strahlte geradezu wegen seiner neu entdeckten Fähigkeiten.

Zum Abendessen gab es Melonen und mehr Brot, und sie machten sich daran, ins Bett zu gehen, als Sally zu Stan sagte: „Morgen kommt ihr zu mir. Ich bringe euch Schwertkampf und Crafting bei."

„Wirklich?", erwiderte Stan. „Ich freu mich darauf."

„Du solltest nur wissen", fügte Sally hinzu, „dass ich hohe Erwartungen an dich habe."

Stan drehte sich der Magen um. „Wobei denn? Schwertkampf oder Crafting?", fragte er. Kaum hatte er es ausgesprochen, fühlte er sich wie ein Idiot.

Sie sah ihm in die Augen und lächelte. „Beides", entgegnete sie und ging ins Bett.

Am nächsten Tag, nachdem sie Schüsseln mit Pilzsuppe zum Frühstück gegessen hatten, gingen sie zum Dojo über dem Crafting-Gebäude, um Schwertkampf und Crafting zu lernen.

Stan war nervös. Vor den Schieß- und Bergbauübungen war er zwar aufgeregt gewesen, aber nicht nervös. Er erinnerte sich an das Gespräch mit Sally am Vorabend. Sie hatte hohe Erwartungen an ihn. Er durfte es nicht vermasseln.

Stan, Kat und Charlie setzten sich Sally gegenüber. Der andere Junge war in die Gruppe mit seinen anderen Freunden versetzt worden, nachdem G und Archie nicht allzu freundlich darum gebeten hatten. Stan hörte konzentriert zu, während Sally erklärte, dass der wichtigste Aspekt des Schwertkampfes in Minecraft darin lag, nicht zu sehr nachzudenken und im Grunde genommen einfach zu tun, was sich richtig anfühlte.

Nachdem sie einige verschiedene Techniken erklärt und gezeigt hatte, holte sie drei Übungsrüstungen aus ihrem Inventar. „Stan, Charlie, Kat, kommt bitte her."

Sie taten, was sie verlangte, ohne zu wissen, was als Nächstes geschehen würde. G und Archie hatten sie immer zu zweit kämpfen lassen, nicht zu dritt.

„Zieht das an", befahl sie und hielt ihnen drei Diamantrüstungen entgegen. Das taten sie. Während Stan die Diamanthose anzog, beobachtete er, wie Sally zwei Steinschwerter und ein Eisenschwert aus ihrem Inventar holte.

„Kat, Charlie, kommt und stellt euch hierhin", sagte sie. Die beiden gingen zu ihr. Sie warf Charlie und Kat die Steinschwerter zu. „Stan, bleib einfach da stehen." Sie warf ihm das Eisenschwert zu.

„Kat, Charlie, wenn ich ‚los' sage, greift ihr Stan mit vollem Einsatz an. Stan, du musst dich gegen beide verteidigen. Wie immer: Nach drei Treffern seid ihr raus."

Stan war bestürzt. Er hatte in seinem Leben noch nie mit einem Schwert gegen einen anderen Spieler gekämpft. Er wusste, dass Charlie nicht besser war als er, aber Kat hatte all diese Dinge angeblich schon auf anderen Servern getan. Sie hatte einen Spieler getötet und ihm Schwert und Spitzhacken abgenommen! Wie sollte er sie schlagen?

„Sally, bekomme ich keinen Vorteil oder etwas Ähnliches? Zum Beispiel, ich darf vier Treffer abbekommen und sie zwei? Wäre das nicht fair?"

Sally kicherte. „Stan, stell dir vor, wie eine Gruppe von etwa zwanzig Spielern mit Bögen im Anschlag und Diamantschwertern aus dem Wald springt und dich überfällt. Wäre das fair? Nein, aber du müsstest trotzdem kämpfen, stimmt's? Das müsstest du, denn ... weißt du was? Manchmal ist das Leben nicht fair. Und ich war schon nett. Du *hast* einen Vorteil. Du hast ein Eisenschwert, und die beiden haben welche aus Stein. Also sei kein Weichei, Noob! Und jetzt: In Position!"

Bis zu diesem Moment hatte Kat gegrinst, und Charlie hatte verwirrt ausgesehen, aber nun nahmen beide Kampfhaltung ein und hoben die Schwerter. Kat machte ein aggressives Gesicht, während Charlie aussah, als könne er sich nicht überwinden, seinen Freund anzugreifen. Stan war starr vor Schreck, sah aber, dass Sally ihre Meinung nicht ändern würde, also bereitete er sich auf den Kampf vor.

Sally setzte sich auf einen Holzstuhl und schlug die Beine übereinander. „Okay ... KÄMPFT!"

Stan wurde völlig überrumpelt, als Charlie und Kat gleichzeitig auf ihn losstürmten. Charlie führte einen Schlag nach oben gegen Stans rechten Arm, und Stan wich ihm mit einem Schritt nach links aus. Er hatte jedoch Kat vergessen, die ihr Steinschwert mit einem ohrenbetäubenden Scheppern auf seinen Helm prallen ließ, das in seinem Schädel nachhallte.

Sally rief: „Punkt für Kat und Charlie! Stan, du hast noch zwei Treffer ... Charlie, drei ... Kat, drei. Zurück auf die Ausgangspositionen." Sie gingen auf ihre ursprünglichen

75

Positionen zurück und nahmen wieder ihre Kampfhaltung ein. „Bereit? Und … KÄMPFT!"

Diesmal war Stan bereit. Charlie stürmte als Erster vor und versuchte es mit dem gleichen Schlag nach oben. Stan wich wieder aus, aber als Kat ihr Schwert gegen seine linke Seite führte, wirbelte er herum und parierte Kats Angriff. Die beiden Spieler drückten ihre Waffen gegeneinander. Kat war stärker als Stan, aber Stan hatte die bessere Hebelkraft. Stan war kurz davor, sie zu bezwingen, als er in seinem rechten Brustkorb einen dumpfen Schmerz spürte. Charlie hatte sich wieder herumgedreht und einen harten Treffer auf der rechten Seite seiner Rüstung gelandet. Und es hatte wehgetan.

Wieder rief Sally: „Punkt für Kat und Charlie! Stan, noch ein Treffer … Charlie, drei … Kat, drei." Aber statt nun „Bereit" zu rufen, ging sie zu Stan hinüber. Sie stellte sich hinter ihn, legte ihre Hände auf seine Schultern und flüsterte ihm ins Ohr: „Stan, du wirst nicht gewinnen, wenn du all deine Energie einsetzt, um nur einen von beiden zu bekämpfen. Wenn einer von ihnen dich angreift, weich aus und nutz die Lücke, um wieder anzugreifen und einen Schlag zu landen. Und noch besser wäre, ihren eigenen Schwung gegen sie einzusetzen, wenn du kannst. Denk außerdem daran, das schwächste Glied zuerst zu beseitigen." Mit diesen Worten ging sie zu ihrem Stuhl zurück. Stan waren die Knie weich geworden, als sie ihm so nahe war, jetzt nahm er aber sofort wieder seine Kampfhaltung an und wusste, was er als Nächstes tun würde.

Sally verkündete: „Entscheidungsrunde! Bereit? Und … KÄMPFT!"

Stan bewegte sich sofort. Er machte eine scharfe Wendung nach rechts, an Charlies Seite. Kat konnte ihn nicht angreifen, weil Charlie zwischen ihnen stand. Charlie führte einen Schwerthieb gegen Stan, aber Stan wich nach hinten aus, stürmte bei erster Gelegenheit vor und stieß sein

Schwert mit aller Macht gegen Charlies Bauch. Der direkte Treffer prallte von dessen Übungsrüstung ab, aber Charlie fiel trotzdem in sich zusammen. Der Schlag hatte ihm den Atem geraubt.

„Punkt für Stan! Stan, noch ein Treffer … Charlie, zwei … Kat, drei." Als sie in ihre Ausgangspositionen zurückkehrten, sah Stan, dass Sally zu ihm hinschaute. Sie lächelte, und sofort kam ihm eine Idee für einen weiteren Plan, der noch brillanter war als der letzte.

„Entscheidungsrunde! Bereit? Und … KÄMPFT!"

Stan stand still, und Charlie raste auf Stan zu. Stan wusste, was sie vorhatten, schlug einen Haken nach rechts und ließ sein Schwert gegen Charlies Rücken krachen, sodass Charlie in die Position gezwungen wurde, auf der Stan eben noch gestanden hatte. Wie Stan erwartet hatte, sprang Kat hoch. Ohne von Charlies neuer Position zu wissen, ließ Kat ihr Schwert dort niedersausen, wo Stan gerade noch gestanden hatte, aber statt seinen Kopf zu treffen, schlug sie ihren Partner. Sein Helm fiel ihm vom Kopf, und Charlie stürzte wie ein nasser Sack zu Boden.

Sally rief: „Punkt für Stan! Stan, noch ein Treffer … Charlie, null … Kat, drei! Charlie scheidet aus!" Aber Kat und Stan bekamen nichts davon mit, weil beide sich davon überzeugen wollten, ob es Charlie gut ging, und während sie noch sprach, stand Sally auf, um zu ihnen zu gehen.

„Charlie, alles in Ordnung?", rief Stan, die Stimme heiser vor Sorge.

„Oh Gott, Charlie, es tut mir so leid!", rief Kat mit Tränen in den Augen.

„Charlie? Charlie, hörst du mich?", sagte Sally und beugte sich über den bewusstlosen Charlie. Stan bemerkte die Wunde an seinem Kopf, und er hatte das Gefühl, als hätte sich gerade sein Magen aufgelöst. Charlie konnte nicht … nein, er weigerte sich, das auch nur zu denken. Sally wedelte mit ihrer blockförmigen Hand über seine geschlossenen Augen. Als er nicht antwortete, griff sie in ihr Inventar und zog etwas daraus hervor. Es war ein goldener Apfel wie der, den Jayden seinem bewusstlosen Bruder gegeben hatte. In dem Moment, in dem Charlie die glänzende Frucht schluckte, verschwand die Wunde an seinem Kopf. Er richtete sich auf und hielt sich den Kopf.

„Also, das war unangenehm", meinte er mit einem finsteren Lächeln.

Kat schrie auf vor Erleichterung, während Stan rief: „Gott sei Dank bist du am Leben, Kumpel!" Er wandte sich Sally zu. „Was ist passiert? Du hast doch gesagt, dass die Rüstung alle Schläge abfängt!"

„Das soll sie auch", erklärte Sally und verzog das Gesicht. „Zeig mir Charlies Helm, Stan."

Stan hob den Helm vom Boden auf und reichte ihn ihr. Sie untersuchte ihn. „Also, sieht aus, als hätte jemand diesen Helm falsch verzaubert. Anscheinend ist Explosionsschutz darauf und nicht normaler Schutz, also würde eine Explosion keinen Schaden anrichten – ein Schwert aber schon. Wie konnte uns das bei der Überprüfung entgehen?", fragte Sally.

„Na ja, das ist auch egal, wir können das beheben", meinte sie. „Und wenn ich das sagen darf: Du hast dich ausgezeichnet geschlagen, Stan. Wenn Charlie in der Verfassung wäre zu kämpfen, hätte er den Kampf gegen dich und Kat verloren. Und Kat! Mit einem Steinschwert einen Schlag auszuführen, der so viel Schaden bei jemandem mit einem Diamanthelm anrichtet! Sehr beeindruckend. Alle beide!"

Stan versuchte, nicht zu stolz auf sich auszusehen, nachdem er gerade seinen besten Freund verletzt hatte. Kat versuchte unterdessen zu verbergen, dass sie rot wurde.

„Tja, Charlie, du solltest besser nicht mehr kämpfen, da du keinen Helm hast, aber wir müssen den Kampf trotzdem beenden. Kat, wo ist dein Schwert?"

„Da drüben", sagte sie verlegen und deutete auf einen Griff und ein paar Steinbrocken. Der Aufprall auf Charlies Helm hatte ihre Waffe in Stücke fallen lassen.

„Mädel, du machst das richtig gut!", lachte Sally, während sie die Überreste von Kats Schwert vom Boden aufhob. „Um ein Schwert mit einem Schlag zu zerschmettern, ist wahnsinnig viel Kraft nötig. Hier", sagte sie, hob Charlies Schwert vom Boden auf und warf es ihr zu. „Entscheidungsrunde! Bereit? Und ... KÄMPFT!"

Diesmal war es eindeutig. Kat hatte einfach mehr Talent für den Schwertkampf als Stan, und innerhalb von Sekunden landete sie einen Treffer auf sein Bein und gewann den Kampf.

„Punkt für Kat! Stan, null ... Kat, drei. Kat gewinnt!", rief sie. „Und jetzt kommt mit, ich muss euch noch das Crafting beibringen."

Die drei Freunde genossen es, die Übungsrüstungen abzulegen – nach einer Weile wurden die Dinger wirklich unbequem. Sie folgten Sally die Leiter hinab in den Crafting-Raum.

Sally erklärte, dass die Tische mit Werkzeugen daran „Werkbänke" hießen, und dass man mit ihnen sehr viele verschiedene Gegenstände herstellen konnte. Sally gab jedem von ihnen ein Exemplar des Buches, das Stan an ihrem ersten Tag in Elementia aus der Truhe geholt hatte.

Sally wies Stan, Kat und Charlie an, bestimmte Gegenstände herzustellen, wobei sie alles benutzen konnten, was sie in den Truhen fanden. Wie sich herausstellte, waren sie alle durchaus fähige Handwerker. Sie stellten ihre eigenen Holzbretter her, dann Werkbänke, einige Stöcke, ein Steinschwert, eine Steinaxt, einen Bogen, einige Pfeile und Lederrüstungen.

Nachdem sie genug über die Herstellung von Gegenständen gelernt hatten, und nachdem Sally erklärt hatte, wie das Einschmelzen funktionierte (also wie man die

Eigenschaften bestimmter Blöcke änderte, indem man sie in einen Ofen steckte), gingen sie zurück in ihr Zimmer. Sie hatten einen langen, schweren, aber auch erfolgreichen Tag hinter sich. Wieder kam Sally zu Stan, um mit ihm zu sprechen. Er hatte sie erwartet – ihre Gespräche wurden zur Gewohnheit. Sie setzte sich.

„Du bist wirklich gut mit dem Schwert", sagte sie.

„Nein, bin ich nicht! Kat war besser!", entgegnete er und fragte sich, warum sie das gesagt hatte.

„Ja, sie ist mit dem Schwert besser als du. Aber du warst erfinderisch. Sobald du verstanden hattest, wie es geht, hast du zwei Punkte gegen zwei Gegner gleichzeitig geholt. Das kann nicht jeder so einfach."

„Danke", sagte er und lächelte sie an. „Ich hatte eine gute Lehrerin."

Sie erwiderte sein Lächeln. „Du solltest ins Bett gehen, Noob. Morgen ist euer Tag mit Jayden, und du kannst nicht davon ausgehen, dass er so nett sein wird wie ich. Erhol dich. Du wirst es nötig haben." Mit diesen Worten ging sie zu ihrem eigenen Bett.

KAPITEL 6

STAN UND STEVE

Am nächsten Morgen wurde Stan von einem zischenden Geräusch geweckt.
„Sehr witzig, Leute", murmelte er. „Das hört sich fast an wie ein echter Creep... Aaaaaaarrrgh!"
Diesmal war es kein Streich. Tatsächlich stand ein Creeper direkt neben Stan, und er starrte direkt in dessen entsetzliches, leeres Gesicht. Das Monster begann anzuschwellen, und den Bruchteil einer Sekunde vor der unausweichlichen Explosion stürzte sich Stan auf das Monster und schlug ihm ins Gesicht.
Zu Stans Überraschung wurde der Creeper zurückgeschleudert, statt zu explodieren. Als er wieder auf ihn zulief, kippte er plötzlich zur Seite um. Ein Pfeil ragte seitlich aus seinem Kopf. Stans Schrei hatte alle geweckt, und Rex hatte angefangen zu bellen. Archie hatte noch immer den Bogen in der Hand und zielte genau auf den Punkt, an dem sich soeben noch der Kopf des Monsters befunden hatte. Die Leiche verschwand und hinterließ ein Häufchen graues Pulver.
„Was geht hier vor?", rief Kat, die ihr Schwert hochhielt.
„Ja, was soll der ganze Lärm?", jammerte G. „Ich versuche zu schlafen!"
„Ein Creeper ist reingekommen", erklärte Stan.
„Was?", fragte Sally, die im Gegensatz zu sonst ziemlich

zerzaust aussah. „Wie ist ein Creeper hier … Moment mal. Warum ist es so dunkel? Wo sind die Fackeln?"

Sie hatte recht. Die Fenster an den Außenwänden des Gebäudes waren die einzige Lichtquelle. Davon abgesehen war es dunkel.

„Ja, wo sind die Fackeln?", fragte Jayden, der noch immer schwer atmete. „Hat sie jemand gestohlen?"

„Sieht so aus", sagte Charlie, während er sich umblickte. „Aber wieso? Warum sollte jemand hier einbrechen, nur um die Fackeln zu stehlen? Und die Tür?", fügte er hinzu, denn er hatte gerade gemerkt, dass auch die Tür fehlte.

„Wahrscheinlich war es nur irgendein Griefer. Ihr wisst schon, ein Spieler, der andere Spieler ohne Grund piesackt", sagte Archie und legte seinen Bogen zurück in sein Inventar. „Fand es wohl witzig, dafür zu sorgen, dass Monster hier nachts einfach hereinspazieren können."

„Ja", meinte Stan und erinnerte sich daran, wie Mr. A sie ohne ersichtlichen Grund angegriffen hatte. „Ja, so etwas würde ein Griefer tun."

„Na ja, eigentlich ist es gut, dass das Ding uns geweckt hat. Ich hätte fast verschlafen", sagte Jayden. „Ich bin mit dem Frühstück dran, also besorge ich ein paar Zutaten dafür. Sally, lauf du zum Lagerhaus und bau uns eine neue Tür und ein paar Fackeln." Sally nickte und ging durch das Loch, in dem sich die Tür befunden hatte, Jayden dicht auf den Fersen.

Sie kam bald wieder, brachte neue Fackeln an den Wänden an und hängte eine neue Tür in den Rahmen. Jayden kehrte wenig später zurück und hatte etwas Weizen und ein braunes Pulver bei sich. Er legte beides auf die Werkbank und hatte schon bald einen Stapel Kekse hergestellt. Alle aßen ein paar davon – es waren Kekse mit Schokoladenstückchen, und sie schmeckten köstlich.

„Okay", sagte Jayden, nachdem alle fertig gegessen hatten und Kat den noch immer bellenden Rex beruhigt hatte, indem sie ihn mit etwas verrottetem Fleisch fütterte. „Kommt mit, ihr drei. Heute sind Axtübungen und Ackerbau dran. "

Kat und Charlie verließen den Raum, gefolgt von Stan, der sicher war, dass er keinen besonders guten Axtkämpfer abgeben würde. Um ehrlich zu sein, war er noch nie besonders geschickt gewesen, und er konnte sich nicht vorstellen, dass es seine Stärke sein sollte, einen Stock mit einem Metallbrocken am Ende zu schwingen. Als ihm das klar wurde, hob es Stans Stimmung nicht unbedingt. Charlie hatte sich als hervorragender Kämpfer mit der Spitzhacke erwiesen, und das Gleiche galt für Kat und ihr Schwert. Wenn er den Axtkampf nicht meistern konnte, womit sollte er kämpfen? Aber als Stan aus dem Zimmer trat, hätte er schwören können, dass er hörte, wie Sally ihm „Viel Glück, Noob" ins Ohr flüsterte, und er fühlte sofort, wie sein Selbstvertrauen zurückkehrte.

Sie folgten Jayden die Straße entlang und waren erstaunt, als sie den Hof des verrückten Steve betraten.

„Was wollen wir hier? ", fragte Stan.

„Na, gibt es einen besseren Ort, den Umgang mit der Axt zu lernen, als einen Hof? ", fragte Jayden. „Als Teil des Programms werdet ihr hier etwas freiwillige Arbeit leisten und meinem Bruder bei der Hofarbeit helfen. "

Das hörte sich sinnvoll an, und die vier Spieler betraten ein von Zäunen umgebenes Feld. Im Kürbisfeld nebenan grub der verrückte Steve mit seiner Hacke neues Land um. Stan war erleichtert zu sehen, dass Steve, seiner Ruhe und seinem methodischen Vorgehen nach zu urteilen, nicht auf QPO war.

„Hey Brüderchen", sagte der Farmer und lüftete kurz seinen Strohhut, als der Lehrer und seine drei Schüler durch das Tor traten. „Helft ihr drei heute einem alten Bauern bei der Arbeit? Hab ganz schön Mühe mit den Pilzkühen und könnte ein paar Hände mehr brauchen. "

83

„Du bekommst Hilfe, Steve", antwortete Jayden. „Nur erst müssen wir uns um den Axtkampf kümmern."

Stans Magen vollführte einen weiteren Purzelbaum, als Jayden aus einer Truhe in dem eingezäunten Bereich eine Axt zog.

„Der Schlüssel ist", sagte Jayden, wobei er die Axt hob und die richtige Haltung demonstrierte, „sich von der Axt führen zu lassen. Sie weiß, was zu tun ist. Du bist nicht der Herr der Axt. Du bist nur ihr bescheidener Führer."

„Ach je", grummelte Kat im Flüsterton. Jayden fuhr fort, die Basistechniken des Axtkampfes zu erklären, und Stan verstand sie überraschend gut.

„Damit ihr diese Kunst zu schätzen lernt, muss jeder von euch eine Prüfung bestehen." Er rief: „Hey Steve! Wirf mir vier Kürbisse rüber, schnell!"

Der verrückte Steve mochte alt sein, er war aber auch stark. Er hob vier der Kürbisse vom Boden auf, die auf seinem Feld wuchsen, und warf alle mit zwei Schwüngen zu Jayden hinüber. Jayden legte drei der vier Kürbisse in die Truhe, dann holte er etwas heraus, was Stan noch nie zuvor gesehen hatte. Es schien ein großer Block aus Schnee zu sein. Jayden holte einen zweiten hervor. Er setzte einen Schneeblock am hinteren Ende des leeren Feldes auf den Boden und den anderen obendrauf. Er wandte sich Stan, Charlie und Kat zu.

„Das Ziel der Übung ist, diese rote Linie zu überschreiten." Er zeigte auf eine Linie aus rotem Staub hinter dem Schneestapel, die Stan bis dahin nicht bemerkt hatte. „Ihr müsst außerdem den Gegner töten, den ich gleich erschaffen werde."

Die drei neuen Spieler fingen alle gleichzeitig an zu reden.

„Was soll das heißen, *erschaffen*?"

„Warum schmilzt der Schnee nicht?"

„Baust du einen Creeper oder so?"

„Wie funktioniert das?"

„Warum schmilzt der Schnee nicht?"

„Wie sollen wir ohne Rüstung überleben?"

„Mal ehrlich, das kann doch nicht sicher sein!"

„Warum schmilzt der Schnee nicht?!"

Jayden wartete, bis die Fragen verstummt waren, bevor er fortfuhr. „Ich zeige es euch, dann werden all eure Fragen beantwortet. Charlie, würdest du bitte herkommen?" Charlie, der aus gutem Grund wie erstarrt war vor Angst, ging zu dem hohen Schneestapel hinüber. Jayden warf ihm einen Kürbis zu und sagte: „Also, Charlie, wenn ich ‚los' sage, setzt du den Kürbis oben auf den Schneestapel. Verstanden?" Charlie nickte und sah verwirrt aus. Stan teilte seine Verwirrung. Er hatte keine Ahnung, was Jayden vorhatte.

Er stand am anderen Ende des Felds gegenüber der roten Linie und des Schneehaufens und holte eine Eisenaxt aus der Truhe. Er stellte sich mit der Axt an der Seite auf, nahm die Kampfhaltung ein und sagte: „Fertig, Charlie? Und … LOS!"

Charlie setzte den Kürbis auf den Schneestapel und fiel sofort mit einem Ausdruck von Entsetzen und Überraschung im Gesicht rückwärts um. Der Schneestapel mit dem Kürbis hatte sich in eine Art lebenden Schneemann verwandelt. Aus seinen Seiten waren Stöcke gewachsen, und er warf Schneebälle, die er scheinbar aus dem Nichts holte, in schneller Folge auf Jayden, der auf den Schneemann zurannte. Jayden war wendig – nicht ein einziger der Schneebälle traf ihn, während er auf die Schneebestie zustürmte.

Dann, als Jayden den Schneemann erreicht hatte, sprang er in die Luft und vollführte eine Art Pirouette, wobei er einem der Schneebälle gerade noch auswich, und seine Axt durchtrennte den unteren Teil des Schneemannes. Mit einer weiteren Drehung wurde die Mitte gespalten,

85

und mit einer weiteren Drehung aus dem Sprung machte die Axt einen sauberen Schnitt durch den Kürbiskopf. Der Schneemann war schwer beschädigt, warf keine Schneebälle mehr und schien Schwierigkeiten zu haben, sich aufrecht zu halten. Jayden kannte jedoch keine Gnade, und mit einem letzten Luftsprung führte er einen übermächtigen Schlag mit der Axt direkt gegen den Kopf des Schneemanns. Der ganze Haufen aus Schnee und Kürbis fiel zu beiden Seiten, Schneebälle prasselten auf den Boden, und der Kürbis platzte und hinterließ nichts als einige Samen und ein paar Stücke orangefarbenen Fruchtfleischs.

Jayden ignorierte die sperrangelweit geöffneten Münder seiner drei Schüler, wischte den Schnee und die Kürbisfetzen von seiner Axt und überschritt seelenruhig die rote Linie.

Stan, Charlie und Kat brachen in Jubel aus. Keiner von ihnen war sich ganz sicher, was sie da gerade beobachtet hatten, aber es war auf jeden Fall spektakulär gewesen. „Das war unglaublich!", rief Stan.

„Ja, war es! Und was genau war das für ein Ding, das du gerade getötet hast?", fragte Kat.

„Oh, das war nur ein Schneegolem", erklärte Jayden. „Sie benutzen Schneebälle, um Monster und ungebetene Gäste fernzuhalten. Und wer von euch will den ersten Versuch machen?"

Das Lächeln schwand aus Stans Gesicht. Er hatte vergessen, dass auch er tun müsste, was Jayden gerade vorgemacht hatte. Bei Jayden sah es so leicht aus! *Was, wenn ich am Ende nur wie ein Idiot dastehe?*, dachte Stan.

„Ich beiße in den sauren Apfel", sagte Charlie kleinlaut und trat vor. Die anderen sahen überrascht aus, sogar Jayden, aber trotzdem warf er Charlie die Axt zu. Charlie meldete sich nie freiwillig als Erster.

„Na ja, Schneebälle tun nicht weh, oder?", meinte Charlie und nahm seine Kampfhaltung ein, während

Jayden den Golem vorbereitete. „Was kann schon groß passieren?"

Berühmte letzte Worte, dachte Stan.

Wie sich herausstellte, hatte er recht, denn Charlies Prüfung war eine waschechte Katastrophe. Sobald Jayden ‚los' rief, stürzte Charlie vor, doch er fiel sofort rücklings auf den Hintern, wobei er noch immer den Schaft der Axt umklammerte – ganz offensichtlich hatte er ihr Gewicht unterschätzt. Da Charlie auf dem Boden lag, hatte der Golem freie Bahn, um ihn mit Schneebällen zu bewerfen. Jeder Treffer warf Charlie nur ein Stückchen in die Luft, aber er war so schlecht darin, ihnen auszuweichen, dass er durch die Salven von Schneegeschossen geradezu in die Luft gesprengt wurde. Erst eine Hacke, die der verrückte Steve wie einen Speer warf und die sich in das Gesicht des Golems bohrte, verhinderte, dass Charlie in tödliche Höhen gehoben wurde. Dennoch war Charlie recht schwer verletzt, als er wieder zu Boden stürzte, und Jayden musste widerwillig einen weiteren goldenen Apfel hervorholen, um Charlies Bein zu heilen.

Kats Prüfung verlief fast genauso schlimm. Sie beschloss, die Axt mit all ihrer beachtlichen Stärke gegen den Kopf des Golems zu schleudern. Das hätte auch gut geklappt, wenn sie besser gezielt hätte. Die fliegende Axt traf allerdings eine Kuh im angrenzenden Feld und tötete sie. Von diesem Punkt an blieb Kat nur noch übrig zu verhindern, dass sie genauso in die Luft gehoben wurde wie Charlie. Sie konnte besser ausweichen als er, aber sie hatte keine Waffen und entging nur etwa der Hälfte des Sperrfeuers aus Schneebällen. Jayden musste Pfeil und Bogen aus der Truhe holen und drei Schüsse in den Kürbiskopf des Schneegolems feuern, um dem Ganzen ein Ende zu bereiten.

Schließlich nahm Stan die Axt. Er ging in Kampfhaltung und fühlte, wie sich die Nervosität ein Loch in seinen

Magen grub. Er hoffte, dass er die Axt nicht wie Charlie einfach fallen lassen oder sich auf irgendeine andere Art blamieren würde. Jayden brachte den Kürbiskopf in Position, der Schneegolem erwachte zum Leben und Stan legte los.

Als Erstes fiel ihm auf, dass die Axt nicht so schwer war, wie er vermutet hatte. Sie fühlte sich in seiner Hand leicht an, als er sie beim Laufen hinter sich herschleifte. Als Zweites bemerkte er, wie einfach es war, den Schneebällen auszuweichen – er wusste ganz einfach, wann er sich ducken und Haken um sie schlagen musste, und in kürzester Zeit hatte Stan den Schneegolem erreicht. Was als Nächstes geschah, war so unglaublich, dass selbst Jayden seinen Augen nicht traute.

Als er sich dem Schneegolem näherte, hatte Stan eine brillante Idee. Statt nachzuahmen, was Jayden getan hatte, und sich dreimal um sich selbst zu drehen, sprang Stan mit aller Macht vorwärts in die Luft, die Axt vor sich ausgestreckt. Er prallte mit solcher Wucht gegen den Schneegolem, dass der zu Staub zerfiel, als sei er in einen Mixer geraten.

Stan landete mit einer Hand und beiden Füßen auf dem Boden, ein ganzes Stück hinter der roten Linie. Er atmete schwer und hielt die Axt in der anderen Hand. Von seinem Gegner war nichts mehr übrig. Niemand konnte auch nur noch einen Fetzen des Kürbisses entdecken. Der einzige Hinweis auf den Schnee war der feine Staub, der in der Luft hing und das Licht der quadratischen Sonne brach, sodass ein Regenbogen entstand.

Charlie und Kat stießen Jubelschreie aus, und Jayden wirkte einfach nur verblüfft. Stans Lächeln breitete sich über sein ganzes Gesicht aus. Seine Bewegungen hatten sich so natürlich angefühlt, so leicht! Dann bemerkte er den Ausdruck auf dem Gesicht des verrückten Steve, und sein Lächeln erstarb.

Er sah verschlagen und berechnend aus. Es war, als sähe der alte Kerl Stan zum ersten Mal, als würde er jetzt versuchen, etwas über ihn zu verstehen, als wäre in Stans verpixeltem Körper etwas verborgen, das er zu entziffern versuchte. Doch seine Freunde kamen zu ihm, und Stan vergaß den alten Bauern schon bald.

„Das war fantastisch!", schrie Kat.

„Wow! Wahnsinn, Mann!", rief Charlie.

„Wie hast du das gemacht?", fragte Jayden mit großen Augen.

Stan zuckte mit den Schultern, unfähig, sein Grinsen zu unterdrücken. „Ich weiß nicht. Es ist einfach so passiert."

„Es war fantastisch!", sagte Kat noch einmal, und Charlie nickte begeistert.

„Ich glaube, wir könnten gerade dein Talent entdeckt haben!", meinte Jayden lächelnd. Stans Herz überschlug sich. Während sie mit dem Training fortfuhren, schien es, als hätte Stan in der Tat etwas entdeckt, dass er ohne Anstrengung konnte. So, wie Charlie mit der Spitzhacke und Kat mit dem Schwert überwältigte Stan mit der Axt alle anderen. Er schaffte es sogar knapp, Jayden zu schlagen. Jetzt war Jayden noch beeindruckter, ganz abgesehen davon, dass er auch etwas neidisch war.

Nach einer Lektion im Ackerbau, die überhaupt kein Problem darstellte (obwohl keiner von ihnen den Ackerbau besonders mochte, waren alle in der Lage, ihn mit Leichtigkeit zu erledigen, und Steve war sehr dankbar für die Hilfe dabei, die störrischen Pilzkühe zur Zucht zu überreden), legten sie ihre Äxte und Hacken ab und gingen. Jayden wollte gerade den Hof verlassen, als ihn eine Hand an der Schulter packte.

„Hey Jay!" Stan drehte sich um und sah, dass der verrückte Steve mit Jayden sprach. Jay wandte sich um. „Könnte ich ein paar Minuten mit Stan reden?" Jay nickte und ging davon. Die anderen folgten ihm.

„Komm mit, Noob", sagte Steve, während er zurück auf den Hof ging. Stan war misstrauisch. Seit dem Zwischenfall mit dem QPO hatte er ein ungutes Gefühl, was den verrückten Steve anging, und er brannte nicht gerade darauf, von Angesicht zu Angesicht mit ihm zu sprechen. Als sie am Zaun der Kuhweide angelangt waren, setzte sich der verrückte Steve darauf und sah Stan direkt in die Augen.

„Sieh mal, mein Junge", sagte der verrückte Steve, „mir ist schon klar, dass du seit der Sache mit dem QPO nicht viel von mir hältst, aber ich bin schon lange auf diesem Server. Ich bin Level fünfundvierzig, das ist der höchste im Dorf. Ich habe eine Menge Wissen über den Server gesammelt. Wer ihn betreibt und wie er läuft. Tu mir einen Gefallen und vergiss das nicht, wenn ich mit dir rede, okay?" Stan nickte, war aber nicht sicher, worauf Steve hinauswollte.

„Wie schon gesagt, ich bin schon lange hier, und offen gestanden, der Server war noch nie in so einem schlechten Zustand wie jetzt. Nicht unterbrechen", fügte er hinzu, als Stan zu einer Frage ansetzte. „Die Leute von der Regierung in Element City mögen Typen wie dich nicht. Solche Frischlinge. Anfänger. Noobs. Du verstehst mich, oder?"

Stan nickte, während sich sein Magen verknotete. „Aber warum mögen sie uns nicht? Und was hat das mit mir zu tun?"

Der verrückte Steve kam nicht mehr dazu zu antworten, denn ein Pfeil bohrte sich in seine Schläfe.

Stans Schockstarre verflog sofort, als er das Schnarren eines Bogens hörte, von dem ein weiterer Pfeil abgeschossen wurde. Er rollte sich vom Zaun und griff nach der Eisenhacke, die der verrückte Steve hatte fallen lassen. Er warf sie in die Richtung, aus der der Pfeil gekommen war. Die Hacke traf, und Stan sah, wie ein Spieler mit einer schwarzen Skimaske, nacktem, muskulösem Oberkörper, schwarzer Hose und Schuhen rückwärts stolperte und sich die Hände ans Gesicht hielt.

Stan nutzte die Zeit, die der Angreifer brauchte, um sich zu erholen, um den Spieler neben sich anzusehen. Der verrückte Steve war zu Boden gefallen und lag nun reglos da. Der Pfeil steckte in seinem Kopf und er blutete. Alle Gegenstände, die er bei sich getragen hatte, waren um ihn herum verstreut. Es bestand kein Zweifel – er war tot. Stans Hirn hatte nicht genug Zeit, diese entsetzliche Wendung der Ereignisse zu verarbeiten. Er schnappte sich die Eisenaxt des verrückten Steve und blickte gerade noch rechtzeitig in die Richtung des Mörders, um zu sehen, wie er einen weiteren Pfeil auf Stans Kopf abschoss. Mit der Axt wehrte er ihn ab und stürmte auf seinen Angreifer zu.

Der Mörder ergriff die Flucht. Er hatte ein Stück Feuerstein und einen Eisenring hervorgeholt und schlug beides zusammen, um Funkenschauer zu erzeugen, die alles in seiner Reichweite in Brand steckten. Die Melonen, der Zaun, der die Schweineweide umgab, und die Stämme mit Kakaobohnen gingen sofort in Flammen auf. Das Feuer breitete sich schnell aus, sodass Stan die Verfolgung des Mörders aufgeben musste.

Stans Hirn ging in den Notfallmodus über. Ohne zu zögern, stopfte er sämtliche Gegenstände des verrückten Steve in sein eigenes Inventar, packte den Körper des alten Bauern und raste auf den Ausgang zu, wobei er nach Jayden schrie. Stan platzte durch den Bogen in der Hecke, die bereits brannte, und sah, wie Jayden zurückgerannt kam. Das Entsetzen stand ihm ins Gesicht geschrieben. Kat und Charlie folgten dicht hinter ihm.

In dem Moment, in dem Jayden den brennenden Hof sah, weiteten sich seine Augen vor Schreck, doch beim Anblick seines toten Bruders drehte er völlig durch. Er griff Stan bei den Schultern, schüttelte ihn und rief: „Was ist passiert?"

„Ein Spieler in einer Skimaske hat Steve umgebracht, hat auch versucht, mich zu töten, und dann den Hof in Brand gesteckt", würgte Stan hervor. Wegen des Rauchs und seines Entsetzens über den frühzeitigen Tod des verrückten Steve fiel ihm das Atmen schwer.

Kurz flackerte Wiedererkennen in Jaydens Augen auf, und Stan sah, dass dieser … dieser … Griefer mit der Skimaske schon einmal zugeschlagen hatte. Jayden brüllte aus voller Brust in Richtung Himmel und verfluchte den Griefer. Seine Augen und die Adern an seinem Hals traten hervor. Stan, Kat und Charlie wirkten panisch.

Stan stand eine Ewigkeit wie betäubt da. Nur am Rand nahm er wahr, wie Jayden schluchzend neben ihm zusammenbrach, dass Adoria schrie, dass Leute mit Wassereimern an ihm vorbei hetzten. Er merkte, dass das Inferno langsam verebbte. Schon bald gab es kein Feuer mehr, das die Nacht erhellte, die während der Schießerei hereingebrochen war.

Stan schreckte aus seiner Trance, als er neben sich Sallys Stimme hörte. „Alles in Ordnung, Noob?", fragte sie sanft.

Stan sah sie an. Er wollte ihr sagen, dass nichts in Ordnung war, dass der verrückte Steve wegen seiner Verbannung nie auf den Server würde zurückkehren können und dass er nicht verstand, warum irgendjemand einen anderen Spieler töten sollte, wenn ihm doch klar war, dass ewige Verbannung die Folge war … aber stattdessen sah er ihr in die Augen und sagte: „Ich komme schon klar."

Ihre Augen waren mit Tränen gefüllt, und er wollte ihr gegenüber nicht schwach erscheinen. Nicht, nachdem sie so an ihn geglaubt hatte.

„Sally, wir haben ein Riesenproblem!", rief Adoria, während sie zu ihnen herüberlief. Ihre Stimme klang panisch. „Ich glaube, es ist möglich, dass das kein einzelner Angriff war. Wir müssen all die Spieler mit niedrigen Leveln

in die Mine bringen, aber da unten wird nicht genug Platz
für alle sein. Die Mine ist nicht darauf ausgelegt, so viele
Leute zu beherbergen. Mehr als zwei Drittel der aktuellen
Bevölkerung würden das Unfallrisiko zu sehr erhöhen. Mir
gehen langsam die Ideen aus. Jayden steht noch immer
unter Schock, und Archie und G sind damit beschäftigt,
die Spieler mit niedrigen Leveln wegzubringen. Was glaubt
ihr, was wir tun sollten?"

„Wir werden gehen", sagte Stan. Sally und Adoria starrten ihn beide an. „Charlie, Kat und ich. Wenn auch nur das
geringste Risiko besteht, dass noch mehr Griefer unterwegs sind, haben wir die besten Überlebenschancen. Wir
haben das Programm beendet. Schickt uns los, bittet darum, dass andere Freiwillige gehen, und ihr könnt bleiben
und alle verteidigen, die noch im Dorf sind.

Adoria wollte protestieren, aber Sally unterbrach sie.
„Das ist eigentlich keine schlechte Idee. Diejenigen, die
das Programm abgeschlossen haben, haben die besten
Chancen zu überleben, und wir mit den höheren Leveln
müssen hierbleiben und das Dorf verteidigen. Wir können
Freiwillige, die das Programm abgeschlossen haben, in den
Wald schicken, in Richtung der Stadt."

Adoria erhob Einspruch: „Aber was, wenn sie unterwegs
auf Griefer treffen?"

„Werden sie nicht", antwortete Sally. „Die Griefer mei-
den die Hauptstraße, weil sie dort auf gut bewaffnete Reisende treffen könnten. Sie sind Feiglinge, jeder Einzelne
von ihnen. Und außerdem", fügte sie hinzu und lächelte
Stan dabei an, „ist der Griefer nicht grundlos davongelau-
fen. Gehe ich recht in der Annahme, dass du ihn in die
Flucht geschlagen hast?"

Stan nickte.

„Okay", sagte Adoria und rannte mit im Wind wehen-
dem Rock in Richtung der Mine, um dort den Plan zu verkünden.

Stan sah Sally an und sagte: „Sally, ich …" Aber Sally unterbrach ihn, indem sie ihn auf die Wange küsste.

„Komm eines Tages zurück und besuch mich", sagte sie und lief davon, um sich Adoria anzuschließen. „Oh, und nehmt ein paar Waffen und Essen aus dem Lagerhaus mit!"

KAPITEL 7

DAS GEWITTER

Ich wusste es! Ich wusste es! Ich wusste, dass sie mich mag! Oh Mann, ich komme auf jeden Fall, so schnell ich kann, zurück ins Dorf! Wow, ich weiß ja nicht, was ich von diesem Spiel erwartet habe, aber das stand nicht an erster Stelle! Wow ...

Diese Gedanken wirbelten Stan durch den Kopf, während er dicht gefolgt von Kat und Charlie aus Adorias Dorf sprintete und die ersten Regentropfen auf sie niederprasselten. Die beiden waren nicht gerade überglücklich gewesen, als er ihnen gesagt hatte, dass sie gehen mussten, aber sie freuten sich sehr über die Aussicht, neue Waffen zu bekommen.

Kat hielt sich direkt hinter Stan und hatte einen Bogen und einen Köcher mit zwölf Pfeilen über der Schulter. An ihrer Seite baumelte ein glänzendes Eisenschwert. Rex lief an ihrer Seite mit. Dann kam Charlie. Er hielt eine Spitzhacke in der Hand und hatte jede Menge Melonen im Inventar. Er trug das Essen für alle. Stan führte die Gruppe an. Er hatte eine Eisenaxt in der Hand und eine Werkbank, einen Ofen und etwas Kohle im Inventar. Sie waren gut ausgebildet, und nun rückten sie aus. Ihrer Meinung nach waren alle Feinde, denen sie hier draußen begegnen würden, im sanften Regen, der zu fallen begonnen hatte, schon so gut wie tot.

Nach einiger Zeit machten sie eine Pause, um durchzuat-

95

men. Während sie sich erholten, sagte Charlie: „Wow, was für ein Tag, oder?"

„Ja", antwortete Kat. Ihnen war ganz und gar nicht nach Lachen zumute, aber sie hatten den ersten Schock über den Tod des verrückten Steve überwunden.

„Aber ich verstehe es immer noch nicht", meinte Kat. „Warum hat der Kerl sich den verrückten Steve als Ziel ausgesucht? Er war ein Bauer! Er hat Spielern mit niedrigen Leveln geholfen!"

Stan kam ein Gedanke, als sie das sagte. Er erinnerte sich an die letzten Worte des verrückten Steve. *Die Leute von der Regierung in Element City mögen Typen wie dich nicht. Solche Frischlinge. Anfänger. Noobs.*

„Ihr glaubt doch nicht, dass der Attentäter zur Regierung gehört hat, oder?", fragte Stan.

Charlie und Kat sahen ihn entsetzt an. „Warum sollte die Regierung Attentäter losschicken, um Leute zu töten, die ihren Bürgern mit niedrigen Leveln etwas zu essen geben?", fragte Kat skeptisch.

„Aber das ist es ja gerade", meinte Stan und stand auf. „Er hat Bürgern mit niedrigen Leveln zu essen gegeben." Er erzählte ihnen von seinem Gespräch mit dem verrückten Steve und davon, was der alte Bauer über die Regierung gesagt hatte.

Kat schien ziemlich verwirrt, und Charlie fragte: „Wieso? Wo ist der Sinn?"

„Ich weiß nicht", antwortete Stan. „Der verrückte Steve wollte es mir gerade sagen, als …" Er seufzte, wandte seinen Blick ab und seufzte noch einmal. Sie verstanden ihn.

„Das ist jedenfalls eine bizarre Theorie", sagte Kat und stand ebenfalls auf, „aber wir werden später darüber nachdenken. Wir müssen weiter!" Sie musste schreien, damit man sie trotz des inzwischen prasselnden Regens hören konnte. In der Ferne sah Stan einen Blitz einschlagen, und

Rex bellte. Im aufzuckenden Licht des Blitzes bemerkte er in einiger Entfernung einen Turm, der mitten auf dem Weg stand.

„Was ist das?", fragte er die anderen.

„Was ist was?", brüllte Kat.

„Das da, der Turm da vorn!", brüllte Stan zurück, und ein weiterer Blitzschlag erleuchtete den Himmel, sodass auch Kat und Charlie den Turm sehen konnten.

„Vielleicht eine Zuflucht! Oder das Haus eines anderen Spielers!", brüllte Charlie.

„Vielleicht! Gehen wir hin. Wir müssen aus diesem Sturm raus! Die Blitze werden gefährlich!", schrie Kat gegen den pfeifenden Wind und prasselnden Regen an.

Das Gewitter *wurde* langsam gefährlich, denn die Blitze schlugen nun äußerst häufig ein. Einmal traf ein Blitz einen Baum direkt neben Kat, sodass er in Flammen aufging und sie überrascht aufschrie. Zum Glück wurde das Feuer vom Regen sofort gelöscht.

Als sie sich dem Turm näherten, stellten sie fest, dass es sich in Wirklichkeit um eine Pyramide handelte. Stan war misstrauisch. Er hatte das Gefühl, dass etwas nicht stimmte. Als er näher heranging, bestätigte sich sein Verdacht. Die gesamte Pyramide bestand aus aufeinandergestapelten TNT-Blöcken.

„Warum sollte jemand so was hierhin bauen?", fragte Kat.

„Ich weiß nicht, aber hier ist es nicht sicher", antwortete Stan.

„Wieso?", fragte Charlie und ging auf die Pyramide zu.

„Was ist das Schlimmste, das passieren könnte?"

Wie auf ein Stichwort passierte das Schlimmste.

Ein Blitz schlug in die Spitze der Pyramide ein, und das Pulver im Block entzündete sich. Es begann gefährlich zu blitzen.

„LAUFT!", brüllte Stan, als der Block explodierte. Während die drei Spieler und Rex die Beine in die Hand nahmen, flog der ganze Turm Stück für Stück von oben nach unten in die Luft, und jede Explosion schleuderte TNT-Blöcke in alle Richtungen, wie Lava, die aus einem Vulkan gespien wurde. Glücklicherweise entkamen sie den Detonationen, indem sie rannten, als sei der Teufel hinter ihnen her. Als sie sich schließlich in sicherer Entfernung zu der immer noch explodierenden Pyramide umdrehten, wurde ihnen klar, dass sich auch unter der Erde Sprengstoff befinden musste. Nach etwa einer Minute ließ der Lärm nach und verstummte endlich ganz.

Der Regen hatte nachgelassen, also konnten sie wieder mit normaler Lautstärke sprechen. Der Staub der Explosion lag in der Luft, genau, wie es bei der Explosion des Creepers in der Mine auf dem Weg zu Adorias Dorf gewesen war. Doch diese Explosion war viel größer gewesen und hatte einen gigantischen Riss quer über den Weg gesprengt. Sie waren abgeschnitten.

„Also in den Wald?", fragte Stan mit unnatürlich hoher Stimme. Sie sahen einander an. Sie erinnerten sich daran, was Sally gesagt hatte. Die Griefer vermeiden die Hauptstraße, weil sie dort auf gut bewaffnete Reisende treffen könnten. Wenn sie die Straße verließen, würden sie direkt in feindliches Gebiet geraten.

„Ach, sei nicht albern, wir müssen nicht …", fing Charlie an, aber er wurde von Kat unterbrochen.

„Mach dir keine Illusionen, Charlie. Stan hat recht." Sie konnten an ihrer zitternden Lippe sehen, dass Kat sich größte Mühe gab, ruhig zu bleiben. „Kommt schon", sagte sie und brach in Richtung Wald auf, den knurrenden Rex auf den Fersen. Charlie quietschte mit hoher Stimme auf, zwang sich aber, Stan in den Wald zu folgen.

Es war dunkel. Stan konnte das Orange von Kats T-Shirt kaum erkennen. Ab und zu leuchtete ein weiterer Blitz auf, und Stan konnte ein Spinnennetz, einen Baumstumpf und einen in der Ferne herumschlurfenden Zombie sehen.

Plötzlich raschelte etwas rechts von Stan. Im Unterholz war etwas, das direkt auf ihn zukam. „Lauft!", brüllte er, rannte los und hackte mit seiner Axt Äste aus dem Weg. Kat und Charlie wirkten kurz verwirrt, doch als sie das Rascheln hörten, folgten sie ihm.

Stan stürmte aus dem Wald ins Licht und befand sich auf der anderen Seite des riesigen Kraters. Kat kam direkt nach ihm heraus, dicht gefolgt von Rex und Charlie. Stan hob seine Axt hoch über den Kopf, Kat zog ihr Schwert und ging in Kampfhaltung, und Charlie hielt seine Spitzhacke in den zitternden Händen. Dann platzte das Ding, das sie verfolgt hatte, auf die Lichtung.

„Soll das ein Witz sein? Vor diesem kleinen Kerl hattest du Angst?", lachte Kat, während sie auf das Schwein zuging und es hinter den Ohren kraulte, was ihm zu gefallen schien. Rex näherte sich dem Schwein und begann, es zu beschnüffeln.

„Ganz ehrlich, Stan, mach doch nicht solche Sachen!", sagte Charlie mit großen Augen, die Hand auf die Brust gepresst. „Du hast mir fast einen Herzinfarkt verpasst!"

„Tut mir leid, okay?", sagte Stan, aber er lächelte. Es war ein niedliches Schweinchen. „Kat, hol Rex von dem Schwein weg. Ich könnte etwas Fleisch gebrauchen." Auf Kats Befehl ließ Rex das Schwein in Frieden und setzte sich zu ihren Füßen. „Tschüss Kleiner", sagte Stan, hob die Axt und ließ sie in genau dem Moment auf das Schwein niedersausen, als der Blitz einschlug.

Seine Axt wurde von einem Goldschwert pariert.

Kat fiel die Kinnlade herunter, Charlie quiekte und Stan fiel fast rückwärts um. Seine Augen weiteten sich, als er sah, in was für ein Monster sich das Schwein durch den Blitzschlag verwandelt hatte.

Es besaß plötzlich die Gestalt eines Spielers. Seine Farbe

war zwar im Allgemeinen noch die eines Schweins, aber an seinem ganzen Körper hing das Fleisch in verrottenden Fetzen herab, und an der Seite seines Kopfes war ein Teil seines Schädels sichtbar. Seine Rippen ragten aus seinem Bauch hervor. Es trug einen braunen Lendenschurz und hatte ein Goldschwert in der Hand, das gegen den Stahl von Stans Axt gepresst war. Es erschien Stan wie eine Art Mischung aus Schwein und Zombie. Und es sah ziemlich wütend aus.

Der Schweinezombie führte seinen Angriff fort. Er schwang sein Schwert in komplizierten Mustern und trieb Stan zurück. Stan versuchte, mit seiner Axt zu kontern, aber seine Versuche blieben vergeblich. Die goldene Klinge des Schweinezombies blockte einen Axtschlag und trennte die Klinge der Axt vom Schaft. Stans Waffe war zerstört.

Stan tänzelte rückwärts und versuchte, den Schwert-hieben auszuweichen, als eine Spitzhacke durch die Luft flog und sich in den offen liegenden Schädelknochen des Schweinezombies grub. Der Angriff verursachte zwar nicht den geringsten Schaden, zeigte aber die erwünschte Wir-kung. Der Schweinezombie wandte sich von Stan ab und richtete seine Aufmerksamkeit auf Charlie.

Aber Charlie hätte sich seinen verzweifelten Angriff et-was besser überlegen sollen. Der Schweinezombie war schneller als erwartet, und Stan sah mit Entsetzen, wie der untote Krieger vorpreschte und Charlie Bein und Stirn auf-schlitzte. Charlie schrie vor Schmerz, fiel zu Boden und hielt sich sein verletztes Bein. Das Goldschwert wurde er-hoben, um ihm den Gnadenstoß zu versetzen, doch vor dem unausweichlichen Schlag prallte ein weißes Etwas auf den Schweinezombie und warf ihn zu Boden.

Rex hatte auf Kats Befehl hin eingegriffen. Einen Moment lang rangen die beiden Tiere miteinander und versuch-ten, einander die Kehle herauszureißen, bis Rex schließ-lich überwältigt wurde. Der Hund wurde an den Rand des

Kraters geschleudert, wo er winselnd liegen blieb, nicht in der Lage aufzustehen.

Als Kat sah, welche Schmerzen Charlie und ihr Hund erlitten, flackerten ihre Augen vor Zorn auf, und sie stürmte auf den Schweinezombie los. Die Eisen- und Goldklinge prallten aufeinander, und die beiden Kontrahenten begannen ihren Kampf. Kats Geschick war unglaublich, aber der Schweinezombie war ihr ebenbürtig. Und Kat war offensichtlich im Nachteil. Sie schaffte es einmal, dem Schweinezombie einen Schnitt zuzufügen, aber dadurch fiel nur etwas von seinem Fleisch herunter, ohne dass es ihn im Geringsten bremste.

Stan verlor die Hoffnung. Seine Axt war zerbrochen, Charlie lag im Sterben, und Kat erschöpfte sich darin, den Schweinezombie zu bekämpfen. Es war offenkundig, dass ein unglaublich mächtiger Angriff nötig sein würde, um den Schweinezombie zu töten, eine Art Explosion, etwas wie …

Plötzlich hatte Stan das Gefühl, als wäre die Luft statisch aufgeladen. Er sah in Richtung der Quelle des Gefühls. In geringer Entfernung trat eine Gestalt aus dem Wald auf die Straße. Sie war so groß wie er, aber mit vier stummeligen Beinen. Ein Creeper. Aber dieser unterschied sich von den anderen. Kleine elektrische Entladungen tanzten über seinen Körper, und sie waren so stark, dass Stan sie selbst aus dieser Entfernung noch fühlen konnte. Es war, als wäre der Creeper vom Blitz getroffen worden. Stan spürte, dass die Explosion eines Creepers, der so stark aufgeladen war … tödlich sein könnte.

Er wusste, was er zu tun hatte. Er rief: „Kat! Wirf mir den Bogen und die Pfeile zu!"

Kat war durch den Kampf mit dem Schweinezombie erschöpft und wusste, dass er sie bald überwältigen würde. Als der Schweinezombie erneut angriff, machte sie einen Satz zurück und holte mit dem Schwert aus, als würde sie einen Baseballschläger schwingen. Dann schlug sie zu. Das untote Wesen wurde zurückgeschleudert und prallte gegen einen Baum. Sie warf Stan Pfeil und Bogen zu und nutzte die Gelegenheit für eine Atempause.

Stan nahm den Bogen, legte den Pfeil an, zielte und schoss.

Er traf sein Ziel. Der Pfeil bohrte sich tief in den Kopf des Creepers.

Der Creeper sah Stan an. Seine Augen leuchteten rot, und die elektrische Aktivität, die seinen Körper umgab, verstärkte sich deutlich. Dann raste das Monster mit voller Geschwindigkeit auf sie zu.

„Was machst du denn da?", brüllte Kat, aber sie musste sich auf ihren eigenen Kampf konzentrieren. Der Schweinezombie war wieder auf den Beinen, und er fügte ihr eine Wunde am Rücken zu, durch die sie stürzte. Ihr Schwert flog hoch in die Luft.

Stan wusste, dass er sich keinen Gedanken an seine beiden gefallenen Freunde erlauben durfte, bis seine dringendere Aufgabe erledigt war. Er fing Kats Eisenschwert auf und stürzte sich auf den Schweinezombie. Die Schwerter prallten aufeinander. Stan starrte der Bestie ins Gesicht, wobei er bemerkte, dass eines ihrer Augen nur eine leere Höhle war. Aus dem rechten Augenwinkel sah er, dass der Creeper ihn fast erreicht hatte. Stan sprang zurück und setzte all seine noch verbliebene Kraft ein, um dem Schweinezombie das Schwert in den Bauch zu rammen. Bevor der untote Gegner Zeit hatte zu reagieren, schleuderte Stan den Schweinezombie über seinen Kopf, sodass er auf den zischenden Creeper prallte. Stan sprang im letzten Moment aus dem Weg, gerade, als er hinter sich die gewaltige Explosion hörte.

Die Explosion hatte Stan schwer getroffen, und er wusste, dass er sich im Kampf verletzt hatte, aber er zwang sich, aufzustehen und sich umzusehen. Charlie lag am Straßenrand. Die Wunden an seinem Kopf und seinem Bein bluteten. Rex lag am Rand des Kraters und winselte noch. Kat war nirgends zu sehen. Dort, wo die beiden Monster aufeinandergeprallt waren, befand sich ein Krater, der größer war als der, den eine Creeper-Explosion gewöhnlich hinterlassen würde. Der Schweinezombie war verschwunden, und nur ein Haufen verfaultes Fleisch und ein blutbeflecktes Goldschwert waren zurückgeblieben.

Ohne Zeit zu verschwenden, lief Stan zum Krater. Jeder Schritt schmerzte, aber er musste seine Freunde retten. Er sammelte das Goldschwert ein und steckte beide Schwerter in sein Inventar. Mit dem verrotteten Fleisch fütterte er Rex, dessen Rute sofort in die Höhe schoss. Er wurde wieder ganz der Alte und leckte Stans Hand.

Als Nächstes humpelte Stan zu Charlie. Der rührte sich nicht, und aus der Nähe betrachtet sahen seine Wunden noch schwerwiegender aus. Stan befürchtete das Schlimmste. Er griff in Charlies Inventar und holte eine Melonenscheibe hervor. Er stopfte sie in Charlies Mund und hoffte auf ein Lebenszeichen. Zu seiner Erleichterung fing Charlie langsam an, die Wassermelone zu kauen, dann seufzte er. Stan seufzte auch, da er jetzt sicher war, dass sich Charlie erholen würde, wenn er schnell genug die richtige Behandlungsmethode finden würde.

Blieb nur noch Kat. Stan hatte keine Ahnung, wo sie war. Er konnte sie nirgends sehen. Er war schon dabei, in Panik auszubrechen, als er hörte, wie eine raue, weibliche Stimme seinen Namen aus dem Inneren des Kraters rief, den die Explosion der Pyramide hinterlassen hatte. Er warf einen Blick hinein und sah Kat, die mit ausgestreckten Armen und Beinen etwa fünf Blöcke unter ihm auf einem Vorsprung lag. Während Stan sich durch die Erde nach unten schlug, um ihr zu helfen, wurde ihm klar, dass es Kat ziemlich erwischt hatte. Sie atmete flach und rasselnd.

Mit großer Mühe schleppten sich Stan und Kat aus dem

riesigen Krater, und dann fielen sie beide ohne ein weiteres Wort bewusstlos zu Boden.

Stan wachte auf, weil ihm Rex das Gesicht leckte. Da es früher Morgen und der Himmel nicht mehr grau war, mussten sie wohl eine ganze Weile ohnmächtig gewesen sein. Stan richtete sich auf und weckte Kat.

„Schon komisch", sagte sie und verzog das Gesicht. „Jeden Tag glaube ich, dass dieses Spiel nicht noch gefährlicher werden kann."

Stan nickte. Er wusste, was sie damit meinte. „Also, beeilen wir uns. Wir müssen so schnell wie möglich Hilfe für Charlie suchen, und ich vermute, wir werden sie in Element City finden."

Kat nickte und stand auf. Als Stan an sich herabsah, merkte er, dass er durch die Explosion mit Staub und Schmutz überzogen war. „Wir sollten auch beide bei Gelegenheit ins Wasser springen", meinte Stan. „Wir sehen furchtbar aus."

Kat sagte nichts, stand aber auf und ging mit langsamen Schritten, die sie offenbar schmerzten, zu Charlie hinüber. Stan folgte ihr. Gemeinsam und unter großen Schwierigkeiten hievten sie den bewusstlosen Charlie auf ihre Schultern und begannen, wieder den Weg entlangzuhumpeln.

Es war qualvoll. Die Explosion des Creepers hatte Stan irgendeine innere Verletzung zugefügt, und jeder Atemzug fühlte sich an, als würde er ihm Schaden zufügen, statt ihm zu helfen. Kat dagegen hatte bei dem Kampf mit dem Schweinezombie eine lange Schnittwunde auf dem Rücken davongetragen. Charlie war nicht in der Lage zu helfen. Die Wunden an seinem Kopf und an seinem Bein waren schwer.

Nach einer Zeit, die ihnen wie ein ganzer Tag vorkam (in Wirklichkeit stand die Sonne hoch am Himmel, und es war gerade erst Mittag), erschien eine Mauer am Horizont. Sie war gigantisch. Dahinter sah Stan hohe Türme,

104

die zu einer Burg zu gehören schienen. Stan waren gerade die mit Bögen bewaffneten Wachen aufgefallen, die auf der Mauer auf- und abgingen, als sich etwas in seinem Innern entsetzlich verkrampfte. Er spürte noch, wie er stürzte, aber noch bevor er auf den Boden aufschlug, verlor er das Bewusstsein.

KAPITEL 8

TAG DER VERKÜNDUNG

Als Stan aufwachte, lag er auf dem Boden. Unter ihm befanden sich Erde und Unkraut, und auf beiden Seiten ragten Mauern empor. Er hatte sie gerade bemerkt, als er sah, dass Kat neben ihm kauerte und dem bewusstlosen Charlie einen goldenen Apfel in den Mund schob. Stan fiel auf, dass der Schnitt auf ihrem Rücken verschwunden war. Auch sie musste einen goldenen Apfel gegessen haben.

„Oh, Kat … was ist passiert?", fragte Stan und hielt sich die Hand an den Kopf, während Charlie begann, sich zu regen. Seine Wunden waren bereits völlig verschwunden.

„Du bist in Ohnmacht gefallen", erklärte Kat. „Direkt vorm Tor. Du und Charlie, ihr wart beide bewusstlos, und ich wusste, dass ich goldene Äpfel brauche. Keine der Wachen wollte auch nur mit mir reden, und ich musste etwa drei Läden abklappern, bis ich einen Ladenbesitzer gefunden hatte, der bereit war, goldene Äpfel einzutauschen. Ich habe ihm die Werkbank gegeben, den Ofen und die Kohle, den Bogen, die elf Pfeile, die Eisen- und Goldschwerter und das meiste von der Melone, und er schien immer noch zu glauben, dass ich ihn praktisch bestehle, indem ich ihm die goldenen Äpfel abnehme."

„Augenblick", unterbrach Stan und versuchte zu verarbeiten, was sie gesagt hatte. „Was meinst du mit *Läden*?"

„Ach so, wir haben es nach Element City geschafft. Das

106

war anscheinend die Mauer, die wir gesehen haben." Stan bemerkte eine Reihe von Gebäuden und Spieler, die durch die Straßen liefen. „Und das Händlerviertel ist gleich beim Eingang. Sie machen von ihren Läden aus Tauschgeschäfte.

„Okay", sagte Stan. „Wo sind wir jetzt?"

„Ach, ich habe euch einfach in die nächste Seitengasse geschleift und dann die goldenen Äpfel besorgt."

„Okay, also ... einen Moment ... Werkbank ... Ofen, Kohle ... Bogen, Pfeile ... zwei Schwerter ... Melo ... Du hast ihm all unser Zeug gegeben?", fragte Charlie, der sich erholt hatte und jetzt auch zuhörte.

„Und er dachte immer noch, dass ich ihn übers Ohr haue, obwohl ich selbst immer noch ziemlich stark geblutet habe", bestätigte Kat und schüttelte den Kopf. „Ich sage euch, die Leute hier sind im Vergleich zu denen in Adorias Dorf absolute Ekelpakete."

Stan erinnerte sich daran, wie Adoria gezögert hatte, bevor sie ihnen empfohlen hatte, nach Element City zu gehen. *Das muss der Grund gewesen sein*, dachte er.

„Aber ich muss schon sagen", meinte Kat, „der Kerl schien richtig erstaunt zu sein, als ich sagte, dass die Wunden ein Zombie Pigman verursacht hatte. Anscheinend sind sie ..."

"Halt, was ist ein Zombie Pigman?", fragte Charlie.

Die beiden anderen starrten ihn eine Minute lang an. Dann sagte Kat: „Charlie, bist du schwer von Begriff?"

Charlie sah verwirrt drein.

„Alter, wogegen haben wir gerade gekämpft? Was hat dir die Schnitte an Kopf und Bein zugefügt?"

Charlie konzentrierte sich einen Moment lang, dann strahlte er. „Ah, ich verstehe! Weil es ein Zombie ist, aber wie ein Schwein aussieht und die Gestalt eines Mannes hat!"

Kat und Stan warfen einander einen Blick zu.

„Hoffen wir einfach, dass das nur eine Nebenwirkung des Apfels ist", bemerkte Kat abschätzig. „So oder so: Jetzt sind wir hier, und Goldman hat mir gesagt, wenn man hier ankommt, sollte man sich als Erstes einen Job suchen. Sie bieten einem Unterkunft und Essen, und man arbeitet für sie. Manchmal sind es auch langweiligere Aufgaben, und sie bezahlen einen mit Sachen. Gegen die Sachen kann man andere Dinge eintauschen, die man braucht, und schließlich kann man sein eigenes Haus auf dem Immobilienmarkt kaufen und im Erdgeschoss einen Laden aufmachen."

Als sie ihren Monolog beendet hatte, schauten Stan und Charlie sie mit hochgezogenen Augenbrauen an.

„Wann hast du so viel Zeit mit G verbracht?"

„Und warum hast du ihn ‚Goldman' genannt?"

Kat verdrehte die Augen. „Ich habe nachts mit ihm geredet, nach dem Training. Es ist angenehm, sich mit jemandem zu unterhalten, der weiß, wovon er spricht. Und damit das klar ist, es ist ihm lieber, wenn man ihn Goldman nennt, aber er lässt sich von den Leuten G nennen, weil Goldman ein bisschen lang ist. Aber mir ist das egal", fügte sie hinzu, während Charlie und Stan kicherten. „Gehen wir uns Arbeit suchen."

Damit stand das Trio auf, vertilgte die letzten drei Melonenscheiben und ohne dass ihnen irgendwelche Besitztümer geblieben waren, gingen sie aus der Seitengasse auf die Straße.

Die Stadt war atemberaubend. Die mit Bruchstein gepflasterten Straßen wimmelten von Leuten, die über die Blöcke liefen. Über die Häuser führte ein Netzwerk aus Schienen einer Magnetbahn hinweg. Im Erdgeschoss der Häuser waren verschiedene Geschäfte, über denen sich die Wohnungen befanden.

Die Metropole wurde von Wolkenkratzern überragt. Die Gegend, in der sie sich befanden, war offensichtlich das Händlerviertel. Aber es gab auch andere Zonen in der Stadt, und eine von ihnen war voller Wolkenkratzer. Die höchsten Gebäude waren drei Türme, die an verschiedenen Punkten durch Brücken verbunden waren. Die Mitte wurde von einem schmalen, spitzen Turm gekrönt. Das Hauptgebäude der Stadt war jedoch ganz offensichtlich die Burg. Dieses Gebäude, das sich weit über die Wolkenkratzer erhob, erreichte an seiner Spitze die Wolken. Die höchsten Türme der Burg, jene, die man selbst außerhalb der Stadt über die hohen Mauern sehen konnte, mussten die Wolken wortwörtlich berühren können. Die Burg war nicht nur hoch, sondern auch breit – sie erstreckte sich über die Hälfte der Stadt. Selbst aus dieser Entfernung konnte man die Flagge, die auf der Brücke der Burg wehte, klar erkennen. Auf ihr war die Abbildung dreier Wesen zu erkennen: ein Creeper, eine Kuh und ein Spieler mit blasser Haut, blondem Haar und einer goldenen Krone, von dem Stan vermutete, dass er der König war.

Kat ließ die Jungs ein wenig über die Stadt staunen, aber dann zwang sie sie, nach Arbeit zu fragen. Sie gingen von Tür zu Tür und fragten, ob es vielleicht drei Arbeitsplätze für sie gab. Stan fiel auf, wann immer sie sich nach Jobs erkundigten, wurden sie als Erstes gefragt, welchen Level sie besäßen. Und immer, wenn sie antworteten, dass Kat Level acht sei, Stan Level sechs und Charlie Level fünf, lehnte man sie ohne weitere Nachfragen ab.

Nach ihrer zwölften Absage wirkte Kat genervt und Charlie geradezu irritiert. Stan wollte gerade vorschlagen, für heute aufzugeben und die nächste Nacht in der Seitengasse zu verbringen, als er hinter sich ein Geräusch hörte.

„Psst!"

Sein erster Gedanke war: *Creeper!* Wenn ein Spieler dreimal von Creepern angegriffen worden ist, kann das vorkommen. Er fuhr herum und schickte sich an, seine Axt zu ziehen (er hatte vergessen, dass er sie nicht mehr hatte), aber er erkannte, dass es kein Creeper war. Ein Spieler gestikulierte von einem Laden auf der anderen Straßenseite aus in ihre Richtung. Der Spieler trug die bizarrste Kleidung, die sie je gesehen hatten. Er schien vollständig als schwarze Krähe gekleidet zu sein und trug sogar einen gelben Schnabel im Gesicht.

„Psst! Kommt her, ihr drei!", flüsterte er, was Stan nicht verstand, da alle anderen Läden dabei waren, über Nacht zu schließen. Und außerdem: Warum sollte er ihren Besuch vor den Nachbarn verbergen wollen? All das erschien Stan etwas zwielichtig.

Die Straßenbeleuchtung schaltete sich ein, während Stan dem Spieler über die Straße in einen Laden folgte. Er sah Regale über Regale, die mit verrottetem Fleisch, Knochen, Fäden, Spinnenaugen und anderen Dingen gefüllt waren, die von den Monstern aus Minecraft stammten. Er bemerkte auch die Waffen. Schwerter aus verschiedenen Metallen lagen auf den Tischen. Äxte hingen von Haken an der Decke. Eine ganze Wand war mit Bögen bedeckt. Es gab auch Schaufensterpuppen, die mit Rüstungen aus Leder, Eisen und Diamant eingekleidet waren. Stan war beeindruckt.

Sie kletterten eine Leiter im hinteren Teil des Ladens hinauf und in den Wohnbereich des Spielers. Das Zimmer war sehr schlicht gehalten. Die einzigen Gegenstände darin waren Fackeln an den Wänden, ein Bett, zwei Stühle, ein Baumsetzling auf einem Erdblock, ein paar Truhen, eine Werkbank, ein Ofen und ein Tresen, auf dem eine Maschine mit einem Knopf stand.

„Setzt euch", sagte der Spieler. Während sich Charlie und Kat auf die Stühle setzten und Stan auf dem Boden Platz nahm, beobachteten sie, wie der Spieler zu der Maschine ging und viermal auf den Knopf drückte. Vier Brote fielen aus einem Loch an der Vorderseite der Maschine. Er gab drei davon seinen Gästen und behielt das vierte selbst. Er setzte sich auf das Bett.

110

„Gehe ich recht in der Annahme, dass ihr drei Arbeit sucht?", fragte der Spieler.

„Ja", sagte Kat. „Wir sind neu hier …"

„Psch, psch, pschhhh!", sagte der Spieler. Er sah nervös aus. Aus welchem Grund auch immer wollte er ganz offensichtlich nicht, dass man ihn hörte. „Nicht so laut! Ich bin Blackraven100, und ich suche ein paar Helfer für mein Jagdgeschäft."

„Was heißt das, *Jagdgeschäft*? Jagd worauf?", fragte Charlie.

„Ach ja, ich vergesse immer wieder, dass ihr … Spieler mit niedrigerem Level seid", flüsterte er, als würde er eine schreckliche Wahrheit aussprechen. „Wisst ihr, manche von den reichen Spielern jagen gern zum Vergnügen Zombies und andere Mobs. Es macht auch Spaß, wenn man gut vorbereitet ist, und man kann sich auf diese Weise ziemlich wertvolle Beute beschaffen. Ich war mal einer dieser Jäger, aber seit ich über Level 50 hinaus bin, macht es mir nicht mehr so viel Freude wie früher. Jetzt verkaufe ich all die Beute, die ich über die Jahre hinweg gesammelt habe, und beabsichtige, ein unbesiedeltes Stück Land zu kaufen, auf dem ich bauen kann.

Leider gehen mir langsam die Vorräte aus, und jetzt brauche ich etwas Hilfe bei der Jagd, während ich mich um den Laden kümmere. Ich brauche Spieler, die in die Wälder gehen, alle Monster töten, die sie finden können, und mir die Beute zurückbringen. Die Bezahlung dafür wird hoch sein. Also, was sagt ihr dazu? Natürlich bringe ich euch gern bei mir unter und verpflege euch."

Er sah sie erwartungsvoll an. Stan, Kat und Charlie warfen einander einen Blick zu. Stan nickte und Charlie zuckte lächelnd mit den Schultern, also sagte Kat: „Das klingt gut. Danke, dass du uns beschäftigen willst. Niemand anders war bereit dazu. Weißt du, warum?"

Blackraven schloss einen Moment lang die Augen, dann

111

öffnete er sie wieder. „Oh, ein paar von den Spielern mit höherem Level haben Vorurteile gegen alle unter, sagen wir mal, Level vierzehn oder fünfzehn. Eigentlich ist es dumm. Sie sagen, dass die mit hohen Leveln länger auf dem Server waren und sich an die Spitze kämpfen mussten und die niedrigleveligen Spieler von heute nicht so schwer arbeiten müssen, weil sie das nutzen können, was die hochleveligen aufgebaut haben."

Kat und Stan fiel die Kinnlade herunter, und Charlie sagte laut: „Das ist das Dümmste, was ich je gehört habe! Hast du eine Ahnung, was wir durchgemacht haben, seit …"

„Psschhhhhhttt!", zischte Blackraven. „Die Leute in dieser Gegend sind nicht gerade nett zu hochleveligen Spielern, die welche mit niedrigeren Leveln gut behandeln. Ich persönlich halte das alles für Unsinn, aber ich kann es mir nicht leisten, diese Meinung zu äußern, weil so viele um mich herum das anders sehen.

Und jetzt lasst uns schlafen gehen", fügte er hinzu. Er holte etwas Wolle und Holz aus der Truhe. Dann ging er zur Werkbank, und innerhalb weniger Minuten standen vier Betten im Zimmer, von denen jedes von einem Spieler belegt wurde.

Als er im Bett lag, fragte sich Stan, ob dieses ungerechte Vorurteil gegen niedriglevelige Spieler das Motiv des Griefers gewesen war, der den verrückten Steve getötet hatte, oder sogar … das Motiv, das Mr. A antrieb, den Griefer, der ihn vor so vielen Tagen zu töten versucht hatte. Vielleicht hatte ihm ein niedrigleveliger Spieler einmal seine Gegenstände gestohlen, und er versuchte nun wiederzubekommen, was er einst besessen hatte. *Ja, das würde alles erklären*, dachte Stan beim Einschlafen.

Am nächsten Tag zogen Stan, Kat und Charlie mit Ausrüstung beladen los, um für Blackraven100 auf die Jagd zu gehen. Jeder der Spieler trug eine Eisenbrustplatte und einen Helm. Kat ging voran, ein Eisenschwert an ihrer Seite sowie einen Bogen und einen Köcher mit Pfeilen auf dem Rücken. Rex lief hinter ihr, gefolgt von Stan. Stan hielt eine Eisenaxt, die in der Sonne glänzte. Außerdem trug er sechs Brote. Charlie ging neben Stan. Er hatte eine Spitzhacke und ihre zwei wichtigsten Gegenstände bei sich: einen Kompass und eine Uhr. Der Kompass würde ihnen helfen, falls sie sich verliefen, und anhand der Uhr konnten sie im dunklen Wald die Tageszeit feststellen.

„Kommt auf jeden Fall bis Mittag zurück", hatte Blackraven gesagt, „damit ihr die Verkündung des Königs nicht verpasst. Danach könnt ihr wieder losziehen."

„Verkündung? Was soll das sein?", fragte Stan.

„Ach, ab und zu kündigt der König von Element City an, dass es eine größere Gesetzesänderung geben wird oder etwas Ähnliches. Ihr seid jetzt Bürger der Stadt, also solltet ihr anwesend sein."

Mit dieser Anweisung im Hinterkopf gingen die drei Spieler und der Hund durch die großen Stadttore in den Wald hinaus und begannen ihre Jagd.

Es war seltsam. Sie hatten zuvor so viele Monster in diesem dunklen Wald gefunden, aber jetzt trafen sie auf fast keine. Die Einzigen, die sie finden und erlegen konnten, waren ein Zombie (von Charlie durch einen Spitzhackentreffer gegen den Kopf getötet), zwei Skelette (von Kat aus der Distanz erschossen) und ein Creeper (von Stans Axt niedergestreckt). Der Creeper war sogar recht beeindruckend, da es der Erste war, den einer von ihnen selbst getötet hatte. Dennoch ärgerten sie sich darüber, dass sie, als die Uhr zeigte, dass sich der Mittag näherte, mit fast leeren Händen zurückkehrten und nur ein Stück verrottetes Fleisch, drei Knochen, zwei Pfeile und eine Handvoll Schwarzpulver von dem Creeper vorzuweisen hatten.

Schon in dem Moment, in dem sie durch die Tore traten, war Stan klar, dass etwas nicht stimmte. Die Leute auf der Straße waren ungewöhnlich still, und ab und zu hörte Stan

113

sie Dinge flüstern wie „Hast du die Sache mit dem Händler gehört, dessen Laden verwüstet wurde?" und „Ja, ich habe gehört, dass er Noobs Arbeit angeboten hat. Allein der Gedanke". Gerade dieser Kommentar verstärkte Stans Panik, und er begann sogar zu hyperventilieren, als er aus dem Gebiet, in dem Blackravens Laden war, Rauch aufsteigen sah und wütendes Geschrei aus dieser Richtung hörte.

Das Trio bog um die Ecke, und ihre Augen traten vor Entsetzen aus den Höhlen. Selbst der Hund winselte beim Anblick der schrecklichen Szene, die sich ihnen darbot.

Blackravens Laden war in Brand gesteckt worden. Flammen schlugen aus seinem Zimmer im ersten Stock, und im Erdgeschoss flackerten die blauen, gelben und roten Flammen brennender Holzkohle. Draußen hatte sich eine Menschenmenge gebildet, die vor Wut brüllte, aber nicht wegen des Bildes der Zerstörung. Stan hörte Schreie wie „Wie gefällt dir das, von Heim und Herd vertrieben zu werden?" und „Das kommt davon, wenn man Noobs beherbergt". Stan sah mit Grauen, wie die Leute Ziegelsteine warfen, die das Fenster im ersten Stock zerschmetterten. Stan war starr vor Angst. Das hatten sie drei ausgelöst! Was, wenn Blackraven noch im Haus war?

Dann geschah das Unvorstellbare. In einem Funkenregen gaben die Trägerbalken nach, und das gesamte Haus samt Laden brach zusammen, bis nichts blieb als ein qualmender Haufen aus Kohle, Flammen und versengten Ziegeln. Blackraven100 war bestimmt tot.

Während die Menge den Zusammenbruch des Ladens bejubelte, zog Stan seine Axt, und seine Augen loderten vor Zorn. Die Wut loderte in ihm. Was er beim Tod des verrückten Steve gefühlt hatte, war nichts im Vergleich. Er hob die Axt über den Kopf, und er war kurz davor, auf die jubelnde Menge zuzustürmen, als jemand ihn am Kragen packte und abrupt zurückzog. Er fiel auf den Hintern.

Kat hatte geahnt, was er vorhatte, und ihn festgehalten.

Stan, außer sich vor Wut, sprang wieder auf die Beine, bereit, erneut auf die Menge zuzustürmen, aber diesmal war es Charlie, der sich ihm in den Weg stellte. Das verschaffte Kat die Chance, Stan von hinten mit beiden Armen zu umschließen. Sie war viel stärker als er, aber er wehrte sich weiter, während Kat und Charlie ihren rasenden Freund zurück in eine Gasse zerrten, wo sie ihn nur mit vereinten Kräften zu Boden zwingen konnten. „Stan! Komm zu dir!", rief Charlie, das Gesicht tränenüberströmt. Und es war der Schmerz in seiner Stimme, der Stan endlich dazu brachte, nicht mehr gegen Kat anzukämpfen. „Wir sind alle erschüttert! Und wir sind nicht schuld!", brüllte er, als könne er Stans Gedanken lesen. „Er hat alles richtig gemacht, hörst du? Alles richtig! Wenn ich könnte, würde ich selbst da rausrennen und all diese Leute umbringen, aber wozu?" Seine Stimme zitterte voller Schmerz. „Sie würden uns angreifen. Sie hassen uns, schon vergessen? Das würde nur zu noch mehr sinnlosem Sterben führen. Mehr sinnloses, sinnloses Sterben." Jetzt klang er nur noch angewidert.

Kat dagegen liefen noch immer Ströme von Tränen über das Gesicht. Sie hörte auf, sich mit ihrem Gewicht auf Stan zu lehnen, und schniefte. „Kommt, Leute", sagte sie, mit noch stärkerem Zittern in der Stimme als in Charlies. „Gehen wir zu diesem Verkündungsdings. Und dann überlegen wir uns, was wir machen. Sie stand auf. Charlie ebenso. Sie sahen auf Stan hinab, der noch immer am Boden lag.

Stan hatte nicht mehr das Gefühl, dass ihm Wut und Trauer den Atem raubten. Er fühlte nichts als Ekel gegenüber dem Mob, der seinen Freund getötet hatte. Dem Mob, der in seiner Ekstase überschäumte und das Feuer nur noch mehr entfachte. Er wünschte sich in diesem Moment nichts sehnlicher, als die Gasse, die Straße, diese Ungerechtigkeit hinter sich zu lassen und nie wieder zurückzukehren.

Stan stand langsam auf. „Ja", sagte er und schaute seine Freunde an, „gehen wir zur Verkündung."

Die Sonne stand hoch am Himmel, und die Menschen strömten bereits auf das Gelände vor der Burg. Die mechanischen Tore der Burg öffneten sich, und der König trat auf die Brücke. Von dieser Brücke aus, die sich zwischen den beiden vorderen Türmen der riesigen Burg erstreckte, hielt der König all seine Reden.

Als der König für sie sichtbar wurde, brach die Menge in Jubelschreie aus. Es war eine riesige Menge, die gesamte Bevölkerung der Stadt hatte sich versammelt.

Der König tat sein Bestes, damit der Bereich für seine Gäste hübsch aussah. Die Anlagen waren gut gepflegt, und es gab Büsche, die in die Form von Spielern und Tieren gestutzt waren. Für den König war der persönliche Lieblingsteil seines Gartens der Lavagraben, der seine Burg umgab. Er war grundsätzlich keine schlechte Verteidigungsmaßnahme gegen Angreifer und verlieh der Burg nachts ein majestätisches Leuchten.

Der König war mit der Entscheidung des Rats der Operatoren zu der Frage, was mit der Überzahl neuer Spieler in Element City geschehen sollte, zufrieden. Ihm war klar, dass sein neues Gesetz die niedrigleveligen Bürger der Stadt empören würde, aber die hochleveligen Bürger, die ein gutes Drittel der Stadtbevölkerung von knapp über eintausend Spielern ausmachten, würde die Verkündung überglücklich machen.

Caesar894, die rechte Hand des Königs, der rechts hinter dem Herrscher stand, reichte ihm ein Mikrofon. Unter ihnen wurde der Ton durch Lautsprecher, die auf der gesamten Anlage verteilt waren, übertragen. Der König räusperte sich. „Ich grüße euch, Bürger von Element City!"

Er hatte eine tiefe, donnernde Stimme, und die Stadtbewohner jubelten.

„Ich habe euch heute aus gutem Grund vor euren König treten lassen", fuhr der Herrscher fort. „Ich bin sicher, dass ihr alle euch an das letzte Mal erinnert, als ich einen Tag der Verkündung ausgerufen habe. Damals wurde aufgrund des immer negativeren Einflusses eines Spielers auf den Rat der Operatoren beschlossen, dass ein neues Gesetz verabschiedet werden sollte. Eines, durch das Spieler nach dem ersten Tod vom Server verbannt wurden."

Dies löste ein unzufriedenes Murmeln aus. Viele der Bürger mochten das Gesetz nicht.

„Mir ist bewusst, dass viele von euch gegen dieses neue Gesetz waren. Eine Petition derer, deren Missfallen am größten war, führte zu einem Kompromiss: Ich sollte meine Operatorrechte aufgeben, und das Gesetz sollte unverändert bleiben. Ich bin ein Ehrenmann und habe immer Wort gehalten. Seitdem habe ich meine Operatorrechte aufgegeben und bin nun so sterblich wie ihr alle. Aber die Unzufriedenheit mit diesem Gesetz nahm nicht ab. Ein neues Argument wurde vorgebracht.

In den letzten Monaten hat die Zahl neuer Spieler, die dem Server beitreten, zugenommen. Das führt zu großer Unzufriedenheit unter den hochleveligen Bürgern von Element City, die schon länger hier leben und sich das Land, auf dem sie nun leben, rechtmäßig verdient haben. Diese niedrigleveligen Spieler haben den hochleveligen Spielern das Leben viel schwerer gemacht. Sie verursachen einen Mangel an Arbeit, Nahrung und Land."

Zu diesem Zeitpunkt brodelte es bereits in der Menge. Die Spieler mit hohen Leveln bejubelten den König, die mit niedrigen brüllten vor Zorn. Der König musste schreien, um sich Gehör zu verschaffen.

„Hier ist nun die Verkündung, zu der ihr alle euch hier versammelt habt: Jegliche Bürger von Element City mit einem Level unter fünfzehn sind verpflichtet, Element City vom heutigen Tag an innerhalb einer Woche zu verlassen. Nach diesem Datum werden jegliche Spieler unter Level fünfzehn, die in der Stadt angetroffen werden, getötet und ihre Häuser …"

Das war der Moment, in dem der Pfeil den König traf.

Zum Glück für den König war derjenige, der ihn abgeschossen hatte, kein besserer Schütze, sonst hätte das Geschoss seinen Schädel durchbohrt und ihn getötet. Stattdessen prallte der Pfeil von seiner Krone ab, schlug sie ihm dabei vom Kopf und warf den König zu Boden.

Die gerade noch brodelnde Menge verstummte entsetzt. Der König stand schnell wieder auf und blickte über die Brüstung der Brücke, um zu sehen, wer versucht hatte, ihn zu ermorden. Es dauerte nicht lange, bis der König am hinteren Ende des Rasens eine Lücke in der Menge entdeckte. Alle waren vor den drei Spielern, die dort standen, zurückgewichen.

Einer von den dreien in dieser Lücke war ein Mädchen mit blondem Haar, einem orangefarbenen T-Shirt mit einem Herz darauf und pinkfarbenen Shorts. An ihrer Seite saß ein Hund. Der zweite Spieler sah aus wie ein Wüstennomade. Beide sahen zutiefst schockiert aus.

Aber der dritte Spieler, der das Standardaussehen für Minecraft hatte, hatte seinen Bogen noch immer erhoben und zielte auf den König. Selbst auf diese große Distanz konnte der König den Hass sehen, der sich in jede Linie seines Gesichts gegraben hatte, und den glühenden Zorn in seinen Augen.

TEIL II:

GEBURT DER REBELLION

KAPITEL 9

DER SCHUSS, DER AUF DER GANZEN WELT GEHÖRT WURDE

Einen Moment lang herrschte bestürztes Schweigen, während sich der König, seine Beamten, die Menge und selbst die Spieler an seiner Seite der Tragweite des Anschlags eines Spielers auf das Leben des Königs bewusst wurden. Dann brach die Hölle los.

Der Spieler fuhr herum und sprintete auf das Tor zu, und die beiden Spieler und der Hund, die neben ihm gestanden hatten, folgten ihm schnell. Der König war noch zu schockiert, um sich zu ärgern, aber er war sicher, dass die Spieler niemals lebend entkommen würden. Die treuen Untertanen des Königs würden den Spieler vernichten, der versucht hatte, ihren geliebten Anführer zu ermorden.

Doch leider hatte der König damit nur halb recht. Denn in genau dem Moment, in dem die Spieler die Flucht ergriffen, öffnete sich ein Pfad durch die Menschenmenge, damit sie entkommen konnten. Es schien, dass die hochleveligen Spieler zwar vorhatten, die drei Spieler zu töten, die niedrigleveligen verteidigten sie jedoch und schlugen die hochleveligen zurück. Es war eine Revolte.

Der König hatte seinen Schock nun überwunden und schäumte vor Zorn über den Spieler, der nicht nur versucht hatte, ihn umzubringen, sondern auch noch die niedrigleveligen Bewohner der Stadt gegen ihre Obrigkeit aufgewiegelt hatte. Mit Gebrüll befahl er, die Tore zu schließen und alle Maßnahmen gegen die Ausschreitungen in die Wege zu leiten.

Die drei Spieler entkamen in dem Moment, in dem sich die Tore schlossen. Dem König entfuhr ein Wutschrei, und er befahl, Polizeitruppen in die Stadt zu schicken, um den Jungen, seine Freunde, den Hund und alle Komplizen, die sie möglicherweise hatten, zu töten.

In der Zwischenzeit hatten die Truppen, die die Ausschreitungen unter Kontrolle bringen sollten, den Mob erreicht. Noch immer kämpfte die Menge untereinander, und Spieler aller Level fielen um wie umgeschubste Kühe. Die Truppen feuerten hauptsächlich Pfeile in die Menge und versuchten so, die niedrigleveligen Bürger unter Kontrolle zu bringen, aber der Anführer der Bereitschaftstruppe hatte andere Vorstellungen.

Minotaurus war ein Spieler, der mithilfe von Mods (externen Programmen) die doppelte Größe eines normalen Spielers erlangt hatte und genauso wie ein echter Minotaurus aussah, mit Hörnern und allem Drum und Dran. Er führte eine diamantene Streitaxt mit Doppelklinge, die unzerstörbar war.

Normalerweise hätte der König keine modifizierten Spieler auf dem Server zugelassen, aber Minotaurus hatte eine bösartige Freude an Massakern gezeigt. Der König hatte ihn daher der Zulassung für würdig befunden, nachdem er dem Minotaurus befohlen hatte, sich zu beweisen, indem er seinen eigenen Bruder und seine beiden Schwestern auf dem Server tötete. Das hatte er ohne mit der Wimper zu zucken getan. Er war absolut unbarmherzig … und das liebte der König an ihm.

Der König schätzte Loyalität, und so hatte er Minotaurus zum Anführer der Bereitschaftstruppen gemacht. Minotaurus konnte mit seiner Streitaxt Männer wie Butter durchschneiden. Und er konnte Aufstände, die in der Stadt häufig vorkamen, schnell und effizient beenden. Nur eine

Stunde vor der Verkündung hatte der König Minotaurus und seine Leute ausgeschickt, um einen wütenden Mob aufzulösen, der einen Spieler getötet und sein Haus angezündet hatte. Der König hegte keine Sympathie für den Spieler, den der Mob getötet hatte. Er hatte niedriglevelige Spieler beherbergt. Aber das Feuer hatte begonnen, sich auszubreiten, und die Menge hatte es immer weiter angefacht. Innerhalb von sechzig Sekunden nach Ankunft von Minotaurus waren alle Aufrührer entweder tot oder auf dem Rückzug. Es war Minotaurus, der jetzt den Angriff gegen die Aufrührer führte. Er tötete ohne Gnade und durchtrennte jeden, der sich ihm in den Weg stellte, mit seiner riesigen Streitaxt. Innerhalb von Minuten war der Aufruhr beendet, aber Minotaurus tötete weiter. Seine eigenen Leute mussten fünf Tränke der Langsamkeit werfen, um ihn endlich zu beruhigen.

Der König lächelte. Er war noch da, und solange er Minotaurus und die Bereitschaftstruppen hatte, würde es keine derartigen Aufstände mehr geben. Aber er würde etwas gegen den Attentäter unternehmen müssen. Das Letzte, was er brauchte, war eine Revolte, und wenn es einen Spieler gab, der ein hohes Risiko darstellte, eine Revolte auszulösen, war es der Attentäter. Aber wo sollte er die Truppen dazu herbekommen? Der König würde dafür sorgen, dass die niedrigleveligen Spieler in der Hauptstadt genauestens von den Behörden überwacht wurden, sodass sie nicht aufständisch wurden, aber der Attentäter wusste sicher, dass er das tun würde. Und der einzige andere Ort, an dem genug Niedriglevelige waren, um einen Aufruhr anzuzetteln, war …

Der König wusste, was er zu tun hatte. Er erlaubte sich, höchstpersönlich in das Büro der Bereitschaftstruppen zu gehen. Minotaurus war über die Ankunft des Königs informiert worden und erwartete ihn.

123

„Ich habe einen Auftrag für dich", sagte der König.

„Was für eine Art Auftrag?", fragte Minotaurus mit seiner Baritonstimme.

Der König sah, wie sich Minotaurus' Augen vor Freude über den Auftrag weiteten. Solche Dinge waren ganz sein Fall.

„Nimm die Hälfte deiner Männer mit", sagte der König. „Lass die andere Hälfte hier, falls die Bürger wieder eine Revolte anzetteln. Zerstöre alles. Lass niemanden am Leben. Sorge dafür, dass an diesem Fleck keine Spur von Zivilisation eine Überlebenschance hat. Nimm dir aus der Waffenkammer, was du brauchst. Ich schlage Feuer und TNT vor. Mach mich stolz, Minotaurus."

Der gigantische Bullenmann salutierte zackig. „Jawohl, Sire. Wir werden Euch nicht enttäuschen, Sire!"

Dann, strahlend vor Aufregung, liefen Minotaurus und die Hälfte seiner Truppe den Korridor zur Waffenkammer entlang.

Stan rannte. Charlie, Kat und Rex liefen hinter ihm. Sie machten keine Pausen. Sie rannten und rannten, bis sie das Gelände der Burg und Element City verlassen hatten. Sie liefen in den Wald, um den Krater herum und den Weg hinab. Sie hielten erst an, als sie wieder in Adorias Dorf angekommen waren.

Stan war von seinen eigenen Gedanken überrascht. Er hatte gerade versucht, den mächtigsten Spieler Elementias zu töten und war dann eine unglaubliche Strecke bis zu Adorias Dorf zurückgesprintet. Und doch war alles, woran Stan denken konnte, Erstaunen darüber, dass er so präzise geschossen hatte. Er konnte nur daran denken, dass Archie ihn für einen hoffnungslosen Fall gehalten und er das Ziel nur einmal getroffen hatte. Andererseits hatte er diesmal Zeit zum Zielen gehabt.

Stan sah Sally und Jayden, die ihnen entgegenliefen. Anfangs schienen sie froh, das Trio zu sehen, aber ihr Lächeln schwand, als sie in ihre Gesichter blickten.

„Was ist passiert, Leute?", fragte Jayden. „Ihr seht aus, als hättet ihr …"

Aber er wurde von Charlie unterbrochen, der, noch immer außer Atem, hervorstieß: „Stan … Verkündung … Pfeil … König … Aufstand …"

„Was redest du da?", fragte Sally ungläubig.

„Stan hat versucht, mit einem Pfeil den König zu töten", sagte Kat ernst.

Sally, Jayden und Adoria, die gerade zu ihnen gekommen war und Kats Erklärung gehört hatte, brachten nichts als fassungsloses Schweigen zustande.

„Du hast *was* versucht?", schrie Adoria schließlich, das Gesicht von Entsetzen gezeichnet.

„Was hat dich geritten zu versuchen, den König zu töten?", schrie Jayden, dessen Augen hervortraten. Sally sah aus, als wäre ihr speiübel.

„Das ist eine gute Frage, Stan", sagte Charlie, der vor Angst zitterte. „Warum?"

„Ich … habe nur …", entgegnete Stan und stotterte herum, während die Wut wieder in ihm aufwallte. Er fühlte unbeschreiblichen Zorn über die schlechte Behandlung, die ihnen widerfahren war, über Blackravens Tod, über die Verkündung. Nach einer Minute seines Stotterns und den Fragen der anderen stieß er hervor: „Er hat es verdient!"

Er erzählte ihnen, was geschehen war, nachdem er, Kat und Charlie Adorias Dorf verlassen hatten. Die Nachricht von der Verkündung schockierte alle am meisten.

„Der König will sämtliche niedriglevelige Spieler aus Element City werfen?", fragte Sally ungläubig.

„Wie kann er das tun? Sie stellen inzwischen zwei Drittel der Bevölkerung!", sagte Adoria.

Charlie erklärte, dass es für so viele Spieler an allen Ecken und Enden fehlte.

„Dann soll er mehr Land besorgen!", rief Jayden. „Er soll Bäume fällen lassen, dann gibt es neues Land und Arbeitsplätze! Er ist der *König*. Er kann alles tun!"

„Oh, das ist etwas komplizierter", antwortete Adoria. „Er glaubt, dass die Vorarbeit der hochleveligen Spieler den niedrigleveligen das Leben leichter macht, und das ärgert die Hochleveligen. Wenn man bedenkt, dass der Rat der Stadt vollständig aus hochleveligen Spielern besteht, ist es nicht überraschend, dass sie ein so selbstsüchtiges Gesetz verabschieden."

„Das ist alles gut und schön, aber die Tatsache ist doch", sagte Kat, die still gewesen war, nachdem sie ihnen mitgeteilt hatte, was Stan getan hatte, jetzt aber in einem Tonfall sprach, in dem unterdrückte Wut mitschwang, „dass Stan versucht hat, den König dieses Servers zu töten, und wenn ihr glaubt, dass das ohne Vergeltung …"

Sie wurde unterbrochen, als ein brennender Pfeil in die Wand des Gebäudes neben ihr einschlug. *Zu spät*, dachte Stan, und sein Magen verknotete sich.

Dann zischten mehr und mehr Pfeile wie ein Hornissenschwarm aus dem Wald. Die sechs Spieler rannten in Deckung, während die Gebäude in Flammen aufgingen. Dann brach ein Trupp von Männern in weißen Uniformen über das Dorf herein.

Die sechs Spieler versteckten sich hinter den Mauern des Rathauses.

Adoria wandte sich an Stan: „Ihr müsst gehen. Alle drei."

„Was?", fragte Stan. Er hatte mit allem gerechnet, aber damit nicht. „Warum? Wir wollen helfen, sie zurückzuschlagen!" Charlie und Kat nickten zustimmend. „Ich habe euch in diesen Schlamassel reingezogen, ich will helfen, euch auch wieder herauszuholen!"

„Nein! Das würde alles nur noch schlimmer machen", antwortete Adoria schnell. Ihnen lief die Zeit davon. „Vielleicht werden sie nicht noch mehr vom Dorf zerstören, wenn sie herausfinden, dass ihr drei nicht hier seid. Ich gehe jetzt und rede mit ihnen. Ihr alle verschwindet von hier, und zwar schnell!"

Bevor die drei etwas einwenden konnten, trat Adoria aus ihrer Deckung und begann zu sprechen. „Ich bin Adoria, und ich bin die Bürgermeisterin dieses Dorfes. Ich weiß, warum ihr hier seid. Ihr seid gekommen, um den zu finden und zu töten, der versucht hat, den König von Elementia umzubringen. Ich sage euch, dass er nicht hier ist und dass wir ihm kein Obdach gewähren werden. Wenn ihr mir nicht glaubt, stimme ich gern einer vollständigen Durchsuchung des Dorfes zu. Ich bitte euch nur, zerstört nicht noch mehr. Wir werden friedlich kooperieren."

Diesem Angebot folgte ein Moment der Stille. Dann flog eine zweiköpfige Diamantaxt durch die Luft, direkt auf Adoria zu. Sie grub sich in ihren Kopf und in ihren Bauch, und Adoria brach auf der Straße zusammen. Sie war tot.

Stan, Kat, Charlie, Jayden und Sally waren zu entsetzt, um zu sprechen, sich zu rühren, oder, in Stans Fall, auch nur zu denken. Ein Spieler, doppelt so groß wie ein normaler Spieler, der gekleidet war wie ein Stier, ging zu Adorias entstellter Leiche und zog die Axt heraus, wobei er den Leichnam beiläufig beiseitestieß.

Dieser niederträchtige Akt gab Jayden und Sally den Rest. Beide sprangen mit wildem Kriegsgeschrei aus ihrer Deckung. Jayden riss seine Diamantaxt hervor, und Sally zog zwei Eisenschwerter, jedes in einer Hand. Dann gingen sie auf den riesigen Mann los.

Stan, der immer noch nicht in der Lage war zu verarbeiten, was er gerade gesehen hatte, verspürte keine Trauer über den Verlust von Adoria. Er folgte nur blind seinem Instinkt und lief hinter Kat, Charlie und Rex in den Wald. Zwischen den Bäumen drehte er sich um und warf einen Blick zurück auf Adorias Dorf.

Es war so, wie es bei Blackravens Haus gewesen war,

127

nur tausendmal schlimmer. Überall brannte es. Die Häuser waren ein flammendes Inferno, und alle begannen schon zusammenzufallen. Stan blickte zum Rathaus und sah, wie es von innen heraus explodierte. Ziegel wurden durch das ganze Dorf geschleudert. Aber das Schlimmste war, wie es den Menschen erging. Überall platzten neue Spieler aus ihren brennenden Häusern hervor, Holz- und Steinschwerter gezogen, doch die meisten von ihnen wurden sofort von brennenden Pfeilen zu Fall gebracht.

Stan blickte eine Straße hinab und sah, wie ein Mädchen mit pinkfarbener Bluse, blauem Rock und weißen Kniestrümpfen einen Spieler des Bereitschaftstrupps von hinten mit ihrem Holzschwert tötete. Doch dann erschien der riesige Minotaurusmann hinter ihr und hob seine Axt. Stan wandte den Kopf ab, hörte aber, wie die Diamantklinge herabsauste und traf.

Der Vorfall ekelte Stan mehr an als alles, was er bis dahin gesehen hatte. Trauer, ja. Wut, ja. Aber vor allem Ekel. Warum brannten sie das Dorf nieder, obwohl Adoria doch versucht hatte, mit ihnen zu verhandeln? All die Spieler mit niedrigen Leveln, weg …

Stan sackte zur Seite, übergab sich auf den Boden und weinte.

KAPITEL 10

FLUCHT IN DEN DSCHUNGEL

Der König war nicht zufrieden.

Der Polizeipräsident hatte die gesamte Stadt mit seinen Truppen durchsucht, doch sie hatten keine Spur von dem Attentäter und seinen beiden Freunden gefunden. Sie hatten allerdings von den Haupttoren Daten über die Spieler bekommen. Ihre Namen waren Stan2012, KitKat783 und KingCharles_XIV. Sie alle waren unter Level fünfzehn. Sie mussten aus Adorias Dorf gekommen sein, sonst wäre der Junge kein so guter Schütze gewesen. Es war eine Erleichterung, dachte der König, dass Minotaurus diesen widerwärtigen Ort endlich zerstörte.

Es klingelte an der Tür, und der König drückte auf einen Knopf, um sie zu öffnen. Caesar und sein Partner, Charlemagne, kamen herein und verneigten sich. Der König deutete abwesend mit dem Schwert auf sie, und sie erhoben sich.

„Worum geht es, mein Herr?", fragte Charlemagne.

„Habt Ihr den Attentäter gefasst, Sire?", fragte Caesar.

Der König blickte seine beiden höchstrangigen Generäle an und sagte langsam: „Nein. Nein, ich habe ihn nicht gefasst. Er ist überhaupt nicht in der Stadt. Deshalb habe ich euch beide hergerufen. Ich brauche euren Rat."

„Aber warum nur uns, Sire?", fragte Charlemagne.

„Weil es darüber keinerlei Abstimmung geben darf. Ich möchte diese Angelegenheit mit meinen beiden vertrauenswürdigsten Männern besprechen. Dann werde ich persönlich entscheiden, was zu tun ist. Ich suspendiere den Rat wegen der aktuellen Krisensituation. Ich kann nur euch beiden trauen."

„Welche Krisensituation, Sire?", fragte Caesar. „Ich weiß, dass jemand versucht hat, Euch zu töten, was schrecklich und verräterisch ist, aber wird er nicht bis Ende der Woche tot sein, jetzt, da der ganze Server nach ihm sucht?"

Der König wandte sich Caesar zu. „Das ist es ja gerade, Caesar. Nicht jeder möchte, dass er stirbt. Ich kann verkraften, dass die niedrigleveligen Bürger des Servers mich hassen – das ist eine unausweichliche Folge davon, dass ich den Lebensstandard der Oberschicht, die mir so sehr am Herzen liegt, aufrechterhalte – aber bis jetzt hatte die Unterschicht nicht den Mut, etwas dagegen zu unternehmen.

Jetzt hat einer von ihnen dieses Hindernis überwunden. Er hat versucht, mich in Anwesenheit meines eigenen Volkes zu ermorden. Was sollte andere davon abhalten zu glauben, sie könnten das ebenfalls tun? Wenn das ihre Einstellung ist, könnten wir uns einer Rebellion gegenübersehen. Deshalb ist die Situation momentan so gefährlich. Unsere Hauptpriorität muss sein, diesen Spieler zu finden und ihn zu töten, sodass die Niedrigleveligen begreifen, was einem Spieler widerfährt, der seinen König verrät."

Caesar und Charlemagne warfen einander einen Blick zu. Sie genossen ihr Leben als hochlevelige Bürger sehr und hatten nicht das geringste Interesse daran, dass dieser Lebensstil von einem Aufstand der Niedrigleveligen zerstört wurde.

„Ja, Sire, Ihr habt völlig recht", erklärte Charlemagne.

„Ich schlage vor", sagte Caesar, „dass wir nicht nur den ganzen Server dazu anhalten, ihn zu finden, sondern auch unsere eigenen Truppen weit hinaus ins Land entsenden. Wenn die Spieler tatsächlich vorhatten, eine Rebellion anzuzetteln, werden sie sie in der Ferne planen, nicht in der Nähe von Element City oder in Adorias Dorf."

Der König nickte. „Du hast recht. Aber mir ist eine Idee gekommen, und eure Meinung dazu ist der Hauptgrund, aus dem ich mit euch beiden sprechen wollte. Ich denke darüber nach, RAT1 auszuschicken, um sie zu finden."

Diese radikale Idee verblüffte die Generäle des Königs. Charlemagne sagte langsam, „Sire, seid Ihr sicher, dass … dass … dieses Team kompetent genug ist, eine Aufgabe von dieser Tragweite zu übernehmen?"

„Sire, erinnert Ihr Euch an das letzte Mal, als Ihr sie auf eine Mission geschickt habt?", fügte Caesar skeptisch hinzu. „Ich meine, sie mögen ja das Ziel gefunden haben, aber …"

„Ich erinnere mich, ich erinnere mich!", erwiderte der König gereizt und verdrängte den unangenehmen Zwischenfall aus seinen Gedanken. „Dennoch sind sie die talentierteste Gruppe von Attentätern, die mir zur Verfügung steht. Beim letzten Mal haben sie kläglich versagt, davor aber bei keiner anderen Mission, die ich ihnen je aufgetragen habe. Und schließlich würde mir ein zweiter Fehlschlag einen Grund geben, sie allesamt hinrichten zu lassen."

Caesar und Charlemagne überdachten dies für eine Minute. Dann sagte Charlemagne: „Ja, ja, Herr, das ist eine gute Idee, wenn Ihr sie so darlegt. Ich unterstütze sie."

Caesar nickte. „Ich ebenfalls. Und wie es der Zufall will, ist mir gerade eine Idee gekommen. Warum versammeln Charlemagne und ich nicht beide einige Eurer Truppen und durchkämmen das Königreich auf der Suche nach Verschwörern? Vielleicht könnten wir ein paar … wie soll ich sagen … übereilte Fallentscheidungen treffen?" Ein bösartiges Lächeln breitete sich in Caesars Gesicht aus. „Das würde die Moral der Rebellen mit Sicherheit schädigen."

Der König nickte. „Ja, das ist eine weise Idee, Caesar. Ich

131

werde jedem von euch zwanzig Soldaten zur Verfügung stellen, um das ganze Land zu durchkämmen. Morgen reist ihr ab. Weggetreten."

Charlemagne und Caesar verließen den Raum, und der König lächelte. *Vielleicht wird das Ganze doch kein so schlechtes Ende nehmen*, dachte er, als er RAT1 zu sich befahl.

Stan war nicht sicher, wie lange er weinend am Boden gelegen hatte. Er wusste nur, dass er irgendwann hörte, wie Kat ihm mit barscher Stimme sagte, dass sie fliehen müssten, dass die Bereitschaftstruppen in Kürze den Wald durchkämmen würden. Stan war das egal. Er wollte einfach für immer liegen bleiben, und doch folgte er Kat geradezu mechanisch in den Wald.

Stan war nicht wirklich ansprechbar. Sein Hirn war nach der Zerstörung und all dem Tod, deren Zeuge er geworden war, taub und stumm. Er bemerkte gar nicht, dass sie stundenlang marschierten oder dass der dichte Wald sich auf einer Ebene lichtete, nur um sich dann wieder zu einem wuchernden Dschungel zu verdichten.

Nur am Rande bekam er mit, dass Charlie und Kat versuchten, sich darüber zu einigen, was sie als Nächstes tun sollten, und dass sie schließlich entschieden, auf einen der dreißig Meter hohen Bäume zu klettern. Sie erklommen die Ranken, die an den Seiten der Bäume wuchsen, und landeten auf einem Ast.

Stan empfand noch immer Übelkeit, wenn er an das sinnlose Morden und die Zerstörung dachte, die er in Adorias Dorf gesehen hatte, und konnte nicht anders, als sich zu fragen, warum die Regierung das praktisch wehrlose Dorf angegriffen hatte. Ihm war jetzt klar, dass sie Spieler niedrigerer Level grundlos verachteten, aber war die Regierung so korrupt, dass sie aufgrund von Vorurteilen tatsächlich unschuldige Zivilisten angriffen? Obwohl er nur sehr wenig vom König und der Regierung Elementias hielt, war er noch immer schockiert darüber, dass sie niedriglevelige Spieler aus reiner Boshaftigkeit ermorden konnten. Er blickte zu Kat und Charlie hinauf. Keiner von beiden sah gut aus. Charlie hatte die Knie angewinkelt und starrte mit mitleidig verzogener Miene auf den Boden. Kat hatte den Blick zum Sternenhimmel gehoben und streichelte geistesabwesend die Ohren des Hundes, der sich auf dem Ast zu ihnen gesellt hatte. (Stan war inzwischen klar geworden, dass Rex über irgendeine Art verrückter Teleportationskraft verfügte.)

Plötzlich wurde ihm klar, was zu tun war. Er sah seine Freunde an und sprach seine ersten Worte seit Adorias Tod.

„Was würdet ihr beiden davon halten, mit mir den König zu stürzen?"

Kat und Charlie drehten sich zu ihm um und starrten ihn an. Charlie machte den Eindruck, als habe er Stan falsch verstanden. Kat wirkte fassungslos. Stan dagegen trug ein verstörend fröhliches Lächeln im Gesicht.

„Du machst Witze, oder?", fragte Kat.

„Nein", antwortete Stan.

Das Mädchen und der Junge sahen einander lange in die Augen, und Kat verstand, dass Stan keinen Scherz gemacht hatte. Dann schien es, als versuche Kat durch Stans Augen tief in seinen Kopf zu sehen, um festzustellen, welche Schraube darin wohl locker saß.

„Bist ... du ... wahnsinnig?", fragte sie schließlich.

„Nein", erwiderte Stan, noch immer mit seinem unerträglichen Lächeln. Vielleicht *war* er wahnsinnig geworden, dachte Stan. Er spürte eine irgendwie unwirkliche Aufregung und hatte eigentlich nicht den geringsten Grund zu lächeln. Was er da sagte, war in der Tat Wahnsinn, aber er wollte den König auf jeden Fall stürzen.

„Ich mache keine Witze", sagte er, als Kat wieder den

Mund öffnete. Seine Miene wurde ernst. „Der König hat gerade Adorias Dorf vollständig niedergebrannt. Ohne jeden Grund. Wegen der Regierung sind der verrückte Steve, Blackraven und Adoria tot. Wollt ihr wirklich unter der Herrschaft dieses Königs auf diesem Server bleiben? Wir brauchen eine neue Regierung."

„Das sehe ich auch so", stimmte Charlie zu.

Kat und Stan sahen ihn an. Er hatte nicht gesprochen, seit sie beschlossen hatten, auf den Baum zu klettern, und er blickte, während er sprach, noch immer zu Boden. Kat konnte nicht fassen, dass er sich Stans verrückter Idee anschloss, und Stan war genauso überrascht, dass Charlie seiner Meinung war.

„Wirklich?", fragte Stan zweifelnd.

„Ja. Die Regierung ist voreingenommen und befangen, und ihr Anführer ist ein Tyrann. Er muss gestürzt werden."

„Oh, welch noble Gedanken!", feixte eine sarkastische Stimme hinter ihnen.

Stan erkannte die Stimme. Das letzte Mal, als er sie gehört hatte, hatte ein Wolf ihm fast die Kehle herausgerissen. Er wirbelte instinktiv herum und zog seine Axt, um die Diamantklinge von Mr. As Schwert zu parieren. Der Griefer sah jetzt viel besser aus, nicht mehr mitgenommen, sondern voller Energie und bereit zu töten. Das Diamantschwert, das er in der Hand hielt, war nicht neu, sondern abgenutzt, und Stan konnte sehen, dass es vielen Leben ein Ende gesetzt hatte.

Auch die anderen waren aufgesprungen. Charlies Miene war entschlossen und doch verängstigt. Er hielt die Eisenspitzhacke in seiner zitternden Hand. Kat war direkt hinter ihm, das Schwert bereit, um jeden Moment zuzustoßen. Rex' Fell war gesträubt, seine Augen leuchteten rot, und er knurrte den Griefer an, der sich nun in den Kampf mit Stan stürzte. Anscheinend hatte der Hund sein letztes Treffen mit Mr. A nicht vergessen.

134

Der Kampf war hart. Es bestand kein Zweifel, dass beide Spieler mit ihren jeweiligen Waffen sehr gut umgehen konnten. Kat und Charlie waren bereit, im Notfall einzugreifen, doch sie hielten ausreichend Abstand, um nicht von der Axt aufgeschlitzt oder von dem Schwert aufgespießt zu werden. Mr. As Schwert war schnell wie der Blitz und parierte jeden von Stans Axtschwüngen mühelos. Es schien, als würde er nur mit Stan spielen.

„Übrigens", sagte Mr. A kühl zwischen seinen Schwerthieben, ohne dass ihn der Kampf auch nur außer Atem brachte, „wie haben dir meine Geschenke gefallen, Stan? Du weißt schon, damals im Dorf, der Creeper in eurem Schlafzimmer und Charlies unbrauchbarer Helm während des Schwertkampfes. Hast du bei diesen Geschenken an mich gedacht?"

Hass brodelte in Stan auf, und ohne nachzudenken, führte er einen unnötig heftigen Hieb mit seiner Axt aus. Mr. A wich der rasenden Attacke elegant aus, und bevor Stan reagieren konnte, traf ihn das Schwert des Griefers am Kopf. Hätte er keinen Helm getragen, wäre seine Stirn aufgeschlitzt worden. Stattdessen wurde er zurückgeworfen. Sein Helm wurde ihm vom Kopf geschleudert und fiel dreißig Meter tief in den Dschungel unter ihnen, während Charlie Stan packte, bevor ihn ein ähnliches Schicksal ereilen konnte. Charlie biss die Zähne zusammen und setzte seine ganze Kraft ein, um Stan zurück auf den Ast des Baumes zu ziehen. Stan war nicht verletzt, nur etwas benommen, und während die Jungen wieder zu Atem kamen, stürmte Kat vor, um gegen Mr. A zu kämpfen.

Sie war eine talentierte Schwertkämpferin, aber sein Können übertraf das ihre. Sie kämpften etwa eine Minute lang, bevor er Kat schließlich entwaffnete. Ihr Schwert schlitterte den Ast entlang. Sie wurde von den Füßen gerissen. Mr. A wollte gerade zum Todesstoß ansetzen, als Rex über sie hinwegsprang und Mr. A gegen den breiten Baumstamm

135

stieß. Sein Diamantschwert fiel vom Ast und hinab in den Dschungel weit unter ihnen, und er sah fassungslos aus, als der Hund ihm knurrend in die Augen starrte.

Stan wollte nicht töten, aber er sprang auf und hob seine Axt hoch über den Kopf, bereit zuzuschlagen, falls Mr. A versuchen sollte, sich zu wehren. Charlie hatte seine Spitzhacke griffbereit hinter sich, und schon bald stieß Kat zu ihnen, nachdem sie ihr Schwert vom hinteren Teil des Astes geholt hatte.

Die drei Spieler blickten auf ihren Gegenspieler hinab. Er sah erbost aus, aber sein Gesicht zeigte auch ein anderes Gefühl. Stan war sich nicht sicher, glaubte aber, dass es Belustigung sein könnte.

„Ihr glaubt wirklich, dass ihr den König stürzen werdet?" Stan zog die Augenbrauen hoch. Er warf den anderen einen kurzen Blick zu, die Mr. As Frage etwas nervös gemacht zu haben schien.

„Ich hasse euch alle drei, aber ihr wisst nicht, wovon ihr da redet. Ich hasse den König mehr als jeder andere auf diesem Server, aber die Bürger, ob hoher oder niedriger Level, sind genauso schlimm wie er. Glaubt mir: Versucht es, und ihr werdet es bereuen. Ich habe euch gewarnt."

Ohne ein weiteres Wort zog er etwas aus seinem Inventar: eine kleine, schwarze Kugel mit orangefarbenen Flecken, die er auf den Boden warf. Eine kurze, heiße Explosion entstand. Stan wurde zurückgeworfen, und Charlie, Kat und Rex landeten auf dem Ast neben ihm. Er blickte nach oben und sah eine graue Rauchwolke. Er hielt seine Axt bereit, bereit, sich zu verteidigen, aber als sich der Rauch verzogen hatte, war Mr. A verschwunden.

Stan klopfte sich ab und sah sich um. Von dem Griefer war nichts mehr zu sehen.

„Feuerkugel", hustete Kat. „Gut, um schnell zu entkommen", fügte sie hinzu, während sie eilig das kleine Feuer ausschlug, das die Kugel auf dem Ast hinterlassen hatte.

„Was glaubst du, was er damit gemeint hat, als er sagte, die Bürger wären genauso schlimm wie der König?", fragte Stan und dachte über Mr. As Worte nach. „Er wollte dich nur nervös machen", erklärte Kat. „Aber eins sage ich euch: Wenn er glaubt, dass es eine schlechte Idee ist, den König zu stürzen, glaube ich, dass es eine gute sein muss. Ich mache bei deinem Plan mit."

Stan lächelte seine beiden Freunde an, froh, dass sie immer für ihn da sein und ihn unterstützen würden, was auch geschehen würde. Dann bemerkte er, dass Rex auf etwas herumkaute. „Hey Kat, was hat dein Hund denn da?", fragte er. Sie nahm dem Hund einen rohen Fisch aus dem Maul. „Wie ist der hier hochgekommen?", fragte sie sich. „Mr. A muss ihn fallen lassen haben", sagte Charlie. Er starrte den Fisch konzentriert an, als versuche er, einen Entschluss zu fassen. „Kat, zeig mal her. Ich will einen Trick ausprobieren, den ich gelesen habe." Sie reichte ihm den Fisch, und er pfiff zwei Töne, einen hohen und einen tiefen.

In dem Laub direkt über ihnen raschelte etwas. Kat und Stan zogen instinktiv ihre Waffen, bereit anzugreifen, aber Charlie rief schnell: „Halt! Wartet kurz ab! Und keine plötzlichen Bewegungen." Sekunden später ließ sich ein gelbes Tier vom Zweig über ihnen fallen und sah zu Charlie hoch.

Es schien eine Art Wildkatze zu sein, mit goldgelbem, stromlinienförmigem Körper, schwarzen Punkten und tiefgrünen Augen. Das Tier sah erst Charlie fragend an, dann auf den toten Fisch, den er in der Hand hielt.

„Was ist das?", fragte Kat voller Verwunderung.

„Ein Ozelot", antwortete Charlie, wobei er den Blick noch immer auf die Katze gerichtet hielt. „Macht keine plötzlichen Bewegungen", wiederholte er, „sonst verscheucht ihr ihn."

137

Kat und Stan sahen mit Erstaunen, wie die Katze sich Charlie langsam näherte, ihm einen abschätzenden Blick schenkte und begann, vorsichtig den Fisch aus seiner Hand zu fressen. Dann begann das Fell der Katze, sich zu verändern. Die schwarzen Flecken verschwanden und wurden durch orangefarbene Streifen ersetzt, die etwas dunkler waren als das goldgelbe Fell. Der Ozelot hatte sich verändert und das Aussehen einer getigerten Katze angenommen.

„Wo hast du das gelernt?", fragte Kat.

„Ihr zwei solltet wirklich mehr im Buch lesen", antwortete Charlie und kraulte die Katze hinter den Ohren. „Er wird uns jetzt folgen wie Rex, und er wird Creeper verscheuchen."

„Großartig!", sagte Kat. Dann zögerte sie. „Aber halt, er wird doch nicht mit Rex kämpfen, oder?"

„Das sollte er nicht", sagte Charlie, und wie als Antwort lief die Katze zu Rex und rollte sich neben ihm zusammen. Rex begann, die Ohren der Katze zu lecken.

„Ist das niedlich", meinte Stan. „Wie wirst du ihn nennen, Charlie?"

„Lemon", erwiderte Charlie, als hätte er sein ganzes Leben lang darüber nachgedacht. „Kommt jetzt, wir sollten wenigstens ein bisschen schlafen, bevor wir morgen eine Revolution anzetteln."

Es hörte sich seltsam an, wenn er es so sagte, dachte Stan. Er bettete sich auf ein Büschel Zweige, und mit Lemon und Rex als Nachtwache drifteten die drei Spieler aus ihrem schrecklichen Tag in einen traumlosen Schlaf.

KAPITEL 11

DER APOTHEKER

Es war der Schrei, der Stan weckte. Eigentlich war es eher ein hoher, rätselhafter, anderweltlicher Klang, der etwas Bedrohliches hatte, wie ein Geräusch, das ein kleiner Vogel machen würde, wenn er in der Arktis erfriert. Stan öffnete die Augen und starrte direkt in die Sonne. Es dauerte einen Moment, bis sich seine Augen angepasst hatten und er die beeindruckende Silhouette der Tropenbäume erkennen konnte, die sich gegen das Sonnenlicht abhoben. Plötzlich hörte er den Schrei wieder, und diesmal folgte er dem Geräusch, bis sein Blick auf eine Gestalt traf, die auf dem höchsten Baum saß.

Die Gestalt war groß, mit schlankem Körper und langen, dürren Armen und Beinen. Sie schien etwas in der Hand zu halten: Einen Block, obwohl Stan nicht erkennen konnte, was für einen. Die Kreatur hatte leuchtend violette Schlitze als Augen und schien Stans Blick direkt zu erwidern.

Stan stutzte und sah zurück in die Bäume, dann war die Gestalt verschwunden. Stan schüttelte sich und tat den Schemen als Trugbild ab, das seine Müdigkeit verursacht haben musste. Doch selbst, als die anderen aufwachten, sie aufbrachen und die Ranken hinunterkletterten, konnte Stan das Unbehagen nicht abschütteln, das der gruselige Schrei ihm durch Mark und Bein gejagt hatte.

Als sie wieder am Boden waren, machten sie eine Bestandsaufnahme aller ihrer Gegenstände.

139

„Zwei Eisenhelme, drei Eisenbrustpanzer, ein Eisenschwert, eine Eisenaxt, eine Eisenspitzhacke, ein Kompass, eine Uhr, ein Buch, ein Bogen und zwölf Pfeile", zählte Kat, wobei sie all ihre Gegenstände vor sich auf den Boden legten. „Und wir wollen den König stürzen …?"

Stan war klar, dass sie nur sehr begrenzte Vorräte besaßen, genau drei Leute waren, die ihr Vorhaben unterstützten, und überhaupt nichts zu essen hatten. Es gab also viel zu tun.

„Tja, dann müssen wir uns wohl wieder den Grundlagen widmen", sagte er. „Irgendwie müssen wir schließlich anfangen. Richten wir hier draußen also ein Haus ein. In diesem Dschungel gibt es jede Menge Ressourcen, also lasst uns heute Material sammeln, und heute Abend können wir besprechen, wie wir unsere Pläne in die Tat umsetzen."

Kat nickte, und Charlie sagte: „Gute Idee, Stan. Du gehst in den Wald und schlägst mit deiner Axt etwas Holz. Ein Stück hinter uns habe ich eine Mine gesehen. Ich nehme meine Spitzhacke und sehe mal, was ich da unten finden kann. Kat, du suchst etwas zu essen und schaust, ob du hier in der Nähe eine Behausung bauen kannst, die wir nutzen können, bis wir eine feste Basis haben."

„Okay", stimmte Kat zu. „Ich werde sie unter der Erde bauen, damit wir etwas Tarnung haben, falls die Leute des Königs uns suchen."

„Gute Idee. Okay, Leute, ziehen wir los", befahl Stan. Und so legten sie ihre Rüstung wieder an, und Charlie und Lemon gingen auf dem Weg zurück, auf dem sie am Tag zuvor gekommen waren. Kat zog ihr Schwert und ging auf einige herumlaufende Hühner zu. Rex folgte ihr. Stan zog seine Axt und lief um das Seeufer herum auf den Wald zu.

Während Stan am Ufer entlangging, bemerkte er eine seltsame Pflanze vor sich, die er bisher noch nicht gesehen hatte – nur einmal aus der Ferne auf der Farm des verrückten Steve. Sie schien eine Art Schilf zu sein und wuchs nur auf dem Sand und der Erde direkt am Ufer des Sees. Stan war neugierig und schlug mit der Axt unten gegen eine der Pflanzen, woraufhin einige Stücke der Stängel zu Boden fielen. Stan sammelte sie ein und legte sie in sein Inventar. Er tat dasselbe mit einer weiteren Pflanze und wollte es gerade erneut tun, als er hinter sich ein Schnarren hörte und dann ein sirrendes Geräusch.

Stan kannte dieses Geräusch seit seiner ersten Nacht in Minecraft recht gut. Er wirbelte herum und riss seine Axt hoch. Die Metallklinge konnte gerade noch verhindern, dass der Pfeil seine Brust durchbohrte. Er wich einem weiteren Pfeil aus und sah nach oben, in der Erwartung, ein Skelett zu sehen, das aus dem Schatten des Waldes auf ihn schoss. Stattdessen entdeckte er einen anderen Spieler im Gebüsch, der einen weiteren Pfeil anlegte. Zwischen den Büschen und mit der Lederjacke und der Kappe, die er trug, war der Spieler größtenteils verborgen, aber Stan konnte einen gepflegten weißen Bart in seinem Gesicht ausmachen.

Stan stürmte auf den Spieler zu und wehrte auf dem Weg zwei weitere Pfeile ab. Der alte Spieler war gerade dabei, das Steinschwert, das an seinem Gürtel hing, zu ziehen, um Stan zu bekämpfen. Aber Stan war zu schnell. Seine Eisenklinge zerschmetterte die Steinklinge, bevor sie ganz gezogen war. Obendrein drehte sich Stan herum und durchtrennte die Sehne des Bogens. Dann trat er den alten Spieler, dessen Schuhe und Hose ebenfalls aus Leder waren, zu Boden. Stan stand mit erhobener Axt über dem Spieler.

Der alte Spieler riss sich, ohne zu zögern, die Lederjacke vom Körper und legte zwei schwarze Gürtel über seiner Brust frei. An jedem einzelnen waren Flaschen mit verschiedenfarbigen Flüssigkeiten befestigt. Er riss eine grüne von einem der Gürtel und warf sie auf Stan, bevor dem klar wurde, was gerade geschah. Die Flasche zerbrach an

Stans Brustpanzer, und ein übel riechendes grünes Gas entstieg der jadegrünen Flüssigkeit, die ihn von oben bis unten bespritzt hatte. Der Gestank überwältigte Stan, und er fiel bewusstlos direkt neben dem alten Spieler zu Boden. Als Stan wieder zu sich kam, befand er sich in einem grauen Raum aus Bruchstein. Fackeln hingen an den Wänden, und Stan nahm wahr, dass ihn zwölf Maschinen umgaben, sechs auf jeder Seite. Jede war einen Block groß und hatte ein Loch an der Vorderseite.

„Keine Bewegung", sagte eine Stimme, und Stan erkannte, dass der alte Spieler neben der Wand stand. Seine Hand lag auf einem Knopf. „Arbeite mit, dann geschieht dir nichts. Versuche, zu fliehen, mich zu töten oder auch nur, dich zu bewegen, dann drücke ich diesen Knopf, und meine Maschine wird dich mit Pfeilen durchbohren. Warum hast du die Pflanzen zerstört?"

„Ich weiß nicht", war die erste Antwort, die Stan über die Lippen kam, und im Nachhinein beschlich ihn das Gefühl, dass es möglicherweise die falsche gewesen war.

Der alte Spieler feixte. „Ich bin jetzt seit einem ganzen Jahr aus Element City fort", antwortete er mit alter und doch kräftiger Stimme. „Sie haben mich verbannt, also wollte ich hier draußen nur etwas Frieden finden. Ich brauche keine jugendlichen Straftäter wie dich, die einfach meine schöne Zuckerrohrplantage zerstören."

Einen Moment lang war Stan verwirrt, dann verstand er. „Ach, das waren Ihre Pflanzen?", fragte er. „Darf ich mich kurz bewegen?"

Der alte Mann nickte.

Stan holte das Zuckerrohr aus seinem Inventar. „Tut mir leid, mein Herr, das wusste ich nicht. Hier, Sie können sie wiederhaben." Er warf dem alten Spieler das Zuckerrohr zu, und es landete zu seinen Füßen. Er beugte sich vor und hob es auf, ohne den Blick von Stan abzuwenden.

„Woher soll ich wissen, dass du nicht nur einer von König Kevs Spionen bist?", fragte der alte Spieler und verstaute das Zuckerrohr in seinem Inventar. „Ich habe mich an die Abmachung gehalten. Ich bin der Stadt ferngeblieben und habe nichts mit irgendwelchen trankbezogenen Aktivitäten in Element City zu tun."

„Moment mal. Sie sind vor dem König geflohen?", fragte Stan.

„Was, du weißt nicht, wer ich bin?", fragte der alte Spieler ungläubig. „Jeder, der mehr als ein paar Wochen auf diesem Server verbracht hat, weiß, wer ich bin!"

„Sir, ich bin nur Level neun", erklärte Stan, während ihm gleichzeitig zu seinem Entsetzen klar wurde, dass man ihm Rüstung und Waffe abgenommen hatte. Gut, dass Charlie Uhr und Kompass hatte, dachte er. „Ich spiele Minecraft erst seit etwas über einer Woche."

„Was? Wirklich? Aber du gehst so gut mit der Axt um. Ich hätte gedacht, dass du schon eine ganze Menge Kämpfe gefochten hast", antwortete der alte Spieler, der ehrlich beeindruckt zu sein schien.

„Was, wollen Sie damit sagen, dass *Sie* nicht wissen, wer *ich* bin?", fragte Stan. Er hätte gedacht, dass der König sein Gesicht inzwischen auf Fahndungsplakate im ganzen Königreich gesetzt hatte.

„Sollte ich das?", fragte der alte Spieler.

Die Worte „Ich bin der, der versucht hat, den König zu töten!", purzelten aus Stans Mund, aber einen Moment später bereute er sie. Was, wenn der alte Spieler in Wirklichkeit mit dem König unter einer Decke steckte? Vielleicht hatte er sich gerade einen langsamen Tod durch Pfeile eingehandelt! Aber statt den Knopf zu drücken, sah der alte Spieler Stan an, und seine Augen weiteten sich vor Ehrfurcht.

„*Du*? Du bist der, der versucht hat, den König zu töten? Mit Level neun? Meine Güte, Söhnchen, du bist entweder sehr mutig, sehr dumm oder ein Lügner. Okay, du kannst

143

fürs Erste da rauskommen, aber erwarte nicht, deine Axt zurückzubekommen, bis ich mir hundertprozentig sicher bin, dass du nicht zu König Kevs Schergen gehörst. "

Stan trat vorsichtig aus der Reichweite der Maschinen heraus, und auf eine Geste des alten Spielers hin folgte er ihm aus dem Bruchsteinraum hinaus. Er sah, dass die Axt an der Seite des alten Spielers baumelte, neben einem Eisenschwert und einem Bogen. Er schluckte, unsicher, was ihn im nächsten Raum erwarten würde.

Was er dort vorfand, glich nichts, was er je zuvor gesehen hatte. Es waren Reihen von Tischen aus Holzplanken, die alle mit Ständern bedeckt waren, auf denen sich Flaschen befanden, in denen wiederum Flüssigkeiten in verschiedenen Farben brodelten. An der gesamten Wand standen Truhen. In einer Ecke des Raums stand ein schwarzer Tisch, der von einer Decke aus rotem Samt mit eingeschlossenen Diamanten bedeckt wurde. Darüber schwebte ein Buch. Um den Tisch herum befanden sich Regale, in denen sich Bücher in allen Größen und Farben drängten. In einer weiteren Ecke standen ein Bett, daneben ein Ofen, eine Werkbank und zwei Stühle. Der alte Spieler setzte sich auf einen davon und bedeutete Stan, sich den anderen zu nehmen. Ein schneller Blick aus den Glasfenstern eröffnete ihm, dass es spät am Nachmittag war und sie sich noch immer im Dschungel befanden.

„Es tut mir leid, dass ich dich vorhin kurz ausschalten musste. Weißt du, seit König Kev mich vor einem Jahr aus Element City verbannt hat, muss ich sehr genau darauf achten, wer diesen Dschungel betritt und verlässt. Er hat mir schon mehrfach seine Leute auf den Hals gehetzt, ob nun bezahlte Griefer, die mir das Leben schwer machen sollten, oder Spione, die versucht haben herauszufinden, was ich im Schilde führe. Aber ich bin sicher, dass keiner von ihnen auch nur im Scherz behaupten würde, er hätte versucht, seinen Herrn zu töten.

„Nun, dann stelle ich mich besser vor. Mein Name ist Apothecary1, der Apotheker." Er streckte seine Hand aus, und Stan schüttelte sie.

„Mein Name ist Stan2012, aber Sie können mich Stan nennen. Aber ich habe eine kleine Frage. Sind König Kev und der König von Elementia derselbe Spieler?" Der Apotheker lachte. „Ho, ho, ich hatte ganz vergessen, wie wenig du weißt! Ja, ein und derselbe. Derselbe ruchlose, tyrannische Bösewicht. Da stimmst du mir doch zu, oder?", fragte er schnell.

„Soll das ein Witz sein?", fragte Stan wütend. „Er hat drei meiner Freunde ohne Grund getötet, und ich habe versucht, ihn zu töten! Ich glaube nicht, dass er und ich in nächster Zeit Freundschaft schließen werden."

„Ah ja, du hast behauptet, ein Attentat auf den König ausgeführt zu haben. Überzeugt bin ich davon noch nicht, aber ich möchte dir glauben. Er hat auch eine Menge meiner Freunde getötet und noch ein paar mehr verbannt."

In diesem Moment erinnerte sich Stan plötzlich. „Meine Freunde! Sie warten sicher darauf, dass ich zurückkomme!"

„Was?", fragte der Apotheker.

„Meine Freunde, Charlie und Kat. Es ist fast Nacht. Sie werden mich bald zurückerwarten. Wir bauen eine Basis hinten am See, an dem Sie mich gefunden haben."

Der Apotheker wurde sofort misstrauisch. „Was soll das heißen? Du hast andere mitgebracht? Wie viele?"

„Nur die beiden", antwortete Stan. „Ich muss zu ihnen zurück."

„Und woher soll ich wissen, dass ihr nicht zur Armee des Königs gehört, da es noch mehr von euch gibt, Stan? Wenn das überhaupt dein Name ist? Woher soll ich wissen, dass sie nicht in diesem Moment dieses Haus beobachten?" Der Apotheker war aufgestanden und griff nach dem Eisenschwert an seiner Seite.

Stan beschloss, ein echtes Wagnis einzugehen. Bei einem Fehlschlag würde er sterben. Hätte er Erfolg, würde er den alten Spieler davon überzeugen, dass sie auf derselben Seite standen. „Weil wir vorhaben, König Kev zu stürzen." Der alte Spieler starrte ihn an. Stan wusste nach allem, was er gesagt hatte, dass es als Hochverrat galt, auch nur davon zu sprechen, den König zu stürzen. In den Augen des Apothekers war nun Respekt zu lesen.

„Meinst du das ernst, junger Freund?", fragte der Apotheker.

„Hundertprozentig", antwortete Stan. „Wenn Sie möchten, erkläre ich Ihnen alles, was mir bis jetzt in diesem Spiel passiert ist und wie wir planen, ihn zu stürzen. Meine einzige Bedingung ist, dass ich gehen und meine Freunde suchen darf."

Der Apotheker stimmte zu und gab Stan seine Axt zurück. Außerdem überließ er Stan einen Kompass, damit er zum See zurückfinden konnte. Als er dort ankam, fand er ein Loch im Boden vor, aus dem Licht heraufschien, und ein paar darum herum verteilte Kürbisse. Als er sich das Loch genauer ansah, stellte Stan fest, dass eine Leiter an der Seite hinabführte. Stan kletterte die Leiter hinunter und fand an ihrem Fuß einen unterirdischen Raum.

Er hatte eine Decke aus Erde, einen Boden aus Stein und Wände, die aus einer Kombination aus beidem bestanden. In einer Ecke standen ein Ofen, eine Truhe und eine Werkbank. An der Wand befanden sich zwei Betten, und Charlie stellte an der Werkbank gerade ein drittes her. Kat saß auf dem nächsten Bett. Sie hatte eine Steinschaufel in der Hand und sah erschöpft aus. Lemon und Rex hockten auf dem Bett neben ihr. Alle hoben den Blick, als Stan eintrat.

„Hey Mann, bitte sag mir, dass du jede Menge Holz mitgebracht hast. Wir brauchen nämlich wirklich dringend Werkzeug", sagte Charlie.

„Leute, etwas Unglaubliches ist passiert!" Er erzählte ihnen von seinem Gespräch mit dem Apotheker. Während Kat und Charlie seiner Geschichte lauschten, wurden ihre Augen immer größer. Als er fertig war, herrschte kurz Stille, bevor Charlie sprach.

„Also hast du kein Holz mitgebracht?"

„Und was noch wichtiger ist", sagte Kat, wobei ihre Stimme stetig schriller wurde, „du hast einem völlig Fremden von unseren Plänen erzählt?"

„Habt ihr mir nicht zugehört?", sagte Stan frustriert. „Er war kein völlig Fremder. Er ist ein erfahrener Spieler, der schon lange auf diesem Server ist, und er hasst den König! Er kennt den Server. Wenn wir den König stürzen wollen, müssen wir irgendwo anfangen. Warum nicht mit dem Apotheker?"

„War das sein Name, Apothecary1?", fragte Charlie und stand auf. „Das heißt also Apotheker oder Heiler?"

„Genau", erwiderte Stan. „Vielleicht kennt er sich in der Heilkunst aus. Weiß einer von euch noch andere mögliche Sanitäter, die uns bei einem Kampf gegen den König helfen könnten? Ich meine, wenn er sich mit Medizin auskennt, könnte er doch Sanitäter ausbilden!"

„Vielleicht hast du recht!", sagte Charlie und nickte eifrig.

„Hört ihr euch eigentlich selbst zu?", schrie Kat. „Stan, du hast diesem Mann geheime Informationen gegeben, nachdem er dich beschossen und mit Gas angegriffen hat! Und jetzt willst du ..."

„Hey, dieses Betäubungsgas hat sofort gewirkt! Weißt du, wie man Betäubungsgas herstellt, Kat?"

Das brachte sie zum Schweigen. Sie schloss kurz die Augen. Dann schlich sich langsam ein Lächeln in ihr Gesicht, als sie sich den Effekt vorstellte, den eine Wolke aus Betäubungsgas auf eine Gruppe Gegner haben könnte. Sie öffnete die Augen wieder.

147

„Okay, gehen wir los und treffen uns mit ihm. Aber lasst uns ein paar neue Waffen machen. Falls er uns doch hintergeht und uns unsere Sachen abnimmt, haben wir hier Ersatz." Stan verdrehte die Augen, aber Charlie nickte zustimmend.

Charlie hatte während seiner Bergbauexpedition kein Eisenerz gefunden, nur etwas Kohle und fast zwei Stapel Bruchstein. Seine Spitzhacke war abgenutzt und kaputt, und er hatte eine neue aus dem wenigen Holz herstellen müssen, das er mit den Händen hatte sammeln können. Kat hatte außerdem eine Steinschaufel und eine Spitzhacke aus Stein hergestellt, um den Bau des Hauses zu beschleunigen. Den Rest des Holzes hatten sie benutzt, um zusammen mit der Kohle Fackeln herzustellen.

Stan benutzte schnell seine Axt, um eine ordentliche Menge Holz zu schlagen, das er dann durch Crafting in Holzbretter verwandelte. Dann stellten sie Stöcke her, die zusammen mit dem Bruchstein zu einem Steinschwert, einer Steinaxt und einer Steinspitzhacke wurden. Als Zugabe benutzte Kat das Leder einiger Kühe, um eine Kappe und eine Jacke herzustellen, und ließ ihre Eisenrüstung in der Truhe zurück. Außerdem stellte sie eine neue Kappe für Stan her. Sie legten ihre guten Waffen und überschüssigen Materialien in die Truhe, und Stan benutzte den Kompass, um den Weg zurück zum Haus des Apothekers zu finden.

Wie sich herausstellte, war Kats Sorge um die Sicherheit ihrer Werkzeuge unbegründet gewesen. Der Apotheker bat nicht einmal um ihre Waffen, als sie sein Haus betraten. Stan sah, dass er zwei neue Stühle aufgestellt hatte, um den neuen Gästen einen Platz anzubieten. Stan war aufgeregt. Der Apotheker schien ihre Ankunft erwartet zu haben. Alle stellten sich vor, dann setzten sie sich.

„Jetzt, da wir alle hier sind, sagt mir: Warum hasst ihr den König so, und warum wollt ihr ihn stürzen?", fragte der Apotheker.

Mit Kats und Charlies Hilfe erzählte Stan dem Apotheker alles, was ihnen widerfahren war, seit sie in Elementia angekommen waren. Sie ließen keine Details aus, obwohl es gewisse Details gab, die Kat lieber unausgesprochen gelassen hätte, zum Beispiel den Teil, in dem sie Stan und Charlie fast getötet hatte. Aber während Stan jede Ungerechtigkeit, jedes Vorurteil und jeden sinnlosen Mord aufzählte, wuchs sein Hass auf König Kev nur weiter an, zusammen mit dem überwältigenden Verlangen, den alten Spieler, der ihm gegenübersaß, davon zu überzeugen, sich ihrer Sache anzuschließen.

Der Apotheker sagte nichts, bis Stan die Geschichte damit beendete, wie Charlie zu Lemon gekommen war (der mit Rex draußen saß und sie vor Monstern und den Schergen des Königs beschützte). Dann sagte er: „Ich verstehe völlig, warum ihr meinen alten Freund König Kev unbedingt tot sehen wollt", sagte der Apotheker ernst.

„Was meinen Sie mit ‚Ihren alten Freund'?", fragte Kat schnell, und Stan beobachtete, dass ihre Hand das Steinschwert an ihrem Gürtel umschloss.

„Oh, keine Sorge, er ist auf jeden Fall nicht mehr mein Freund", erwiderte der Apotheker, und Kats Griff lockerte sich, auch wenn ihre Hand das Schwert nicht losließ. „Glaubt mir, dieser böse Diktator ist der Grund, dass ich als alter Einsiedler hier draußen leben muss. Wenn ich die Wahl hätte, würde ich meine Apothekenkette in der Stadt wieder öffnen."

„Halt, soll das heißen, dass Ihnen die ganzen verlassenen Apotheken gehört haben, die wir in Element City gesehen haben?", fragte Kat.

Stan erinnerte sich. In jeder Straße befand sich mindestens ein Laden, der geschlossen und verlassen war. Auf allen stand „Apotheke".

„Ja, das haben sie. Ihr habt mir eure Geschichte erzählt. Wollt ihr meine hören?"

Stan und Charlie nickten enthusiastisch, und selbst Kat sagte: „Ja, bitte."

Der alte Spieler lachte leise. „Na schön. Bitte versucht, nicht vor Langeweile einzuschlafen. Mal sehen, wo fangen wir an …

Ich bin seit seinen frühesten Tagen auf diesem Server. Elementia war einer der ersten sehr erfolgreichen Minecraft-Server, und ich bin ihm innerhalb der ersten Woche nach seiner Gründung beigetreten. König Kev, der Operator dieses Servers, hat seine Operatorrechte benutzt, um auf einer Lichtung Element City zu gründen. Er und ich waren eng befreundet, und das galt auch für einige andere. Aber ich fühlte mich immer unerfüllt, als sollte ich in Minecraft etwas anderes tun als nur zu bauen."

Nach einer kurzen Pause fuhr der Apotheker fort: „Dann haben wir von den anderen Dimensionen gehört. Bald darauf öffnete der König das erste Portal Elementias in den Nether."

„Entschuldigen Sie", unterbrach Charlie, „aber könnten Sie mir bitte erklären, was genau der Nether ist? Ich habe Leute darüber reden hören, aber ich verstehe nicht ganz, was das sein soll."

„Natürlich", antwortete der Apotheker. „Der Nether ist eine Dimension, die man erreicht, indem man ein Portal baut. Es ist eine Höllendimension aus Lava und Feuer, bevölkert von Mobs, die weit schrecklicher sind als die der Oberwelt, in der wir uns jetzt befinden. Nach der Öffnung des ersten Portals blieben ihm die meisten Spieler fern, weil sie die Gefahren dort fürchteten. Aber ich fühlte mich immer mehr davon angezogen. Ich erkundete jeden Winkel des Nethers und konnte doch nicht finden, wonach ich suchte.

Eines Tages, als es ein Update gab, wurden Netherfestungen hinzugefügt. Sie waren noch gefährlicher als der Rest des Nethers, aber es gab dort zwei wertvolle Beutestücke: Netherwarzen und Lohenruten. Mit den Ruten konnte man Braustände bauen, und die Warzen bildeten die Grundlage für Tränke. Ich hatte meine Berufung gefunden. Ich bin gut darin, Tränke zu brauen. Es gefiel mir so sehr, dass ich eine Kette von Apotheken in der Stadt eröffnete und sogar meinen Namen in Apothecary1 änderte. Es war eine schöne Zeit. Aber dann gab es, weil der Server so erfolgreich war, einen Zustrom neuer Spieler auf den Server, der bis heute anhält. Alle wollten zur Oberschicht gehören. Natürlich versuchte der König, den Wohlstand zu verteilen, aber es gab einfach zu viele Spieler. Ich war inzwischen ein Mitglied des Rats der Operatoren, und es gab einen Spieler im Rat, der der beste Freund des Königs war. Er hieß Avery007. Avery trat für die neuen Spieler ein und wollte die Trennung zwischen den Gesellschaftsschichten aufheben. Er gewann eine riesige Anhängerschaft. Er war ein sehr begabter Redner.

Das war der Punkt, an dem der König unglaublich paranoid wurde und fürchtete, er würde seine absolute Macht verlieren. Er hatte Avery etwas früher Operatorrechte verliehen und hatte Angst, dass Avery ihn stürzen würde. Das führte dazu, dass er das Gesetz des Einen Todes einführte, also den Modus des Servers auf Hardcore-PVP umstellte, was bedeutet, dass man nach dem Tod nicht nach Elementia zurückkehren kann. Er und Avery lieferten sich daraufhin eine Schlacht. Sie benutzten ihre Operatorrechte, um hoch über die Stadt zu fliegen. Ich sage euch, das war ein Spektakel – ein Kampf zwischen zwei Operatoren ist das Unglaublichste, was man sich vorstellen kann. Schließlich wurde Avery jedoch überwältigt. Er wurde getötet und vom Server verbannt. Schon am nächsten Tag hatte der König drei weitere Leute mit großer Anhängerschaft auf dem Server getötet. Nachdem Avery weg war, war der König der einzige verbliebene Operator."

„Das ist alles sehr interessant", sagte Stan, und das meinte er ehrlich, „aber was haben Sie damit zu tun?"

„Oh. Nun, wisst ihr, ich genoss noch immer die Gunst des Königs, obwohl ich sehr aufgebracht war, weil er diese Spieler getötet und verbannt hatte, die alle gute Freunde gewesen waren. Aber zu diesem Zeitpunkt hatte der Verfolgungswahn König Kevs Geist vollkommen eingenommen. Gerüchte über eine Rebellion machten die Runde, also wurden alle angeblichen Anführer der rein hypothetischen Rebellion getötet. Deshalb würde kein vernünftiger Spieler, der heutzutage mit dem König im Bunde ist, auch nur im Scherz sagen, er würde ihn stürzen.

Meine eigenen Probleme begannen, als ein Gerücht aufkam, dass die Apotheken in Element City Tränke an eine Rebellenbewegung lieferten. Ich hatte Glück im Unglück. Vier meiner Freunde und ich wurden am selben Tag von König Kev des Verrats beschuldigt: Der Leiter der Redstone-Forschung, Mecha11, und außerdem die drei obersten Expeditionsleiter Bill33, Bob33 und Ben33. Im Königreich herrschte große Unruhe wegen der Anzahl der Leute, die der König getötet hatte, also schwor er, niemanden mehr hinrichten zu lassen, wenn seine Schuld nicht bewiesen war. Statt uns zu töten, verbannte uns König Kev aus der Stadt und warnte uns davor, uns jemals mit einem Vertreter der Regierung anzulegen, weil wir sonst schwere Konsequenzen zu tragen hätten. Ich öffnete hier im Dschungel mein eigenes Netherportal und begann, Tränke zu horten. Ich habe keine Ahnung, was mit dem Mechaniker oder mit Bill, Bob und Ben passiert ist.

Ihr könnt mir also glauben", erklärte der alte Spieler, und Stan hatte das Gefühl, dass er gleich etwas Wichtiges sagen würde, „wenn ihr den König wirklich stürzen wollt, würde ich zu gern mein Wissen über die Abläufe in Elementia und die Tränke, die ich gehortet habe, einsetzen, um euch auf jede erdenkliche Art zu helfen."

„Danke!" Charlie stürzte auf den Apotheker zu und begann, seine Hand fest zu schütteln. „Danke, danke, danke!"

„Ja, wir sind wirklich dankbar für Ihre Hilfe", meinte Kat, und Stan sah, dass sie ihm endlich traute.

„Ich habe eine Frage", sagte Stan und sprach etwas aus, über das er seit diesem Morgen nachgedacht hatte. „Wie viele Leute, glauben Sie, werden nötig sein, die Burg des Königs in Element City anzugreifen? Wenn wir die Burg erobern könnten, hätten wir die Kontrolle über die Stadt."

Der alte Spieler dachte kurz nach und antwortete dann: „Ich vermute, dass der König etwa zweihundert Mann in seiner Armee hat. Wisst ihr, König Kev ist in der Lage, jeden seiner Bürger jederzeit zu jeder Tätigkeit zu berufen. Gewöhnlich befiehlt er den niedrigleveligen Spielern, sich um die Arbeiten in Element City zu kümmern. Sein Militär besteht aus zweihundert Spielern, die die besten Kämpfer in Elementia sind ... hauptsächlich Spieler mit höheren Stufen natürlich. Wenn wir also davon ausgehen, dass die niedrigleveligen Bürger in der Armee desertieren, wenn ihr die Burg angreift, müsstet ihr noch, sagen wir mal, gegen etwa hundertdreißig Mann kämpfen."

Stan war schockiert. Er sah Charlie und Kat an. „Wo um Himmels willen sollen wir so viele Leute herbekommen, um die Stadt anzugreifen?"

Kat wollte gerade antworten, aber der Apotheker unterbrach sie. „Wie wäre es mit Adorias Dorf?"

Kurz herrschte Stille. Dann sagte Kat: „Äh, entschuldigen Sie, haben Sie nicht zugehört? Die Bereitschaftstruppen des Königs haben Adorias Dorf zerstört. Jeder, der dort gelebt hat, ist jetzt tot."

„Oh, da wäre ich mir nicht so sicher", entgegnete der Apotheker und lächelte. „Jeden Tag treten neue Spieler Elementia bei. Die meisten von ihnen werden weiterhin dem Pfad zu Adorias Dorf folgen. Und außerdem bin ich nicht überzeugt, dass alle Bewohner des Dorfes tot sind."

„Wie könnte irgendjemand unter ihnen überlebt haben?", fragte Charlie ungläubig. „Sie haben alle Steinhäuser gesprengt, und die aus Holz haben sie niedergebrannt!"

„Nun", antwortete der Apotheker, „was ich nicht in meiner Geschichte erwähnt habe, ist, dass der König Adorias Dorf größtenteils ignoriert hat und die Mehrheit des Rats der Operatoren ebenfalls. Avery und ich waren die Einzigen im Rat, die der jungen Adoria geholfen haben, als sie eine neue Spielerin war, die ein Dorf für die neuen Minecraft-Spieler schaffen wollte. Wir haben ihr geholfen, das Dorf und die Häuser darin zu entwerfen.

Alle paar Tage hält Adorias Dorf eine Übung ab. Ihr müsst sie verpasst haben, schließlich wart ihr nur sehr kurz dort. Sie bereiten sich auf eine Griefer-Attacke in großem Stil vor, und das war ziemlich genau das, was ihr mir beschrieben habt. In jedem der Häuser gibt es einen unterirdischen Keller, in dem vier Leute einen Monat lang überleben können. Der Eingang ist sehr unauffällig, nur ein außerordentlich aufmerksamer Soldat würde ihn bemerken. Außerdem können sie sich in der Mine verstecken. Es würde mich überraschen, wenn mehr als ein Drittel der Bewohner von Adorias Dorf tatsächlich bei dem Angriff ums Leben gekommen ist."

Stans Herz tat einen Sprung bei dem Gedanken, dass der Angriff auf Adorias Dorf weit weniger Opfer gefordert haben könnte, als er ursprünglich gedacht hatte.

„Und ich möchte wetten, dass diese Überlebenden jetzt sehr wütend auf den König sind", fügte Charlie hinzu. „*Und* ich möchte wetten, dass Jayden und Sally und die anderen diese Spieler noch immer ausbilden und dass sie jetzt keine Ahnung haben, wohin sie gehen sollen."

„Dann sind wir uns also einig", meinte Kat. „Die Überlebenden aus Adorias Dorf werden unsere Hauptverstärkung sein, wenn wir die Burg des Königs angreifen. Einer von uns sollte zum Dorf zurückgehen und den anderen von unserem Plan erzählen. Die anderen drei sollten Vorräte besorgen wie Diamanten, Steaks und goldene Äpfel. Wir brauchen genug Material für eine Armee von, sagen wir, einhundert Mann." Sie sah den Apotheker an. „Haben Sie eine Ahnung, wo wir all das finden könnten? Charlie und ich haben uns nämlich den ganzen Nachmittag den Kopf darüber zerbrochen, aber uns fällt einfach nichts ein."

Der Apotheker antwortete: „Vielleicht schon."

Stan war überrascht. Er hatte erwartet, dass der alte Spieler all ihre Ideen abweisen würde, nicht, dass er ihnen bei der Vorbereitung auf ihre Schlacht helfen würde.

„Oh, immer mit der Ruhe. Ich bin nicht sicher, wo er sich befindet. Aber zu meiner Zeit gab es im Rat der Operatoren Gerüchte, dass der König einen geheimen Vorrat an Rüstungen, Waffen und Lebensmitteln gehortet hatte – alles, was nötig sein würde, um seine Armee neu aufzustellen, falls er je gestürzt würde. Niemand wusste, wo sich der Lagerplatz befand, aber es hieß, er sei unterirdisch angelegt, in der Mitte der Enderwüste. Ich bin nicht sicher, ob der Vorrat dort ist, aber es *gibt* auf jeden Fall einen Vorrat, und über seinen Standort wurde viel zu viel geredet, als dass dort nichts sein könnte."

Stan sprang auf. „Charlie!", rief er.

Alle sahen ihn an, und Charlie antwortete mit „Ja?" und machte ein besorgtes Gesicht.

„Charlie, du hast den besten Bergbauinstinkt von allen. Das hat G selbst gesagt! Wenn irgendjemand ein unterirdisches Vorratslager finden kann, dann du."

Der Apotheker stand auf und schlug mit der Faust auf den Tisch. „Also steht es fest! Ich werde selbst zu Adorias Dorf gehen und mit Adorias Schülern arbeiten, um neue Spieler auf den Kampf gegen die Truppen des Königs vorzubereiten. Ihr drei müsst in die Enderwüste gehen und den Geheimvorrat finden. Ich schwöre euch, wenn der Vorrat nicht dort ist, werdet ihr etwas anderes finden, und vielleicht wird es etwas sein, das ihr zu eurem Vorteil nutzen könnt."

Der alte Spieler ging zu einer Truhe und legte seine Lederrüstung hinein. Voller Überraschung wurde Stan zum ersten Mal klar, dass der Apotheker einen Skin, also ein Aussehen hatte, das dem des verrückten Steve auffallend ähnlich war, mit Ausnahme des weißen Bartes und der Gurte mit den Tränken. Der Apotheker griff in seine Truhe und holte einen Diamantbrustpanzer hervor. Er starrte ihn einen Moment lang an.

„Dieser Ort hat mir so viel geschenkt und es mir dann wieder genommen", sagte der alte Spieler zu seinem Spiegelbild. „Es wird Zeit, dass ich diesen Server zu einem Ort mache, den zukünftige Generationen ihr Zuhause nennen können."

Er zog sich den Brustpanzer über den Kopf, und Stan sah mit einiger Ehrfurcht zu, wie der Apotheker eine vollständige Diamantrüstung hervorholte, einschließlich Stiefeln und Beinschutz, und sie anzog. Dann holte er die Waffen seiner Wahl hervor: Zwei Diamantspitzhacken, die im Fackelschein glitzerten. Er wandte sich wieder den Spielern zu.

„Charlie, komm bitte her", sagte der alte Spieler. Charlie kam dem Wunsch nach und fragte sich, was als Nächstes geschehen würde.

„Charlie, ich möchte dir das hier geben", sagte der Apotheker und streckte ihm eine Diamantspitzhacke entgegen.

„Was? Moment", sagte Charlie, und seine Augen weiteten sich ungläubig. „Meinen Sie das ernst?"

„Absolut", erklärte der alte Spieler, als Charlie die Spitzhacke nahm. „Eine gute Spitzhacke ist die beste Waffe und das beste Werkzeug, das man sich unter der Erde wünschen kann. Diese alte Spitzhacke hat mir gut gedient. Ich habe sie auf vielen Bergbauexpeditionen in den tiefsten Tiefen dabeigehabt, und auch jedes Mal, wenn ich in den Nether gegangen bin. Außerdem habe ich zwei, also möchte ich, dass du diese behältst."

Charlie drehte die Spitzhacke ein paarmal in der Hand um und klopfte gegen die diamantene Spitze des Werkzeugs. „Danke", sagte er voller Ehrfurcht und starrte die Waffe weiter an.

„Gut, für euch anderen habe ich auch ein paar Sachen. Aber erst muss ich fragen: Ist einer von euch über, sagen wir mal, Level zehn?"

Stan wollte gerade verneinen, aber Kat sprang auf und sagte: „Ich! Ich habe heute Morgen eine Menge Tiere getötet und habe Level fünfzehn erreicht!"

Der Apotheker lächelte. „Gut, gut. Also, möchtest du deine Level gegen Verbesserungen für deine Ausrüstung tauschen?"

„Und ob!", rief Kat. „Wie geht das?"

„Damit", sagte der Apotheker und deutete auf den schwarzen Tisch mit der Decke aus rotem Samt und Diamanten. Das Buch schwebte noch immer. Sie alle gingen hinüber.

„Das ist ein Zaubertisch", sagte der Apotheker. „Wenn ihr genug Erfahrung habt, könnt ihr mit diesem kleinen Gerät eure Erfahrung gegen Verzauberungen für eure Ausrüstung eintauschen. Hast du Waffen oder eine Rüstung, die du verzaubern möchtest, Kat?"

„Ja, in unserer Basis habe ich ein Eisenschwert, einen Helm und einen Brustpanzer", sagte sie. „Und ich habe diesen Bogen." Sie hob ihn hoch. „Sie wollen also sagen, dass ich dieses Tischdings benutzen kann, um meinem Schwert besondere Fähigkeiten zu verleihen?", fragte sie aufgeregt.

„Ja." Der Apotheker lächelte. „Wenn ich euch den Rest

der Gegenstände gegeben habe, die ihr brauchen werdet, um diese Revolution anzufangen, kannst du deine Ausrüstung holen", sagte er. Dann ging er zurück zu seiner Truhe und holte eine kleinere Truhe hervor. Diese war schwarz und schien mit einer grünen Kugel verschlossen zu sein. „Das ist eine Endertruhe", erklärte der alte Spieler und reichte sie Stan. „Wenn du Gegenstände in diese Truhe legst, kannst du von allen anderen Endertruhen aus überall darauf zugreifen, selbst in anderen Dimensionen wie dem Nether. Der König benutzt keine Endertruhen – er traut ihnen nicht. Wenn ich zu Adorias Dorf komme, werde ich eine zweite Endertruhe in meinem Besitz abstellen, die, soweit ich weiß, die einzige andere Endertruhe auf dem Server ist."

Der Apotheker ließ seine Worte kurz wirken, dann fuhr er fort: „Eins solltet ihr noch über Endertruhen wissen: Sie sind nur sehr schwer herzustellen, und wenn man sie einmal abstellt, funktionieren sie nicht mehr, wenn man sie wieder einsammelt. Also setzt die Truhe erst ab, nachdem ihr den Geheimvorrat gefunden habt. Wenn ihr Gegenstände in die Truhe legt, wird das grüne Schloss an meiner Truhe violette Partikel absondern. Dann werde ich die Materialien herausnehmen und sie an Adorias Kämpfer verteilen. Das ist die einzige machbare Methode, mit der wir die riesigen Materialmengen aus dem Geheimvorrat zu Adorias Dorf transportieren können.

Hast du das alles verstanden, Stan?", fragte der Apotheker, und Stan nickte. Es war eine brillante Methode, im Geheimen Material in Sekundenschnelle über den Server zu transportieren, ohne Verdacht zu erregen.

Der Apotheker ging zu den Brauständen auf seinem Tisch. Er nahm zwölf Tränke von ihnen herunter: neun rote und drei orangefarbene.

„Das sind Tränke, die euch dabei helfen werden, den Vorrat zu finden. Ich habe vier für jeden von euch. Ich könnte euch mehr geben, aber sie nehmen euch nur Inventarplatz weg. Wenn ihr auch nur einen der roten Tränke der Heilung trinkt, bekommt ihr mitten im Kampf einen ordentlichen Gesundheitsschub, und wenn ihr versehentlich in Lava fallt oder euch hineingrabt, schützt euch dieser orangefarbene Trank der Feuerresistenz."

Er gab jedem Spieler drei Heiltränke und je einen Feuerresistenztrank. Sie befestigten sie sicher an ihren Gürteln, sodass sie sie schnell trinken konnten.

„Also, Kat, bist du bereit, dein Schwert zu verzaubern?", fragte der Apotheker.

Kat, die vor lauter Vorfreude herumgezappelt hatte wie ein Kind, das dringend muss, rief: „Machen Sie Witze? Legen wir los!" Sie zog ihr Steinschwert und sprintete auf die Tür zu, stieß sie auf und hielt inne.

„Was ist denn, Kat?", fragte Charlie, während er seine neue Diamantspitzhacke hervorholte und Stan seine Steinaxt zog.

Kat sah zur Tür hinaus. Im hellen Licht, das von draußen hereinfiel, konnte Stan das Entsetzen in ihrem Gesicht sehen. Das war seltsam, stellte er mit plötzlichem Schreck fest, denn es war mitten in der Nacht.

KAPITEL 12

DIE WÜSTE

Der Wald stand in Flammen. Das Feuer war etwa einen Kilometer entfernt, leuchtete aber dennoch hell. Stan war klar, dass das gesamte Gebiet um ihr Haus herum innerhalb von Minuten abbrennen würde.

„Die Leute des Königs müssen uns irgendwie bis hierher gefolgt sein", sagte Stan. „Glaubt ihr, sie haben unser Zeug gefunden?"

„Ja", antwortete der Apotheker, der schon etwas gebratenes Schweinefleisch aus seinem Inventar holte. „Sie haben höchstwahrscheinlich eure Gegenstände gefunden und daraus geschlossen, dass ihr hier noch immer irgendwo seid. Und jetzt brennen sie den Dschungel ab, um euch herauszutreiben. Das Feuer wird erlöschen, bevor es uns erreicht, aber die Leute des Königs werden dieses Haus trotzdem finden. Ihr drei müsst verschwinden, und zwar jetzt."

„Aber werden sie Sie hier draußen nicht finden?", fragte Charlie besorgt.

„Ich verstecke mich im Untergrund", antwortete der Apotheker. „Und bevor sie hier eintreffen, werde ich ein paar Stolperdrähte legen, die die Pfeilwerfer aktivieren. Sie werden das Haus finden, glauben, dass es verlassen ist, und versuchen, es zu plündern. Aber wenn sie die Fallen auslösen, werden sie beschließen, dass es das nicht wert ist. Ich komme schon zurecht. Ich habe Erfahrung darin, mich zu verstecken. Aber wenn sie euch finden, werden sie euch alle drei auf der Stelle hinrichten."

„Aber was ist mit meinem Schwert?", fragte Kat, während der Apotheker Stan etwas Brot reichte.

„Tut mir leid, Kat, aber du wirst etwas anderes verzaubern müssen. Was ist mit deinem Steinschwert?"

„Nein, das wird viel zu schnell kaputtgehen … Ich weiß, was!" Sie zog ihren Bogen hervor. „Also, was muss ich machen?"

Der Apotheker antwortete: „Setz dich einfach hin, lege deine Waffe auf den Tisch, und richte deinen Blick auf das Buch. Der richtige Zauber sollte sich sofort mit deinem Bogen verbinden."

Kat ging zu dem Tisch hinüber und kniete sich davor. Sie legte ihren Bogen auf den Tisch, und das Buch öffnete sich. Als sie hineinstarrte, begannen ihre quadratischen Augen zu glühen, ebenso das Buch und der Bogen. Sekunden später leuchtete ein heller Lichtblitz auf, und Kat fiel zu Boden.

„Alles in Ordnung?", fragte Stan und half Kat hoch.

„Ja, mir geht es gut", antwortete sie. Sie nahm ihren Bogen auf, der jetzt vor Macht violett leuchtete. „Genial", sagte sie bewundernd.

„Ausgezeichnet", meinte der Apotheker, während er mehrere Tränke an seinen Gurten befestigte. „Jetzt wird jeder Pfeil, den du aus deinem Bogen verschießt, wieder in deinem Köcher erscheinen. Dir werden die Pfeile nie mehr ausgehen. Der Tisch muss gewusst haben, dass du dich auf eine lange Reise begibst."

„Wir sollten jetzt auch besser aufbrechen! Das Feuer kommt näher!", rief Charlie.

„Stimmt", sagte Stan. „Vielen Dank für alles, was Sie für uns getan haben. Wir treffen uns in Adorias Dorf wieder, nachdem wir den Vorrat gefunden haben."

„Gut. Viel Glück", sagte der Apotheker, während er schon einen Stolperdraht über den Boden legte. Die drei Spieler, der Hund und die Katze rannten zur Hintertür hinaus.

Sie liefen mit gezogenen Waffen durch den Wald. Zwar mussten sie einige Monster abwehren, hatten aber keine Zeit, die Beute, die sie fallen ließen, aufzusammeln. Sie liefen immer weiter und hielten nicht an, bis sie die Wüste erreicht hatten und ein gutes Stück in sie hineingelaufen waren.

Sie blickten auf den Dschungel hinter sich zurück. Stan konnte sehen, dass es wieder regnete. Er seufzte erleichtert. Das würde das Feuer löschen. Er vermutete, dass es in der Wüste nicht regnen würde.

Stan sah hoch und merkte, dass er direkt in die Sonne blickte. Sie waren die ganze Nacht hindurch gelaufen. Er merkte auch, dass er ausgehungert war – seit dem vergangenen Tag hatte er nichts gegessen. Er aß die beiden Brote, die der Apotheker ihm gegeben hatte, und gab die beiden übrigen Charlie und Kat. Während er aß, ließ Stan den Blick über die Wüste schweifen, um zu sehen, was vor ihm lag, und ihm blieb fast das Herz stehen.

Da war die große, dürre Gestalt, die er am Morgen zuvor zwischen den Tropenbäumen gesehen hatte. Im hellen Tageslicht wirkte sie sehr bedrohlich. Stan machten die unnatürlich langen, dünnen Arme und Beine und die Augen, die nur violette Schlitze waren, unglaublich nervös.

„Charlie, Kat, schaut mal!" Beide hoben den Blick und sahen das Geschöpf nun ebenfalls.

„Was ist das?", fragte Charlie. „Und warum zittert es?"

Die Gestalt zitterte tatsächlich, als sei ihr kalt. Ihr Mund stand offen und zeigte zwei Reihen entsetzlicher schwarzer Reißzähne. Und sie starrte Charlie an. Dann, ganz plötzlich, verschwand sie in einer violetten Rauchwolke.

Alle drei Spieler sahen einander an und fürchteten schon, was wohl als Nächstes geschehen würde. Dann, ohne jegliche Vorwarnung, ertönte ein ohrenbetäubendes Klirren. Stan wirbelte herum und sah, dass die schwarze Gestalt hinter Charlie erschienen war. Sie packte Charlies Brustkorb. Entsetzt sah Stan, wie die Gestalt Charlie, dessen Gesicht von unaussprechlichen Schmerzen gezeichnet war, in die Luft hob und ihn mit voller Wucht mit dem Kopf voran zu Boden schmetterte. Charlie fiel vornüber und lag still.

Dann kreischte das Monster auf. Aus einem Schnitt an seiner Seite, den ihm Kat mit ihrem Schwert beigebracht hatte, tropfte eine violette Flüssigkeit. Kat zog ihr Schwert zurück und stieß erneut zu, aber da verschwand das Monster wieder in einer Wolke aus violettem Rauch. Stan spürte ein Kribbeln im Nacken, und er fuhr herum. Er sah, dass sich das Monster tatsächlich etwa zehn Blöcke hinter ihn teleportiert hatte und nun schnell auf ihn zusprintete. Stan hob die Axt und warf sie mit so viel Kraft, wie er aufbringen konnte, dem Angreifer entgegen. Die Axt bohrte sich in die Brust des Monsters, und es teleportierte sich nach einem weiteren Kreischen wieder davon.

Sekunden später erschien das Monster wieder zwischen Kat und Stan, die Axt steckte noch immer in seiner Brust. Bevor es jedoch irgendetwas tat, sah das Monster zur aufgehenden Sonne hinauf und teleportierte sich mit einem letzten hasserfüllten Blick auf Stan davon.

Stan wartete darauf, dass das Monster erneut erscheinen würde, doch das tat es nicht. Er seufzte. Dann fiel ihm etwas ein.

„Charlie!" Er eilte zu seinem Freund. Kat hatte ihn auf den Rücken gerollt. Charlies Gesicht war gerötet, und er atmete nicht.

Stan weigerte sich, das Schlimmste in Betracht zu ziehen, und sah sich seinen Freund an. Er stellte fest, dass die

Arme des Monsters die Seiten seines Brustpanzers eingedrückt hatten, die sich nun in Charlies Seite bohrten und es
ihm unmöglich machten zu atmen.

„Kat, gib mir dein Schwert, schnell!" Kat zögerte nicht,
und mit zwei schnellen Hieben mit der Waffe schnitt Stan
die Seiten der beschädigten Eisenrüstung auf und zog sie
herunter. Charlie atmete tief durch. Stan merkte, dass auch
der Eisenhelm so verbeult war, dass eine Reparatur unmöglich sein würde. Er nahm ihn ab und warf das nutzlose
Ding zur Seite. Charlie seufzte erleichtert auf.

Kat riss einen der roten Tränke von Charlies Gürtel, entfernte den Korken und goss den Trank in seinen Mund. Er
schluckte alles hinunter und richtete sich auf.

„Charlie!" Kat umarmte ihn, während Stan rief: „Gott
sei Dank, es geht dir gut, Mann! Mensch, du wirst wirklich
oft verdroschen, was?"

Charlie lächelte schwach, als Kat losließ. „Hey", sagte
er mit gequälter Stimme, „das ist nicht das erste Mal, dass
ich zusammengeschlagen worden bin, und ich glaube, wir
wissen alle, dass es nicht das letzte Mal sein wird." Alle
lachten. „Und mir ist eingefallen, dass ich im Buch etwas
über das Monster gelesen habe. Es nannte sich Enderman.
Es ist sehr stark und besitzt die Fähigkeit, sich zu teleportieren. Und es fühlt sich provoziert, wenn man es ansieht."

„Also, stark war es unbedingt", meinte Kat. „Seinetwe-
gen hast du deine Rüstung und einen deiner Heiltränke
eingebüßt. Und du hast deine Axt verloren, Stan."

Bei all der Freude darüber, dass es Charlie wieder besser
ging, hatte Stan kurzfristig seine Axt vergessen. Er seufzte
enttäuscht.

„Mann, warum fällt es dir so schwer, auf deine Waffen
aufzupassen?", fragte Kat. „Ist das jetzt die dritte, die du
verloren hast?"

Stan zählte an seiner Hand ab. „Eine hat der Zombie
Pigman zerstört, eine habe ich im Haus gelassen, und die

hier … ja, das ist die dritte. Wo soll ich mitten in der Wüste eine neue Waffe herbekommen?"

Wie auf ein Stichwort wurde hinter ihnen ein schmerzerfülltes Grunzen hörbar. Sie alle drehten sich um und sahen einen einsamen Zombie, der im Sonnenlicht brannte. Als dieser Zombie fiel, blieb das übliche verrottete Fleisch zurück, aber Stan sah auch etwas aufblitzen. Sie gingen zu der Leiche hinüber und sahen, dass der Zombie eine unbenutzte Eisenschaufel hatte fallen lassen, die sich bei seinem Tod in seinem Inventar befunden haben musste. Stan fütterte Rex mit dem Fleisch und hob die Schaufel auf.

„Tja, das ist zwar keine Axt, aber sie wird reichen müssen", sagte Stan und umklammerte die Schaufel wie einen Baseballschläger.

„Also, die Mitte der Wüste sollte im Südosten sein, wenn ich mich recht erinnere", sagte Charlie, wobei er seinen Kompass hervorholte. „Gehen wir." Und er führte das Trio in die Wüste hinaus.

Es war ein langer und langweiliger Fußmarsch. Die Wüste war unglaublich flach, und sie kamen an nichts außer ein paar Kakteen und ab und zu einem Teich vorbei. Ein paar Creeper wanderten umher und versuchten, sie zu jagen, aber sie ergriffen die Flucht, wenn Lemon sie anfauchte. Wie sich herausstellte, hatten diese explosiven Kreaturen wirklich Angst vor Katzen.

Als die drei Spieler den Punkt erreichten, der laut Charlie in etwa die Mitte der Wüste darstellte, fanden sie einen kleinen Höhleneingang an der Seite eines Sandsteinhügels. Charlie zog seine Diamantspitzhacke, und mit einem letzten Blick auf die Sonne folgten Stan und Kat ihm in die unbekannten Minen hinab.

Geno sah zufrieden nach unten, während der Klang der Explosionen aus dem Boden hallte. Geno war sein vollständiger Name, nicht nur sein Spitzname. Er trug zerfetz-

165

te Hosen mit Tarnmuster, eine Bikerjacke mit Tätowierungen und eine Klappe über dem linken Auge. Auf seiner Jacke befand sich ein Aufnäher mit dem Namen seines Teams, RAT1, in schwarzen Buchstaben. Er lächelte in das kleine Loch hinunter. Wenn dort unten etwas am Leben gewesen war, war es jetzt weg.

Die Explosionen hörten auf, und wenige Augenblicke später tauchte ein Kopf mit schwarzem Haar und brauner Haut, der einen Eisenhelm trug, aus dem Boden auf.

„Was gefunden, Becca?", fragte Geno rau.

„Nee, da unten ist nichts", antwortete Becca und zog sich aus dem Loch hoch. Jetzt war klar ersichtlich, dass sie eine komplette Eisenrüstung trug. „Ich habe keine verstreuten Gegenstände gesehen. Sie müssen gewusst haben, dass wir kommen."

„Das kann doch wohl nicht daran liegen, dass du die Bäume angezündet hast, oder, du Idiot?", fauchte Geno.

„Nenn mich nicht Idiot, du Schwachkopf", knurrte Becca.

„Oh, na dann legen wir doch gleich mal richtig los!", brüllte Geno. Die Adern an seinen Schläfen traten hervor, und er zog sein Diamantschwert.

„Mach doch!", schrie Becca und zog das Eisenschwert an ihrer Seite. Die beiden stürmten aufeinander zu und wollten gerade den Kampf beginnen, als zwei Pfeile ihre Rüstung streiften und sie innehalten ließen.

„Hey! Wir brauchen jetzt keine Schlägereien, Kinder, klar? Wir haben hier Arbeit zu erledigen", rief der Bogenschütze, ein schwarzer Spieler mit einem Skin, der eine Samurairüstung darstellte. Er trug eine Lederjacke. „Und damit das klar ist, Geno, ich war es, der gestern das Feuer gelegt hat, klar? Es war ein Versehen. Ich habe aus Versehen meinen Feuerbogen benutzt und nicht den starken. Also haltet beide die Klappe, sonst bekommt ihr einen Pfeil durch den Kopf."

Geno und Becca ließen ihre Waffen sinken. So gut sie auch mit Schwertern kämpfen konnten, wussten sie doch, dass Leonidas sie in einer Sekunde töten konnte, wenn er wollte. Sie hatten noch nie gesehen, dass er mit dem Bogen ein Ziel verfehlt hätte.

„Von mir aus, Leo", knurrte Geno und steckte sein Schwert weg. „Aber vielleicht solltest du Miss Bombensüchtig hier sagen, dass sie nicht jeden Nicht-Block, den sie sieht, sofort zerstören muss."

„Ach, jetzt komm schon, es macht so viel Spaß", quietschte Becca. Das stimmte. Sie war die Sprengstoffexpertin von RAT1 und nahm ihre Aufgabe sehr ernst.

„Hey!", brüllte Leonidas so laut, dass die anderen beiden sofort verstummten. „Wenn ihr mal kurz nachdenkt, erinnert ihr euch vielleicht daran, dass die letzte Mission genauso angefangen hat, mit euch beiden, die herumalbern wie Noobs! Wenn wir noch mal versagen, hängt der König unsere Köpfe gerahmt an die Wand. Also kommt schon! Wenn in ihrem alten Haus nichts ist, gehen wir eben in den Dschungel und suchen sie da."

Mit diesen Worten legte er einen Pfeil an und schoss auf etwas, von dem er gespürt hatte, dass es sich oben in einem Baum bewegte. Er lief zu dem Leichnam, der zu Boden gefallen war, und sah, dass es nichts Wichtiges war. Nur ein Ozelot, von dem er Gegenstände einsammeln konnte. Er ging in den Dschungel, und Geno und Becca folgten ihm mit gezogenen Schwertern.

Während sie die Bäume nach Spuren absuchten, knurrte Becca leise: „Stan2012, wo bist du?"

KAPITEL 13

DER VERLASSENE MINENSCHACHT

Ich vermisse meine Axt, dachte Stan, während er sich mit seiner Schaufel durch die Erde grub. Er hatte bis jetzt mehrere Monster in der Dunkelheit abwehren müssen, und er fühlte sich ungeschickt und plump dabei, eine Spinne mit einer Schaufel zu erschlagen. Ihm wäre es viel lieber gewesen, sie säuberlich mit einer Axt zu enthaupten.

Er schlug sich durch einen weiteren Block Erde und hielt inne. Vor ihm befand sich eine steile Klippe. Er hatte sich in die Seitenwand einer unterirdischen Schlucht gegraben. Kat ging vor. Sie hatte vor einer Weile ein verlassenes unterirdisches Haus gefunden, in dem sich nichts außer einer Truhe mit einem Stapel Fackeln befunden hatte. Sie brachte die Fackeln an der Wand an und beleuchtete so den Weg vor ihnen, wobei sie den Bogen fest in der anderen Hand hielt. Ein paarmal schlurfte ein Zombie an der Klippenwand auf sie zu, und einmal bohrten sich ein paar Pfeile in ihre Lederjacke, die ein Skelett von der anderen Seite der Schlucht aus abgeschossen hatte. Nach diesen Angriffen wurden die Monster jedes Mal von ihrem unendlichen Pfeilvorrat zum Schweigen gebracht.

Am Ende der Schlucht brachte Kat die letzte Fackel an. Charlie holte den Kompass hervor.

„Wir müssten uns jetzt in der Nähe der Wüstenmitte befinden", sagte er aufgeregt. „Wenn es einen Geheimvorrat gibt, dürfte er hier sein."

Mit diesen Worten zog Charlie seine Diamantspitzhacke und begann, sich in die Wand zu graben. Er war drei Blöcke tief vorgedrungen, als seine Spitzhacke auf Holz traf.

„Was zur …", rief er aus, als er die Diamantspitzhacke aus dem Holz zog und sah, dass er ein Holzbrett getroffen hatte. „Was macht ein hergestellter Block so weit unter der Erde?"

„Vielleicht ist das der Eingang zur Vorratskammer!", rief Stan aufgeregt.

„Vielleicht …", sagte Kat. „Aber man sollte denken, dass der König, der seine kostbarsten Ressourcen schützt, den Vorrat mit etwas absichert, das man nicht mit bloßen Händen zerstören kann."

„So oder so haben wir etwas gefunden", antwortete Charlie und begann, mit der Faust das Holz zu zertrümmern. *Das würde mit meiner Axt viel schneller gehen*, dachte Stan mürrisch, als Charlie schließlich durchbrach.

Licht schien durch das Loch. Während Charlie auf noch mehr Holzbretter um das erste herum einschlug, sah Stan, dass sie ein Tunnelnetzwerk betreten hatten, das anscheinend von Zaunpfählen getragen wurde. Auf dem Boden verliefen Schienen, sie waren aber nicht vollständig. An den Wänden hingen Fackeln, und an der Wand zu ihrer Rechten standen Truhen.

Charlie sprang durch das Loch und untersuchte die hölzernen Träger. Stan folgte ihm und sah auf die Schienen hinab. Er fragte sich, ob er einen Zug craften könnte, der darauf fahren würde. Dann hörte er Kat rufen.

„Hey Leute, seht euch das mal an!"

Sie gingen zu ihr, und sie begann, Gegenstände aus der Truhe zu holen, die sie gerade geöffnet hatte.

„Ausgezeichnet!", rief sie, als sie zwei Eisenbarren aus der Truhe zog. „Daraus kann ich ein neues Schwert machen! Oh Mann, das ist jede Menge Zeug!" Sie holte eine Handvoll weißer Samenkörner hervor. „Die sehen aus wie

Kürbiskerne. Sie könnten irgendwann mal nützlich sein. Aber was ist das?" Kat brachte eine Handvoll gipsartiger blauer Steine zum Vorschein.

„Ich glaube, das ist Lapislazuli", meinte Charlie. „Daraus stellt man blauen Farbstoff her."

„Nicht besonders nützlich", entgegnete Kat, steckte ihn aber trotzdem ein. Sie holte mehr und mehr aus der Truhe. „Hier sind auch drei Brote … und ein Eimer … Was ist das für ein Samen?" Sie nahm das Brot und eine Handvoll schwarzer Samenkörner aus der Truhe.

„Melonenkerne", sagte Charlie.

„Woher weißt du das alles?", fragte Kat beeindruckt.

„Ich habe nachts das Buch gelesen, bevor es im Wald verbrannt ist. Ich weiß jetzt eine Menge. Zum Beispiel, dass wir gerade in einem verlassenen Minenschacht sind. Den hat niemand gegraben. Er war hier, bevor irgendein Spieler von ihm wusste. War noch was Gutes in der Truhe?"

„Nur das hier", sagte sie und holte eine Handvoll roten Staub hervor. „Redstone, richtig?"

„Ja … hey, zeig mir mal die Goldbarren."

Sie reichte sie ihm.

Charlie schlug vier Holzbretter von der Wand und machte sie schnell zu einer Werkbank. Dann legte er die Goldbarren und den Redstone auf den Tisch, und wenige Augenblicke später hatte er eine neue Uhr. Das Zifferblatt zeigte an, dass es an der Oberfläche etwa Mittag war.

„Na schön, dann sollten wir uns wohl diesen Minenschacht ansehen", sagte Charlie und steckte die Uhr ein.

„Gute Idee", stimmte Kat zu und zog ihr Schwert. „Vielleicht gibt es hier unten noch mehr Truhen."

„Oder vielleicht", sagte Charlie, „hat der König beschlossen, seinen Geheimvorrat irgendwo hier zu lagern. So wie ich es verstanden habe, ist es ganz schön schwierig, sich in diesen Schächten zurechtzufinden."

„Äh, Leute …"

Kat und Charlie drehten sich um. In ihrer Aufregung über die entdeckte Truhe hatten sie Stan ganz vergessen. Er war den Gleisen den Gang entlang gefolgt und schien jetzt einen weiteren Korridor hinabzublicken, der im rechten Winkel von ihm abzweigte.

„Ich glaube, ihr solltet euch das ansehen", sagte er langsam.

Kat ging zu ihm, Charlie und die Tiere folgten ihr. Der Gang vor Stan war vollständig von dichten Spinnweben versperrt, die vom Boden bis zur Decke reichten. Die Netze erstreckten sich den ganzen Gang entlang, soweit das Auge reichte.

„Was hältst du davon, Charlie?", fragte Stan und sah Charlie in der Hoffnung auf eine hilfreiche Antwort unsicher an. Charlie schüttelte den Kopf, offenbar war er ebenso ahnungslos. Kat dagegen trat vor und schlug mit dem Schwert nach den Spinnweben.

„Kat!", rief Stan und zog sie zurück.

„Was denn? In der Richtung muss etwas sein, oder?", blaffte sie ihn an, riss sich aus Stans Umklammerung los und fuhr damit fort, die Spinnweben vor sich zu durchtrennen.

„Aber was, wenn da eine Falle ist? Am Ende dieses Ganges könnte alles Mögliche sein. Wir können kaum drei Blöcke weit sehen", sagte Charlie. Und es stimmte. Dank der Spinnweben und fehlenden Fackeln war ihre Sicht sehr eingeschränkt.

„Sehe ich aus, als ob mir das etwas ausmachen würde?", meinte Kat und hackte weiter auf die Spinnweben ein, bis sie außer Sichtweite der Jungen war und sie nur noch ihre Stimme hören konnten. Rex war ihr gefolgt. „Ich bin dieses Versteckspiel mit dem König leid. Ich will den Vorrat finden. Und wenn ich dafür kämpfen muss, dann von mir aus. Mir wäre ein echter Kampf lieber als all dieses … Aaaaargh!"

171

Kats schmerzerfüllter Schrei hallte von den Wänden des Minenschachts wider, wodurch er dreimal lauter wirkte, als er tatsächlich war. Stan sprintete durch die Dunkelheit auf seine Freundin zu. Er schlängelte sich den Weg entlang, den Kat durch die Spinnweben geschnitten hatte. Stan hörte ein gequältes Winseln, als er sich dem Punkt näherte, an dem er Kat vermutete. Er holte mit seiner Schaufel aus und schwang sie wie einen Baseballschläger. Er traf die Spinne, die ihre Zähne in Kats Brust bohrte, während sie bewusstlos auf dem Steinboden lag. Rex lag reglos neben ihr.

Als die Spinne zu Boden fiel, erkannte Stan im schummrigen Licht, dass sie klein war, nur etwa zwei Drittel so groß wie eine normale Spinne. Sie hatte die gleichen roten Augen, schien aber blau zu sein. Er sah sie jedoch nur einen Moment, bevor eine weitere aus der Dunkelheit direkt auf ihn zulief. Aus dem Augenwinkel bemerkte er, wie Charlie niederkniete und sich um Kat kümmerte, also schlug er die Spinne mit seiner Schaufel zurück, so, wie er es mit der ersten getan hatte. Diese landete auf den Beinen, und er musste sie noch einige Male schlagen, bevor sie endlich verendete.

Es kamen immer mehr Spinnen, und ihre Zahl wuchs schnell. Stan fragte sich, was hier eigentlich geschah. Aggressive Mobs griffen nicht so an. Es gab viele verschiedene, und selbst in solcher Dunkelheit spawnten sie nicht so oft.

Dann bemerkte er, während er mehr und mehr Spinnen erschlug und Charlie sich an seiner Seite dem Kampf stellte, ein schwaches Leuchten. Er wich einer Spinne aus und trat näher heran. Er sah einen schwarzen Käfig, der einen Block groß war. Ab und zu brach ein kleines, feuriges Leuchten aus dem Käfig hervor, und Stan sah eine winzige Spinne, blau wie jene, die er bekämpfte, die sich darin drehte. Direkt nach jedem Leuchten erschien eine weitere Spinne, die Stan hastig erschlug.

Stan wurde klar, dass dieses Ding Spinnenschwärme spawnte, und wenn er es nicht bald zerstörte, würden sie einem ernsten Problem gegenüberstehen. Dann entdeckte er Kats Steinschwert auf dem Boden und wusste, was zu tun war. Ohne nachzudenken, griff er nach dem Schwert, schleuderte zwei der Spinnen beiseite und stieß die Waffe mit aller Kraft in die Mitte des Käfigs, sodass die Miniaturspinne darin aufgespießt wurde.

Licht flammte auf. Feuer brach aus dem Käfig hervor, und ein lautes Kreischen war zu hören, als würden Tausende Spinnen gleichzeitig getötet. Dann verstummte der Käfig. Das Feuer darin war erloschen, und keine weiteren Monster wurden gespawnt. Stan hob die Schaufel auf, warf die Reste des zerstörten Schwerts von sich und wandte sich wieder an Charlie, der gerade den Körper der letzten Spinne mit seiner Diamantspitzhacke durchbohrte.

„Gut gemacht, Mann", sagte Charlie schwer atmend und wischte sich den Schweiß von der Stirn.

„Danke", antwortete Stan und sah auf Kat hinab, die zitternd am Boden lag. „Wird sie wieder?"

„Ja, aber es wird etwas dauern", erwiderte Charlie ernst. „Das waren Höhlenspinnen. Sie haben ihr dank dir nicht viel Schaden zugefügt, aber sie haben sie vergiftet. Durch das Gift wird sie alles erbrechen, was sie im Magen hat. Ich habe einen Fehler gemacht und versucht, ihr einen ihrer Tränke einzuflößen, aber sie hat ihn einfach wieder hochgewürgt. Ihr Körper wird das Gift mit der Zeit von selbst loswerden. Wir müssen nur abwarten. Wenn sie aufwacht, wird sie sehr schwach und sehr hungrig sein."

„Mann, ich bin so froh, dass du das Buch gelesen hast", lachte Stan leise. Dann kam ihm ein Gedanke. „Oh Gott, du bist doch nicht auch vergiftet worden, oder?"

„Das bezweifle ich", antwortete Charlie. „Keine der Spinnen hat mich auch nur berührt. Und du?"

„Ich glaube nicht", entgegnete Stan erleichtert. „Gut.

Selbst mit dem Brot aus der Truhe bleiben uns nur sechs Laibe, und ich glaube, mindestens zwei davon wird Kat essen, wenn sie aufwacht."

In der Tat waren die ersten Worte, die Kat nach ihrem Erwachen sprach, eher unzusammenhängendes Gemurmel, mit dem sie um etwas zu essen bat. Charlie gab ihr zwei Brote und einen ihrer verbliebenen Heiltränke. Selbst danach war Kat sehr schwach und musste langsam gehen. Sie war außerdem sehr gereizt.

„Was soll das heißen, mein Schwert ist weg?", fauchte Kat heiser.

„Ich habe es dir doch gesagt", erwiderte Stan. „Ich habe es benutzt, um den Spinnenspawner zu zerstören."

„Und du konntest es nicht retten?" Kat war geradezu angewidert. „Du bist nutzlos, weißt du das eigentlich? Völlig nutzlos."

„Halt die Klappe! Wärst du nicht einfach vorgestürmt, wären wir nicht von den Spinnen überfallen worden. Daran, dass dein Schwert weg ist, ist niemand außer dir schuld. Hör auf, mir Vorwürfe zu machen."

„Was das angeht", fügte Charlie hinzu, der gerade Rex mit etwas verrottetem Fleisch geheilt hatte, „ich habe noch die Steinspitzhacke. Die kannst du benutzen, bis du ein neues Schwert herstellen kannst, Kat." Er holte sie hervor und reichte sie ihr.

Kat betrachtete sie angewidert. „Ich brauche eine echte neue Waffe", sagte sie und ließ die Spitzhacke über ihrem Kopf herumwirbeln.

„Willkommen im Klub", seufzte Stan, der noch immer die Schaufel umklammerte. „Du hast wenigstens deinen Bogen."

Sie gingen den Minenschacht entlang und nahmen Seitentunnel, die sie noch nicht gesehen hatten, in dem Versuch, einen Ausweg oder, was noch besser wäre, einen Eingang zu einem geheimen Vorratslager zu finden. Es dauerte nicht lange, bis sie sich in den labyrinthartigen Tunneln völlig verlaufen hatten. Stan wollte gerade sagen, dass sie sich wieder zur Oberfläche durchgraben sollten, als ihm etwas auffiel.

Am Ende des Korridors zu ihrer Rechten war eine Tür. Sie bestand aus Metall, und auf beiden Seiten davon befanden sich Fackeln und ein Knopf. Er konnte sehen, dass aus dem Fenster in der Tür ein starker Lichtschein kam. Aber was seine Aufmerksamkeit am meisten erregte, war das Schild über der Tür.

Darauf stand „Unterirdische Basis von Avery007".

KAPITEL 14

AVERYS GESCHICHTE

„Avery007?", fragte Charlie, als Stan ihm und Kat das Schild zeigte. „Der Kerl aus der Geschichte des Apothekers? Soll das heißen, dass er hier unten lebt?"

„Nicht mehr", sagte Kat und starrte das Schild an. „Erinnert ihr euch, was der Apotheker gesagt hat? Der König hat ihn getötet. Er ist für immer vom Server verbannt. Hier muss er irgendwann gelebt haben."

„Hatte er nicht Operatorrechte?", meinte Stan.

„Ja …", erwiderte Charlie, und ihm kam ein Gedanke. „Und wenn er Operatorrechte hatte, heißt das, dass er vermutlich ein paar ziemlich gute Sachen hatte!"

„Gut, dann gehen wir rein", sagte Stan, die Schaufel bereit. „Aber diesmal sind wir vorsichtig. Wir wissen nicht, was da drin sein könnte."

Charlie nickte und erhob seine Diamantspitzhacke, bereit, sich zu verteidigen. Auch Kat zog ihre Spitzhacke. Stan drückte auf den Knopf an der Wand, und die Eisentür öffnete sich langsam.

Er trat ein, und sofort verfing sich sein Fuß in einem Faden auf dem Boden. Ein Pfeil sauste aus dem Nichts heran und riss ihm die Lederkappe vom Kopf. Ein weiter Pfeil, der dem ersten sofort folgte, prallte von seinem Eisenbrustpanzer ab.

„Auf den Boden!", brüllte Stan und ließ sich fallen, während weitere Pfeile über seinen Kopf hinwegsirrten. Er hör-

176

te, wie Charlie und Kat hinter ihm es ihm gleichtaten. Er blickte nach oben und sah, dass die Pfeile aus einer Maschine abgefeuert wurden. Sie war von der gleichen Art wie jene, mit der ihn der Apotheker bei ihrem ersten Treffen bedroht hatte. Ihm wurde klar, dass er auf einen Stolperdraht getreten war, der die Maschine aktiviert hatte. Schnell ließ er den Kopf seiner Schaufel auf den Stolperdraht niedersausen und zerstörte ihn. Der Pfeilbeschuss hörte sofort auf.

Stan erhob sich auf und sah sich um. Sie befanden sich in einem gut beleuchteten Raum, der hauptsächlich aus Stein bestand. Hier und da waren Teile der Wand durch Ziegel ersetzt worden. Im ganzen Raum befanden sich mehrere Werkbänke und Öfen sowie Truhen. In einer Ecke stand ein Bett.

„Das ist ja enttäuschend", meinte Kat, die das Gemälde eines Sonnenuntergangs an einer Wand betrachtete.

„Ja, ist es," stimmte Charlie ihr zu und zog einen eisernen Beinschutz aus der Truhe. „Das ist das Zuhause von Avery007?"

„Es sieht wirklich etwas schlicht aus …", meinte Stan, doch dann fiel ihm etwas auf. Auf einer der Werkbänke lag ein Buch, das dem ähnelte, das er und Charlie an ihrem ersten Tag bei Minecraft gefunden hatten. Der Titel des Buches, das sie auf dem Spawnpunkt-Hügel gefunden hatten, war *Willkommen bei Minecraft* gewesen, und der Name des Autors Bookbinder55. Aber der Titel dieses Buches lautete *Meine Geschichte* und der Name des Autors Adam711. Er hob das Buch auf.

„Was ist das?", fragte Charlie und kam zu ihm, gefolgt von Kat.

„Das ist ein Buch, das jemand namens Adam711 geschrieben hat", antwortete Stan und untersuchte es. „Was glaubt ihr, warum es hier unten ist?"

„Ich weiß nicht", entgegnete Kat. „Warum sollte es

177

Avery007 interessieren, was dieser Adam711 zu sagen hatte?"

„Finden wir es heraus", meinte Stan und schlug die erste Seite auf. Er begann vorzulesen.

MEINE GESCHICHTE:

Die Tragödie vom Aufstieg und Fall des Avery007
0 NES
Ich schreibe diesen ersten Eintrag meines Tagebuchs an dem Tag, an dem Minecraft beschreibbare Bücher hinzugefügt wurden, daher die Eintragsnummer – 0 Nach Einführung des Schreibens. Ich hinterlasse diese Aufzeichnung meines Lebens für denjenigen, der sie findet, wer er auch sein mag, in der Hoffnung, dass die Weisheit darin anderen helfen möge, meine Sache fortzuführen, falls meine Versuche scheitern. Ich sollte damit anfangen, zu erklären, dass mein Name momentan zwar Adam711 ist, dass ich mit Minecraft ursprünglich aber unter dem Namen Avery007 anfing. Dieser Name war, ist und wird immer sein, wer ich bin: Der große und mächtige Avery007, der in seinem edlen Streben nach Gleichheit für seine Untertanen versuchte, die Welt zu ändern, und dabei vernichtet wurde.

Zuerst werde ich meine Geschichte darlegen. Ich bin dem Server Elementia beigetreten, als er noch neu war. König Kev, der Ersteller dieses Servers, war mein bester Freund. Er gab mir Operatorrechte und arbeitete mit mir daran, die großartige Stadt Element City zu gründen, die vermutlich noch existiert, ob dieser Bericht nun drei Jahre nach seiner Niederschrift gelesen wird oder dreihundert. Ich gehörte in dieser Stadt zur Regierung, dem Rat der Operatoren, und versuchte, die Verabschiedung von Gesetzen zu unterstützen, die den niedrigleveligen Spielern zugutekamen, die die Zukunft von Minecraft waren.

Während der Server wuchs, wuchs auch die Angst meines Freundes König Kev, dass die jüngere Generation die Spieler aus dem Goldenen Zeitalter überwältigen würde – so nannte er die, die von Anfang an auf Elementia gespielt hatten. Ich fand, dass er sich in dieser Sache sehr irrte, und sprach diese Meinung mehrfach aus. Ich ließ nicht zu, dass Gesetze verabschiedet wurden, die der Oberschicht ungerechterweise unbegrenzte Macht zugestehen würden.

Meine Taten führten dazu, dass der König das Gesetz des Einen Todes verabschiedete, das einen Spieler nach seinem ersten Tod für immer von Elementia verbannt. Dieses Gesetz schockierte mich beim Gedanken an die niedrigleveligen Spieler, die so unerfahren waren und leicht dem Tod anheimfielen. Ich hätte mir nie träumen lassen, dass dieses Gesetz geschaffen wurde, um mich aus Elementia zu entfernen.

Ich versuchte, mich gegen den König aufzulehnen, aber ich habe versagt. Ich selbst wurde für immer vom Server verbannt. Avery007 existierte nicht mehr. Ich bin jedoch noch immer entschlossen, die niedrigleveligen Bürger Elementias zum Sieg über ihren König zu führen, und zwar unter meiner neuen Identität Adam711. Während ich dies schreibe, habe ich das Spiel von Anfang an gespielt und genug Ressourcen für meinen Gebrauch gesammelt, um eine Rebellion gegen den König zu anzuführen. In meinen Tagen im Rat der Operatoren habe ich vom Geheimvorrat des Königs erfahren, der genug Vorräte für eine ganze Armee beinhaltet und in geheimen Katakomben unter der Enderwüste versteckt ist. Ich befinde mich nun auf der Reise dorthin, um diese Ressourcen zu finden und sie einzusetzen, um eine Armee aufzubauen, die den König vernichten kann.

Stan hielt kurz inne und blickte auf. „Also war Adam711 in einem vorherigen Leben Avery007?"

„Sieht so aus", erwiderte Charlie. „Aber viel wichtiger

179

ist doch, dass hier unten ein Geheimvorrat ist! Ich *wusste* es!"

„Augenblick", sagte Kat. „Aber Avery hat auch danach gesucht. Was, wenn er ihn gefunden hat und der Vorrat jetzt weg ist?"

„Ich schätze, es gibt nur eine Möglichkeit, das herauszufinden", antwortete Stan und las weiter.

2 NES

Ich bin in den geheimen Katakomben angekommen, habe aber keinen Schatz gefunden. Bei meiner genauen Untersuchung des Geländes habe ich jedoch eine Aufzeichnung des Königs entdeckt, in der steht, dass er den Geheimvorrat in eine mysteriöse alternative Dimension namens Das Ende gebracht hat, wo er weitaus sicherer und besser geschützt sei. Ich habe außerdem erfahren, dass er seine Operatorrechte aufgegeben hat. Das ist gut. So wird er viel leichter zu töten sein, wenn ich erst eine Armee aufgestellt habe.

5 NES

Ich habe mich mit einer Gruppe niedrigleveliger Spieler getroffen, die gemeinsam im südlichen Tundrabiom lebt. Ich suche noch immer den Eingang zum Ende, aber die Enderaugen deuten darauf hin, dass er irgendwo hier in der Nähe ist. Hoffentlich schaffe ich es, diese Spieler davon zu überzeugen, mir beim Sturz des Königs zu helfen.

Stan blätterte um. Die nächste Seite war leer.

„Da hört es auf", sagte er und warf das Buch zurück auf die Werkbank.

„Also ist der Geheimvorrat an einem Ort namens Das Ende", stellte Kat fest. Sie sah verwirrt aus. „Weißt du, was das sein soll, Charlie?"

„Keine Ahnung", entgegnete er und senkte den Blick. „Die einzige alternative Dimension in diesem Spiel, von der ich bisher wusste, ist der Nether."

„Vergessen wir mal kurz den Geheimvorrat", sagte Stan.

Etwas stimmte nicht. Warum brach das Buch einfach so ab? Er fragte die anderen beiden nach ihrer Meinung. „Weiß nicht", erwiderte Kat schulterzuckend. „Vielleicht hatte er einfach keine Lust mehr, in sein kleines Tagebuch zu schreiben."

„Oder vielleicht hat man ihn getötet", gab Charlie zu bedenken.

Stan wollte gerade seine Meinung kundtun, wurde aber von bösartigem Gelächter hinter sich unterbrochen.

Stan wirbelte herum, Kat und Charlie ebenso. Da stand, in voller Diamant-Schlachtrüstung und mit einem Diamantschwert in der Hand, Mr. A, dessen Sonnenbrille im Fackelschein gefährlich aufblitzte. Er hatte ein verschlagenes Lächeln im Gesicht.

Stan bereitete sich auf einen Kampf mit der Schaufel vor und wünschte sich sehnlichst, noch eine Axt zu haben. Charlie zog seine Spitzhacke und Kat ihren Bogen. Allen dreien war unwohl. Sie wussten, dass sie sich mit ihrer begrenzten Rüstung und nicht gerade idealen Bewaffnung glücklich würden schätzen können, wenn sie lebend entkamen.

Mr. A lachte. „Keine Sorge, ich werde euch nicht töten ... noch nicht", sagte er und steckte sein Schwert weg. „Ich finde, es wäre eine Schande, wenn ihr so weit reist und nicht wenigstens das Ende der Geschichte von Avery007 erfahrt, meint ihr nicht?"

Stan war überrascht. Er ließ seine Schaufel kurz sinken. „Was redest du da? Warum kennst du die Geschichte von Avery007?"

„Weil ich Avery007 kannte", antwortete Mr. A leise. „Er war wie mein Bruder."

Charlie starrte Mr. A an, überzeugt davon, dass er wahnsinnig war. Stans Gesicht nahm den starren Ausdruck eines Menschen an, der versuchte, eine völlig überraschende Information zu verarbeiten. Kat dagegen lachte einfach

181

und sagte: „Ha! Netter Versuch, Kumpel. Selbst wenn ich einen Moment lang glauben würde, dass das auch nur im Entferntesten möglich ist, war Avery nach allem, was ich gehört habe, ein Freund von Spielern mit niedrigen Leveln. Du dagegen hast uns, wenn du dich erinnerst, mehrfach angegriffen. Ich kann mir irgendwie nicht vorstellen, dass ihr beide euch gut verstanden hättet."

Mr. As Gesicht verzerrte sich vor Wut, und er zog erneut sein Schwert. „Gut! Dann glaubt ihr mir eben nicht! Lasst mich euch sagen, was passiert ist! Wie sich herausstellte, versuchte Adam, nachdem er die Würmer getroffen hatte, von denen ihr in dem Buch gelesen habt, eine Armee mit ihnen aufzustellen, um den König zu stürzen. Als er ihnen von der Idee erzählte, kamen sie zu dem Schluss, dass er ein gefährlicher Wahnsinniger sei, und erschlugen ihn mit ihren Steinwerkzeugen. Und so verschwand auch Adam711 vom Server, genau wie Avery007!

Und nun habe ich es zu meinem alleinigen Daseinszweck gemacht, den ganzen niedrigleveligen Abschaum auf diesem Server auszumerzen: Die Bürger, denen mein Freund helfen wollte, die Bürger, die sich in seiner Stunde der Not gegen ihn gewendet haben. Die Bürger, die in Wahrheit der Fluch von Minecraft sind!"

Mr. A brüllte jetzt. An seinem Kopf trat eine Ader hervor. Er stieß einen ohrenbetäubenden Schrei aus: „Und jetzt sterbt ihr!" Dann stürmte er mit seinem Schwert vor, direkt auf Charlie zu.

Alle vier Kämpfer griffen gleichzeitig an. Mr. A stieß mit dem Schwert nach Charlies Herz. Charlie schleuderte seine Spitzhacke gegen Mr. As Kopf. Stan schwang das Blatt seiner Schaufel gegen Mr. As Bauch. Kat feuerte einen Pfeil ab und zielte damit auf eine Lücke in Mr. As Brustpanzer. Der Pfeil verfehlte sein Ziel und drückte das Schwert beiseite, sodass es auf Stans Eisenbrustpanzer traf, der beim Aufprall zerschmettert wurde. Die Spitzhacke verfehlte ebenfalls ihr Ziel und grub sich in die Wand. Die Schaufel wurde hochgeschleudert und stieß Mr. A den Helm vom Kopf.

Stan und Charlie versuchten hastig, ihre Waffen zurückzuholen. Stan sah, dass Mr. A durch den Schlag auf den Kopf benommen war, während er selbst das Gefühl hatte, sich nach dem Schlag in seine Magengrube übergeben zu müssen. Trotzdem ergriff er seine Schaufel und lief zurück, um Mr. A anzugreifen, hielt jedoch inne, als er sah, dass Mr. A bereits unter schwerem Beschuss von Kat stand. Ihr endloser Vorrat an Pfeilen sauste in unaufhaltsamer Folge von der Sehne ihres Bogens, prallte an Mr. As Diamantrüstung ab und drückte ihn rücklings gegen die Wand.

Stan hörte, wie Charlie rief: „Hey, Leute! Ich glaube, wir haben hier ein Problem!" Er blickte in Charlies Richtung und sah, dass seine Diamantspitzhacke einen Knopf an der Wand neben einem Bücherregal getroffen hatte. Gleichzeitig hörte er ein Grollen über sich. Wenige Sekunden später explodierte die Decke, und Sandblöcke fielen in den Raum herab. Sie verschütteten den gesamten unterirdischen Bunker.

Stan war begraben. Er konnte nicht atmen. Da wurde ihm klar, dass er noch seine Schaufel in der Hand hielt. Er packte sie fest und schlug damit um sich. Schnell fand er heraus, wo oben war. Er grub sich nach oben, und gerade in dem Moment, als er glaubte, den Atem nicht mehr anhalten zu können, stieß er auf frische Luft.

KAPITEL 15

DAS PORTAL

Es war Nachmittag, und Stan hätte nie gedacht, dass er je so dankbar für den Anblick der blockförmigen Wolken am blauen Himmel sein würde wie in diesem Moment. Tief sog er die frische Luft ein und war erstaunt, dass er nach allem, was während des letzten Tages unter der Erde geschehen war, noch lebte.

Dann fielen ihm seine beiden Freunde ein. Kat und Charlie waren nirgends zu sehen. Stan wollte gerade in Panik verfallen, als er hinter sich lautes Gebell hörte. Er drehte sich um und sah, dass Rex neben ihm im Sand umhertrottete. Stan war verwirrt. *Wie war der Hund entkommen?* Dann erinnerte er sich, dass der Hund sich überall dorthin teleportieren konnte, wo Kat war. Wenn sich der Hund also an die Oberfläche teleportiert hatte, konnte das nur heißen, dass ...

Tatsächlich hörte er in diesem Moment, wie eine Faust durch Sand geschlagen wurde, und dann tauchte Kat auf, schwer atmend vor Anstrengung. Sie sah Stan an.

„Ich will nie wieder hören, dass du dich über die Schaufel beschwerst", keuchte sie, fiel auf Hände und Knie und rang nach Atem. „Damit konntest du dich viel schneller hochgraben als mit diesem nutzlosen Ding!" Sie hielt ihre Steinspitzhacke empor.

Stan wollte gerade antworten, als Lemon vor ihm erschien. Sekunden später drang Charlies Diamantspitzhacke aus dem Boden. Im Gegensatz zu Stan atmete Charlie jedoch nicht schwer.

„Gut gemacht, Charlie", blaffte Kat.

„Ja, ehrlich, Mann, musstest du von allen Stellen an der Wand, die du hättest treffen können, ausgerechnet den Knopf treffen, der alles zerstört?"

„Ich freue mich auch, dich zu sehen", seufzte Charlie und wischte den Sand von seiner Kleidung. „Außerdem solltest du mir danken. Erstens habe ich wahrscheinlich Mr. A da unten gefangen gesetzt. Ich glaube nicht, dass er da lebendig herauskommt. Er war schon von Stans Schaufelschlag ziemlich geschwächt. Und zweitens habe ich es geschafft, mir das hier zu schnappen!"

Er holte ein Buch aus seinem Inventar. Der Titel lautete: *Der Nether und das Ende – Wie man dorthin gelangt.*

Kat fiel die Kinnlade herunter, und Stan fragte voller Verwunderung: „Charlie! Wo hast du das her?"

„Oh, ich habe es auf dem Bücherregal neben dem Knopf gesehen und dachte, es könnte vielleicht nützlich sein", meinte er selbstzufrieden. Er stand auf. „Jetzt können wir unseren nächsten Schritt planen."

Sie einigten sich darauf, etwas Schatten in der heißen Wüstensonne zu finden, wo sie diesen nächsten Schritt planen konnten. Sie sahen sich um und stellten fest, dass sie sich in der Mitte einer Senkgrube befanden, die entstanden sein musste, als Averys Basis eingestürzt war. Sie gingen zur Wand der Grube, die etwas Schutz vor der Sonne bot, und setzten sich. Charlie schlug das Buch bei dem Kapitel auf, das den Titel „Das Ende betreten" trug, und las laut vor.

„Um das Ende zu betreten, braucht man vor jedem weiteren Schritt zwölf Enderaugen." Er blickte zu seinen Freunden hoch. „Weiß jemand, was das ist?"

Keiner von beiden wusste es. Charlie fand am Ende des Buches ein Glossar der Gegenstände aus Nether und Ende und schlug „Enderauge" nach. Das Bild zeigte eine graugrüne Kugel, die einem Katzenauge ähnelte. Das Crafting-Rezept dafür bestand aus einer Enderperle und Lohenstaub. Auch was das war, wusste keiner der drei, also schlug Charlie das Buch zuerst beim Abschnitt „Enderperle" auf.

„Eine Enderperle ist am einfachsten erhältlich, indem man einen Enderman tötet", las Charlie vor.

„Halt, ein Enderman …?", fragte Kat. „Ist das nicht das Ding, das dich heute Morgen fast umgebracht hätte?"

Charlie seufzte. „Ja, ist es. Und es sieht so aus, als müssten wir zwölf davon töten, wenn wir das Ende erreichen wollen."

Stan schluckte. Er erinnerte sich nur zu gut an die überwältigende Kraft des Enderman und brannte nicht darauf, noch einmal gegen einen zu kämpfen. „Was ist mit Lohenstaub?", fragte er schnell. „Wie bekommen wir den?"

Charlie blätterte um und fand, wonach er gesucht hatte. „Lohenstaub ist eine Substanz, die aus einer Lohenrute hergestellt wird. Lohenruten findet man nur, indem man eine Lohe tötet, eine Kreatur die … im Nether heimisch ist", sagte Charlie, und sein Magen drehte sich um. Nach allem, was er bisher über den Nether wusste, hatte er es nicht eilig, dorthin zu reisen.

„Wenn wir also zum Ende wollen", sagte Stan, „müssen wir einen Haufen Endermen töten und außerdem in den Nether, um diese Lohendinger zu finden?"

„Juchhu!", rief Kat und boxte mit der Faust in die Luft. „Ausflug in den Nether!"

„Wartet", unterbrach Charlie hastig. „Nicht so eilig. Wer sagt, dass wir zuerst in den Nether müssen?"

„Na, willst du wieder gegen den Enderman kämpfen?", fragte Kat. „Was auch immer im Nether ist, es kann nicht schlimmer sein als etwas, das sich teleportieren kann und versucht, dich zu töten, wenn du es auch nur ansiehst."

„Abgesehen davon", fügte Stan hinzu, „suchen uns die Truppen des Königs ganz bestimmt noch, und sie werden die ganze Oberwelt durchkämmen, bevor sie anfangen, in anderen Dimensionen zu suchen." Charlie versuchte, sich einen anderen Grund einfallen zu lassen, aus dem sie nicht in den Nether gehen konnten, aber es gelang ihm nicht. Er stimmte den Begründungen seiner beiden Begleiter zu. „Okay", sagte Charlie und fügte sich in sein Schicksal. „Dann ist unser nächster Schritt wohl, in den Nether zu gehen."

Während Charlie das Buch durchblätterte, um herauszufinden, wie sie die Dimension betreten konnten, stieß Kat weiter ihre Faust in die Luft und sprang herum wie ein überdrehter kleiner Hund. Sie freute sich ganz offensichtlich darauf, den Nether zu erkunden. Stan war nervös, aber auch in ihm machte sich Aufregung breit. Er war neugierig auf die Erkundung der neuen Dimension, was auch immer sie bereithielt.

„Okay, anscheinend müssen wir ein Portal bauen, um in den Nether zu kommen", sagte Charlie und verwies auf das Buch. „Es muss fünf Blöcke hoch sein, vier Blöcke breit, mit einem Loch in der Mitte, und es muss aus Obsidian bestehen. Soweit ich es verstanden habe, entsteht Obsidian, wenn laufendes Wasser auf stehende Lava trifft. Er ist fast unzerstörbar und kann nur mit einer Diamantspitzhacke abgebaut werden."

„Wir sind auf dem Weg hierher an einem ganzen Lavasee vorbeigekommen, erinnert ihr euch?", sagte Stan.

„Ach ja, daran erinnere ich mich", stimmte Kat zu.

„Gut, wir haben also stehende Lava", sagte Charlie. „Aber wie sollen wir fließendes Wasser darüberlaufen lassen?"

„Bist du schwer von Begriff, Charlie?", fragte Kat lachend. „Ich habe doch unten im Minenschacht einen Eimer gefunden!"

„Ach ja", sagte Charlie und fühlte sich tatsächlich ein bisschen dumm.

„Na schön", meinte Stan und klatschte in die Hände. „Schlagen wir hier in der Senkgrube unser Lager für die Nacht auf, und morgen wandern wir zum Lavasee und bauen ein Portal in den Nether!"

Und genau das taten sie. Kat lief zu einem Teich in einer grasbewachsenen Oase in der Nähe und füllte ihren Eimer mit Wasser, während Charlie und Stan den Sand und die Erde aus ihrem jeweiligen Inventar benutzten, um in der Ecke der Senkgrube ein unauffälliges Sandhaus zu errichten. Sie zimmerten schnell eine Werkbank, einen Ofen und drei Betten zusammen, wobei sie die Wolle aus den Fäden der Höhlenspinnen herstellten.

Außerdem bereiteten sie sich auf ihre bevorstehende Aufgabe vor. Charlie stellte Fackeln aus der Kohle und dem Holz her, das er beim Bergbau gefunden hatte, und nahm die Kohle auch, um das gefundene Eisenerz im Ofen zu schmelzen. Er benutzte die entstandenen Eisenbarren, um zwei neue Eisenbrustpanzer für sich und Stan herzustellen. Kat hatte noch ihre Lederjacke und ihre Kappe.

Nachdem sie die Brustplatten gebaut hatten, waren noch drei Eisenbarren übrig. Stan wollte eine neue Axt, aber Charlie sagte, dass er noch einen der übrigen Barren brauchte, um ihn mit Feuerstein zu kombinieren, den er unter der Erde gefunden hatte. Er hatte im Buch gelesen, dass man das Netherportal aktivierte, indem man seine Innenseite anzündete, und um das zu tun, würde er ein Werkzeug namens Feuerzeug herstellen müssen. Nachdem er es gebaut hatte, benutzte er die letzten zwei Barren, um ein neues Eisenschwert für Kat herzustellen.

Sie hatten noch etwas Faden und Holz übrig. Daraus machte Charlie eine Truhe und einen neuen Bogen, den er Stan zusammen mit zwanzig Pfeilen gab, die er von Skeletten unter der Erde eingesammelt hatte. Die Truhe füllten sie mit den Gegenständen der Gruppe, die sie nicht in den Nether mitnehmen würden: etwas Erde, eine Menge Bruchstein, das Buch, den Inhalt der Truhe aus dem Minenschacht mit Ausnahme des Eimers und die Endertruhe. Nun, da sie alles Nötige bei sich hatten und alles Überflüssige sicher in der Truhe verstaut war, waren die drei Spieler, die Katze und der Hund allesamt zufrieden und konnten sich endlich schlafen legen.

Während sich die Wollmatratze des Bettes an seinen Körper schmiegte, dachte Stan zum ersten Mal an den Griefer, den er vermutlich unter der Wüste getötet hatte. Es war eine unglaublich zwiespältige Situation. Obwohl Stan recht glücklich war, nun nicht mehr von einem gefährlichen Feind verfolgt zu werden, und wusste, dass nicht alle unverletzt aus dem Kampf hätten hervorgehen können, verkrampfte sich sein Inneres doch vor Schuldgefühlen, als er an die Qualen dachte, die er ausgestanden hatte, als der Sand ihn beinah selbst erdrückte. In diesem verschütteten Raum zu ersticken, musste ein fürchterlicher Tod gewesen sein. Obwohl Stan Mr. As Geschichte über Avery007 als völlig unwahr abgetan hatte, hatte er doch das Gefühl, dass Mr. A einen Grund für seinen Hass auf niedriglevelige Spieler gehabt hatte. Nun, da er tot war, würden sie den Grund nie herausfinden.

Trotz seiner Schuldgefühle hatte das Tagesgeschehen Stan zu sehr erschöpft, um sich darüber noch viele Gedanken zu machen. Es dauerte nicht lange, bevor ihn der Schlaf überwältigte.

Es kam Stan wie eine Ewigkeit vor, seit er zum letzten Mal ausgeschlafen hatte, aber die Nacht verlief friedlich, und irgendwann wurde Stan vom Krähen eines Hahns geweckt. Er fühlte sich erholt und bereit, in Angriff zu nehmen, was immer der Nether für ihn bereithielt.

Die Gruppe verlor keine Zeit mit dem Aufbruch. Sie befestigten ihre übrigen Tränke an ihren Gürteln, zusammen mit ihren Waffen und Pfeilen. Stan und Kat trugen ihre Bögen über der Schulter. Kat und Charlie befahlen ihren Tieren, sich zu verstecken, da Charlie gelesen hatte, dass Rex und Lemon den Nether nicht betreten konnten.

Bevor die Uhr auch nur anzeigte, dass die Nacht vorüber war, war das Trio auf dem Weg zurück zum Lavasee. Sie kamen unterwegs an einigen brennenden Mobs vorbei, waren aber zu beschäftigt, um die Materialien einzusammeln. Sie hatten die Lava erreicht, bevor die Sonne hoch am Himmel stand.

Stan war erstaunt. Im Vorbeigehen hatte die geschmolzene Lava wie ein See ausgesehen, aber nun erkannte er, dass sie sich kilometerweit erstreckte und etwas bildete, dass man eher als Lavameer bezeichnen konnte. Kat war genauso erstaunt. Charlie dagegen verlor keine Zeit und schüttete das Wasser aus dem Eimer an das Ufer der Lava. Anfangs war Stan davon verwirrt, dass das Wasser aus dem Eimer innerhalb eines Blocks am Ufer zu bleiben schien. Sollte Wasser nicht fließen? Dann begann das Wasser jedoch aus diesem einzelnen Quellblock zu fließen und dehnte sich schließlich auf die Lava aus, wobei es einen großen Teil davon sofort zu nachtschwarzen Obsidianblöcken abkühlte. Charlie ignorierte die Steinkohle und den Stein, die den See säumten, und nahm den Wasserquellblock mit dem Eimer auf. Nun, da die Quelle verschwunden war, versiegte das Wasser, das ihm entsprungen war. Ohne Zeit zu verlieren, schlug er mit seiner Diamantspitzhacke auf den Obsidian ein.

Es war harte Arbeit. Die Sonne stand schon bald hoch am Himmel, und die Hitze der Lava machte es Charlie nicht leicht, weiter auf den schwarzen Stein einzuschlagen, der allen Versuchen, ihn zu zerstören, zu widerstehen schien. Nach zehn Minuten brach der Obsidianblock schließlich, und Charlie fing ihn auf, bevor er in die Lava darunter fallen konnte. Charlie war erleichtert, seinen ersten Obsidianblock zu haben, biss die Zähne zusammen und machte sich daran, den zweiten abzubauen.

In der Zwischenzeit standen Kat und Stan Wache, die Bögen erhoben, bereit, jeden Angreifer zu erschießen, der sich zu nahe an sie heranwagte. Es war langweilig, aber Stan hielt sich einfach weiter das Bild vor Augen, wie sie endlich den Nether betraten, und er blieb wachsam, genauso wie Kat auch.

Charlie sammelte gerade den neunten Obsidianblock ein, als ohne Vorwarnung der Boden vor Stan explodierte. Stan wurde von der Druckwelle zurückgeworfen und schlitterte den schwarzen Obsidian entlang, den Charlie geschaffen hatte. Erst knapp vor dem Ufer des Lavameers blieb er liegen.

Kat hatte ihren Bogen auf die Staubwolke gerichtet und war bereit anzugreifen, als auch schon eine Gestalt aus dem Loch im Boden hervorbrach. Bevor Kat reagieren konnte, warf die Gestalt eine Reihe von Feuerkugeln, was den Rauch verdichtete und den Boden in Brand steckte. Kat versuchte, durch den dichten Rauch zu erkennen, wer sie angriff, als ein Pfeil durch die Rauchwand direkt auf sie zuflog.

Er war zu schnell, als dass sie ihm hätte ausweichen können, aber sie zog den Kopf ein, und der Pfeil verfing sich im Leder ihrer Kappe, ohne sie zu verletzen. Sie schoss Pfeile in die Richtung des Angreifers, und sie spannte den Bogen erneut, als eine weitere Gestalt aus dem Rauch herauslief. Das war der Erste, dessen Aussehen sie klar erkennen konnte. Sein blondes Haar war kurz geschoren, und er trug Armeehosen mit dem typischen Muster und ein schwarzes, ärmelloses Hemd. Eine Augenklappe verdeckte eines seiner Augen. Er hielt ein Diamantschwert in der Hand und raste direkt auf Kat zu.

Sein Angriff wurde von Stan abgefangen, der sich inzwischen erhoben hatte und seine Schaufel gegen die Füße des Spielers schwang. Als der Angreifer stolperte, rief Stan zu Charlie hinüber, der gerade herüberkommen wollte, um ihnen zu helfen: „Wir kommen zurecht, Charlie! Mach das Portal fertig, damit wir hier verschwinden können!" Gleichzeitig spürte er etwas zu seiner Rechten. Er drehte sich um, und sein Blick traf den von Kat.

„Stan, hier! Du brauchst das mehr als ich!", rief sie und wich einem Pfeil aus, während sie gleichzeitig ihr Schwert in seine Richtung warf.

„Danke!", erwiderte er und fing das Schwert in dem Moment, in dem der Kerl mit der Augenklappe wieder auf die Beine kam. Stan spannte den Bogen und schoss ein paar Pfeile auf den Spieler, die der mühelos abwehrte. Da griff er den Spieler mit dem Schwert an.

Kat konnte unterdessen den Spieler sehen, mit dem sie sich aus der Entfernung mit Pfeilen beschoss. Er hatte dunkle Haut und schwarzes Haar und trug eine Lederjacke über einer japanischen Samurairüstung. Der Bogen, den er benutzte, leuchtete genau wie ihrer – er war verzaubert worden. Sie hatte das Gefühl, dass die Verzauberung eines Bogens, der jemandem gehörte, der sie ohne Grund angriff, weitaus bösartiger sein musste als die Unendlich-Verzauberung ihres eigenen.

Charlie nahm am Rande wahr, dass Stan in seinem Kampf mit dem Kerl im Trägerhemd das Schwert aus der Hand flog, und dass sich mehr und mehr Pfeile während Kats Gefecht mit dem Samurai in ihrer Jacke verfingen. Er wusste, dass er das Portal schnell fertigstellen musste. Eilig platzierte er die letzten drei Obsidianblöcke an der Spitze des schwarzen Obelisken. Dann sprang er zu Boden und holte den Feuerstein und den Stahlring hervor. Er wollte das Portal gerade entzünden, als direkt hinter ihm eine Gestalt aus dem Boden brach. Er wirbelte herum, die Spitzhacke in der Hand, bereit zu kämpfen.

Dieser Spieler trug eine vollständige, leuchtende Eisenrüstung – auch sie war verzaubert. An dem schwarzen Zopf, der bis zu ihrer Hüfte reichte, erkannte er, dass es ein weiblicher Spieler war. Sie griff Charlie nicht an. Sie bemerkte ihn nicht einmal, sondern zog etwas aus ihrem Inventar: eine Handvoll Redstone und eine Fackel, die in elektrischem Rot glühte. Charlie starrte verblüfft zu ihr, als sie den Staub auf dem Boden ablegte und ihn dann mit dem roten Ende der Fackel berührte. Sofort leuchtete der Staub auf und sprühte blassrote Funken.

„Kontakt in fünf!", brüllte sie, riss ihr Eisenschwert hoch und ging in Verteidigungsstellung. Kat hielt inne, da sie sich gebückt hatte, um ihr Eisenschwert aufzuheben, und fragte sich, was das bedeuten sollte. Stan sah gleichermaßen verwirrt aus, aber ihre beiden anderen Gegner reagierten sofort. Der Kerl mit der Augenklappe und der Samurai rissen Schaufeln hervor und gruben Löcher in den Boden. Charlie wurde mit Entsetzen klar, was jeden Moment geschehen würde. Er ging hinter einem der Obsidianpfeiler des Portals in Deckung und brüllte: „Runter! Sie wird gleich …"

Da explodierte auch schon die Welt.

Stan wurde zwanzig Blöcke weit zurückgeschleudert, als der Sand unter ihm in einem Sturm aus Erde und Felsen in die Luft flog.

Benommen lag er am Boden und sah auf die Staubwolke, die sich dort erhob, wo das Schlachtfeld gewesen war. Er war verwirrt, zu gelähmt vor Angst und von seinen Verletzungen, um irgendetwas anderes zu tun, als einen seiner Heiltränke zu ergreifen und zu trinken. Der Effekt des Trankes trat sofort ein. Er fühlte sich wach und vollständig geheilt und dachte sofort an die Sicherheit seiner Freunde.

Dann sah er sie. Sie flog durch die Luft. Rauch trat aus ihrer brennenden Lederrüstung, das Eisenschwert hielt sie wundersamerweise noch immer fest umklammert. Seine mutige Freundin, getrieben von der unglaublichen Kraft

193

der Explosion, segelte wie ein eleganter Drachen davon und tauchte in die feurigen Tiefen des Lavameers ein.

Stan sah nur noch Weiß. Er konnte nichts hören. Er konnte den Bogen in seiner Hand nicht fühlen. All seine Sinne schienen auszusetzen, als er versuchte, dieses unmögliche Bild zu verarbeiten. Kat konnte unmöglich tot sein. Das konnte unmöglich zugelassen werden …

Instinktiv ergriff er seine Eisenschaufel, die neben ihm auf dem Boden lag, und rannte auf den Samurai-Bogenschützen zu, der nun mit einem Pfeil auf Charlies Kopf zielte. Charlies Gesicht war weiß, die Augen waren geweitet, und sein Mund stand offen, als er auf den Punkt starrte, an dem Kat in das geschmolzene Gestein gestürzt war, ohne ihr bevorstehendes Verderben zu erahnen. Stan holte mit der Schaufel aus und schlug sie gegen den Kopf des Bogenschützen, bevor der schießen konnte.

Der Bogenschütze wurde zu Boden geworfen. Sein Kopf war in einem bizarren Winkel verdreht. Stan konnte nicht feststellen, ob er tot war. Wenn nicht, dann war er auf jeden Fall bewusstlos. Während Stan klar wurde, dass er vor Wut brüllte, wirbelte er herum, um sich den beiden anderen zu stellen. Er sah, wie der Kerl mit den kurz geschorenen Haaren auf ihn zurannte, das Diamantschwert in Angriffshaltung, und wie das Mädchen ihm direkt folgte. Beide schäumten vor Wut, die Adern an ihren Schläfen traten hervor. Sie waren bereit, ihren gefallenen Freund zu rächen. Aber der Zorn über Kats Tod hatte Stans Kampffertigkeiten erhöht, selbst mit der Schaufel. Stans Wut schäumte in ihm hoch wie sprudelnd kochendes Wasser in einem Topf, und er war sicher, dass er diese beiden gerüsteten Gorillas mit Leichtigkeit würde bekämpfen können. Er wollte gerade einen ersten Pfeil mit dem Bogen abfeuern, als ihm etwas hinter ihnen auffiel.

An der Oberfläche des Lavameeres bewegte sich etwas. Es kräuselte oder blubberte eher, genau am Ufer. Was als

Nächstes geschah, war so unglaublich, dass Stan, wäre er nicht dabei gewesen, es nie geglaubt hätte.

Aus der Lava stieg eine Spielerin hervor, umgeben von einer leuchtend roten Aura, ihr Eisenschwert rot von der Hitze, die es aus der Lava absorbiert hatte. Kat sprang auf den Sand und stieß ihr Schwert, ohne zu zögern in den Rücken des Mädchens in voller Eisenrüstung. Das Schwert schmolz ein Loch in den Rücken des Brustpanzers, dann in seine Vorderseite.

Der Gesichtsausdruck des Mädchens wechselte von Empörung zu Entsetzen, als das Schwert in ihren Körper eindrang. Kat dagegen sah wie die Verkörperung eines Dämons aus, während sie ihre gesamte übermenschliche Stärke einsetzte, um das Mädchen mithilfe ihres Schwerts über ihren Kopf zu schleudern. Es flog durch die Luft und fiel genau am Rand des Steinufers in die Lava.

Stan hielt sich nicht damit auf, darüber nachzugrübeln, warum seine Freundin nicht tot war, und er hielt sich ebenfalls nicht damit auf, sich zu freuen. Er wusste nur, dass der eine verbliebene Kämpfer mit dem kurz geschorenen Haar ihn bald erreicht hatte. Und er würde rasend vor Wut sein, weil seine beiden Gefährten besiegt waren. Er rannte auf den Rahmen aus Obsidian zu, wo Charlie wie erstarrt verharrte.

„Zünde das Portal!", brüllte er und merkte, dass Kat direkt hinter ihm lief und dabei die Pfeile des Spielers mit den kurz geschorenen Haaren mit ihrem Schwert abwehrte.

Charlie zog den Feuerstein und den Stahlring hervor und schlug sie zusammen. Als sie aufeinandertrafen, stoben Funken hervor und fielen auf das Obsidianfundament. Die Funken flogen in die Luft und fingen an, violett zu glühen. Als sie die Mitte des Portals erreichten, wuchsen sie an, bis die gesamte Innenseite des Portals violett leuchtete. Das Portal in den Nether war geöffnet.

Charlie sprang in das violette Leuchten und verschwand.

Funken flogen durch das Portal. Stan zögerte nicht und tauchte durch die violette Barriere in die neue Dimension. Plötzlich fühlte er sich, als würde er wieder in dem Sand über Averys Basis begraben und erdrückt werden. Dieses sehr unangenehme Gefühl hielt etwa drei Sekunden lang an, dann landete Stan auf einer Oberfläche, die sich wie verkrustete Erde anfühlte. Er füllte seine Lungen wieder mit warmer, trockener Luft.

Auf der anderen Seite des Portals schleppte Geno Beccas Körper aus der Lava. Er zog zwei illegal gebraute Tränke aus seinem Inventar und goss sie in ihren Mund. Die Flammen, die ihre Rüstung und ihre Haut versengten, erloschen sofort, und sie hustete schwach. Erleichtert fuhr er herum und goss einen dritten Trank in Leonidas' offenen Mund. Etwas knackste leise, als Leonidas' Kopf sich herumdrehte und sich einrenkte.

Geno sah auf und durch das Portal. Er sah, dass alle drei Spieler auf der anderen Seite gegen den untersten Block des Obsidianportals schlugen. Geno wusste, was sie vorhatten, und lief verzweifelt auf das Portal zu, um hindurchzuspringen, bevor es sich schloss. Kurz bevor er hindurchflog, hörte er ein Knacken, und der unterste Obsidianblock des schwarzen Rahmens löste sich auf. Violettes Licht blitzte auf, und der Eingang in den Nether war verschwunden.

Geno konnte gerade noch bremsen, bevor sein Schwung ihn durch den leeren Obsidianrahmen in das Lavameer getragen hätte. Er fluchte vor Wut und blickte zurück zu seinen Gefährten. Leonidas hatte sich aufgerichtet und rieb sich den Hals. Geno wusste, dass er überleben würde. Becca dagegen lag noch immer auf dem Boden und atmete flach. Geno machte sich Sorgen um sie, aber er war sicher, dass sich mindestens ein Sanitäter in der Legion der königlichen Armee befand, die im Dschungel auf Befehle von RAT1 wartete.

Es stand alles zum Besten, dachte Geno, während Leonidas sich langsam aufrappelte. Geno war sicher, dass das Truppenbataillon von RAT1 unter seinem Befehl dafür sorgen würde, dass Stan und seine Freunde, die nun im Nether gestrandet waren, es nicht lebend zurück in die Oberwelt schaffen würden.

KAPITEL 16

DER NETHER

Stans Knöchel schmerzten, nachdem er Charlie geholfen hatte, sich durch reinen Obsidian zu schlagen. Aber er machte sich keine Sorgen. Er war vollkommen damit beschäftigt, zwei Gefühle gleichzeitig zu verarbeiten. Er atmete schwer, erstaunt und erleichtert darüber, dass sie den Angreifern in der Oberwelt entkommen waren.

Er war auch erstaunt und schockiert, während er Kat anstarrte, die wegen der geschmolzenen Lava noch immer rot glühte. Aber nun, da Stan genauer hinsah, konnte er erkennen, dass das Glühen nicht an der Resthitze der Lava lag. Kats Körper schien von einer roten Aura umgeben zu sein. Sie saß neben Charlie auf dem Boden, aber bis auf die Tatsache, dass sie außer Atem war, schien sie völlig unverletzt zu sein.

„Also sag mir, Kat", keuchte Stan und sprach zum ersten Mal, seitdem sie den Nether betreten hatten, „wie genau hast du dein Bad in der Lava überlebt?"

Kat sah zu ihm hoch. Sie hob eine leere Flasche. „Trank der Feuerresistenz", japste sie und warf die Flasche beiseite. „Und ein Heiltrank, um die Verbrennungen wieder loszuwerden." Sie warf eine zweite Flasche neben sich. Sie zerschellte neben der ersten auf den rot und schwarz gefleckten Felsen. Der Anblick dieser seltsamen Blöcke veranlasste Stan, sich seine Umgebung genauer anzusehen.

Hinter den elf verbleibenden schwarzen Obsidianblö-

198

cken des zerstörten Portals konnte Stan die Wände einer Höhle erkennen, in der sie gespawnt waren. Die ganze Höhle bestand aus den schwarz und rot gefleckten Steinen. Stan vermutete, dass das in der neuen Dimension ein ziemlich weit verbreiteter Block war. Die Höhle war weit offen, und er konnte sehen, dass ein Ende erleuchtet war. Die Luft war trocken und sehr warm. Stan ging davon aus, dass es hier kein Wasser gab.

Charlie warf einen Blick auf das zerstörte Portal. Der Obsidianblock, den sie hatten herausschlagen müssen, war in drei Teile zersprungen. Es war unmöglich, das Portal mit den übrigen Splittern des schwarzen Steins zu reparieren. „Wir werden mehr Obsidian finden müssen, wenn wir das Portal reparieren wollen", sagte er mit einem Seufzer und warf die nutzlosen Obsidianstücke beiseite. „Nun, wir sollten noch gar nicht versuchen, es zu reparieren. Wer auch immer uns da gerade angegriffen hat, ich möchte wetten, dass sie zum König gehören", sagte Stan. „Und ich möchte wetten, dass es nur eine Frage der Zeit ist, bis sie in diese Dimension vordringen, um uns zu jagen. Wir müssen so schnell wie möglich die Lohenruten finden, und selbst wenn wir herausfinden, wie wir das Portal reparieren können, sollten wir das bis zur letzten möglichen Minute aufschieben, damit sie uns nicht folgen können.

Kat und Charlie nickten, und Stan schlug vor, die Höhle zu verlassen. Sie sammelten ihre Gegenstände ein und ließen das zerstörte Portal hinter sich. Als sie den Höhlenausgang erreichten, ließ der Anblick, der sich ihnen bot, ihnen allen die Kinnlade herunterfallen.

Die gesamte Welt schien eine kolossale Höhle zu sein, die fast vollständig aus den rot und schwarz gefleckten Steinen zu bestehen schien. Der Boden der Höhle war von einem Lavameer überflutet, dessen Größe das Lavameer in der Oberwelt winzig erscheinen ließ. Ein paar wenige dunkelrote Inseln waren auf der Oberfläche der Lava versprengt.

Von der Decke, deren Höhe große Unterschiede aufwies, hingen Stalaktiten aus einer Art leuchtendem Kristall, und mehrere gigantische Lavafälle flossen zähflüssig aus Löchern in der Decke in das Becken. Es war auf feurige Art schön, aber auch schrecklich. Alle drei Spieler stellten sich gleichzeitig die unbekannten Gefahren vor, die damit verbunden waren, dieses sengende Land zu erkunden.

Der erste Blick der Spieler auf den Nether wurde jedoch schon bald versperrt. Nach etwa zehn Sekunden, in denen sie die Landschaft betrachtet hatten, erhob sich vor ihnen eine gigantische weiße Gestalt. Stan wich unwillkürlich einen Schritt zurück. Die riesige Kreatur schien eine weiße schwebende Qualle zu sein. Ihr Körper war ein Würfel, unter dem ein Gewirr aus Tentakeln hing. Ihre Augen waren geschlossen, ihr Mund ebenso. Stan war überwältigt. Das war der bei Weitem größte Mob, den er je in Minecraft gesehen hatte.

Plötzlich öffneten sich Augen und Mund des Monsters, und es schrie. Es war ein hoher Schrei, wie der eines Babys, noch schriller als der des Enderman, und er schien kaum zu dem lodernden Feuerball zu passen, der aus seinem Mund schoss.

„Runter!", rief Kat und ließ sich zu Boden fallen.

Das musste sie Charlie und Stan nicht zweimal sagen. Stans Augen verfolgten den Feuerball, bis er die hintere Wand der Höhle traf, wo er explodierte. Diese Explosion war anders als die von TNT oder einem Creeper. Die Explosion eines Creepers war stärker als diese, auch wenn diese eine heiße Schockwelle freisetzte, die Stans Augenbrauen aus der Ferne versengte. Die übrigen Blöcke, die nicht zerstört waren, fingen Feuer und begannen, hell zu brennen.

Ein weiterer Feuerball flog auf sie zu, und die Spieler rollten sich gerade noch rechtzeitig zur Seite, um einen Treffer zu vermeiden, während der Teil des Bodens, auf dem sie gerade noch gestanden hatten, zerstört wurde. Stan betrachtete das Loch, das in den Boden gesprengt worden war, und sah, dass sie auf einem Vorsprung gestanden hatten. Ein falscher Schritt, und sie würden in das Lavameer darunter stürzen.

Stan zog seinen Bogen und seine Pfeile und versuchte, den nächsten Feuerball in der Luft zu erwischen. Er verfehlte ihn. Stattdessen traf der Pfeil das fliegende Monster in die Stirn. Es riss die Augen auf und schrie vor Schmerz. Dann schwebte es in die Höhe und spuckte drei weitere Feuerbälle aus, die das Dach der Höhle trafen. Der gesamte obere Teil der Höhle explodierte, sodass die drei Spieler einem regelrechten Regen aus Feuerbällen des bösartigen Mobs ausgesetzt waren.

„Wir müssen uns trennen!", rief Charlie, während er sich zur Seite rollte, um einem weiteren Feuerball auszuweichen. „Es kann uns nicht alle gleichzeitig beschießen!"

„Aber wir können nirgendwohin!", brüllte Kat verzweifelt, und sie hatte recht. Sie standen mit dem Rücken zu einer Klippe, und bis auf den Teil, auf dem die drei Spieler standen, war der Vorsprung von Feuerbällen völlig zerstört worden. Die gigantische Qualle öffnete ihren Mund, und der Feuerball, der sie zweifellos in das brennende Meer unter ihnen reißen würde, flog daraus hervor, direkt auf die Spieler zu. Stan hielt seine Schaufel vors Gesicht und bereitete sich auf einen feurigen Tod vor.

Doch kurz bevor das Geschoss traf, stürzte eine Gestalt aus der Wand hinter Stan hervor und sprang vor ihn. Es war ein Spieler in einem purpurroten Overall, mit brauner Haut und schwarzem Haar. In seiner Hand hielt er ein Diamantschwert, das er hastig vor sich in die Luft schwang und damit den Feuerball traf. Dann landete er auf der Klippe unter Stan. Das Geschoss änderte die Richtung und flog zurück zu dem Monster, das ihn abgeschossen hatte. Der Feuerball explodierte im Gesicht des Mobs, der daraufhin ein paar Meter zurücktrudelte und schrie.

201

„Hinter mich!", brüllte der Spieler, während sich das Monster erholte und einen weiteren Feuerball in ihre Richtung spie. Stan, Kat und Charlie gehorchten und sahen mit Erstaunen, wie der Spieler einen weiteren Feuerball ablenkte. Diesmal verfehlte er das Monster, und der Feuerball wurde tief in die Höhle geschleudert. Ein weiterer Spieler brach durch das Loch in der Wand.

Dieser Spieler war gekleidet wie der Spieler mit dem Schwert, hatte jedoch rotes Haar, blasse Haut und hielt eine Angelrute in der Hand. Stan sah verblüfft, wie der Spieler mit der Rute ausholte und sie auswarf. Der Schwimmer flog auf die Qualle zu. Der Haken traf den Kopf des Monsters, und wieder schrie es vor Schmerz. Es versuchte, davonzufliegen, aber der rothaarige Spieler holte die Schnur mit großem Geschick ein und zog den Mob wieder herunter. Die ganze Zeit über verschoss das Monster weitere Feuerbälle, und der Schwertkämpfer wehrte sie ab.

„Guter Wurf, Bill!", rief der Schwertkämpfer, als er einen weiteren Feuerball zur Seite ablenkte.

„Danke, Ben!", antwortete der Rothaarige, während er immer wieder die Stärke des Wurfs änderte, um das Monster daran zu hindern, außer Reichweite zu fliegen. „Der Ghast ist perfekt in Stellung! Wir sind bereit, Bob!"

Bei diesen Worten sprang ein weiterer Spieler im Overall aus der Wand. Er war blass und blond, hielt einen leuchtenden Bogen in der Hand und feuerte einen Pfeil auf das Monster. Dann landete er auf dem Boden und blickte zu Stan, Kat und Charlie.

„Wenn einer von euch ein Bogenschütze ist, dann ist jetzt seine Zeit gekommen! Zielt auf die Augen!", sagte Bob, der blonde Bogenschütze mit einem irren Grinsen im Gesicht. Auf den ersten Blick machte Stan das Grinsen etwas nervös, doch dann sah er denselben Ausdruck im Gesicht des Spielers mit der Angelrute, Bill, und dem von Ben, dem Schwertkämpfer. Sie schlugen den Mob nicht nur zurück, von dem er gehört hatte, wie ihn einer von ihnen Ghast genannt hatte – sie hatten Spaß daran! Stan und Kat zogen ihre Bögen und begannen, auf den Ghast zu feuern. Die Augen des Monsters wurden von Dutzenden von Pfeilen durchbohrt, und seine Feuerbälle schienen in immer verworreneren Mustern abgeschossen zu werden. Einer der Feuerbälle flog auf Kat zu, und sie zog ihr Schwert und lenkte ihn ab, genau wie Ben es getan hatte.

„Okay, ihr drei, Feuer einstellen!", rief Bill und zog kräftig an der Angelrute.

Bob ließ den Bogen sinken und stellte sich wieder an die Wand, aber Kat und Stan sahen Bill verwirrt an.

„Aber er lebt noch!", rief Stan.

„Ja, warum sollen wir das Feuer einstellen?", fragte Kat.

„Weil Ben diesen Teil liebt!", meinte Bill und lachte wie ein Verrückter, während er sein ganzes Gewicht gegen die Angelrute stemmte. Der verletzte Ghast schlingerte wieder auf den Vorsprung zu. Er war ihnen jetzt sehr nahe. Stan zuckte zusammen, als er die Hitze eines weiteren Feuerballs spürte, den der verzweifelte Ghast ausspuckte.

Ben lenkte den Feuerball mit einem Funkeln in den Augen ab und lief auf den Ghast zu, der nun fast auf gleicher Höhe mit dem Vorsprung war. Er machte einen gewaltigen Satz auf den Ghast zu, das Schwert in der rechten Hand, und bohrte seine Waffe in die Stirn des riesigen Monsters. Es schrie gequält auf, als Ben das Gesicht des Ghasts mit der linken Hand packte, und gleichzeitig sein Schwert in den Kopf des Ghasts bohrte. Der gigantische Mob hörte auf, Feuerbälle zu verschießen, und begann unter den wiederholten Schwerthieben zu zerfallen.

Ben stieß sich vom Gesicht des Monsters ab. Er hielt einen weißen Gegenstand in der Hand. Sein Schwert trudelte nach unten und landete auf dem Vorsprung. Er lan-

203

dete neben der Waffe und steckte den weißen Gegenstand ein. Bens Gefährten standen neben ihm und sahen mit Befriedigung zu, wie der zerstückelte Leichnam des Ghasts in das Lavameer unter ihnen stürzte. Bob wandte sich um.

„Und so, meine Dame und Herren, töten wir Ghasts." Mit diesen Worten stießen die drei Kämpfer ihre Fäuste in der Luft zusammen und riefen einstimmig: „YEAH!"

„Okay, das war ganz offiziell beeindruckend", meinte Kat, die nach dem Kampf mit dem Ghast schwitzte.

„Na ja, wir haben Übung", sagte Bob und hängte sich den Bogen auf den Rücken. „Ihr Kinder solltet vorsichtiger sein. Kämpfe mit Ghasts können ganz schön unangenehm sein, wenn man wenig Erfahrung hat. Es ist wirklich leicht, dabei in die Luft gejagt zu werden."

„Ihr Jungs seht aus, als würdet ihr euch hier richtig gut auskennen", meinte Charlie. „Wie oft wart ihr drei schon im Nether?"

„Soll das ein Witz sein? Wir wohnen hier, Mann!" Bill lachte. „Und das ist keine Übertreibung. Wir wohnen hier, seit dieser hinterhältige Mistkerl König Kev uns hierher verbannt hat."

„Und übrigens", sagte Ben, als Stan überrascht den Mund öffnete, „uns ist egal, was ihr vom König haltet. Wenn ihr ein Problem mit unserer Meinung habt, kämpfen wir nur zu gern auch gegen euch." Bill und Bob nickten zustimmend.

„Oh, glaubt mir", sagte Kat grinsend, „ich würde ein weitaus bösartigeres Wort benutzen, um den König zu beschreiben."

„Ja", sagte Charlie. „Ich stimme zu und Stan ganz sicher auch. Schließlich ist er derjenige, der versucht hat, den König zu töten."

„Moment mal, was?" Bob stutzte. „Du hast versucht, den König zu töten? Mann, du hast Nerven, Noob!"

„Wie ist es nur möglich, dass du noch am Leben bist?", fragte Bill verwundert. „Seid ihr in den Nether gekommen, um euch vor den Truppen des Königs zu verstecken? Ihr wärt nämlich auf keinen Fall noch am Leben, wenn ihr in der Oberwelt wärt", bemerkte Ben.

Stan blickte auf. „Nein. Eigentlich wollen wir den König sogar stür..." Aber Kat unterbrach ihn, indem sie ihn gegen den Arm boxte.

„Halt die Klappe, du Idiot!", zischte Kat. „Verrat nicht zu viel von ..."

„Ihr wollt den König stürzen?", unterbrach Bob mit gedämpfter, ehrfürchtiger Stimme.

Kurz herrschte Stille. Kats und Charlies Mienen bestätigten, dass das, was aus Stan herausgeplatzt war, tatsächlich stimmte. Kat schlug sich die Hand vor die Stirn, sicher, dass die drei Spieler gleich erklären würden, dass sie in Wahrheit Geheimagenten des Königs waren. Aber dann ...

„Mann, wie cool ist das denn!", rief Bill. „Wird langsam Zeit, dass sich jemand gegen diesen Haufen Schweinemist wehrt."

„Wenn man uns nicht ohne Ausweg in diese Dimension verbannt hätte", sagte Ben, „hätten wir es früher oder später getan."

„Moment mal ... habt ihr ein Portal nach draußen?", fragte Bob. Bei diesen Worten spitzten seine Freunde die Ohren.

„Ja! Es wäre großartig, endlich aus dieser grauenhaften Dimension zu entkommen. Wir sind jetzt schon so lange hier ..."

„Ja ... vielleicht ist der Apotheker noch da ..."

„Moment, ihr kennt den Apotheker?", fragte Stan. „Wir haben ihn im Dschungel getroffen! Er hilft uns dabei, zusammen mit den Leuten in Adorias Dorf eine Rebellion zu organisieren. Woher kennt ihr ihn?"

205

„Wir haben früher in Element City mit ihm im Rat der Operatoren zusammengearbeitet", sagte Ben. „Wir waren die drei obersten Expeditionsleiter, bevor der König uns mit irgendeiner erfundenen Rebellion in Verbindung gebracht und hierher verfrachtet hat."

„Ach ja! Er hat euch erwähnt!", meinte Charlie, der sich an ihr langes Gespräch mit dem alten Spieler erinnerte. „Ihr müsst Bill33, Bob33 und Ben33 sein."

„Hört, hört!", sagte Bill. „Obwohl wir heutzutage den Titel ‚Die Netherjungs' bevorzugen."

„Also, habt ihr wirklich ein Portal nach draußen?", fragte Bob. „Wir sind jetzt schon seit Ewigkeiten in dieser sengend heißen Einöde gestrandet. Ich würde töten, nur um wieder ein Schaf oder eine Kuh oder einen Baum zu sehen!"

„Also, wir haben ein Portal", sagte Kat. „Aber es ist im Moment kaputt. Wir brauchen einen Obsidianblock, um es zu reparieren. Wir haben alles, was nötig ist, um das zu tun – ich habe einen Wassereimer, und Charlie hat seine Diamantspitzhacke." Charlie hob sie zur Bestätigung hoch. „Aber wir können hier nicht weg, bevor wir ein paar Lohenruten besorgt haben. Wenn wir die Rebellion durchziehen wollen, müssen wir uns Zugang zum Geheimvorrat des Königs im Ende verschaffen, und ohne die Ruten können wir nicht dorthin gelangen.

„Außerdem", fügte Charlie hinzu, „können wir das Portal nicht reparieren, bis wir bereit sind zu gehen, sonst werden die Truppen des Königs hereinkommen können, um uns zu verfolgen, und dann sitzen wir alle in der Tinte."

„Na, es wird so oder so egal sein", sagte Bill. „Ihr seid jetzt im Nether, Freunde. Wasser verdampft in dem Moment, in dem es den Eimer verlässt, es gibt also keine Möglichkeit, hier Obsidian herzustellen."

Stan rutschte das Herz in die Hose. Wie sollten sie jetzt entkommen?

„Trotzdem glaube ich, dass wir euch vielleicht helfen können. Wie der Zufall so spielt, haben wir einen Obsidianblock in unserem Haus", sagte Ben. „Treffen wir eine Abmachung. Wir geben euch den Obsidianblock, damit ihr das Portal reparieren könnt. Wir dürfen euer Portal benutzen, um aus dem Nether zu entkommen, und im Tausch helfen wir euch, eure Lohenruten zu bekommen."

„Hört sich gut an", meinte Stan und sah Charlie und Kat an.

Beide nickten und lächelten, und Kat sagte: „Dann sind wir uns also einig."

„Wo genau sollen wir also diese ... Lohen suchen?", fragte Charlie.

„Wir sprechen über eure Lohenruten, wenn wir zurück in unserem Haus sind", erwiderte Ben.

Er sprang durch das Loch, das er und die anderen beiden in die Wand gebrochen hatten, und dann folgten die sechs Spieler dem Verlauf des Tunnels. Es ging eine ganze Weile abwärts, und als sie das Ende erreichten, waren sie auf der Höhe des Lavameeres. Sie begannen, über die weite Ebene aus rot und schwarz geflecktem Stein zu gehen, und Bob erklärte Stan, dass er Netherstein genannt wurde. Am Rande der Ebene befand sich ein kleiner Hügel, doch bevor sie ihn überschritten, hob Bill die Hand.

„Wartet. Wir sollten nachsehen, ob am Fuß dieses Hügels Monster sind. Bob, Stan, geht und seht nach. Erschießt alle aggressiven Mobs, die ihr seht, dann gehen wir weiter. Das Haus ist direkt auf der anderen Seite der Ebene."

Stan zog seinen Bogen und ging mit Bob über den Hügel. Bob sah über die Kuppe und überblickte die Ebene. Seine Augen weiteten sich.

„Ooooh-ha! Das sollte lustig werden", sagte der blonde Bogenschütze. Stan hob den Kopf über die Mauer, um zu sehen, wovon Bob sprach. Bei dem Anblick, der sich ihm bot, drehte sich ihm der Magen um.

Diese Mobs hatte er schon einmal gesehen. An einem stürmischen Tag, auf dem Weg nach Element City, hatte er einen harten Kampf gegen eine dieser Kreaturen gefochten. Konnten das wirklich dieselben Mobs sein wie der, den er mit seinen Freunden in dieser schrecklichen Schlacht bekämpft hatte? Aber es bestand kein Zweifel in Anbetracht der rosafarbenen, verrottenden Haut, der braunen Lendenschurze, der Goldschwerter …

Er hatte es geschafft, Charlie, Kat und Rex niederzustrecken, und nur wegen des blitzgeladenen Creepers war es Stan gelungen, ihn zu besiegen. Und das war nur einer gewesen.

Aber jetzt starrte Stan auf eine Ebene, einen offenen, flachen Landstrich mit Lava auf beiden Seiten. Über dieses freie Gebiet wanderte eine ganze Herde von etwa fünfzig mit Schwertern bewaffneten Zombie Pigmen.

KAPITEL 17

DIE FESTUNG UND DIE LOHE

Ohne nachzudenken, spannte Stan die Bogensehne. Er wusste nur, dass er diese gigantische Schlacht hinter sich bringen wollte, und zwar mit so wenig Nahkampf wie nur möglich. Er ließ den Pfeil los, genau in dem Moment, als Bob schrie: „Stan, nein!"

Der Pfeil bohrte sich direkt in die Augenhöhle des nächsten Pigman, und er fiel zu Boden. Die anderen um ihn herum sahen auf ihren gefallenen Kameraden hinab, und mit einer Bewegung richteten alle den Blick auf Stan. Die gesamte Pigmen-Herde strömte auf Stan und Bob zu.

„Mann, die Dinger sind neutral!", rief Bob, während er einen weiteren der Pigmen mit einem Pfeil zu Fall brachte. „Wenn du sie nicht angreifst, greifen sie dich auch nicht an!"

„Was soll das heißen?", fragte Stan, wobei er seine Schaufel zog und einen von ihnen auf die Ebene zurückschlug, der fast die Hügelkuppe erreicht hatte. „In der Oberwelt hat mich einer angegriffen!"

„Ich weiß nicht, warum das passiert ist, aber jetzt haben wir ein ernstes Problem!" Er schlug mit seinem Bogen auf einen Pigman ein, der daraufhin zurückflog und in der Mitte der Herde landete, die nun den Hügel hinaufkletterte. „Zurück, zurück!", rief Bob immer wieder, während er rückwärtsging und Pfeile in die Herde schoss.

Stan und Bob rannten wieder zu den anderen hinunter,

209

und Bob brüllte „Zombie Pigmen auf dem Weg hierher!"
Als die beiden anderen Netherjungs Bob verwirrt ansahen,
fügte er hinzu: „Stan hat einen von ihnen erschossen."
Kat und Charlie blickten Stan entsetzt an. Er erinnerte sich an den Pigman aus der Oberwelt und sagte: „Da
kommen jetzt etwa fünfzig davon! Macht euch bereit, das
wird ein Riesenkampf!"
Die Zombie Pigmen begannen, über den Hügel zu strömen. Stan, Kat, Charlie und Ben stürmten vor, um gegen
die Herde zu kämpfen. Bill und Bob blieben zurück und begannen aus der Entfernung, mit ihren Waffen anzugreifen.
Der Kampf war hitzig. Ben war Experte darin, die verrottenden Schweinekrieger zu entwaffnen und sie dann
mit dem Schwert auszulöschen. Kat fiel es dagegen weitaus schwerer als ihm, die Pigmen zu besiegen, da sie die
Kampftechniken der Schweine nicht kannte. Charlie setzte eine ganz eigene Strategie ein. Er hatte seine Spitzhacke benutzt, um schnell einen Graben in den brüchigen
Nethersteinboden zu hacken, und als die Zombie Pigmen,
die ihn verfolgten, in den Graben stolperten, schlug er mit
der Spitzhacke auf sie ein. Stan wendete unterdessen die
klassische Zombie-Bekämpfungsstrategie an, sie mit einer
Schaufel niederzustrecken.

Bill und Bob verursachten den weitaus größten Schaden.
Bobs Pfeile fällten Schwein um Schwein um Schwein, und
Bill hatte die ungewöhnliche Strategie entwickelt, die Pigmen aus der Ferne mit seinem Angelhaken zu fangen und
sie weit in das Lavameer zu schleudern. Sie verbrannten
nicht, sondern schwammen nur ziellos in der geschmolzenen Lava umher und hatten das Interesse am Kampf verloren.

Es dauerte eine Weile, aber der scheinbar endlose Strom
von Zombie Pigmen wurde weniger und versiegte schließlich, nachdem Kat den Letzten von ihnen enthauptet hatte. Bob sah nach, ob die Luft rein war. Das war sie, und die

sechs Spieler überquerten die Ebene. Schon bald hatten sie das Haus der Netherjungs am Fuße eines steilen Hügels aus Netherstein erreicht. Das Haus war völlig von Netherstein bedeckt, also fügte es sich so in die Umgebung ein, dass man wissen musste, dass das Haus da war, um es zu sehen. Das Innere bestand ganz aus Bruchstein, was wenigstens für Stan eine wahre Augenweide war. Es war das erste Mal, dass er den vertrauten Block sah, seit er den albtraumhaften Nether betreten hatte. Sie erblickten eine Werkbank, einen Ofen und einige Truhen. Abgesehen davon war das Haus völlig leer. Stan fragte, warum sie so wenige Habseligkeiten besaßen, nachdem sie schon so lange dort lebten.

„Wir sind hierher verbannt worden, schon vergessen, Junge?", erwiderte Bill und warf sich die Angelrute auf den Rücken. „Und außerdem: Wenn man im Nether versucht, in einem Bett zu schlafen, dann explodiert das Bett."

„Okay." Stan versuchte gar nicht erst, das infrage zu stellen. Er machte sich schon lange keine Gedanken mehr über die vielen Verstöße gegen die Gesetze der Physik in diesem wunderbaren, gefährlichen Spiel namens Minecraft.

„Um eure Lohenruten zu beschaffen", erklärte Bob, der auf dem Bruchsteinboden saß und sich gegen die Wand lehnte, „werden wir zum Lohenspawner in der Netherfestung gelangen müssen."

„Ja, der Apotheker hat die Netherfestung erwähnt", sagte Kat und kratzte mit ihrer Schwertspitze ihre Initialen in die Bruchsteinwand. „Was genau ist die Netherfestung?"

„Das ist ein Labyrinth aus dunkelroten Ziegeln, dessen Durchquerung unglaublich gefährlich ist", antwortete Ben. „Zum Glück haben wir genau neben der nächsten Netherfestung gewohnt, und was noch besser ist, wir haben sie ein wenig erkundet, und es dürfte nicht lange

211

dauern, zum Lohenspawner zu gelangen. Wir sollten uns aber unbedingt vorbereiten. Sobald wir den Raum betreten, stehen wir einem unendlichen Schwarm von Lohen gegenüber, und die Dinger zu töten, ist ein Albtraum."

„Warum sind sie so schwer zu töten?", fragte Charlie.

„Erstens können sie fliegen", sagte Bill. „Und zweitens haben sie die nervige Angewohnheit, einen mit Feuerbällen einzudecken. Als wir drei den Raum mit dem Lohenspawner zum ersten Mal betreten haben, sind wir nur knapp lebend wieder herausgekommen. Es war wirklich spaßig, aber wir haben gar nicht erst versucht, sie zu bekämpfen."

„Wobei", unterbrach Bill, „wir inzwischen viel mehr Erfahrung im Kampf gegen Ghasts gesammelt haben, und wir können uns vermutlich eine funktionierende Strategie zurechtlegen, um die Lohen zu töten, aber trotzdem sollten wir vorsichtig sein."

„Die Netherfestung befindet sich in nächster Nähe", sagte Ben. „Wir haben sogar beschlossen, unser Haus hier zu bauen, falls wir sie je weiter erkunden wollten. Das haben wir ein paarmal getan. Es ist wirklich großartig in dem riesigen Labyrinth. Auf jeden Fall ist sie gleich hinter dem Hügel." Er ging nach draußen und den Hügel hinauf, gefolgt von den anderen fünf.

Es war ein recht steiler Hügel – eigentlich schon fast eine Klippe. Einmal versuchte ein weiterer Ghast, sie von der Klippe zu sprengen, aber Ben schaffte es, ihn mit umgelenkten Feuerbällen zu töten, und sie kletterten weiter.

„Oh Mann, warum ist es im Nether so heiß?", fragte Kat und biss die Zähne zusammen, während sie sich den Schweiß von der Stirn wischte. Charlie folgte dicht hinter ihr, dann kam Stan.

„Tja … ich schätze … die Feuerbälle … und das Lavameer könnten … etwas damit zu … tun haben", keuchte Stan, während er seine Schaufel hinter sich schleppte. „Und überhaupt, warum ... beschwerst du dich? Du trägst ... Shorts ... und ein T-Shirt!"

„Und du trägst ... keinen von ... diesen irre schweren ... Eisenbrustpanzern!", japste Charlie. Kat warf einen schnellen Blick auf ihre neonpinkfarbenen Shorts und dann auf die leichte Jacke über ihrem orangefarbenen T-Shirt. Sie errötete vor Scham und sprach während ihrer ganzen Klettertour nicht mehr.

An der Spitze der Nethersteinklippe wartete ein Monster auf sie, das versuchte, sie anzugreifen. Es war ein großer Magmawürfel in verschiedenen dunklen Rottönen und mit leuchtend gelben Augen, die sich wie eine Ziehharmonika öffneten, als das Monster vorsprang, um Ben anzugreifen. Er identifizierte es ruhig als Magmaschleim und schnitt es mit seinem Schwert entzwei. Stan wurde völlig davon überrascht, dass sich die beiden Hälften des Monsters in zwei kleinere Magmaschleime spalteten. Einer von ihnen überrumpelte ihn mit einem Sprungangriff, und er wäre die Klippe hinuntergestoßen worden, hätte Bill nicht den Riemen von Stans Brustpanzer mit seiner Angelrute erwischt. Ben tötete die Magmaschleime erneut, und die Stücke der getöteten erwachten immer wieder zum Leben. Sie waren jedoch leicht zu töten, und bald waren sie alle tot und hinterließen eine breiige, orangefarbene Substanz auf dem Boden, die Bob zum späteren Gebrauch einsteckte.

„Magmacreme", erklärte er. „Damit stellt man Tränke der Feuerresistenz her."

Nun, da der Magmaschleim endgültig tot war, wandten die Spieler ihre Aufmerksamkeit dem Gebäude vor ihnen zu. Es bestand vollständig aus dunkelroten Ziegeln, und eine Treppe führte zu einem Tunnel, der ebenfalls aus den Ziegeln bestand. Seine Wände waren von Fackeln gesäumt. Der Tunnel führte direkt auf eine weitere Nethersteinklippe zu. Das Gebäude hatte keine auffallenden ar-

213

chitektonischen Merkmale. Stan war sogar überrascht davon, dass das Äußere sehr schlicht aussah.

„Diese Fackeln sind da nicht auf natürliche Weise erschienen", sagte Ben. „Wir haben sie bei unserem letzten Besuch hier angebracht. Wenn wir ihnen folgen, führen sie uns direkt zum Raum mit dem Lohenspawner."

Sie betraten den Korridor. Stan war froh, als er merkte, dass es innerhalb dieser Hallen aus Ziegelstein etwas kühler war. Er folgte den Netherjungs, während sie – sich an den Fackeln orientierend – eine Ecke nach der anderen umrundeten. Langsam wurde Stan klar, wie groß die Anlage wirklich war. In den Wänden des Korridors waren Fenster, und oft war hinter ihnen nichts zu sehen als Netherstein. Ab und zu konnte er jedoch erkennen, dass sie über dem Lavameer schwebten, und ein paarmal sah er prächtige Lavafälle, die von der Decke des Nethers in das Meer flossen. Stan wurde sich der Tatsache bewusst, dass sie im Kampf mit den Monstern durchaus sterben konnten, also nahm er sich, während er die Korridore entlanglief, Zeit, um sich daran zu erfreuen, wie schön die Landschaft in Minecraft war.

Nachdem sie endlose Korridore und einige wenige Räume mit Treppen und kleinen Feldern mit irgendeiner Saat passiert hatten, von der Stan annahm, dass sie die Netherwarze darstellte, von der der Apotheker erzählt hatte, erreichten sie schließlich einen Korridor, der nicht von Fackeln beleuchtet wurde. Am Ende dieses Korridors sah Stan einen Block, in dem sich eine gelbe Gestalt innerhalb eines schwarzen Käfigs drehte. Sie ähnelte sehr dem Block, der in dem verlassenen Minenschacht Höhlenspinnen gespawnt hatte. Er wusste, dass sie den Lohenspawner erreicht hatten.

„Also, wie lautet unsere Strategie?", fragte Charlie eifrig.

„Ich persönlich würde sagen, dass wir einfach da reingehen und die Dinger zu Tode prügeln, bevor sie die

214

Chance haben, uns anzugreifen", erklärte Kat und zog ihr Schwert.

„Nicht so schnell, Schwester", entgegnete Bill. „Die Spawner können dir bis zu drei von den Dingern gleichzeitig auf den Hals jagen. So sehr es auch Spaß machen würde, einfach loszustürmen und ihnen die Lohenruten herauszuprügeln, glaube ich, dass wir etwas durchdachter vorgehen sollten. Hat jemand Vorschläge?"

Einen Moment lang herrschte Stille. Dann, zu Stans Überraschung, meldete sich Charlie zu Wort und sagte: „Wie wäre es, wenn ich meinen Trank der Feuerresistenz trinke und ihre Angriffe auf mich ziehe, während Bob, Kat und Stan sie abschießen?"

„Gute Idee, Kumpel", meinte Bob. „Aber sei vorsichtig. Selbst wenn du nicht Feuer fängst, können die Lohen trotzdem im Nahkampf angreifen, und die Feuerbälle richten dann Schaden an."

Charlie versprach, vorsichtig zu sein, und sie bereiteten sich darauf vor, ihren Plan auszuführen. Charlie gab all seine Gegenstände Kat zur Aufbewahrung, und Ben und Bill gingen hinter Bob, Kat und Stan in Deckung, die alle ihre Pfeile angelegt hatten und bereit waren zu schießen.

„Augenblick, ich habe fast keine Pfeile mehr", meldete sich Stan. „Hast du ein paar übrig, Bob?"

„Klar", sagte der und gab Stan die Hälfte seiner Pfeile.

Als alles bereit war, kippte Charlie seinen Feuerresistenztrank hinunter und stürmte in den Raum mit dem Lohenspawner.

Charlie sah, dass der Raum aus der Wand eines Nethersteinbergs ragte, und dass die Wände vollständig aus Zäunen bestanden. In der Mitte des Raums sonderte der schwarze Käfig ein paar Feuerpartikel ab, und die gelbe Gestalt im Innern begann, sich schnell zu drehen. Bevor Charlie das kleine Wesen genauer betrachten konnte, erschien neben dem Spawner eine Lohe in voller Größe.

215

Charlie konnte es sich nicht verkneifen, sie anzustarren. Sie war das Bizarrste, was er je gesehen hatte.

Bei dem Kopf der Lohe handelte es sich um einen gelben Würfel, der orange gesprenkelt war, und sie besaß Knopfaugen, die sie auf ihn gerichtet hatte. Der Kopf saß auf einer Rauchsäule, um die eine Menge gelber Ruten kreisten. Das ganze Wesen stand in Flammen. Charlie gewöhnte sich gerade daran, wie verrückt das Gebilde wirkte, als die Lohe den Mund öffnete und drei Feuerbälle daraus hervorschossen.

Charlie rollte sich zur Seite ab. Die drei Feuerbälle schlugen mit großen Stichflammen in die Wände ein. Die Lohe drehte den Kopf und fixierte Charlie erneut. Sie stieg in die Luft und schoss drei weitere Feuerbälle ab. Charlie wich wieder aus, und bevor die Lohe noch einen Schuss abgeben konnte, flogen drei Pfeile aus dem Korridor heraus und bohrten sich durch ihren Kopf. Die Lohe fiel zu Boden, erlosch, und nur ein orangener Stock blieb übrig. Charlie hob ihn schnell auf. Er hatte kaum Zeit, die Lohenrute zu untersuchen, da bereits zwei weitere Lohen erschienen und sechs Feuerbälle auf ihn zuflogen. Eine der Lohen fiel neuen Pfeilen zum Opfer, ließ aber keine Rute fallen. Die andere starb nur Sekunden später, und die Rute fiel zu Boden. Charlie war jedoch zu beschäftigt damit, sich um die vier weiteren Lohen im Raum zu kümmern, um die Rute aufzuheben.

Hinten im Korridor verschossen die Bogenschützen ihre Pfeile, so schnell sie konnten, aber die Spawner erschufen schneller neue Feinde, als sie sie abschießen konnten. Bill saß mit ernster Miene am Boden und lehnte sich gegen die Wand. Er wusste, dass er in einem so beengten Raum nichts mit einer Angelrute ausrichten konnte. Ben dagegen stand starr hinter den Bogenschützen, sein Schwert in der Hand. Wie die anderen Netherjungs war er ein recht entspannter Kerl, aber wenn er eins hasste, dann, nicht an einem Kampf teilnehmen zu können.

„Er muss jetzt genug Ruten gesammelt haben! Gehen wir rein und zerstören den Spawner!" Er schickte sich an, den Korridor hinabzugehen, aber Bill zog ihn zurück.

„Nein, Ben, noch nicht", sagte Bill ruhig. „Du kannst da reingehen, wenn es so weit ist, aber im Moment hat nur einer die Chance, da drin zu überleben, und zwar Charlie."

„Siehst du in naher Zukunft einen besseren Zeitpunkt?", fragte Ben frustriert.

In der Tat konnte Charlie im Raum mit dem Spawner nicht glauben, dass der Kampf ein gutes Ende nehmen würde. Jetzt kreisten acht Lohen durch den Raum, und der Spawner erschuf zwei für jede, die sie abschossen. Er hatte mehr als genug Lohenruten, um die zwölf Einheiten Lohenstaub herzustellen, die sie brauchten. Er wünschte sich sehnlichst, dass sie sich beeilen und ihr Feuer auf den Spawner konzentrieren würden, bevor die Wirkung des Tranks nachließ. Er war inzwischen schon von vielen Feuerbällen getroffen worden.

Charlie wurde kurz von einem Schrei abgelenkt, der vom anderen Ende des Korridors ertönte. Er drehte sich danach um, und in dieser Sekunde wurde er von einem Feuerball am Hinterkopf getroffen und zu Boden geschleudert. Benommen fragte er sich, ob der Trank noch wirkte, als Bens rot gekleidete Gestalt in den Raum platzte, er sein Schwert drehte und es durch die Gitterstäbe des Käfigs stieß. Etwas zischte, und die kleine Lohe im Käfig verschwand. Ben wich den Feuerbällen der übrig gebliebenen Lohen aus, und Charlie sah ihm voller Bewunderung dabei zu, wie er drei der fliegenden Kreaturen mit einem einzigen gut geführten Schwerthieb tötete, ohne auch nur einmal getroffen zu werden. Die Bogenschützen schossen die restlichen Lohen einen Augenblick später ab, und wie auf ein Stichwort löste sich die rote Aura um Charlies Körper, die signalisiert hatte, dass er feuerresistent war, auf und ließ ihn verwundbar zurück.

„Das hat Spaß gemacht", meinte er grinsend.

Ben stieß eine Siegesfaust in die Luft und brüllte aus voller Brust „Jahah!"

Die sechs Spieler trafen sich hinten im Korridor wieder und gratulierten einander zu ihrer spektakulären Leistung gegen den Lohenspawner. Stan war auf dem Rückweg viel aufgeregter, als er es auf dem Hinweg gewesen war, da sie die feurige neue Dimension nun endlich verlassen konnten.

Sie erreichten die letzte Biegung, die zum Haus der Netherjungs führte, und wollten gerade um die Ecke gehen, als sie vor sich Stimmen hörten.

Ben, der sie anführte, hob warnend seine eckige Hand und spähte um die Ecke. Eine Sekunde später zog er den Kopf zurück und fiel zu Boden, die Augen geweitet, sein Atem ging schwer.

„Was ist denn?", fragte Kat.

„Was ist da draußen?", wisperte Charlie.

Stan schwieg. Er malte sich nur Dinge aus. Er hatte alle möglichen entsetzlichen Dinge in den beiden Welten von Minecraft gesehen, aber nur eines davon konnte solches Entsetzen im Gesicht eines Gejagten hervorrufen.

Ben schloss die Augen und verzog das Gesicht, und Stan wusste, was er sagen würde, bevor er die Worte aussprach.

„Die Truppen des Königs", sagte Ben ernst. „Sie haben uns gefunden."

KAPITEL 18

EINE WAGEMUTIGE FLUCHT

Geno sah zu seiner Partnerin hinunter, die auf zwei Wollblöcken auf dem Netherstein-Boden ausgestreckt lag. Geno wusste aus Erfahrung, dass es eine schlechte Idee war, im Nether in einem Bett zu schlafen, also hatte er entschieden, dass die Wollblöcke reichen mussten. Offensichtlich wäre es für Becca besser gewesen, wenn sie sich in ein Bett gelegt hätte. König Kev hatte RAT1 jedoch sehr deutlich zu verstehen gegeben, dass sie den Attentäter um jeden Preis fassen mussten. Geno hatte entschieden, dass die bewusstlose Becca sich in der neuen Dimension würde erholen müssen. Als er darüber nachdachte, begann Becca, sich zu regen.

„Oh Gott …", stöhnte sie und setzte sich langsam auf, wobei sie sich den Bauch hielt. „Es tut so weh." Sie sah Geno neben sich sitzen. Dann blickte sie sich um, schaute auf die überall brennenden Feuer und wurde hellwach, als sie die gerüsteten Truppen entdeckte, die mit Bögen in der Hand patrouillierten. „Geno, was zum … was geht hier vor? Wo sind wir?"

„Wir sind im Nether", antwortete er. „Warte, ich werde dir alles erklären." Er setzte sich auf einen frei stehenden Nethersteinblock neben Becca.

„Also, was ist das Letzte, woran du dich erinnerst?", fragte Geno.

„Äh …", murmelte Becca. „Mist … also, Stan hatte Leo

219

gerade mit einer Schaufel geschlagen. Und wir sind hinter ihm her … und dann … dann … Das war's. Danach war es eine Sekunde lang wahnsinnig schmerzhaft, und als Nächstes bin ich hier aufgewacht. Wie lange war ich bewusstlos?"

„Fast einen Tag lang", erwiderte Geno. „Im Ernst, wie kannst du dich an ihre Namen erinnern? Ich habe mir ihre Bilder genauso oft angesehen wie du, und ich weiß, wie sie aussehen, aber ich weiß immer noch nicht, wie sie heißen."

„Ich weiß nicht, wie du das immer noch nicht hinbekommen kannst. Leo und ich haben es geschafft", sagte sie mit vor Herablassung triefender Stimme. „Aber egal – was ist passiert?"

„Also, wie sich herausgestellt hat, hatte das Mädchen, das in die Lava gefallen ist …"

„Kat", unterbrach ihn Becca automatisch.

„Oder so", fuhr Geno fort. „Also, wie sich herausstellte, hatte sie einen Feuerresistenztrank dabei, also ist sie durch die Lava zurückgekommen und hinter dir herausgesprungen. Das kleine Miststück hat dich erstochen und in die Lava geschleudert. Ich habe dich aus der Lava gezogen und dich und Leonidas geheilt, und während ich das getan habe, sind sie durch das Portal geflohen und haben es zerbrochen.

Danach habe ich dich in das Bett in deinem Inventar gelegt, und Leo hat dich bewacht, während du dich ausgeruht hast. Ich bin zurück in den Dschungel gelaufen und habe die Legion von Soldaten hierhergeführt. Die Sanitäter haben sich darangemacht, dich und Leo aufzupäppeln, und wir haben das Portal repariert. Ich habe ein paar Späher in den Nether geschickt, um herauszufinden, wo sie waren. Als sie wiederkamen, haben sie uns erzählt, dass sie gerade die Netherfestung betreten hatten.

Und jetzt sind wir hier. Soweit wir wissen, sind sie noch

immer in der Festung. Dreißig Mann umkreisen sie und sind bereit, sie zu zerstören, falls sie einen Fluchtversuch unternehmen. Wir sind nicht so dumm zu versuchen, sie in dem Labyrinth zu finden, also versuchen wir es mit einer … anderen Taktik." Ein verschlagenes Lächeln breitete sich bei diesen letzten Worten auf seinem Gesicht aus.

„Und …", sagte Becca, und auch sie begann, breit zu grinsen. Ihr gefiel die Richtung, die dieses Gespräch genommen hatte.

„Wir werden die ganze Festung aus dem Berg sprengen", sagte Geno und klang dabei wie ein Kind, das Weihnachten gar nicht abwarten konnte. „In diesem Moment bringen Leo und ein Team von zehn Leuten TNT am Gebäude an. Wenn sie fertig sind, werden sie die gesamte Festung sprengen, und wenn sie noch drin sind, werden sie sterben, und sollten sie versuchen zu fliehen, werden die Scharfschützen sie erwischen."

„Großartig!", kicherte Becca. Sie liebte Explosionen, und wenn ihr Magen nicht so geschmerzt hätte, hätte sie darauf bestanden, nach oben zu marschieren und ihnen beim Anbringen der Sprengladungen zu helfen. „Wann kommen sie wieder?"

Wie zur Antwort auf ihre Frage sprang Leonidas vom Dach der Festung. Er hielt eine Redstone-Fackel in der Hand.

„Gut, das war's", grollte er. „Das Dynamit ist an der ganzen Festung verteilt. Sobald die da unten den Redstone verlegt haben, können wir das Ding hochjagen."

„Was hat denn so lange gedauert?", fragte Geno. Es hatte doppelt so lang gedauert, wie erwartet, bis Leonidas und sein Team den Sprengstoff angebracht hatten. „Beeilt euch, sonst entkommen sie!"

„Hey, wenigstens stehe ich hier nicht herum wie ein nutzloses Schaf und warte darauf, dass meine Freundin aufwacht!", blaffte Leonidas.

221

„Da hat er recht, Geno", meinte Becca. „Es war ja nett von dir hierzubleiben, aber beim nächsten Mal solltest du gehen und beim Anbringen des Sprengstoffs helfen. "

Geno grunzte und wandte sich von seinen Freunden ab. *Ganz ehrlich*, dachte er, *manchmal frage ich mich, warum ich sie nicht einfach beide umbringe.*

Die Gestalt in Eisenrüstung legte das letzte Stück Redstone-Kabel auf den Boden und sah zu Leonidas auf.

„Die Kabel sind bereit, Sir, und das Gelände wurde evakuiert. Sie können die Detonation auslösen, wenn Sie so weit sind. "

Leonidas nickte, und der Spieler trat von dem Redstone-Kabel zurück, dicht gefolgt von Geno, der wütend aussah, während er Becca über einer Schulter trug. Sie redete noch immer pausenlos darüber, dass Geno sich mehr Gedanken machen sollte. Leonidas war kurz davor, das Kabel mit der Redstone-Fackel zu berühren, als er einen Moment lang zögerte.

Wollte er diese Spieler wirklich töten? Nein, das wollte er nicht. Tatsächlich, und obwohl man ihn dafür töten würde, wenn er es zugab, bewunderte er sie heimlich dafür, dass sie genug Trotz und Mut aufgebracht hatten zu versuchen, den tyrannischen König zu stürzen. Der Server war so viel besser gewesen, bevor der König derart paranoid geworden war.

Leonidas erinnerte sich an frühere Zeiten, an eine Zeit des Friedens, eine Zeit des Wohlstands, als der König zu Spielern aller Level gerecht und gütig gewesen war. Dann waren die finsteren Einflüsse über den König gekommen, hauptsächlich die seiner Berater Caesar und Charlemagne. Sie hatten Leonidas' friedliches Leben in der Wüste zunichtegemacht. Mit der Drohung, seine Familie zu töten, hatten die Schergen des Königs Leonidas gezwungen, entsetzliche Taten für RAT1 zu begehen, bis er dem Morden gegenüber völlig abgestumpft gewesen war.

Und jetzt war er kurz davor, drei Spieler zu töten, die versuchten zu verhindern, dass sein Schicksal den anderen jungen Spielern auf Elementia widerfuhr. All diese Gedanken kamen ihm in weniger als einer halben Sekunde. Leonidas wünschte sich, er könne sich weigern, aber er kannte die Folgen, und er wusste, dass er nichts tun konnte, um es zu verhindern. Für ihn gab es keine Hoffnung mehr.

Leonidas berührte das Kabel mit der Redstone-Fackel, und der Schmerz, den er unterdrückt hatte, bahnte sich in der Träne einen Weg, die seine blockige Wange hinablief, als die gesamte Netherfestung in einer Schockwelle aus Feuer explodierte.

Stan war fast einen Kilometer weit unter der Erde, wurde aber dennoch kräftig durchgerüttelt. Eins musste er Charlie lassen. Es waren sein blitzschneller Gedanke und sein Bergbauinstinkt gewesen, durch die sie tief genug gekommen waren, um vor der von RAT1 ausgelösten Explosion sicher zu sein. Er wusste inzwischen, dass sie von dem Attentäterteam namens Royales Attentäter-Team 1, oder RAT1, gejagt wurden, das aus Schwertmeister Geno, Sprengstoffexpertin Becca und Bogenschützentalent Leonidas bestand. Angeblich, laut der Netherjungs, waren sie eine hochgeschätzte Vernichtungstruppe, die der König auf besonders schwer zu fassende oder gefährliche Ziele ansetzte.

Nun, dachte Stan, während Charlie begann, nach oben zu graben, er fühlte sich geehrt, dass der König ihn und seine Freunde für eine Bedrohung hielt, die es wert war, von den berühmtesten Assassinen in Elementia in Angriff genommen zu werden, aber das brachte ein Problem mit sich. Genauer gesagt, dass der König ihn und seine Freunde für eine Bedrohung hielt, die es wert war, von den berühmtesten Assassinen in Elementia in Angriff genommen zu werden. Wenn diese Leute bereit waren, ihnen durch zwei Welten zu folgen, ging Stan davon aus, dass er und seine Freunde es nicht leicht haben würden, es mit diesen Attentätern auf den Fersen bis zum Ende zu schaffen.

Aber im Moment, dachte Stan, während Charlie einen kleinen Nethersteinraum aushöhlte, in dem sie ihren nächsten Schritt planen konnten, mussten sie sich auf die Flucht aus dem Nether konzentrieren. Als Charlie den Raum fertiggestellt und die Fackeln angebracht hatte, teilte Stan den anderen seine Überlegungen mit.

„Wir haben alle Lohenruten, die wir brauchen, also müssen wir als Nächstes hier verschwinden und dann das Portal zerstören. Danach", so folgerte er, „können wir anfangen, die Endermen zu jagen, und sie sind im Nether gefangen, jedenfalls, bis sie einen Ausweg finden. Wir können die Zeit nutzen, um so weit wie möglich vom Portal wegzukommen."

„Gute Idee, Stan", stimmte Kat zu. „Jetzt, da wir verfolgt werden, müssen wir so schnell wie möglich zum Ende gelangen."

„Ja, stimmt", sagte Charlie und nickte. „Wir machen einen Abstecher zu unserem alten Haus, um unsere Sachen und Rex und Lemon zu holen, dann gehen wir in die Wüste. Wir bleiben in Bewegung, damit sie uns nicht finden können, und gleichzeitig jagen wir Endermen."

Kat nickte, und Stan sagte „Na gut." Er wandte sich den Netherjungs zu, die von den Freunden getrennt die Köpfe zusammensteckten und flüsterten. „Und, was ist mit euch?", fragte er. „Was werdet ihr tun, wenn ihr aus dem Nether kommt?"

„Als Erstes werden wir den Sand unter unseren Füßen küssen", sagte Bill.

„Dann werden wir Luft atmen, die eine Temperatur von weniger als dreißig Grad hat", meinte Bob.

„Und dann bauen wir vielleicht einen Schrein für die Wolken und schwören, sie nie wieder für eine Selbstverständlichkeit zu halten", fügte Ben hinzu.

„Schon gut", sagte Kat und verdrehte die Augen. „Wir haben es kapiert. Ihr werdet euch sehr freuen, wieder in der Oberwelt zu sein. Aber was werdet ihr tun? Auf lange Sicht, meine ich."

„Oh", sagte Bill. „Warum hast du das nicht gleich gesagt?"

Charlie seufzte.

„Wir haben gerade besprochen, dass wir zu Adorias Dorf zurückgehen wollen, um euch bei der Organisation des Aufstands zu helfen."

„Wirklich?", fragte Stan, und sein Herz schlug schneller.

„Absolut", erwiderte Ben. „Ihr haltet euer Versprechen und holt uns aus dieser dämlichen Dimension heraus, dann haben wir nichts zu verlieren, wenn wir euch aushelfen."

„Prima ... also ... danke, Leute", sagte Charlie. „Es ist nur noch eine Frage der Zeit, bevor sie merken, dass wir in der Explosion nicht umgekommen sind. Und sobald sie es gemerkt haben, werden sie überall suchen, auch unter der Erde. Wenn meine Berechnungen stimmen, müssten wir genau unter der Höhle sein, in der das Portal steht. Wenn sie dort angekommen sind, heißt das, dass sie das Portal selbst repariert haben, das sollte also kein Problem mehr darstellen.

Mein Plan ist folgender." Alle beugten sich vor, um zuzuhören. Charlie hatte sich ganz offensichtlich Gedanken gemacht. „Ich möchte, dass Kat und Bob aus dem Loch springen, das ich über uns graben werde, und jeden, der sich in der Nähe aufhält, erschießen. Stan, Ben und ich laufen auf das Portal zu und greifen alles an, was sich uns in den Weg stellt. Aber es dürften nicht zu viele werden. Ich möchte nämlich, dass Bill seine Angelrute benutzt, um

225

alle Leute zwischen uns und dem Portal aus dem Weg zu ziehen, damit Bob und Kat auf sie schießen können. Noch Fragen?"

Niemand sagte ein Wort.

„Okay, dann macht euch bereit", sagte Charlie. Kat und Bob zogen Pfeil und Bogen, Stan seine Schaufel, Bill seine Angelrute und Ben sein Schwert. Charlie nahm seine Spitzhacke auf, und er versuchte, sein hämmerndes Herz zu verbergen, als er den Nethersteinblöcken über sich drei schnelle Schläge versetzte. Sie zersprangen, und Kat und Bob stürmten aus dem Loch. Stan und die anderen folgten ihnen schnell.

Als sie hervorkamen, musste Stan sich zweimal vergewissern, bis er wirklich glaubte, dass sie so viel Glück hatten. Er hatte geglaubt, dass es eine wagemutige Flucht werden würde, die mit Sicherheit auf Gegenwehr stieß – aber beim Portal befanden sich keine Waffen, und es war in der Tat wieder vollständig und leuchtete violett. Stan blickte hinter sich, während er auf das Portal zulief. Er konnte sehen, dass fünf Mann den Eingang der Höhle bewachten, aber die sechs Spieler verhielten sich still, während sie auf das Portal zuliefen, und die Wachen konnten sie nicht hören.

Stan war von ihrem Glück noch ganz benommen, als Charlie durch das aktive Portal sprang. Ben folgte dicht hinter Charlie, und Stan wollte gerade selbst hindurchspringen, als eine Gestalt um das Portal herum trat und sich ihm in den Weg stellte.

Stan dachte gar nicht erst nach und sah sich die Gestalt nicht näher an, bevor er sie mit der Schaufel auf den Kopf schlug, bis sie bewusstlos war. Die Gestalt fiel zu Boden und quiekte vor Schmerz. Stan betrat das Portal, als ihm klar wurde, dass gerade etwas Seltsames geschehen war. Warum hatte sein Gegner gequiekt?

Stan sah auf die reglose Gestalt hinab und stellte fest, dass er soeben nicht einfach eine Wache niedergeschlagen hatte – es war ein Zombie Pigman, und er hatte ihn getötet. Er sah sich panisch nach der Horde wütender, untoter Krieger um, die sicherlich gleich auf ihn zustürmen und nach seinem Blut gieren würde. Aber es gab keine. Der Pigman war anscheinend allein gewesen. Doch dann bot sich ihm ein noch erschreckenderer Anblick.

Der Laut des sterbenden Pigman hatte die Wachen auf sie aufmerksam gemacht. Alle fünf rasten nun auf das Portal zu und schossen im Laufen Pfeile ab. Stan sah, wie Kat, Bill und Bob durch das Portal sprangen, und tat es auch. Wieder überkam ihn für einige Sekunden dieses schrecklich erdrückende Gefühl, dann purzelte er im frühen Morgenlicht auf den Sand hinaus.

„Sie kommen durch!", rief Stan seinen fünf Freunden zu, die keuchend im Sand lagen. Stan hob seine Schaufel und begann, auf den unteren rechten Block des Obsidianportals einzuschlagen. Charlie schloss sich ihm an und alle anderen ebenfalls. Durch die violetten Partikel hindurch sahen sie, wie die fünf Wachen auf das Portal zustürmten, um sie anzugreifen. Der Anführer der Gruppe war ein Spieler, der das Aussehen einer Kuh hatte, aber Stiefel, Beinschutz und Helm aus Eisen sowie eine Eisenaxt in der Hand trug. Stan schlug schneller und schneller zu, um den schwarzen Block zu zerstören, der so frustrierend solide war, und er zersplitterte in genau dem Moment in mehrere nutzlose Stücke, als der Kuhmann das Portal durchbrach und mit der Axt auf das nächste Ziel losging – Kat.

Die anderen fünf Spieler entfernten sich aus der Kampfzone, während Kat und der barbarische Krieger einander angriffen. Ihre Eisenwaffen huschten schnell wie silbrige Geister durch rosafarbenes Licht. Es war offensichtlich, dass Kat die bessere Kämpferin war. Sie blieb ruhig, während die wilden Angriffe des Axtkämpfers zunehmend verzweifelter wurden. Einen Fehlschlag später flog die Axt aus

227

der Hand des Spielers und schlitterte über den Boden. Am Fuß des zerbrochenen Netherportals blieb sie liegen.

Kat trat den Spieler zu Boden und hob ihr Schwert. Sie hielt es über ihrem Kopf und blickte nach unten in das Gesicht des Spielers. Er lag ausgestreckt auf dem Boden und nach dem Tritt, mit dem ihn Kat in die Brust getroffen hatte, atmete er schwer. Kat hob das Schwert höher.

„Kat", sagte Stan plötzlich und legte seine Hand auf ihre Schulter. „Tu es nicht. Er ist unbewaffnet. Was soll das bringen?"

„Es wird ihn daran hindern, uns an den König zu verraten", sagte Ben.

„Wenn wir ihn gehen lassen, wird uns das später nur Ärger machen!", rief Bill fassungslos.

Kats Schwert zitterte. In ihrer Miene zeichnete sich schmerzliche Verwirrung ab.

„Kat", sagte Charlie. „Lass es einfach …"

Doch da bohrte sich Kats Schwert bereits tief in die Brust des Kuhmannes.

KAPITEL 19

DIE STADT BLACKSTONE

Die Gegenstände des Spielers barsten kreisförmig aus ihm heraus und signalisierten den Tod, von dem Stan bereits wusste, dass er eintreten würde. Kat zog das Schwert aus der Brust des Spielers und blickte voller Verachtung auf den Leichnam hinab. Dann sah sie zu Stan und Charlie hinüber, deren Gesichter von Ungläubigkeit und Entsetzen darüber gezeichnet waren, dass ihre Freundin einen unbewaffneten Spieler ermordet hatte.

„Es tut mir leid", sagte Kat, und Stan wusste nicht, mit wem sie sprach: mit ihm und Charlie oder mit dem toten Spieler. „Es tut mir so leid." Beim letzten Wort versagte ihre Stimme, und sie sank auf die Knie und brach in Tränen aus.

Ben ging zu der schluchzenden Kat hinüber und kniete sich neben sie. „Das, Kat, sind leider die schweren Seiten des Krieges. Fressen oder gefressen werden. Wenn du ihn hättest gehen lassen, hätte er uns verfolgt und den Truppen des Königs unsere Position mitgeteilt, und wir wären innerhalb einer Woche gefangen genommen worden."

Kat hatte aufgehört zu weinen und sah in Bens Gesicht. „Das weiß ich", schniefte sie und wischte sich mit dem Ärmel ihres T-Shirts über die Augen. „Aber dadurch wird es nicht leichter."

„Ich weiß", sagte Ben. „Als ich auf Elementia ankam, musste ich meinen alten Schwertkampfmentor töten, um Bill das Leben zu retten. Mir ist klar, dass es schwer ist,

Leute umzubringen, selbst in Notwehr. Aber wenn wir den König wirklich stürzen wollen, gibt es Dinge, die getan werden müssen. Wir werden Leute töten müssen, um dorthin zu gelangen, wo wir hin müssen. Das ist eine Tatsache. Aber wir werden Hunderte retten und das Leben Tausender verbessern. Das verstehst du doch, oder, Kat?"

Kat stand auf und atmete tief durch. „Ich verstehe. Du hast recht, Ben. Danke."

Die beiden Spieler umarmten einander. Drei der anderen Spieler sahen mit ernster Miene zu, aber Stan wandte sich ab. Er wurde von einem überwältigenden Gefühl der Abscheu übermannt, und in diesem Moment schwor er sich, dass er nie einen Spieler töten würde, solange er nicht selbst in Lebensgefahr war. Ohne Ausnahme.

Nachdem der Moment der Stille vorüber war, traten die Netherjungs zurück, während Stan, Kat und Charlie die Gegenstände durchsuchten, die der Spieler bei sich gehabt hatte. Stan nahm die Eisenaxt an sich, erleichtert, endlich die Waffe seiner Wahl zurückzuhaben, während Kat den Eisenhelm, den Beinschutz und die Stiefel anlegte. Charlie hob alles andere auf: Äpfel, Feuerkugeln, TNT-Blöcke, Redstone, eine Redstone-Fackel und einen Kompass.

„Und wisst ihr, was ihr als Nächstes tun werdet?", fragte Bob.

„Ja", antwortete Stan. „Danke für all eure Hilfe. Wir treffen uns mit euch und den anderen in Adorias Dorf, nachdem wir es zum Ende geschafft haben."

„Okay, Leute, wir sehen uns später", sagte Ben, und die drei Netherjungs drehten sich um und liefen auf die Tropenbäume zu, die am Horizont emporragten. Während sie davonliefen, wandte sich Ben ein letztes Mal um. „Und passt im Ende auf euch auf! Ich war noch nie dort, aber ich habe gehört, dass es viel gefährlicher ist als der Nether!"

„Werden wir! Danke!", erwiderte Charlie, und die Netherjungs verschwanden in der Ferne. Gleichzeitig liefen

Stan, Kat und Charlie in die entgegengesetzte Richtung auf ihr altes Lager zu. Selbst ohne Kompass kannte Charlie den Rückweg, und sie trafen am Sandhaus ein, bevor die Sonne den höchsten Punkt am Himmel erreicht hatte. Die Tiere waren natürlich glücklich, ihre Besitzer wiederzusehen.

„Hey Junge! Wie geht's dir?", lachte Kat, als Rex sie ansprang und begann, ihr das Gesicht zu lecken. Sie fütterte ihn mit etwas verrottetem Fleisch, das sie einem Zombie abgenommen hatte. Charlie kraulte Lemon hinter den Ohren. Die Katze schnurrte zufrieden und drückte sich gegen Charlies Hand. Stan ging zur Truhe und holte ein paar Gegenstände daraus hervor, um sich auf ihre Abreise vorzubereiten. Sie hatten auf der Hinreise entschieden, dass sie einige weniger wichtige Dinge in der Truhe lassen würden, um den Anschein zu erwecken, dass die Basis noch benutzt würde. Stan legte die Endertruhe und das Buch über das Betreten des Nethers in sein Inventar. Sie beschlossen, die restlichen Gegenstände an Ort und Stelle zu lassen. Außerdem wollten sie ihre Betten zurücklassen – da sie viel reisen würden, brauchten sie sie ohnehin nicht.

Die drei Spieler kamen überein, den Rest der Zeit bis zum Einbruch der Dunkelheit – wenn die Endermen erscheinen würden – mit der Jagd nach Essbarem zu verbringen. Alle drei gingen in unterschiedliche Richtungen davon, aber sie blieben in der Nähe der Senkgrube. Stan begab sich zur anderen Seite der Grube und sah eine Kuhherde, die durch die Oase wanderte, aus der sie das Wasser für den Obsidian besorgt hatten, und dort das Gras fraßen und Wasser tranken. Er ging auf sie zu und begann, ein Tier nach dem anderen mit der Axt zur Strecke zu bringen. Er verfolgte gerade eine Kuh, bereit, sie zu töten, als ihm etwas auffiel. Etwa zwanzig Blöcke vor ihm verliefen Schienen, die sich in beide Richtungen bis zum Horizont erstreckten. Einmal zum Dschungel, die andere führte in die Wüste hinaus.

Fasziniert ging Stan näher heran, um die Schienen zu untersuchen, doch er hielt inne, als er hörte, wie aus der Richtung des Dschungels ein ratterndes Geräusch ertönte. Er sah, dass in der Ferne etwas die Schienen entlangfuhr. Stan fürchtete, dass es Feinde waren, und sprang in einen flachen Graben in der Nähe der Gleise, der tief genug war, ihn zu verbergen, ohne ihm die Sicht zu nehmen. Der Zug fuhr mit hoher Geschwindigkeit an Stan vorbei. Er bestand aus sieben Loren, von denen vier Truhen enthielten und zwei anscheinend Öfen. In der siebten Lore, die sich vor den zwei mit Öfen und hinter denen mit den Truhen befand, saß ein Spieler mit blasser Haut, der eine Armeeuniform trug. Der Zug donnerte vorbei und verschwand in der Ferne. Stan war unglaublich neugierig darauf, wohin dieser Spieler unterwegs war. Er beschloss zurückzukommen, bevor Kat und Charlie auch nur merkten, dass er weg war, und lief die Schienen entlang, dem Zug hinterher.

Der Zug war viel schneller als er und schon bald nicht mehr zu sehen, aber Stan lief weiter und folgte den Gleisen. Er fragte sich, wie er den Spieler je einholen sollte, als er erneut ein Rattern hinter sich hörte. Eine einzelne Lore mit einem Ofen tuckerte die Gleise entlang und stieß schwarzen Rauch aus, so wie die zwei vorher. Stan nahm an, dass diese Lore sich von einem anderen Zug gelöst haben musste. Er hatte gemerkt, dass die Loren am vorherigen Zug nicht sehr fest miteinander verbunden gewesen waren. Bereit, das Geschenk anzunehmen, ließ Stan die Lore zu sich aufholen und sprang auf.

Der Sonne nach war es etwa Mittag, als Stan in der Ferne Gebäude sah. Es waren einfache Holzhütten und die einzigen Gebäude inmitten der Wüste. Stan fragte sich, warum um Himmels willen man in einer solchen Einöde sein Haus bauen sollte, und sprang von der Lore, bevor sie in etwas einfuhr, das wie ein Bahnhof aussah.

Er schlich sich hinter zwei Truhen und entdeckte den Zug, den er schon zuvor gesehen hatte. Der Spieler, der darauf gefahren war, stieg ab und schien mit einem anderen Spieler zu sprechen, der wie Abraham Lincoln gekleidet war und dessen Miene Leid und Verzweiflung zeigte. Stan war begierig darauf, zu hören, was hier vor sich ging, also kroch er unter den Bahnsteig, bis er sich genau unter den beiden Männern befand und jedes Wort hören konnte, das sie sprachen.

„… ist keine Entschuldigung dafür, das Soll nicht zu erfüllen", sagte der uniformierte Spieler mit wütender Stimme.

„Aber Sir, bitte, wie ich schon zu erklären versucht habe, sind unsere Bergarbeiter auf Probleme gestoßen", antwortete eine andere Stimme, die verzweifelt klang. „Wir haben die Bereiche ausgegraben, um die Sie gebeten haben, und wir sind auf eine recht große Lavaquelle gestoßen. Die Produktion wird langsamer laufen, bis wir das beheben können. Sonst wäre die Umgebung nicht sicher …"

„Glaubt ihr etwa, dem König liegt eure Sicherheit am Herzen?", bellte der Soldat. „Er braucht alle Ressourcen, die er bekommen kann, besonders in diesen schweren Zeiten. Wie euch sicher bewusst ist, befindet sich ein Attentäter auf freiem Fuß."

Stan schluckte. Jetzt bereute er es zutiefst, dem Soldaten so nahe gekommen zu sein.

Der Soldat fuhr fort: „Und der König braucht alle verfügbaren Ressourcen, um dem Attentäter das Handwerk zu legen! Ich bin dafür verantwortlich, dass die Stadt Blackstone, die größte Kohlenförderstätte von Elementia, mehr als ihren Teil beiträgt und nicht weniger! Wenn es nicht genug Kohle gibt, wird der König auf mich wütend, und deshalb werde ich wütend auf euch! Das ist meine letzte Warnung, Bürgermeister. Wenn ihr noch einmal dabei versagt, euer Soll zu erfüllen, dann … nun, das könnt ihr euch ausmalen …"

233

Etwas klickte, und der Bürgermeister schrie vor Entsetzen. Stan sprang auf, um ihm zu helfen, und vergaß ganz, dass er sich unter dem hölzernen Bahnsteig befand. Mit dem Kopf stieß er gegen die Unterseite der Bretter über ihm und sah Sterne. Als er wieder einen klaren Blick hatte, sah er, wie der Soldat auf seinem Zug abfuhr, und ihm wurde mit Schrecken klar, dass der Holzblock über ihm verbrannt war. Das Klicken war der Schlag eines Stahlrings gegen Feuerstein gewesen! Und der Bahnhof war aus Holz gebaut …

Der Bürgermeister tat, was er konnte, um die Flammen zu ersticken, aber sie breiteten sich zu schnell aus. Stan half dem Bürgermeister, die Flammen mit den Fäusten zu löschen. Die Augen des Bürgermeisters weiteten sich vor Überraschung, aber er stellte Stans plötzliches Erscheinen nicht infrage. Er war einfach dankbar für die Hilfe, die ihm wie ein Wunder zuteilwurde, und innerhalb einer Minute waren alle Flammen gelöscht.

„Danke, gütiger Fremder", sagte der Bürgermeister und neigte respektvoll den Kopf. „Ohne Ihren Mut hätten wir eines der wenigen respektablen Gebäude eingebüßt, die dieser Stadt geblieben sind."

„Kein Problem", erwiderte Stan. „Ich helfe gern. Wo genau bin ich hier eigentlich?"

„Dies, mein Freund, ist die bescheidene Stadt Blackstone, dreiundzwanzig Einwohner, Elementias wichtigste Kohlenförderstätte", antwortete der Bürgermeister. „Und darf ich fragen, woher Sie kommen, guter Mann?"

Also erkennt er mich nicht, dachte Stan. *Das ist gut. Zuviel Aufmerksamkeit nimmt kein gutes Ende.* „Ich habe schon an vielen Orten gelebt", sagte Stan.

„Wenn Sie für eine Weile eine Bleibe suchen, heißen wir Sie hier gern willkommen", erklärte der Bürgermeister. „Es kommt nur selten vor, dass jemand den Bewohnern dieser Stadt solche Freundlichkeit erweist, und in den seltenen Fällen, in denen das geschieht, muss es belohnt werden."

„Das ist sehr nett von Ihnen, Sir", sagte Stan, „aber ich muss vor Einbruch der Nacht zu meinen Freunden zurückkehren. Haben Sie zufällig etwas zu essen?" Stan hatte seit dem Frühstück nur einen Apfel gegessen und großen Hunger.

Der Spieler lächelte. In seinen blockigen Wangen zeichneten sich Falten ab. „Natürlich, mein Herr. Hier entlang, bitte. Er verließ den Bahnhof, gefolgt von Stan, und gemeinsam gingen sie die Hauptstraße der Stadt entlang. Eine so erbärmliche Stadt hatte Stan noch nie gesehen.

Die ungepflasterte Hauptstraße war überhaupt die einzige Straße, und sie war gesäumt von etwa zehn kleinen Häusern, die mit Sand, Erde, Bruchstein und Sandstein ausgebessert worden waren, sodass es unmöglich war, das ursprüngliche Material, aus dem sie errichtet worden waren, zu erkennen. Stan sah, dass sich an den Seiten einiger Häuser kleine eingezäunte Weizengärten befanden. Spieler lehnten an den Vorderseiten dieser Häuser.

Es gab keine bessere Beschreibung für die Haltung dieser Spieler als „gebrochen und niedergeschlagen". Alle ließen die Köpfe hängen. Die Sonne spiegelte sich in den Metallhelmen auf ihren Köpfen. Die meisten hielten Spitzhacken in den Händen. Sie alle trugen Lederrüstungen, nur ihren Köpfe waren von den Helmen bedeckt, daher war es unmöglich, sie auf den ersten Blick zu unterscheiden. Als sie Stan bemerkten, sahen einige von ihnen auf. Stan konnte den Schmerz erkennen, der sich in ihren Gesichtern widerspiegelte. Sie alle hatten verschiedene Narben, und die Spieler brachten diesem neuen, jungen und unversehrten Spieler, der die Verwegenheit besessen hatte, unangekündigt in ihr Dorf zu spazieren, vorsichtige Neugier entgegen.

„Ignorieren Sie sie einfach", murmelte der Bürgermeister, der Stans Unbehagen spürte. „Sie sind nur müde und verärgert, weil die Soldaten sie in letzter Zeit zu viel zusätzlicher Arbeit gezwungen haben. Sie sind auf einen Kampf aus. Sie müssen ihre Wut an jemandem auslassen. Also sehen Sie niemandem direkt in die Augen."

Stan folgte dem Rat des Bürgermeisters und richtete seinen Blick vorwärts auf das Ende der Straße, wobei er seine Hand unauffällig in der Nähe des hölzernen Schaftes der Eisenaxt hielt, die von seinem Gürtel hing.

Am Ende der Straße lag das größte Gebäude, und es befand sich bei Weitem auch im besten Zustand von allen. Es war ein rechteckiger Komplex aus Ziegelblöcken ohne Fenster, aber mit einer zweiflügeligen Metalltür an der Vorderseite. Im Gegensatz zu den zusammengeschusterten Häusern, in denen die Bergarbeiter lebten, schien das Gebäude gut in Schuss zu sein. Stan fragte den Bürgermeister, wozu es diente.

„Das ist das Lagerhaus der Regierung. Jeden zweiten Tag kommen sie mit dem Zug her, um unser Soll an Kohle abzuholen, aber alle anderen Materialien, darunter Bruchstein, Eisen und selbst Lavaeimer aus den Quellen, die wir finden, werden dort aufbewahrt, zusammen mit allen anderen Blöcken, die wir finden."

„Soll das heißen, dass die Armee den Fluss der Materialien, die das Dorf verlassen, durch dieses Lagerhaus steuert?", fragte Stan.

„Ja. Und wir können nichts von dem, was wir fördern, für uns selbst behalten. Selbst wenn Blöcke aus unseren Häusern gestohlen werden, müssen wir Bruchsteinblöcke aus den Minen schmuggeln, um sie zu reparieren, und darauf steht die Todesstrafe. Unsere Minenarbeiter sind in Auseinandersetzungen geraten und haben einander wegen angeblichen Diebstahls von Teilen aus den Häusern der anderen getötet.

Stan seufzte bei dieser Offenbarung angewidert, und sie kamen bei dem Haus an, das direkt neben dem Warenhaus stand. Auf einem Schild neben der Haustür stand „Bürgermeister". Das Haus war etwas größer als die anderen, aber in ähnlich schlechtem Zustand. Der Bürgermeister stieß die Holztür auf, und sie traten ein.

Das Innere des Hauses hatte einen Holzboden, Wände, die aus denselben Materialien bestanden wie die Außenseite – was darauf hindeutete, dass die Wände einen Block tief waren –, und Fenster, von denen einige noch Glasscheiben hatten. Das gesamte Haus bestand aus einem Raum mit einer Werkbank, einem Ofen, zwei großen Truhen, zwei Stühlen und zwei Betten. Im ganzen Raum hing ein Gefühl der Niedergeschlagenheit, und bei jedem Schritt knarzten die Bodenbretter verzweifelt.

„Schön haben Sie es hier", log Stan, während der Bürgermeister zwei Steaks aus seiner Truhe holte und eines davon Stan gab. „Wie ich sehe, gibt es hier zwei Betten und zwei Stühle. Lebt noch jemand bei Ihnen?"

Als Antwort auf diese Frage erhob sich ein bellendes Husten aus einem Loch in einer Ecke des Raums, das Stan bisher nicht aufgefallen war. Aus dem Loch kam der zerzausteste Spieler, den Stan bis dahin gesehen hatte. Er trug einen weißen Laborkittel und graue Hosen, und sein graues Haar stand in alle Richtungen von seinem Kopf ab. Er hätte wie Albert Einstein ausgesehen, wenn er nicht so niedergeschlagen gewirkt hätte. Sein Gesicht war fahl und eingefallen, und er hatte einen unheimlichen Gestank an sich, den Stan selbst von der anderen Seite des Raumes aus riechen konnte. Er war vollständig mit Kohlenstaub bedeckt, der sich mit einem glänzenden roten Material vermischte, das Stan als Redstone erkannte. Er hielt zwei Flaschen in den Händen, von denen eine leer war und die andere eine ungesund aussehende blaugraue Flüssigkeit enthielt. Der Spieler rülpste ohrenbetäubend, bevor er sich an den Bürgermeister wandte.

„Hey Turkey, uns geht der TraLa aus, wann glaubst du, dass die Nomaden wiederkommen?" Er lallte und seine Stimme erinnerte Stan an einen Spieler, der in den Tiefen

237

eines Deliriums steckte. „Kommen die Nomaden morgen zurück? Sie kommen morgen zurück, dann bekomme ich meinen TraLa. Ich liebe meinen TraLa. Aber halt, ich werd Geld brauchen! Turkey, erinner mich dran, heute Abend Geld zu besorgen, okay, alter Kumpel, Turkey, alter Freund?"

An diesem Punkt unterbrach der Spieler sein Selbstgespräch und bemerkte, dass er und „Turkey" (von dem Stan nur vermuten konnte, dass es sich dabei um den Bürgermeister handelte) nicht allein im Raum waren. Der Spieler richtete seinen Blick mit den geweiteten Pupillen auf Stan und fragte den Bürgermeister: „Wer ist das Frischfleisch, Turkey? Ist das ein neuer Spieler aus … aus … aus den Gefängnissen von Elementia? Heh, heh, viel Glück, kleiner Kumpel, in der Schlucht da unten überlebst du keine zwei Tage!" Aus irgendeinem Grund schien der Spieler das ausgesprochen witzig zu finden, denn er rollte über den Boden und schlug mit der Faust auf die Dielen, bis eines der Holzbretter brach.

Der Bürgermeister ging zu dem hysterischen Spieler und sagte ruhig: „Mecha11, hiermit wirst du zu Zwangsarbeit in den Kohleminen von Blackstone in der Enderwüste verurteilt, solange du auf diesem Server bleibst."

Der Effekt dieser rätselhaften Worte auf den Spieler, der am Boden lag, trat schlagartig ein. Er erhob sich sofort, fiel auf die Knie und begann zu weinen. Unter Tränen sagte er: „Wie Ihr wünscht, mein König." Dann, ohne Vorwarnung, stand er auf und schüttelte mit verwirrter Miene den Kopf. Schließlich schien es, als würde er etwas verstehen, und er sah den Bürgermeister angewidert an.

„Warum muss das sein?", fragte er.

„Tja", antwortete der Bürgermeister, „das ist die einzige Möglichkeit, dich aus deiner Trance zu holen, wenn du ohne goldenen Apfel unter dem Einfluss von TraLa stehst, und ich möchte, dass du jemanden kennenlernst."

Stan, den das Geschehen sehr verwirrt hatte, nickte höflich und versuchte, seine Verwirrung und Angst nicht zu zeigen, während ihm der Spieler als Mecha11, Leiter der Redstone-Minenerschließung, vorgestellt wurde. Der Name kam Stan bekannt vor.

„Moment, du bist Mecha11?", fragte er, fast sprachlos darüber, dass dieses Wrack von einem Spieler einst auf derselben Stufe gestanden hatte wie der Apotheker und die Netherjungs. „Ich habe von dir gehört! Ich bin Stan2012, und ich habe den Apotheker und Bill, Ben und Bob getroffen!"

Eine Erinnerung blitzte in Mecha11s Gesicht auf, doch er verfiel schon bald wieder in seinen desinteressierten Zustand, während er sich auf einen der Holzstühle fallen ließ. „Ich bin froh, zu hören, dass sie noch dabei sind. Und wenn ich schon dabei bin ...", sagte er und schickte sich an, mehr von dem Trank in seiner Hand hinunterzukippen, aber der Bürgermeister schlug seine Hand beiseite.

„Mechaniker, bitte, sei nicht unhöflich! Dieser junge Mann hat mir geholfen, die Armee daran zu hindern, unseren Bahnhof abzubrennen. Er verdient deinen Respekt."

„Ja, bravo, Kleiner", feixte der Mechaniker sarkastisch. „Du hast dafür gesorgt, dass wir weiterhin einen Zugangspunkt haben, durch den die Armee die Leute ausbeuten kann, die ihr Leben schon damit verschwendet haben, in den Minen von Blackstone Sklavenarbeit zu verrichten. Du wirst mir also verzeihen, wenn ich mich nicht bedanke, indem ich dir ein Törtchen anbiete."

„Sei still, Mechaniker!", flüsterte der Bürgermeister eindringlich.

„Was denn? Du hasst doch die Armee und den König wie jeder andere auch!"

„Ja, aber es gibt Leute, in deren Gegenwart man diese Meinung nicht äußern sollte!"

Daraufhin herrschte Stille, die anhielt, bis Stan klar wurde, dass sie damit ihn meinten.

„Was, ich? Ihr glaubt, dass ich ein Spion des Königs bin?"

„Er hat schon zuvor welche geschickt", sagte der Bürgermeister, der immer noch darauf achtete, ob Stan plötzliche Bewegungen machte.

„Nein, glaubt mir, ich habe nichts mit dem König zu tun", sagte Stan. Dann kam ihm eine Idee, und er beschloss, ein großes Risiko einzugehen. „Ich habe sogar vor, ihn selbst zu stürzen."

Der Mechaniker lachte. „Das ist ja putzig", sagte er. „Du glaubst also wirklich, dass du in der Lage wärst, den König zu stürzen?"

Stan war überrascht. Es war zwar nicht das erste Mal, dass sein Plan auf Skepsis gestoßen war, aber etwas am Tonfall des Mechanikers führte dazu, dass er hören wollte, was er zu sagen hatte.

„Ja, das glaube ich tatsächlich", antwortete er mit fester Stimme. „Ich habe schon eine Armee aufgestellt, und sobald wir die nötigen Vorräte zusammenhaben – und wir haben Zugriff darauf –, werden wir nach Element City marschieren, den König und seine Vertreter töten und Elementia zu einem besseren Ort machen."

Die Augen des Bürgermeisters hatten sich nur etwas geweitet, als Stan zum ersten Mal seinen Plan erwähnte, den König zu stürzen, aber bei dieser letzten Bemerkung lief er sogar von einem Fenster zum anderen, um sicherzugehen, dass keine Soldaten sie belauschten. Der Mechaniker, dem völlig egal war, ob man ihn hörte, warf den Kopf in den Nacken und lachte wieder.

„Du glaubst wirklich, dass du es schaffen kannst! Wie süß", sagte er. Sein herablassender Tonfall machte Stan wütend. „Aber ich gebe dir einen guten Rat, Junge: *Gib auf!*", brüllte er mit solchem Nachdruck und solcher Lautstärke, dass Stan zusammenfuhr und der Bürgermeister

240

mit gezogener Eisenspitzhacke herumfuhr, bereit, einen bevorstehenden Angriff abzuwehren. Obwohl nichts dergleichen geschah, sprach der Mechaniker mit unnötig lauter Stimme weiter.

„Die Truppen des Königs sind in jedem Winkel, überall auf diesem Server. Sie sind allesamt so grausam und brutal wie er selbst, und es sind Hunderte. Der König mag ja kein Operator mehr sein, aber trotzdem hat er einen fast unbegrenzten Vorrat an Ressourcen aus den Tagen, als er einer war! Außerdem ..."

„Hey, das weiß ich schon alles!", unterbrach ihn Stan. „Und lass mich dir sagen, dass ich vorhabe, einen dieser Vorräte zu benutzen, um meine eigene Armee mit Materialien auszustatten!"

„Junge, du hast keinen Schimmer, wovon du da redest, weil du dir nicht nur über den König Gedanken machen musst! Dir ist doch wohl klar, dass etwa ein Drittel der Bevölkerung dem König treu ergeben ist? Für die Oberschicht gelten ganz andere Regeln! Will sagen, selbst, wenn du es schaffen würdest, den König zu beseitigen, was an und für sich schon unmöglich ist, könntest du die bösartigen Ideale des Königs niemals vollständig zerstören."

„Du verstehst es nicht!", rief Stan. „Ich habe Leute getroffen, ich habe mit ihnen gesprochen. Du verstehst nicht, wie sehr die Leute den König hassen und sich seinen Tod wünschen."

„Ha!", feixte der Mechaniker, und ein hässlicher Ausdruck machte sich in seinem Gesicht breit. „Wie ironisch, dass *du* ausgerechnet *mir* einen Vortrag darüber halten willst, wie sehr die Leute den König hassen! Glaubst du, das weiß ich nicht? Hör zu, Junge, dann erzähle ich dir die ganze Geschichte davon, was König Kev mir persönlich angetan hat! Ich war damals im alten Königreich der Leiter der Redstone-Forschung. Ich habe das Magnetbahnsystem von Element City entworfen, ich habe König Kevs gesamte Burg verkabelt, und ich habe alle Waffensysteme entwickelt, die die Burg des Königs vor Eindringlingen wie dir schützen. Herrgott noch mal, ich habe für ihn die TNT-Kanone erfunden! Und wie hat der König mir das gedankt? Er hat mich dazu verbannt, mein Leben in dieser Wüstenödnis zu verbringen, nur, weil Leute, die ihn hassten, meine Waffensysteme kopiert und gegen ihn eingesetzt haben! Wenn es jemanden gibt, der den König tot sehen will, dann Leute wie ich, wie der Apotheker, wie die obersten Expeditionsleiter, die dem König nahestanden und die er aus seinem Königreich verbannt hat!"

„Und da willst du nicht mal versuchen, ihm die Kontrolle über Elementia zu entreißen?", fragte Stan, und seine Augen blitzten vor leidenschaftlichem Zorn auf den König und auf den alten Erfinder auf, der ihm gegenübersaß und so störrisch war. „Nur, dass du es weißt: Der Apotheker und die obersten Expeditionsleiter haben alle zugestimmt, meiner Armee beizutreten."

„Dann sind sie noch größere Narren als du!", erklärte der Mechaniker mit freudlosem, lautem Lachen. „Sie sollten wissen, dass nichts Gutes davon kommt, wenn man sich gegen die oberste Befehlsgewalt des Königs auflehnt. Wenn du schlau wärst, würdest du tun, was ich tue, und versuchen, das Bestmögliche aus der Welt herauszuholen, die der König geschaffen hat. Ich liebe es, Redstone-Mechanismen herzustellen, also setze ich meine Fähigkeiten hier ein, indem ich Kolbenmaschinen baue, um den Bergbau in der Tiefe einfacher zu machen.

Ich hasse die Tatsache, dass ich dem König helfe, indem ich den Bergbau für ihn einfacher mache, also fühle ich mich nicht schuldig, wenn ich TraLa dafür bekomme, mit den Nomaden Glücksspiele zu spielen, die hier durchreisen." Er hob die Flasche mit der blaugrauen Flüssigkeit. „Ich habe mir hier draußen ein eigenes Leben aufgebaut.

Dank des Königs ist es kein glückliches oder erfüllendes Leben, aber ich kann es nicht ändern, warum sollte ich es mir also nicht so angenehm machen wie möglich?"

Mit diesen Worten nahm der Mechaniker einen weiteren Schluck TraLa. Die Wirkung trat sofort ein, und sein Kopf fiel seitlich nach hinten, als er bewusstlos wurde.

Stan wurde von noch größerer Wut auf den König und den Mechaniker überwältigt. Er würde dem Mechaniker nie vergeben können, dass er sein Leben einfach aufgegeben hatte, als es schwerer wurde, und nicht einmal versuchte, sich zu wehren. Andererseits führte sein neu gewonnenes Wissen über die Misshandlungen, die der König selbst seinen Freunden hatte widerfahren lassen, Freunden, die ihm vertraut und gedient hatten, dazu, dass Stan ein wildes Verlangen entwickelte, etwas Drastisches gegen den König zu unternehmen. Er sah auf den Bürgermeister hinab.

„Bürgermeister, Sie müssen für mich alle Bergarbeiter des Dorfes vor dem Lagerhaus versammeln. Ich habe eine Ankündigung zu machen", sagte Stan.

Der Bürgermeister stand auf und sah Stan in die Augen. „Wenn ich tue, was du sagst, werde ich es dann bereuen?"

„Das hoffe ich nicht", antwortete Stan, als er durch die Tür hinausging.

Er hatte bemerkt, dass vor der Ziegelmauer des Lagerhauses eine Holzplattform stand, die von Fackeln erleuchtet wurde. Sie stellte ein perfektes Podium dar, um die Nachricht zu verkünden, die er den verzweifelten Bergarbeitern mitteilen wollte. Als der Himmel sich rosa färbte und die Sonne kurz davor war, hinter dem Horizont der Wüste zu verschwinden, hatten sich alle der fast dreiundzwanzig Kohlenbergarbeiter um die Holzplattform versammelt. Als die Menge sich etwas beruhigt hatte, stand Stan auf und ergriff das Wort.

„Bewohner von Blackstone! Ich bin Stan2012. Viele von euch werden Gerüchte gehört haben, dass ein Attentäter

243

versucht hat, Elementias Diktator König Kev während seiner letzten öffentlichen Verkündung zu ermorden. Ich bin hier, um euch zu sagen, dass dieser Attentäter kein anderer war als ich. "

In der Menge keuchten manche vor Überraschung auf, und Stan sah, wie einige der Bergarbeiter ihre Hände fest um ihre Spitzhacken schlossen, unsicher, was als Nächstes geschehen würde.

„Seit diesem Vorfall bin ich auf der Flucht. Viele haben mich gefragt, aus welchem Grund ich versucht habe, einen der mächtigsten Männer auf diesem Server zu töten. " Das war eine Lüge, aber Stan fand, dass es beeindruckend klang, und der Satz bildete einen guten Übergang zum nächsten Teil seiner Rede. „Ich bin hier, um euch zu sagen, dass ich versucht habe, den König zu töten, weil er ein bösartiger Tyrann ist, der gestürzt werden muss! "

Einige der Bergarbeiter sahen sich um, halb darauf gefasst, die Truppen des Königs zu erblicken, bereit, sie wegen Verrats anzugreifen, aber die meisten von ihnen starrten Stan konzentriert an und nickten respektvoll.

„Ich stelle momentan eine Armee auf, um König Kev zu bekämpfen, und ich werde diese Armee zum Sieg führen, indem ich die Burg des Königs in Element City erobere! Ich habe vor, den König zu töten, und auch alle hohen Würdenträger, die sich weigern zu kapitulieren. Die Tage des momentanen Terrorregimes sind gezählt, und das Elementia dieses Königs wird fallen. Ein Elementia wird seinen Platz einnehmen, in dem alle die gleichen Rechte besitzen und in dem die Sklaverei, die jetzt so weit im Königreich verbreitet ist, auch hier in Blackstone, nicht mehr existiert. Viele von euch fragen sich wahrscheinlich, wie ich den Mut aufbringen kann, gegen den König zu sprechen, wenn das Risiko hoch ist, den Autoritäten übergeben zu werden. Der Grund ist: Ich fürchte den König nicht! Mir ist bewusst, dass der König ein mächtiger Feind ist, und dass er Ressourcen hat, dank derer es leichter gesagt als getan ist, ihn seiner gerechten Strafe zuzuführen. Aber, und das ist der Grund, aus dem ich bereit bin, so freimütig zu sprechen, ich glaube, dass auch wir Ressourcen haben. Ich sage *wir*, weil ich sicher bin, dass mehr von euch in diesem Dorf den König hassen, als ihm Sympathie entgegenbringen. Wenn wir uns alle zusammentun, haben wir eine echte Chance, den König zu stürzen! Ich werde jetzt zum Bahnhof hinübergehen, und alle, die meiner Armee beitreten und den König mit mir stürzen möchten, sollen mir folgen. Ich werde jeden bekämpfen und töten, der übrig bleibt, um ihn daran zu hindern, Informationen zu meinem Plan an den König weiterzugeben. Ich erwarte allerdings auch, dass jeder, der bereit ist, sich mir anzuschließen, mir auch beim Kampf gegen die hilft, die nicht dazu bereit sind. Das ist eure Prüfung, Bewohner von Blackstone. Ihr könnt euch mir anschließen und die bekämpfen, die sich nicht anschließen. Oder ihr könnt euch nicht anschließen und die bekämpfen, die es tun. Wer sich anschließen will, hat sechzig Sekunden, um zum Bahnhof zu gehen. Ab jetzt."

Mit diesen Worten sprang Stan von der Plattform und lief durch die Menschenmenge, die beiseite wich, um ihn durchzulassen. Er fühlte sich etwas an den Tag erinnert, an dem er auf den König geschossen hatte. Er stand an der Schwelle des Bahnhofs und drehte sich um.

Fünf Sekunden verstrichen und niemand rührte sich. Stan war nicht überrascht. Er hatte nicht erwartet, dass einer von ihnen sofort eine Entscheidung treffen würde. Es verstrichen zehn Sekunden, dann fünfzehn, dann zwanzig. Als sich nach dreißig Sekunden noch niemand zu Stan gesellt hatte, zog er seine Axt. Er hatte versprochen, gegen jeden zu kämpfen, der sich ihm nicht anschloss, und es sah aus, als hätte er den größten Kampf seines Lebens vor sich. Nach vierzig Sekunden brach Stan langsam in Panik aus, denn die Menge begann, sich zu rühren.

Ein einziger Bergarbeiter, der Stan ähnlich sah, auch wenn er mit Kohlenstaub bedeckt war, einen Eisenhelm trug und eine Steinspitzhacke hielt, ging über den leeren Platz auf Stan zu. Ein weiterer folgte ihm, dann schien eine ganze Reihe an Bergarbeitern herüberzukommen, um sich auf Stans Seite zu stellen.

Als die sechzig Sekunden vorüber waren, war an der Seite des Lagerhauses keine Menschenseele übrig. Jeder einzelne Bergarbeiter hatte das Gebäude verlassen, in dem sich die Materialien befanden, die die Regierung für sich beansprucht hatte. Nun standen sie am Bahnhof, bereit, sich an Stans Vorhaben, den König zu stürzen, zu beteiligen.

Der Bürgermeister ging durch die Menge, um mit Stan zu sprechen. „Danke, Stan", sagte er mit Tränen in den Augen. „Du hast diese Menschen dazu inspiriert, sich zur Wehr zu setzen, und du hast mich dazu inspiriert, meine Bürger dabei anzuführen, deiner Armee beizutreten. Sag mir, was zu tun ist. Ich stehe zu deinen Diensten." Und der Bürgermeister neigte respektvoll den Kopf vor Stan.

Die beiden besprachen sich einige Minuten lang und legten sich einen Plan zurecht. Der Bürgermeister würde die Bergarbeiter von Blackstone die Gleise entlangführen, und sie würden ihnen folgen, bis sie Adorias Dorf erreicht hatten. Dort würden sie dem Apotheker und den Überlebenden erzählen, dass sie Stan2012 in der Enderwüste getroffen hatten und nun kamen, um sich der Miliz anzuschließen. Der Bürgermeister war sicher, dass die Bergarbeiter ihre Fähigkeiten in der Mine von Adorias Dorf einsetzen könnten, um Blöcke für die Kriegsvorbereitungen zu sammeln. Außerdem waren die Bergarbeiter wohl sehr gute Kämpfer mit der Spitzhacke. Stan wurde unterdessen eine angetriebene Lore und etwas Kohle gegeben, mit deren Hilfe er zu seinen Freunden zurückkehren konnte, damit er sein Vorhaben, das Ende zu betreten, fortführen konnte.

Stan und der Bürgermeister gaben sich die Hand, und Stan wollte gerade gehen, als ihm noch ein Gedanke kam. Er ging die Hauptstraße hinunter, wo sich die Bergarbeiter auf ihre Abreise vorbereiteten, indem sie ihre wenigen Habseligkeiten aus ihren Häusern schafften. Er ging am Lagerhaus vorbei, das mehrere Bergarbeiter nun plünderten, um Vorräte zu sammeln. Schließlich erreichte er das Haus, das sich der Bürgermeister und der Mechaniker teilten. Als er die Tür öffnete, saß der Mechaniker in seinem Stuhl. Er hatte keine Flasche in der Hand und Stan offenbar erwartet.

„Tja, Glückwunsch, Junge", sagte der Mechaniker. Er lächelte dabei nicht. „Du hast gerade zweiundzwanzig weitere Menschen davon überzeugt, sich einem Himmelfahrtskommando anzuschließen. Gute Arbeit."

Stan zügelte seinen Zorn und sah den Mechaniker mit einem Ausdruck entschlossener Ruhe an. „Weißt du", sagte er, „wir könnten bestimmt einen Experten für Redstone-Mechanismen bei den Kriegsvorbereitungen brauchen. Und wenn wir gewinnen, könntest du dein Amt als wichtigster Redstone-Erfinder von Elementia wiederbekommen. Was meinst du, Mechaniker? Kommst du mit?"

Der Mechaniker sah einige Momente lang zu Boden. Seine Augenbrauen zogen sich zusammen. Er versuchte offensichtlich, einen Entschluss zu fassen. Dann sah er zu Stan hoch, blickte ihm in die Augen und schüttelte mit Nachdruck den Kopf.

Stan fand sich damit ab, dass ihm sich dieser Spieler nicht anschließen würde, und drehte sich um, um durch die Tür zu gehen. Er ging gerade die Stufen hinab, als ihn etwas am Hinterkopf traf und ihn auf die Straße warf. Er wirbelte herum, bereit, sich dem Mechaniker zu stellen, der ihn angegriffen hatte, aber stattdessen bemerkte er ein Buch, das neben ihm gelandet war. Er hob es auf, und im schwachen Licht der untergehenden Sonne las er den Titel.

247

Er lautete: *Vollständige Pläne der Redstone-Verteidigungsanlagen von Element Castle*. Der Autor war Mecha11.

Stan sah verwundert zu dem Mechaniker auf, der im Türrahmen stand und mit trauriger Miene auf Stan hinabblickte. „Es ist deine Beerdigung, Junge", schnaufte er und ging langsam ins Haus zurück. Dann zog er die Holztür hinter sich zu.

Stan sah das Buch ehrfürchtig an, in dem die Standorte aller versteckten automatischen Fallen am Hof des Königs verzeichnet waren. Er nahm sich jedoch nur eine Minute, um das Geschenk des Mechanikers zu bewundern, denn die Sonne war gerade hinter dem Horizont der Wüste versunken, und er konnte bereits sehen, wie Zombies und Skelette durch die weite Ödnis der Wüste wanderten.

Stan lief zum Bahnhof zurück, wo die Minenarbeiter Kriegsrat hielten und sich auf ihre Reise vorbereiteten. Stan rief dem Bürgermeister ein hastiges Lebewohl zu, dieser winkte zur Antwort, und er sprang in die Lore und legte etwas Kohle in den Ofen der Maschine hinter ihm. Das zeigte sofort Wirkung. Der Ofen zündete, und der Zug fuhr mit atemberaubender Geschwindigkeit los.

Stan sah zu, wie die Lichter der Stadt Blackstone hinter ihm am Horizont verschwanden. Er raste mit hoher Geschwindigkeit die Gleise entlang und war gerade damit fertig, ein Stück Schweinefleisch zu essen, das die Bergarbeiter ihm gegeben hatten, als ein Pfeil von seinem Eisenbrustpanzer abprallte, sodass er fast von der Lore geworfen wurde. Er sah nach vorn und entdeckte ein Skelett, das mitten auf den Schienen stand und einen weiteren Pfeil zurückzog. Er lenkte den Pfeil mit seinem Schwert ab, fasste einen schnellen Entschluss und schob sein zweites und drittes Stück Kohle in die Lokomotive. Die Lok stieß eine schwarze Rauchwolke aus, und der Zug nahm Fahrt auf. Bevor das Skelett seinen dritten Pfeil abschießen konnte, stieß der Zug mit ihm zusammen, und das Monster zerbarst in Tausende weißer Stücke.

Stan seufzte erleichtert, aber wenn er gekonnt hätte, hätte er den Seufzer zurückgenommen, nachdem er bemerkte, dass die Gleise vor ihm von der größten Zombiehorde bedeckt waren, die er je gesehen hatte. Es mussten mindestens zwanzig sein. Außerdem konnte er das Senkloch etwa zwanzig Blöcke hinter ihnen sehen. Er würde nur ein paar Zombies überfahren können, bevor er abspringen und den Rest zu Fuß bekämpfen musste.

KAPITEL 20

DER MONSTERTÖTER

Während der Zug auf die Zombies zuraste, wurden sie auf ihn aufmerksam und begannen, stumpfsinnig auf Stan zuzuschlurfen. Stan stand in dem Wagen auf, die Axt erhoben, bereit, alle Zombies abzuwehren, die versuchen würden, ihn direkt anzugreifen. Der Zug prallte auf die Zombiehorde und pflügte durch ihre Mitte, wodurch sofort etwa fünf der zwanzig Monster pulverisiert wurden. Stan sprang aus dem Wagen und lief zur Senkgrube zurück.

Er rutschte die sandige Klippe hinab, die Zombies dicht auf den Fersen. Dabei sah er, wie sich Charlie, Kat und Rex draußen einen Kampf mit zwei Spinnen und einem Skelett lieferten. Die Spinnen waren beschäftigt und starben schon bald, aber das Skelett war weit außer Reichweite von Stans Freunden. Er hob die Axt und warf sie auf das Skelett, wodurch es mit einem Treffer vernichtet wurde. Gleichzeitig stach Kat der Spinne die Augen aus, und Charlie schlitzte ihr mit der Spitzhacke den Magen auf, dann schleuderte er den Leichnam beiseite. Stan schnappte sich die Axt von dem toten Skelett und schloss sich seinen Freunden an.

„Hey, er lebt noch! Gut, dich zu sehen, Stan!", rief Charlie lächelnd.

Rex sprang auf, um ihn abzulecken. Lemon rieb sich an seinem Bein und schnurrte. Und Kat fragte ihn, wo er gesteckt hatte.

„Oh Mann, Leute, habe ich euch viel zu erzählen ... aber im Moment haben wir andere Sorgen!", rief Stan. Die Zombiewelle fing an, in das Senkloch zu strömen. Stan und Kat starrten die verrottete grüne Welle mit vor Entsetzen offen stehendem Mund an.

„Was hast du angestellt?", schrie Kat.

„Ich weiß es nicht. Die sind einfach gespawnt! Wir werden sie bekämpfen müssen!", schrie Stan gegen das Stöhnen an.

„Wir werden niemals mit einer so großen Zombiehorde fertig, und wir können auch nicht wieder reingehen. Die Monster haben schon die Tür eingeschlagen!", rief Charlie panisch.

„Wir werden es versuchen müssen", erwiderte Stan und tötete den ersten untoten Mob mit drei schnellen Axtschlägen in die Brust. Kat, Charlie und Rex stürmten vor, um sich dem Kampf anzuschließen.

Es war ein einziges Chaos. Jeder Zombie, den sie töteten, wurde anscheinend von zwei weiteren ersetzt, die über den Rand des Senkloches fluteten. Stan biss die Zähne zusammen, während er sich durch die Horde schlug und stach, und hatte nur einen Gedanken dabei: *Wo kommen die alle her?*

Mit der Zeit drängte der endlose Schwarm von Untoten die drei Spieler und den Hund gegen die Wand des Senklochs, obwohl sie blitzschnell hackten, schnitten und zustießen. Stan dachte schon darüber nach, aus reiner Erschöpfung und wegen der überwältigenden Zombiezahl aufzugeben, als er von oben einen Schrei hörte.

„Jaaaaaaaaaaahuuuuuuu!", brüllte der Spieler, als er vor ihnen landete. Bei seinem Schrei klirrten seine Stiefel metallisch, was seltsam war, weil sie aus Leder bestanden und leuchteten. Stan vermutete, dass sie so verzaubert waren, dass sie Fallschaden absorbierten. Der Spieler riss ein Diamantschwert hervor, das ebenfalls leuchtete. Während die

251

Zombies ihn einkesselten, schwang er sein Schwert und mähte jeden Zombie in der ersten Reihe des Ansturms nieder.

Stan fühlte, dass von der leuchtenden Klinge eine mächtige Energiewelle ausging, und er wusste, dass es kein gewöhnliches Schwert war. In der Tat wurden alle Zombies in der ersten Reihe von der unsichtbaren Druckwelle zurückgeschleudert, die das Schwert absonderte. Sie stürzten in die Reihen hinter ihnen und verwandelten so den gesamten Zombieangriff in einen zappelnden Haufen.

Der Spieler wandte sich zu Stan und den anderen um. Er war genauso gekleidet wie Stan, hatte also das Standardaussehen für Minecraft, trug aber eine dunkle Sonnenbrille, die seine Augen verdeckte. „Hey Leute!", rief er. „Ich dachte, ihr könntet etwas Hilfe brauchen, also werde ich euch helfen, diese blöden Mobs loszuwerden. Falls es euch interessiert, neben den Gleisen war ein altes, zusammengestürztes Verlies mit einem Zombiespawner drin. Aber keine Sorge – ich habe ihn zerstört. Es werden keine Zombies mehr nachkommen. Wir müssen nur den Rest von ihnen hier unten loswerden, dann sind wir aus dem Schneider. Sagt nichts. Kämpft einfach, wir reden später."

Der Spieler drehte sich um, steckte sein Diamantschwert weg und zog ein anderes von seinem Gürtel. Es war aus Eisen, leuchtete aber rot. Stan war zu sehr über diesen Retter erstaunt, der aus dem Nichts gekommen war, um ihn infrage zu stellen, wenigstens, bis er und seine Freunde nicht mehr in direkter Gefahr schwebten. Die Zombiehorde war inzwischen wieder auf den Beinen, und Stan rannte ihnen entgegen, beflügelt von der Tatsache, dass keine weiteren nachkommen würden.

Obwohl er damit beschäftigt war, Zombie um Zombie mit seiner Axt zu erledigen, konnte Stan nicht umhin, von der Kampfkraft des mysteriösen Spielers beeindruckt zu sein. Bald war offensichtlich, worum es sich bei der rot glühenden Verzauberung des Eisenschwerts handelte. Als der Spieler zum ersten Mal einen Schnitt in der Brust eines Zombies landete, ging der Zombie in Flammen auf, als wäre die Nacht vorbei und die Sonne würde aufgehen.

Das Schwert mit der Verzauberung „Verbrennung" schnitt mit einer überragenden Kunstfertigkeit, die Stan noch nie erlebt hatte, durch die Zombies und hinterließ seine unglücklichen Opfer als leblose, brennende Leichen am Boden.

Als nur noch die letzten fünf Zombies übrig waren, hatten Stan, Kat, Charlie und sogar Rex den Kampf aufgegeben und gingen dem Spieler nur noch aus dem Weg. Sie sahen beeindruckt zu, wie der Spieler einen Zombie aufspießte, ihn auf zwei weitere schleuderte, sich dann zu den drei Zombies rollte und sie alle mit einem Stich tötete. Er wirbelte herum und parierte den angreifenden Arm eines weiteren Zombies, dann trennte er den Zombie an der Hüfte in zwei Hälften, indem er sich unter seinem Arm hindurchduckte. Schließlich köpfte er den letzten, der sich direkt hinter ihm befand, ohne auch nur nachzusehen, wo er stand. Dann steckte der Spieler sein Eisenschwert weg und seufzte erleichtert auf.

Das Beeindruckendste war jedoch, dass obwohl Stan und Charlies Eisenbrustpanzer eingedrückt waren und Kats gesamte Ganzkörperrüstung aus Eisen Dellen aufwies, weil sie mehrfach von den Zombies getroffen worden war, der mysteriöse Spieler mit der Sonnenbrille selbst im Licht der aufgehenden Sonne keinen einzigen Kratzer aufwies, den Stan hätte erkennen können. Er trug keine Rüstung, und er hatte die Lederstiefel abgelegt, nachdem er im Senkloch gelandet war. Der Spieler hatte die ganze Schlacht völlig ungeschützt geschlagen und nicht den geringsten Schaden erlitten.

Wer auch immer dieser Spieler ist, dachte Stan, *ich bin froh, dass er auf unserer Seite ist.*

253

„Das war unglaublich!", sagte Charlie, kam herüber und schüttelte dem Spieler die Hand. „Ich bin Charlie, und das sind meine Freunde Kat und Stan."

Beide nickten und deuteten auf sich, als jeweils ihr Name genannt wurde. „Wie heißt du?"

„Man nennt mich DieZombie97", sagte der Spieler und wischte sich etwas Schweiß von der Stirn. „Früherer Anführer der Bruderschaft der Elitejäger, dreimaliger Champion der großen Spleef-Weltmeisterschaft der Ligen von Elementia und selbst ernannter König der Wüste. Aber ihr könnt mich DZ nennen", fügte er mit einem Lächeln hinzu. „Darf ich fragen, was ihr hier draußen macht? Nur wenige Leute halten sich freiwillig hier auf, wegen all der Monster und Nomaden, die die sandige Ödnis durchkreuzen."

„Na ja, wir sind gerade auf einer Art Mission, und es gibt Leute, denen wir gern aus dem Weg gehen würden", sagte Stan, der vermeiden wollte, diesem Fremden zu viele Informationen zu geben, obwohl er ihnen gerade das Leben gerettet hatte. „Was ist mit dir? Ich vermute, du lebst hier draußen, Herr ‚König der Wüste', und du hast nicht einmal eine Rüstung!"

„Gut beobachtet, junger Freund", sagte DZ und lehnte sich gegen den Sandstein am Fuß der Wand des Senklochs. „Also, der Grund, aus dem ich allein hier draußen lebe, ist, dass es mir ein sehr angenehmes Leben bietet, mich vom Wahnsinn der modernen Welt fernzuhalten. Ich war in meiner Zeit sehr erfolgreich – verzeiht mir die Angeberei –, aber ich habe festgestellt, dass es sehr nett ist, allein hier draußen zu leben, den Nachtbewohnern die Seele aus dem Leib zu prügeln und ab und zu die Nomaden zurückzuschlagen. Was die Rüstung angeht, bah, das ist eine alte Gewohnheit aus meiner Zeit als Spleef-Spieler."

„Was genau ist Spleef?", wollte Stan wissen. Das hatte er sich schon mehrfach gefragt, aber bisher nie fragen können.

„Oh Mann!", rief DZ und überraschte sie alle. „Ihr habt noch nie von Spleef gehört? Was habt ihr denn für Level?"

„Warum ist das wichtig?", fragte Stan, der sich angegriffen fühlte. Er würde diese Vorurteile gegen niedriglevelige Spieler nicht mehr tolerieren.

„Oh, ich habe keine Vorurteile, keine Sorge!" DZ lachte. „Nein, nein, die Vorurteile gegen die Niedrigleveligen waren der Grund, aus dem ich Element City verlassen habe. Ich habe euch nur danach gefragt, weil ihr von Spleef gehört hättet, wenn ihr schon lange hier wärt."

„Oh. Nun, in dem Fall sind wir alle in den Dreißigern", antwortete Stan, und das stimmte, denn sie hatten im Nether und der Oberwelt viele Monster und Tiere getötet. Kat, Charlie und Stan hatten nun jeweils Level fünfunddreißig, dreiunddreißig und einunddreißig. Tatsächlich wurde Stan bei diesen Worten bewusst, dass die drei gar nicht mehr als Spieler mit niedrigen Leveln gelten würden. Dann fiel ihm ein, dass DZ auch etwas anderes gesagt hatte. „Moment mal", sagte Stan, „warum hast du noch gleich Element City verlassen?"

„Weil ich den König hasse", antwortete DZ beiläufig.

„Also, Spleef ist ein Spiel, in dem eine beliebige Anzahl Spieler ... na ja, nach Ligaregeln ist die offizielle Anzahl eigentlich ..."

„Warte", unterbrach Kat. „Warum hasst du den König so sehr?"

„Weil er viele seiner Freunde hintergangen hat, weil er ein paranoider Mistkäfer ist. Also, in der Spleef-Liga gehen zwei Teams aus je drei Spielern in eine ..."

„Und deshalb hasst du den König? Fändest du es gut, ihn zu stürzen?"

„Klar, wenn jemand den Mut hätte, eine Rebellion anzufangen, würde ich mich anschließen. Also, in der Arena sind zwei Teams, und sie zerstören den Boden, der aus

255

Schnee besteht, und man versucht, die Spieler des anderen Teams in die Lücken zu stoßen ..."

„Wir tun das! Wir organisieren jetzt gerade eine Rebellion gegen den König!", rief Charlie aus.

„Und das Team, das zuletzt einen Spieler auf ... Augenblick mal, was?" Zum ersten Mal fing DZ an zuzuhören. Er nahm seine Sonnenbrille ab und sah sie an. „Moment ... soweit ich weiß, würde niemand, der mit dem König verbündet ist, auch nur zum Spaß sagen, dass er ihn stürzen will ... Meint ihr das ernst?"

Stan sah Kat an, sie sah Charlie an, und er sah wiederum Stan an, der wusste, dass sie alle dasselbe dachten. „Ja, wir meinen es ernst!", erklärte Stan. „Wenn du willst, kannst du dich uns anschließen. Wir stellen gerade eine Armee auf, um den König zu stürzen. Sobald wir Vorräte bekommen, und wir sind gerade auf der Reise, um sie zu finden, treffen wir uns mit ein paar Spielern in Adorias Dorf, und dann stürmen wir Element Castle!"

„Also ... Moment ..." DZ setzte sich hin und versuchte, die Tragweite dessen zu verarbeiten, was Stan sagte. „Also habt ihr schon eine Armee ... und Material? Aber wie werdet ihr in die Burg eindringen? Selbst, wenn eure Armee eine Chance gegen die des Königs hätte, ist Element Castle nicht mit diesen ... automatischen ... äh ... Redstone-Fallen ... äh ... Dingsdas ausgestattet, die einfallende Armeen aufhalten sollen?"

Kat und Charlie machten lange Gesichter, als ihnen klar wurde, dass sie diesen spezifischen Teil ihres Plans übersehen hatten, aber Stan griff in sein Inventar und holte das Buch heraus, das ihm der Mechaniker gegeben hatte.

„Ich habe dieses Buch von demjenigen erhalten, der all die Redstone-Fallen für den König entworfen hat, und darin steht, was und wo sie sind. Wir können es benutzen, um die Fallen zu finden und zu vermeiden."

Stans Freunde und DZ sahen ihn an, und er erzählte kurz

von seinem Abstecher nach Blackstone und seinem Treffen mit dem Bürgermeister und dem Mechaniker. Kat und Charlie freuten sich zu hören, dass zweiundzwanzig neue Kämpfer unterwegs zu Adorias Dorf waren, um bei den Kriegsvorbereitungen zu helfen. DZ begegnete ihrem Plan derweil mit Enthusiasmus.

„Also, wenn ihr eine Armee habt und den König stürzen werdet, will ich dabei sein! Je schneller dieser Mistkerl verschwindet, desto besser. Wie kann ich helfen?" Ein entschlossenes Lächeln breitete sich auf seinem Gesicht aus. Das war die positivste Reaktion auf ihren Plan, die Stan bis dahin erlebt hatte.

„Also, du kannst zurück zu Ado…", fing Stan an, wurde aber von Kat unterbrochen.

„Was soll das?", fragte er, als er zusammen mit Charlie von ihr zur Seite gezogen wurde.

„Gut, Leute, passt mal auf. Wir müssen etwa zwölf Endermen töten, wenn wir das Ende erreichen wollen, und wer weiß, was uns dort erwarten wird, wenn wir ankommen? Schließlich wird es einen Grund dafür geben, dass es ‚das Ende' heißt", sagte Kat.

„Worauf willst du hinaus?", fragte Stan.

„Also, wie wäre es, wenn wir, statt DZ zu sagen, dass er zu den anderen ins Dorf soll, ihn bitten, uns zu begleiten? Er scheint zu wissen, was er tut", schlug Kat vor.

„Das ist eine großartige Idee!", rief Charlie aus. „Er scheint wirklich gut mit seinen Schwertern umgehen zu können."

„Augenblick, eine Sekunde", unterbrach Stan. „Seid ihr sicher, dass wir diesen Kerl, den wir gerade erst getroffen haben, bitten wollen mitzukommen?" DZs Reaktion hatte Stan ehrlich gesagt etwas irritiert – sie war ihm etwas zu aufrichtig erschienen.

„Na, warum nicht? Bis jetzt hat es funktioniert. Du weißt schon, mit dem Apotheker, den Netherjungs und den Leuten in Blackstone, von denen du erzählt hast", antwortete Kat.

„Ja, und beim Apotheker hast du mich angebrüllt, weil ich angeblich zu leichtfertig war, und jetzt willst du noch leichtfertiger sein? Weißt du, was ‚mit zweierlei Maß messen' heißt?"

„Ach komm schon, Stan!", seufzte Kat entnervt. „Ich habe ein gutes Gefühl bei dem Kerl. Vertrau mir einfach."

„Bist du sicher, dass das nicht nur daran liegt, dass du ihn süß findest?", feixte Stan und bereute es sofort.

Kat zischte vor Wut, stürzte auf Stan zu und boxte ihm direkt in den Magen. Beide flogen zurück. Die Kraft hinter Kats Hieb verschlug ihm den Atem, doch Kat hatte vor Wut vergessen, dass Stan noch seinen Eisenbrustpanzer trug. Beide waren Sekunden später wieder auf den Beinen und standen kurz davor, einander erneut anzugreifen, als jemand sie aufhielt. Charlie warf Kat mit der Hand wieder zu Boden, Stan mit dem Fuß.

„Das reicht, ihr zwei!", brüllte Charlie. „Ihr benehmt euch wie Fünfjährige. Lasst das! Das sind die Leute, die wir loswerden wollen, erinnert ihr euch?" Er wandte sich Kat zu. „Es ist völlig in Ordnung, vorsichtig zu sein, also tu nicht alles ab, was er sagt." Er fuhr herum und sah Stan an. „Stan, das war einfach nur unnötig. Und außerdem: Wenn er uns töten wollte, hätte er einfach zulassen können, dass die Zombies uns zu Tode prügeln, klar?" Er trat zurück, um mit beiden sprechen zu können. „Ich sage, wir laden DZ ein mitzukommen, aber wir behalten ihn im Auge, bis wir uns hundertprozentig sicher sind, dass wir ihm vertrauen können, okay?"

Stan und Kat schwiegen einen Moment lang. Dann nickten beide. Aber sie sahen einander nicht in die Augen.

Charlie ging zu DZ hinüber, an dem der Kampf zwischen Kat und Stan völlig vorübergegangen war. Er kratzte geistesabwesend „Stirb, König Kev, stirb" mit seinem Diamantschwert in die Sandsteinwand. „DZ?" Der Krieger wandte sich Charlie zu, steckte sein Schwert weg und sah Charlie in die Augen.

„Hey Charlie. Habt ihr schon entschieden, was ich tun soll?"

„Ja, haben wir", antwortete Charlie mit fester Stimme, und Kat und Stan blieben peinlich berührt hinter ihm. „Wir wären sehr froh, wenn du uns begleiten würdest. Wir müssen zwölf Enderperlen sammeln und sie benutzen, um mit unseren Lohenruten zwölf Enderaugen herzustellen, damit wir eine Festung finden und das Ende betreten können. Möchtest du mitkommen?"

DZ nickte. „Ich bin dabei. Ich lebe jetzt schon so lange hier, und es hat Spaß gemacht, aber langsam wird es Zeit, dass ich etwas tue, was dem Server nützt. Er hat mir gute Zeiten beschert."

Stan erinnerte sich daran, was der Apotheker gesagt hatte, nachdem er zugestimmt hatte, ihnen bei der Aufstellung ihrer Armee zu helfen. *Dieser Ort hat mir so viel geschenkt und es mir dann genommen. Es wird Zeit, dass ich diesen Server zu einem Ort mache, den zukünftige Generationen ihr Zuhause nennen können.* Während all seiner Reisen durch Elementia hatte Stan angefangen, die unglaublichen Dinge zu vergessen, die man in diesem Spiel erreichen konnte, wenn man nur Zeit und Gelegenheit dazu hatte. Manche Leute hatten auf diesem Server großen Spaß gehabt. Aber Stan würde weder Zeit noch Gelegenheit dazu haben, bis König Kev tot war. Dessen war er sich sicher.

„Und außerdem klingt es, als wäre das Ende einfach der Hammer. Ich will herausfinden, was wir dort tun müssen, es tun, und alles windelweich schlagen, das sich uns in den Weg stellt!"

Bei diesen Worten wurde Stan aus seinen Gedanken gerissen, aber ein Teil davon blieb ihm im Gedächtnis. „DZ, was meinst du mit ‚was wir dort tun müssen'? Wir müssen den Schatz des Königs finden. Das war's."

„Oh nein, Stan, Kumpel, du verstehst das nicht", lachte DZ. „Ich war noch nie im Ende – ich glaube sogar, das war bis auf den König noch niemand –, aber ich weiß, dass es keine normale Dimension ist wie die Oberwelt und der Nether. Nach allem, was ich höre, muss man dort eine bestimmte Aufgabe erledigen, und bevor einem das nicht gelingt, kann man diese Dimension nicht verlassen."

„Und … was für eine Aufgabe ist das?", fragte Stan zögerlich, unsicher, ob er die Antwort wirklich hören wollte.

„Keine Ahnung", antwortete DZ und zuckte mit den Schultern. „Vielleicht ein Rätsel, ein Boxkampf, eine nette Runde Mensch ärgere dich nicht … Wenn wir dorthin gehen, müssen wir vorbereitet sein, das ist alles. Ihr drei scheint zu wissen, was ihr tut. Ich bin sicher, zu viert können wir alles an Irrwitz in Angriff nehmen, was das Ende zu bieten hat."

„Ja, du hast recht", stimmte Kat zu. „Aber kümmern wir uns jetzt nicht um ungelegte Eier. Als Nächstes müssen wir zwölf Enderperlen beschaffen."

„Wie die hier?", fragte DZ und hielt eine Handvoll blaugrüner Kugeln hoch.

„Ja! Oh mein Gott!", rief Charlie vor lauter Überraschung. „DZ … wo hast du die her?"

„Was glaubst du denn? Ich wandere jetzt schon länger durch die Wüste, als ihr drei zusammen in Elementia verbracht habt. Wisst ihr, wie vielen Endermen man in der Zeit begegnet? Ich sage euch, es ist irrsinnig nervig, wenn man den Blick über den Horizont schweifen lässt und versehentlich einen dieser Freaks anschaut."

„Ja, wissen wir. Wir haben einmal gegen einen gekämpft", antwortete Stan, während Charlie DZ die Enderperlen abnahm und sie zählte. „Sie sind stark, sie teleportieren, und sie werden aggressiv, wenn man sie auch nur anschaut."

„Vermutlich die drei schlimmsten Eigenschaften, die ein Monster haben kann", fügte Kat ernst hinzu.

„Amen", antwortete DZ, während Charlie die Perlen in sein Inventar legte.

„Okay, wir haben sechs Enderperlen", erklärte er. „Dank DZ." Er warf Stan einen irritierten Blick zu, der peinlich berührt wegsah. „Also müssen wir jetzt sechs weitere Endermen finden und töten. Ein Kinderspiel", sagte er.

„Äh, nicht ganz, Kumpel", entgegnete DZ. „Endermen lassen nicht immer Enderperlen fallen. Wir werden viel mehr als sechs töten müssen."

„Wunderbar", meinte Charlie und ließ den Kopf hängen. „Aber wo sollen wir jetzt hingehen? Wir können nicht in unserer momentanen Basis bleiben. Wir haben keine Tür und es ist kein Holz in der Nähe. Außerdem können wir sowieso nicht zu lange an einem Ort bleiben, sonst finden uns die Truppen des Königs.

„Ich weiß, was wir tun können", sagte DZ. „Manchmal, wenn mir die Gesundheit ausgeht und ich einen Ort zum Übernachten brauche, suche ich mir ein NPC-Dorf. Die Leute, die da wohnen, sind nett, wissen, wie man Essen herstellt, und sind immer bereit, einem Zuflucht zu bieten."

„Oh, ich weiß nicht, ob ein NPC-Dorf eine so gute Idee ist", antwortete Kat schnell.

Stan und Charlie sahen sie überrascht an. „Warum nicht, Kat?", fragte Stan. „Was hast du gegen NPC-Dörfer?"

„Erinnerst du dich an unser erstes Treffen, Kat?", fragte Charlie. „Du hast gesagt, du wärst auf der Suche nach einem NPC-Dorf, weil sie dir richtig gute Sachen geben würden."

„Äh ... also, ja ... äh, was das angeht", stammelte Kat und zappelte etwas herum. „Manchmal ... äh ... mögen sie Leute nicht. Ich meine nicht alle Leute, DZ hat offensichtlich keine Probleme, ich meine … äh …" Stan hatte noch nie gesehen, dass Kat sich so unwohl fühlte.

„Ach komm schon, Kat, ihr drei scheint doch ganz nett zu sein", meinte DZ lachend. „Ich bin sicher, sie werden dich mögen. Außerdem haben die Truppen des Königs die Angewohnheit, den Dörfern ein Soll für die Weizenproduktion aufzudrücken, also hassen sie ihn alle. Ich bin sicher, dass sie uns sympathisch finden werden, wenn wir erzählen, dass wir den König stürzen wollen."

„Also … dann, äh … fällt mir bestimmt kein … äh … Grund ein, nicht hinzugehen", sagte Kat mit gezwungenem Lächeln. Es wurde offensichtlich, dass Kat aus Gründen, die Stan nicht bekannt waren, nichts weniger wollte, als in ein NPC-Dorf zu gehen.

„Na schön!", rief DZ mit einem Lächeln. Kats Unbehagen fiel ihm nicht auf. „Ich bin ziemlich sicher, dass nur eine Tagesreise südöstlich von hier eines ist. Wenn wir jetzt abreisen, sollten wir es bis Einbruch der Nacht dorthin schaffen, und dann können wir auf unsere Endermen-Jagd gehen."

DZ begann, auf die linke Seite der aufgehenden Sonne zuzugehen, und Stan und Charlie folgten ihm enthusiastisch. Kat dagegen ließ den Kopf hängen und machte sich darüber Gedanken, wie sie damit zurechtkommen würde, in dem schrecklichen NPC-Dorf zu stranden.

KAPITEL 21

OOBS HELFENDE HAND

Es dauerte nicht lange, bis Stan ernsthaft bereute, DZ erlaubt zu haben, sie zu begleiten.

Weder seine außergewöhnlichen Schwertkampf-Fähigkeiten noch die Tatsache, dass er bereits die Hälfte der Enderperlen gesammelt hatte, die für ihre Reise zum Ende nötig sein würden, wog die Tatsache auf, dass sie bei Einbruch der Dunkelheit immer noch keine Spur von dem NPC-Dorf entdecken konnten. Sie hatten die begrenzten Lebensmittelvorräte, die Kat und Charlie am Vortag auf der Jagd beschafft hatten, bereits aufgebraucht. DZ konnte nur ein rohes Hühnchen beitragen, das sie wegen des Risikos einer Lebensmittelvergiftung nicht essen konnten. DZ brachte zu seiner Entschuldigung vor, dass er im Allgemeinen sofort aß, was er tötete, also hatte er selten etwas zu essen dabei. Dieses Geständnis verbesserte Stans Meinung über DZ nicht, während sie weiter und weiter durch das endlose Sandmeer tappten.

Als die Sonne über dem Pastellrosa des westlichen Horizontes hell glühte, entfuhr Stan ein frustrierter Schrei. Charlie und Kat sahen ihn besorgt an.

„Hast du irgendeine Ahnung, wohin du eigentlich gehst?", brüllte Stan. Die Ader an seinem Kopf pulsierte, und er spuckte, als er seinen Ärger an DZ ausließ.

DZ sah sich unbekümmert um, offenbar ahnungslos, dass Stan kurz vor einem psychopathischen Wutanfall stand. Er kratzte sich unschuldig den Kopf. „Also, wenn ich so drüber nachdenke, wenn die Sonne im Osten aufgeht und im Westen unter … dann heißt das, sie bewegt sich … wenn ich also immer weiter in die Richtung links davon gehe … ooooh! Dann gehe ich gar nicht in Richtung Südosten! Ich laufe im Kreis!" Er lachte. „Boah! Das war ganz schön blöd von mir, was?"

Erst in diesem Moment wurde DZ klar, dass seine Kameraden ihn mit ungläubigen Blicken anstarrten. Charlie starrte ihn an, als hätte er gerade erklärt, dass er ein Wettstarren mit einem Enderman veranstalten wollte, und Kats Mund stand offen; ihr Gesicht schien nur aus Augen zu bestehen. Selbst Rex und Lemon sahen zu DZ, als wäre auch ihnen klar, dass er gerade etwas bemerkenswert Dummes getan hatte.

Stan war der Einzige, der nicht nur schockiert aussah, sondern in etwa so bereit wie ein aufgeladener Creeper, vor Wut zu explodieren. Seine Augen waren geschlossen. Er biss die Zähne zusammen, und eine Ader an seinem Kopf trat vor.

„Willst du mir damit sagen", sagte Stan mit leiser und dennoch bedrohlicher Stimme, „dass wir dir den ganzen Tag lang gefolgt sind und du uns im Kreis herumgeführt hast?"

„Anscheinend", meinte DZ und zuckte mit den Schultern. „Ach, macht euch keine Sorgen. Das ist nicht wichtig. Wir biegen das morgen wieder hin."

„Und ist dir wirklich immer noch nicht bewusst geworden, dass wir kein Essen und keinen Schlafplatz haben und dass zwischen uns und dem nächsten Tag eine *Nacht* liegt?" Das letzte Wort schrie er so laut, dass Charlie wirklich vor Schreck hintenüber fiel. DZ stand einfach nur mit leicht geöffnetem Mund da, ohne zu blinzeln, als Stan auf ihn losging.

„Du bist weniger als einen ganzen Tag bei uns und hast

uns schon mehr Ärger gemacht, als du wert bist!", brüllte Stan. „Jetzt stecken wir mitten im Nirgendwo fest, und wenn die heutige Nacht auch nur annähernd so wird wie die letzte, überleben wir sie nicht! Wir haben es nicht leicht, kapiert, DZ? Wir versuchen, etwas Unmögliches zu tun! Wir kämpfen gegen den König, wir kämpfen gegen die Natur. Manchmal habe ich den Eindruck, dass wir gegen Minecraft selbst kämpfen! Wenn du dich nicht zusammenreißt und das ernst nimmst, ist es vielleicht besser, wenn du verschwindest, damit du nicht noch mehr Unheil anrichtest!"

Stan atmete jetzt schwer, seine Nasenlöcher waren geweitet, seine Schläfenadern traten hervor. Kat und Charlie waren eingeschüchtert. Sie hatten immer gewusst, dass in Stan das Potenzial zu Rücksichtslosigkeit und Jähzorn steckte, aber dieses Schauspiel war viel heftiger als alles, was sie von ihm bis jetzt zu sehen bekommen hatten.

DZ starrte Stan mit völlig verändertem Gesichtsausdruck an. Es war eine Mischung aus Schock, Angst und Trauer. DZ sah Stan direkt in die Augen und seufzte. „Hey, es tut mir leid, in Ordnung? Ich tue mein Bestes. Ich bin es gewohnt, hier draußen ein Nomade zu sein. Ich bin es nicht gewohnt, Orte zu finden. Ich verspreche, dass ich versuchen werde, unsere Aufgabe ernster zu nehmen. Aber vergiss nicht, auch noch etwas Spaß zu haben, ja?" Er lächelte schwach. „Es ist immer noch ein Spiel, stimmt's?"

Stan schnaufte spöttisch. „Das ist mehr als ein Spiel, DZ. Es verleiht Menschen ein zweites Leben. Gerade du solltest das wissen. Und der König sorgt dafür, dass das Leben dieser Menschen elend ist, und es liegt an uns, das zu ändern. Wir können Spaß haben, wenn die Arbeit getan ist."

DZ schaute Stan traurig an. „Ich verstehe schon, Kumpel. Aber denk an die alte Weisheit: Am Ende deines Lebens wirst du das, was du nicht getan hast, mehr bereuen als das, was du getan hast. Also vergiss nicht zu genießen, was wir tun, weil wir hier draußen nicht vorhersehen können, wann unsere Leben vorbei sind. "

Die Tragweite, Kraft und Ehrlichkeit hinter dieser Aussage trafen Stan wie eine Schockwelle, und ihm wurde klar, dass sie wahr war. Er konnte morgen mitten in dieser Wüste sterben, mitten in seiner Suche nach Gerechtigkeit. Sie stapften weiter durch die Wüste, und niemand sprach ein Wort. Stan sah bedrückt aus. Die Sonne versank hinter den Dünen, und der Mond stieg hoch in den sternenbedeckten Nachthimmel. Die optimistischste Sichtweise auf die Situation war, dass die Reise ihnen nun leichter fiel, weil die Sonnenhitze verflogen war.

Die pessimistische, und damit die Sichtweise aller vier Reisenden, war, dass sie nichts zu essen und keine Lichtquelle hatten und dass von allen Seiten Monster auftauchten. Die Zombies griffen in Horden an, die Skelette verschossen Pfeile aus der Ferne, und die Spinnen kletterten die Kakteen hoch, die überall standen, und ließen sich von dort auf die Spieler fallen. Selbst die Creeper stellten eine Gefahr dar. Lemon vertrieb die meisten von ihnen, aber einmal wurde DZ von zwei Spinnen und einem Skelett von der Hauptgruppe getrennt, und gerade, als er die zweite Spinne tötete, hörte er das verräterische Zischen und wurde eine Sekunde später in die Luft geschleudert.

DZ landete auf einem Kaktus und konnte sich wegen eines stechenden Schmerzes in seinem rechten Bein nicht mehr bewegen. Er blickte nach unten und sah, dass die Stacheln des Kaktus sich in sein Fleisch gebohrt hatten. Er wusste, dass er ohne etwas zu essen im Bauch nicht geheilt würde und so nicht weiterkämpfen konnte. Trotzdem zog er sein leuchtendes Diamantschwert und schwang es gegen die Zombiehorde, die auf ihn zukam und ihn bald erreicht hatte. Die Klinge schaffte es kaum, die blauen Hemden der Monster zu zerreißen, aber die Schockwelle, die von dem Schwert ausging, reichte aus, um die Zombies

266

auf einen Haufen zu werfen, sodass zumindest diese Gefahr für eine Weile gebannt war.

DZ biss die Zähne zusammen. Er wusste, dass er schnell handeln musste. Seine Gedanken wandten sich dem Kaktus neben ihm zu. Er zog eine Eisenschaufel aus seinem Inventar und hackte damit auf den Sand um den Kaktus herum ein, zog sich in das entstandene Loch zurück und versiegelte es mit der Erde, die er bei sich hatte. Die Zombies, die nun wieder auf den Beinen waren, wanderten blind auf ihn zu und liefen direkt in den Kaktus, da sie kein Hirn hatten, das sie davon abhalten konnte. Sie versuchten weiter, durch den Kaktus zu laufen, bis sie schließlich von den Stacheln getötet wurden.

Als über ihm die letzten Geräusche der Zombies verstummt waren, zerstörte DZ einen der Erdblöcke und steckte seinen Kopf nach draußen. Alle Zombies waren tot. Er sah zu Stan, Kat, Charlie und den Tieren hinüber, die gerade von den Mobs überrannt wurden.

„Hier drüben!", schrie DZ und bedeutete ihnen, in das Loch zu kommen. Das musste er ihnen nicht zweimal sagen. Alle drei Spieler sprinteten zu DZ und sprangen in das Loch. Es wäre untertrieben zu sagen, dass sie es um Haaresbreite schafften. Lemons Schwanz war gerade im Erdloch verschwunden, als eine Spinne auf DZ zusetzte. Er schlug sie zurück und passte den Erdblock ein, sodass die vier Spieler und zwei Tiere in dem dunklen Loch sicher waren. DZ war zu müde, um noch einen weiteren Handgriff zu tun. Er hörte kaum noch hin, als Kat bemerkte, sie habe ihr Schwert draußen fallen lassen, und schlief ein.

„Hallo? Hallooooo!"

„Geh weg", murmelte Stan schläfrig. Seine Erschöpfung, nachdem er in der letzten Nacht die Mobs bekämpft hatte, wirkte sich nicht so sehr auf sein Bedürfnis zu schlafen aus wie auf seinen aktuellen Traum, in dem er und Sally den

Sturz des Königs feierten. Was auch immer die anderen an trivialen Aufgaben für ihn bereithielten, er war sicher, dass sie warten konnten.

„Halloooo! Jemand zu Hause? Du hast dein Schwert fallen lassen! Hallooooo?"

„Wa…was?", ertönte Kats benommene Stimme von der anderen Seite des Lochs. „Jemand hat mein Schwert gefunden?", fragte sie begriffsstutzig.

„Das hast du geträumt, Kat", gähnte Charlie. „Jetzt schlaf weiter."

„Halloooooooooooooooooooooooo?"

Stan wand sich, als das Loch sich mit Licht füllte. Kat hatte sich durch die Erddecke geschlagen, um den Ursprung der Rufe ausfindig zu machen. „Hallo?"

Stan drückte nun seine Hände auf seine Ohren, um den Lärm zu dämpfen, aber er konnte sie noch deutlich hören.

„Hat da jemand gesagt, er hä…" Kats Stimme versagte kurz. Als sie zurückkehrte, zitterte sie. „Oh. Ha…hallöchen."

Irgendetwas an Kats Stimme ließ Stan innehalten. Er war plötzlich hellwach, ergriff seine Axt und sprang aus dem Loch. Er drehte sich um und fragte: „Was geht hier …", aber auch seine Stimme versagte.

Kat, die aussah, als sei ihr ausgesprochen unbehaglich zumute, stand neben dem seltsamsten Spieler, den Stan je gesehen hatte. Wenigstens dachte Stan, es sei ein Spieler. Es sah auf jeden Fall wie ein Spieler *aus*, aber andererseits wirkte es, oder er, eher wie ein Neandertaler denn wie ein moderner Mensch. Er trug eine braune Robe über einer noch dunkleren braunen Hose und Schuhen und war genauso groß wie die Spieler. Sein Gesicht sah absolut lächerlich aus – sein Kopf war höher als der von Stan, er hatte grüne Augen mit braunen Augenbrauen, die in der Mitte zusammenwuchsen, und seine Nase war gigantisch. Sie war so lang, dass sie über seinen Mund hinaus nach unten ragte. Seine Hände waren vor ihm gefaltet. In ihnen hielt er ungeschickt Kats Schwert.

Stans erste Reaktion war, mit der Frage herauszuplatzen, was dieses Ding war, aber solange es – oder er – noch das Schwert hielt, fand Stan, dass er wenigstens etwas feinfühlig sein sollte. Charlie dagegen, der gerade aus dem Loch gekommen war, riss die Augen auf und platzte damit heraus: „Boah! Kat, was ist das für ein Ding?"

Stan starrte Charlie wütend an, und seine Hand griff instinktiv nach seiner Axt, aber das Ding sah nicht wütend aus. Tatsächlich blickte er in der Wüste umher und sah, um ehrlich zu sein, recht dumm aus. Das Ding sah Charlie an.

„Mein Name ist Oob", antwortete er. „Ich habe heute früh dieses Schwert im Sand gefunden. Ich habe seinen Besitzer gesucht, und jetzt habe ich dich gefunden." Oob sprach langsam, als müsse er über jedes einzelne Wort nachdenken.

„Hey, ein NPC!", rief DZ aus, während er hinter Charlie aus dem Loch kletterte. „Wie heißt du, Mann? Ich habe dich noch nie zuvor gesehen, und ich habe die meisten Dörfer hier in der Wüste besucht."

„Ich bin Oob", sagte der NPC-Dorfbewohner schlicht, und er begann, ziellos umherzuwandern. Charlie und Stan sahen Oob an und fragten sich, ob er unhöflich oder nur ausgesprochen dumm war. DZ lachte nur, gestikulierte zu Stan und Charlie und murmelte, sodass Oob ihn nicht hören konnte: „Keine Sorge, diese NPCs sind ziemlich dämlich, aber wenn sie einen ein bisschen besser kennenlernen, finden sie Gefallen an einem." DZ näherte sich dem Dorfbewohner und versuchte, erneut mit ihm zu sprechen. Charlie schien großes Interesse an Oob zu haben, aber Stans Aufmerksamkeit war auf Kat gerichtet.

Sie sah verstörter aus, als Stan sie je gesehen hatte, und das schloss die Situation ein, in der er dem Apotheker erzählt hatte, wie sie versucht hatte, ihn und Charlie bei ih-

269

rem ersten Treffen zu töten. Die Quelle ihres Unwohlseins war offensichtlich. Sie wurde immer zappelig, wenn der Dorfbewohner auch nur die kleinste Bewegung machte. Sie schlich sich sogar von hinten an ihn heran und nahm sich ihr Schwert aus seinen Händen, statt ihn darum zu bitten. Er schien das gar nicht zu bemerken.

„… an den Fußspuren in der Butter!", rief DZ aus, beendete seinen Witz und ließ Oob in hysterisches Gelächter ausbrechen. DZ hatte offensichtlich viel Zeit mit NPCs verbracht und wusste, wie man sich bei ihnen beliebt machte.

„Ich mag euch Spieler! Ihr seid sehr nett zu mir, und ich werde sehr glücklich, wenn Leute nett zu mir sind. Wollt ihr kommen und mein Dorf besuchen? Wir hätten euch gern bei uns", sagte Oob zu DZ.

„Das wäre super, Mann!", antwortete Charlie, bevor DZ etwas sagen konnte. „Wir sind jetzt schon eine ganze Weile hier draußen und könnten wirklich etwas zu essen vertragen. Du scheinst ein netter Kerl zu sein, Oob", meinte Charlie und gab Oob einen freundschaftlichen Klaps auf die Schulter.

„Dann folgt mir, meine Freunde", sagte Oob und ging in die Wüste hinaus. Charlie lief neben Oob, unterhielt sich mit ihm, und dem Lachen nach zu urteilen, in das Oob ab und zu ausbrach, erzählte er ihm noch mehr dumme Witze. DZ lief hinter ihnen, neben Stan, und er lächelte, aber Stan war nervös und behielt Kat über seine Schulter im Auge. Sie ging hinter ihnen allen her, und ihr Gesichtsausdruck machte deutlich, dass sie panische Angst davor hatte, in das NPC-Dorf zu gehen, obwohl Stan noch immer nicht wusste, wieso. Er beschloss, es herauszufinden.

Er ließ sich zurückfallen, bis er neben Kat ging, und sie bemühte sich sofort merklich, ihm nicht in die Augen zu sehen. „Kat, ich glaube nicht, dass es ein großes Geheimnis ist, dass du nicht in das NPC-Dorf willst", sagte Stan.

Kat schwieg.

„Als wir uns zum ersten Mal getroffen haben, sagtest du, dass du Sachen in der Truhe eines verlassenen NPC-Dorfes gefunden hättest. Deinem Verhalten nach zu urteilen, glaube ich langsam, dass das nicht die ganze Wahrheit ist."

Kat schwieg weiter.

„Kat, was ist in diesem Dorf passiert?"

„Ich habe ihn getötet."

Kat war stehen geblieben. Ihre Miene zeigte unglaublichen Schmerz. Ihr Gesichtsausdruck verwirrte und verstörte Stan. Sie sah aus wie jemand, der ein entsetzliches Verbrechen bereute. Als sie weitersprach, klang ihre Stimme teilnahmslos.

„Ich bin in ein NPC-Dorf gegangen, und alle Dorfbewohner waren so nett zu mir. Und ich habe ihre Sachen genommen. Ich habe das Schwert genommen und ihren Schmied getötet. Und sie haben mich alle nur angestarrt. Dann hat er mir gesagt, ich solle gehen. Ihr Priester ist aus seiner Kirche gekommen, hat mich angestarrt und mir gesagt, ich solle das Dorf verlassen und nie wiederkommen. Und dann ... kam das Getrampel ... und es wurde lauter ... und lauter ... also bin ich weggelaufen ... Ich habe nicht zurückgeblickt ... Ich hatte nicht einmal den Anstand, diesem Priester in die Augen zu sehen ..."

Kat starrte auf den Boden. Sie atmete tief durch und seufzte. Dann sah sie Stan an. „Ich war damals ein anderer Mensch, Stan. Ich habe mir mit Gewalt genommen, was ich wollte, und die Folgen waren mir egal, weil ich wusste, dass ich den Konsequenzen mit mehr Gewalt entgehen konnte." Kat hielt inne. „Genau wie König Kev", fügte Kat im Flüsterton hinzu und spiegelte damit Stans Gedanken wider.

„Wir müssen ihn schlagen, Stan", sagte Kat. Plötzlich wurde ihre Stimme ernst, und sie blickte ihm direkt in die Augen. „Nachdem ich euch getroffen habe, ist alles anders geworden. Ich bin nicht mehr der Mensch, der ich war. Du und Charlie, ihr seid einfach so toll. Eure Wut über Ungerechtigkeiten, jede Ungerechtigkeit, ist so ehrlich, selbst bei Dingen, die die meisten Leute einfach ignorieren. Ihr habt mich verändert. Und ich weiß, dass wir das Richtige tun. Wir müssen diesen Irren vernichten und Elementia Gerechtigkeit bringen. Und du musst der Anführer sein, Stan. Du bist etwas Besonderes, und du bist der Richtige, um das zu tun." Kat strahlte nun dieselbe Kraft aus, die sie gehabt hatte, als sie aus der Lava gestiegen war und Becca angegriffen hatte. Jedes ihrer Worte traf Stan mitten ins Herz. Er fühlte sich bestärkt.

Stan hatte während Kats Monolog kein einziges Wort gesprochen, wusste aber, dass sie recht hatte. Kat war auf jeden Fall ein anderer Mensch als das Mädchen, das sie aus dem Wald heraus mit einem Steinschwert überfallen hatte. Und er wusste, dass er und Charlie es gewesen waren, die sie positiv beeinflusst hatten. Außerdem wusste er, obwohl er nicht sicher war, was er davon hielt, dass er *tatsächlich* auf gewisse Weise etwas Besonderes war. Er war sicher, dass irgendeine anderweltliche Macht von ihm Besitz ergriffen hatte, damit er den Kampf bei den Schwertübungen gewinnen konnte, damit er den Schneegolem mit der Axt zerstören, und damit er den Pfeil auf den König abschießen konnte. Er hatte sie auch in der letzten Nacht gespürt, als er DZ angebrüllt hatte. Diese Handlungen fühlten sich nicht an, als wären sie seine eigenen gewesen, sondern als wären sie höheren Gedanken entsprungen, als würde das Universum selbst ihn zum Handeln aufrufen.

Stan erinnerte sich daran, wie Sally ihn gefragt hatte – vor einer Million Jahren, Millionen Kilometer entfernt, in einer Version von Adorias Dorf, die noch nicht vom Hass zerstört war –, ob er glaubte, dass er etwas Besonderes wäre, und der verrückte Steve hatte ihn berechnend gemustert. Sie hatten es gewusst. Sie hatten etwas an ihm

272

gespürt, eine Art Aura. Im Nachhinein wurde ihm klar, dass sie es auch gezeigt hatten. Sally hatte ihn gezwungen, gegen Kat und Charlie zu kämpfen, einer gegen zwei, und wäre der verrückte Steve nicht mitten in ihrem Gespräch ermordet worden, hätte er seinen sechsten Sinn ihm gegenüber erwähnt.

All diese Gedanken gingen Stan durch den Kopf, aber als sich vor dem aufgehenden Quadrat der Sonne die Umrisse von Gebäuden am Wüstenhorizont abzeichneten, überzeugte die Aussicht auf etwas zu essen Stan davon, sich seine Gedanken für spätere Überlegungen aufzuheben.

„Ho Mam, if häppe niegeach, dafif dem Gefmack von Brosho vermiffen kömmpe", murmelte Kat mit vollem Mund. Stan pflichtete ihr bei. Das Brot, das die Dorfbewohner ihnen gegeben hatten, stellte dem Hunger des letzten Tages gegenüber eine klare Verbesserung dar. Die Sonne zeigte an, dass es fast Mittag war, und während Lemon und Rex draußen blieben, saßen Stan, Charlie, Kat, DZ und Oob in Oobs Haus im NPC-Dorf.

Das Dorf selbst erinnerte, wie Stan fand, auf angenehme Art an Adorias Dorf. Die meisten Häuser bestanden aus Holzbrettern und Bruchstein, mit Glasfenstern und Holztüren. Das ganze Dorf war um einen Bruchsteinbrunnen herum angelegt, von dem aus sich Kieswege ausbreiteten. Hinter den meisten der Häuser befanden sich kleine Äcker, die aus Ringen aus Holzblöcken bestanden, in denen sich Reihen von Wasser- und Erdblöcken abwechselten, auf denen Weizen wuchs.

Zwei Gebäude fielen zwischen den Häusern auf. Ein hohes Bruchsteingebäude mit mehreren Stockwerken war die höchste Struktur im Dorf. Oob hatte Stan erklärt, das sei die Kirche, wo ihre Priesterin, die auch ihre Anführerin war, lebte. Neben dem Dorf stand ein breites Gebäude, dessen ganze linke Seite offen war und den Blick auf zwei

Öfen und ein Lavabecken frei gab. Das Gebäude nannte sich Schmiede, sagte Oob, und war das Zuhause des Schmieds, der sich um die Reparatur der Werkzeuge der Dorfbewohner kümmerte.

„Wir sind alle sehr glücklich, dass ihr hier seid. Es ist so lange her, dass Spieler nett zu uns waren", sagte Mella, Oobs Mutter, die mit ihrem Mann Blerge und mit Oob in dem Haus wohnte.

„Was meinst du damit, Mella? Haben euch andere Spieler etwas angetan?", fragte Kat.

„Oh ja", antwortete sie, und ein finsterer Ausdruck legte sich auf ihr Gesicht. „Vor langer Zeit, bevor Oob geboren wurde, haben die Truppen von dem Spieler namens König Kev die Leute aus unserem Dorf gezwungen, einen Tribut aus Weizen von unseren Höfen zu zahlen. Es gab oft Mangel, und viele von uns sind verhungert." Mella begann wieder, im Haus umherzuwandern. Stan war klar geworden, dass das eine Eigenschaft aller NPC-Dorfbewohner war – sie alle neigten dazu, ziellos umherzulaufen, was auch immer sie gerade taten.

„Was ist passiert? Warum hat der König aufgehört, euch zu belästigen?", fragte Kat ermunternd.

„Was? Ach, ja" antwortete Mella, als hätte sie kurz vergessen, dass sie da waren. Stan hatte den Verdacht, dass dem tatsächlich so war. „Nicht lange nach Oobs Geburt hat ein Spieler eine Abmachung mit dem König getroffen, dass er im Tausch gegen die Dienste dieses Spielers keinen Tribut mehr von unserem Dorf fordern würde. Wir haben keine Spieler mehr gesehen, seit sie diesen mutigen Spieler weggebracht haben." Mit diesen Worten begann Mella wieder umherzuwandern.

Da sie offensichtlich geistesabwesend war, beschloss Stan, Oob statt Mella nach dem Namen des Spielers zu fragen. Als er antwortete, nahm Oobs Gesicht einen geradezu freudigen Ausdruck an.

„Oh, wir haben geschworen, den Namen des Geheiligten nie wieder auszusprechen! Wir haben ein Zeichen von Notch dem Allmächtigen erhalten, dass wir als Dank für seinen Dienst nie wieder den Namen des Geheiligten aussprechen sollen!"

„Notch der Allmächtige? Wer ist Notch?", fragte Charlie, gerade, als sich die Hintertür öffnete und Blerge, Oobs Vater, von der Ackerarbeit hereinkam.

„Das ist der Typ, der Minecraft erschaffen hat", zischte DZ Charlie im Flüsterton zu, sodass Blerge, dessen Miene absolute Ungläubigkeit zeigte, ihn nicht hören konnte.

„Ihr wisst nichts von Notch, dem Schöpfer? Ohne Notch den Allmächtigen könnte das Leben, wie wir es kennen, nicht existieren! Zu Anbeginn der Zeit hat Notch dieses Dorf erschaffen, das unser Volk vor den bösen Mobs beschützt! Notch lässt die Sonne auf- und untergehen und ist Herr über alle Kreaturen dieser Welt! Ohne ihn wären wir alle auf Gedeih und Verderb Herobrine ausgeliefert, dem Herrn des Bösen und der Zerstörung."

Während Blerge weiter über Notch den Allmächtigen redete, war Stan fasziniert. Verehrten die Dorfbewohner wirklich den Schöpfer von Minecraft? *Nun ja, es würde Sinn ergeben*, dachte er. *Ihre ganze Welt besteht aus diesem Spiel.* Er selbst konnte sich nicht vorstellen, den Typen anzubeten, obwohl Stan fand, dass Notch ganz schön großartig war, weil er ein so fantastisches Spiel erschaffen hatte.

„Das hört sich wirklich interessant an, Blerge", sagte Charlie. „Und jetzt habe ich eine Frage. Wir versuchen, den König zu stürzen – du weißt schon, den Kerl, der euch früher gezwungen hat, ihn mit Sachen zu bezahlen?"

„Oh ja", sagte Blerge, und seine zusammengewachsenen Augenbrauen zogen sich über seinen Augen zusammen. „Dieser Mann hat meinem Volk viel Leid zugefügt. Ich wäre sehr glücklich, wenn vier wohlgesinnte Spieler wie ihr seinen Platz einnehmen würden. Ihr seid sehr freundlich zu uns, während der Spieler namens König Kev glaubte, wir wären minderwertig."

Stan öffnete den Mund, um ihn zu unterbrechen, beherrschte sich aber rechtzeitig. Man konnte schwerlich sagen, dass er diesem Volk von NPCs in irgendeiner Weise glich, besonders, weil er seitdem er das Dorf betreten hatte, schon zwei Dorfbewohner dabei beobachtet hatte, wie sie direkt in Kakteen gelaufen waren und sich dabei fast umgebracht hätten. Aber trotzdem respektierte Stan diese Leute, und wie er fand, unterschied ihn das von König Kev.

„Also", fragte Charlie Blerge, „wärst du bereit, uns euer Dorf als Basis benutzen zu lassen? Wir müssen noch sechs Enderperlen sammeln, um zum Ende zu gelangen, und wir könnten eine Unterkunft brauchen, bis wir genug Endermen getötet haben."

Blerge hatte wieder angefangen herumzulaufen, bevor Charlie seine Bitte vollständig ausgesprochen hatte, also wurde sie von Mella beantwortet. „Ich bin sicher, dass es in Ordnung wäre, wenn ihr so lange bei uns bleibt, wie es nötig ist, meine Freunde. Aber bevor wir das mit Sicherheit sagen können, müssen wir mit Moganga sprechen, der Priesterin und Anführerin unseres Dorfes. Sie wird euch sagen, ob ihr bleiben könnt oder nicht. Kommt, ich bringe euch zu ihr." Mit diesen Worten lief Mella auf die Tür zu. Oob folgte ihr, während Blerge weiter durch das Haus lief.

„Moment", fragte Kat, die zum ersten Mal seit einer ganzen Weile sprach. „Das ist doch euer Haus. Warum darf diese Moganga entscheiden, ob wir bleiben oder nicht?"

„Weil es Notch der Allmächtige befiehlt", sagte Mella und verließ das Haus, als wäre das eine zufriedenstellende Antwort. Oob und Blerge gingen ihr nach, gefolgt von Charlie und DZ, dann von Stan und einen Moment später von Kat.

KAPITEL 22

DIE BELAGERUNG

Während die Gruppe den Kiesweg entlang auf die hohe Steinkirche zuging, beobachtete Stan lediglich mit halber Aufmerksamkeit Charlie, DZ und Oob, die plaudernd vor ihm herliefen, behielt Kat aber sorgsam im Auge. Seit Kat Stan gebeichtet hatte, was im letzten NPC-Dorf geschehen war, das sie besucht hatte, war sie sehr ruhig und nachdenklich, ganz im Gegensatz zu ihrer üblichen Art. Aber jetzt, als sie sich der Kirche näherten, spürte Stan wieder eine leichte Anspannung. Dennoch trat Kat ein, und nachdem Stan einem weiteren Dorfbewohner – er hieß Libroru – erklärt hatte, dass es wehtat, wenn man in Kakteen lief, folgte er Kat nach drinnen.

Die Kirche bestand ganz aus Bruchstein; eine Leiter an der Seitenwand führte zu den höheren Stockwerken. An den Wänden hingen Fackeln und vorn stand ein Altar aus Bruchstein. Eine Dorfbewohnerin in einer violetten Robe stand dem Altar gegenüber. Als die Spieler, geführt von Mella und Blerge, hereinkamen, wandte sich die Priesterin zu ihnen um.

„Hallo Spieler", sagte Moganga. „Oob hat mir von eurer Ankunft erzählt. Willkommen." Sie wandte sich an Mella und Blerge. „Womit kann ich euch dienen, mein Bruder und meine Schwester?"

„Diese vier Spieler haben darum gebeten, das Haus unserer Familie als Außenposten für ihre Jagd auf die Endermen zu nutzen", antwortete Blerge mit kräftiger Stimme. „Ich bitte dich, Notch den Allmächtigen, eine Entscheidung in dieser Frage zu treffen."

„Ich verstehe. Ich werde versuchen, mich mit Notch dem Allmächtigen in Verbindung zu setzen, mein Bruder", antwortete Moganga. Sie schloss die Augen, und ihre Augenbraue begann zu zucken. Als sich nach etwa einer Minute ihre Augen wieder öffneten, hatten Blerge und Mella angefangen, durch die Kirche zu laufen. Oob trat vor.

„Was sagt Notch der Allmächtige, Mutter Moganga?", fragte Oob mit ernster Miene.

„Notch der Allmächtige hat zu mir gesprochen", antwortete Moganga, und Oobs Miene hellte sich auf. „Notch der Allmächtige hat das Vorhaben dieser Spieler gesegnet und ruft uns zu, ihnen Zuflucht zu gewähren, solange wir das Böse besiegen können, das uns heute unter dem vollen Mond widerfahren wird."

„Oh Gott", murmelte DZ. „Soll das heißen, dass *heute* Vollmond ist?"

Moganga nickte, und Oob und DZ sahen niedergeschlagen aus. Charlie fragte: „Moment, was ist denn so besonders am Vollmond?"

DZs Miene verdüsterte sich kurz, als er antwortete. „Das Besondere ist eine Belagerung. Bei jedem Vollmond greift eine riesige Horde von Mobs das Dorf an, wenn sich Spieler in einem NPC-Dorf aufhalten. Und ich meine wirklich *riesig*. Dagegen sind die, die wir bei dem Senkloch getötet haben, ein Klacks. Und obwohl es meistens Zombies sind, gibt es auch jede Menge von den anderen."

„Vor Jahren", sagte Mella, die ihre Wanderung unterbrochen hatte, „als der Geheiligte noch bei uns war, widerfuhren uns die Belagerungen bei jedem Vollmond. Unser Volk konnte überleben, weil die Zombies in diesen Tagen unsere Türen nicht zerbrechen konnten. Aber bei jeder Belagerung terrorisierte ein entsetzliches Monster unser Dorf gemeinsam mit den Zombies: Ein Skelett, das auf einer Spinne ritt."

„Ein Spinnenreiter", murmelte Charlie. Seine Augenbrauen zogen sich zusammen, und seine Augen weiteten sich vor Sorge. „Von den Biestern habe ich gelesen. Die Reichweite eines Skeletts kombiniert mit der Beweglichkeit und der Geschwindigkeit einer Spinne. Kein wirklicher Spaß."

„Oh, da hast du völlig recht, Kumpel", pflichtete DZ bei. Er sah ernüchtert aus. „Wann immer ich einen Spinnenreiter in der Wüste sehe, gehe ich ihm aus dem Weg. Wenn er mich sieht, nehme ich die Beine in die Hand", sagte er. Er sah Moganga an. „Also kommt bei jeder Belagerung ein Spinnenreiter und greift die Dorfbewohner an?"

„Das ist richtig", antwortete Moganga. „Er hat oft einen von uns getötet, bevor der Geheiligte sie vertrieben hat. Und der Geheiligte konnte ihn nie töten, obwohl er ein hervorragender Bogenschütze war. Daher wird der Spinnenreiter heute Nacht zurückkehren. Wenn ihr das bedenkt, und auch die Tatsache, dass die Zombies vor Kurzem gelernt haben, Türen einzuschlagen, dann müsst ihr verstehen, dass eure Anwesenheit das Dorf zu einem sehr gefährlichen Ort für unser Volk macht."

Stan wollte hinzufügen, dass das nicht viel zu sagen habe, da er beobachtete hatte, wie drei Dorfbewohner sich fast umgebracht hatten, indem sie in Kakteen gelaufen waren, aber er behielt den Gedanken für sich.

„Daher mache ich euch folgendes Angebot. Ihr dürft mit uns im Dorf bleiben, während ihr die Mobs namens Endermen jagt, und als Gegenleistung werdet ihr uns vor der Belagerung beschützen und den Spinnenreiter töten. Sind wir uns einig?"

„Jawohl, Madam", antwortete Stan, und seine Freunde nickten zustimmend. In der Tat schienen Kat und DZ beide geradezu darauf zu brennen, eine Horde böser Mobs zu

279

bekämpfen. Charlie dagegen zeigte noch einen Rest der Nervosität, die er so oft an den Tag gelegt hatte, als sie sich zum ersten Mal getroffen hatten. Stan hatte gedacht, dass sich diese nervösen Tendenzen inzwischen gelegt hätten, besonders nach allem, was sie durchgemacht hatten. Und einen nervösen Charlie würde er im Ende sicherlich nicht brauchen können. Um sich abzusichern und Charlies Nervenkostüm auf eine Art endgültige Probe zu stellen, meldete sich Stan zu Wort.

„Okay, hier ist unser Plan. DZ und Kat, ihr bleibt im Dorf und tötet alle Zombies, die versuchen, in die Häuser des Dorfes einzubrechen. Charlie und ich gehen in die Wüste, die das Dorf umgibt, und wir töten alle Mobs, die dort draußen spawnen. Und wir jagen den Spinnenreiter."

Charlies Augen weiteten sich. Er öffnete den Mund, und Stan war sicher, dass er protestieren würde, aber Kat hatte bereits „Von mir aus" gesagt, und DZ nickte zustimmend. „Okay", fuhr sie fort, „werfen wir uns in Schale. Die Sonne geht unter, und es wird eine lange, lange Nacht."

Mit besorgter Miene folgte Charlie Stan, Kat und DZ zurück zu Oobs Haus, wo sie ihre Rüstungen und Waffen in einer Truhe abgelegt hatten.

DZs Ausrüstung war die leichteste. Er hatte keine Rüstung und hielt nichts als ein Eisenschwert in der Hand, das mit der rot glühenden Verzauberung „Verbrennung" belegt war. An seinem Gürtel hingen seine beiden Diamantschwerter. Auf einem dieser Schwerter leuchtete die Verzauberung „Rückstoß".

Kat dagegen trug die meiste Ausrüstung, da sie die Einzige von ihnen war, die eine komplette Rüstung besaß. Sie trug einen Eisenhelm, eine Lederjacke, einen Eisenbeinschutz und Eisenstiefel. In der Hand hielt sie den mit „Unendlich" verzauberten Bogen. Ihre Pfeile und ihr Eisenschwert hingen an ihrer Hüfte.

Auch Stan hatte recht viele Gegenstände bei sich. Er trug

seinen Eisenbrustpanzer, hielt seine Axt in der Hand und trug einen Bogen auf dem Rücken. Die Pfeile hingen an seiner Seite. Oob hatte ihm eine Schärpe gegeben, die er sich um die Brust schlingen konnte. Daran hatte er die beiden Tränke der Heilung und den Trank der Feuerresistenz angebracht, die er noch vom Apotheker besaß.

Charlie trug einen Eisenbrustpanzer, und er hielt seine Diamantspitzhacke in der verschwitzten Hand. Er hatte dieselbe Schärpe wie Stan, aber weder Bogen noch Pfeile. Stattdessen nahm er die Feuerkugeln, die er dem toten Soldaten am Netherportal abgenommen hatte, und brachte sie an seinem Gürtel und der Schärpe an.

Als die Sonne sich tiefer und tiefer über die Dünen senkte, änderte sich die Farbe des Himmels von hell- zu dunkelblau, dann wurde sie rosa, dann violett und schließlich schwarz. Kat, Rex und DZ nahmen ihre Posten an den Kieswegen des Dorfes ein, während Stan, Charlie und Lemon über die Hauptstraße auf die Wüste zugingen. Das Dorf wirkte wie eine Geisterstadt. Die NPC-Dorfbewohner hatten sich in ihren Häusern verbarrikadiert und bereiteten sich auf die bevorstehende Belagerung vor. Der unheimliche Wind, der von den Dünen in ihre Richtung wehte, trug zu dem erdrückenden Gefühl der Vorahnung bei, das sich nun über das verdunkelte Dorf legte, während Stan, Charlie und Lemon sich in das Meer aus Dünen wagten.

Als sie sich etwas vom Dorf entfernt hatten, sah Charlie zu Stan hinüber. „Okay, Stan, ganz offensichtlich hast du mich aus irgendeinem Grund hierfür freiwillig gemeldet. Raus mit der Sprache."

„Ich wollte sichergehen, dass du zäh genug bist", antwortete Stan und sah Charlie nicht an, während er die Hügel nach Anzeichen einer Zombiehorde absuchte. „Das Ende wird schreckenerregend, ob dir das nun passt oder nicht, also solltest du besser jetzt zeigen, dass du dich zusammenreißen kannst."

Charlie öffnete vor Wut den Mund, schloss ihn jedoch bald wieder, weil ihm klar wurde, dass Stan recht hatte. Charlie hatte das Gefühl, viel mutiger geworden zu sein, seit er Stan getroffen hatte, aber was auch immer sich am Ende befand, war mit Sicherheit viel gefährlicher als alles in der Oberwelt oder im Nether. Um sicher zu sein, dass er es schaffen würde, stimmte Charlie zu, nicht vor gefährlichen Situationen wegzulaufen, falls sie sich ergeben sollten. Übung konnte nicht schaden.

Die Sonne versank schließlich hinter den entferntesten Sandhügeln, und bald stand der Vollmond am Himmel über ihnen an seinem höchsten Punkt. Die Sterne glänzten wie Diamanten in der schwarzen Endlosigkeit des Himmels. Dennoch war es weder Stan noch Charlie möglich, sich an der natürlichen Schönheit, die sie umgab, zu erfreuen. Beide waren nun mit der sehr realistischen Möglichkeit beschäftigt, dass Hunderte Zombies über die Hügel strömen würden.

Tatsächlich dauerte es nach Sonnenuntergang nicht lange, bis Stan sich vage eines Grollens bewusst wurde, das dem Geräusch Hunderter Füße ähnelte, die gleichzeitig vorwärts stapften. Das Geräusch rasselnder Knochen, klickernder Spinnen, kreischender Endermen und das lauteste Geräusch, das hohle, verzweifelte Stöhnen der Zombies, wurden lauter und lauter, bis schließlich die erste Welle der Zombies erschien.

Stan und Charlie traten schnell in Aktion. Sie hatten Hunderte Ziele zur Auswahl, also dauerte es nicht lange, bis Spitzhacke und Axt in den Händen der beiden erfahrenen Kämpfer zwei Dutzend der Bestien zerfetzt, zerschmettert und niedergeschlagen hatten. Dennoch strömten noch viele weitere auf das Dorf zu. Stan stürmte vor, um sie anzugreifen. Charlie wollte ihm gerade folgen, als sich ihm bei einem völlig unerwarteten Anblick der Magen umdrehte.

282

Eine weitere Welle von Monstern war am Horizont erschienen. Und die bestand nicht nur aus Zombies, sondern auch aus Skeletten, Spinnen, Creepern und Endermen. An der Spitze des Heeres befahl ein Skelett mit einer einzelnen Handbewegung den Angriff auf das Dorf. Es saß mit einem Bogen bewaffnet auf dem Rücken einer Spinne. Es war der Spinnenreiter.

Charlie wusste, dass dies sein Kampf war. Er musste derjenige sein, der den Spinnenreiter vernichtete. Er wusste allerdings auch, dass er das nicht schaffen würde, während all die anderen aggressiven Mobs weiter vorwärtsdrängten. Er legte sich einen Plan zurecht und holte einen TNT-Block und eine Redstone-Fackel hervor, die er dem toten Soldaten abgenommen hatte. Er legte sie auf den Boden und rief aus voller Brust: „Hey! Hier drüben, ihr untoten Freaks!"

Sein Plan funktionierte. Die Aufmerksamkeit der Mobs wandte sich vom NPC-Dorf ab, und stattdessen schwärmten sie auf Charlie zu. Ihm blieben nur noch Sekunden, also berührte er den TNT-Block mit der Redstone-Fackel, schnappte sich Lemon und sprang ein paar Blöcke weiter in einen Graben. Einen Moment später, gerade, als Charlie über sich einen Enderman sah, der seinen Arm zum Schlag erhoben hatte, explodierte der TNT-Block mit der Sprengkraft eines Creepers. Charlie wurde von der Explosion zurückgeschleudert und landete ein paar Blöcke entfernt auf seinem Hinterteil. Das war jedoch nichts im Vergleich zu dem, was den Mobs widerfuhr.

Die Explosion wurde genau in dem Moment ausgelöst, als sich die Mehrheit der Mobs über dem Block befand, und als Charlie in den Krater im Sand hinabblickte, sah er, dass keiner der Dämonen überlebt hatte. Der Krater war von Knochen, Pfeilen und verrottetem Fleisch übersät, und zu Charlies Entzücken entdeckte er auch zwei Enderperlen. Er sammelte Letztere ein und blickte zum Horizont, um zu sehen, was von den Schergen des Spinnenreiters übrig geblieben war.

Außer dem Spinnenreiter hatten drei Creeper überlebt, die Charlie von ihrer Position hinter ihrem Anführer aus anstarrten. Einer von ihnen begann vor Wut über den Tod seiner Kameraden zu zittern, und er bewegte sich schwerfällig auf Charlie zu, aber der Spinnenreiter hob eine Hand, um ihn aufzuhalten. Charlies Blick bohrte sich in die leeren Augenhöhlen des Skeletts. Beide wussten um dieselbe Wahrheit: Dieser Kampf würde ein Kampf Mann gegen Mann sein.

Als Charlie das klar wurde, wünschte er sich sehnlichst, dass er einen Bogen mitgebracht hätte. Da merkte er, dass wie durch ein Wunder eines der Skelette einen im Krater hatte fallen lassen. Er schnappte ihn sich zusammen mit allen Pfeilen, die daneben lagen. Obwohl er nie ein besonders guter Bogenschütze gewesen war, wurde Charlie nach dem Massaker an den Untoten von einem so starken Adrenalinstoß getrieben, dass er sicher war, unter den gegebenen Umständen so gut schießen zu können wie Kat oder Stan. Er kletterte aus dem Krater, warf einen letzten trotzigen Blick auf den Spinnenreiter und stürmte vor.

Der Spinnenreiter stürmte gleichzeitig los. Das Skelett schoss schnell hintereinander zwei Pfeile ab, denen Charlie auswich und sie mit der Spitzhacke beiseite schlug. Als er sich nach dem Ausweichmanöver aufrichtete, warf Charlie seine Spitzhacke wie einen Bumerang auf den Kopf des Skeletts zu. Sie schien auf Kollisionskurs zu sein, aber in letzter Sekunde sprang die Spinne beiseite und rettete ihrem Reiter für den Moment das Leben.

Charlie ließ sich nicht aus der Ruhe bringen. Er spannte den Bogen und feuerte, während er gleichzeitig vorwärts rannte, drei Schüsse ab, und das Skelett tat dasselbe. Charlie wich zweien der Schüsse aus, der dritte prallte von seiner Rüstung ab. Der Spinnenreiter hatte weniger

Glück. Obwohl die Spinne den ersten beiden Pfeilen aus dem Weg springen konnte, bohrte sich der dritte mitten in eines ihrer acht roten Augen. Die Spinne spuckte vor Schmerzen und begann, sich zu winden, woraufhin das Skelett den Pfeil schnell aus dem Auge der Spinne zog, ihn auf seinen eigenen Bogen legte und ihn auf Charlie zurückfeuerte.

Charlie duckte sich unter dem Pfeil weg, dann hatte er das Monster erreicht. Die Spinne bleckte die Zähne und warf sich auf Charlie, aber Charlie versetzte ihr einen schnellen Stoß ins Gesicht, und sie fiel seitwärts um – sie war nicht tot, aber sehr desorientiert. Charlie ergriff die Gelegenheit, sich die Spitzhacke zu greifen, die in der Nähe auf dem Boden lag. Als der Spinnenreiter wieder Fuß gefasst hatte, war es zu spät. Das Skelett legte in genau dem Moment einen Pfeil an, als Charlie der Spinne seine Spitzhacke in die Seite trieb. Die Spinne fiel zu Boden und zuckte reflexartig, während sie aus dem Loch in ihrer Seite blutete. Das Skelett wurde zu Boden geworfen. Es feuerte seinen Pfeil unkontrolliert in die Luft, und als es zu dem auf ihn zurasenden Krieger, Charlie, blickte, machte es mit seinem weißen, knochigen Arm einen Wink vorwärts.

Charlie hatte kaum Zeit zu überlegen, was das bedeuten mochte, als er schon drei Creeper bemerkte, die sich auf ihn zubewegten. Er schloss die Augen und bereitete sich auf die mächtige Explosion vor. Stattdessen hörte er jedoch ein Zischen, das sich von dem eines Creepers drastisch unterschied. Als Charlie die Augen öffnete und sah, wie Lemon die Creeper vertrieb, verfolgte er sie, bis er eine Grube im Boden erreichte.

Lemon stand neben der Grube und fauchte die drei Creeper weiter an, und alle drei duckten sich ängstlich gegen die Sandwand. Die Creeper hatten zu viel Angst vor der Katze, um auch nur nach oben zu sehen, als Charlie ihnen mit drei schnellen Schlägen mit der Spitzhacke ein Ende

285

machte. Erleichtert wandte sich Charlie um, bereit, Lemon zum Dank hinter den Ohren zu kraulen.

Stattdessen hob Charlie gerade noch rechtzeitig den Blick, um zu sehen, wie ein Pfeil den Bauch seiner Katze durchbohrte.

Die Zeit schien in Zeitlupe zu verstreichen, während Lemon in einem eleganten, fast engelsgleichen Flug vom sandigen Vorsprung in die Grube fiel und in Charlies ausgestreckten Armen landete. Charlies Magen fühlte sich an, als sei er verknotet worden, während seine Katze ein letztes, schwaches Maunzen von sich gab und aufhörte zu existieren.

Er stand da und starrte auf seine leeren Arme, in denen sein Tier gerade seinen letzten Atemzug getan hatte. Er war nicht in der Lage, zu verstehen, was geschehen war. Er hatte Lemon nur kurze Zeit besessen, aber in dieser Zeit war ihm die Katze genauso sehr ans Herz gewachsen wie Kat und Stan. Charlie hatte gewusst, dass immer, wenn er aus dem Albtraum, den der König erschaffen hatte, erwachte, Lemon an seiner Seite sein würde.

Dann, blitzschnell, verwandelten sich der Schock und das Entsetzen in Charlie spontan in Wut und das übermächtige Verlangen, den Schuldigen an Lemons Tod zu vernichten. Er blickte zu dem Vorsprung über der Grube hinauf und sah, wie das Skelett, das auf der Spinne geritten war, mit einem weiteren Pfeil direkt auf seinen Kopf zielte. Charlies Reflexe, die durch den Kampf ohnehin schon verstärkt waren, erhöhten sich bis ins Übermenschliche, und er fing den fliegenden Pfeil mitten in der Luft auf, nur Zentimeter von seinem Gesicht entfernt. Er legte ihn in seinen eigenen Bogen und schoss ihn auf seinen Besitzer zurück. Die Spitze aus Feuerstein zerschmetterte den knochentrockenen Schädel zu Staub.

Charlie zog sich aus dem Sandloch. Er schäumte noch immer vor Wut, und er dürstete danach, noch mehr Untote zu vernichten. Die Wüste war jedoch völlig leer. Charlie hatte es geschafft, *sämtliche* Truppen des Spinnenreiters im Alleingang zu töten. Obwohl Charlie noch immer darüber wutentbrannt war, dass sie Lemon getötet hatten, erlaubte er sich etwas, das er sich noch nie zuvor erlaubt hatte: Er rechnete sich den Verdienst an. Vom ersten Erscheinen der Mobs bis jetzt gab es ein Gefühl, das er überhaupt noch nicht verspürt hatte. Er hatte keine Angst gehabt.

Stolz, Trauer und Wut erfüllten Charlie gleichzeitig, und er raste auf das Licht des NPC-Dorfs zu, um die Mobs zu bekämpfen, die er nun durch die Straßen wandern sah.

Stan hätte eine ganze Truhe mit dem verrotteten Fleisch der Zombies füllen können, die er und seine Kameraden zu Fall gebracht hatten. Stans Axt führte Zombie um Zombie einem zweiten Tod zu. Kat war noch effektiver. Sie konnte die Angriffe der Zombies mit ihrem Schwert parieren und sie so im Nahkampf zusammen mit ihrem Hund angreifen. Die vernichtendsten Schläge gegen die Untoten führte jedoch DZ. Sein rot gefärbtes Eisenschwert musste einen Zombie nur einmal treffen, und das Feuer erledigte den Rest.

Obwohl der Mond noch hoch am Nachthimmel stand, dachte Stan gerade, dass die Belagerung nachließ, als er plötzlich fühlte, wie er in die Luft gehoben wurde. Obwohl er kopfüber hing, erhaschte er einen Blick auf den Enderman, der ihn hochhielt und kurz davor war, ihn auf die Kiesstraße zu schleudern. Stan bereitete sich auf den Aufprall vor, als er ein Zucken spürte und sanft zu Boden plumpste. Sein Sturz wurde von der Leiche des Enderman gebremst. Begierig darauf zu sehen, wer das Monster getötet hatte, sah Stan gerade noch rechtzeitig hoch, um zu beobachten, wie Charlie seine Diamantspitzhacke aus dem Hinterkopf der Kreatur zog. Seine Miene war finster und abwesend.

287

„Danke, Charlie", sagte Stan, als Charlie ihm auf die Beine half. „Wie ist es gelaufen?"

„Sie sind alle tot. Auch der Spinnenreiter", erklärte Charlie mit einer monotonen Stimme, die überhaupt nicht zu ihm passte. Ganz offensichtlich war etwas schiefgelaufen. Stan stellte gerade fest, was nicht stimmte, als Charlie murmelte: „Lemon ist tot."

Es war wie ein stumpfer Schlag in die Magengrube. Stan war voller Mitleid mit seinem besten Freund. Er wusste, wie viel Freude Lemon Charlie bereitet hatte, und er wusste, dass Charlie nun ein anderer Mensch sein würde.

„Wie habt ihr euch hier geschlagen?", fragte Charlie, und seine Stimme hob sich fast unmerklich, als versuche er unterbewusst, sich selbst aufzuheitern.

„Ich glaube, wir sind fertig", meinte DZ und stieß zu ihnen, nachdem er den letzten Zombie erstochen hatte. Er hatte einen kleinen Kratzer am linken Unterarm und sah erschöpft aus, aber davon abgesehen ging es ihm gut.

In genau diesem Moment lugte Kats Gesicht hinter der Ecke von Oobs Haus hervor, aber sie sah nicht aus, als würde sie triumphieren. Sie war blass im Gesicht und sah entsetzt aus.

„Ich glaube, das solltet ihr euch ansehen", flüsterte sie, wobei sich ihre Lippen kaum bewegten.

Die drei Spieler liefen los, um zu sehen, was sie meinte. Im Laufen hörte Stan Oobs Stimme aus dem Innern des Hauses.

„Spieler? Juhu! Ich muss euch etwas zeigen!"

„Jetzt nicht, Oob", murmelte Stan, als er die Ecke des Hauses umrundete und sah, was Kat anstarrte. Bei dem Anblick zog sich sein Magen schmerzhaft zusammen.

Stan hatte während seiner Zeit in Minecraft schon viele Gruppen böser Mobs gesehen, aber noch keine, die so groß war wie die, die jetzt den Kiesweg entlang auf das NPC-Dorf zuschlurfte. Es mussten insgesamt mindestens zweihundert böse Mobs sein. Diese Gruppe bestand nicht nur aus Zombies – es gab auch Skelette, Spinnen, Creeper und Endermen.

„Spieler?"

„Jetzt nicht, Oob!", bellte Stan und hob seine Axt. Er war viel zu müde, um weiterzukämpfen, und sein Körper schrie danach, diese Mobs zu ignorieren und sich einfach schlafen zu legen.

„Aber es ist sehr, sehr, sehr, sehr, sehr wichtig!", erklang Oobs verzweifelte, hastige Antwort.

„Oob, Kumpel, wir sind ein bisschen beschäftigt damit, dir den Allerwertesten zu retten, also sprich später mit uns, in Ordnung?", erwiderte DZ, und er tat etwas, das Stan bisher nur einmal gesehen hatte. DZ zog zwei Schwerter und hielt sein rot leuchtendes Eisenschwert in der einen und sein unverzaubertes Diamantschwert in der anderen Hand. Stan vermutete, dass dies eine fortgeschrittene Form des Schwertkampfes war.

„Ach, kommt schon!", ertönte Oobs Stimme, und sein Gesicht erschien am Fenster. „Wollt ihr meinen neuen kleinen Bruder nicht sehen?"

Plötzlich wurde Stan aufmerksam. „Warte mal, was hast du gerade gesagt?", fragte er.

„Oob, hast du gerade gesagt, dass du einen neuen Bruder hast?", fragte Charlie.

Oobs Gesicht verschwand einige Sekunden lang, und als er wieder auftauchte, hielt er eine Miniaturversion seiner selbst empor. Anscheinend hatte er tatsächlich einen neuen Bruder. „Mutter und Vater haben beschlossen, dass wir neue Mitglieder brauchen, wenn wir im Dorf bleiben wollen. Dann haben sie sich eine Weile lang angestarrt und ein Herzsymbol ist über ihren Köpfen aufgetaucht, und mein neuer Bruder Stull ist erschienen!" Oobs Lächeln war so breit, dass man es sogar unter seiner riesigen Nase sehen konnte.

289

„Augenblick", sagte Charlie, und Stan sah, dass ihm gerade etwas klar geworden war. „Oob … wie viele Gebäude hat euer Dorf?"

„Mit den Häusern, die denen gehörten, die von bösen Mobs getötet worden sind, einunddreißig", antwortete Oob.

„Und wie viele Leute leben jetzt im Dorf, wenn du deinen neuen Bruder Stull mitzählst?"

„Ich bin der zehnte Bewohner dieses NPC-Dorfes", antwortete Stull mit einer Stimme, die für ein Neugeborenes erstaunlich tief war.

„Aber das heißt, dass … wenn es wirklich zehn sind …", sagte Charlie und ignorierte völlig, dass seine Frage von einem neugeborenen Baby beantwortet worden war, „… und einunddreißig … dann heißt dass, das … bald … bald …"

Charlie wurde von einem metallischen Poltern unterbrochen.

Stan, Charlie, Kat und DZ fuhren herum, als eine Gestalt die Straße entlangstürmte. Die Bestie war gigantisch. Sie war metallisch, etwas größer als die Spieler und etwa doppelt so breit wie sie, und sie hatte lange, schlaksige Arme. Ihr ganzer Körper war von Ranken bedeckt, und bis auf ihre rot glänzenden Augen ähnelte ihr Gesicht stark dem einer Art grauen NPC-Dorfbewohner.

Als die Bestie voranstürmte, befürchtete Stan einen Moment lang, dass sie sie angreifen würde, aber sie raste direkt an ihnen vorbei und stürzte sich in die Mobhorde, die das Dorf nun betreten hatte. Das Ding hob seine langen Arme und schwang sie schnell nach links und rechts, wobei jeder neue Schwung Mobs zerschmetterte, als wären sie lebensgroße Gelee-Skulpturen. Die Opfer dieses Etwas wurden durch seine schiere körperliche Stärke wortwörtlich verflüssigt.

„Was ist das für ein Ding?", fragte Stan voller Ehrfurcht.

Sein Mund stand beim Anblick der beeindruckenden Schlacht, die sich vor ihm abspielte, sperrangelweit offen, während die Bestie Welle um Welle feindlicher Mobs vernichtete.

„Das ist ein Eisengolem", antwortete DZ und betrachtete die Bestie bewundernd. „Sie spawnen in großen Dörfern und helfen dabei, die Bewohner gegen Belagerungen wie diese zu verteidigen."

„Mit Stulls Geburt hat das Dorf eine Bevölkerung von zehn NPCs erreicht, sodass das Spiel es offiziell als ‚groß' eingestuft hat", fügte Charlie hinzu, während er dem Gemetzel zusah.

Die bösen Mobs waren dem Eisengolem einfach nicht gewachsen. In der Sekunde, in der sie in Reichweite des eisernen Arms kamen, hatten sie keine Chance mehr.

Stan fiel plötzlich etwas ein, und er sah Kat an. Ihre Miene war so ernst, wie er erwartet hatte. Er erinnerte sich daran, dass sie ein metallisch schepperndes Geräusch beschrieben hatte, das sie verfolgte, nachdem sie das letzte NPC-Dorf, das sie besuchte, geplündert hatte. Das Dorf hatte unzweifelhaft auch einen Eisengolem gehabt, der abgestellt worden war, um das Dorf davor zu schützen, dass seine Bürger ausgenutzt wurden. Er hatte erwartet, dass sie ängstlich aussehen oder zumindest Anzeichen von leichtem Unbehagen zeigen würde, aber Kat schien nun völlig entspannt zu sein – sie hatte sich anscheinend endlich vergeben.

Eine Stunde lang sahen die vier Spieler schweigend dabei zu, wie der Eisengolem alle bösen Mobs, die das NPC-Dorf betraten, vernichtete. Der letzte Mob, der starb, war ein Skelett. Gerade bevor es schießen konnte, traf der Eisengolem es mit einem Rundumschlag am Kopf, und es fiel tot zu Boden.

Daraufhin stand der Eisengolem still und blickte zum Horizont, bereit, das Dorf um jeden Preis zu verteidigen. So, wie sich seine Silhouette gegen das weiße Quadrat der aufgehenden Sonne abhob – ein sicheres Zeichen dafür, dass die Belagerung endlich beendet war –, sah er sehr beeindruckend aus.

KAPITEL 23

DIE ZWÖLF ENDERAUGEN

Als die Sonne über dem NPC-Dorf aufging, ließ Stan seinen Blick schweifen, um sich einen Überblick über die Auswirkungen der Belagerung zu verschaffen. Er sah mit Erleichterung, dass keine Dorfbewohner verletzt worden waren, aber es überraschte ihn, dass die Dorfbewohner wirklich mitgenommen zu sein schienen, als sie von Lemons Tod hörten. Soweit Stan verstand, hatten sie vor Lemon noch nie eine Katze gesehen, und es hatte ihnen viel Freude gemacht, ihn zu streicheln.

„Er war so sanft und freundlich", sagte Oob mit unglücklicher Miene. Eine Träne tropfte auf seine Wange. „Ich bin so traurig, dass er nicht mehr unter uns ist." DZ wollte ihn gerade trösten, als er wieder anfing umherzuwandern, sodass Trost nicht mehr zur Debatte stand.

Die Dorfbewohner schienen auch den Eisengolem sehr zu mögen, der in ihrer Gegenwart eine sanftere Seite an den Tag zu legen schien, ganz besonders bei den Kindern. Während der neugeborene Stull mit einem anderen Dorfbewohnerkind, einem Mädchen namens Sequi, Fangen spielte, schloss sich der Eisengolem ihnen an und fing die Kinder mit einem leichten, harmlosen Stupsen auf den Kopf, ein ziemlicher Gegensatz zu den wilden, fanatischen Armschwüngen, mit denen er in der Nacht zuvor die bösen Mobs vernichtet hatte.

Stan, Kat und DZ waren überzeugt, dass das Dorf in Sicherheit war, und besonders Kat war merklich aufgekratzt, weil sie sich auf die Jagd auf die Endermen freute, die als Nächstes auf ihrer Liste stand. Charlie dagegen litt sehr unter dem Verlust seiner Katze. Er verbrachte den ersten Tag nach Lemons Tod damit, auf den Holzblöcken zu sitzen, aus denen der Rand von Blerges Weizenfarm bestand. Er starrte mit nachdenklichem Gesicht in den Wüstenhimmel, und ab und zu rollte eine Träne langsam seine Wange hinunter.

Als der Nachmittag kam und DZ die Dorfbewohner mit weiteren schlechten Witzen unterhielt, trafen sich einen Moment lang Stans und Kats Blick, und sie wussten, dass sie mit Charlie reden mussten. Sie gingen zur Rückseite des Hauses und setzten sich zur Rechten und zur Linken ihres Freundes. Er hob leicht den Blick, dann starrte er wieder auf den Sand unter sich.

„Alles in Ordnung, Mann?", fragte Stan.

Charlie antwortete nicht.

„Was ist los, Charlie?", fragte Kat.

Charlie antwortete immer noch nicht.

„Charlie, die Sache mit Lemon tut mir wirklich leid", sagte Stan, „aber wir müssen weiter. Wir müssen einen König stürzen, weißt du noch?"

„Wo ist da der Sinn?", fragte Charlie niedergeschlagen. Stan beunruhigte es, wie deprimiert er klang. „Es werden doch nur noch mehr Leute sterben." Er blickte zu Stan auf. „Meine Katze ist gerade getötet worden, und ich fühle mich elend. Was passiert, wenn du getötet wirst? Oder du, Kat?", fragte er und sah sie an.

„Charlie, es geht nicht anders", erwiderte Kat mit düsterer Miene. „Glaub mir, wenn es eine andere Möglichkeit gäbe, zu ändern, wie die Dinge auf diesem Server laufen, würde ich jetzt nicht bei euch sein. Aber manchmal ist Krieg die einzige Option. Es ist eine grauenhafte Option, aber die einzige, die wir haben."

„Wenn wir den König nicht stürzen, wird von jetzt an alles nur noch schlimmer. Das weißt du auch, Charlie", sagte Stan. „Der König hat die Leute, die hier leben, zu lange misshandelt, und er hört damit nicht auf. Und jetzt haben wir Leute, viele, mächtige Leute, die bereit sind, ihr Leben zu riskieren, um ihn zu Fall zu bringen. Und wir sind näher dran als je zuvor, die Materialien dafür zu bekommen. Willst du sagen, dass du einfach aufgeben willst?"

Charlie seufzte, bevor er antwortete. „Nein, du hast recht, und ich weiß, dass du recht hast. Es ist nur ..." Er hielt inne, als eine Träne seine Wange hinabfloss, und wischte sie weg. „Das ist auch nicht einfacher."

Kat beugte sich zu Charlie hinüber und umarmte ihn. Stan blickte über seine Schulter, und ihre Blicke trafen sich. Stan sah an Charlies Gesichtsausdruck, dass sie, so wenig es beiden auch gefiel, weitermachen mussten.

Stan wurde am Rande bewusst, dass noch jemand zu ihnen gestoßen war. Er blickte auf und sah Oob. Der Eisengolem stand direkt hinter ihm.

„Du tust das Richtige, Charlie", sagte Oob, und er blickte ernster drein, als Stan ihn je gesehen hatte. „Und ich danke dir dafür, dass du unser Leben besser machst."

Stan lächelte. *Das war der Grund, aus dem sie das alles taten*, dachte er. Die Spieler mit niedrigen Leveln, die NPC-Dorfbewohner. War das nicht der Grund, aus dem sie bereit waren zu kämpfen? Diese Leute konnten sich nicht selbst verteidigen, und während der König diese Schwäche ausnutzte, indem er sie erpresste, würde es immer Menschen geben, die bereit waren, sie zu verteidigen. Stan erkannte, dass der Apotheker, die Netherjungs, DZ und selbst der Eisengolem bereit waren, sich und andere zu verteidigen, wenn es nötig war. Aber das bedeutete nicht, dass sie blutrünstige Monster waren. Hatte Stan nicht gerade an diesem Morgen gesehen, wie der Eisengolem mit den Dorfbewohnerkindern Fangen spielte?

Wie als Antwort auf seine Gedanken hörte Stan ein metallisches Knirschen und sah auf. Der Eisengolem trat vor und ging direkt auf Charlie zu. Charlie blickte in die roten Augen des Golems, und der Golem streckte seine Metallhand aus. Darin hielt er eine rote Blume, eine Rose: das Geschenk des Golems an den schwermütigen Charlie.

Charlie lächelte und nahm die Rose an. „Danke", sagte er zum Golem, und der Eisenmann nickte zur Antwort mit einem metallischen Knirschen. Charlie stand auf und sah seine Freunde an. „Kommt, Leute. Wir haben ein paar Endermen zu töten."

Stan, der sich freute, dass sein Freund seine Benommenheit abgelegt hatte, folgte Charlie und Kat zurück zu Oobs Haus, wo DZ schon jagdbereit wartete.

„Hey Leute! Bereit, ein paar teleportierende Hintern zu versohlen?", fragte er und entlockte Charlie das erste Lächeln, das sie seit der Belagerung gesehen hatten. DZ merkte es. „Hey Charlie, geht's dir besser, Mann?"

„Ja, mir geht es gut. Aber ich muss schon sagen, ich habe den seltsamen Drang, sofort ein paar Endermen zu töten", antwortete Charlie.

„Das wollte ich hören, Mann! Enderman-Jaaaaaaagd!", sang DZ, stieß seine Faust in die Luft und tänzelte vor Aufregung ein wenig herum.

„Kommt, Leute. Wir legen unsere Rüstungen an und verschwinden", sagte Kat und holte ihre aus Oobs Truhe.

Nachdem sie alle ihre Rüstung angelegt und sich mit allen Waffen ausgerüstet hatten, brachen die vier Spieler und der Hund in die Wüste auf, während Oob, Mella, Blerge und Stull ihnen zum Abschied aus dem Haus nachwinkten.

„Okay, Leute, hier kommt der Plan", begann Kat. „Wir sehen uns alle einfach in der Wüste um. Das Gelände ist ziemlich flach, also sollten wir kein Problem damit haben, Endermen zu finden. Wenn jemand einen sieht, ruft er, und alle kommen diesem Spieler zu Hilfe, um ihn zu verteidigen. Wie viele Enderperlen haben wir noch gleich?"

„Also", antwortete DZ und kratzte sich den Kopf. „Ich hatte sechs. Was ist mit euch?"

„Ich habe letzte Nacht zwei gesammelt", sagte Charlie.

„Und ich habe eine", fügte Stan hinzu.

„Großartig!", meinte Kat und grinste. „Wir brauchen nur noch drei! In Ordnung, alle zusammen, fangt an zu suchen!"

Stan war aufgeregt. Ihm war nicht klar gewesen, wie wenige Enderperlen sie noch sammeln mussten. Er begann, den sich verdunkelnden Horizont abzusuchen. Die Sonne war gerade hinter den Hügeln in der Ferne versunken, als Stan seinen ersten Enderman erblickte. Er hielt einen Sandblock, und als er merkte, dass er beobachtet wurde, öffnete sich sein Kiefer. Er starrte zurück und zitterte, als würde er von Krämpfen geschüttelt.

„Ich habe einen!", brüllte Stan, und die anderen drei Spieler eilten zu ihm, um ihm Rückendeckung zu geben. Tatsächlich wurde der Enderman, als er hinter Stan erschien, sofort von zwei Schwertern, einer Axt und einer Spitzhacke getroffen, bevor er sich wegteleportierte. Er erschien einen Moment später hinter Kat, die herumwirbelte und ihn köpfte. Sie sah auf den großen schwarzen Leichnam hinab.

„Ja!", rief sie und schnappte sich eine türkisfarbene Perle von der Leiche des Enderman. „Zehn gesammelt, nur noch zwei!"

Tatsächlich ging die Jagd auf die Endermen von da an schnell vonstatten. Die Wüste behinderte ihre Sicht kaum, und sie konnten mit Leichtigkeit schnell zwei weitere Endermen finden. Sie bekämpften sie mit derselben Strategie. Allerdings ließ nur einer von den beiden eine Enderperle fallen.

„Ja, das kommt vor", sagte DZ, der die Entrüstung in

297

Kats Gesicht sah, als sie herausfand, dass der zweite Enderman keine Perlen hatte. „Keine große Sache. Wir töten einfach noch einen."

Kaum hatte DZ das ausgesprochen, da spürte Stan schon jemanden hinter sich. Er wirbelte herum, bereit, einen angreifenden Mob zu bekämpfen, aber was er sah, überraschte ihn völlig. Hätte er nicht einen Eisenbrustpanzer getragen, hätte Leonidas' Pfeil sein Herz durchbohrt. Er schrie kurz auf vor Schmerz, und die anderen bemerkten die Anwesenheit seines Angreifers.

Sie verloren keine Zeit und reagierten. Kat und DZ zogen hastig ihre Bögen und feuerten zwei Pfeile in Leonidas' Richtung. Er wich einem aus, doch der andere traf das Holz seines Bogens. Charlie und Kat stürmten vor, um Leonidas im Nahkampf zu begegnen, wo sie im Vorteil waren. DZ dagegen war anderweitig beschäftigt, da Geno gerade aus dem Boden hervorgebrochen war. Sein Diamantschwert glänzte im Mondlicht. Stan kam auf die Beine und sah, wie die Klingen von DZ und Geno, vermutlich die beiden besten Schwertkämpfer, die er je gesehen hatte, in wildem Kampf aufeinanderprallten.

Stan hörte ein Knistern hinter sich. Er drehte sich schnell um schlug mit der Axt auf die Linie aus Redstone auf dem Boden, womit er die elektrische Ladung unterbrach, die den TNT-Block aktiviert hätte, der aus irgendeinem Grund direkt hinter ihm erschienen war. Mit einem Schlag zerstörte er den TNT-Block und zog seine Axt, um Becca zu bekämpfen, die nun auf ihn zustürmte.

Becca mochte die Sprengstoffexpertin von RAT1 sein, aber sie kannte sich dennoch gut mit dem Schwert aus. Stan hatte recht viel Erfahrung, und seine Kunstfertigkeit mit der Axt hatte sich verdoppelt, seit ihn Jayden in Adorias Dorf das erste Mal darin unterwiesen hatte. Dennoch war Becca in der Lage, ihn auf gleichem Niveau zu bekämpfen. Mit einem reinen Glückstreffer gelang es Stan,

Becca das Eisenschwert aus der Hand zu schlagen, sodass es davonwirbelte.

Becca ließ sich davon nicht einschüchtern. Sie zog sofort zwei Feuerkugeln, und mit einer schnellen Handbewegung war sie in einer Wolke aus schwarzem Rauch verschwunden. Der Druck der kleinen Explosion warf Stan zurück. Als er aufblickte, sah er, dass auch dort Rauchsäulen aufstiegen, wo Leonidas und Geno gestanden hatten. Er hatte kaum den Mund geöffnet, um zu fragen, wohin sie verschwunden waren, als ein Pfeil aus dem Rauch geflogen kam und sich in Stans rechten Unterarm grub, der nicht von der Rüstung geschützt wurde.

Obwohl der Schmerz seinen ganzen Arm durchzuckte, sah Stan sich die Wunde gar nicht erst an. Stattdessen zog er seinen Bogen, schoss drei Pfeile in den Rauch und wich denen aus, die auf ihn zurückgeflogen kamen, bis er ein schmerzvolles Stöhnen hörte, das ihm sagte, dass er sein Ziel getroffen hatte. Erst danach nahm Stan sich die Zeit, den Pfeil aus seinem Arm zu ziehen.

Stan ignorierte den pulsierenden Schmerz, biss die Zähne zusammen und sah sich um. Becca kämpfte nun gegen DZ, indem sie mit dem Feuerstein Feuer gegen ihn einsetzte, und Geno kämpfte mit Kat. Stan entdeckte keine Spur von Charlie. Der Rauch vor ihm hatte sich ausreichend gelegt, sodass er Leonidas erkennen konnte, der einen weiteren Pfeil anlegte.

Stan drehte seine Axt in der Luft, um den Pfeil abzulenken, und raste auf Leonidas zu. Leonidas schoss zwei weitere Pfeile ab, aber Stan schlug sie einfach mit seiner Waffe beiseite. Gerade als Stan Leonidas' Bogen mit seiner Axt entzweischlagen wollte, sah er, dass etwas in Leonidas' Hand glänzte. Stan versuchte, seine Schlagrichtung zu ändern, aber Leonidas hatte die Flasche mit dem Trank schon auf Stan geworfen, und sie zerschellte an seiner Stirn. Er wurde betäubt und zu Boden geworfen.

Stan war schwindelig, und die Welt rotierte um ihn. Am Rande seines Bewusstseins nahm er wahr, dass kleine graue Rauchfahnen von seinem Körper aufstiegen, doch er hatte nicht einmal die Energie, sich vom Boden zu erheben. Obwohl er wusste, dass seine Hand noch immer seine Axt umklammerte, wusste er auch, dass der Trank, welcher Art er auch war, seine Nerven und Reflexe betäubt hatte. Als ihm das klar wurde, merkte er auch, dass Leonidas ihn mit dem Fuß am Boden hielt und Geno und Becca rief.

Stan war sicher, Schreie zu hören. Die Schreie eines Mädchens. Aus dem Augenwinkel sah er, dass Becca noch immer mit DZ kämpfte, und er wusste, dass es Kat gewesen sein musste, die im Kampf mit Geno niedergestreckt worden war. Sein Verdacht wurde bestätigt, als er sah, wie Geno von den verzweifelten Angriffen von Rex und Charlie zurückgedrängt wurde, die offensichtlich über Kats Zustand zornig waren, die Stan allerdings nicht sehen konnte. Er wusste aber, was er zu tun hatte.

Leonidas schoss Pfeile in Charlies Richtung, während er noch immer auf Stan stand. Daher merkte er nicht, wie Stan, der sich sehr konzentrieren musste, um die benebelnde Wirkung des Tranks zu überwinden, seine Axt losließ und umhertastete, bis seine Finger sich um seinen Bogen schlossen. Stans Kopf hämmerte bei der Anstrengung, die die Bewegung mit sich brachte, aber er wusste, dass er Kat nur so retten konnte. Mit einem Gefühl, als würde sein Kopf platzen, legte Stan mit zitternden Händen einen Pfeil auf die Bogensehne, spannte den Bogen und schoss.

Der Pfeil fuhr geradewegs in die Höhe und in Leonidas' Jacke, durch das Leder hindurch in seine Brust. Die Wunde war nicht tief, und Stan bezweifelte, dass sie tödlich sein würde, aber dennoch schrie Leonidas vor Schmerz und Überraschung, während er rückwärts von Stans Brustkorb stolperte.

Die Erleichterung half Stan sehr dabei, sich zu konzentrieren. Die Wirkung des Trankes war sofort nur noch halb so schlimm. Stan konnte sich nun aufrichten. Er sah, dass Kat bewusstlos am Boden lag und bemerkte, dass sich Geno kurz umdrehte und seinen verletzten Mitstreiter sah. In der Sekunde, in der er die Konzentration verlor, prallte Rex' Körper gegen Genos Bauch und warf ihn rücklings um. Er schlitterte über den Boden und blieb liegen, als sein Kopf gegen einen Kaktus schlug. Die Dornen stachen ihm in den Kopf, und er lag schlaff und regungslos am Boden. Stan hörte ein Scheppern. Er riss den Kopf herum, bereute es aber sofort, da sein Kopf dank Leonidas' Trank noch immer schmerzte. Er sah, wie Beccas Schwert in die Luft flog. Ohne Zeit zu verlieren, trat sie DZ in den Bauch, sodass ihm der Atem stockte, dann lief sie davon. „Komm schon, Leo!", rief sie, während sie in die Nacht rannte.

Stan merkte, dass Leonidas nicht mehr neben ihm war. Er war aufgestanden und warf sich nun Genos bewusstlosen Körper über die Schulter. Er schickte sich an, Becca zu folgen, doch dann hielt er kurz inne. Er wandte sich um, um die Spieler anzusehen. DZ krümmte sich noch immer, und Rex knurrte in Leonidas' Richtung, aber Stan starrte Leonidas an. In seinen Augen war etwas zu sehen, das Stan nicht einordnen konnte. War es Mitleid? Trauer? Eifersucht? Was auch immer es war, Stan wusste, dass es nicht zu einem ruchlosen Attentäter wie Leonidas passte.

„Leo, *lauf!*", ertönte Beccas Ruf. DZ war nun wieder auf den Beinen, und mit vor Zorn verzerrtem Gesicht hatte er einen Pfeil auf den Bogen gelegt, mit dem er nun auf Leonidas zielte. Dann, mit einem letzten Blick auf die drei, verschwand Leonidas in einer Explosion von Feuerkugeln. DZs Pfeil flog ins Feuer und traf nichts als Luft.

Einen Moment später wurde Stan jedoch klar, dass das nicht stimmte. Aus dem Nichts erschien eine von Flammen umgebene Gestalt: Ein Enderman, aus dessen Brust DZs

Pfeil ragte. Stan machte sich nicht die Mühe, eine Waffe zu ziehen. Das Monster brannte und würde sterben, bevor es ihn erreichen konnte. Tatsächlich ereilte der Tod die große, schlaksige Gestalt zu Stans Füßen, und die zwölfte Enderperle blieb im Sand zurück, als der Körper sich auflöste. Plötzlich erinnerte Stan sich daran, was mit Kat geschehen war. Er lief zu ihr hinüber und sah, dass Genos Schwert ihre Brust knapp unter dem Hals aufgeschlitzt hatte. Stan verlor keine Zeit dabei, einen seiner beiden verbleibenden Heiltränke hervorzuholen und sie auf die Wunde anzuwenden. Die Wunde heilte sofort, und obwohl Kat weiterschlief, atmete sie tief durch, was Stan als Bestätigung sah, dass sie gesunden würde.

Stan war in Gedanken versunken, während er auf den Eingangsstufen zu Oobs Haus saß. Mella und Blerge waren im Haus und kümmerten sich um Kat, die nun bewusstlos in einem Bett lag. Charlie war in der Dorfbibliothek und benutzte die dortige Werkbank, um ihre Enderperlen und Lohenruten zu den zwölf Enderaugen zu machen, die sie brauchen würden, um das Ende zu finden und zu betreten. DZ, Oob, Ohsow, der Dorfmetzger, Stull, Sequi und der Eisengolem standen um den Brunnen herum, unterhielten sich und spielten miteinander.

Stan wusste, dass sie am nächsten Tag eine große Schlacht schlagen sollten, und während er dort saß und nichts tun konnte, als darauf zu warten, dass die anderen ihre Aufgaben erledigten, stellte er fest, dass es die perfekte Gelegenheit war, die Gedanken zu verarbeiten, die ihm im Laufe ihrer Reise in den Sinn gekommen waren.

Nach der letzten Nacht dachte er hauptsächlich an Leonidas. Stan war nicht sicher, was es war, aber irgendetwas war ganz bestimmt seltsam daran gewesen, wie er sie angesehen hatte. Er hatte jetzt zweimal mit Leonidas gekämpft, und beide Male hatte der Spieler Stan und seine

Freunde ohne vernünftigen Grund angegriffen. Stan hatte ihn daher, was seine Brutalität anging, auf eine Stufe mit Geno, Becca, König Kev und der ganzen Bande gestellt. Dennoch war etwas an seinem Blick in der letzten Nacht gewesen, das in Stan leichte Schuldgefühle ob dieser Einschätzung auslöste.

Dann war da noch Mr. A. Zum Glück hatten sie Mr. A seit ihrer Begegnung in dem verlassenen Minenschacht nicht mehr gesehen, aber die selbstsüchtigen Motive des Griefers für seinen Hass auf Stan und seine Freunde erschienen ihm sehr fehlgeleitet. Das galt natürlich nur, wenn auch nur irgendetwas von dem, was er gesagt hatte, stimmte, was Stan immer unwahrscheinlicher vorkam, je mehr er darüber nachdachte. Stan hatte vom Apotheker gehört, dass Avery007 ein freundlicher Spieler gewesen war, jemand, der für die Rechte derer, die sich nicht selbst verteidigen konnten, eintrat. Stan konnte sich kein Szenario vorstellen, in dem Avery sich mit einem bösartigen Griefer wie Mr. A hätte anfreunden können.

Er log ganz sicher, dachte Stan. Dennoch glaubte Stan, dass Mr. A die Geschichte auf Basis einer wahren Begebenheit erfunden hatte. Er war beim Erzählen der Geschichte zu leidenschaftlich gewesen, als dass er sie sich komplett hätte ausdenken können. Dennoch bestand kein Zweifel, dass Mr. As Hass unklug war, und Stan hatte vor, ihm das zu sagen, falls sie einander je wieder begegnen sollten.

Nach und nach drehten sich Stans Gedanken um ihn selbst. Aus irgendeinem Grund schienen alle etwas Besonderes in ihm zu sehen. Der verrückte Steve hatte es gesehen, Sally hatte es gesehen und Kat ebenso. Er konnte zwar nicht genau sagen, was es war, aber Stan glaubte, dass es etwas gab, irgendeine Macht, ein überirdisches Wesen, das ihn in schwierigen Situationen beeinflusste. Obwohl er keine Ahnung hatte, was das für eine Macht war oder wie er sie einsetzen konnte oder auch nur, ob sie existier-

303

te: Er wusste, dass diese Macht von fragwürdiger Existenz im Ende auf eine endgültige Probe gestellt werden würde.

Es gab noch ein Problem, über das Stan definitiv gern nachgedacht hätte, mit dem er sich beschäftigen und dessen Möglichkeiten er ausloten wollte. Dennoch weigerte er sich, zu lange darüber nachzudenken, weil es ihn im Ende nur ablenken könnte. Nein, bis er das Ende bezwungen hatte, würde er sich nicht gestatten, an Sally zu denken.

Als er Charlie aus dem Haus treten sah, kam das Stan sehr gelegen. Die Zeit zum Nachdenken war offiziell beendet. Er stand auf und ging zu Charlie. Sie trafen sich in der Mitte des Kieswegs.

„Hast du sie?", fragte Stan im Flüsterton, obwohl er nicht sicher war, warum er so leise sprach.

„Ja", antwortete Charlie und hielt eins der Enderaugen hoch. Es war so groß und hatte dieselbe Form wie die Enderperle, aus der es hergestellt worden war, sah aber aus wie ein grünes Katzenauge mit verengter Pupille. Selbst, als Charlie es still in der Hand hielt, konnte Stan eine Art elektrische Ladung spüren, als würde das Auge selbst Energie verströmen. Als er es genauer in Augenschein nahm, bemerkte Stan, dass winzige Rauchfäden aus dem Auge aufstiegen.

Charlie holte die anderen elf Enderaugen aus seinem Inventar und grinste. „Toll, oder? Wir sind offiziell bereit, das Ende zu betreten."

Stan war froh, dass Charlie so gute Laune hatte. Nach Lemons Tod und Kats Verletzung war Charlie während ihres Aufenthalts im NPC-Dorf grimmiger gewesen, als Stan es für möglich gehalten hätte. Abgesehen davon, dass er sich um den Zustand seines Freundes Sorgen machte, wusste Stan, dass Charlie für ihren epischen Vorstoß ins Ende voller Selbstvertrauen und Übermut sein müsste.

Stan und Charlie bewunderten noch immer die Enderaugen, als DZ zu ihnen kam, gefolgt von Oob und Ohsow.

„Kommt ein Pferd in die Kneipe und der Wirt fragt: ‚Warum das lange Gesicht?'", sagte DZ, und die beiden Dorfbewohner brachen in hysterisches Gelächter aus. DZ ging zu Stan und Charlie, um mit ihnen zu reden, während Oob und Ohsow fragten, was Pferde und Wirte waren. „Also haben wir die Augen? Großartig!", rief er, als seine Antwort vom Grinsen der beiden und den grünen Kugeln in Charlies Händen beantwortet wurde. „Wir reisen also morgen ab?"

„Schätze schon", antwortete Stan, „solange Kat sich dazu fähig fühlt."

In genau diesem Moment öffnete sich die Tür zu Oobs Haus mit Schwung, und Kat platzte heraus. Sie trug keine Rüstung, und ein Lederband befand sich über ihrer Brust, wo Geno sie geschnitten hatte, aber davon abgesehen schien sie wieder ganz sie selbst zu sein. Sie rannte tatsächlich aus dem Haus und machte einen Riesensatz, mit dem sie direkt neben den Jungen landete.

„Hey, Kat! Für jemanden, der fast aufgeschlitzt worden wäre, bist du ganz schön energiegeladen", meinte Charlie grinsend.

„Machst du Witze? Ich fühle mich großartig!", erwiderte sie und wippte auf den Fußballen. „Blerge und Mella haben eine Menge Brot gemacht, und Moganga hat irgendwas namens Glowstonestaub hinzugefügt, und dank dem Zeug fühle ich mich so viel besser!" Sie wandte sich Stan zu. „Aber ich schulde dir ein Riesendankeschön, Stan. Moganga sagt, dass ich ohne den Trank gestorben wäre."

„Ach, kein Ding", meinte Stan und zuckte mit den Schultern, lächelte aber trotzdem bescheiden. „Du hättest das auch für mich getan."

„Sehr wahr", antwortete Kat.

„Also, Kat, daraus, dass du energiegeladener bist als wir, schließe ich, dass du morgen mit ins Ende kommen kannst?", fragte Charlie.

305

„Machst du Witze? Wenn ihr nicht müde wärt, wäre ich bereit, sofort aufzubrechen!"

„Na ja, ich habe vorhin ein Nickerchen gehalten. Ich bin überhaupt nicht müde", sagte Charlie.

„Ich auch nicht", stimmte DZ zu.

„Und ich ebenfalls nicht", erklärte Stan, und er strahlte vor Aufregung. „Also … seid ihr alle bereit? Wollt ihr jetzt gleich ins Ende gehen?"

Es gab kein Zögern. Kat, Charlie und DZ nickten gleichzeitig.

„Okay,", sagte Stan mit leuchtenden Augen. „Machen wir uns bereit."

Die NPC-Dorfbewohner waren allesamt enttäuscht, als sie hörten, dass die Spieler ihr Dorf verlassen würden. Laut DZ waren ihnen die Spieler alle sehr ans Herz gewachsen, besonders DZ und Charlie. Dennoch bewältigten die Dorfbewohner die Herausforderung mit Bravour, die Spieler mit den Vorräten zu versorgen, die sie brauchen würden, um das Ende zu erobern. Gewöhnlich waren die Dorfbewohner zwar nicht gewillt, Gegenstände im Tausch gegen irgendetwas anderes als Smaragde herzugeben, die sie als eine Art Währung betrachteten, aber sie überließen den Spielern alles, was sie erübrigen konnten.

Die Bauern, darunter auch Oob und seine Familie, gaben den Spielern eine großzügige Menge Brot, damit sie auf ihrer Expedition gut versorgt waren. Außerdem erhielten die Spieler von den Bauern einen reichlich bemessenen Vorrat an Pfeilen, und Charlie bekam ein Feuerzeug von einer Dorfbewohnerin namens Vella. Leol, der Schmied des Dorfes, war vermutlich am hilfreichsten. Er ersetzte Stans und Kats Waffen jeweils durch eine Diamantaxt und ein Diamantschwert. Außerdem gab er jedem Spieler einen Diamanthelm und einen Diamantbrustschutz. Moganga half auf ihre Art. Sie nahm die diamantene Ausrüstung der Spieler, und nach einer Viertelstunde kam sie mit ihr wieder aus der Kirche. Auf der Rüstung leuchtete die Verzauberung „Schutz", auf den Schwertern „Schärfe".

Als Gegenleistung für all diese Waren erbaten sich die Dorfbewohner nur, dass sie alles in ihrer Macht stehende taten, um König Kev zu stürzen.

Die Sonne stand hoch am Himmel, als die vier Spieler, gerüstet und mit Waffen ausgestattet, sich vor den Dorfbewohnern aufstellten. Stan blickte in die Gesichter der Dorfbewohner, besonders die von Stull und Sequi, die auf den Schultern des Eisengolems saßen, und die von Blerge und Mella, die sich an den Händen hielten, während Tränen ihre Wangen hinabliefen. Obwohl es normal gewesen wäre, wanderte keiner der Dorfbewohner herum.

Oob trat aus der Gruppe der Dorfbewohner und des Eisengolems hervor. Er sprach für alle zehn Einwohner des Dorfes.

„Mutige Spieler, wir möchten euch für die Dienste danken, die ihr uns persönlich erwiesen habt, indem ihr den Spinnenreiter getötet habt, der unser Dorf bedrohte. Wir möchten euch auch für die Arbeit danken, die ihr tut, um das Leben auf diesem Server zum Bestmöglichen zu machen, nicht nur für die Bewohner unseres Dorfes, sondern für die Bürger dieses Servers an sich. Ihr seid jederzeit in unserem Dorf willkommen, und man wird euch mit offenen Armen empfangen. Auf Wiedersehen und viel Glück."

Das ganze Dorf nickte gleichzeitig. Stan berührte die Geste dieser einfachen Leute mehr als alles, was er bisher in Minecraft gesehen hatte. Selbst ohne Adorias Dorf und die Tode von Blackraven und dem verrückten Steve und all dem hätte er den König mit Freuden besiegt, nur um das Leben dieser NPCs zu verbessern.

Stan konnte nicht hören, was Stan als Antwort vorbrachte. Er war zu beschäftigt damit, das Bild von König Kev als Staatsfeind Nummer eins in sein Gedächtnis zu brennen, weil er diese Leute und alle anderen in Elementia misshan-

307

delt hatte. Als die vier Spieler sich umwandten und vom Dorf entfernten, war Stan sicherer als je zuvor, dass nichts im Ende unüberwindlich sein würde, solange sie das Bild von einem von König Kev befreiten Elementia im Kopf behielten.

KAPITEL 24

IN DER FESTUNG

Die Reise durch die Wüste war so lang und beschwerlich, wie Stan es erwartet hatte. Er wusste, dass die Enderwüste groß war, aber ihm war nicht klar gewesen, wie riesig das Biom wirklich war. Stan hatte seit seiner Ankunft in Minecraft Wälder, Ebenen und Dschungel gesehen, aber dieses Wüstenbiom war mit Abstand das größte Biom, das er je gesehen hatte, und es sah völlig gleichförmig aus. Hier und dort waren kleine Hügel aus Sandblöcken verteilt, und Kakteen waren über die Landschaft versprengt, die ab und zu von einem Teich aus Lava oder Wasser unterbrochen wurde.

Stan verstand nicht, wie Charlie, der sie führte, sich im endlosen Dünenmeer nicht verlief. Einmal ging er zu ihm, um ihn zu fragen, aber das war nicht nötig, weil er es sehen konnte. Charlie hatte ein Enderauge in der Hand und warf es ab und zu in die Luft. In einem Schauer aus violetten Partikeln schwebte das Auge einige Blöcke in eine bestimmte Richtung und fiel dann zurück in Charlies ausgestreckte Hand. Charlie schien sich zu konzentrieren, also fragte Stan nicht nach, aber er glaubte, dass die Augen vermutlich auf den Eingang zum Ende zuschwebten.

Stan ging zu Kat zurück. „Also, weißt du etwas, irgendetwas, über das Ende? Zum Beispiel wo es ist, oder was drin ist?", fragte er sie.

Kat sah ihn an und grinste. „Ganz ehrlich, Mann, ich

309

habe keine Ahnung, wo das Ende ist. Und ehrlich gesagt mache ich mir immer fast in die Hose, wenn ich darüber nachdenke, was wir dort eigentlich finden werden. Aber was auch immer es ist, es wird nicht leicht sein, es zu erreichen. Ich würde darauf wetten, dass der König dort nur deshalb einen Vorrat unterbringen konnte, weil er seine Operatorrechte einsetzen konnte."

„Was sind Operatorrechte?", fragte Stan. Als Kat ihn ungläubig ansah, sagte er: „Na ja, ich habe ein paarmal gehört, wie Leute sie erwähnt haben, aber ich habe nie herausgefunden, was sie sind."

„Also", erklärte Kat, „Operatorrechte sind besondere Rechte, die man erhält, wenn man einen Server eröffnet, oder man kann sie von jemand anderem verliehen bekommen, der Operatorrechte hat. Kurz gesagt: Wenn man Operatorrechte besitzt, hat man die völlige Kontrolle. Man kann beliebig Blöcke erschaffen und zerstören, man kann Pfeile und Feuerbälle aus den Fingern verschießen, man kann überall Explosionen auslösen, und man kann fliegen."

Stan machte ein ungläubiges Gesicht.

„Ja, ganz recht, fliegen. Und auch noch richtig schnell. Operatorrechte machen einen zu einem Minecraft-Superhelden. Und man kann Leute wieder auf den Server lassen, nachdem sie verbannt wurden."

„Moment mal, was?", rief Stan aus. Jetzt leuchteten seine Augen, und auf seinem Gesicht machte sich ein Lächeln breit. „Mit Operatorrechten kann man Leute auf den Server zurückkehren lassen, nachdem sie getötet wurden?"

Kat nickte. „Kann man Operatorrechte irgendwie verdienen? Kann man sie irgendwie lernen?"

Kat lachte kurz, dann wurde ihr Gesicht von einem finsteren Ausdruck überschattet. „Stan, wenn man sie *lernen* könnte, würden überall lächerliche Konstruktionen aus dem Boden sprießen, und überall würden Leute von den Toten auferstehen! Auf Servern wie diesem ist der Sinn

310

von Operatorrechten, die Aktivitäten auf dem Server zu regeln und Griefing zu verhindern. Man kann sie nicht einfach lernen."

Stan war etwas enttäuscht, dass er nicht mittels Training oder irgendeiner Art von Arbeit oder Übung ein Operator werden konnte. Dann wäre er bei seinem Versuch, den König zu vernichten, praktisch nicht aufzuhalten. Aber dieser Gedanke löste einen neuen, beängstigenden Gedanken aus.

„Der König hat keine Operatorrechte, oder?", fragte Stan schnell und versuchte, sich nicht vorzustellen, wie es wäre, gegen jemanden mit Operatorrechten zu kämpfen.

Kat verdrehte die Augen. „Stan, hast du denn nichts mitbekommen, was dir irgendjemand über die Geschichte dieses Servers erzählt hat?"

Stan antwortete nicht. Ehrlich gesagt war Geschichte sein schwächstes Schulfach, und er konnte sich schon im echten Leben nie an die Fakten erinnern, von Minecraft ganz zu schweigen. Kat seufzte und beantwortete genervt seine Frage.

„Der König hat seine Operatorrechte vor einer Weile aufgegeben. Glaub mir, wenn er noch Operatorrechte hätte, wären wir gar nicht erst durch das Tor der Burg gekommen. Der König dachte, dass er allen gleich wäre, wenn er sie aufgeben würde, und dass die Leute sich so nicht mehr gegen ihn erheben würden."

„Tja, der Plan ist gründlich in die Hose gegangen", antwortete Stan grinsend. „Sieh nur, was wir hier machen!"

„Das sagst du so", meinte Kat finster. „Aber der Plan des Königs hat eine ganze Zeit lang funktioniert, schließlich sind wir die Ersten, die versucht haben, ihn zu stürzen, seit er seine Rechte aufgegeben hat, wenn man mal von Avery absieht."

„Ja, das liegt aber daran, dass die meisten Leute zu viel Angst vor seinen Truppen haben", erwiderte Stan. „Ich kann doch nicht der Einzige sein, dem aufgefallen ist, dass mehr als die Hälfte der Leute auf der Burg uns bei der Flucht geholfen haben. "

Kat öffnete den Mund, als wollte sie etwas sagen, aber plötzlich sah sie nachdenklich aus, und sie schloss ihn wieder. Stattdessen beugte sie sich vor, kraulte Rex zwischen den Ohren und stapfte weiter. Stan bemerkte jedoch, dass sie ihr Schwert jetzt fest in der rechten Hand hielt. Stan spürte, dass ihr Gespräch beendet war, also unterhielt er sich damit, DZ zuzusehen, der fortgeschrittene Schwertkampftechniken an einem herumirrenden Schaf ausprobierte, das um sein Leben lief.

Die Sonne ging unter, als Stan endlich hohe Gebilde am fernen Horizont entdeckte. Die vier Spieler und Rex näherten sich den Bergen, die sich über die Wüstenebene erhoben. Die untergehende Sonne färbte den Himmel in vielen leuchtenden Farben, und die natürliche Schönheit der sich erhebenden Landmassen, die sich vor dem Sonnenuntergang abzeichneten, war atemberaubend. Die Gruppe blieb sogar einen Moment stehen, nachdem Charlie die Augen in seiner Hand hatte fallen lassen, weil ihn die Schönheit der Landschaft so überwältigte. Kat musste Charlie wortwörtlich vorwärtszerren, damit er aufhörte, in den Sonnenuntergang zu starren, und sie weitergehen konnten.

Charlie merkte, dass er sich immer wieder zur majestätischen Erscheinung der Berge hingezogen fühlte – von den wilden Schafherden, die an den steilen Hängen grasten, über die schwarzen Steinkohleadern, die die felsigen Klippen durchzogen, bis hin zu den Wasser- und Lavaquellen, die manchmal aus den Berghängen austraten. Schließlich übernahm Kat die Führung, weil Stan Charlie immer wieder davon abhalten musste, sich ablenken zu lassen, und weil Kat sich nach dem Zwischenfall in der Wüste strikt weigerte, DZ navigieren zu lassen.

Kat konnte an den Enderaugen erkennen, dass sie sich ihrem Ziel näherten. Die Flugbahn der in die Luft geworfenen Augen führte die Gruppe zu einer Höhle in einer Klippenwand. Als sie zur Höhle hinabstiegen und Stan auf dem Weg Fackeln anbrachte, meldete sich Charlie plötzlich zu Wort.

„Hey Leute!"

„Wir wissen es, Charlie", sagte Kat durch zusammengebissene Zähne, während sie mit einem weiteren Auge kämpfte. „Das Gras an den Berghängen ist schöner als das Gras im Wald. Wir haben es verstanden."

„Nein, nicht das. *Das!* Seht euch die Blöcke da an!"

Stan hielt eine Fackel an der Stelle hoch, auf die Charlie gezeigt hatte, und im Licht hob sich eine Reihe von Blöcken von den natürlichen Steinen um sie herum ab. Diese Blöcke schienen Ziegel zu sein, sie waren jedoch grau und nicht rot.

„Ich erkenne diese Blöcke nicht wieder, ihr etwa?", fragte Charlie.

„Kat schüttelte den Kopf, und DZ sagte: „Negativ, Sir."

Aber Stan, der ursprünglich denselben Gedanken wie Kat und DZ gehabt hatte, fiel plötzlich etwas ein. „Waren das nicht die Blöcke, aus denen auch die Burg des Königs bestand?", fragte er.

Die anderen drei Spieler sahen kurz verwirrt aus, doch dann wurde ihnen klar, dass Stan wirklich recht hatte. Die Burg des Königs war aus den gleichen Steinziegeln gebaut worden. Kat warf eines der Enderaugen in die Luft. Es begann, auf die Steinziegel zuzuschweben. Kat fischte das Auge aus der Luft und grinste.

„Hier geht es zum Ende!", sagte sie aufgeregt. „Charlie, grab dich durch diese Wand!"

Charlie steckte das Buch ein, das er in der Hand gehalten hatte, und zog seine Diamantspitzhacke. „Ich habe gerade im Buch nachgesehen, und darin stand, dass die Enderaugen uns zu einer Art Festung führen würden, und dass das Portal zum Ende sich darin befindet. Das muss die Außenseite der Festung sein. „Hey, was zum …", sagte Charlie, als er plötzlich mit seiner Spitzhacke kämpfen musste. Er hatte einen der Steinziegelblöcke zerstört, aber seine Spitzhacke steckte in dem zweiten fest, den er in Angriff genommen hatte.

„Ich … bekomme … sie … nicht … raus …", keuchte Charlie, während er versuchte, die Spitzhacke aus dem Block zu ziehen. Stan merkte, dass sie nicht im Block feststeckte, sondern praktisch daran festklebte. Der Block schien aus einer Art schleimigem, gallertartigen Gelee zu bestehen, das Charlies Spitzhacke festhielt.

„Ach, zeig mal her, du Weichei", meinte Kat abfällig, während sie Charlie den Schaft seiner Spitzhacke aus den Händen riss. Sie war stärker als er, und mit einem übermenschlichen Ruck entriss sie die Spitzhacke dem klebrigen Block. Dann begann sie, mit voller Härte mit dem Diamantwerkzeug auf ihn einzuschlagen.

„Warum ist es so schwer, diesen Block abzubauen?", fragte Kat, während sie die Spitzhacke nach jedem Hieb wieder aus dem Steinblock zerrte.

Stan sah verwirrt zu. Gerade, als der Block kurz vorm Zerbersten stand, bemerkte Stan aus dem Augenwinkel, wie ein entsetzter Blick über DZs Gesicht huschte. DZ rief: „Nein, Kat, halt! Ich glaube, der Block könnte …"

Aber es war zu spät. Als Kat ein letztes Mal auf den Steinblock einschlug, platzte er wie ein Wasserballon und überzog alle mit grauem Schleim. Aber das Schlimmste war, dass etwas Kleines, Schnelles, Graues aus dem Schleim schoss, das sich an Kats Gesicht hängte. Kat schrie und versuchte, das Ding mit wilden Schlägen loszukommen, aber es war zwecklos. Das winzige Monster kroch über ihren ganzen Körper. Es war zu schnell, als dass Stan es mit den Augen verfolgen konnte. Niemand versuchte, es

314

herunterzuholen, da sie fürchteten, dass ein Angriff auf das Monster Kat treffen könnte. Ab und zu gab Kat einen Schmerzenslaut von sich, der darauf hindeutete, dass die Kreatur sie gebissen oder gestochen hatte.

Während Stan versuchte, einen Schlag auf das Monster anzubringen, merkte er, dass Kats Hände nun auf verschiedene Stellen an ihrem Rücken einschlugen, was darauf hindeutete, dass das Monster in ihre Rüstung gekrabbelt war. Kats Faust hämmerte wirkungslos auf den Rücken ihres Brustpanzers. Ihre Fäuste konnten nicht durch die diamantene Außenseite dringen. Aber sie brachte Stan auf eine Idee.

Er drehte seine Axt um und stieß mit dem unteren Teil mit vorsichtigem Druck gegen die Rückseite von Kats Brustpanzer. Die Diamantrüstung drückte sich in Kats Rücken, und sie wurde vorwärts gestoßen. Stan hörte ein Zischen und ein Knirschen, das mit einem schmerzerfüllten Stöhnen von Kat verbunden war, und etwas Kleines, Schuppiges fiel hinten aus ihrer Rüstung. Es war ein kleines graues Insekt, das wie eine bizarre Mischung aus Gürteltier, Stacheltier und Wurm aussah. Das Monster machte ein paar spinnenähnliche Klickgeräusche, während es sich wand, dann rührte es sich nicht mehr.

„Das war Block 97!", rief DZ und zog sein Schwert. „Ich habe Geschichten darüber gehört. Es spawnt diese Dinger. Silberfischchen! Macht euch bereit, da werden noch mehr sein!"

Stan sah sich verwirrt um, unsicher, wovon DZ sprach, aber tatsächlich platzten im ganzen Innenraum, in den sie sich gerade vorgegraben haben, Steinziegel in Schleimexplosionen auf, und ein Schwarm Silberfischchen strömte auf die Spieler zu.

Die Monster waren im Vergleich zu einem Spinnenbiss oder dem Pfeil eines Skeletts nicht besonders stark, aber sie waren viel kleiner und schneller, wie Miniaturspinnen.

315

Stan schaffte es, sie alle mit einem einzigen, mächtigen Axtschlag zu töten, aber wann immer eines der Monster starb, spawnten mehr und mehr Silberfischchen aus den Steinziegelwänden.

Stan ermüdete der Kampf gegen sie schnell. Nicht wegen ihrer Stärke, sondern wegen ihrer überwältigenden Zahl. Stan wollte den drei Spielern, die neben ihm kämpften, gerade vorschlagen, sich aus der Mine zurückzuziehen, als immer weniger Monster auftauchten, und nur wenige Augenblicke später erschienen gar keine mehr. Die Spieler atmeten schwer. Alle vier mussten gemeinsam mit Rex zweihundertfünfzig Silberfischchen in etwa zwei Minuten getötet haben.

Stan wischte sich den Schweiß von der Stirn. Er entfernte die untere Hälfte eines Silberfischchens von seiner Axtklinge und sah DZ an. „Was war das gerade, DZ?"

DZ atmete keuchend. Er schien die meisten Silberfischchen von allen getötet zu haben, wenn man von dem einen Block hohen Stapel grauer Schuppen zu seinen Füßen ausging, und er wartete darauf, zu Atem zu kommen, bevor er antwortete. „Das waren Mobs namens Silberfischchen. Sie spawnen, wenn man einen Block namens Block 97 zerbricht, der als steinbasierter Block aus einem bestimmten Gebäude getarnt ist, und ich vermute, das ist eine Festung. Das Nervende daran ist, dass sie weitere Silberfischchen aus einem nahen Block 97 spawnen, wenn man sie angreift."

DZ seufzte, dann breitete sich Erstaunen in seinem Gesicht aus. „Ich wusste nicht, dass es Silberfischchen oder Block 97 wirklich gibt. Ich dachte, das wären nur Gerüchte oder erst noch geplante Features."

„Also", sagte Stan und zählte eins und eins zusammen, „wir können in dieser Festung keine Blöcke zerstören? Der Weg zum Ende ist in dieser Festung, aber wir können hier drin keinen Bergbau betreiben?"

„Korrekt", sagte DZ und nickte. „Wir können hier nirgendwo Blöcke zerstören, sonst riskieren wir, noch einen Schwarm Silberfischchen zu spawnen, und um ehrlich zu sein, glaube ich nicht, dass ich der Einzige bin, der nicht noch einmal gegen diese kleinen grauen Parasiten kämpfen will."

„Also", sagte Kat, und ihre Stimme wurde schwer, als sie verstand, was das bedeutete, „wir müssen uns zu Fuß durch das ganze Ding schlagen?"

DZ nickte, und Stan warf den Kopf zurück und stöhnte. Kat ließ verzweifelt den Kopf hängen. Charlie dagegen betrachtete sie belustigt.

„Ach, kommt schon, Leute, nun seid doch nicht so! Soweit wir wissen, könnte der Eingang zum Ende direkt um die Ecke sein! Seid doch nicht solche Spaßbremsen. Versuchen wir es wenigstens. Was ist das Schlimmste, das passieren könnte?"

In einer Hinsicht hatte Charlie recht: Während sie durch die Festung gingen, blieben die Silberfischchen das Schlimmste, dem sie begegneten. Es war ein recht friedlicher Fußmarsch, von einigen Zombies abgesehen, die in dunklen Ecken und Lagerräumen gespawnt waren. Trotzdem war das Durchlaufen der Festung, ohne sich auf direktem Weg durch eine der Mauern zu graben, die vermutlich frustrierendste Aufgabe, die Stan bisher ertragen hatte. Die Enderaugen führten sie noch immer auf etwas zu, das anscheinend tief im Herzen der Festung lag, aber es gab so viele Treppen, Korridore, Wendungen und Seitenräume, dass es fast unmöglich war, sich im Labyrinth zurechtzufinden. Nachdem sie zum dritten Mal an der Bibliothek voller Bücher und Spinnweben vorbeigekommen waren, wandte sich Stan an die anderen und fragte bemüht beiläufig, ob sie tatsächlich schon einmal an der Bibliothek vorbeigekommen seien oder nicht.

„Nein", sagte DZ und zeigte einen Gang hinunter, an

dem sie gerade vorbeigegangen waren. „Du meinst die Bibliothek da hinten. Die hatte eine Gefängniszelle nebenan, weißt du noch?"

„Du meinst den Lagerraum", sagte Kat. „Der mit all dem Bruchstein drin. Die Gefängniszelle ist die mit den Eisengittern."

„Aber in der Halle da hinten neben dem Seitengang waren auch Eisengitter. Sicher, dass du nicht die meinst?", fragte Charlie.

„Nein, ich bin sicher, dass es eine ganze Wand aus Eisengittern war", sagte Kat.

„Warum gebt ihr mir nicht mal die Augen, dann zeige ich euch …", fing DZ an, wurde aber von Stan unterbrochen.

„DZ, nach all der … äh … kundigen Führung, die du uns bei unserem ersten Treffen zuteil hast werden lassen, brauchst du nicht zu glauben, dass du ein wie auch immer geartetes Navigationswerkzeug in die Hände bekommst", blaffte Stan.

„Da ist ein Raum mit Lava und einem Portal aus einem komischen weißen Stein. Sucht ihr den?", erklang eine fünfte Stimme.

Die vier Spieler drehten sich in Richtung der Stimme um, und Stan traute seinen Augen nicht. In der Mitte des Steinziegelganges, mit einer primitiven Steinhacke in den Händen, stand Oob. Als die Spieler ihn anstarrten, lächelte der NPC-Dorfbewohner und winkte ihnen zu, bis Charlie das Schweigen brach.

„Oob? Was … was zum … was machst du hier? Warum bist du nicht im Dorf?"

„Ich möchte euch gern helfen, die Enddimension zu erobern. Ich finde, dass ich dazu beitragen sollte, euch dabei zu helfen, den Spieler namens König Kev zu besiegen. Ich bin euch gefolgt, und jetzt bin ich bereit zu helfen!"

„Oob!", rief Stan, wütend, dass sie nun ihre Pläne würden ändern müssen, um Oob in sein Dorf zurückzubrin-

318

gen. „Du kannst nicht mit uns ins Ende kommen. Bist du verrückt? Du wirst abgeschlachtet!"

„Aber ich möchte euch helfen! Kommt, ich habe den Weg gefunden, um ins Ende zu kommen!" Mit diesen Worten humpelte der Dorfbewohner wieder den Gang hinunter.

Stan ahnte die drohende Gefahr und rannte ihm nach. Oob betrat den Raum am Ende des Ganges, der weitaus heller war als der Rest der Festung. Stan hatte nur die Hälfte des Ganges zurückgelegt, als er mit Entsetzen sah, wie Oob zurück in den Korridor gestoßen wurde. Sein Kopf schlug gegen die Wand, und ein Pfeil ragte aus seiner Schulter. Stan konnte nur noch an den Dorfbewohner denken, der nun an der Wand zusammengebrochen war. Er kniete sich neben Oob, und sein Hirn lief auf medizinischen Hochtouren, als er seinen letzten Trank der Heilung hervorzog. Am Rande nahm er wahr, dass Charlie, Kat und DZ vorstürmten, um Oobs Angreifer zu stellen.

Der Pfeil hatte sich tief in Oobs Schulter gebohrt, und der Schlag auf den Kopf hatte ihn bewusstlos gemacht. Stan, dessen Intuition von Adrenalin verstärkt wurde, beschloss schnell, seinen letzten Trank der Heilung zu benutzen, um Oob gesund zu machen. Als Stan den blutroten Trank benutzte, fiel der Pfeil aus Oobs Schulter, die Wunde verschloss sich sofort, und Oobs Brust hob und senkte sich friedlich. In dem Vertrauen, dass der Dorfbewohner sich erholen würde, platzte Stan in den hell erleuchteten Raum, um seinen Angreifer zu stellen. Doch was er sah, ließ ihm den Mund offen stehen.

Er befand sich in einem Raum aus Steinziegeln, in dessen Ecken sich Lavabecken befanden. An allen Fenstern, die die Wände säumten, befanden sich Eisengitter. In der Mitte des Raumes war eine Steinziegeltreppe. Ein schwarzer Käfigblock stand am Kopf der Treppe, aber keine Figur drehte sich darin. Dieser Spawner war deaktiviert worden. Hinter dem schwarzen Käfig befand sich ein Rahmen aus Blöcken, die nichts ähnelten, was Stan je zuvor gesehen hatte. Die Basis der Blöcke schien aus Mondgestein zu bestehen. Die Oberseite zierte ein filigranes türkisfarbenes Muster. Diese seltsamen Blöcke waren als Ring von fünf mal fünf Blöcken angeordnet, in dem die Eckblöcke fehlten. Sie bildeten einen Rahmen, und Stan konnte sehen, dass tief unter der Mitte des Rahmens eine Lavagrube gähnte.

Was jedoch sofort Stans Aufmerksamkeit erregte, waren Charlie, Kat und DZ, die allesamt reglos am Boden lagen. Kat hatte am Kopf eine Beule von beachtlicher Größe, DZ eine Schnittwunde auf der Brust, und aus Charlies Ferse ragte ein Pfeil. Rex lag ausgestreckt auf dem Boden neben ihnen und wimmerte schwach. Über den vieren stand Mr. A, der den gleichen Diamanthelm und -brustpanzer trug wie Stan.

Stan starrte ihn entsetzt an. Er hatte geglaubt, dass der Griefer in der Sandfalle umgekommen war. Stan nahm aus dem Augenwinkel eine Bewegung wahr und sah, dass Mr. A etwas aus seinem Inventar geholt hatte: eine Enderperle, die noch nicht zu einem Enderauge gemacht worden war. Stan vermutete, dass Mr. A glaubte, dass Enderperlen allein reichen würden, um das Portal zu aktivieren. Voller Hass wollte Stan gerade angreifen, als Mr. A die Enderperle in Stans Richtung warf. Ohne genau zu wissen, was passieren würde, sprang Stan zurück, und die Perle landete zu seinen Füßen.

Zu Stans Entsetzen verschwand die Enderperle in einer Explosion aus violettem Rauch, und Stan starrte auf ein Paar Beine in schwarzen Hosen. Stan brachte sich dazu, nach oben zu blicken, und sah, dass Mr. A direkt vor ihm stand. Und er ließ sein Schwert auf Stan niederfahren.

Der Aufprall des Schwertes warf Stan zurück, obwohl er etwas durch die Axt abgeschwächt wurde, die Stan reflexartig erhoben hatte, um den Angriff zu parieren. Unter einer der Wände mit den Eisengittern blieb er liegen, und Stan hatte kaum Zeit, die Axt zur Verteidigung zu heben, als Mr. A wieder mit dem Schwert ausholte, wobei er sein gesamtes Gewicht über das Schwert auf den Schaft der Axt übertrug, der Stans Hals nun zu Boden drückte. Vor Stans Augen blitzte es weiß und rot, während sich der Schaft der Axt weiter und weiter in seinen Hals presste. Entschlossen, kämpfend zu sterben, konzentrierte Stan alle ihm verbliebene Energie darauf, die Axt von sich zu drücken, dann führte er einen rasenden Schlag mit seiner Axt, noch immer durch Luftnot geblendet, in der verzweifelten Hoffnung, etwas zu treffen.

Wundersamerweise hörte Stan, wie Diamant auf Diamant traf, und als er ein schmerzerfülltes Aufstöhnen hörte, wusste er, dass die Klinge seiner Axt Mr. A getroffen hatte. Stan nutzte seinen Glückstreffer aus, um sich Zeit zu erkaufen und wieder etwas sehen zu können. Dann erkannte er, wie Mr. A einen Pfeil anlegte und den Bogen spannte. Stan wich dem Pfeil aus. Von Wut getrieben benutzte er seine Axt, um Mr. As Schwert in den Kampf zu ziehen.

Das Hacken und Schlitzen war heftig. Stans Grimasse spiegelte sich im Gesicht seines Gegners, während die beiden in einem Tanz des Todes das verzierte Portal umkämpften. Stan war bewusst, dass er weit unterlegen war, also war er absolut entgeistert, als seine Kombination aus zwei Aufwärtshaken Mr. As Hand traf, sodass dessen Schwert in die Luft gewirbelt wurde. Bevor Stan das ausnutzen konnte, setzte der Griefer einen Schwall von Feuerkugeln ab, die zu Stans Füßen in einer kurzen Reihe von strahlenförmigen Explosionen detonierten. Stan trat aus dem Rauch zurück, bereit für den unausweichlichen Gegenschlag. Momente später flog Mr. As Gestalt durch den Rauch, das Schwert wieder in der Hand, und Stan musste rückwärts auf die Treppe zum Portal springen, um nicht von dem Schwerthieb entzweigeschlagen zu werden, der beim Aufprall die Steinstufen zerspringen ließ.

Mr. A griff weiter an und trieb Stan die Stufen empor, bis zum Rand des Portals. Stan beugte sich zurück, um der pfeifenden Schwertklinge des Griefers auszuweichen, und stellte fest, dass unter ihm kein Boden war, sondern nur eine Lavagrube. Stan stieß sich vom Sockel des Portals ab und landete auf der anderen Seite. Der Kampf ging los, wobei Stan und Mr. A diesmal durch eine Lavagrube getrennt wurden. Der Griefer entfesselte einen Sturm von wilden Stoßattacken mit dem Schwert. Stan konnte den ersten ausweichen, aber dann traf einer der Stöße Stan an der Hand, und seine Axt flog zurück.

Stan wusste, dass es zwecklos war. Er konnte auf keinen Fall Mr. A den Rücken zuwenden, um seine Waffe zurückzuholen. Energie floss durch seine Adern, und Stan hob die Arme, bereit, sein ungeschütztes Gesicht vor dem Pfeilhagel zu schützen, der in wenigen Schüssen eine Schwachstelle treffen würde. Der erste Pfeil prallte von seinem Helm ab, und er fühlte, wie der Helm sein Hirn durchschüttelte, was ihm unglaubliche Kopfschmerzen verursachte. Stan bereitete sich auf den nächsten Pfeil vor, der gute Chancen hatte, ihn zu töten, als er einen wilden Schmerzensschrei hörte und sich traute, nach oben zu blicken.

Was er sah, war Oob, der am Rand des Portals stand. Seine Steinhacke bewegte sich, als hätte er sie gerade geschwungen. Mr. A fiel kopfüber in die Grube und landete mit einem entsetzlichen Laut in der Lavagrube unter dem Portal, was Stan mit einem Regen aus Funken besprühte, die wie Wespenstiche brannten.

Stan starrte erst Oob an, dann die Grube aus geschmolzenem Feuer, in dem der Griefer ums Überleben kämpfte. Langsam wurde Stan klar, dass der NPC ihm soeben das Leben gerettet hatte. Für den Moment bedankte sich Stan jedoch nicht bei Oob, sondern sah traurig in die Lavagrube hinab, in der sich der Feind befand, der ihn seit seinem zweiten Tag in Minecraft heimgesucht hatte. Die Turbulenzen in der geschmolzenen Flüssigkeit hatten sich gelegt. Der Kampf war verloren. Mr. A existierte nicht mehr.

„Das hätte nicht sein müssen, Mr. A", sagte Stan, in dessen Worte sich tiefe Traurigkeit mischte. „Wir hätten Freunde sein können, weißt du? Es gab nichts, das uns davon abgehalten hätte, auf derselben Seite zu kämpfen, auf der richtigen Seite. Da war nur der König. Es waren nicht die Spieler, die deinen Freund Avery verraten haben – das hat der König getan. Ich wünschte nur, ich hätte dir helfen können, das früher zu verstehen, bevor es zu spät war."

Stan warf einen letzten langen, traurigen Blick in die Lava, die jetzt vom Blut seines Feindes befleckt war, dann wandte er sich dem NPC-Dorfbewohner zu.

„Oob, danke. Ohne dich wäre ich tot, und ich habe mich geirrt. Wohin immer wir gehen, was immer wir tun, du bist immer willkommen, wenn du mitkommen und helfen möchtest."

„Amen!", erklang hinter ihnen eine Stimme, während der Dorfbewohner strahlte.

Stan drehte sich um. DZ war auf den Beinen und lächelte Stan und Oob an. Charlie stand hinter ihm und sah stolz aus, und Kat fütterte Rex mit etwas verrottetem Fleisch, das sie dabeihatte. Charlie hielt zwei leere Glasflaschen hoch. Anscheinend hatte er seine beiden letzten Tränke der Heilung benutzt, um sich, Kat und DZ zu heilen. Auf Stan und Oobs Gesichtern breitete sich Erleichterung aus, und sie liefen die Steintreppe hinab, um die drei Spieler und den Hund zu umarmen. Als sie die Umarmung lösten, sah Kat Stan an.

„Ich habe gesehen, was passiert ist", sagte sie und blickte von ihm zu Oob und wieder zurück. „Ihr zwei wart fantastisch."

„Das wart ihr wirklich", sagte Charlie, und DZ nickte begeistert.

„Ich wünschte nur, es hätte nicht so enden müssen", sagte Stan und blickte zum Portal und der Feuergrube darunter zurück, aber Kat legte ihre Hand auf seine Wange und wandte seinen Blick ab.

„Schon gut, Stan. Du hast getan, was du tun musstest", sagte sie. Ihr Blick war tief und bedeutungsvoll, was Stan beruhigte.

„Ja. War echt ätzend, dass du das tun musstest, aber es war das Richtige", fügte Charlie hinzu.

„Ihr habt recht", sagte Stan und sah einen Moment lang zu Boden, wobei er die Erinnerung an den Spieler namens Mr. A aus seinen Gedanken entließ, als würde er einen Ballon in den Himmel schweben lassen. Und damit war sein Geist wieder frei. Als er zu den drei Spielern aufblickte, die seinen Blick erwiderten, wusste er, was zu tun war.

„Es ist so weit, nicht wahr?", sagte er. Es war keine Frage. Sie alle wussten, dass die Zeit gekommen war.

„Bringen wir es zu Ende", sagte Kat und nickte Charlie zu.

Charlie ging zu dem Rahmen aus weißen Blöcken, atmete tief durch und holte die zwölf Enderaugen hervor. Jeder verzierte Portalrahmenblock hatte eine Vertiefung in der Mitte, in die genau ein Enderauge passte. Charlie umkreiste den äußeren Rahmen des Portals und setzte sorgsam ein Enderauge in jeden der zwölf Blöcke, die den Endportalrahmen bildeten. Als das letzte Auge eingesetzt war, leuchteten die zwölf Augen gleichzeitig violett auf, und einige Sekunden lang taten sie nichts, außer ein gruseliges Geräusch von sich zu geben und eine große Menge violetter Partikel auszustoßen. Dann, ganz plötzlich, zeigte das Innere des Portals keine tief liegende Lavagrube mehr, sondern einen dunklen, geisterhaften Bereich, der bis in die Ewigkeit zu reichen schien, von leuchtenden Punkten in allen Farben durchzogen war und Stan den Eindruck vermittelte, in einen tiefen, unberührten Teil des Kosmos zu starren.

Stan, Charlie, Kat, DZ und Oob sammelten sich um das Portal und blickten in die unheilvollen schwarzen Tiefen. Stan sah seine Freunde an.

„Sind wir bereit?", fragte er.

Als er ihre Gesichter betrachtete, sah er vier tapfere, gut gerüstete Krieger, bereit, alles in Angriff zu nehmen, was die Enddimension bereithielt.

Mit einem ohrenbetäubenden „BOOYAH!" sprang DZ vom Rahmen in das schwarze Portal, das ihn sofort verschluckte. Charlie wollte als Nächster in das Portal springen, wurde aber zurückgehalten, als Oob dank seines ziellosen Umherwanderns in das Portal fiel. Charlie folgte ihm. Kat kraulte Rex hinter den Ohren. Sie wussten aus Charlies Buch, dass Hunde das Ende nicht betreten konnten, aber sie waren sicher, dass Rex sie finden würde, wenn sie wieder lebend in die Oberwelt gelangen sollten. Dann, mit geschlossenen Augen und einem tiefen Atemzug, verschwand auch sie in den Tiefen des Endportals.

Stan sah sich im Raum um. Ihm wurde bewusst, dass diese unterirdische Kammer aus Stein und Lava vielleicht das Letzte war, was er von der Oberwelt in Minecraft sehen würde. Er atmete tief durch, und mit dem Bild eines toten König Kev und eines freien Elementia vor Augen sprang Stan vom Rahmen des Portals ab und stürzte im freien Fall in die schwarze Leere.

KAPITEL 25

DAS ENDE

Während die Reise durch das Netherportal sich angefühlt hatte, als würde er durch eine Röhre gepresst, stellte Stan fest, dass er sofort, nachdem er das Endportal betreten hatte, mit den Füßen voran auf einer Plattform aus schwarzem Stein gelandet war, die er als Obsidian erkannte. Und während der Nether heiß und trocken gewesen war, bemerkte Stan keine signifikante Veränderung in der Atmosphäre des Endes, bis auf die Tatsache, dass offensichtlich statische Elektrizität in der Luft lag.

Stan schaute sich um und sah, dass seine Freunde den Raum betrachteten, in dem sie gespawnt waren, der aus einer Art Mondgestein zu bestehen schien, ähnlich wie der Sockel des Endportalrahmens. Sie waren völlig davon umgeben, und Stan fühlte, wie sich sein Magen umdrehte. Waren sie unter der Erde? War die Aufgabe des Endes herumzugraben, bis sie ihr Ziel gefunden hatten? Er stellte den anderen diese Fragen, und sofort wurde die Stimmung der Gruppe panisch.

„Hey Leute, macht euch keine Sorgen, okay?", sagte Charlie und schlug mit seiner Spitzhacke auf einen der Steinblöcke ein. „Ich grabe ein wenig herum. Ich bezweifle stark, dass die letzte Herausforderung von Minecraft eine riesige Bergbauwelt ist." Charlie zielte diagonal und begann, einen Tunnel nach oben zu graben. Die anderen folgten ihm.

Je weiter sie sich aufwärts gruben, desto stärker wuchs Stans Unbehagen. Als Charlies Spitzhacke durch die Oberfläche brach und auf Luft stieß, konnte Stan das Gefühl nicht abschütteln, dass sie …

„… etwas beobachtet!", rief Stan, als ein Paar Endermen auf ihn zurasten. Er schlitzte die Seite des ersten mit seiner Axt auf, und der Enderman teleportierte davon, während der andere sofort von einem Glückstreffer getötet wurde, der ihn enthauptete.

„Sie sind überall!", rief DZ, als der verwundete Mob erneut hinter Stan erschien und DZ seinem Leben mit einem Schwertstich ein Ende setzte. „Seht nach unten!"

Ohne nachzudenken, gehorchten drei Spieler DZs Befehl und starrten auf den mondweißen Boden. Stan hörte, wie DZs ruhige Stimme einen Befehl erteilte.

„Oob, du musst dich für mich umsehen und uns sagen, wie viele Endermen da draußen sind."

„Was?", antwortete Oobs mürrische Stimme. „Werden die großen, gruseligen schwarzen Dinger mich nicht töten?"

„Keine Sorge, du bist ein NPC. Dich werden sie nicht bemerken."

„Aber …"

„Tu es einfach, Oob. Ich schwöre dir, dass dir nichts passieren wird", sagte DZs Stimme, die jetzt etwas schärfer klang.

Einige Momente später folgte Oobs Antwort. „Sie sind überall. Ich sehe ihre Augen selbst bis weit in die Ferne. Wie sollen wir sie alle besiegen?"

„Keine Sorge, Leute", meinte DZ, als spüre er, wie sich die panische Stimmung der Gruppe um das Zehnfache verstärkte. „Ich weiß, wie wir sie töten können. Nehmt die hier. Ich habe sie gefunden, als wir durch das Gebirge gegangen sind." Stan hörte, wie DZ herumkramte, und einige Momente später sah Stan, wie ein Block zu seinen

Füßen landete. Er war orangefarben und schien eine Art Pflanze zu sein, aber erst, als Stan ihn aufhob und das gruselige Gesicht sah, das hineingeschnitzt war, wurde ihm klar, dass es ein Kürbis war.

„Und was soll ich damit bitteschön anfangen?", sagte Kats zornige Stimme knapp links von Stan.

„Nimm deinen Helm ab und setz ihn dir auf den Kopf."

Stan kam plötzlich der Gedanke, dass der Kampf mit Mr. A einige Schrauben in DZs Kopf gelockert haben könnte. Charlie sagte mit vor Sarkasmus triefender Stimme: „Klar, du zuerst, DZ."

„Gern", erwiderte DZ ruhig, und Stan merkte, dass er sich erhoben hatte. Er konnte gerade noch sehen, wie DZ aufrecht stand und albern aussah, denn sein Kopf steckte in der Unterseite des Kürbisses. Das geschnitzte Kürbisgesicht war an der Stelle, an der DZs eigenes Gesicht hätte sein sollen.

„DZ, du siehst aus wie ein Idiot. Was soll das werden?", zischte Kat, als hätte sie Angst, dass zu lautes Sprechen die Horden von Endermen provozieren könnte, die unheilvoll um sie herumwanderten.

Stan beobachtete, wie DZ geradewegs auf einen Enderman zuging und ihm direkt in die Augen starrte. Unglaublicherweise begann der Enderman nicht zu zittern, teleportierte sich nicht hinter ihn. Er reagierte gar nicht auf seine Anwesenheit. DZ nutzte das zu seinem Vorteil, und einen Stich durch die Brust später war der Enderman nichts als eine Enderperle, die reglos am Boden lag.

Bevor einer von ihnen sein fassungsloses Erstaunen verkünden konnte, setzte DZ zu einer Erklärung an: „Man kann aus den Augenlöchern des Kürbisses hinaussehen, und obwohl man nicht sehr gut sehen kann, hindert er die Endermen daran, einen wahrzunehmen. Ernsthaft, sie merken nicht mal, dass man überhaupt da ist. Man kann einfach auf sie zugehen und sie töten."

Mehr Ansporn brauchte Stan nicht. Er riss sich den Diamanthelm vom Kopf und stopfte ihn achtlos in sein Inventar. Er schnappte sich den Kürbis und setzte ihn sich unbeholfen auf den Kopf. DZ hatte in einem Punkt auf jeden Fall recht: Der Kürbis versperrte Stan die Sicht erheblich, und nur, indem er die Augen zusammenkniff, konnte er Kat und Charlie wahrnehmen, die selbst Kürbisse aufsetzten.

„Schönchen, Jungs … und Kat", sagte DZ, und aus seinem Ton konnte Stan sicher schließen, dass sich auf seinem Gesicht unter dem Kürbis ein Grinsen breitgemacht hatte. „Möge das Große Enderman-Massaker beginnen!"

„Massaker" war in der Tat die richtige Bezeichnung dafür, denn da die Endermen die Blickrichtung der Spieler nicht erkennen konnten, waren sie machtlos dagegen, dass die Spieler einfach auf sie zuspazierten und sie einen nach dem anderen zur Strecke brachten. Selbst ohne Oobs Hilfe (seine Steinhacke war nicht stark genug, um einen Enderman mit einem Schlag zu vernichten, und der Dorfbewohner war ganz sicher nicht in der Lage, einen zu schlagen) waren alle Endermen, die sie sehen konnten, innerhalb von drei Minuten tot.

„Alter, das war großartig!", rief Charlie Stan zu, als er die Axt aus dem Monster zog, das er gerade geköpft hatte, nachdem er die Waffe inmitten eines Rückwärtssaltos geworfen hatte.

„Danke. Ehrlich gesagt war das so einfach, was soll man sonst tun, als sich Kunststücke auszudenken, um die Sache interessant zu machen?" Stan grinste, zog den Kürbis von seinem Kopf und wischte sich den Schweiß von der Stirn. Er hatte sich zwar kaum angestrengt, aber in dem Kürbiskopf war es sehr heiß. Die anderen taten es ihm gleich.

Nun, da sie ihre Kürbisse abgelegt hatten und keine Endermen sie störten, sahen sich die vier Spieler und Oob zum ersten Mal gründlich im Ende um. Der ganze Boden schien aus dem Mondgestein ähnelnden Material zu bestehen, und der Himmel war ein dunkles Statikmuster, das sich nicht zu bewegen schien und das fast vollständig schwarz war. Man konnte auf den ersten Blick kaum die großen, aufragenden Säulen erkennen, die sich vor dem schwarzen Himmel befanden. Die Säulen hatten am Fuß ein breites Quadrat und erhoben sich in verschiedenen Höhen in den Himmel. Eine Lichtquelle erleuchtete die Spitze jeder der Säulen, aber Stan war nicht nahe genug, um sehen zu können, was sie war.

Das Interessanteste war, dass das Ende, soweit Stan sehen konnte, keine endlose Dimension wie die Oberwelt oder der Nether war. Sie standen auf einer Insel aus Mondgestein, die im Raum schwebte, und etwa zehn der hohen Obsidiansäulen ragten aus dem Boden in den statischen Himmel.

Sofort stellte Stan fest, dass dabei etwas nicht ganz zusammenpasste. Er sah die anderen an und merkte, dass es auch Kat klar geworden war, DZ und Charlie jedoch nicht. Sie dachten noch immer über ihre Umgebung nach, während Oob schon wieder umherwanderte.

„Leute, das Ende ist nicht unendlich. Es ist wie eine Insel", sagte Kat langsam, während Stan ihren Dorfbewohner-Freund am Kragen zurückschleppte. Oobs Blick war noch immer ziel- und ahnungslos.

„Ja, wir haben's bemerkt", sagte Charlie und zuckte mit den Schultern. „Na und? Leichtere Arbeit für uns – weniger Platz zum Suchen."

„Genau das ist es ja", sagte Stan und ließ Oob los, sodass er wie ein Sack Kartoffeln zu Boden plumpste. „Weniger Platz zum Suchen." Warum sollte der König also seinen Vorrat hierher bringen, wenn es in der Oberwelt oder dem Nether wortwörtlich unbegrenzt viele Verstecke gibt?"

„Ich weiß nicht, vielleicht, weil hier überall Endermen

sind?", stellte DZ fest und verhielt sich dabei wie jemand, der erklärte, dass sich die Erde um die Sonne dreht.

„DZ, ihr vier Spieler habt all die Endermen mit Leichtigkeit besiegt, indem ihr nichts weiter getan habt, als euch Kürbisse auf die Köpfe zu setzen. Ganz offensichtlich gibt es hier etwas noch Gefährlicheres, das uns daran hindern wird, nach dem Besitz des Königs zu suchen", sagte Oob.

„Er hat recht, DZ", sagte Charlie, dem klar wurde, dass Stan, Kat und Oob richtig liegen mussten. „Hier geht auf jeden Fall noch etwas vor sich, das uns davon abhalten wird, den Schatz zu suchen."

„Und was glaubst du, was das sein wird?", fragte DZ ungehalten, denn er war irritiert davon, dass Oob einen intelligenteren Kommentar abgegeben hatte als er.

Dann hörten sie es. Ein langes, durchdringendes Gebrüll durchdrang die ansonsten ruhige Umgebung des Endes. Es hörte sich an, wie der tausendfach verstärkte Schrei eines Enderman, vermischt mit Lauten eines Tyrannosaurus und eines Elefanten, um einen markerschütternden Schrei zu bilden.

„Was ... war ... das?", flüsterte Charlie schwach.

„Oh ... mein ... Gott", wisperte Stan, als er etwas am Himmel sah, bei dessen Anblick sich sein Magen vor Entsetzen verkrampfte.

Auf den ersten Blick waren zwei violette Schlitze am Himmel zu sehen, doch sie wurden größer und größer und größer, und schon bald richteten sich die Augen aller vier Spieler und Oob voller Grauen auf die Gestalt einer gigantischen schwarzsilbernen geflügelten Bestie mit leuchtend violetten Augen, die durch den Himmel direkt auf sie zuraste.

Ohne weiter darüber nachzudenken und nur aufgrund eines verborgenen Instinktes, den die Angst aktivierte, zogen Kat, Stan und DZ gleichzeitig ihre Bögen und schossen ihre Pfeile in das Gesicht des riesigen Monsters. Die Pfeile von Stan und DZ prallten von der silbern geschuppten Stirn des Monsters ab, aber Kats Pfeil bohrte sich direkt in das linke Auge des Monsters. Gerade, als das Untier mit ihnen zusammenzustoßen drohte, brüllte es und riss den Kopf vor Schmerzen herum, bevor es wieder in den schwarzen Himmel aufstieg.

In diesem Moment sah Stan das Monster zum ersten Mal ganz. Was er sah, war absolut schreckenerregend. Sie hatten gerade Pfeile in einen gigantischen schwarzen Drachen geschossen. Seine mächtigen Schwingen schlugen und erzeugten Luftwirbel wie ein Düsenflugzeug, und ein Exoskelett wie eine silberne Rüstung lief seinen ganzen Körper entlang. Es bildete ein Schutznetzwerk, das sich über seine fast ebenso hart aussehende schwarze Haut spannte.

Stan sah mit einer Mischung aus Staunen und düsterer Vorahnung dabei zu, wie der verwundete Drache die schwarzen Obsidiansäulen umkreiste. Leuchtende Kugeln aus weißer Energie schwebten von der Spitze der Säule auf das Gesicht des Drachen zu. Der Drache brüllte wieder und flog weiter, und einen Moment später fiel Kats Pfeil neben den Spielern zu Boden, da er aus dem Auge des Drachen gedrückt worden war.

„Leute, ich glaube, was immer da oben ist, heilt ihn!", rief DZ, der sein Schwert gezogen hatte und die Augen fest auf den Drachen gerichtet hielt.

„Dann müssen wir es zerstören", sagte Stan und legte sich in Gedanken bereits einen Plan zurecht.

„Okay, wir machen es so", sagte Kat und zog entschlossen die Augenbrauen zusammen. „Stan, DZ, ihr geht und zerstört, was auch immer oben auf dieser Säule ist. Charlie, Oob, ihr geht und lenkt den Drachen ab, und achtet darauf, dass er Stan und DZ nicht bemerkt. Ich glaube nicht, dass es dem Drachen gefallen wird, wenn wir zerstören, was auch immer da oben ist."

„Was ist mit dir?", fragte Stan.

Ich habe das Gefühl, dass wir schon bald ein paar mehr Endermen sehen werden", erklärte Kat bestimmt und zog schon wieder den Kürbis auf ihrem Kopf zurecht. „Ich kümmere mich um sie. Und jetzt geht!", brüllte sie, denn sie hatte gerade bemerkt, dass der Drache in einem weiteren Angriff auf sie zuraste. Charlie zog seine Spitzhacke und Oob seine Hacke, und die beiden Waffen schnitten gemeinsam mit Kats Schwert gleichzeitig in die Schnauze des Drachen, sodass er für den Moment vertrieben wurde.

„DZ! Fang an, dir Enderperlen zu schnappen!", rief Stan und sammelte die Kugeln aus dem Meer von Endermenleichen auf, die ihren Weg pflasterten.

„Was? Warum sollten wir das tun?", fragte DZ ungläubig.

„Als ich gegen Mr. A gekämpft habe, hat er eins von den Dingern nach mir geworfen und ist direkt neben mir erschienen, mit violettem Rauch um ihn herum", sagte Stan und schnappte sich drei der Enderperlen, die am Boden lagen. „Ich glaube, man kann die Dinger zum Teleportieren benutzen! Schau her!"

Bevor DZ etwas sagen konnte, hatte Stan die Enderperle mit aller Macht in den Himmel geworfen. Er zielte auf die Spitze der Obsidiansäule, die ihm am nächsten war. Er hatte genau richtig gezielt, die Perle flog auf die Spitze der Säule. Stan schloss die Augen und spürte Augenblicke später einen Schmerz in den Knien, der ihn stolpern ließ, was ein zuverlässiges Zeichen dafür war, dass gerade etwas geschah. Als er wieder sicher stand, öffnete Stan die Augen.

Sein Plan war aufgegangen. Stan stand jetzt auf der Spitze einer der emporragenden Obsidiansäulen. In ihrer Mitte stand ein würfelförmiger Kristall, der sich langsam in einer Feuersäule drehte, die wiederum aus einem Grundgesteinblock ausbrach. Der Kristall leuchtete in hellblauen und rosa Farbtönen, und auf jeder Seite blinkten seltsame rote Symbole auf.

333

„Stan! Wo bist du?", rief DZs besorgte Stimme einige Dutzend Blöcke unter ihm. Stan blickte nach unten und sah, wie sich DZ verzweifelt umschaute. Er konnte auch sehen, dass der Drache von Charlie und Oob wegflog, was bedeutete, dass sie einen Treffer gelandet hatten, und er sah Kat, die sich von hinten an einen Enderman anschlich.

„Ich bin hier oben!", rief Stan. Er sah, dass DZ in die Richtung seiner Stimme schaute, und ihre Blicke trafen sich. „Der Plan hat funktioniert! Hier oben ist irgendeine Art Hellseher-Kristall-Dings. Ich bin ziemlich sicher, dass das den Drachen heilt!"

„Das ist großartig, Stan! Schnell, finde heraus, wie man das Ding zerstört!", erschallte DZs scheinbar leises Rufen über die Landschaft hinweg zu Stan.

Stan beschloss, die offensichtlichste Methode, den Kristall zu zerstören, als erste auszuprobieren. Er schob sich bis an den Rand der Säule, da er bei seinem Versuch so weit wie möglich vom Kristall entfernt sein wollte. Er legte einen Pfeil an und schoss ihn direkt in die Mitte des Kristalls. Ein supererhitzter Blitz ließ Stans Sichtfeld kurz weiß werden, doch als er wieder sehen konnte, war von dem Kristall nur noch ein brennender Grundgesteinblock übrig. Es hatte funktioniert.

„Schieß einfach auf die Kristalle, DZ!", rief Stan zu seinem Freund hinab. „Dann explodieren sie!"

„Ich hab' einen Vorschlag, Stan!", rief DZ von unten. „Du zerstörst die Kristalle, indem du dort oben herumteleportierst, und ich schieße sie von hier unten ab!"

„Guter Plan!", rief Stan zurück. Er schaute sich um und sah, dass tatsächlich auf jeder der Säulen ein Kristall zu rotieren schien. Er wusste, dass sie den Drachen nicht richtig bekämpfen konnten, bis all diese Kristalle zerstört waren. So ängstlich er auch war, musste er dem König eines lassen: Dies war tatsächlich das ideale Versteck für Wertsachen.

334

Stan sah, wie DZ auf den Obelisken zielte, der direkt links von ihm stand, also drehte sich Stan nach links und holte eine weitere Enderperle aus seinem Inventar. Er warf sie mit aller Macht und kniff erneut die Augen zu. Innerhalb von Sekunden spürte er wieder heftige Schmerzen in seinen Beinen. Als er die Augen öffnete, stand er auf einer anderen Säule, auf der ein weiterer Kristall unheilvoll vor ihm rotierte. Und wieder explodierte der Kristall nach einem Schuss in einer Stichflamme.

Erleichtert riskierte Stan einen schnellen Blick nach links und sah gerade noch, wie DZs Kristall explodierte, der von einem Pfeil genau in der Mitte getroffen worden war. Aus dem Augenwinkel sah Stan jedoch etwas, das ihm das Herz in die Hose rutschen ließ: ein violetter Lichtblitz, gefolgt vom Rauschen schlagender Schwingen. Stan schaffte es gerade noch, herumzuwirbeln und seine Axt zu ziehen, um sie dem Drachen zwischen die Augen zu treiben. Die Axt hinterließ nur eine kleine Delle in der Haut des Drachen, die schnell von dem nächsten verbliebenen Kristall repariert wurde. Dennoch zeigte der Angriff die erwünschte Wirkung. Der Drache änderte seine Flugbahn und floh.

„Tut mir leid, Stan!", rief Charlie vom Boden aus. „Er ist von uns weggeflogen und hat dich angegriffen. Ich habe versucht, auf ihn zu schießen, aber ich habe ihn verfehlt."

„Dann ziel' beim nächsten Mal besser!", bellte Stan irritiert. Sie befanden sich mitten in einem höchst gefährlichen Kampf, und er konnte sich auf keinen Fall leisten, auf diesen Säulen gegen einen Drachen zu kämpfen. Der Drache würde ihn mit einem einzigen Kopfstoß in den Tod befördern.

Stan machte sich wieder daran, die Kristalle zu zerstören. Er sah, wie DZ einen weiteren Kristall sprengte, also teleportierte er sich zur nächsten Säule und zerstörte den dortigen Kristall mit einem weiteren Pfeil. Mit DZs Schüssen vom Boden aus und Stans effektivem Einsatz seiner Tele-

335

portieren-und-Schießen-Strategie dauerte es nicht lange, bis Stan den letzten Pfeil in den einzigen übrig gebliebenen Kristall jagte. Die Explosion, die das begleitete, läutete das Ende der Heilfähigkeiten des Drachen ein.

Als DZ die letzte Stichflamme auf dem letzten Obsidian-Obelisken sah, stieß er einen wilden Schrei aus. Jetzt war es möglich, gegen den Drachen zu kämpfen. Momente später erschien Stan in einer violetten Rauchwolke neben DZ.

„Das war der Letzte", sagte Stan mit einem Seufzer.

„Super", antwortete DZ. „Wie hat das mit den Enderperlen geklappt?"

„Prima", antwortete Stan. „Meine Knie bringen mich um, aber ansonsten geht es mir prima. Wollen wir jetzt einen Drachen töten?"

„Los geht's!", rief DZ, und mit wachsender Aufregung liefen sie los, um sich zu Oob und Charlie zu gesellen.

„Hey, Leute!", rief Charlie, als er seine Spitzhacke zurückzog, nachdem er den jetzt fliehenden Drachen damit getroffen hatte. „Sind die Kristalle alle weg?"

„Ja, Stan hat gerade den letzten zerstört", sagte DZ. „Habt ihr irgendetwas darüber herausgefunden, wie der Drache angreift?"

„Na ja, nach allem, was ich gesehen habe, ist das Einzige, was er tut, einfach auf uns zuzufliegen und zu versuchen, uns einen Kopfstoß zu verpassen, aber wenn wir ihm weiter ins Gesicht schlagen, sobald er nahe genug herankommt, sollten wir ihn ziemlich schnell töten können."

„Wirklich?", fragte Stan und hob eine Braue. „Das ist alles, was ihr gemacht habt? Ihn einfach geschlagen, wenn er in die Nähe gekommen ist? Und das hat ihn verletzt?"

„Ja", antwortete Oob. „Es war erstaunlich leicht, den Drachen zu bekämpfen. Der Drache hat es mit seinem momentanen Angriffsmuster auch nicht annähernd geschafft, einen von uns zu verletzen."

„Nun", sagte Stan und sah sich um, „ich vermute, das Schwierige an dieser Gegend soll nicht bloß der Kampf gegen den Drachen sein, sondern die Kristalle zu zerstören, den Drachen zu bekämpfen und den Endermen aus dem Weg zu gehen – und das alles gleichzeitig."

„Ja", sagte DZ und nickte. „Das klingt einleuchtend. Ich schätze, es war richtig, als Team herzukommen. Der König scheint sich diesen Ort als gute Verteidigung gegen einen oder zwei Spieler ausgesucht zu haben, nicht gegen fünf."

„Und ich muss schon sagen", fügte Charlie hinzu, während er sich umschaute. „Kat hat sich wirklich gut darin gemacht, die Endermen fernzuhalten. Ich habe keinen gesehen, seit wir ... oh, mein Gott!"

Stan sah, was Charlie zu seinem Aufschrei verleitet hatte, und ihm fiel die Kinnlade herunter. Er hatte gesehen, wie Kat ihr Schwert aus dem Rücken des Enderman zog, den sie gerade getötet hatte, und nicht im Geringsten ahnte, dass der Drache sie als Ziel gewählt hatte und auf sie hinabstieß. Er erreichte sein Ziel jedoch nicht, denn gerade, als Kat sich der Kraft bewusst wurde, die sie in Kürze treffen würde, wirbelte sie herum, gerade noch rechtzeitig, um zu sehen, wie sich Charlie vor den Drachen warf.

Charlies Spitzhacke sauste etwas zu spät nach unten. Kat konnte nicht sehen, wo sie traf, aber der Drache wand sich vor Schmerz. Seine vordere linke Klaue schnitt panisch durch die Mitte von Charlies Brustpanzer. Als der Drache sich wieder in den schwarzen Himmel schwang, purzelte Charlie ein paar Blöcke weit über den weißen Boden. Kats Verwirrung und Angst vor dem Drachen verdichteten sich zu dem dringenden Wunsch, ihrem Freund zu helfen, der nun reglos am Fuß der nächsten Obsidiansäule lag.

Kats Herz hämmerte, als sie hinüberlief und sich hinkniete, um Charlie zu untersuchen. Sie drehte ihn um, und zu ihrer großen Erleichterung sah sie, dass er nicht tot war, obwohl sein Gesicht vor Schmerz verzerrt war.

337

„Charlie! Gott sei Dank. Alles in Ordnung?", fragte Kat, während sie seinen Brustpanzer entfernte, um seine Wunde zu untersuchen.

„Keine Sorge, mir geht es gut", ächzte Charlie und zuckte zusammen, als das Entfernen der Brustplatte einen Schnitt durch sein Hemd und über seine Brust und seinen Bauch offen legte. „Der ist nicht tief", fügte er hinzu, als er Kats skeptischen Blick bemerkte. „Ich werde schon wieder. Aber hast du meine Spitzhacke gesehen?"

„Hey, DZ, was ist das da im Gesicht des Drachen?", fragte Stan, als er etwas auf der Schnauze des Drachen glitzern sah. Er war entschlossen, den Drachen nicht zu Kat und Charlie oder Oob zu lassen, der herumwanderte. Stan hielt seine Axt bereit, als der Drache zu einer weiteren Attacke herabstieß.

Es war nicht wichtig, dass DZ nicht geantwortet hatte. Der Drache kam in ihre Nähe, und Stan musste sich auf die Lippe beißen, um nicht zu lachen. Charlies Spitzhacke steckte noch immer im Gesicht des Drachen, tief in seine rechte Nüster vergraben. Es sah lächerlich aus, aber Stan wartete trotzdem, bis er seine Axt in die Nase des Drachen geschlagen hatte, bevor er seinem Gelächter freien Lauf ließ.

„Oh Gott, das ist großartig. Das ist unbezahlbar, findest du nicht, DZ?", presste Stan zwischen den Lachern heraus, aber als er auf der Suche nach einer Reaktion zu DZ hinüberschaute, vergaß er bei dem Anblick, der sich ihm bot, sofort, wie der Drache aussah. DZs Arm beschrieb einen Bogen in der Luft, ein klarer Hinweis auf die perfekte Flugbahn der Enderperle, die er gerade direkt auf den Drachen geworfen hatte.

„Was machst du da?", rief Stan. DZ drehte sich um und blickte Stan in die Augen.

„Ich setze ihm ein Ende", antworte DZ einfach, bevor er in einem Schwall violetten Rauchs verschwand.

Stan sah sich verwirrt um, bis er dank des Zuckens, das der Drache in der Luft vollführte, endlich verstand, dass DZ auf dem Drachen selbst gelandet sein musste. Stan war jetzt felsenfest davon überzeugt, dass sich bei DZ ein paar Schrauben gelockert hatten, doch ihm blieb nichts übrig, als die Szene voll entsetzlicher Spannung zu beobachten. Er riskierte es nicht, einen Pfeil auf den Drachen zu schießen, weil er Angst hatte, DZ zu treffen. Stan schaute zu den anderen und sah, dass auch Kat und Charlie jetzt mit besorgter Faszination den Drachen anstarrten. Selbst Oob hatte seine Wanderung unterbrochen, um dem Spektakel zuzusehen, das sich in der Luft entspann.

Stan glaubte, die schemenhaften Umrisse einer Gestalt zu erkennen, die sich in einem rhythmischen Muster auf und ab bewegte, und der Drache schleuderte seinen Kopf von einer Seite zur anderen, wobei er vor Qualen spie. Stan wurde klar, dass DZ auf dem langen Hals des Drachen saß und sein Schwert wieder und wieder in die dicke schwarze Haut trieb. Dann sah Stan ungläubig zu, wie die Gestalt auf dem Drachen seinen Hals entlanglief, von seinem Kopf aus in die Luft sprang, herumwirbelte und einen Pfeil direkt in das Gesicht des Drachen schoss. Der Drache erstarrte mitten in der Luft, und Stan sah, dass neben ihm eine Enderperle zu Boden fiel, der in einer violetten Rauchwolke DZ folgte.

Stans Mund öffnete sich, um DZ eines der tausend Dinge zu sagen, die ihn beschäftigten, aber DZ legte Stan einfach seine Hand auf die Lippen, deutete auf den Himmel und sagte: „Sieh einfach zu."

In der Tat gab es etwas zu sehen. Weiße Lichtstrahlen schienen aus der schwarzen Haut des Drachen hervorzubrechen wie Sonnenstrahlen durch Morgennebel. Der Drache erschien wie in der Bewegung eingefroren, während er höher und höher in den Himmel aufstieg und mehr und mehr Lichtstrahlen durch seine Haut brachen, bis er schließlich in einer Reihe heller Stichflammen explodierte. Als sich der Rauch legte, war der Himmel wieder friedlich und schwarz, und der Drache hatte aufgehört zu existieren.

Kat, Charlie und Oob waren inzwischen alle bei DZ angekommen. Ihre Augen wanderten gleichzeitig vom früheren Standort des Drachen zu DZ hinüber. Alle vier starrten DZ an, als wäre er eine Art König der Götter, der von oben herabgestiegen war, nur um die Welt von dem Drachen zu befreien.

„Das", sagte Kat nach fast einer ganzen Minute ehrfürchtigen Schweigens, „war im wahrsten Sinne des Wortes das Beeindruckendste, was ich in meinem ganzen Leben gesehen habe."

„Sehr gut gemacht, DZ", fügte Oob freundlich hinzu.

„Ja, Worte können gar nicht ausdrücken, wie großartig das war", stimmte Charlie zu, während Stan noch immer wie betäubt dastand.

„Danke, Leute", sagte DZ und säuberte sich, wobei er eine Bescheidenheit an den Tag legte, die nahelegte, dass das, was er gerade getan hatte, so gewöhnlich und unbeeindruckend war, als hätte er einen einzelnen Zombie getötet. „Übrigens, ich hab' dir das hier mitgebracht, Charlie." DZ holte einen Gegenstand aus seinem Inventar und reichte ihn ihm.

„Meine Spitzhacke!", rief Charlie aus, als er seine Waffe von DZ entgegennahm. Dann sah er sie sich genauer an und stieß sie weg. „Oh Gott! Was ist das lila … schleimige … Zeug an der Spitze?"

„Ach, das", erwiderte DZ. Er sah etwas verlegen aus, als Charlie den widerlichen lila Schleim untersuchte, der die Diamantspitzen der Spitzhacke bedeckte. „Ich … äh … habe sie sozusagen vielleicht gewissermaßen aus … also … der Nase des Drachen gezogen …"

Einen Moment lang herrschte Stille, während sie alle die

schleimbedeckte Spitzhacke untersuchten. Dann brachen sie gemeinsam in Gelächter aus. Vielleicht war ihnen die Erleichterung, den Drachen besiegt zu haben, zu Kopf gestiegen und ließ die schleimige Waffe lustiger erscheinen, als sie es eigentlich war. Vielleicht lag es auch daran, dass der nächste unausweichliche Schritt ihrer Reise sein würde, den König zu stellen. Was auch immer der Grund sein mochte, die Spieler lachten minutenlang und hörten erst auf, als DZ hinter sich jemanden spürte und herumwirbelte, um den Enderman zu köpfen, der dort wartete.

Der Mob schien die Spieler wieder zur Besinnung gebracht zu haben. Charlie sah die anderen an.

„Okay, jetzt müssen wir den Schatz des Königs finden", sagte er und wischte seine Spitzhacke an seinem Hosenbein ab, um sie von dem Nasenschleim zu säubern. „Wir verteilen uns und suchen nach allem, das auf ein Versteck hindeuten könnte. Wenn ihr etwas findet, ruft nach mir, dann grabe ich es aus."

Die Gruppe verteilte sich spinnennetzartig und überprüfte jeden Block der Mondgesteinoberfläche der Insel, die das Ende darstellte. Sie achteten darauf, ihre Augen nicht vom Boden zu heben, um keine Endermen zu provozieren. Es war recht schwer, sich auf diese Art umzusehen, und so war es nicht weiter überraschend, dass Oob als Erster rief.

„Charlie! Ich habe vielleicht etwas gefunden!" Innerhalb von Minuten hatten sich alle Spieler um eine kleine Vertiefung im Boden am Fuß einer der Obsidiansäulen versammelt. Charlie interpretierte diese Unebenheit im ansonsten sehr flachen Boden als Hinweis und begann, die Umgebung aufzugraben. Als er das tat, merkte Stan, dass er das Diamantwerkzeug mit großer Mühe zu schwingen schien, und mehr als einmal bemerkte er, wie Charlies Hand sich kurz auf seinen Bauch legte. Charlie mochte die Verletzung, die ihm der Drache zugefügt hatte, als unbedeutend abgetan haben, aber Stan wusste, dass sie sich besser beeilen sollten, um Charlie aus dem Ende zu bringen.

Etwa zehn Blöcke unter der Erde brach Charlies Spitzhacke schließlich durch einen Block, hinter dem Licht durchschien. Er vergrößerte das Loch so weit, dass die Spieler hindurchklettern konnten, und alle sahen sich voller Ehrfurcht um. Der Raum war mittelgroß und von Fackeln beleuchtet. In allen Ecken befanden sich Truhen. Jeder Spieler lief zu einer anderen Truhe und stieß sie auf. Stan wurde von Freude überwältigt, als er sah, dass seine voller goldener Äpfel und diverser Tränke war. Er blickte um sich und sah, dass Charlie komplette verzauberte Diamantrüstungen aus der Truhe zog, die er geöffnet hatte, während Kat Feuerkugeln und Dutzende inaktiver TNT-Blöcke hervorholte. DZs Arme quollen über; er hielt Hunderte unverarbeitete Diamanten.

Je mehr Truhen sie öffneten, desto mehr wertvolle Materialien tauchten auf. Stan war vor Freude außer sich. Der Geheimvorrat des Königs hatte seine wildesten Erwartungen übertroffen. Er war sich über jeden Zweifel sicher, dass sie, wenn der Apotheker sich tatsächlich Hilfe aus Adorias Dorf gesichert hatte, mehr als genug Material haben würden, um eine Invasion der königlichen Burg in die Wege zu leiten.

Als er darüber nachdachte, erinnerte Stan sich daran, was der Apotheker ihm für den Fall aufgetragen hatte, dass er den Geheimvorrat fand. Zum ersten Mal seit den Wochen, vor denen er sie von dem Apotheker erhalten hatte, holte Stan die Endertruhe aus seinem Inventar und stellte sie auf den Boden. Das Enderauge, das als Schloss der Truhe diente, leuchtete sofort violett auf, und Rauchpartikel begannen, von der Truhe aufzusteigen. Mit zitternden Händen ergriff Stan den schwarzen Deckel der Truhe und stieß ihn auf. Was er sah, ließ ihn vor Erstaunen keuchen.

In der Truhe war ein violetter Nebel, der wie Dampf in

der Mitte der Truhe herumwirbelte. Durch den Nebel sah Stan, wie ihm das lächelnde Gesicht des Apothekers entgegenblickte. Stan wurde von überwältigender Freude erfasst, als er sah, dass sein Freund wohlauf und am Leben war.

„Stan!", rief der Apotheker. „Wie schön, dich zu sehen!"

„Ebenso", antwortete Stan, der nicht glaubte, dass er aufhören konnte, zu grinsen, selbst dann nicht, wenn er sich anstrengte. „Sie ahnen ja nicht, was wir in den letzten Wochen durchgemacht haben."

„Das tue ich sicher nicht", antwortete der Apotheker mit weisem Lächeln. „Ich gehe davon aus, dass ihr, weil ihr die Truhe aktiviert habt, den Geheimvorrat des Königs gefunden habt?"

„Ja, haben wir!", antwortete Stan und hob ein leuchtendes Diamantschwert auf, das Charlie beim Plündern der Truhe auf den Boden geworfen hatte. „Obwohl", fügte Stan hinzu und war überglücklich, dass der Apotheker vor Freude herzlich gelacht hatte, „der Geheimvorrat des Königs gar nicht unter der Enderwüste war. Ob sie es glauben oder nicht, wir sind gerade im Ende!"

Die Augen des alten Spielers wurden größer. Er sah schockiert aus. „Das Ende? Die Enddimension? Wie ist er da hingekommen?"

Stan fasste kurz für den Apotheker zusammen, was sie in Averys unterirdischer Basis gefunden hatten, ohne dabei all die Begegnungen auszulassen, die sie in den letzten Wochen mit Mr. A gehabt hatten. Der Apotheker schien recht verärgert darüber zu sein, dass der Griefer nun tot war.

„Es tut mir sehr leid, das zu hören", sagte der Apotheker mit niedergeschlagener Miene. „Ich finde, dass es immer eine Schande ist, wenn ein Spieler einen anderen töten muss. Allerdings glaube ich auch, dass du getan hast, was du tun musstest. Er hätte dich getötet, wenn du nicht

343

dasselbe getan hättest, aber er machte den Eindruck einer sehr verwirrten Person, deren Tod unnötig war."

„Ich stimme zu", antwortete Stan, der ehrlich allem zustimmte, was sein alter Freund gerade gesagt hatte. „Aber wenigstens ist es jetzt vorbei."

„Ja, das ist eine Erleichterung. Aber ich kann immer noch nicht fassen, dass ihr im Ende gelandet seid", sagte der Apotheker, legte eine Hand an die Stirn und schüttelte den Kopf. „Ich hatte mich schon gefragt, warum ihr so lange nicht geantwortet habt. Ich habe gehofft, dass man euch nicht gefangen genommen oder getötet hat."

„Nun, wir sind alle hier, keine Sorge. Der Einzige, der medizinische Hilfe braucht, ist Charlie. Der Drache hat ihn angekratzt, aber es ist nicht so schlimm, und …"

„Entschuldige, hast du gerade ‚Drache' gesagt? Der Enderdrache? Ich dachte, der sei nur eine Legende!"

„Erzählen Sie das dem Schnitt auf meiner Brust", antwortete Charlie, der sich gerade neben Stan gestellt hatte und sich mit schwachem Lächeln seine Wunde hielt.

„Hier, nimm das", sagte der Apotheker und zog einen blutroten Trank von seinem Gurt. Zu Stans Erstaunen griff der Apotheker in den Nebel und legte den Trank hinein, wo er schwebte, als wäre er eine im Meer verschollene Flaschenpost.

„Na los, nimm schon!", rief der Apotheker. Zögerlich griff Stan in den wirbelnden violetten Nebel und stellte zu seiner Überraschung fest, dass der Trank sich berühren ließ. Stan holte den Trank aus der Truhe und hielt ihn gegen das Fackellicht, als wolle er prüfen, ob er wirklich echt war. Als er feststellte, dass dem so war, verlor er keine Zeit und wendete den Trank auf die Wunde auf Charlies Brust an, die sich sofort schloss.

„Wenn man etwas in eine Endertruhe legt, kann man dann von jeder anderen Endertruhe auf dem Server aus darauf zugreifen", erklärte der Apotheker. „Deshalb habe ich dir eine gegeben. Jetzt, da ihr den Vorrat gefunden habt, möchte ich, dass ihr die ganze Beute in die Truhe legt, und ich werde sie herausnehmen und hier im Dorf aufbewahren, damit wir sie für die Kriegsvorbereitungen nutzen können."

„Klingt gut", antwortete Kat, denn inzwischen hörten auch sie, DZ und Oob zu. Die vier Spieler verloren keine Zeit dabei, all die wertvollen Materialien aus allen Truhen in die einzelne schwarze Endertruhe zu verlagern. Der Apotheker nahm sie genauso schnell aus dem wirbelnden Nebel und reichte sie an Orte weiter, die Stan nicht sehen konnte. Er ging davon aus, dass er sie an Leute weitergab, die die Gegenstände in sichere Truhen im Dorf brachten.

„Gut, das war alles", sagte Stan, als er den letzten Gegenstand, einen verlorenen Trank der Schnelligkeit, in die Truhe legte und der Apotheker ihn herausnahm.

„Okay, also, Apotheker, hier kommt meine nächste Frage: Haben Sie eine Ahnung, wie man aus dem Ende herauskommt?", fragte Charlie.

„Soll das heißen, du weißt es nicht?", zischte Stan Charlie ungläubig zu, während der Apotheker antwortete:

„Ich weiß es nicht. Wollt ihr mir etwa erzählen, dass ihr dort hineingegangen seid, ohne zu wissen, wie man wieder herauskommt?", fragte er.

„So sieht es aus", erklärte Stan und konnte seine Wut kaum zügeln. Er wollte Charlie gerade eine Standpauke halten, als Kat ihn unterbrach.

„Das Buch, Jungs, wisst ihr noch?", sagte sie mit einem entnervten Seufzen.

„Ach ja", antwortete Charlie und errötete, als er das Buch über den Nether und das Ende hervorholte. „Anscheinend … ah ja, hier steht es. Anscheinend ist, weil wir den Enderdrachen besiegt haben, ein Portal zurück in die Oberwelt erschienen, und wenn wir hindurchgehen, werden wir einen Prozess namens ‚Erleuchtung', durchlau-

345

fen, was auch immer das ist, und dann werden wir beim Spawnpunkt-Hügel wieder auftauchen."

„Was ist Erleuchtung?", fragte Kat. „Ich habe Aufgaben gerade so dermaßen satt … Ich will nur zurück ins Dorf und endlich König Kev stürzen. Ich bin Aufgaben leid!"

„Keine Sorge. Hier steht, dass wir nichts tun müssen, außer zuzuhören, während wir hier sitzen, und dann werden wir zum Spawnpunkt zurückteleportiert", las Charlie.

„Nun gut, wir sehen uns im Dorf", antwortete der Apotheker, und mit einem letzten Winken schloss er seine Endertruhe, sodass der violette Nebel nun im leeren Raum hing.

Die Spieler kletterten aus der Vorratskammer des Königs und sahen, dass vor ihnen tatsächlich ein Portal in die Oberwelt erschienen war. Es sah aus wie ein Brunnen aus Grundgestein, und vier Fackeln erleuchteten eine Art schwarzes Ei, das in seiner Mitte auf einer Säule lag. Da die Spieler jedoch dringend in die Oberwelt zurückkehren wollten, rannten sie auf das Portal zu, und einer nach dem anderen sprangen DZ, Oob, Kat, Charlie und Stan ohne zu zögern durch das schwarze Portal, das sie erst zur Erleuchtung, doch dann glücklicherweise nach Hause bringen würde.

ERLEUCHTUNG

Ich sehe das Spielerwesen, das du meinst.

Stan2012?

Ja. Nimm dich in Acht. Es hat jetzt eine höhere Ebene erreicht. Es kann unsere Gedanken lesen.

Das ist unwichtig.
Es glaubt, dass wir Teil des Spiels sind.

Dieses Spielerwesen gefällt mir. Es hat gut gespielt. Es hat nicht aufgegeben ...

Dieses Spielerwesen hat von Sonnenschein und Bäumen geträumt, von Feuer und Wasser. Es hat geträumt, dass es erschaffen hat. Und es hat davon geträumt zu zerstören. Es hat davon geträumt, zu jagen und gejagt zu werden. Es hat von Geborgenheit geträumt.

Ha, das ursprüngliche Interface.
Eine Million Jahre alt, und doch funktioniert es noch.
Aber welche wahren Gebilde hat dieses Spielerwesen erschaffen,
in der Realität hinter dem Bildschirm?

Es hat daran gearbeitet, mit Millionen anderen,
eine wahre Welt in einem Winkel der ⍰⍰⍰⍰⍰⍰
zu formen,
und es hat ein ⍰⍰⍰⍰⍰⍰ *für* ⍰⍰⍰⍰⍰⍰ *geschaffen,*
im ⍰⍰⍰⍰⍰⍰.

Diesen Gedanken kann es nicht lesen.

Nein. Es hat die höchste Ebene noch nicht erreicht.
Die muss es im langen Traum des Lebens erreichen,
nicht im kurzen Traum eines Spiels.

Nimm jetzt einen Atemzug. Nimm noch einen.
Fühle die Luft in deiner Lunge. Lass deine Gliedmaßen zurückkehren.
Ja, bewege deine Finger. Habe wieder einen Körper, unter Schwerkraft,
in Luft. Respawne im langen Traum. Da bist du.
Dein Körper berührt das Universum wieder an jedem Punkt,
als wärt ihr verschiedene Dinge.
Als wären wir verschiedene Dinge.

Wer wir sind? Einst nannte man uns den Geist
des Berges.
Vater Sonne, Mutter Mond. Ahnengeister, Tiergeister.
Dschinn. Geister. Der Grüne Mann.
Dann Götter, Dämonen. Engel. Poltergeister. Aliens,
Außerirdische. Leptonen, Quarks.
Die Worte ändern sich. Wir ändern uns nicht …

Manchmal hielt das Spielerwesen sich für einen
Menschen auf der dünnen
Kruste einer rotierenden Kugel aus geschmolzenem Stein.
Die Kugel aus geschmolzenem
Stein umkreiste eine Kugel aus brennendem Gas,
die dreihundert und
dreißigtausendfach massiver war als sie selbst.
Sie waren so weit voneinander entfernt,
dass es acht Minuten dauerte, die Lücke zu überwinden.
Das Licht war Information von einem Stern,
und es konnte einem die Haut aus einhundertfünfzig
Millionen Kilometern Entfernung verbrennen.

Manchmal träumte das Spielerwesen,
dass es ein Bergarbeiter war, auf der Oberfläche einer
Welt, die flach war und endlos. Die Sonne
war ein weißes Quadrat. Die Tage waren kurz.
Es gab viel zu tun. Und der Tod war eine kurzfristige
Unannehmlichkeit …

Und manchmal glaubte das Spielerwesen,
das Universum hätte
durch das Sonnenlicht mit ihm gesprochen,
das durch die rauschenden
Blätter der Bäume im Sommer brach …

und das Universum sagte, ich liebe dich

und das Universum sagte, du hast das Spiel gut gespielt

*und das Universum sagte, alles, was du brauchst,
ist in dir*

und das Universum sagte, du bist stärker, als du glaubst

und das Universum sagte, du bist das Licht des Tages

und das Universum sagte, du bist die Nacht

*und das Universum sagte, die Finsternis,
gegen die du kämpfst, ist in dir*

und das Universum sagte, das Licht, das du suchst,
ist in dir

und das Universum sagte, du bist nicht allein

und das Universum sagte, du bist nicht getrennt
von allen anderen Dingen

*und das Universum sagte, du bist das Universum,
wie es sich schmeckt,
zu sich selbst spricht, seinen eigenen Code liest*

und das Universum sagte, ich liebe dich,
weil du Liebe bist.

*Und das Spiel war vorbei, und das Spielerwesen
erwachte aus dem Traum.
Und das Spielerwesen fing einen neuen Traum an.
Und das Spielerwesen träumte erneut und träumte besser.
Und das Spielerwesen war das Universum.
Und das Spielerwesen war Liebe.*

Du bist das Spielerwesen.

Wach auf.

TEIL III:

DIE SCHLACHT UM ELEMENTIA

KAPITEL 26

DIE REDE

Und Stan wachte wirklich auf. Er stand auf dem warmen, vertrauten Boden des Spawnpunkt-Hügels. Seine Ankunft war so sanft wie sein Eintritt in das Ende gewesen. Er war benommen und voller Ehrfurcht vor dem, was die Erleuchtung gewesen. Vielleicht lag es daran, dass er die stumpfen Stacheln nicht bemerkte, die versuchten, sich in seine Diamantrüstung zu bohren.

„Runter!", schrie Kat und riss Stan aus seinen Gedanken. Stan bemerkte mit Entsetzen, dass sie unter schwerem Pfeilbeschuss standen. Er fiel zu Boden, blickte verschreckt nach oben und stellte fest, dass er von vier Werfern umgeben war, die von allen Seiten Pfeile verschossen. Stans Augen wanderten von den Werfern zu den roten Redstone-Spuren, die zu ihnen führten, und er erkannte mit Schrecken, dass er und seine vier Freunde auf einer Steindruckplatte lagen.

Blitzschnell schlug Charlie seine Spitzhacke in die glatte Steinplatte, die in Stücke brach. Sofort hörte die Maschine auf, Pfeile zu verschießen. Die Spieler und Oob standen unbeholfen in dem begrenzten Raum zwischen den Pfeilwerfern auf. Während sie sich einen Weg aus der Mitte des kleinen Maschinenlabyrinths bahnten, wurde Stan der Zweck hinter den Pfeilmaschinen bewusst, und er war angewidert. Die Maschine war vom König aufgestellt worden, um alles, das dort erschien, sofort zu töten! Hätten

353

die Spieler keine Diamantrüstung getragen, wären sie auf der Stelle ermordet worden. Nachdem Charlie die Pfeilmaschine mit seiner Spitzhacke zerstört hatte, sammelten sich die fünf schnell. Stan konzentrierte sich jedoch nicht ganz auf die anderen. Er nahm die Gelegenheit wahr, sich am Spawnpunkt-Hügel umzusehen, auf dem er zum ersten Mal stand, seit er dem Spiel beigetreten war.

Stan schüttelte ungläubig den Kopf. Der friedliche Hügel hatte sich im Vergleich zu der Szene, die Stans ersten Eindruck von Minecraft gebildet hatte, überhaupt nicht verändert. Eigentlich stimmte das nicht, dachte Stan, während seine Augen über die nackten Erdblöcke wanderten, auf denen vor einigen Minuten noch die Werfer gestanden hatten, und die noch nicht von neuem Gras bedeckt waren. Die Werfer waren ein deutliches Anzeichen der Veränderung, die sich in Elementia vollzogen hatte. Stans erste Momente in Minecraft waren von dem warmen, tröstlichen Licht von Fackeln begleitet worden, das die Mobs fernhielt von einer Truhe voller Lebensmittel, einem Verteidigungswerkzeug und einem Führer, der erklärte, wie man spielte. Alle Spieler, die Elementia seitdem betreten hatten, hatten nichts außer Pfeilen in ihrem Schädel gesehen.

Jetzt, da sie kurz davor standen, ihren Angriff auf den König zu starten, nahm sich Stan einen Moment Zeit, um darüber nachzudenken. Ihm war klar, dass etwas, das wie ein verrückter, skurriler Wunsch erschienen war, zu einem Teil seiner Selbst geworden war und sich zu einer wahnsinnigen, alles verzehrenden Besessenheit entwickelt hatte. Stan wollte, dass der König starb, und zum ersten Mal überkam ihn eine neue Erkenntnis: Er wollte es selbst tun.

Stan wollte derjenige sein, der den König höchstpersönlich mit einem Schwert erschlug, eine Axt in ihm vergrub, seinem Leben mit einem Pfeil ein Ende setzte. Wie auch immer der König sterben würde, Stan wollte, dass das Blut seine Hände befleckte. Stans Zeit in Elementia war bis jetzt von so viel Tod, Zerstörung und Leid vernarbt worden, dass er sich nichts sehnlicher wünschte, als die dafür verantwortliche Person zu vernichten, was auch immer es ihn kosten würde.

Das Seltsame daran war, dass Stan zwar mit jeder Faser seines Seins den König töten wollte, aber auch wusste, dass die Konfrontation unausweichlich war, selbst wenn er sie nicht aktiv provozierte. Stan war nicht sicher, woher er das wusste. Vielleicht war es wieder die höhere Macht zweifelhafter Existenz, die ihn kontaktierte, aber Stan wusste, dass er und King Kev einander mit Schwert und Axt auf dem Schlachtfeld begegnen würden, ob er wollte oder nicht, und dass nur einer von ihnen diese Konfrontation überleben würde.

Stan war so tief in Gedanken versunken, dass er gar nicht bemerkt hatte, dass sie wieder die Straße hinuntergingen, noch immer im Schatten der Bäume, so wie es am ersten Tag gewesen war. Er lächelte, als er sich daran erinnerte, wie er und Charlie in Panik ausgebrochen waren und am ersten Tag kaum einen schlurfenden Zombie hatten in Schach halten können. *Und jetzt schau uns einer an*, dachte Stan, und sein Lächeln verbreitete sich, als er auf den diamantgerüsteten und schwer bewaffneten Charlie blickte und sich selbst und die ähnlich ausgestatteten Spieler, die ihn begleiteten, betrachtete.

Stan fand den ersten Zombie, auf den sie getroffen waren, und die Art und Weise, auf die sie mit ihm umgegangen waren, viel lustiger, als es zu rechtfertigen war. Vielleicht lag es einfach nur daran, wie weit sie in so kurzer Zeit gekommen und gereist waren. Vielleicht war es seine Nervosität, die sich in kurzen Schüben zeigte. In jedem Fall ging Stan, als ihn ein Zombie im Wald schief anblickte, zu ihm hinüber, und als der sich ihm in der langsamen Art, die

Zombies an sich hatten, näherte, tötete er ihn mit schnellen Schlägen in sein verrottendes Gesicht, während seine Axt ungenutzt in seinem Inventar lag.

Beim fünfzehnten Schlag brach der Kopf des Zombies seitlich weg, und als Stan das verrottete Fleisch aufhob, wurde ihm bewusst, dass ihn alle anstarrten (bis auf Oob, der in einen kleinen See in der Nähe gewandert war und sich umsah, als frage er sich, wie er dort gelandet sei). Stan lächelte ihnen einfach zu und warf das verrottete Fleisch in die Luft, wo Rex es auffing, bevor es zu Boden fiel. Stan hatte nicht gemerkt, wann genau der Hund wieder aufgetaucht war, aber er machte sich über so etwas keine Gedanken mehr.

„Ah, Nostalgie", sagte er mit leisem Lachen, während Rex hungrig an dem verrotteten Fleisch kaute und Stan voller Zuneigung einen Blick zuwarf. „Erinnerst du dich an den ersten Tag, Charlie? Der Zombie, die Zuflucht, die Spinnen?"

Ein in Erinnerungen schwelgender Ausdruck schlich sich in Charlies Gesicht. „Ja. Das waren einfachere Zeiten", sagte er sehnsuchtsvoll. „Es ist schon komisch, wieder hier zu sein."

Stan nickte. „Als würde man nach zwanzig Jahren seine alte Grundschule besuchen."

Charlie stimmte mit einem beiläufigen „Jepp" zu, und die vier Spieler gingen weiter den Pfad entlang, während ihnen Oob langsam folgte. Sie kamen an einem alten Unterstand aus Erde und Holz ohne Dach vorbei, und Stan erkannte, dass es derselbe war, den er und Charlie in ihrer ersten Nacht gebaut hatten. Sie untersuchten ihn und fanden eine Holzdruckplatte darin, von der Stan annahm, dass sie zu irgendeiner Falle führte. Stan wollte die Holzdruckplatte gerade mit seiner Axt zerschmettern, aber in seiner Eile trat er versehentlich darauf und hörte ein leises Klicken.

Sein Hirn registrierte, was gleich geschehen würde, einige Sekunden, bevor es eintrat. „Auf den Boden!", brüllte Stan, während er einen Satz von der verfallenden Hütte weg machte, und die anderen hatten kaum Zeit, ihm zu folgen, bevor sich das TNT unter der kleinen Festung entzündete und dort, wo die Zuflucht gerade noch gestanden hatte, einen Krater von der Breite der Straße hinterließ.

Stan zog sich hoch und sah angewidert in die glimmenden Überreste. Was für ein sadistisches Monster würde diese schlichte Zuflucht mit Sprengstoff versehen, nur für den Fall, dass ein neuer Spieler zurückkam und in ihren bescheidenen Mauern Schutz suchte? Es drehte Stan den Magen um, dass König Kev und seine Anhänger so weit gesunken waren, dass sie unschuldige neue Spieler töteten.

Stan sah zu Boden, während die Gruppe weiterging, und malte sich immer und immer wieder aus, wie sein Pfeil König Kevs Stirn durchbohrte oder sich seine Axt in die Brust des Königs grub. Erst, als er merkte, dass die Gruppe angehalten hatte und nachdrückliche Stille herrschte, sah Stan wieder nach oben. Er wünschte sich, es nicht getan zu haben.

Adorias Dorf war absolut und vollkommen zerstört. Das Dorf, das Stan, Kat und Charlie, die von ihrer Reise erschöpft gewesen waren, mit offenen Armen empfangen hatte, war nun nicht mehr als eine Geisterstadt, von der nur die Gebäuderahmen aus Bruchstein das Feuer überstanden hatten. Als die Gruppe weiter die Hauptstraße hinunterging, nahmen ihre Mienen gleichzeitig einen Ausdruck von Entsetzen an. Selbst Oob, der das Dorf noch nie zuvor gesehen hatte, spürte die Tragweite der vollständigen Zerstörung des Dorfes, die hier stattgefunden hatte. Das einzige Gebäude, das auch nur ansatzweise wiederzuerkennen war, war das Rathaus aus Ziegeln, in dem sie

Adoria zum ersten Mal getroffen hatten. Selbst aus ihm waren durch die TNT-Explosionen große Stücke herausgesprengt worden.

Die Gefühle von Abscheu, Entsetzen und alles verzehrender Wut, die Stans Körper gequält hatten, als er das Dorf zum letzten Mal gesehen hatte, kamen mit voller Wucht zurück, und Stan fühlte, dass er kurz davor stand, sich wieder zu erbrechen. Bevor allerdings etwas hervorkam, sirrte ein Pfeil an Stans linker Schulter vorbei, und er hörte, wie Feuerstein auf Diamant prallte, gefolgt von einem schmerzlichen „Uff!" aus DZs Kehle. Stans Blick richtete sich auf eine Spitzhacke, die an seiner anderen Schulter vorbeiflog, und als er sich wieder umdrehte, stürzte sich ein Angreifer in voller Diamantrüstung auf ihn. Bevor er reagieren konnte, fühlte Stan den stumpfen Schlag eines Bogens, der ihm vor die Stirn geschlagen wurde.

Von dem Schlag gegen seinen Kopf benommen sah sich Stan panisch um und entdeckte zwei Gestalten in voller Schlachtrüstung aus Diamant, die sich zu schnell bewegten, als dass Stan sie erkennen konnte. Durch den stumpfen Schmerz in seiner Stirn sah Stan eine Gestalt, die mit Kat um eine Diamantspitzhacke rang. Der Kampf endete, als die Gestalt Kat ins Gesicht schlug. Die Gestalt griff sich das Werkzeug aus ihren Händen und schlug es ihr über den Kopf, sodass sie zu Boden geworfen wurde. Stan sah auch, wie sich DZ einen Scharfschützenkampf mit jemandem lieferte, der ein Skelett in voller diamantener Schlachtrüstung zu sein schien.

Stan war nicht sicher, ob er halluzinierte oder nicht, aber sein Hirn versuchte, sich darauf zu konzentrieren, dass Skelette erstens keine Rüstung trugen und zweitens nicht so schnell waren. Stan warf einen raschen Blick auf den anderen Angreifer und sah zwischen dem Hellblau des Helms und der Brustplatte einen gelben Schimmer. Die Wahrheit eröffnete sich ihm schlagartig.

„Archie, G, hört auf, uns anzugreifen! Wir sind es!",
schrie er.

Kurz herrschte Stille, während die beiden Gestalten, die
in ihren Kämpfen die Oberhand gewonnen hatten, zu Stan
blickten und ihn in Augenschein nahmen. Das Skelett zog
seinen Helm ab, unter dem ein Mopp aus wirrem rotem
Haar zum Vorschein kam, während der andere seinen ablegte, um eine goldene Gestalt zu zeigen, die wie Stan aussah.

„Stan?", fragte Archie und wagte nicht, daran zu glauben. „Bist ... bist du es wirklich?"

„Ja, oder wenigstens glaube ich, dass ich Stan bin. Der
Schlag auf den Kopf hat mich ganz schön durchgeschüt-
telt", murmelte Stan, dessen Kopf noch immer benebelt
war.

„Oh Gott! Es tut mir so leid!", rief Archie, während er zu
Stan lief und ihm einen blutroten Trank der Heilung reichte, den Stan dankbar mit einem einzigen Schluck trank.
Sein Kopf wurde sofort klarer, und er ergriff Archies ausgestreckte Hand, um sich hochzuziehen.

Kat und Charlie lagen am Boden. Stan war bis dahin nicht
klar gewesen, wie geschickt Archie und G im Spieler-gegen-
Spieler-Kampf waren. Charlies Wunde, die durch den Pfeil
verursacht worden war, der sich durch eine Lücke in seiner
Rüstung gebohrt hatte, wurde von einer Gestalt in einem
purpurroten Overall versorgt, dessen blondes Haar ihn als
Bob auswies, Bogenschütze der Netherjungs.

G kniete nieder und hielt Kats Kopf in seinen Armen.
Er goss die Hälfte seines Tranks auf die Spitzhackenwun-
de auf ihrer Stirn, die andere Hälfte schüttete er in ihren
Mund. Kats Augenlider flatterten, und als sie sich ganz geöffnet hatten und sie sah, wer sie hielt, schrie sie vor Freude auf und umarmte G. Sie lagen einander eine halbe Minute lang in den Armen, bis sie merkten, dass alle anderen
sie anstarrten, was ihnen etwas peinlich war.

359

Das Gefühl hielt jedoch nicht an. Sobald alle wieder auf den Beinen waren, gingen die Begrüßungen los.

„Hey Stan! Wie geht's, Kumpel?", fragte G, während er Stan abklatschte.

„Nicht schlecht, nicht schlecht. Hab einen Griefer getötet und einen Drachen, hab ein paar Diamanten gefunden ... alles gut, alles gut", antwortete Stan grinsend.

„Hört sich so an", meinte Archie. „Der Apotheker hat uns von allem erzählt, was ihr getan habt. Hört sich wie ein irrsinniger Urlaub an."

„Also, wir waren an allen möglichen Orten, wenn du das meinst", sagte Charlie und lachte leise. „Also, wie viele Leute habt ihr zusammen?"

„Nun", sagte G und kratzte sich am Kopf, „der Apotheker ist, kurz, nachdem ihr gegangen seid, zu uns gestoßen. Er hat gesagt, dass ihr eine Rebellion gegen den König organisiert, und dass er helfen will. Nun, da der König gerade unser Dorf abgebrannt, unsere Anführerin getötet und die Hälfte der Bewohner abgeschlachtet hat, mussten wir nicht lange darüber nachdenken, ob wir ihm glauben sollten."

„Wir sind sofort hierhergekommen, nachdem ihr uns aus dem Nether geholfen habt, Stan", sagte Bob, der Oob gerade aus dem Schornstein half, in dem er sich während des Überfalls versteckt hatte. „Bill, Ben und ich haben uns der Miliz angeschlossen. Dann kam, etwa anderthalb Tage nach uns, ein ganzer Haufen Bergarbeiter, angeführt von einem Kerl, den sie alle ‚Bürgermeister' nannten."

„Das waren die Leute aus Blackstone", erklärte Kat.

„Meint ihr die Kohleförderstätte draußen in der Wüste?", fragte Archie.

„Genau die", antwortete Stan. „Ich bin ihnen begegnet, kurz, nachdem ihr gegangen seid. Bob, und sie haben alle zugestimmt, mitzukommen und sich uns anzuschließen. Nun ja, wenigstens die meisten von ihnen", fügte Stan bitter hinzu, und er dachte kurz an den Mechaniker. „Aber die, die es nicht getan haben, werden sich in naher Zukunft sowieso keiner Seite anschließen."

„Wo wir schon dabei sind", meinte Bob, und die leichte Schärfe seiner Stimme erregte die Aufmerksamkeit aller, „wer ist denn der nette Herr da drüben?" Er deutete mit dem Kopf in DZs Richtung, der sich aus dem Gespräch herausgehalten hatte und mit zwei Schwertern komplizierte Kampftaktiken an einem nahen Laternenpfahl übte.

„Oh, das ist DZ", sagte Kat, und als DZ seinen Namen hörte, lief er schnell zu ihnen und fügte hastig hinzu: „Aber ihr kennt mich vermutlich unter meinem vollen Namen, DieZombie87." Daraufhin lächelte er und zeigte weiße Zähne.

Archie, G und Bob machten große Augen. „Halt, *du* bist DieZombie97?", fragte Bob ungläubig.

„*Der* DieZombie97?", fragte G und konnte es nicht fassen.

„Seht ihr?", meinte DZ und grinste Stan, Kat und Charlie an, die alle erstaunt waren, dass ihre Freunde von DZ gehört hatten. „Ich hab euch doch gesagt, dass ich vor ein paar Updates viel in der Spleef-Arena unterwegs war."

„Mann, du bist der Hammer!", rief Bob, lief auf ihn zu und schüttelte seine Hand.

„Ich dachte, König Kev hätte dich getötet", sagte Archie voller Freude.

„Nein, das war nur ein Gerücht. Hab mir nicht die Mühe gemacht, dazubleiben und ihm zu widersprechen, denn dann wäre es kein Gerücht mehr gewesen, sondern eine Tatsache", meinte DZ lachend.

„Wo warst du denn die ganze Zeit? Nach der letzten Spleef-Meisterschaft bist du einfach verschwunden!"

„Ich habe draußen in der Wüste gelebt", sagte DZ. „Mir ist klar geworden, dass eine von einer Regierung gesteuerte Welt im Allgemeinen ziemlich korrupt wird, also habe ich beschlossen, dass ich allein in der Enderwüste besser dran bin. Wenigstens, bis ich die drei hier getroffen habe." Er zeigte mit dem Daumen auf Stan, Kat und Charlie.

Archie sprach weiter mit DZ. G und Bob fragten die anderen drei nach Oob, der sich nun hinter Charlie zusammenkauerte.

„Also, wie habt ihr diesen NPC getroffen? Und, was noch wichtiger ist, warum ist er immer noch bei euch?", fragte Bob. Die drei Spieler erklärten kurz alles, was sie gesehen und getan hatten, nachdem Stan Blackstone verlassen hatte.

„Und, wie heißt du? Oob?", fragte Bob und sprach sanft zu dem NPC, der noch immer verängstigt aussah. „Wie ich höre, bist du ganz schön mutig. Ich habe noch nie gehört, dass ein NPC etwas Lebendiges getötet hat, und man hat mir gerade erzählt, dass du einen Griefer niedergestreckt hast, der sie bei drei anderen Gelegenheiten angegriffen hatte!"

Oob sah schüchtern über Charlies Schulter und antwortete schüchtern: „Ja. Er hat Charlie, Kat und DZ wehgetan, und er hat versucht, Stan wehzutun. Sie sind meine Freunde, und ich will nicht, dass sie verletzt werden."

„Das war echt toll von dir, Kumpel", antwortete Bob mit einem freundlichen Lächeln, das Oob zögerlich erwiderte. „Wir brauchen mehr Leute wie dich. Tatsächlich sind eine Menge von uns, die nicht wollen, dass guten Leuten wie dir wehgetan wird, dazu entschlossen, den König aller Spieler zu beseitigen, damit er nicht mehr gemein zu ihnen ist. Willst du uns dabei helfen, Kumpel?"

Oob hob seine Augenbraue. „Wenn ich nicht helfen wollte, warum sollte ich dann hier sein?", fragte er, als würde er ein begriffsstutziges Kind fragen, warum es versucht hatte, eine Steckdose abzulecken.

Alle lachten, aber Archie wies schnell darauf hin, dass sie schon viel zu lange offen draußen herumgestanden hatten. Er ging zum Eingang der Mine, gefolgt von Bob und G, und die anderen fünf folgten ihm.

„Und warum zieht ihr eure Basis unterirdisch auf?", fragte Charlie G, aber G antwortete nicht. Er war zu sehr damit beschäftigt, sich mit Kat zu unterhalten. Sie gingen so dicht nebeneinander, dass zwischen ihnen kaum eine Handbreit Abstand war. Charlie verdrehte die Augen und fragte stattdessen Archie.

„Machst du Witze? Weißt du, mit wie vielen Griefern wir uns bis jetzt herumschlagen mussten? Es ist geradezu lächerlich!", sagte Archie und warf die Arme in die Luft. „Der König hat bis jetzt etwa fünfzig Späher in dieses Dorf geschickt. Draußen wären wir leichte Opfer! Wir halten etwa zehn von den Kerlen in einem Gefängnis in unserer unterirdischen Basis gefangen, aber die anderen sind von unserem automatisierten Verteidigungssystem in die Flucht geschlagen worden."

„Soll das heißen, ihr habt Redstonekabel verlegt?", fragte Charlie.

„Oh, na klar", erwiderte Archie. „Anfangs war es nur einfaches Zeug, du weißt schon, Pfeilwerfer, Stolperdrähte, die Fallgruben öffnen, solche Sachen. Aber dann, als die Leute aus Blackstone angekommen sind, war einer dabei, der Sirus666 hieß. Oh Mann, der hat unsere Systeme völlig überarbeitet. Unser Lager ist jetzt mit automatischen Verteidigungssystemen ausgestattet, die praktisch sofort alles angreifen, was sich nähert, und auch töten, wenn man sich davon nicht abschrecken lässt. Du solltest ein paar von den irren Sachen sehen, die er entworfen hat. Langstrecken-TNT-Kanonen, automatische Lavaflüsse, Anlagen, die einen in eine mit Silberfischchen gefüllte Grube fallen lassen. Denk dir was aus, wir haben es da."

Inzwischen waren sie tief in der Mine, und sie gingen zu einem Teil der Wand, die genau wie alle anderen aussah, mit einem Vorsprung über glattem Stein. G löste sich kurz

363

von Kat, um seine Spitzhacke auf die Oberseite des Vorsprungs zu werfen. Sofort ertönte das Klicken einer aktivierten Druckplatte, und die Wand teilte sich und gab den Blick auf einen Gang frei, der gerade breit genug war, dass ein Spieler hindurchpasste. Sie gingen im Gänsemarsch hindurch, und G blieb zurück, um sich seine Spitzhacke zu schnappen, bevor er den Eingang wieder verschloss.

Nach einem kurzen Marsch durch den Korridor betrat Stan einen offenen Raum. Er bestand hauptsächlich aus Steinblöcken. Hier und da waren die Wände mit Bruchstein gesprenkelt. In dem Raum befanden sich diverse Truhen, Fackeln, Durchgänge, Schilder und ein Netherportal, aber Stan hatte nur Augen für die fünf Spieler, die auf Holzstühlen in der Mitte des Raumes saßen und die sich alle zu ihnen umdrehten, als sie eintraten.

Der Apotheker, der an dem Braustand vor sich herumgespielt hatte, schenkte ihnen allen ein warmes Lächeln. Bill und Ben, die jeweils Angelrute und Schwert über den Schultern trugen, grüßten sie mit einem herzlichen „Hey!". Jayden sah sie alle mit einem müden Grinsen an. Aber nur eine Spielerin sprang auf und raste mit Höchstgeschwindigkeit auf die Gruppe zu, um sich in Stans Arme zu werfen.

„Ihr seid zurück!", rief Sally. „Ich bin ja so froh, dass du da bist. Ich war ganz krank vor Sorge, während du da draußen warst."

„Keine Sorge, Sally, ich bin ja da", sagte Stan und fühlte sich zufriedener, als er seit langer, langer Zeit gewesen war. „Ich habe dich wirklich vermisst, weißt du? Ich kann dir gar nicht genug sagen, wie froh ich bin, wieder hier zu sein."

„Hey, ist auch schön, dich zu sehen, Noob", grinste Sally, beherrschte sich und machte einen Schritt zurück, sodass sie nicht mehr in Stans Armen lag, aber noch seine Hände hielt. „Verrückte Welt da draußen, was? Ich höre, dass jemand sich mit etwas Drachentöterei die Zeit vertrieben hat, hm? Noob, das ist ja episch!"

Stan grinste. Ja, das war tatsächlich Sally.

„Was ist so witzig?", fragte sie.

„Nichts, nichts", meinte Stan, obwohl er sich auf die Lippe beißen musste, um nicht zu lachen. Wie es schien, versuchte Sally, ihren Gefühlsausbruch von vor einigen Minuten zu überdecken, indem sie sich betont cool, gefasst und sogar etwas burschikos verhielt. Stan fand ihr Bedürfnis, das zu tun, recht liebenswert.

„Und was habt ihr in der Zwischenzeit hier getrieben? Ich wette, es war nicht gefährlicher, als draußen Leute für eine Rebellion anzuheuern, einen Drachen zu töten und einen notorischen Griefer zu beseitigen."

„Ach, heul doch. Hast du eine Vorstellung davon, wie ätzend es ist, sich jeden Tag mit zehn Griefern herumzuschlagen? Was musstet ihr bewältigen? Einen Idioten, den der NPC schlagen konnte, und drei miserable Exemplare von Attentätern über ein paar Wochen verteilt? Außerdem mussten wir einen ganz neuen Bereich ausheben und haben neulich zwei von unseren Leuten in einem Lavafluss verloren. Außerdem glaube ich, dass der Drache, den ihr getötet habt, euch angegriffen hat, indem er, oh, wie war das noch gleich, direkt auf euch zugeflogen ist und wieder wegflog, wenn man ihn beschoss. Ist das so in etwa richtig, Stan?"

Stan war fassungslos. Warum versuchte er überhaupt, ein Wortgefecht gegen dieses Mädchen zu gewinnen? So oder so spielte das keine Rolle. Er war sowieso gerade nicht in der Laune, sich zu unterhalten.

„Was habt ihr denn an Essbarem hier?", fragte er Sally und sah sich nach einer Truhe um.

„Wie der Zufall so will", antwortete Sally, setzte sich auf den nächsten Stuhl und bedeutete Stan, sich einen neben ihr heranzuziehen, „ist kurz, bevor du gegangen bist, je-

365

mand zur Kantine gegangen, um etwas zu essen zu holen. Er müsste bald zurückkommen."

Stan hatte Hunger, vertrieb sich aber die Zeit, bis der Spieler mit dem Essen zurückkehrte, indem er sich mit Jayden, dem Apotheker und den anderen beiden Netherjungs unterhielt, während Sally mit Kat, Charlie, DZ und Oob redete.

„Hey Stan! Nette Axt!", rief Jayden, als er die Diamantaxt sah, die an Stans Seite baumelte. „Wo hast du die her?"

„Die hat mir der Schmied in Oobs Dorf gegeben. Ich sag dir, diese NPCs waren toll. Sie haben uns alles gegeben, was nötig war, um zum Ende und wieder herauszukommen, und sie schienen uns wirklich zu mögen."

„Das überrascht mich nicht", sagte Jayden verbittert. „Der König hat die NPCs misshandelt, seit ich auf dem Server bin. Er hat sie gezwungen, bestimmte Mengen Weizen zu liefern."

Der Apotheker war unterdessen erfreut zu sehen, dass sie heil aus dem Ende zurückgekehrt waren, und fragte Stan, was die Erleuchtung war.

„Also … ehrlich gesagt, ich habe keine Ahnung, was es war", sagte Stan wahrheitsgemäß. Er hatte die Worte zweier Wesen gesehen, die sich anscheinend über ihn unterhielten, während er durch das Portal zurück zum Spawnpunkt-Hügel gegangen war. Er hatte jedoch keine Ahnung, wer diese Wesen waren, warum sie sich über ihn unterhielten oder was genau sie meinten. Er erklärte es dem Apotheker, so gut er nur konnte, es schien jedoch noch immer unklar zu sein. Er nahm sich vor, später mit den anderen darüber zu sprechen. Stan hatte gerade angefangen, nützliche Axtkampftechniken, die er gelernt hatte, mit Jayden zu diskutieren, als er eine Stimme hörte.

„Okay, Leute, hier drüben gibt's Steaks und Schweinefleisch!"

Die Ankündigung unterbrach Stan und Jayden, und er wirbelte ungläubig herum. Er kannte diese Stimme. Er hatte sie schon einmal gehört. Es war völlig unmöglich, dass der Besitzer am Leben sein konnte. Stan hatte mit Entsetzen dabei zugesehen, wie die Flammen sein Haus niedergebrannt hatten. Wie von ihren Vorurteilen getriebene Fanatiker in Element City Ziegelsteine durch seine Fenster geworfen hatten. Und doch war der Spieler unverwechselbar – der einzigartige schwarze Körper, das Federkleid und der gelbe Schnabel – alles war da. Während Stan ihn völlig fassungslos ansah, spiegelte sich seine Skepsis in Blackravens Miene. Einen Moment lang blickten sie sich in die Augen, dann bahnte sich überschäumende Freude ihren Weg in Stans Gesicht, während er zu Blackraven lief. Einen Moment später folgten ihm Charlie und Kat, die ebenso ungläubig schienen.

„Du lebst!", brachte Charlie mit Mühe hervor. Seine Miene erhellte sich auf eine Weise, die Stan bei ihm seit dem Tod seiner Katze nicht gesehen hatte.

„Nun ja, so sieht es jedenfalls aus. Aber was macht ihr drei hier?", fragte Blackraven.

„Was soll das heißen, was wir hier ... was machst *du* hier?", fragte Kat unter Freudentränen. Sie war überglücklich, dass derjenige, der sie gewissermaßen unter seine Fittiche genommen hatte, den feigen Mordversuch in Element City überlebt hatte.

„Ganz einfach: Ich habe mich im versteckten Keller unter meinem Laden verkrochen", sagte Blackraven und sah noch immer zwischen den Spielern hin und her. „Aber was macht ihr drei hier?"

„Wa...was redest du da? Wir haben das alles hier angefangen!", rief Charlie.

Der Ausdruck in Blackravens Gesicht zeigte unglaubliche Verwirrung, und er öffnete gerade den Mund, als Jayden ihm zurief: „Das wusstest du nicht, Raven? Die drei waren die Attentäter, von denen ich dir erzählt habe. Das ist ja witzig. Sind wir wirklich nie dazu gekommen, dir zu sagen, wer sie sind?"

„Im Ernst? Das waren die drei Leute, von denen *ich euch* erzählt habe! Du weißt schon, die Spieler, die ich angestellt hatte, als dieser Mob meinen Laden gegrieft hat?"

„Ehrlich? Ihr kennt Blackraven?", fragte Jayden.

„Nein", sagte Stan mit vor Sarkasmus triefender Stimme. „Wir sind auf ihn zugerannt, um ihn zu begrüßen, weil er ein völlig Fremder ist."

Jayden sah finster drein.

Schon bald erfuhr Stan, dass das Team im Dorf, während er und seine Freunde Materialien gesammelt hatten, unter Führung des Apothekers einen vollständigen Plan für einen Angriff auf König Kev ausgeheckt hatte. Der Angriff sollte eine Woche, nachdem Stan, Kat und Charlie von ihrer Reise zurückgekehrt waren, stattfinden. In dieser Zeit würden sie das Material, das sie aus dem Vorrat des Königs beschafft hatten, in brauchbare Ausrüstung für die hundertfünfzig Kämpfer verwandeln, die sich im Dorf aufhielten und Adorias Großmiliz ausmachten. Gleichzeitig würden sie Stan, Kat und Charlie in besonderen Kampftechniken für den kommenden Angriff ausbilden.

Der Grund für diese besondere Ausbildung war, dass jedem der drei Spieler eine besondere Aufgabe für die Schlacht zugeteilt worden war. Kat war dafür verantwortlich, für den Tod jedes einzelnen Mitglieds von RAT1 zu sorgen, das den König in der Schlacht unterstützte. Charlie sollte ein besonderes Team von einem Dutzend Soldaten anführen, das den Fuß des Turms verteidigen sollte, damit Stan bei seiner Aufgabe auf keinen Widerstand stieß.

Der Apotheker wusste dank seiner früheren Königstreue, dass der König seine Truppen auf dem Schlachtfeld von der Brücke der Burg aus befehligte. Stans Aufgabe war, mithilfe von Enderperlen auf die Brücke zu kommen und dort direkt gegen den König zu kämpfen. Stan sollte für den Tod des Königs sorgen.

Auch den anderen waren Aufgaben zugewiesen worden. Die Netherjungs waren dafür verantwortlich, Caesar, den Hauptberater des Königs, zu töten. Sally sollte den Stiermann namens Minotaurus vernichten, der Adorias Dorf zerstört hatte. Jaydens Aufgabe war, Charlemagne zu beseitigen. Und der Apotheker sollte als Sanitäter im Feld dienen. Die anderen hochleveligen Spieler, also DZ, Archie, G, Blackraven und der Bürgermeister von Blackstone, sollten die fünf Kommandanten der fünf Legionen von Soldaten sein, die so viele der Truppen des Königs wie möglich gefangen nehmen oder, wenn absolut nötig, töten sollten.

Die Redstone-Verteidigungsanlagen der Burg hatten ein ganz anderes Hindernis dargestellt, das Buch, das Stan von dem Mechaniker bekommen hatte, schränkte diese Bedrohung jedoch stark ein. Stan gab das Buch Sirus666, den er als den ersten Bergarbeiter erkannte, der sich ihm in Blackstone angeschlossen hatte. Sirus sollte die Festung des Königs einen Tag zuvor infiltrieren und tun, was er konnte, um die unglaublich komplexe Redstone-Verkabelung zu deaktivieren, bevor der Angriff begann.

Während der Tag der Schlacht näher rückte, spürte Stan, wie seine Nervosität stetig anwuchs. Um zu verhindern, dass er völlig durchdrehte, trickste Stan sich selbst aus, wann immer er darüber nachdachte, wie nervös ihn der Gedanke an den Kampf mit dem König machte: Er versuchte, sich an jedes Detail zu erinnern, das er in der Ausbildung seit seiner Rückkehr ins Dorf gelernt hatte.

Und es gab mehr als genug Informationen, an die er sich erinnern konnte. Stan verbrachte die nächsten fünf Tage, von dem Zeitpunkt, an dem auf seiner goldenen Uhr die Sonne erschien, bis zu dem, an dem sie völlig verschwunden war, damit, verbissener an Jaydens und DZs Seite zu trainieren, als er es je aus irgendeinem Grund in seinem Leben getan hatte. Jayden hatte am meisten Erfahrung darin, mit der Axt gegen einen Schwertkämpfer anzutreten, und DZ kannte den Schwertkampfstil des Königs besser als irgendjemand sonst im Dorf. Wie Stan schon bald herausfand, war es für den König nicht ungewöhnlich, mit zwei Schwertern zu kämpfen statt mit nur einem. Es war ein ungewöhnlicher Kampfstil, der nur den fähigsten Schwertkämpfern vorbehalten war.

Aber niemand, der ihn in diesen fünf Tagen beobachtete, zweifelte daran, dass Stans Fertigkeiten mit der Axt außergewöhnlich waren, ebenso wie seine Entschlossenheit, König Kevs Fähigkeiten zu übertreffen. Nachdem Stan es geschafft hatte, DZ seine beiden Schwerter aus der Hand zu schlagen und seinen Eisenbrustpanzer mit einem Axtschlag zu zerschmettern, rief Jayden: „Okay, Stan, ich glaube, du bist bereit! Jeder, der sich dir in den Weg stellt und nicht mindestens eine Art Flammenwerfer oder Ähnliches hat, ist absolut tot! Außerdem dürfen wir kein Eisen mehr verschwenden – das ist schon der sechste Brustpanzer, den du heute kaputt gemacht hast!"

Auch Kat machte mit dem auf sie angepassten Trainingsplan schnelle Fortschritte. Sie verbrachte die Woche vor der Invasion unter Sallys Führung, die ihr beibrachte, wie man mit zwei Schwertern kämpfte, anstatt nur mit einem. Mit zwei Klingen war es möglich, gegen mehrere Gegner gleichzeitig zu kämpfen oder im Kampf Mann gegen Mann die Oberhand zu gewinnen. Obwohl Kat nach Sallys Programm in den meisten Situationen noch immer ein Schwert zweien vorzog, war sie sicher, dass sie auf keinen Fall mit nur einem Diamantschwert an der Hüfte in den Kampf gegen die gesamte Armee des Königs ziehen würde.

Charlies Kampffertigkeit mit der Spitzhacke stieg sprunghaft an, während er unter G und Sirus trainierte, wobei Letzterer anscheinend nicht nur ein Experte für Redstone-

Mechaniken, sondern auch ein Wunderkind in Sachen Spitzhackenkampf war. Während G Charlie eine neue Fähigkeit nach der anderen im Nahkampf beibrachte, lehrte ihn Sirus eine Methode, wie ein Maulwurf unterirdische Tunnel zu graben und in jeder beliebigen Richtung wieder hervorzubrechen. Charlie war für diese Fähigkeit dankbarer als für jede andere. Er fand, dass ihm die Kunst des Überfalls gut zu Gesicht stand. Außerdem verbrachte Charlie eine vergleichsweise kurze Zeit mit Archie, in der er seine Fertigkeiten mit dem Bogen auf ein beachtliches Niveau brachte.

Alle anderen Spieler im Dorf, deren Level höher als fünfzehn war, hatten die Aufgabe, die übrigen etwa hundertzwanzig Spieler mit niedrigeren Leveln in Adorias Großmiliz zu beaufsichtigen. Sie verbrachten die halbe Woche damit, sich Kampffertigkeiten für die Schlacht gegen die Armee des Königs anzueignen. Den Rest der Zeit verbrachten sie damit, aus den Gegenständen, die Stan und seine Freunde mitgebracht hatten, nützliche Dinge wie Schwerter, Feuerzeuge und ähnliche Ausrüstungsteile herzustellen.

Der Apotheker nahm sogar eine kleine Gruppe von Spielern beiseite, die sich völlig der Aufgabe widmeten, Tränke und werfbare Tränke herzustellen, eine Art von Tränken, die man als Waffe verwenden und auf einen Gegner schleudern konnte. Bei ihrer fließbandartigen Trankproduktion stießen sie jedoch auf ein Problem. Sie hatten am Ende keine Magmacreme oder Tränke der Feuerresistenz gefunden. Sie fassten schnell den Entschluss, dass es zu riskant sei, den Nether zu betreten, um einen Magmaschleim oder eine Lohe zu finden und sich welche zu besorgen. Das war wirklich Pech, besonders, weil die Burg des Königs von Lava umgeben war. Für die, die in der Nähe der Burg kämpfen würden, zum Beispiel Charlie und Stan, wäre so ein Trank ein großer Vorteil gewesen. Er war jedoch nicht unabdingbar, und als man ihnen die Lage mitteilte, beschwerten sich weder Stan noch Charlie. Beide sagten, dass ihnen

371

das egal sei, obwohl sie insgeheim die zusätzliche Versicherung durch diesen Schutz sehr genossen hätten.

Endlich war die Nacht vor dem Angriff auf König Kevs Burg gekommen. Zur Mittagszeit des folgenden Tages würde Adorias Großmiliz in feindliches Gebiet einmarschieren. Der Plan war, die Truppen des Königs anzugreifen, die königliche Armee zu besiegen, den König zu töten und die niedrigleveligen Bürger zu befreien, die noch innerhalb der Mauern der Stadt gefangen waren. Unter Stans Führung würden sie in die Stadt marschieren, und er würde die gesamte Offensive hindurch die gesamte Miliz befehligen.

Bei dem Gedanken daran bekam Stan ein ziemlich flaues Gefühl im Magen.

Stan lag in einem der vielen Räume, die in die massiven Steinwände gehauen worden waren, im Bett. Kat, Charlie und DZ belegten die anderen drei Betten im Zimmer. Da niemand schnarchte, wusste Stan, dass zumindest Charlie und Kat wach waren. Er hörte jemanden flüstern und drehte sich herum, um zu sehen, wer es war. Er sah, wie sich G vorbeugte, Kat umarmte und sie eine halbe Minute lang festhielt, um sich dann ohne ein weiteres Wort aus dem Raum zu schleichen. Stan lächelte noch über die liebevolle Geste, als er, nachdem er sich zurückgerollt hatte, geradewegs in ein zweites Paar Augen starrte.

„Hey Noob", flüsterte eine Stimme.

„Sally!", zischte Stan, als er von ihr weg zur Rückseite des Bettes rutschte. „Mach doch so was nicht!"

„Tut mir leid, die Gelegenheit war einfach zu günstig." Sie grinste. „Ich musste hierherkommen und wenigstens einen letzten Mitternachtsplausch mit dir halten, bevor wir morgen in den Krieg ziehen."

„Ach komm schon, sag doch nicht ‚wenigstens einen letzten'", erwiderte Stan, während sich Sally auf dem Bett neben ihm aufsetzte. „Wir kommen morgen beide zurück, und das weißt du auch."

Sally lächelte ihn an. Stan lächelte zurück, aber Sally konnte nicht sehen, wie seine Gedanken auf Hochtouren liefen. Tatsächlich hatte er noch nie auch nur die Möglichkeit in Betracht gezogen, dass einige von ihnen vielleicht nicht … nein, *wahrscheinlich nicht* lebendig aus der Schlacht zurückkehren würden. *Was, wenn Kat oder Charlie sterben würden?* Innerhalb etwa einer Sekunde rasten zwanzig weitere Was-wäre-wenn-Szenarien durch seine Gedanken. Er gab sich Mühe, vor Sally zu verbergen, dass sich ihm der Magen umdrehte.

„Wir sollten uns lieber ein bisschen ausruhen", sagte er und ergriff ihre Hand. Er wollte sich, was sie anging, keine weiteren dieser Möglichkeiten ausmalen.

Als fühle sie seine Anspannung durch ihre miteinander verschränkten Hände, beugte sich Sally vor und küsste Stan auf die Wange. „Dann sehen wir uns morgen früh, Noob", sagte sie, stand auf, verließ das Zimmer und schloss die Tür hinter sich.

In all der Aufregung und Anspannung, die die Vorbereitungen auf die erste Kampagne von Adorias Großmiliz mit sich brachten, war die Frage, was mit Oob geschehen sollte, der den Großteil der vorherigen Woche in der Basis umhergewandert war, größtenteils ignoriert worden. Als die Sonne über dem Horizont des Großen Waldes aufging, stritten sich Charlie und DZ nun heftig mit den Dorfbewohnern über Oobs Teilnahme an der Schlacht.

„Oob, du musst hierbleiben!", rief Charlie mit zunehmender Verzweiflung. „Du wirst da draußen abgeschlachtet!"

„Ich habe geholfen, den Griefer namens Mr. A zu besiegen, und deshalb sollte ich kämpfen dürfen!", protestierte Oob und zeigte mehr Entschlossenheit als je zuvor.

„Oob, versteh doch, das war ein Überfall", erklärte DZ. „Du hast dich von hinten angeschlichen und ihn getötet.

373

Draußen auf dem Schlachtfeld sind überall Leute! Es wäre überhaupt nicht schwer für einen von ihnen, sich an dich heranzuschleichen und dich zu töten!"

„Das ist mir egal!", rief Oob und begann zu weinen wie ein großes Kind. „Ich sterbe gern, wenn ich so helfen kann, auch nur einen von denen zu töten, die mit diesem schrecklichen König zu tun haben!"

Schließlich mussten DZ, Charlie und der Bürgermeister von Blackstone Oob mit vereinten Kräften in einen Raum drängen, von dem aus er ihnen nicht in die Schlacht folgen konnte. Stan und Sally, die auf Stühlen saßen und verzauberte Diamantbrustpanzer und -helme anlegten, sahen amüsiert zu.

„Wisst ihr, es bricht mir ja das Herz, den kleinen Kerl am Kämpfen zu hindern. Er möchte es doch so gern." Stan seufzte.

„Also, wenn sowohl dein Herz als auch sein Hals heil bleiben sollen, ist Letzteres nur zum Besten", sagte Sally, und Stan nickte. Sally sah ihn an. „Kannst du glauben, dass das hier wirklich passiert?"

„Kann ich nicht", antwortete Stan, und er sagte die Wahrheit, da er im Hauptraum des unterirdischen Bunkers die hundertfünfzig Spieler ansah, die jetzt Rüstungen aus Leder, Eisen und Diamant trugen. An ihrer Seite hingen Schwerter, Äxte, Bögen und dergleichen, und Stan konnte nicht glauben, dass ein Pfeil, den er selbst angelegt und auf den König abgefeuert hatte, all das in Bewegung gesetzt hatte. Er wusste, dass der König es schon lange verdient hatte, aber es war noch immer schwer zu verstehen, dass alles mit einer unüberlegten, von Wut getriebenen Tat angefangen hatte.

„Weißt du", sagte Sally, „wir haben keinen Plan für Rückzug oder Flucht. Wir haben nur einen Angriffsplan. Jeder in diesem Raum ist bereit, für das Ideal zu sterben, an das du glaubst, Stan. Du solltest ihnen etwas sagen."

„Was?", fragte Stan überrascht. Ihr Vorschlag, er solle eine Rede halten, überrumpelte ihn. „Was soll ich denn ..."

Sally packte ihn bei den Schultern, bevor er seinen Satz beenden konnte. Sie riss ihn an sich, bis ihre Gesichter sich fast berührten. „Du *weißt*, was du sagen solltest. Du bist etwas Besonderes, und das weißt du. Ich habe es dir in dem Moment angemerkt, als ich dich zum ersten Mal sah." Ihre Stimme war eindringlich, und Stan hing an jedem Wort, das über ihre Lippen kam. „Du bist nicht der Durchschnitt, Stan. Du bist so weit über dem Durchschnitt. Ich habe gesehen, wie du mit dem Schwert gegen Kat und Charlie gekämpft hast. Ich habe davon gehört, wie du den Schneegolem besiegt hast. Das waren Sachen, die niemand außer dir hätte tun können, ob du es nun glaubst oder nicht. Ich liebe dich, Stan, weil du nicht nur überdurchschnittlich bist – du bist auf einer höheren Ebene."

Als Sallys kleine Rede sich dem Ende näherte, klangen ihre Worte nicht in seinen Gedanken nach, weil sie ihm zum ersten Mal gestanden hatte, dass sie ihn liebte. Nein, Sallys abschließende Worte hatten Stan beeindruckt: Du bist auf einer höheren Ebene.

Stans Erlebnis während der Erleuchtung, das Gespräch zwischen den beiden Wesen, dem er beigewohnt hatte, stürmte wieder auf ihn ein. Aber jetzt hatten sie eine ganz andere Bedeutung.

Stan hatte kurz mit Kat und Charlie über die Erleuchtung gesprochen, aber sie hatten es nur als cooles, gut geschriebenes Gedicht betrachtet, das versuchte, das Universum in Worte zu fassen, mit interessantem Ergebnis. Aber jetzt, als Stan diese Worte überdachte, wurde ihm klar, was Sally sagen wollte.

Das Gedicht, das die beiden Wesen auf der höchsten Stufe des Wissens über das Universum gesprochen hatten, hatte einige Wörter enthalten, die Stans sterblicher Geist nicht erfassen konnte. Es hatte von einem Spieler gesprochen, der eine höhere Ebene erreicht hatte, der die absolute Macht des Universums in sich trug.

„Das bin ich, nicht wahr?", sagte er leise. Sally nickte, als hätte sie seine Gedanken gelesen. „Ich muss König Kev töten, weil ich es bin." Wieder nickte Sally. Stan war nicht einmal ganz sicher, was er mit „ich bin es" meinte, aber andererseits hatte er die höchste Ebene noch nicht erreicht, also konnte er sich keine Hoffnungen machen, es zu verstehen. Für den Moment wurde Stan jedoch die ganze Bedeutung hinter dem Gedicht klar, so wie er sie zu diesem Zeitpunkt verstehen konnte.

Es gab Spieler, Menschen, Wesen oder wie auch immer man sie nennen wollte, die auf einer höheren Ebene waren als der Rest ihrer jeweiligen Gesellschaft. Auf einer höheren Ebene zu sein, ermöglichte es ihnen, fantastische Dinge zu tun. Dinge, zu denen noch kein anderes Wesen je zuvor in der Lage gewesen war. Man konnte sie Genies nennen, Wunderkinder oder Götter. Stan wusste jetzt, dass er zum Kreis dieser anderen gehörte, dieser Spieler, dieser höheren Wesen. Sie hatten die höchste Stufe noch nicht erreicht, aber sie hatten die höchste Stufe erreicht, die im großen Plan des Lebens, des Universums, des Spiels zu erreichen war.

Als er Sally in die Augen blickte, wusste Stan, dass sie diese höhere Ebene in ihm von Anfang an erkannt hatte. Der verrückte Steve hatte es ebenfalls erkannt, und Stan war sicher, dass Sally dieselbe unbeschreibliche Mischung aus Verwirrung und zweifelsfreier Gewissheit erlebte wie er selbst. Sie hatten einander nichts weiter zu sagen. Stan stieg auf den Stuhl und räusperte sich.

„Mitglieder von Adorias Großmiliz! Wenn ich um eure Aufmerksamkeit bitten dürfte!"

Es war bemerkenswert, wie schnell es im ganzen Raum still wurde. Stan fuhr fort, ohne zu wissen, was er als

Nächstes sagen sollte, war aber überzeugt, dass es, was auch immer es war, das Richtige sein würde.

„In wenigen Augenblicken verlassen wir dieses Dorf. Wir begeben uns auf eine Reise, die uns weit hinter den Punkt führt, von dem es kein Zurück mehr gibt, und wenn dieser Tag endet, werden wir alle entweder siegreich sein oder tot. Ich muss euch das nicht erst sagen. Ihr wusstet, worauf ihr euch eingelassen habt, als ihr dieser Miliz beigetreten seid."

Stan hielt kurz inne und spürte, wie ein unruhiges Murmeln den Raum durchlief, als wäre man sich nicht sicher, worauf er hinauswollte. Stan fuhr fort.

„Wir werden diesen Kampf gewinnen. Wir werden diesen Kampf gewinnen, weil wir gut sind. Wir werden diesen Kampf gewinnen, weil wir auf der Seite der Gerechtigkeit stehen. Wir werden diesen Kampf gewinnen, nicht nur, weil wir den stärkeren Willen dazu haben, nicht nur, weil wir besser gerüstet sind, als unsere Feinde es sich auch nur erträumen können, sondern weil im Universum die Gerechtigkeit immer siegreich sein wird.

Wenn wir uns die Geschichte dieser Welt von Minecraft betrachten, der Welt der Erde, von der wir kommen, und jeder anderen intelligenten Welt in diesem Universum, stellen wir fest, dass es immer Böses gibt. Das liegt in der Natur der Dinge, und die Natur der Dinge können wir nicht verändern. Aber es gibt auch eine überwältigende Macht des Guten, die dieses Böse ausgleicht, und wir haben die Macht zu entscheiden, auf welche Seite wir uns stellen. Ich empfinde nichts als Verachtung für den König, der sich mit dem Bösen verbündet hat und den zu töten heute meine Aufgabe ist. Ich empfinde nichts als Mitleid mit den Männern und Frauen, die er mit seinen finsteren Versuchungen auf seine Seite gezogen hat. Es mag stimmen, dass das Böse uns immer herunterziehen kann, das liegt aber nur daran, dass es unsagbar leichter ist zu zerstören, als zu erschaffen.

Dieses Spiel, Minecraft, handelt jedoch nicht von Zerstörung – es handelt vom Erschaffen. Ihr werdet feststellen, dass in diesem Universum die Schöpfung die Zerstörung bei Weitem übertrifft. Das liegt daran, dass jedem bösen Wesen einhundert rechtschaffene Wesen entgegenwirken. Wir sind diese rechtschaffenen Wesen! Wir sind diejenigen, die das Universum herangezogen hat, um diesem Land, Elementia, wieder zu Größe zu verhelfen! Wir sind einhundertfünfzig Spieler, auf einem Server, auf einer Welt, in einem Universum. Und es ist unsere Aufgabe, diesen einen Server zu retten, in dieser einen Welt, in diesem einen Universum – vor der ungezügelten Finsternis, die uns umgibt!

Also schreiten wir voran, meine Brüder und Schwestern des Guten! Gehen wir zur Festung der Macht, die jetzt in Feindeshand liegt, und erobern wir sie selbst zurück! Machen wir Elementia wieder zu der Vision, die seine Gründer einst hatten! Es wird Zeit, dass wir diesen Server zu einem Ort machen, den zukünftige Generationen ihr Zuhause nennen können! Das ist unsere Mission, Spieler! Unsere Mission: Gerechtigkeit!"

Als Stan diese letzten drei Wörter aussprach, brachen im Raum Jubel und Rufe aus, die anschwollen wie ein Düsentriebwerk und sich bald zu dem einstimmigen Schlachtgesang „Ge-rech-tig-keit! Ge-rech-tig-keit! Ge-rech-tig-keit!" vereinten.

Stan blickte in die Menge und sah den Apotheker und Blackraven nebeneinanderstehen. Sie lächelten ihn mit ihrem uralten, weisen Lächeln an. DZ und die Netherjungs drehten völlig durch, pfiffen, brüllten und riefen Dinge wie „DER HAMMER, STAN!" lauter als alle anderen. Jayden, G und Archie hoben ihre jeweiligen Waffen zur Stirn und zeigten Stan einen dreifachen Salut, bevor sie sich DZ und den Netherjungs in ihrem wilden Jubel anschlossen.

Die drei Gesichter, die Stan am meisten bedeuteten, waren jedoch direkt neben ihm. Kat und Charlie standen Seite an Seite und strahlten Stan wortlos an. Sie starrten nur den Verfechter des Guten an, zu dem ihr bester Freund geworden war.

Sally saß noch immer und blickte zu Boden, aber als sie spürte, dass Stan sie anschaute, sah sie zu ihm auf und schenkte ihm ihr typisches amüsiertes Grinsen, was ihm mehr bedeutete, als jedes Wort es gekonnt hätte.

Fünf Minuten später hatten die Truppen sich in Reihen von jeweils fünfundzwanzig Mann aufgestellt, an deren Spitze Kat, Charlie, Jayden, G und Sally standen. Die Spieler in den Reihen mit voller Kriegsausrüstung waren von Stans Rede noch immer angestachelt und aufgeregt, und es war nicht ungewöhnlich, dass ab und zu „Ge-rech-tig-keit! Ge-rech-tig-keit!" aus ihnen herausplatzte.

Vor der Hauptarmee stand Stan, flankiert von Archie und Bob, den beiden besten Schützen der Miliz. Die Schützen sollten mit ihren verzauberten Bögen alle Projektile, zum Beispiel TNT-Mörser oder Feuerbälle, die die ganze Gruppe in Gefahr bringen konnten, abschießen.

Stan gab den Marschbefehl und fing an, Adorias Großmiliz durch den Großen Wald zu führen, über die Brücke, die man über das Loch gebaut hatte, das der TNT-Turm während des Gewitters verursacht hatte, und durch die Haupttore nach Element City.

Es war eine Geisterstadt. Die bevölkerten Straßen von Element City, wie Stan sie in Erinnerung hatte, waren verlassen. Er hatte nicht gewusst, ob sich der Kampf auf die Straßen ausweiten würde, oder ob sich ihnen eine Art Bürgermiliz entgegenstellen würde, aber tatsächlich waren die einzigen Lebenszeichen, die er sah, angsterfüllte Augen, die sie aus den Häusern heraus musterten. Offensichtlich hatten diese Leute den Eindruck, dass die einfallende Miliz sie ebenso bedrohen würde wie die Armee. Stan hatte jedoch nicht die Absicht, unbewaffnete Bürger anzugreifen.

„Das Signal, Archie", war das Einzige, was Stan sagte. Wie geplant zog Charlie seinen Bogen, legte einen Pfeil

379

an und spannte die Sehne. Sobald die Feuersteinspitze das leuchtende Holz des Bogens berührte, ging die Pfeilspitze in Flammen auf. Archie ließ den Pfeil in hohem Bogen über die Stadt fliegen, ohne auf jemanden zu zielen. Das war das Signal.

Dreißig Sekunden.

Wenn Sirus nicht innerhalb von dreißig Sekunden auf das Signal reagierte, würden sie davon ausgehen, dass man ihn gefangen genommen oder getötet hatte. Etwa zwanzig Sekunden verstrichen, bis Stan über der Stadt zwei glimmende Lichtpunkte fliegen sah. Sirus hatte einige der Redstone-Verteidigungsanlagen der Burg entschärfen können, aber nicht alle. Ohne sich aus der Ruhe bringen zu lassen – schließlich war es das, was er erwartet hatte –, befahl Stan der Miliz weiterzumarschieren.

Der Weg die Hauptstraße entlang verlief ohne Zwischenfälle. Die Miliz bereitete sich geistig auf die Offensive vor, die in wenigen Minuten beginnen würde, in dem sie „Ge-rech-tig-keit! Ge-rech-tig-keit! Ge-rech-tig-keit" lauter rief, als je zuvor. Bis sie den äußeren Wall der Burg des Königs erreicht hatte, war die Miliz in einem Kampfrausch. Stan musste einen schnellen Befehl ausgeben und alle daran erinnern, dass es ihr Ziel in dieser Schlacht war, wenn möglich zu verletzen und nicht zu töten.

Als er sich umwandte, erwartete ihn eine angenehme Überraschung: Sirus lief die Mauer entlang, ein entschlossenes Lächeln auf den Lippen.

„Hey Sirus!", rief Stan, als der Spieler, der aussah wie Stan, aber ein helleres Farbschema hatte, ihn erreichte. „Verrückt, dich hier zu sehen! Ich hatte nicht erwartet, dich zu treffen, bis wir drin sind. Hast du Neuigkeiten für uns?"

„Ja, ich habe es geschafft, die meisten der Redstone-Fallen und Fallstricke zu entschärfen, aber ein paar sind noch aktiv, zum Beispiel Pfeil- und Feuerballwerfer, aber ich

380

glaube, die meisten der wirklich tödlichen habe ich deaktiviert. Du weißt schon, TNT-Kanonen, automatische Lavaflüsse, Stolperdrähte in bodenlose Abgründe. Aber wir müssen trotzdem vorsichtig sein, weil, wie schon gesagt, die Pfeil- und Feuerballwerfer noch aktiv sind. In die konnte ich mich nicht hacken, sie sind zu gut bewacht, also ..."

„Okay, Sirus, schon gut, beruhige dich", erwiderte Stan und unterbrach Sirus' Bericht.

„Okay, okay, aber du solltest vermutlich trotzdem besser wissen, dass ich unter dieser Mauer eine TNT-Grube gebaut habe. Drück einfach den Knopf da an der Wand, und sie geht hoch!", sagte er aufgeregt.

„Nette Idee, Sirus", sagte Stan grinsend. Er hatte geplant, die Bergarbeiter aus Blackstone gleichzeitig durch den Wall brechen zu lassen, aber so würde es viel schneller gehen. Er wandte sich seinen Truppen zu.

„Soldaten von Adorias Großmiliz! In ein paar Sekunden drücken wir auf einen Knopf an dieser Mauer und zerstören sie dadurch. Wenn das geschieht, steht es euch frei, in den Hof zu stürmen und alles und jeden auszuschalten, die sich uns im Namen König Kevs entgegenstellen. Ich erinnere euch noch einmal: Versucht zu verwunden. Wir sind nicht wie sie, und daher werden wir sie nicht töten, solange es nicht absolut notwendig ist. Viel Glück, und wir sehen uns wieder, sobald König Kev gefallen ist."

Diesen Worten folgte stürmischer Applaus. Stan warf einen Blick auf seine Anführer, und in allen Gesichtern zeigte sich dieselbe verbissene Entschlossenheit. Selbst Rex, der zwischen Kat und Sally mit ihren versteinerten Mienen stand, bleckte in Erwartung des Kampfes die Zähne.

Stan drehte sich um. *Das ist es. Es geschieht wirklich,* dachte er. *Ich werde mich gleich in König Kevs Burg sprengen und versuchen, ihn im Kampf zu töten.* Adrenalin floss durch seine Adern, wie eine angetriebene Lore ein Gleis entlangraste, und als die Truppen zur Mauer emporblickten, senkte sich eine bedeutungsschwangere Stille über sie. Dann sprach Stan.

„Sirus, drück drauf", sagte er mit stählerner Stimme. Sirus' Faust prallte auf den Steinknopf. Etwas zischte, und Sekunden später fegte die Druckwelle der Explosion über die Miliz hinweg, zerstörte den Wall und gab den Blick auf die Burg frei. Stan ließ jeden Anflug von Furcht hinter sich, stieß einen wilden Schrei aus und stürmte voran.

KAPITEL 27

DIE SCHLACHT UM ELEMENTIA

König Kev überblickte den Innenhof von derselben Brücke aus, auf der er gestanden hatte, als er an jenem Schicksalstag seine Verkündung ausgesprochen hatte. Diesmal war sein Kopf jedoch nicht ungeschützt. Ganz im Gegenteil. Ein Diamanthelm schützte sein Haupt und ein Diamantbrustpanzer seinen Körper. Zwei Diamantschwerter mit den höchsten Schärfeverzauberungen hingen an seinem Gürtel. Und auf dem Rücken trug er einen Bogen mit den Verzauberungen „Stärke" und „Flamme". Er stand hier allein. Er wusste, dass der Spieler namens Stan2012 ihn in der Absicht, ihn zu töten, aufsuchen würde. Stan war sicher recht glücklich, als er feststellte, dass die Anfangsphasen seiner Invasion ganz genau nach Plan liefen. Der König respektierte Stan für seine Entschlossenheit und hatte deshalb entschieden, Stan das Gefühl des Sieges zumindest einmal kurz schmecken zu lassen. Das Endergebnis der Schlacht würde Stans Plänen jedoch nicht gerecht werden. König Kev hatte gewusst, dass der bevorstehende Angriff auf seine Burg unausweichlich war, doch es lag hauptsächlich an der Arbeit seines Spions in Adorias Großmiliz, dass er über den exakten Tag, die Zeit und die Art des Angriffs informiert war. Der König fand die Pläne unfassbar schlicht. Da der Angriff hauptsächlich von niedrigleveligen Spielern mit unterlegenen Kampffähigkeiten ausgeführt wurde, hatte der König erwartet, dass die An-

383

führer der Miliz irgendeine schlaue Herangehensweise entwickelten.

Der König hatte beschlossen, Stans Spiel einfach mitzuspielen und seine Standardarmee von hundertfünfzig Mann gegen ihre Miliz von hundertfünfzig in den Kampf im Hof der Burg zu schicken. So würden sie die Kraft und Fähigkeit seiner Truppen sehen; die Kraft, Fähigkeit und Loyalität, wegen derer er niemals die Macht über Elementia verlieren würde.

Tatsächlich stand die Sonne an ihrer höchsten Position am Himmel, als die Mauer vor seiner Burg aufbrach. Das irritierte den König etwas, da sein Spion ihn informiert hatte, dass sie die Mauer durchgraben würden. Egal. Das spielte keine Rolle. Wie sie hereinkamen, war unwichtig. Das Wichtige waren die zusätzlichen Redstone-Fallen, die man vor ihrem Saboteur versteckt hatte, die sie nun so schwächen würden, dass sie leichte Opfer für die Armee des Königs wären.

Aber … halt, was ging da vor sich? Die Spieler stürmten vor und strömten in einer weit verteilten Welle auf die Burgmauern zu. Es wurden keine Fallen ausgelöst! Was hatte das zu bedeuten? Ihm war jede Bewegung ihres kleinen Redstone-Saboteurs bekannt gewesen, und sie hatten ihm nur gestattet, einen Satz Fallenattrappen zu finden. Wie konnte es also sein, dass sie noch immer ohne Widerstand vordringen konnten?

Entsetzen überschattete das Gesicht des Königs, als er das Mikrofon packte und mit gerötetem Gesicht brüllte: „Fallen sind inaktiv, wiederhole, Fallen sind inaktiv! Minotaurus, Angriff! Caesar, folgen! Charlemagne, folgen! RAT1, ihr wisst, was zu tun ist! Ihr seid jetzt die einzige Verteidigung, also ANGRIFF!"

Als der König mit besorgtem Gesicht zusah, wie seine Männer mit einiger Verspätung dem Schwarm der einfallenden Bewohner von Adorias Dorf entgegenstürmten, kam ihm ein Gedanke. Er betrachtete seine blasse, blockige Hand. Es wäre nur das eine Mal, und die Möglichkeit, dass jemand entdeckte, dass er verantwortlich war, war verschwindend gering ... aber nein, er überlegte es sich anders. Es stand außer Frage, seine mächtigste, seine gefährlichste Waffe von allen einzusetzen.

Denn obwohl die Waffe zweifellos jeden einzelnen Milizkämpfer in einem Schlag vernichten würde, war sie für den König selbst gefährlicher als für sie. Nein, selbst wenn Stan2012 ihn auf dem Turm bekämpfte, würde der König sich nicht dazu hinreißen lassen, seine ultimative, geheimste Waffe einzusetzen.

Stan stand still inmitten des laufenden Angriffs und winkte die Truppen voran, und erst als ihre Männer die Hälfte des Hofes überquert hatten, stürmten die Truppen des Königs aus der Burg. Stan fragte sich, warum sie so lange damit gewartet hatten, ihnen entgegenzutreten. Außerdem war die Miliz auf absolut und vollständig fehlende Gegenwehr bei den automatischen Redstone-Fallen gestoßen, obwohl er sicher gewesen war, dass sie auf Gegenwehr stoßen würden. Das Ganze verwirrte Stan außerordentlich.

Er wollte das unbehagliche Gefühl gerade ignorieren und anfangen, sich zu seinem Kampf mit dem König zu teleportieren, als er merkte, dass der Erdblock vor ihm zerbrach. Stan zog seine Axt, Klinge voran, bereit zum Kampf, und erwartete, dass ein Soldat von Elementia aus dem Boden brechen würde. Stattdessen bot sich ihm der Anblick einer Steinschaufel, die durch den Boden brach, gefolgt von einem Kopf, der keine große Eile an den Tag legte.

Stan war schockiert. Er hatte den Kopf schon einmal gesehen. Er kannte diesen Spieler.

„Hallöchen, Stan", sagte der Mechaniker mit einem verschlagenen Grinsen, während er sich ein paar Erdklümpchen aus den buschigen Augenbrauen wischte.

385

„Du? Aber was … wie … was machst du hier?", meinte Stan erstaunt und fragte sich, welche bizarre Verkettung von Umständen dazu geführt hatte, dass der alte Erfinder seine abgeschiedene Einsamkeit in Blackstone gegen die Erde unter dem Schlachtfeld der größten Revolte gegen den König seit der Zeit von Avery007 getauscht hatte.

„Tja, in Blackstone ist es ziemlich langweilig geworden, ohne was zu tun, also dachte ich mir, nachdem mir der Trank ausgeht, könnte ich genauso gut herkommen und euch helfen. Und glaub mir, der Trank ist ganz schön schnell ausgegangen …"

„Halt … du bist also hier, um uns zu helfen?", fragte Stan, und sein Herz schlug schneller.

„Schon geschehen", antwortete der Mechaniker grinsend und hielt eine Redstone-Fackel hoch, die er in der Hand gehalten hatte. „Fragst du dich nicht, warum ihr auf keinen Widerstand von den Redstone-Gerätschaften gestoßen seid? Ich geb dir einen Tipp … Ich habe sie entworfen, und ich bin hier."

Stans Augen wurden größer, als ihm klar wurde, was der Mechaniker damit sagen wollte. „Soll das heißen, dass du die Redstone-Fallen manuell ausgeschaltet hast?", fragte er ungläubig.

„Noch besser", antwortete der Mechaniker. „Siehst du den Kerl da drüben?", fragte er und meinte damit einen Spieler mit einer Scharfrichterkapuze und einer Eisenaxt, die gegen Sirus' Spitzhacke gepresst war. „Dann pass mal auf!" Der Mechaniker verschwand wieder unter der Erde. Voller Erstaunen sah Stan zu, wie sich unter dem Scharfrichter in dem Moment, in dem er Sirus entwaffnete, eine Grube öffnete, sodass der Scharfrichter in die Tiefen unter dem Boden fiel, und sich dann wieder schloss, bevor der Mechaniker wieder auftauchte.

„Ich habe hier vor einer Weile einen ganzen unterirdischen Redstone-Computer gebaut, und ich weiß noch, wie man ihn bedient!", sagte der Mechaniker voller Stolz. „Selbst König Kev hat nie davon gewusst, und er steuert sämtliche Redstone-Mechanismen in der Stadt! Das Ding ist mein Baby. Damit kann ich jedes Signal, das von der Burg ausgeht, mit einem Schalterdruck überbrücken." Stan fühlte sich, als wäre ihm eine enorme Last von den Schultern genommen worden. Die Redstone-Verteidigungsanlagen waren eine riesige Unbekannte in ihrem Angriffsplan gewesen, und jetzt waren sie vollständig beseitigt. Stan öffnete den Mund, um seine tiefe Dankbarkeit auszudrücken, aber der Mechaniker winkte ab.

„Du kannst mir später danken, Stan. Hast du nicht einen König zu töten?"

„Oh ja!", rief Stan aus, und mit mehr Selbstvertrauen denn je nahm er die erste Enderperle von seinem Gurt.

„Uff", ertönte ein dumpfer Laut, als der Spieler mit Teufelshörnern zu Boden geworfen wurde. Charlie holte mit der Spitzhacke aus und hielt nach weiteren Angreifern Ausschau. Er und sein Team hatten einen schweren Kampf im dichtesten Schlachtgetümmel durchgestanden, und nun hatten sie Mühe, ihre Position am Fuß der Zugbrücke des Königs zu halten. Die Zugbrücke befand sich jetzt unter dem Lava-Burggraben, sodass keine Truppen die Burg betreten oder verlassen konnten. Charlie wusste, dass sein Team nur eine dünne Membran darstellte, die Stan und den König von einer Horde Unterstützungstruppen des Königs trennte, falls König Kev sie rufen würde.

In der Tat schienen die Männer des Königs sehr unzufrieden damit zu sein, dass die Truppen aus Adorias Dorf sich so nahe am Fuß der Burg breitgemacht hatten, und viele von ihnen strömten nun in ihre Richtung zurück, um Rache zu nehmen. Charlie wollte gerade in Panik ausbrechen, als er die neue Welle der Truppen des Königs auf ihn zuströmen sah, doch dann erinnerte er sich an seine be-

387

sondere Waffe. Hastig zog er vier Eisenblöcke aus seinem Inventar und setzte sie in Form eines T auf den Boden. Die Männer an der Spitze des Ansturms des Königs verstanden eine Sekunde, bevor er fertig war, was er vorhatte und fingen an, mit doppelter Geschwindigkeit den Rückzug anzutreten, aber es war zu spät.

Charlie warf einen Kürbis auf das Gebilde aus Eisenblöcken, und in einem Augenblick war der Stapel Blöcke zu einem Eisengolem geworden. Die gigantische Metallbestie raste auf die vorpreschende Legion der Soldaten zu, und selbst die geübten Hiebe der Diamantwaffen derer, die leichtsinnig genug waren, den Golem herauszufordern, konnten kaum mehr tun, als alles zu verschlimmern. Der Eisengolem zerquetschte den Schädel eines der Männer zwischen seinen wirbelnden Eisenarmen. Zu diesem Zeitpunkt war eindeutig klar, dass die einzig vernünftige Reaktion der anderen Soldaten darin bestand, die Flucht zu ergreifen.

Charlie bejubelte den Eisengolem genau wie die anderen Kämpfer in seiner Truppe, aber insgeheim war Charlie einfach nur glücklich, dass das Monster, das er erschaffen hatte, an seiner Stelle kämpfte. Während der Großteil der anderen Kämpfer aus Adorias Dorf andauernd daran erinnert werden musste, dass sie nur im äußersten Notfall töten sollten (mit Ausnahme der genannten Anführer), fand Charlie diese Regel recht befreiend. Er hatte in seinen kurzen Wochen in Elementia so viel Blutvergießen und sinnloses Gemetzel gesehen, dass er begann, den Tag zu hassen, an dem er jemanden töten würde. So würde er auf eine Stufe sinken, von der er sich nie wieder befreien könnte. Er würde einfach nur ein Teil des Abschlachtens sein. Kurz gesagt würde Charlie glücklicher sein, je länger er ohne Morden auskommen könnte.

„Plat! Du bist hier, Plat?"

Charlies kurze Sekunde der Erleichterung zerplatzte wie

eine Seifenblase, als ihm klar wurde, dass diese Stimme entsetzlich, entsetzlich vertraut klang. Es war eine Stimme, die nicht hierher gehörte. Er hatte alles in seiner Macht Stehende getan, um zu verhindern, dass sie hier war. Der Schrecken zog ihm bereits den Magen zusammen, als Charlie herumwirbelte und den Dorfbewohner sah, der hinter dem Eisengolem herlief.

„Plat! Plat, ich bin es, Oob! Erkennst du mich nicht?"

Charlie wollte Oob gerade wütend anschreien und ihn darauf hinweisen, dass der Eisengolem nicht der aus dem Dorf war, um ihn dann dafür halb tot zu würgen, weil er sich in die Gefahr der Schlacht gewagt hatte. Charlie musste all das jedoch nicht mehr sagen, als Oobs Gesicht plötzlich von Verwirrung überschattet wurde. Die Klinge eines Diamantschwertes ragte mit der Spitze voran aus seinem Bauch.

Charlie handelte, ohne zu denken. Oobs Körper fiel mit dem Gesicht voran zu Boden, als Geno das Schwert mit einem kurzen Schnaufen aus seinem Rücken zog. Charlies Blick fand sofort einen schon vorhandenen Spalt in der Mitte von Genos Diamantbrustpanzer, in den Charlie seine Spitzhacke schlug. Die Spitze traf genau die Mitte der runden Bruchstelle, und der Brustpanzer brach in Stücke. Die Spitzhacke drang tief in Genos Körper ein. Die Wunde, die Charlie beim Herausziehen seiner Spitzhacke in Genos Brust geschlagen hatte, hätte vermutlich ausgereicht, ihn zu töten, selbst dann, wenn Charlie daraufhin nicht mit der Spitzhacke gegen Genos Hals geschlagen und ihn mit einem widerlichen Knacken gebrochen hätte, sodass Genos Leichnam zu Boden fiel und seine Gegenstände kreisförmig aus ihm herausplatzten.

Charlie verschwendete keinen weiteren Gedanken an Geno. Getrieben von Adrenalin handelte er aus reiner Verzweiflung, als er den ersten seiner drei Tränke der Heilung in das klaffende Loch in Oobs Rücken goss, was kaum etwas bewirkte. Charlie sah, wie sich die lebenswichtigen Organe, die Genos Schwert durchtrennt hatte, sich wieder verbanden, doch es war noch immer eine schwere Verletzung. Charlie goss den zweiten Trank in die Wunde, und sie heilte weiter, obwohl sie noch immer schwerer war als jede Verletzung, die Charlie je gesehen hatte. Charlie rollte Oob auf den Rücken und goss den letzten Heiltrank in das Loch in Oobs Bauch. Endlich verschloss sich die Wunde wieder, obwohl sie noch immer tiefrot war.

Nun, da Charlie alles in seiner Macht Stehende getan hatte, um Oob zu helfen, ergriff ihn die Panik wie eine Lore, die bergab fuhr. Er atmete hechelnd, seine Augen waren geweitet und blutunterlaufen, und er wurde von verzweifeltem Schluchzen geschüttelt, während er Oob stumm bat, bei ihm zu bleiben. Dann, unglaublicherweise, gab der Dorfbewohner ein kleines, gequältes Husten von sich, und Charlie war überglücklich, als einer der Männer seiner Legion, der den Schmerz in Oobs Gesicht gesehen hatte, ihm einen seiner eigenen Tränke der Heilung zuwarf. Charlie nickte zum Dank und trug ihn großflächig auf die Wunde auf. Einen Moment lang flatterten Oobs Augenlider, bevor er sie wieder schloss, doch der Anblick der Brust des Dorfbewohners, die sich tief, schwer und friedlich hob und senkte, war wie ein Leuchtfeuer für Charlie, und er wusste, dass Oob überleben würde.

Doch bevor er Oobs Körper aus dem Weg räumte, warf Charlie einen letzten Blick auf Geno, bevor sein Körper verblasste. Seine Gegenstände lagen noch auf dem Boden, und das Schwert ragte aus der Erde. Es war das letzte Überbleibsel des Anführers von RAT1. Charlie hatte seinen ersten Mord begangen. Geno würde nie nach Elementia zurückkehren können. Er war für immer verschwunden, und das lag nur an Charlies Handlungen.

Das Schlimmste war jedoch, dass Charlie, obwohl er wusste, dass er entsetzt darüber sein sollte, gerade das Leben eines anderen beendet zu haben, nichts fühlte. Dies war ein Krieg, und sie alle waren gezeichnet. Charlie wurde erst jetzt klar, dass Elementia wirklich eine Welt war, in der das Recht des Stärkeren herrschte, und wäre Geno nicht das Opfer gewesen, wäre es er selbst.

Eine riesige Explosion irgendwo hinter ihm riss Charlie in die Realität zurück. Und so, nachdem er das Schwert aufgehoben und es sich zur Erinnerung an seine Tat an den Gürtel gehängt hatte, kehrte Charlie in die Schlacht zurück, angewidert von dem Wissen, dass er zum Morden fähig war.

„Kat, runter!", rief DZ erschrocken. Kat handelte instinktiv, wich dem Pfeil aus und blickte ihm nach, als sich DZs Pfeil in die Kniescheibe des Mädchens mit den zwei Schwertern, aber ohne Rüstung bohrte. Das Mädchen fiel zu Boden und riss den Pfeil heraus. Sie schickte sich an aufzustehen, als Kat sie mit dem Fuß auf die Erde zurückdrückte. Kat nahm die Klinge ihres Schwertes in die Hand und schlug das Heft gegen den Kopf des Mädchens, sodass es nicht starb, aber mit Sicherheit bewusstlos wurde.

„Danke, DZ", sagte Kat, während sie ihr Schwert umdrehte und wieder das diamantene an ihrer Seite zog, sodass sie beide gleichzeitig führte.

„Gern geschehen", murmelte er, während er sich in den Kampf mit einem Spieler stürzte, der wie ein Zwerg aussah und eine leuchtende Eisenaxt führte. Kat wollte ihm gerade helfen, als sie aus dem Augenwinkel etwas sah, das sie alarmierte.

Nicht weit von ihnen entfernt hatte Bill Caesar, einen der Stellvertreter des Königs, in seine Angelschnur verwickelt, während Bob versuchte, ihn mit Pfeilen zu treffen. Was Bob nicht sehen konnte, und während Bill sich zu sehr darauf konzentrierte, Caesar zu kontrollieren, um es zu sehen, war, dass Caesar sein Schwert so an seiner Seite hochgeschoben hatte, dass er sich aus dem Gewirr der Schnur befreien konnte, wann immer er wollte. Tatsächlich schien Caesar, statt sich von den Pfeilen zu entfernen, ihnen nur auszuweichen, sodass er Bob näher kommen konnte. Und Bill versagte zusehends bei seinem Versuch, ihn unter Kontrolle zu halten.

Kat sah, was Caesar vorhatte, und während sie eine tiefe Panik überkam, machte sie einen verzweifelten Versuch, Caesars bevorstehenden Angriff aufzuhalten. Ihr Diamantschwert wirbelte in genau dem Moment auf Caesar zu, in dem der sein Diamantschwert von seiner Seite stieß, die Angelschnur durchtrennte und sich so befreite. Kats Plan war zur Hälfte erfolgreich. In dem Moment, in dem Caesar sein Schwert durch den Magen des völlig unvorbereiteten Bob stoßen wollte, traf Kats Schwert Caesar am Hinterkopf. Seine Augen verloren den Fokus, und sein Schwert ragte in einem seltsamen Winkel heraus. Er hatte jedoch schon den Stoß nach vorn ausgeführt, und das Schwert bewegte sich noch immer mit genug Geschwindigkeit vorwärts, um Bobs Kniescheibe zu zertrümmern und sein ganzes linkes Bein von seinem Körper zu trennen.

All das geschah nur innerhalb einer Sekunde, die aber eine Ewigkeit anzudauern schien. Innerhalb dieser Sekunde ließ ein entsetzliches Gefühl der Hilflosigkeit, zusammen mit einem Adrenalinschub, die Zeit für Kat stillstehen. Caesars desorientiertes Grunzen, gefolgt von Bobs entsetzlichem Schmerzensgeheul, drangen weit genug zu Kat vor, um sie in die reale Welt zurückzureißen, gerade noch rechtzeitig, um zu sehen, dass Caesar herumgewirbelt war, um Bill anzugreifen, der nichts als einen Stock hatte, um sich zu verteidigen. Kat stürzte sich schnurstracks in das Schlachtgetümmel. Ihr Hass verdoppelte ihr Tempo. Sie war bereit, Bill vor dem Angriff zu schützen, doch Ben kam ihr zuvor und erschien in einem Augenblick aus dem Nichts, um sein Schwert auf Caesars Gesicht zuzustoßen.

Caesar wich dem Angriff seitlich aus, sodass das Schwert nur einen kleinen Schnitt an der Seite seines Halses verursachte. Da er nicht genug Platz hatte, um mit dem Schwert anzugreifen, schlug Caesar Ben ins Gesicht, drehte sich dann zur Seite, warf eine Enderperle weit von sich und zog sein Diamantschwert in Verteidigungshaltung. Ben sprang wieder auf die Beine, und mit vor Wut verzerrter Miene schwang er sein Schwert auf Caesars Helm zu, der in einer Wolke aus violettem Rauch verschwand, sodass das Schwert nur die Luft traf.

Kat machte sich keine Sorgen um Bob. Sie wusste, dass sich seine Brüder um ihn kümmern würden. Tatsächlich eilten Bill und Ben, während sie zu DZ hinüberlief, zu ihrem Bruder am Boden. Kat dagegen hatte noch eine Aufgabe zu erledigen, solange Geno, Becca und Leonidas noch am Leben waren.

„Was ist gerade passiert?", rief DZ aus, als er hinüberblickte und sah, wie Bob am Boden lag.

Kat spürte die Gefahr, bevor sie sie sah. Irgendeine Intuition sagte ihr, dass die Reihe nun an ihr war, DZ zuzurufen, er solle sich ducken. Das tat er keine Sekunde zu früh. Die Diamantklinge flog vorwärts an die Stelle, an der sein Kopf eben noch gewesen war, und Kat nahm die Gelegenheit wahr, ihr eigenes Schwert mit Gewalt in das Gesicht des Angreifers zu stoßen. Sie machte sich nicht die Mühe, ihr Schwert aus dem Fleisch des Spielers namens Charlemagne zu ziehen, den sie soeben getötet hatte. Stattdessen ergriff sie das leuchtende Diamantschwert, das er in der Hand gehalten hatte. Dieses, das wusste sie, war mit „Verbrennung" verzaubert, viel besser als das Schwert mit „Schärfe", das sie hatte.

DZ stand auf und sah mit wildem Blick zwischen Bill und Ben, die verzweifelt ihren Bruder verarzteten, und Charlemagnes Leiche hin und her, die gerade verschwunden war, sodass Kats Schwert scheppernd zu Boden fiel.

„Hast du … wie ist er … was zum …?", stotterte DZ, dem die Verwirrung ins Gesicht geschrieben stand.

„Caesar hat Bob ins Knie gestochen und sich mit einer Enderperle wegteleportiert, dann hat Charlemagne versucht, dich von hinten zu töten, also habe ich ihm ins Gesicht gestochen", sagte Kat eilig. Ihr Instinkt lief inmitten der Schlacht auf Hochtouren. Zu Kats Überraschung machte DZ bei dieser Neuigkeit ein langes Gesicht. Sie hatte gehofft, dass er wenigstens etwas erfreut darüber sein würde, dass einer ihrer gefährlichsten Gegner gerade ein Schwert durch die Stirn bekommen hatte.

„War klar", spie er mit finsterer Miene und einem verbitterten, leisen Lachen aus, wandte sich um und zog seinen Bogen.

„Was soll das heißen?", fragte Kat verärgert. Sie fühlte sich extrem verletzlich dabei, stillzustehen, und brannte darauf, sich wieder in die Schlacht zu stürzen.

„So läuft es einfach, nicht wahr? Du hast Charlemagne getötet, glaubst du, Caesar wird dir je vergeben? Und Caesar hat vermutlich gerade dafür gesorgt, dass Bob nie wieder laufen kann. Glaubst du, Bill und Ben können ruhig schlafen, während Caesar noch lebt? Natürlich nicht! Es ist ein Teufelskreis, das ist es nämlich!" DZ sah jetzt wirklich wütend aus, und der Zeitpunkt hätte nicht schlechter sein können.

„DZ, ganz ehrlich", brüllte Kat gegen das Chaos der Schlacht an, „wenn dir eine Art moralische Erleuchtung kommen muss, kann sie nicht warten, bis wir mit dem fertig sind, was wir erledigen sollen. Ich muss noch ein ganzes Team von Attentätern töten!"

„Weißt du, wegen solcher Sachen bin ich überhaupt erst in die Wüste gezogen. Warum musst du sie töten? Weil sie dich töten wollen? Ist dir klar, dass ihr, wenn ihr eure Differenzen mal außen vor lasst, wirklich nicht …"

„Ach, verdammt noch mal, ich habe keine Zeit für so

was!", brüllte Kat, während sie davonrannte und ihren moralisch verwirrten Freund im Staub zurückließ. Sie hatte gerade eines ihrer Hauptziele entdeckt, und sie würde sie nicht lebend entkommen lassen.

„Hey Becca!", rief Kat, und es schien fast schicksalhaft, dass sich in der Menschenmenge eine Lücke auftat und Becca herumwirbelte, um sich ihr zu stellen. Sie hatte schon bessere Zeiten erlebt, wie Kat feststellte. Unter einem ihrer aufgedunsenen, blutunterlaufenen Augen befand sich ein Schnitt, der auf eine Schwertwunde hindeutete. Als sich die Blicke der beiden Mädchen durch die Lücke trafen, war Kat verblüfft, in Beccas Augen ein schreckenerregendes Gefühl zu sehen, das ihr bis dahin nie begegnet war. Es war eine Mischung aus verzweifeltem Verlangen, unbändigem Hass und schlecht unterdrückter Angst. Der irre Blick machte es ausgesprochen offensichtlich, dass die Sprengstoffexpertin von RAT1 sich nichts sehnlicher wünschte, als Kats Fleisch mit dem Diamantschwert aufzuspießen.

Kat hörte ein Knurren neben sich, sah hinunter und war von Freude erfüllt. Rex hatte sich zu ihr gesellt. Sofort nach Beginn der Schlacht hatte sich Rex mit einem gezähmten Wolf auf der gegnerischen Seite angelegt, und Kat hatte ihn in dem Vertrauen sich selbst überlassen, dass er durchkommen und sie finden würde, wenn sie ihn brauchte. In der Tat hatte das plötzliche Erscheinen des Hundes an Kats Seite sie darin bestätigt, dass ihre beiden Annahmen korrekt gewesen waren.

Becca machte den ersten Schritt. Ihr Gesicht nahm das zügellose Grinsen einer mörderischen Wahnsinnigen an. Sie warf eine Enderperle und teleportierte sich vor Kats Füße, direkt in die Parade ihres Schwerts. Die beiden Kriegerinnen prallten gegeneinander und wurden zurückgeworfen, dann gingen sie in einen erbitterten Kampf über. Zu ihrer Verzweiflung wurde Kat bald klar, dass sie Bec-

395

cas Schwertkampffähigkeiten ernsthaft unterschätzt hatte. Obwohl sie auf Sprengungen spezialisiert war, war das Mädchen eine wahre Meisterin des Schwerts. Kat mühte sich in der Offensive ab, aber Becca parierte jeden Angriff mühelos, lachte und fing nicht einmal an zu schwitzen. Kat wusste, dass es nur eine Frage der Zeit war, bis Becca die Offensive ergreifen würde. Wenn das geschah, würde sie in ernste Schwierigkeiten geraten.

Kat erinnerte sich an ihr Training mit Sally, verließ ihre angestammten Gewohnheiten und zog ihr zweites Schwert, sodass sie Becca mit zwei Klingen bekämpfte. So riskant diese Strategie auch sein mochte, sie zeigte Wirkung. Becca war völlig unvorbereitet darauf, gegen jemanden mit zwei Schwertern zu kämpfen, selbst gegen jemanden mit Kats bescheidenen Fähigkeiten. Schon bald hatte Kats linkes Schwert Beccas einziges Schwert davongeschleudert, und Charlemagnes Schwert in Kats rechter Hand hatte Beccas Brustpanzer aufgeschlitzt, sich durch die Rüstung geschmolzen und eine Spur von Brandwunden hinterlassen.

Beccas Augen traten hervor, während sie sehr plötzlich sehr laut schrie. Kat vernachlässigte vor Schreck ihre Deckung, sodass Becca genug Zeit hatte, ihren Brustpanzer abzuwerfen und vorzustürmen, um Kat im Nahkampf zu begegnen. Blitzschnell hatte Becca Kats Schwerter aus ihren Händen gelöst, indem sie zwei Druckpunkte an ihren Handgelenken traf.

Kat war völlig unvorbereitet. Sie war nie im Nahkampf ohne Waffen ausgebildet worden, Becca dagegen offensichtlich schon. So sehr sie auch versuchte, sich zu wehren, Becca hatte Kat bereits zu Boden gedrückt und war mit Sicherheit kurz davor, ihr etwas Schreckliches anzutun, als ein Pfeil in den Boden einschlug, nur wenige Zentimeter neben Kats Kopf.

Beide Mädchen sahen auf und erblickten Leonidas, der in

der Lücke in der Menge stand, den Bogen erhoben, bereit, Kat jeden Moment auszuschalten. Oder … doch nicht? Als Kat sich auf sein braunes Gesicht konzentrierte, zeigte sich spürbare Anspannung in seinem Blick. Seine Augen schienen immer kurz davor zu stehen, den Fokus zwischen Kat und Becca zu wechseln, als ob – und Kats Augen wurden größer, als ihr dieser Gedanke kam – er versuchte, zu entscheiden, wen er erschießen sollte.

Aber wieso? Warum sollte Leonidas, von dem Kat wusste, dass er ein guter Schütze war, ihr nicht sofort einen Pfeil durch den Schädel jagen? Lag es wirklich daran, dass er in Betracht zog, Becca zu erschießen? Was ging hier vor? Warum war sie, Kat, noch am Leben?

Kat spürte einen Ruck an ihrem Nabel. Sie hatte sich so sehr auf Leonidas' Zögern vor dem Schuss konzentriert, dass sie nicht bemerkt hatte, wie Becca sie in einen Doppelnelson gezwungen hatte, sodass sie nun in perfekter Position gehalten wurde, um erschossen zu werden. *Ich hätte es wissen müssen*, dachte Kat erbittert, *er hat nur Zeit geschunden, damit Becca mich in die richtige Position bringt.* War es wirklich so? Selbst während sie so dasaß, unbeweglicher, als Leonidas es sich je hätte erträumen können, rannen Schweißperlen wie winzige Wasserfälle von Leonidas' Stirn, Anzeichen für etwas, von dem Kat dachte, es könnte ein unterdrückter innerer Konflikt sein.

Sie fand nie heraus, ob Leonidas sie erschossen hätte oder nicht. Kat fühlte, wie sie vorwärts auf den Boden stürzte, und als sie aufsah, erfasste ihr verschleierter Blick Rex, der über sie hinwegflog. Der Hund hatte Becca von Kat hinuntergestoßen und stürzte jetzt auf Leonidas zu. Kat sah, wie Rex den Bogenschützen zu Boden warf, und Leonidas' Pfeil schwirrte auf einer ziellosen Flugbahn aus seinem Bogen.

Kat erkannte, dass der Zeitpunkt ihrer Flucht gekommen war, stieß Becca ihren Ellenbogen ins Gesicht, trat sich frei und ergriff ihr rot leuchtendes Schwert, das neben ihr auf dem Boden lag, woraufhin sie Becca, die sich gerade aufrappelte, einen Schlag vor die Brust versetzte. Beccas gesamter Körper ging in Flammen auf, doch wegen der Verletzung ihres Mundes konnte sie nicht einmal vor Schmerz schreien. Kat kniff angewidert die Augen zusammen, während Becca mit den Armen ruderte und verzweifelt versuchte, der Flammenhölle zu entkommen, die ihren gesamten Körper umschloss, bis sie sich schließlich dem Unausweichlichen ergab und auf dem steinernen Hof zusammenbrach – jedoch nicht, bevor sie einen kleinen Steinknopf auf dem Boden gedrückt hatte, der Kat zuvor nicht aufgefallen war.

Kat wusste, was geschah, nachdem Becca einen Knopf drückte. Sie warf Leonidas einen Blick zu, der in einem Schockzustand gefangen zu sein schien, weil sein Partner ihn gerade praktisch betrogen hatte. Selbst Rex spitzte die Ohren. Seine tierischen Instinkte nahmen etwas Fürchterliches wahr.

Die ganze Welt schien in einer Mischung aus Licht, Lärm und Hitze zu versinken, als die TNT-Falle, die unter den Steinblöcken des Hofes verborgen war, ausgelöst wurde. Kat bedeckte ihren Kopf mit den Armen und fühlte, wie ihr die Rüstung von der schieren Gewalt der Explosion vollständig vom Körper gerissen wurde. Das Gefühl, emporzufliegen, überwältigte Kats sämtliche Sinne, doch sie zwang sich, die Augen zu öffnen, um die Szene um sich herum zu erkennen.

Beccas verkohlte Leiche wirbelte durch die Luft und spie Gegenstände aus wie Blut. Leonidas war nicht mehr in der Welt, die nur noch aus weißen Säulen reiner Energie bestand.

Dann, ganz plötzlich, verschwanden die weißen Säulen, und Kat befand sich Hunderte Meter in der Luft, die Arme von Brandwunden übersät. Sie blickte nach unten und sah das riesige schwarze Loch, das die Explosion in der Mitte des Schlachtfelds aufgerissen hatte.

Als ihr Fall begann, kamen ihr zwei letzte Gedanken in den Sinn: Becca ist tot ... und Leonidas ...

Dann schlug Kats Kopf auf der Erde auf, und ihre Gedanken brachen ab.

KAPITEL 28

DAS GRÖSSTE OPFER

Stan hatte zwei Drittel des Weges zum Fuß der Burg zurückgelegt, als eine gigantische Explosion das Zentrum des Schlachtfelds erschütterte. Er verfluchte sich selbst dafür, dass er so lange brauchte, den König zu stellen. Das war nicht ganz seine Schuld. Als Jayden von dem Griefer in der Skimaske, der den verrückten Steve getötet hatte, zusammen mit zwei seiner Schergen überfallen worden war, hätte Stan wirklich weitergehen und Jayden drei gegen einen kämpfen lassen sollen? Jetzt, da einer der Freunde des Griefers durch Jaydens Hand gefallen, der andere einer Wunde von Stans Klinge erlegen und der Griefer selbst Jaydens Gnade überlassen war, hatte Stan das Gefühl, dass die ganze Angelegenheit viel zu lange gedauert hatte.

Als Stan endlich den Lavagraben am Fuße der Burg erreicht hatte, war er zwischenzeitlich von dem Anblick abgelenkt, wie Archie und G sich in hitzigem Kampf mit dem gigantischen Tiermann Minotaurus befanden. Stan machte sich keine Sorgen um sie. Er war sicher, dass sie ihn besiegen könnten. Was ihn etwas irritierte, waren ihre von überwältigendem Zorn erfüllten Mienen. Stan hatte die beiden tatsächlich nur einmal so wütend gesehen: damals in Adorias Dorf, kurz, nachdem Minotaurus Adoria getötet hatte.

Er betete, dass niemand sonst gestorben war, erinnerte

sich daran, dass nur die Erfüllung seiner eigenen Aufgabe das sicherstellen konnte, und holte seine letzte Enderperle hervor. Mit einem übermächtigen Wurf flog die grüne Kugel auf die Brücke der Burg hinauf. Stan schloss die Augen, ließ sich von der reißenden Strömung der Teleportation verschlingen und öffnete die Augen erst wieder, als er feste Ziegel unter den Füßen spürte.

Zu seiner Erleichterung stellte Stan fest, dass er gut gezielt hatte. Jetzt stand er auf der Brücke der Burg des Königs. Das Grün unter ihm war von kleinen, bunten Punkten übersät, die seine kämpfenden Freunde und Feinde waren. Er wusste, was er vorfinden würde, atmete tief durch, versicherte sich ein letztes Mal, dass er bereit war, und wandte sich zum ersten und mit Sicherheit letzten Mal seinem Gegenspieler zu.

Dieser stand am anderen Ende der Brücke und starrte Stan an wie ein Falke, der eine Maus begutachtete. Langsam griff der König nach dem Schwert, das an seiner linken Seite hing, packte den Griff, zog das Schwert und richtete es auf Stan. Stan sah, dass an seiner rechten Seite ein zweites Schwert baumelte, und dass ein Bogen auf seinem Rücken hing. Während die Sonne seine diamantene Brust- und Kopfrüstung glitzern ließ und sein Schwert mit unerschütterlichem Selbstvertrauen auf Stan gerichtet war, ließ König Kev kein Lächeln erkennen, als er Stan mit einem Blick unmissverständlich den ersten Angriff überließ.

Stan hatte das erwartet und griff als Reaktion nach einer der beiden Eisenäxte, die er auf dem Rücken trug. Einen Moment lang zuckten König Kevs Brauen vor Überraschung, dann erstarrten sie wieder in seinem grimmigen Gesichtsausdruck. Stan war nicht überrascht. Hätte der König andere Waffen als die der höchsten Stufe gezückt, wäre er ebenso überrascht gewesen.

Stan behielt seinen Plan im Kopf, erwiderte den Blick des Königs einige Momente lang, und die gnadenlosen blauen

Augen beseitigten jeden Zweifel, den er an dem bevorstehenden Kampf gehabt hatte. Dann bahnten sich die Schicksale Adorias, des verrückten Steve und so vieler anderer ihren Weg aus seiner Kehle und formten sich zu seinem Kriegsschrei, während Stan auf den König zustürmte.

König Kevs ausdruckslose Miene verwandelte sich in den Anflug eines Lächelns über Stans scheinbare Torheit, ihn direkt anzugreifen, doch Stan hatte einen Plan. Einige Blöcke, bevor er in Reichweite des Schwertes des Königs gelangen würde, schleuderte Stan die Eisenaxt mit voller Kraft auf den König. Der König hatte das ganz offensichtlich nicht erwartet, schaffte es aber, mit einem Sprung und einer Rolle seitwärts auszuweichen. Sein Diamantschwert fuhr gerade noch rechtzeitig empor, um die Diamantklinge der Axt zu parieren, die Stan aus seinem Inventar geholt hatte.

Der König stieß mit dem Schwert nach oben, fand wieder Halt, überließ jedoch noch immer Stan die Offensive, die dieser mit Genuss führte. Es wurde jedoch sehr schnell offensichtlich, dass König Kevs Schwertkampfkünste alles überstiegen, was Stan jemals gesehen hatte, selbst alles, was ihm DZ je hätte zeigen können. Inmitten des Kampfes seines Lebens war Stan in bester Form, und doch schien der König nur mit ihm zu spielen. Seine Klinge sirrte fließend durch die Luft, als könne er die Bewegungen von Stans Axt vorhersehen.

Stan spürte, dass ihn seine momentane Taktik nicht ans Ziel bringen würde, also probierte er eine neue, wich zur Seite aus und rammte den hölzernen Schaft seiner Axt gegen König Kevs Brust in der Hoffnung, ihn von der Brücke nach unten in den Tod zu stürzen. Der Aufprall von Holz auf Diamant durchfuhr den König als vibrierende Schockwelle. Die unvorhergesehene Attacke hatte ihn kurzfristig benommen gemacht, doch das hielt nicht lange vor. Als Stan ihn über den Rand stoßen wollte, legte König Kev die

Hand auf eine der Mauern, und in einer Demonstration unglaublicher Stärke stieß er sich mit der Hand ab und flog in die Luft.

Mit ungewöhnlicher Beweglichkeit brachte König Kev seinen Bogen in Position und feuerte fünf Pfeile in schneller Folge auf Stan ab. Der König war offensichtlich auch ein außergewöhnlicher Bogenschütze, denn obwohl er sich mitten in der Luft befand, trafen die Pfeile Stan und prallten von seiner Rüstung ab. Als der König wieder auf dem Boden landete, war seine Miene von frisch entfachtem Zorn verzerrt. Er verlor keine Zeit und griff an.

Stan konnte nichts dagegen ausrichten. Der König kämpfte nun mit einer Schwerttechnik, die Stan noch nie zuvor gesehen hatte, und trotz seiner Versuche, dauerte es weniger als zehn Sekunden, bis Stans Axt weit außerhalb seiner Reichweite lag, nachdem sie über den Stein geschlittert war und weniger als einen Block vor dem Rand der Brücke liegen blieb.

Stan konnte kaum atmen. Seine Brust bewegte sich, jedoch nur schwach, weil sie von König Kevs Fuß zusammengedrückt wurde. Stan konnte nicht klar denken. Sein Geist war zwiegespalten. Einerseits brach er über seinen bevorstehenden Untergang in Panik aus, und gleichzeitig mühte er sich, einen Plan zu entwerfen, um diesem grausamen Schicksal zu entkommen.

„Ich mag Leute nicht, die versuchen, mich zu töten, Stan", sagte der König mit vor Wut zitternder Stimme, und Stan wurde bewusst, dass der König zum ersten Mal direkt mit ihm sprach. Seine Stimme war viel tiefer und bedrohlicher, als sie während der Verkündung geklungen hatte. „Ich finde sie recht unangenehm, verstehst du? Die Sorte Mensch, die Probleme verursacht. Die Sorte Mensch …", hier wurde seine Stimme stahlhart, sein Gesicht hässlich vor Hass, „… die ich nicht in meinem Königreich will."

Der König rammte sein Knie in Stans Brust. Der Druck

schien sich zu verzehnfachen. Nun hoffte er halb, dass der König ihn bald töten würde, bevor seine Organe versagten. Es schien, als würde ihm sein Wunsch erfüllt. Der König zog seinen Bogen und legte einen Pfeil an. In dem verzweifelten Wunsch, kämpfend zu sterben, zielte Stan mit einem letzten trotzigen Schlag auf das Gesicht des Königs. So schwach er auch war, musste der König doch den Kopf zur Seite bewegen, um ihm auszuweichen. Mit einem Blick, der mehr aussagte, als jede Beleidigung es je gekonnt hätte, spannte König Kev die Sehne. Stan schloss die Augen.

Als sich das Gewicht von seiner Brust hob, wusste Stan, dass es vorbei war. Der Pfeil war in seine Schläfe eingedrungen, und er war so gestorben wie der verrückte Steve. Aber es war schon seltsam, dachte er – er hatte gar nichts gespürt.

Stan öffnete die Augen und sah überrascht, dass er in Wahrheit nicht tot war. Er konnte sehen, wie König Kevs Körper rücklings von ihm fortgeschleudert wurde und sein Diamanthelm neben ihm entlangwirbelte. Aber durch welche Macht? Stan blickte hoch, und sein erster Gedanke war, dass der Druck auf seine Organe sein Denken beeinträchtigt haben musste, denn was er sah, konnte nicht stimmen.

Die Gestalt, die über ihm stand und Stans Axt in Angriffshaltung führte, war tot. Stan hatte ihn sterben sehen. Und wäre er am Leben gewesen, wäre er niemals hier oder hätte Stans Leben gerettet.

Doch als Stan wieder völlig klar sehen konnte, erkannte er, dass diese Wahrheit, die allen anderen Wahrheiten widersprach, richtig war, und dass Mr. As gerüstete Gestalt sich tatsächlich zu ihm herabbeugte und Stan beim Aufstehen half.

„Alles in Ordnung, Stan?", fragte der Griefer, und Stan hörte echte Sorge in seiner Stimme.

Er war sicher, dass etwas nicht stimmte, also antwortete Stan nur zögerlich mit „Ja", ergriff Mr. As Hand und ließ sich wieder auf die Füße ziehen.

„Hier ist deine Axt", sagte Mr. A und hielt sie Stan entgegen, der sie dankbar, aber misstrauisch entgegennahm. Ein kleines „Wa…" kam über Stans Lippen, bevor Mr. A ihn unterbrach.

„Stan, ich bin sicher, dass du eine Million Fragen hast, und ich würde dich einen Idioten nennen, wenn du mir gerade jetzt völlig vertrauen würdest, aber es gibt zwei Dinge, die du wissen musst. Erstens: Ich werde dir nicht wehtun. Zweitens: Ich werde dir helfen, den König zu töten. Alles andere erkläre ich dir später."

Tatsächlich explodierten in Stans Gedanken Fragen wie die nach TNT, aber er konzentrierte sich auf König Kev, der keine Zeit verloren hatte, um wieder Halt zu finden und seinen Helm zu ergreifen, und der Mr. A nun mit überraschter Wut anblickte. Stan beschloss, den Dingen ihren Lauf zu lassen, und vertraute darauf, dass er innerhalb der nächsten paar Minuten alles verstehen würde.

„Wer bist du? Was machst du hier?", blaffte der König.

Mr. A grinste. „Erkennst mich wohl nicht, was, Kev, alter Junge?", antwortete er.

Die Augen des Königs wurden größer, sein Mund öffnete sich, und er umschloss sein Schwert fester. Offensichtlich bereitete etwas an diesem Satz dem König Unbehagen.

„Diese … Stimme …", sagte der König und wurde blass, als habe er einen Geist gesehen. „Ist das … bist du … bist du es wirklich, Avery?"

„Was denn, freust du dich nicht, mich zu sehen, Kev?", fragte Mr. A. „Schon gut. Das würde ich auch nicht."

Stans Gedanken überschlugen sich und versuchten zu verarbeiten, was er gerade gehört hatte. Hatte der König Mr. A gerade „Avery" genannt? Aber dann … das konnte doch nicht heißen …?

405

„Wie kommst du hierher, Avery?", fragte der König, die Angst in seiner Stimme fast greifbar. „Du bist tot. Ich habe dich getötet. Es ist *unmöglich*, dass du lebst."

„Ich … habe in etwa dieselben Gedanken, Mr. A", antwortete Stan mit zitternder Stimme. „Was ich sagen will, ist, wie kannst du noch am Leben sein? Und warum …", Stans Kopf schmerzte dabei, es auch nur auszusprechen, „… nennt er dich dauernd Avery?"

„Ich bin sicher, dass ihr beide eine Menge Fragen habt. Bevor ich dich töte, Kev …", dabei kicherte er leise, und König Kev zitterte vor Wut, „… fasse ich mein Leben kurz zusammen, was vermutlich alle Fragen aus dem Weg räumen sollte, die ihr beide haben könntet.

Nachdem du mich getötet hast, Kev, war ich nicht in der Lage, je wieder nach Elementia zurückzukehren. Ich war todunglücklich. Ich hatte hier so viel erreicht, und es war einfach weg. Ich hatte beschlossen, dass es meine Pflicht war, alles Mögliche zu tun, um dafür zu sorgen, dass das, was mir geschehen war, niemandem hier je wieder zustoßen würde. Also erstellte ich einen neuen Account und trat Elementia wieder unter dem Namen Adam711 bei, einem Namen, der dem ähnelte, als der ich mich immer in Wahrheit fühlte, Avery007.

Ich habe Minecraft von Anfang an gespielt, all meine nötigen Ressourcen gesammelt und mich schließlich zu dem Krieger gemacht, der ich war, als du mich getötet hast, Kev. Aber das war nicht genug. Ich wollte dich so verzweifelt stürzen. Ich erfuhr schon bald von einer Siedlung von Spielern, die du verbannt hattest, Kev, die im südlichen Tundrabiom lebten. Ich wusste, wenn es einen Ort gab, an dem ich eine Armee aufstellen konnte, um dich zu vernichten, wäre er dort, da Adorias Dorf zu diesem Zeitpunkt noch in den Anfängen steckte.

Ich kam in der Siedlung an, und es war ein einziges Elend. In der verschneiten Wüste der Tundra gab es keine Bäume, kaum Tiere, und diese armen Spieler kämpften ums nackte Überleben. Die Siedlung ist inzwischen vermutlich eingegangen, nicht, dass dich das stören würde, Kev, aber zu diesem Zeitpunkt war ich sicher, dass sie sich mir und meinem Plan anschließen würden. Das taten sie jedoch nicht.

Sie mussten nach so langer Zeit, in der sie in Armut gelebt hatten, ausgesprochen paranoid geworden sein, denn in dem Moment, in dem ich versuchte, sie meiner Rebellion anzuschließen, erschlugen sie mich mit ihren Steinwerkzeugen und nannten mich ein gefährliches Monster und sagten, sie könnten es sich nicht leisten, sich mit mir herumzuscheren. Und so starb Adam711 ganz plötzlich so wie Avery007. Ich wurde finster und entstellt. So wie du es jetzt bist, Kev. In der Tat begannen meine Gedanken, finstere Kreise zu ziehen, und schließlich redete ich mir ein, dass die niedrigleveligen Spieler des Spiels, die sich meinem Plan nicht anschlossen – der in ihren Ohren ehrlich gesagt irrsinnig geklungen haben muss – für den Niedergang des Servers verantwortlich waren, der bis heute anhält. Jetzt weiß ich, dass das deine Schuld ist, Kev. Aber zu diesem Zeitpunkt war ich an einem dunklen Ort in meinen Gedanken angekommen. Entschlossen, Rache zu üben, trat ich dem Spiel ein drittes Mal bei, diesmal mit meinem momentanen Körper und Namen, Mr. A.

Nicht lange, nachdem ich wieder beigetreten war, traf ich dich zum ersten Mal, Stan. Ich hatte schon einige neue Spieler getötet, und das Goldschwert war die beste Waffe, die ich gefunden hatte. Ich bereue all diese Taten nun zutiefst, und mir ist klar, dass nichts in dieser Welt schlimmer ist, als Unschuldige anzugreifen. Aber ungeachtet dessen seid ihr drei mir entkommen. Da ihr die Ersten wart, die das geschafft hatten, konnte ich mir nichts mehr wünschen als deinen Tod und den von Kat und Charlie. Wie du weißt, habe ich euch gejagt, mir bessere Materialien beschafft, während ihr dasselbe tatet, und alles endete in dem Moment, als du mich in die Lavagrube am Endportal gestoßen hast.

Ich glaubte, und weiß jetzt, dass du das auch angenommen hattest, ich wäre in der brennenden Grube gestorben. Das wäre ich auch, wäre da nicht der Trank der Feuerresistenz in meinem Inventar gewesen. Als ich dort unter der Lava lag, hörte ich, was du sagtest, Stan. Ich danke dir für deine Worte, denn danach bin ich wieder zur Besinnung gekommen. Zum ersten Mal seit meiner Wiedergeburt als Mr. A wurde mir klar, wie entsetzlich korrupt ich geworden war, und ich hasste mich dafür. Ich erkannte, dass ich meine Taten nur wiedergutmachen konnte, indem ich dir half. Du hattest mir gesagt, dass du vorhattest, Kev zu stürzen, und ich schwor an Ort und Stelle, dass ich alles Nötige tun würde, um dir zu helfen. Er ist der Korrupte. Er ist der Grund für meinen Tod. Er ist der Grund für den Tod aller anderen.

Und so bin ich jetzt hier, um dich zu töten, Kev", beendete Mr. A – oder Avery – seine Rede. Sein Lächeln war fast amüsiert. Stan war ungläubig, doch als er darüber nachdachte und in Gedanken alle Teile der Geschichte zusammenfügte, ergab alles einen Sinn. Mr. A war nicht mit Avery007 befreundet gewesen – er *war* Avery007.

König Kev hatte sich während Averys gesamter Rede nicht bewegt, doch jetzt zeigte sein Gesicht offene Angst davor, dass sein einst bester Freund, jetzt sein Feind, nicht nur einmal, sondern zweimal aus dem Grab zurückgekehrt war. Dann, langsam, breitete sich eine Art seltsames Lächeln auf König Kevs Gesicht aus.

„Nun gut. Wenn du ein Duell willst, Avery, komme ich deinem Wunsch nur zu gern nach", sagte er langsam, und seine Stimme klang drohend. „Aber ich erinnere dich daran … Ich habe dich einmal geschlagen, und du kannst sicher sein, dass ich es wieder tun werde."

„Ich glaube, die fehlenden Operatorrechte werden diesmal einen Unterschied machen, meinst du nicht, Stan?", antwortete Avery und sah zu Stan hinüber, der mit einem zuversichtlichen Grinsen antwortete. Avery bereute seine Angriffe auf Spieler mit niedrigen Leveln tatsächlich, und er hatte gerade Stans Leben gerettet, also fühlte Stan sich dabei sicher, ihm zu trauen. Er schaute zum König hinüber und sah etwas, das er nur als Eifer bezeichnen konnte, über sein Gesicht huschen, während Avery sein Diamantschwert zog. Als Reaktion zog König Kev mit seiner linken Hand ein zweites Diamantschwert.

Avery stürzte vor, um den König von einer Seite zu bekämpfen, und Stan griff schnell von der anderen an. Die vier Klingen prallten gegeneinander, aber ganz offensichtlich schlossen König Kevs Schwertkampfkünste auch das Führen von zwei Schwertern ein. Stan kämpfte so erbittert, wie er nur konnte, aber der König schien mit der linken Hand so gut wie mit der rechten kämpfen zu können, obwohl er die rechte benutzte, um gegen Avery zu kämpfen. Schon bald wich der König rückwärts aus und stieß das Schwert auf Stans Brust. Die Spitze prallte von seiner Rüstung ab, aber der Aufprall schleuderte Stan zurück, und er rutschte vom König fort, der sein Schwert wegsteckte und Avery mit nur einem Schwert bekämpfte.

Stan versuchte gar nicht erst, erneut in den Kampf einzutreten, denn dies war eine Ebene des Schwertkampfes, die er nicht für möglich gehalten hatte. In seiner ganzen Zeit in Elementia war er sicher gewesen, die besten Schwertkämpfer im Land gesehen zu haben, aber während er König Kev und Avery zusah, deren Klingen in ihrem gefährlichen Tanz aufeinandertrafen, wusste er, dass keiner von ihnen sich zurückhielt, und dass er nie auch nur annähernd so gut kämpfen können würde wie diese beiden Spieler.

„Was … ist los", keuchte Avery, während die Schwerter weiter aufeinanderprallten. Seine Stimme war spöttisch.

409

„Wirst du … müde … Kev … alter Junge?", fügte er mit leicht amüsiertem Grinsen hinzu.

Tatsächlich schienen beide Kämpfer zu ermüden, nachdem sie eine Minute lang mit vollem Einsatz gekämpft hatten. Das Gesicht des Königs war rot und vor Anstrengung verzerrt, und Avery schwitzte Wasserfälle. Dennoch fand Avery den Atem, den König weiter zu verspotten.

„Gar nicht … so leicht … ohne … Operatorrechte … was … Kev?", rief Avery, und beim letzten Wort erfasste Averys Schwertspitze das Heft des Schwertes des Königs, und das Schwert wirbelte durch die Luft und über den Rand der Brücke. Die Verzweiflung im Gesicht des Königs war nun offensichtlich, und er griff nach dem Schwert an seiner Seite, doch Averys Klinge hatte es schon mit einem schnellen Hieb von dort abgeschnitten, sodass der König nun völlig hilflos war und auf die längliche, scharfe Spitze von Averys Diamantschwert hinabblickte.

„Letzte Worte, Kev?", keuchte Avery, und auf seinem Gesicht breitete sich ein triumphierendes Lächeln aus.

Statt zu antworten, trat der König blitzschnell in Aktion. Er sprang rückwärts, zog ein verborgenes Schwert aus seinem Inventar und griff an. Avery grinste, und Stan verstand nicht, warum König Kev ein so riskantes Manöver versuchen sollte. Avery hatte die Oberhand. Was wollte er damit erreichen? Aber als das Schwert vorwärts schwang, wurde Stan voller Entsetzen klar, dass der Glanz der Diamantklinge, der durch die gleißende Sonne schwer zu erkennen war, dem König einen Überraschungsvorteil verschaffte.

„Avery, pass auf! Das Schwert ist …"

Aber es war zu spät. Die Rückstoß-Verzauberung der leuchtenden Waffe setzte eine Schockwelle frei, als König Kev sie schwang, eine Schockwelle, die Avery mit dumpfer Wucht auf die Brust traf. Als Avery rückwärts stolperte, fiel er plötzlich sehr schnell in Richtung des Randes der

Brücke, während der König eine weitere schnelle Angriffs-folge auf ihn niederprasseln ließ. Am äußersten Rand der Brücke schleuderte ein Aufwärtshaken Avery gewaltsam in die Luft, und weniger als eine Sekunde später hatte der König sein Schwert weggesteckt, seinen Bogen gespannt und einen Pfeil in Averys Kopf geschossen.

Stan rannte zum Rand der Brücke und blieb dort starr vor Schreck stehen, während Avery von der Brücke stürzte und seine Gegenstände um ihn herum fielen. Stan konnte bis zum Schluss nicht wegsehen, und der Schluss war er-reicht, als der Körper von Mr. A, der früher als Adam711 und Avery007 bekannt gewesen war, verschwand, noch bevor er in den Lavagraben unter sich fallen konnte.

Stan fühlte sich, als wäre ihm ein großer Teil seiner selbst entrissen worden. Er konnte nicht aufhören, auf den Punkt zu starren, wo die Gestalt Averys, seines gefährlichsten Gegenspielers, der zu seinem tapferen Unterstützer ge-worden war, gerade zum dritten Mal aus Elementia ver-schwunden war. Dann wurde Stans Blick gewaltsam von diesem Fleck gerissen, als eine unsichtbare Macht ihn zur Mitte der Brücke schleuderte. Stan blickte auf und sah, wie König Kev auf ihn zustürmte. Er hielt sein Schwert in der Hand und sah so wild aus wie Rex, als er am ersten Tag mit der Absicht, Stan die Kehle aufzureißen, aus dem Wald gestürmt war.

Das Schwert des Königs wirbelte noch zweimal in sei-ner Hand, und zwei weitere überwältigende Energieblitze trafen Stan, sodass er über die Brücke rollte. Vor Schmerz konnte Stan kaum aufblicken und das pulsierende violette Gesicht des Königs sehen, der über ihm stand und auf ihn hinabstarrte.

„Erwarte keinen so gnadenvollen Tod wie den, den ich Avery geschenkt habe", flüsterte der König mit einer Stim-me, die den Tod aushauchte, und Stan wurde von einem weiteren Aufwärtsstoß in die Luft geschleudert. Einen Moment später wurde ihm wie von einem Schlag die Luft aus den Lungen gedrückt, und Stan fühlte, wie eine quälende Flamme seinen Rücken versengte. Der König hatte mitten in der Luft eine Feuerkugel auf ihn geworfen. Stan fiel wieder zu Boden und spürte, wie seine Beine brachen. Das war ein neuer Schmerz, schlimmer als alles, von dem Stan gewusst hatte, dass es möglich war, und der Vorgang wiederholte sich noch zweimal und wurde von dem grausamen, sadistischen Lachen des Königs begleitet.

Stan konnte seine Augen nicht öffnen. Er konnte nichts sehen. Er konnte nichts fühlen. Ihm wurde bewusst, dass in weiter Ferne ein Kampf stattfand, aber er wusste nur, wie sehr er sterben wollte. Es konnte sicherlich nichts Schlimmeres im Universum geben – der entsetzliche Schmerz, das Brennen seines Versagens und die schiere Hilflosigkeit, dem bösen König völlig ausgeliefert zu sein.

Dann, ganz plötzlich, verschwand der Schmerz. Zum zweiten Mal innerhalb von fünf Minuten war Stan sicher, gestorben zu sein. Er öffnete die Augen und stellte zu seiner völligen Überraschung fest, dass er noch lebte und mit dem Gesicht nach unten auf den Steinblöcken lag. Ein unverwechselbarer Geruch lag in der Luft, den Stan als den eines Tranks der Heilung erkannte. Stan hörte eine Stimme, die er nicht erkannte, mit unglaublicher Kraft rufen: „Oh nein, das wirst du nicht!"

Stan stützte sich auf die Ellbogen und sah mit Erstaunen, dass er den Besitzer der Stimme kannte, aber noch nie gehört hatte, dass dieser Spieler die Stimme erhob. Stan sah voller Ehrfurcht zu, wie der König, der sich die Augen hielt, geblendet rückwärts taumelte, während der Apotheker mehr und mehr Tränke von seinem Gürtel zog und sie direkt auf den König schleuderte. Umgeben von einer Wolke aus Giftgas und von Tränken aller Schattierungen gefärbt konnte der König den Apotheker nicht sehen, als der eine Diamantspitzhacke von seinem Gürtel zog und sich anschickte, sie König Kev in den Bauch zu stoßen. Offensichtlich hatten das Gas und die Tränke den König jedoch nicht völlig handlungsunfähig gemacht, denn er war noch reaktionsfähig genug, sein Schwert zu einer schwachen Parade zu heben. Der Schlag ließ den König zurückstolpern, und seine panischen Schwerthiebe sandten wilde Schockwellen aus, die alle Angreifer abwehren sollten, während er sein Augenlicht zurückerlangte.

Der Apotheker war zu klug, in die rasenden Attacken des Königs zu laufen, und rannte stattdessen zu Stan, um ihm auf die Beine zu helfen. „Alles in Ordnung?", fragte er.

„Ja, mir geht es gut", antwortete Stan. „Danke, dass Sie mich gerettet haben. Aber was machen Sie hier oben?"

„Nun", antwortete der alte Spieler, „auf dem Schlachtfeld hat man mich nicht sehr gebraucht. Es wird dich sicher freuen, zu hören, dass wir angefangen haben, die Truppen des Königs zurückzudrängen. Aber als ich zur Brücke hochsah, habe ich gesehen, wie eine Leiche herunterfiel! Also dachte ich mir, ich sollte hier hinaufkommen und nachsehen, was passiert ist. Aber ihr lebt beide noch! Wer war das, der gerade getötet worden ist?"

„Das war Avery007", antwortete Stan schnell, und er spürte, dass der König wieder auf den Beinen war und sein Schwert zückte, „aber ..."

„Was?", rief der Apotheker und wirkte erschüttert. „Avery? Aber er ist tot! Er hat ihn getötet!" Und er deutete mit dem Daumen auf den König, der nun rasend vor Wut Stan und den Apotheker anstarrte.

„Hören Sie, das ist eine lange Geschichte, und ich erkläre spä... Oh Gott!", rief Stan, während er die Axt hob, um den Schwerthieb zu parieren, den der König gerade gegen seinen Schädel führte. Stan fühlte, wie die Schockwelle über seinen Kopf brandete und ihm das Haar zerzauste, und der Apotheker warf einen blauen Trank in König Kevs Gesicht. Der König taumelte mit schmerzverzerrter Miene zurück, und Stan stieß ihn mit dem Schaft seiner Axt vor die Brust.

Stan und der Apotheker sahen einander an und schienen eine Übereinkunft zu treffen. Sie würden weiterreden, sobald sie den König erledigt hatten. Es war ihr Glück, dachte Stan, dass Avery den König im Kampf geschwächt hatte, sonst würde er eine viel stärkere Gegenwehr aufbieten. In der Tat schien der König alle Hoffnung aufgegeben zu haben, die beiden Spieler zu besiegen, die ihn über die Brücke zurücktrieben. Ein Trank nach dem anderen und Axthieb um Axthieb prallte gegen den Diamantbrustpanzer des Königs, der endlich Risse zeigte. An einem Punkt ließ der König sein Schwert fallen, und Stan griff es sich dankbar. Dank der Rückstoß-Verzauberung des Schwertes dauerte es nur wenige Momente, bis die Schockwellen und werfbaren Tränke den König in den hohlen Turm an der rechten Seite der Brücke gestoßen hatten.

Als der schlaffe Körper des Königs gegen die Wand prallte, griff er nach einem von zwei Hebeln auf den Steinziegelblöcken neben ihm und legte den Hebel nach unten um. Sofort durchflutete Licht den Turm, und um den Turm herum öffneten sich Wehrgänge, die perfekte Scharfschützenposten für Bogenschützen darstellten. Der König beachtete das gar nicht. Sein Gesicht war verzerrt vor lauter Erwartung dessen, von dem er wusste, dass es auf ihn zukommen würde. König Kev hatte keine Waffe und keine Energie mehr. Er stand gegen zwei Spieler mit dem Rücken zur Wand, von denen einer mit Tränken und der andere mit seinem eigenen Schwert bewaffnet war. Sein Schicksal war nun unausweichlich.

„Tu es, Stan", sagte der Apotheker finster, und als Stan in das entsetzte Gesicht und die zusammengekniffenen Augen des Spielers blickte, an dessen Händen das Blut so vieler Unschuldiger klebte, wollte Stan es tun. Oh, er wollte es so sehr tun. Es würde ihn nur eine leichte Bewegung kosten, das eigene Schwert des Königs durch seinen Brustpanzer und seinen Körper zu stoßen und damit seiner Schreckensherrschaft auf dem Server für immer ein Ende zu bereiten. Stan hob das Schwert.

Dann war Stan verschwunden. Er war nicht mehr im Turm mit König Kev und dem Apotheker. Er stand in der Enderwüste, neben Charlie, Bill, Bob, Rex, Lemon, der weinenden Kat, der tröstenden Schulter von Ben und dem Leichnam des königlichen Soldaten mit dem Kuh-Skin, der tot neben ihnen lag. Der Schmerz, den Stan verspürt hatte, als seine Freundin einen unbewaffneten Spieler ermordet hatte, überkam ihn wie eine Flutwelle, und er erinnerte sich an seinen Schwur, nie wieder einen unbewaffneten Spieler zu töten.

Hier stand er nun mit erhobenem Schwert über König Kevs Körper, der wehrlos wie ein neugeborenes Kind war und das Gesicht in Erwartung des Todesstoßes, der folgen sollte, zusammengekniffen hatte.

„Du musst es tun, Stan", erklang hinter ihm die Stimme des Apothekers, traurig und mitfühlend, aber auch drängend. Stan hob das Schwert noch höher. Natürlich musste er es. Das war seine Pflicht, und der König hatte es verdient. Das könnte seine letzte Chance sein. Und dennoch …

Ohne Vorwarnung riss der König die Augen auf, und seine Augäpfel traten hervor. Dann passierten mehrere Dinge gleichzeitig, die so schnell geschahen und so sinnlos waren, dass Stan das Geschehen um ihn herum kaum verstand.

Der König spannte den Bogen, den sie nicht beachtet hatten, und feuerte ihn ab. Nicht auf Stan oder den Apotheker, sondern zwischen ihnen hindurch. Obwohl der Schuss keinen von ihnen treffen sollte, reichte die plötzliche Bewegung aus, um Stan so sehr zu erschrecken, dass er das Schwert fallen ließ – direkt in die ausgestreckten

415

Hände des Königs. Der König schwang das Schwert, und es sonderte eine Schockwelle ab, die gegen Stan und den Apotheker prallte und sie von den Beinen riss. Dann zog der König kräftig den zweiten Hebel an der Wand, drehte das Diamantschwert in seiner Hand so, dass es auf ihn selbst gerichtet war, und bohrte das Schwert durch seine zersprungene Diamantrüstung in seine eigene Brust.

Der Schock war wie ein Schlag in Stans Gesicht, als der Körper des Königs von der Schockwelle seines eigenen Selbstmordes zurückgeschleudert wurde, gegen die Steinziegelmauer prallte und schließlich schlaff zu Boden sackte. *Wie kann das sein?*, dachte Stan, dessen Instinkt in seinem ganzen Körper Alarmglocken schrillen ließ, denn das konnte einfach nicht stimmen. *Warum sollte der König sich selbst das Leben nehmen?* Das war überhaupt nicht Teil des Plans. Sie hatten das noch nicht einmal als mögliches Ergebnis in Betracht gezogen! Und doch lag der König dort, ein lebloser Körper, dessen Gegenstände um seine Leiche herum auf dem Boden lagen und bewiesen, dass es kein Trick war; es war kein Blendwerk. König Kev war durch seine eigene Hand gestorben.

Stan blickte zum Apotheker hinüber, um zu sehen, wie der auf diese unglaubliche Wendung reagierte. Aber statt auf den sich nun auflösenden Körper von König Kev zu starren, ruhte der entsetzte Blick des alten Spielers auf dem Hebel, den der König als seine letzte Handlung in Elementia gezogen hatte. Stan hörte das Donnern, und einen Moment später wurde ihm klar, was der Hebel getan haben musste.

Das Wort „LAUF!" war kaum über seine Lippen gekommen, als der Turm explodierte.

Stan blickte dem Apotheker in die Augen, solange er noch konnte, aber die Explosionen, die die Luft um ihn herum erfüllten, warfen ihn mit enormer Wucht zurück. Das Letzte, was er von seinem greisen Freund sah, waren die

Gegenstände, die in einem Ring aus seinem Körper hervorbarsten und sich zusammen mit seiner Leiche im Inferno der Explosion auflösten.

Stan nahm das Klirren wahr, als er durch das Glasfenster des Turms geschleudert wurde, und wusste, dass er stürzte und die Explosionen ihm nach unten folgten. Als Stan schließlich wieder die Augen öffnete, stellte er mit Erstaunen fest, dass er am Leben war und nur wenige Verletzungen durch die Explosion davongetragen hatte. Seine Diamantrüstung dagegen war vollständig weggesprengt worden. Aber das war egal. Stan sah nach unten und erkannte, dass er direkt auf den Lavagraben des Königs zufiel.

Die Explosionen hinter Stan schienen das gesamte Gebäude zu zerstören, das wie eine Lawine in sich zusammenstürzte, direkt über Stans fallendem Körper. Als er sich der Lava näherte, war sein Geist von einem einzigen Gedanken erfüllt. *König Kev ist tot. Mein Werk in Elementia ist vollbracht.*

Den Bruchteil einer Sekunde, bevor er in die Lava eintauchte, konnte Stan ihre Hitze spüren.

KAPITEL 29

DER LETZTE VERLUST

Charlie sah sich zufrieden um. Wohin auch immer er blickte, ergriffen die Mitglieder der Armee des Königs die Flucht aus dem Hof und versuchten verzweifelt, ihr Leben zu retten, während Adorias Truppen mehr und mehr der wichtigsten Kommandozentralen übernahmen. Adorias Miliz hatte so gut wie gewonnen. Die Leichen der Soldaten von Elementia pflasterten den Boden, und viele weitere Unbewaffnete wurden unter Drohung mit dem Schwert in einem zusammengeschusterten Auffanglager festgehalten, das die Truppen aus Adorias Dorf auf dem Schlachtfeld errichtet hatten.

Als seine Männer beim Anblick der fliehenden feindlichen Truppen jubelten, zog Charlie eine Enderperle aus seinem Inventar. „Ihr bleibt hier und haltet nach Nachzüglern Ausschau! Ich gehe und helfe Stan!", rief Charlie. Er hielt die Kugel fest in der Hand und hatte sie gerade auf die Brücke geworfen, als er eine Explosion hörte.

Charlie fuhr herum und sah mit Entsetzen, dass die Spitze des rechten Turms in einem Schwall aus Stein und Feuer explodiert war, dann folgte eine weitere Detonation direkt darunter. Dann starrte Charlie plötzlich Stein an. Der Effekt der Enderperle war eingetreten, und er stand nun auf der Steinbrücke der Burg. Charlie sah hoch und sprintete zum Rand der zerbrochenen Brücke. Er sah schockiert nach unten, während die Explosionen sich weiter nach unten fortsetzten, bis der Turm der Burg aufhörte zu existieren und sein Fundament von einem Lavasee überflutet wurde.

„Char…lie…"

Charlie fürchtete, was er sehen würde, wenn er sich zu der Stimme umdrehte, blickte in ihre Richtung und sah mit Grauen den gebrochenen Körper des Apothekers, der inmitten eines Haufens loser Steine lag, umgeben von einem Ring seiner Gegenstände. Als Charlie auf ihn zuraste und ihm mit Verzweiflung klar wurde, dass er keine Tränke mehr hatte, um den alten Spieler zu heilen, fragte er sich, wie es möglich war, dass der Apotheker noch lebte. Um einen Spieler verteilte Gegenstände waren gewöhnlich ein sicheres Zeichen für seinen Tod.

„Ich bin hier, Apotheker, ich bin hier …"

„Stan … König … da …", erklang die heisere Stimme, und dann deutete der Spieler mit einem fast unmerklichen Fingerzeig auf die qualmende Luft, wo noch Augenblicke zuvor der Turm gewesen war. Dann tat der alte Spieler seinen letzten Atemzug.

In der Hoffnung, dass es noch eine Chance für ihn gab, legte Charlie den Körper des alten Spielers über seine Schulter und ging zum Rand der Brücke. Er benutzte die Enderperle, um wieder auf den Boden zu gelangen, und überließ es den Sanitätern, sich um den Apotheker zu kümmern. Sie erklärten ihn sofort für tot, und wie auf ein Zeichen verschwand sein Körper in dem Moment, in dem sie diese Diagnose aussprachen.

Charlie fühlte sich nicht verletzt. Er fühlte zu diesem Zeitpunkt kaum noch etwas. Er hatte gerade die in der Luft hängende Säule aus Rauch und Staub dort gesehen, wo der Turm gestanden hatte, und er wusste, dass Stan und König Kev tot waren. Eine Explosion von dieser Gewalt konnte keiner von beiden überlebt haben. Eigentlich hätte der Apotheker sofort tot sein müssen, und

419

vermutlich waren Stan und der König bereits verletzt gewesen, als die Bomben explodierten. Der Geste des Apothekers zufolge waren beide im Zentrum des Infernos gewesen.

Charlie begann, die Schlacht zu beurteilen, und hielt seine Gedanken in einem Buch fest, das er bei sich hatte. Sie hatten viele große Triumphe errungen. Charlemagne, Geno und Becca waren tot. Man ging davon aus, dass König Kev und Leonidas tot waren. Der Aufenthaltsort von Caesar und Minotaurus war unbekannt. Das bedeutete, dass fünf ihrer sieben Hauptziele höchstwahrscheinlich tot waren, und die anderen beiden würden, da sie Staatsfeinde waren, sicherlich schon bald gefasst werden.

Davon abgesehen war die Hälfte der hundertfünfzig Soldaten von Elementia, die in die Schlacht gezogen waren, tot, fünfzig von ihnen wurden gefangen gehalten, und den übrigen etwa fünfundzwanzig war die Flucht geglückt. Im Großen und Ganzen war die Offensive ein riesiger Erfolg gewesen.

Abgesehen von den Verlusten.

Charlie betrachtete nun alle, die in der Schlacht verwundet worden oder gefallen waren. Auch etwa die Hälfte ihrer Kämpfer war tot, aber von ihren Führungsoffizieren waren nur vier einem düsteren oder ungewissen Schicksal anheimgefallen.

Bob hatte am meisten gelitten. Er lebte zwar noch, doch Caesar hatte ihm ein Schwert durchs Knie gestoßen, und er würde nie wieder laufen können. Charlie erschien das ein fast schlimmeres Schicksal zu sein als der Tod.

Unter Adorias Kommandanten war nur Sally mit Sicherheit tot. Es war abscheulich. Charlie hatte gesehen, wie sie bei Minotaurus' erstem Angriff unter einem Glückstreffer fiel. Es war nicht schön gewesen, und es war nicht leicht gewesen zu wissen, dass das sarkastische und geradeheraus redende Mädchen, das Kat und so vielen anderen den Schwertkampf beigebracht hatte, nun für immer aus Elementia verschwunden war. Und wenn Stan es erfahren würde …

Wenn Stan noch lebte, natürlich. Und die Wahrscheinlichkeit lag bei eins zu einer Million. Charlie war sicher, dass er mit dem König im Turm gewesen war, als er explodierte, und wenn das stimmte, konnte Charlie sich kaum vorstellen, wie Stan hätte überleben können. Hätte die Explosion ihn nicht so wie den Apotheker vernichtet, wäre Stan mit tödlicher Geschwindigkeit auf den Boden geprallt. Selbst wenn er durch unwahrscheinliches Glück den Lavagraben getroffen und nicht sofort durch den Sturz umgekommen wäre, waren Tränke der Feuerresistenz knapp gewesen, und Charlie wusste, dass Stan ohne einen davon verbrannt sein musste. Wenn man all das bedachte, konnte man mit Sicherheit davon ausgehen, dass Stan gestorben war.

So blieb nur noch ein hochrangiger Bewohner von Adorias Dorf. Seit ihrem Kampf mit Becca, seit dem DZ sie nicht mehr gesehen hatte, hatte niemand von Kat etwas gehört oder gesehen. Als sie die ausgebombte TNT-Falle durchsuchten, hatte man ihre Gegenstände nicht gefunden, und so gab es keine Beweise dafür, dass sie sicher tot war.

Als Charlie die Niederschrift des Berichts beendete, sah er, wie sich die anderen Kommandanten von Adoria um ihn sammelten: Jayden, Archie, G, DZ, Blackraven, der Mechaniker, der Bürgermeister von Blackstone sowie Bill und Ben, die Bob mit sich trugen. Charlie vermied es, in ihre verhärmten und verzweifelt schmerzerfüllten Gesichter zu blicken, als er ihnen allen seinen Bericht vorlas. Jeder von ihnen verzog das Gesicht und seufzte schwer, als Stans Tod verkündet wurde, und Charlie sah, dass sie, wie er selbst, zu erschöpft und abgestumpft waren, um den unbegreiflichen Schmerz schon spüren zu können. Dann las er Kats Schicksal vor.

„Moment, soll das heißen, dass wir Kat noch immer nicht gefunden haben?", fragte G erschrocken.

„Noch nicht", erwiderte Charlie. „Wir müssen ..."

„Sie finden, das müssen wir!", brüllte G. Er wirkte auf einmal sehr wütend. „Wenn es auch nur die geringste Chance gibt, dass sie überlebt hat, müssen wir alles Erdenkliche tun, um sie zu finden!"

Jayden, dessen Augen aufgedunsen waren und der Wunden in seinem vom Krieg gezeichneten Gesicht hatte, legte seinem Freund eine Hand auf die Schulter. „G, wir müssen hier einen Abschluss finden, und dann, glaub mir, werden wir alles, was wir haben, in ..."

„Klappe!", entgegnete G und hob die Hand. „Habt ihr das gehört?", fragte er, bevor jemand antworten konnte. „Habt ihr das *gehört*?"

Obwohl viele der Anwesenden im Kreis, besonders Ben, G anschnauzen wollten, er solle sich abregen, horchten sie auf, aus Mitgefühl mit der Verzweiflung, aus der er vielleicht die Stimme seiner verlorenen Angebeteten hörte. Aber in der Stille klang tatsächlich eine heisere Stimme durch die windstille Ruhe des verlassenen Schlachtfelds.

„Hilfe ... Hilfe ..."

Charlie hätte diese Stimme überall wiedererkannt, und er wusste, woher sie kam. Nur G kam vor ihm bei Beccas TNT-Falle an, und ihm wurde klar, dass niemand im Krater selbst nachgesehen hatte. Charlie sah mit Verwunderung zu, wie G sich durch die Blöcke grub und bei dem Vorsprung landete, wo Kat auf der Seite lag. Sie atmete flach und keuchend. G legte ihren Kopf in seinen Schoß und holte einen roten Trank der Heilung aus seinem Inventar. Er goss ihn in ihre Kehle. Ihre Augenlider flatterten und öffneten sich. Auf ihrem Gesicht breitete sich ein Lächeln aus, das G unter Tränen erwiderte.

„Vielleicht solltet ihr den beiden etwas Zeit gönnen", erklang eine Stimme hinter Charlie und den anderen.

Charlie konnte es nicht fassen. Die Stimme, die er hörte, gehörte der anderen Person in Elementia, die er immer und überall erkennen würde. Nur G und Kat, die zu sehr mit ihrem Wiedersehen beschäftigt waren, drehten sich nicht mit den anderen um, in deren Mienen sich die Reaktion auf den Geist abzeichnete, dessen Auferstehung aus dem Grab sie vor sich sahen. Aber es war kein Geist.

Von einer roten Aura umgeben, ohne Rüstung und mit zerfetzten und versengten Kleidern, eine Diamantaxt in der Hand, schritt die triumphierende, grinsende Gestalt von Stan2012 aus dem Licht der nun untergehenden Sonne.

Ein spontaner Jubel brach aus den Kehlen der Anführer hervor, und sie stürmten auf Stan zu. Charlie erreichte ihn als Erster und umarmte Stan wie einen Bruder. Erst dann glaubte er wirklich, dass sein bester Freund am Leben war. DZ, Jayden und Archie folgten ihm, Blackraven, der Mechaniker und der Bürgermeister von Blackstone kamen nach ihnen an die Reihe. Selbst G, der die verletzte Kat mit seiner Schulter stützte, humpelte zu ihnen und nahm an der Massenumarmung teil. Ben und Bill schrien und brüllten vor Freude, während ihrem gelähmten Bruder, den sie noch zwischen sich hielten, Freudentränen über das Gesicht strömten.

„Leute … Ich muss immer noch atmen …", lachte Stan inmitten seiner Freunde. Und er lachte noch lauter, als ihm klar wurde, dass alle von Adorias Kriegern auf dem Schlachtfeld um sie herum ebenfalls jubelten, weil der Held, der König Kev besiegt hatte, am Leben war.

„Oh mein Gott … du lebst!", waren die ersten Worte, die Charlie stammeln konnte. Er war euphorisch. „Wie ist … ist der … aber … der König ist tot, oder?"

„Ja, aber es war zu komisch – ich habe ihn nicht getötet!", sagte Stan. „Er hat sich selbst erstochen, gerade als der Apotheker und ich … wobei, hat der Apotheker …"

„Nein", sagte Charlie, und Stan fühlte einen weiteren stumpfen Schlag in die Magengrube. Er hatte gewusst, dass seine Chancen nur knapp über der Unmöglichkeit gelegen hatten, aber er hatte sich noch Hoffnung gemacht. Er merkte, dass Charlie Nachfragen zu dem eben Gehörten hatte.

„Hast du gerade gesagt, dass sich der König selbst umgebracht hat? Aber wieso …"

„Ich weiß nicht. Ich versuche selbst noch, das zu verstehen. Ich meine, er hätte sowieso nicht gewonnen. Er war wirklich geschwächt, nachdem er den Apotheker und Avery und mich bekämpft hatte …"

„Avery?", unterbrach ihn Charlie, und in der Menge, die sich inzwischen um Stan gesammelt hatte, erhob sich ein gemeinsames Murmeln und hörbares Einatmen. „Stan, was ist gerade oben auf der Brücke passiert?"

Stan seufzte. Er brannte nicht darauf, erneut vom Tod seiner beiden Freunde zu erzählen, aber er beugte sich den Wünschen der Menge. „Also, ich habe eine Enderperle benutzt, um auf die Brücke zu kommen, und der König hat mich erwartet. Er war wirklich außergewöhnlich gut mit dem Schwert und hat mich entwaffnet, und dann ist Mr. A aus dem Nichts aufgetaucht."

Wieder atmeten alle scharf ein. Stan sah, wie einige den Mund öffneten, besonders Kat und Charlie, um ihn zu unterbrechen, aber Stan wollte das nicht zulassen und fuhr fort.

„Und er hat mir erzählt, dass er wohl die nächste Inkarnation von Avery007 ist und verbittert war, nachdem man ihn zweimal getötet hatte. Ich weiß, Charlie, das klingt verrückt, aber glaub mir, er hat die Wahrheit gesagt. Also hat Avery angefangen, mit König Kev zu kämpfen und hat ihn zu Boden geschleudert. Doch dann hat der König ein Schwert mit „Rückstoß" gezogen, Avery in die Luft geschleudert und erschossen und sich wieder mir zugewandt.

Er hat mich erneut entwaffnet und angezündet und mich ein paarmal aus reiner Boshaftigkeit in die Luft geworfen – keine Sorge, Kat, es geht mir jetzt gut –, und dann kam der Apotheker und hat den König angegriffen und mich geheilt, und zusammen haben wir den König in den Turm gedrängt, und ich war kurz davor, ihn zu töten ..."

Stan zögerte, als er spürte, wie ein Gefühl der Schuld in ihm aufstieg. Er verdrängte es und beschloss, nicht zu erwähnen, dass er davor zurückgeschreckt war, den König zu töten, denn hätte er nicht gezögert, hätte der Apotheker vielleicht überlebt.

„... und da hat er diesen irren Blick bekommen, einen Hebel an der Turmwand gezogen und sich selbst das Schwert in die Brust gerammt. Dann ist der Turm explodiert, und das muss den Apotheker wohl fast sofort getötet haben. Mich hätte es auch umgebracht, wenn meine Rüstung nicht gewesen wäre. Dann bin ich in die Lava gefallen, also habe ich keinen Fallschaden erlitten."

„Und wie hast du überlebt?", platzte DZ heraus, das Gesicht blau vor lauter Erwartung darauf, diese Frage stellen zu können. „Selbst, wenn die Lava die Fallschäden gedämpft hat, du wärst doch trotzdem verbrannt. Du hattest keine Tränke der Feuerresistenz. Wir hatten einen Engpass!"

Stan lächelte schwach. „Aber ich *hatte* einen Trank der Feuerresistenz." Er drehte sich zu Kat und Charlie um. „Erinnert ihr euch daran, was uns der Apotheker bei unserem ersten Treffen im Dschungel gegeben hat?"

„Ja", antwortete Kat. „Er hat mich diesen Bogen verzaubern lassen", sagte sie und deutete auf die schimmernde Waffe auf ihrem Rücken. „Er hat Charlie seine Diamantspitzhacke gegeben, dir die Endertruhe und ...", auf ihrem Gesicht zeichnete sich Verstehen ab, als sie sich erinnerte, „... er hat jedem von uns Tränke der Heilung und der Feuerresistenz gegeben."

„Genau", antwortete Stan. „Du hast deinen Trank der Feuerresistenz im Kampf gegen RAT1 am Lavameer eingesetzt, Kat. Und Charlie, du hast deinen beim Lohenspawner eingesetzt. Aber meinen habe ich nie verbraucht. Ich hatte ihn sogar völlig vergessen. Ich hatte ihn die ganze Zeit einfach nur im Inventar liegen. Kurz bevor ich auf die Lava aufgeprallt bin, ist er mir eingefallen, und ich habe den Trank genau beim Auftreffen getrunken. Ich bin nur ein bisschen angesengt worden, bevor die Wirkung eingetreten ist", sagte er und zeigte auf seine verbrannte Kleidung. „Dann konnte ich einfach aus der Lava schwimmen und hierher laufen.

Nun da das gesagt ist", meinte Stan, und es klang endgültig, was darauf hindeutete, dass seine Erzählung über sein Duell mit dem König und über seine Burg beendet war, „habe ich etwas Wichtiges verpasst?"

„Du hast Charlies Bericht verpasst", antwortete Blackraven, und Charlie spürte sofort, wie sich sein Magen verkrampfte. Von den vier Anführern, deren Schicksal ungewiss oder tödlich verlaufen war, waren zwei lebendig aufgefunden worden und würden sich vermutlich vollständig erholen. Was jedoch die beiden anderen anging, und besonders eine … Charlie sah keine Möglichkeit, Stan die Nachrichten sanft zu überbringen. Aber er beschloss, dass es besser wäre, erst den allgemeinen Bericht zu verlesen.

„Ja, also, der Bericht … äh … hm", sagte Charlie, als ihn Stan erwartungsvoll anblickte. „Beide Seiten hatten etwa einhundertfünfzig Kämpfer. Von ihnen ist auf beiden Seiten etwa die Hälfte gefallen. Von Elementias Truppen sind aber nur etwa zwanzig entkommen, und wir halten etwa fünfzig von ihnen gefangen."

Stan nickte, fühlte sich aber unwohl. Diese Tode waren in etwa, was Stan erwartet hatte. Aber warum sah Charlie dann so mitgenommen aus? Und Stan hatte das Gefühl, dass ein Gesicht in der Menge fehlte. Er wusste, dass er wissen sollte, wessen Gesicht es war, aber sein Kopf war durch den Trank so benebelt.

„Von den Zielen, die wir vernichten wollten, sind folgende tot: König Kev, Charlemagne, Geno und Becca. Man vermutet, dass Leonidas tot ist, und Caesar und Minotaurus sind entkommen."

„Von unseren befehlshabenden Offizieren", fuhr Charlie fort, und seine Stimme nahm einen unnatürlichen Tonfall an, während die greifbare Spannung in der Menge sich drastisch verstärkte, „sind zwei verletzt oder gefallen."

Stan zuckte und senkte den Kopf, entschlossen, die Tränen, die mit Sicherheit fließen würden, nicht auffallen zu lassen.

„Bob von den Netherjungs ist von Caesars Schwert das Knie durchbohrt worden. Er lebt zwar noch, aber er wird nie wieder richtig laufen können. Und die andere ... Sally ..."

Allein der Name traf Stan wie ein Blitz, ein Energiestoß, der aus der Atmosphäre der entsetzlichen Vorahnung entstammte, die in der Menge angewachsen war, seit Charlie angefangen hatte, seinen Bericht erneut vorzulesen. Stan wusste jetzt, welches Gesicht in der Menge fehlte. Das eine Gesicht, das ihm mehr bedeutete als alles andere in der Welt, an das er wegen der Vergesslichkeit, die der Trank hervorgerufen hatte, nicht sofort gedacht hatte.

„Was ist passiert?", fragte Stan mit hohler Stimme. Charlie antwortete nicht. Er war auf dem Boden zusammengebrochen und weinte wie ein Kind, nicht in der Lage, den Namen erneut auszusprechen. Ein Gefühl des Schreckens erfüllte Stans Inneres, und er hoffte halb, dass er unausgesprochen bleiben würde, weil ein lautes Aussprechen es unabänderlich und permanent machen würde. Aber Jayden trat vor und würgte das erstickte Flüstern hervor, sodass Stans echte Angst greifbar wurde.

„Sally wurde durch einen Zufallstreffer von Minotaurus' Axt erwischt, gleich mit dem ersten Schlag. Sie ist tot, Stan."

Stan fiel auf die Knie, doch er spürte nichts. Er merkte nicht, dass er nicht in der Lage war, auch nur eine einzige Träne zu weinen, und ihm entging völlig, dass ein halbes Dutzend Hände nach ihm griffen und ihn umarmten. In Stans Gedanken war jetzt nur noch wahr, dass Sally tot war. Der Mensch, der ihm auf allen seinen Reisen durch Elementia am wichtigsten gewesen war, war nun für immer fort.

Stan achtete darauf, seine Gesichtszüge wieder unter Kontrolle zu bekommen, bevor er aufstand. Er durfte vor diesen Leuten, die ihn als ihren Anführer betrachteten, keine Tränen vergießen. Diejenigen, die ihm am nächsten standen, waren von der Emotionslosigkeit überrascht, die Stans Miene ausdrückte, da er nun wusste, dass seine Freundin tot war.

„Wird für dich jetzt alles gut, Stan?", erklang eine schlichte Stimme, und Stan drehte sich um und sah Oob, der einen Verband um den Unterleib trug und ihn fragte, ob für ihn, den Anführer dieser Offensive, alles gut werden würde.

Wieder drängte sich Stan der Grund auf, aus dem Sally gestorben war, aus dem der Apotheker und Avery gestorben waren, aus dem Adoria und der verrückte Steve und so viele andere gestorben waren.

König Kev war tot, und seine Regierung war gefallen. Elementia war nun wieder ein unbeschriebenes Blatt, und alle sahen zu Stan. Stan zog einen kleinen Stapel Erdblöcke hervor, die er bei sich hatte, und bedeutete den neben ihm Stehenden, dass er Platz brauchte. Er ordnete die Blöcke zu einer Treppe an. Langsam stieg er die Stufen hinauf, bis er den Rest der Menge um mehr als einen Kopf überragte. Die Menge wurde so still, dass Stan im Hintergrund das

Blubbern der Lava hören konnte, die fast zu seinem Grab geworden wäre. Stan schluckte seine unterdrückten Emotionen hinunter, räusperte sich und entschlossen, dass dieser Moment sein Schicksal für immer ändern würde, begann er zu sprechen.

„Meine Brüder, meine Schwestern, die ihr unter Adorias Namen vereint seid, der Märtyrerin, für die wir heute in die Schlacht gezogen sind: Ihr habt es geschafft. König Kev ist tot. All seine Anhänger sind tot, geflohen oder gefangen. Daher haben wir nun ein Land namens Elementia, ohne Anführer, ohne Struktur und ohne Regierung. Es wäre dumm, zu sagen, dass ein politisches System dieser Größe ohne Regierung funktionieren kann, und deshalb muss eine neue eingesetzt werden. Diese Regierung muss unter bestimmten Prinzipien eingesetzt werden. Die Umstände, unter denen König Kev korrumpiert wurde und unter denen er Elementia in das Monster verwandelte, das wir gerade bekämpft haben, dürfen nie wieder eintreten. Eure Einstellung dazu ist mir durchaus klar, meine Mitbürger. Ich bitte euch nun, jetzt zu jubeln, wenn ihr möchtet, dass ich König Kevs Nachfolger als König von Elementia werde."

Im selben Moment brach die Menge, die sich in einem recht großen Radius um Stans Podium erstreckte, in ein Stimmengewirr aus Jubel und Geschrei aus. Das erstreckte sich nicht nur auf die niedrigleveligen Soldaten, die Stan nun mit der Art von Ehrfurcht betrachteten, die für einen Gott angebracht gewesen wäre, sondern auch auf seine Freunde und Kameraden. In all dem Jubel machten Charlie, Kat, DZ, Bill, Bob und Ben bei Weitem den meisten Lärm und zeigten, wie sehr ihnen die Idee gefiel, König Kev durch König Stan zu ersetzen. Lächelnd, doch in dem Wissen, was getan werden musste, hob Stan die Hände, und innerhalb von zehn Sekunden war die Menge wieder still.

„Ich fühle mich geehrt und bewegt, dass ihr so an mich glaubt, aber ich könnte König Kevs Krone nie tragen. Es soll keinen König von Elementia geben, denn Monarchie wird immer Korruption verursachen. Stattdessen bitte ich euch: Folgt mir und hört auf mich, während ich das Königreich Elementia dazu anleite, sich in die erste Großrepublik von Elementia zu verwandeln. Die Stimmen der vielen sollen wie eine Stimme sprechen, und gerechte, gleiche Behandlung soll an der Tagesordnung sein. Ich habe fest vor, als Präsidentschaftskandidat dieser neuen Republik anzutreten, und solltet ihr mich wählen, verspreche ich, dem Volk von Elementia nichts per Diktat aufzuerlegen, sondern es in eine bessere Zukunft zu führen. Wenn ihr glaubt, dass der Gedanke einer Großrepublik von Elementia eine bessere Idee ist als die, mich als König zu wählen, applaudiert bitte jetzt.“

Jemand, der hinter den Mauern des Hofes stand, hätte glauben können, dass eine weitere TNT-Falle ausgelöst wurde, so laut war die Explosion rasenden Jubels, der den Himmel über dem Hof erfüllte. Er war dreimal so laut wie der erste Applaus, und der Lärm tat Stan in den noch immer vom Trank beeinträchtigten Ohren weh – das war Stans einzige Beschwerde über die Szene.

Ich verspreche dir, Sally, dachte Stan, als er dieses Bild betrachtete und eine einzelne Träne seine Wange hinabrollte, *ich verspreche dir, dass dein Tod nicht vergebens gewesen sein wird. Alles, was ich tue, alles, was ich auf diesem Server von jetzt an anführe, werde ich in deinem Namen tun, Sally. Und auch in euren Namen, Adoria, Steve, Avery und Apotheker. Euch allen, und all meinen Freunden, danke ich für eure Hilfe. Ohne euch hätte ich es nie hierhergeschafft.*

Dann tauchte Stan in die spontanen und geradezu ausufernden Feierlichkeiten ein, die jetzt über den gesamten Hof hinweg ausbrachen, während das Königreich aufhörte zu existieren – der letzte und größte Verlust eines Krieges gegen das Unrecht, das letzte Opfer in Stan2012s Suche nach Gerechtigkeit. Für Elementia war ein neues Zeitalter angebrochen.

KAPITEL 30

DIE NEUE ORDNUNG

Da die Pfeilmaschine jetzt zerstört und schon lange verschwunden war, war der Spawnpunkt-Hügel genau so, wie er gewesen war, als Stan2012 hier seine ersten Momente in Minecraft verbracht hatte. Die Sonne war gerade hinter dem Wald verschwunden, und im Unterholz schlurften hirnlos die Zombies umher, ohne dass der Neumond genug Licht bot, um sie von Spielern zu unterscheiden. Nach nicht allzu langer Zeit ertönte jedoch ein lautes Krachen, und Sekunden später brach Minotaurus' riesige Gestalt auf die Lichtung, die Axt erhoben, bereit, alle Mobs in seinem Weg zu vernichten. Zu seiner Erleichterung fand er keine vor.

Hinter ihm stolperte Caesar auf die Lichtung, das Bein schwer durch den Angriff eines Spinnenreiters im Wald verletzt. Wären da nicht die Scharfschützenfähigkeiten von Leonidas gewesen, der dem Spieler mit dem Römer-Skin nun auf die Lichtung folgte, hätte Caesar den Pfeilen des Mobs erliegen können.

„Und was jetzt?", fragte Minotaurus die anderen beiden, nachdem das Trio wieder zu Atem gekommen war. „Wohin können wir noch gehen?"

„Wie wäre es mit dem südlichen Tundrabiom? Glaubt ihr, da würden sie uns erkennen?", grunzte Leonidas.

„Nein, das wird nichts", knurrte Caesar gereizt. „Seit deiner Gefangenschaft ist das eine Müllhalde für unerwünschte Bürger geworden. Aber da ist immer noch die Enderwüste ..."

„Schlechte Idee, Mann, da sind so viele Nomaden, dass es nicht mehr witzig ist, Mann, und ich garantiere euch, dass Stan ein hohes Kopfgeld auf uns ausgesetzt hat", erwiderte Leonidas.

„Also ... wohin können wir noch gehen?", fragte Minotaurus erneut. Diese Frage machte den drei Spielern endlich den Ernst ihrer Lage bewusst. Die anderen beiden rangen noch um eine Antwort, als sie eine Stimme hörten.

„Bei mir seid ihr willkommen", sagte die Stimme.

Die Stimme war ruhig, gefasst und gefährlich, und so drehten sich die Spieler langsam zu der Gestalt um, die nun auf dem Spawnpunkt-Hügel stand. Drei Augenpaare weiteten sich vor Entsetzen. Die Gestalt, die sie da sahen ... sie existierte nicht wirklich, oder? Minotaurus hielt seine Axt angriffsbereit, Caesar zog seine Schwerter, und Leonidas legte einen Pfeil auf seinen Bogen und war kurz davor, ihn abzuschießen, als die Stimme erneut sprach.

„Halt, Caesar und Leonidas300 und Minotaurus."

Die Person, an deren Existenz sie bis jetzt nie geglaubt hatten, überrumpelte sie alle, indem sie sie bei ihren Namen nannte. Während sie starr vor Schreck dastanden, fuhr die Gestalt fort.

„Eure momentane Situation ist mir bekannt. Euer Anführer, der große und mächtige König Kev von Elementia, ist den Händen des niedrigleveligen Abschaums zum Opfer gefallen, den er sein Volk zu nennen gezwungen war. Auch all seine mächtigsten Verbündeten sind tot, alle ... bis auf vier. Ihr drei, ihr seid König Kevs Vermächtnis, zusammen mit seinem Spion, der jetzt unter den Jubelnden Freude vortäuscht. Und wenn ihr vier sein Vermächtnis seid, gestattet, dass ich mich die Verkörperung seines Geistes im Universum nenne. Ihr wisst, wer ich bin, und wozu ich fähig bin.

Ich glaube, dass ihr im Recht seid und die, die Elementia jetzt kontrollieren, im Unrecht. Wenn ihr mir folgt, werde ich euch befehligen, und gemeinsam werden wir eine neue Ordnung in Elementia herstellen: Eine Ordnung, unter der die Schwachen Untergebene sind und es nicht in ihrer Macht steht, das ändern zu können. Während König Kev von seinen politischen Verpflichtungen im Zaum gehalten wurde, unterliege ich, in Anbetracht dessen, wer ich bin, keinen solch nichtigen Hindernissen. Also frage ich euch jetzt, Caesar und Leonidas300 und Minotaurus: Schließt ihr euch mir an und bildet das Rückgrat der Anstrengungen, Elementia wieder zu seinem vollen Potenzial zu führen?"

Leonidas und Minotaurus betrachteten die Gestalt kurz, dann starrten sie Caesar fragend an. Er war schließlich der Mächtigste unter ihnen. Was immer er auch entschied, sie würden es ihm gleichtun. Und so war Caesar der Auslöser dafür, dass die drei Spieler niederknieten und dem überirdischen Wesen ihren Respekt zollten, das sie wieder an die Macht führen sollte.

„Gut, gut. Es gibt jedoch noch einen Punkt, der zu erledigen wäre. Ich bitte euch, euch mir zu verschreiben, doch nicht unter dem Namen, der mich mit dem Universum verbindet, nicht unter dem Namen, unter dem ich wohlbekannt bin, nein, ich bitte euch, mir unter einem anderen Namen die Treue zu schwören. Sprecht mir nach: ‚Ich schwöre dir die Treue, Lord Tenebris.'"

Während die letzten Sonnenstrahlen hinter dem Horizont verschwanden, blickten drei Spieler, die nichts zu verlieren hatten, in das Gesicht ihres neuen Meisters und wiederholten den Schwur.

In diesem Moment erschien ein Spieler im verblassenden Licht auf dem Spawnpunkt-Hügel. Er sah sich staunend in der Welt um ihn herum um. Dann fixierte sich sein Blick auf die vier Spieler, die am Fuß des Hügels standen. Seine

Augen weiteten sich vor Entsetzen, als der Spieler, der ihm am nächsten stand, einen Bogen erhob, einen Pfeil anlegte und ihn abfeuerte. Der neue Spieler war tot, bevor er auf dem Boden aufschlug.

In dem Moment, in dem das Königreich Elementia gefallen war, nahm die Neue Ordnung ihren Anfang.

FORTSETZUNG FOLGT ...

ANMERKUNG DES AUTORS

Danke, dass Du *Suche nach Gerechtigkeit* gelesen hast. Ich hoffe, es hat Dir gefallen. Wenn ja, erzähl bitte Deinen Freunden davon und schreibe eine Online-Rezension, damit auch andere Spaß daran haben können.

– SFW

SETZE DICH MIT SEAN IN VERBINDUNG

www.sfaywolfe.com
www.facebook.com/elementiachronicles
@sfaywolfe
Auf seiner Website findest Du Links, unter denen Du Seans Taschenbücher und E-Books kaufen kannst, und Links zu Seans Online-Spielen. Besuche **www.goodreads.com**, um dieses Buch zu bewerten und/oder zu rezensieren.

DANKSAGUNGEN

Als ich anfing, *Suche nach Gerechtigkeit* zu schreiben, hätte ich mir nie träumen lassen, dass daraus je mehr werden würde als Fan-Fiction. Ich bin erstaunt und dankbar, dass dieses Buch veröffentlicht wurde, und es gibt einige Leute, denen ich danken möchte.

Ich möchte Lexi dafür danken, dass sie mein Buch als Erste korrigiert und mich ermutigt hat.

Ich möchte Josh, Scott und Celeste danken, meinen guten Freunden, die die frühen Versionen des Buches gelesen haben und mir mit Rückmeldungen und Kritik geholfen haben.

Ich möchte meinem jüngeren Bruder Eric danken, der mir versprochen hat, als Weihnachtsgeschenk endlich mein Buch zu lesen.

Ich möchte meinem jüngsten Bruder Casey danken, der als Erster das ganze Buch gelesen hat und mir sehr willkommenes Lob dafür geschenkt hat.

Ich möchte meinen Großeltern danken, die mich immer bei allem unterstützt haben, was auch immer es war.

Ich möchte Jonah und Molly dafür danken, dass sie meine Vorstellung der Titelillustration übernommen und sie umgesetzt haben.

Schließlich möchte ich meiner Mutter und meinem Vater danken, die mir endlose Stunden der Hingabe geschenkt haben, in denen sie dieses Manuskript öfter bearbeitet und

Korrektur gelesen haben, als ich zählen möchte, und mir geholfen haben, das Buch Realität werden zu lassen. Dieses Buch ist so sehr ihres, wie es meines ist.

ÜBER DEN AUTOR

SEAN FAY WOLFE war sechzehn Jahre alt, als er 2013 das erste Buch der Chroniken von Elementia beendete. Er spielt Minecraft und verfasst Action-Abenteuergeschichten. Sean ist ein Eagle Scout bei den Boy Scouts of America, ist fünfmal als Musiker in Wettbewerben für seinen Bundesstaat angetreten, trägt den zweiten Dan im Shidokan-Karate und hat viele beliebte Online-Spiele in der Programmiersprache Scratch geschrieben. Er geht in Rhode Island zur Schule, wo er mit seiner Mutter, seinem Vater, zwei Brüdern, drei Katzen und einem kleinen weißen Hund namens Lucky lebt.

SPANNENDE ROMANE
INSPIRIERT VOM WELTWEITEN BESTSELLER-GAME
MINECRAFT

BEGLEITE STEVE AUF SEINEM STEIFZUG DURCHS MINECRAFT-UNIVERSUM UND HILF IHM DAS GEHEIMNIS DES GRIEFERS ZU LÜFTEN!

Winter Morgan:
DIE SUCHE NACH DEM DIAMANTENSCHWERT
ISBN 978-3-8332-3007-3

ABENTEUER-ROMANE FÜR ECHTE *MINECRAFTER.*
JETZT IM BUCHHANDEL ERHÄLTLICH.

Winter Morgan:
DAS GEHEIMNIS DES GRIEFERS
ISBN 978-3-8332-3008-0

© 2015 Winter Morgan. All Rights Reserved.

www.paninicomics.de

DIE LUSTIGE SEITE DER MACHT!!

ISBN 978-3-8332-2904-6

ISBN 978-3-8332-2695-3

ISBN 978-3-8332-2539-0

ISBN 978-3-8332-3165-0

ISBN 978-3-8332-2538-3

ISBN 978-3-8332-2903-9

IM BUCHHANDEL ERHÄLTLICH

www.paninicomics.de

© & TM 2015 LUCASFILM LTD.

DAS LUSTIGSTE TAGEBUCH DER GALAXIS!!

ISBN 978-3-8332-2712-7

ISBN 978-3-8332-2901-5

ISBN 978-3-8332-3016-5

IM BUCHHANDEL ERHÄLTLICH

www.paninicomics.de

© & TM 2015 LUCASFILM LTD.